御製

佛光恩照　三千大千　隨緣徧滿
恒沙法界　普度衆生　悉證菩提
身心安泰　年時豐稔　風雨調順
日月升恒　乾坤清寧　百昌蕃熾
上下樂利　中外協和　庶物咸亨
萬善圓成　情與無情　同登正覺
大清雍正十三年四月初八日

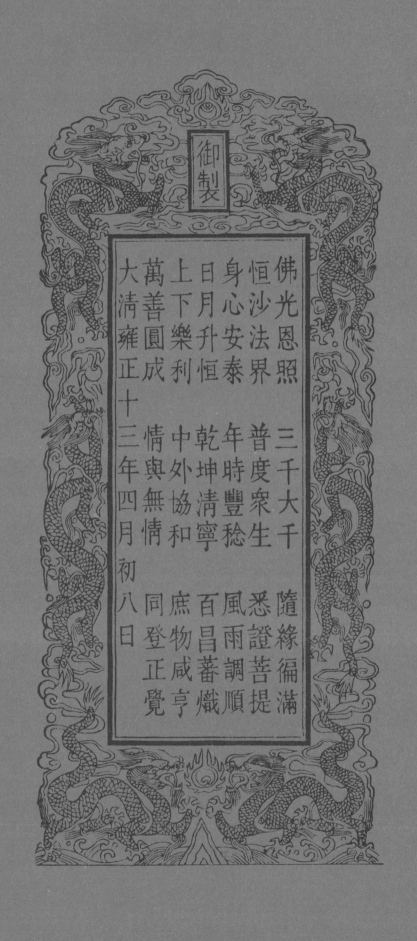

第一九册 大乘經 寶積部(三)

大寶積經 一二〇卷(卷九一至卷一二〇) 唐三藏法師菩提流志等奉詔譯……一
大方廣三戒經 三卷 北凉天竺三藏曇無讖譯……四六五
佛說無量清淨平等覺經 三卷 後漢月支三藏支婁迦讖譯……五一三
佛說阿彌陀經 二卷 吴月氏優婆塞支謙譯……五七五
佛說無量壽經 二卷 曹魏康僧鎧譯……六二七

大寶積經

唐三藏法師菩提流志奉　詔譯

清刻龍藏佛說法變相圖

大寶積經卷第九十一

唐三藏法師菩提流志奉　詔譯

發勝志樂會第二十五之一

如是我聞一時佛在波羅柰城仙人住處施鹿苑中與大比丘衆滿足千人復有五百諸菩薩衆是時衆中多有菩薩業障深重諸根闇鈍善法微少好於憒閙談說世事躭樂睡眠多諸戲論廣營衆務種種貪著爲所不應忘失正念修習邪慧下劣精勤行迷惑行爾時彌勒菩薩摩訶薩在於會中見諸菩薩具足如是不善諸行作是念言此諸菩薩於無上菩提圓滿道分皆已退轉我今當令是諸菩薩覺悟開曉生歡喜心作是念已即於晡時從禪定起往到其所共相慰問復以種種柔輭言詞爲說法要令其歡喜因告之曰諸

仁者云何汝等於無上菩提圓滿道分而得增長不退轉耶是諸菩薩同聲白言尊者我等今於無上菩提圓滿道分無復增長唯有退轉何以故我心常爲疑惑所覆於無上菩提不能解了云何我等當作佛耶不作佛耶於墮落法亦不能了云何我等當墮落耶不墮落耶以是因緣善法欲生常爲疑惑之所纏覆爾時彌勒菩薩而告之曰諸仁者可共往詣如來應供正遍知所而彼如來一切知者一切見者具足成就無障礙智解脱知見以方便力善知一切衆生所行當爲汝等隨其根性種種説法是時五百衆中有六十菩薩與彌勒菩薩往詣佛所五體投地頂禮佛足悲感流淚不能自起彌勒菩薩修敬已畢退坐一面爾時佛告諸菩薩言善男子汝等

應起勿復悲號生大熱惱汝於往昔造作惡業於諸衆生以暢悦心瞋罵毁辱障惱損害隨自分别不能了知業報差别是故汝等今爲業障之所纏覆於諸善法不能修行時諸菩薩聞是語已從地而起偏袒右肩右膝著地合掌恭敬而白佛言善哉世尊願爲我等説此業障我等知罪當自調伏我從今日更不敢作爾時佛告諸菩薩言善男子汝曾往昔於俱留孫如來法中出家爲道自恃多聞修持淨戒常懷憍慢傲逸之心又行頭陀少欲知足於是功德復生執著爾時有二説法比丘多諸親友名聞利養汝於是人以慳嫉心妄言誹謗行婬欲事是時法師親友眷屬由汝離間説其重過皆令疑惑不生信受彼諸衆生於是法師無隨順心斷諸善根是故

汝等由斯惡業已於六十百千歲中生阿鼻地獄餘業未盡復於四十百千歲中生等活地獄餘業未盡復於二十百千歲中生黑繩地獄餘業未盡復於六十百千歲中生燒熱地獄從彼歿已還得爲人五百世中生盲無目以殘業故在在所生常多懞鈍忘失正念障覆善根福德微少形容醜缺人不喜見誹謗輕賤戲弄欺嫌常生邊地貧窮下劣喪失財寶資生艱難不爲衆人尊重敬愛從此歿已於後末世五百歲中法欲滅時還於邊地下劣家生匱乏飢凍爲人誹謗忘失正念不修善法設欲修行多諸留難雖暫發起智慧光明以業障故尋復還沒汝等從彼五百歲後是諸業障爾乃消滅於後得生阿彌陀佛極樂世界是時彼佛當爲汝等授阿耨多羅三藐三菩提記爾時諸菩薩等聞佛所說舉身毛竪深生憂悔便自投淚前白佛言世尊我今發露悔其過咎我等常於菩薩乘人輕慢嫉恚及餘業障今於佛前如罪懺悔我等今日於世尊前發弘誓願世尊我從今日至未來際若於菩薩乘人見有違犯舉露其過我等則爲欺誑如來世尊我從今日至未來際若於菩薩乘人戲弄譏嫌恐懼輕賤我等則爲欺誑如來世尊我從今日至未來際若見在家出家菩薩乘人以五欲樂遊戲歡娛見受用時終不於彼伺求其過常生信敬起教師想若不爾者我等則爲欺誑如來世尊我從今日至未來際若於菩薩乘人慳親友家及諸利養惱彼身心令其逼迫我等則爲欺誑如來世尊我從今日至未來際若於菩

薩乘人以一麤言令其不悅我等則爲欺誑如來世尊我從今日至未來際若於菩薩乘人晝夜六時不勤禮事我等則爲欺誑如來世尊我從今日至未來際爲欲護持此弘誓故不惜身命若不爾者我等則爲欺誑如來世尊我從今日至未來際若於聲聞及辟支佛以輕慢心謂於彼等不勝於我我等則爲欺誑如來世尊我從今日至未來際若不善能摧伏其身生下劣想如旃陀羅及於狗犬我等則爲欺誑如來世尊我從今日至未來際若自讚歎於他毀呰我等則爲欺誑如來世尊我從今日至未來際若不怖畏鬬諍之處去百由旬如疾風吹我等則爲欺誑如來世尊我從今日至未來際若於持戒多聞頭陀少欲知足一切功德身自炫曜我等則爲欺誑如來世尊我從今日至未來際所修善本不自矜伐所行罪業慙愧發露若不爾者我等則爲欺誑如來爾時世尊讚諸菩薩善哉善哉善男子善說如是覺悟之法善發如是廣大誓願能以如是決定之心安住其中一切業障皆悉消滅無量善根亦當增長佛復告彌勒菩薩摩訶薩言彌勒若有菩薩爲欲清淨諸業障者當發如是廣大誓願爾時彌勒菩薩白佛言世尊頗有善男子善女人等護持此願當得圓滿不退轉耶佛告彌勒菩薩言若有善男子善女人等行菩薩道護持此願寧捨身命終不缺減令其退轉爾時彌勒菩薩復白佛言世尊若有菩薩於後末世五百歲中法欲滅時成就幾法安隱無惱而得解脫佛告彌勒菩薩言彌勒若有菩薩

於後末世五百歲中法欲滅時當成就四法安隱無惱而得解脱何等爲四所謂於諸衆生不求其過見諸菩薩有所違犯終不舉露於諸親友及施主家不生執著永斷一切麤獷之言彌勒是爲菩薩於後末世五百歲中法欲滅時成就四法安隱無惱而得解脱爾時世尊欲重宣此義而説偈言

不求他過失　亦不舉人罪　離麤語慳悋
是人當解脱

彌勒復有菩薩於後末世五百歲中法欲滅時當成就四法安隱無惱而得解脱何等爲四所謂不應親近懈怠之人捨離一切憒閙之衆獨處閑靜常勤精進以善方便調伏其身彌勒是爲菩薩於後末世五百歲中法欲滅時成就四法安隱無惱而得解脱爾時世尊欲重宣此義而説偈言

當捨於懈怠　遠離諸憒閙　寂靜常知足
是人當解脱

爾時世尊説此偈已告彌勒菩薩言彌勒是故菩薩於後末世五百歲時欲自無惱而解脱者除滅一切諸業障者應當捨離憒閙之處住阿蘭若寂靜林中於不應修而修行者及諸懶惰懈怠之屬皆當遠離但自觀身不求他過樂於恬默勤行般若波羅蜜多相應之行若欲於彼諸衆生等深生憐愍多所饒益應以無希望心清淨説法復次彌勒若菩薩以無希望心行法施時不著名聞利養果報以饒益事而爲上首常爲衆生廣宣正法當得成就二十種利云何名爲二十種利所謂正念成就智慧具足有堅持力住清淨行

生覺悟心得出世智不爲衆魔之所得便少於貪欲無有瞋恚亦不愚癡諸佛世尊之所憶念非人守護無量諸天加其威德眷屬親友無能沮壞有所言説人必信受不爲怨家伺求其便得無所畏多諸快樂爲諸智人之所稱嘆善能説法衆人敬仰彌勒是爲菩薩當得成就二十種利不著名聞利養果報行饒益事而爲上首常爲衆生以無希望心清淨説法復次彌勒若菩薩以無希望心行法施時不著名聞利養果報以饒益事而爲上首常爲衆生廣宣正法又能成就二十種利云何名爲二十種利所謂未生辯才而能得生已生辯才終不忘失常勤修習得陀羅尼以少功用善能利益無量衆生以少功用令諸衆生起增上心恭敬尊重得身口意清淨律儀超過一切惡道怖畏於命終時心得歡喜顯揚正法摧伏異論一切豪貴威德尊嚴猶自不能有所窺望何況下劣少福衆生諸根成就無能映蔽具足攝受殊勝意樂得奢摩他毗婆舍那難行之行皆得圓滿發起精進普護正法速疾能趣不退轉地一切行中隨順而住彌勒是爲菩薩當得成就二十種利不著名聞利養果報行饒益事而爲上首常爲衆生以無希望心清淨説法佛告彌勒汝觀未來後五百歲有諸菩薩甚爲無智行法施時若有利養生歡喜心若無利養不生歡喜彼諸菩薩爲人説法作如是心云何當令親友檀越歸屬於我復更念言云何當令在家出家諸菩薩等而於我所生淨信心恭敬供養衣服飲食卧具湯藥如是菩薩以財

利故爲人說法若無利養心生疲猒彌勒譬如有人志樂清淨或爲死蛇死狗死人等屍膿血爛壞繫著其頸是人憂惱深生猒患以違逆故迷悶不安彌勒當知於後末世五百歲中說法之人亦復如是於諸一切無利養處不順其心無有滋味便生猒倦棄捨而去彼諸法師作如是念我於此中說法無益何以故是諸人等於我所須衣服飲食卧具醫藥不生憂念何緣於此徒自疲勞彌勒是諸法師自求供養給侍尊重攝受同住及於近住不爲於法及利益事而攝受之是諸法師自求飲食衣服卧具詐現異相入於王城國邑聚落而實不爲利益成熟於諸衆生而行法施所以者何彌勒我不說言有希求者爲法施清淨何以故若心有希求則法無平等

我不說言貪汙心者能成熟衆生何以故自未成熟能成熟他無有是處彌勒我不說言尊重供養安樂其身貪著攝受不淨物者爲利益事何以故爲求自身安隱豐樂攝受衆會不能令其安住正信彌勒我不說言矯詐之人住阿蘭若薄福德者而爲少欲貪勝味者名易滿足多求美饍以爲乞食彌勒我不說言乞求種種上妙衣服謂如是等持糞掃衣彌勒我不說言在家出家無識知者爲離憒鬧彌勒我不說言諂曲之人值佛興世求他短者爲如理修行多損害者名戒蘊清淨增上慢者爲多聞第一彌勒我不說言好朋黨者名住律儀心貢高者名尊敬法師綺語輕弄爲善說法與俗交雜能於僧衆離諸過失彌勒我不說言簡勝福田爲施不望報求

恩報者爲善攝諸事求恭敬利養爲志樂清淨多妄計者以爲出家彌勒我不說言分別彼我名樂持戒不尊敬者名爲聽法樂著世典呪詛言論以爲愛法彌勒我不說言於諸空性無勝解者能出離生死多執著者爲離諸行彌勒我不說言於菩提分住有所得名爲證智彌勒我不說言無勢力者忍辱成就無嬈觸者被忍辱甲少煩惱者名律儀清淨邪方便者爲如說修行彌勒我不說言愛言說者爲一心住好營世務於法無損志樂清淨墮諸惡趣修習智慧爲慣鬧行彌勒我不說言方便相應名爲諂曲不求利養而爲妄語無執著者誹謗正法護正法者而惜身命所行下劣爲無勝慢如是彌勒於後末世五百歲中當有菩薩鈍根小智諂曲虛誑住於賊行汝應護之爾時彌勒菩薩白佛言世尊最後末世五百歲中唯此六十諸菩薩等業障所纏爲復更有餘菩薩耶佛告彌勒菩薩言彌勒於後末世五百歲中有諸菩薩多爲業障之所纏覆是諸業障或有消滅或復增長彌勒於此五百諸菩薩中有二十菩薩業障微少後五百歲還來生此城邑聚落廛市山野種姓尊豪有大威德聰明智慧善巧方便心意調柔常懷慈愍多所饒益顏貌端嚴辯才清妙數術工巧皆能善知自隱其德安住頭陀功德之行在在所生捨家爲道已於無量阿僧祇俱胝劫中積集阿耨多羅三藐三菩提護持正法不惜身命住阿蘭若空閑林中常勤精進不求利養善入一切衆生心行呪術言論悉能了知於諸義理少聞多解

辯才智慧皆悉具足彼諸菩薩於是法中精勤修習得陀羅尼無礙辯才於四衆中宣説正法以佛威德加被力故於佛所説修多羅祇夜授記伽陀優陀那尼陀那阿波陀那伊帝越多伽闍多伽毗佛略阿浮陀達摩優波提舍皆得辯才無礙自在彌勒彼諸二十善巧菩薩從於和尚阿闍梨所得聞無量百千契經皆能受持當説是言我此法門從某和尚阿闍梨所親自聽受無有疑惑彌勒於彼時中當有在家出家諸菩薩等無有智慧善巧方便於此受持正法菩薩所説之法却生譏笑輕毀謗言如是之法皆由汝等善巧言詞隨意製造實非如來之所宣説我等於中不能信樂發希有心彌勒當爾之時無量衆生於是法師皆生誹謗捨之而去互相謂言是諸比丘無有軌範多諸邪説不依契經不依戒律猶如倡妓戲弄之法汝等於中莫生信樂發希有心非正法也彌勒彼諸愚人爲魔所持於是法中不能解了謂非如來之所演説於是持法諸比丘所生於誹謗作壞法業以是因緣當墮惡道是故彌勒若諸智慧善巧菩薩欲護正法當隱其德於多分別諸衆生所應須護念莫令於汝生不善心爾時彌勒菩薩而白佛言希有世尊於後末世五百歲中有諸菩薩甚爲無智於大衆中誹謗正法及持法者復於其中當於辯才及陀羅尼而於是法不能信受世尊譬如有人渴乏須水往詣泉池而欲飲之是人先來投諸糞穢於此水中後不覺知欲飲其水便取齅之既聞臭已不飲其水彼之自汙更説其過乃

至歎言奇哉此水甚大臭穢是人過失都不覺知而於是水反生怨咎世尊如泉池者當知即是持法比丘由佛神力於此法眼善能解說又復如彼愚癡之人若於泉池自投糞穢後不覺知欲飲水者世尊最後末世五百歲中有諸無智諸菩薩等亦復如是於彼正法及持法者生誹謗已復於是人聽受法味彼人自失都不覺知以疑惑過汙淤意根彼持法者當被戲弄或受譏笑乃至歎言奇哉此法爲諸過失之所淤汙彼無智人於此正法及是法師不能聽受伺求其短謗言汙辱生猒離心捨之而去爾時世尊讚彌勒菩薩言善哉善哉彌勒善能演說如是譬喻無能伺求說其短者彌勒以是因緣汝應當知有四辯才一切諸佛之所宣說有四辯才一切諸佛之所遮止云何名爲有四辯才一切諸佛之所宣說所謂利益相應非不利益相應與法相應非不與法相應煩惱滅盡相應非與煩惱增長相應涅槃功德相應非與生死過漏相應彌勒是爲一切諸佛之所宣說四種辯才彌勒若比丘比丘尼優婆塞優婆夷欲說法者應當安住如是辯才若善男子善女人等有信順心當於是人而生佛想作教師想亦於是人聽受其法何以故是人所說當知皆是一切如來之所宣說一切諸佛誠實之語彌勒若有誹謗此四辯才言非佛說不生尊重恭敬之心是人以怨憎故於彼一切諸佛如來所說辯才皆生誹謗誹謗法已作壞法業作壞法已當墮惡道是故彌勒若有淨信諸善男子爲欲解脫誹謗正法業因

緣者不以憎嫉人故而憎嫉於法不以人過失故而於法生過不以於人怨故而於法亦怨彌勒云何名爲四種辯才一切諸佛之所遮止所謂非利益相應不與利益相應非法相應不與法相應煩惱相應不與煩惱滅盡相應生死相應不與涅槃功德相應彌勒是爲一切諸佛之所遮止四種辯才爾時彌勒菩薩白佛言世尊如佛所說若有辯才增長生死非諸如來之所宣說云何世尊說諸煩惱能爲菩薩利益之事又復稱讚攝取生死而能圓滿菩提分法如是等辯豈非如來之所說耶佛告彌勒菩薩摩訶薩言彌勒我今問汝隨汝意答若有說言菩薩爲欲圓滿成就菩提分故攝取生死又復說言以諸煩惱爲利益事如是說者爲與利益相應非利益相應爲與法相應非法相應彌勒菩薩白佛言世尊若正說者則與義利相應與法相應能令菩薩菩提分法得圓滿故佛言彌勒若說菩薩爲欲圓滿菩提分故攝取生死說諸煩惱能爲菩薩利益之事如是辯才諸佛如來之所宣說何以故彌勒此諸菩薩得法自在所起煩惱無有過失是爲菩薩善巧方便非諸聲聞緣覺境界彌勒若有煩惱不能爲他作利益事亦不能滿菩提分法而發起者不與義利相應不與法相應但爲下劣善根因者菩薩於中寧捨身命亦不隨彼煩惱而行何以故彌勒有異菩薩得智力故於諸煩惱現有攀緣有異菩薩無智力故於諸煩惱增上執著爾時彌勒菩薩白佛言世尊如我解佛所說義若諸菩薩於後末世五百歲中

樂欲離諸業障纏縛自無損害而得解脫是人當於菩薩行中深生信解於他過失不生分別志求如來眞實功德佛言如是如是彌勒是故當於諸菩薩等方便行中深生信解何以故慧行菩薩方便之行難信解故彌勒譬如須陀洹人示凡夫行如是凡夫與須陀洹位各差別凡夫愚人以貪瞋癡之所纏故墮諸惡道而須陀洹於貪瞋癡善能了達終不墮落三惡道耳彌勒慧行菩薩亦復如是於貪瞋癡習氣未斷彼亦別餘初業菩薩何以故其心不爲煩惱所覆不同初業諸菩薩等鈍行菩薩無有善巧同諸凡夫不能出離彌勒慧行菩薩一切重罪以智慧力悉能摧滅亦不因彼墮於惡道彌勒譬如有人於大火聚投以薪木數數添之如是添已其熖轉熾彌更增明無有盡滅彌勒慧行菩薩亦復如是以智慧火燒煩惱薪數數添於煩惱薪木如是添已智慧之火轉更增明無有盡滅彌勒如是如是慧行菩薩智慧之力善巧方便難可了知

大寶積經卷第九十一

音釋

波羅柰　梵語也此云江遶城亦云鹿苑柰乃帶切
闇鈍　闇烏紺切冥也不明也鈍徒困切頑也遲鈍也
憒閙　憒古對切心亂也閙女教切不靜也
躭　都含切樂也
樂　五教切取樂過度也
晡　奔謨切申時也
懞　正作懵莫孔切闇也又心亂也
炫耀　炫熒絹切耀弋笑切炫耀謂自誇耀其名譽也
麤

獷麤聡徂切踈也不精細也獷古猛切麤惡也匱求位切竭也矜伐矜音京矜伐許救切以衒能稱功也齅鼻搐氣也

大寶積經卷第九十二

唐三藏法師菩提流志奉　詔譯

發勝志樂會第二十五之二

爾時彌勒菩薩摩訶薩白佛言世尊初業菩薩既出家已未得慧力而欲得者當捨何法當修何法未生慧力能令出生已生慧力能令增長佛告彌勒菩薩言彌勒初業菩薩既出家已欲令慧力而得增長當於利養知其過失應須捨離若好憒閙世俗言話躭著睡眠廣營衆務樂諸戲論如是過失皆應遠離是故應捨利養修於少欲捨諸憒閙樂於寂静捨諸世話觀於實義初夜後夜遠離睡眠觀察思惟隨行修習捨於衆務及諸戲論修出世道慈念衆生彌勒初業菩薩既出家已未得慧力而欲得者是法應捨是法應修何以故彌勒彼諸菩薩既出家已未得慧力而欲得者不捨利養不修少欲未生慧力當令出生已生慧力能令增長無有是處不捨憒閙不住寂静未生慧力當令出生已生慧力能令增長亦無是處不捨世話不觀實義未生慧力當令出生已生慧力能令增長無有是處初夜後夜躭著睡眠曾不覺悟繫念思惟不捨衆務好諸戲論於出世道不能修行於諸衆生不生慈念未生慧力當令出生已生慧力能令增長亦無是處彌勒是故菩薩未得慧力而欲得者應捨諸法當須捨離應修諸法當須修習何以故菩薩智慧從因緣生若無因緣終不能生因緣和合爾乃得生爾時彌勒菩薩白佛言世尊云何名爲利養中過若觀察時能令菩薩樂於少欲不生熱

惱佛言彌勒初業菩薩當觀利養生貪欲故當觀利養壞失正念生瞋恚故當觀利養念其得失生愚癡故當觀利養能生高下嫉妬心故當觀利養於親友家慳悋躭著生誑惑故當觀利養成就愛味生諂曲故當觀利養捨四聖種無慙愧故當觀利養一切諸佛所不許可數習憍逸生高慢故當觀利養於勝福田起於輕慢爲魔黨故當觀利養衆惡根本諸善壞故當觀利養多所貪著猶霜雹故當觀利養於親友家瞻候顏色生憂惱故當觀利養愛物損壞憂心亂故當觀利養於四念處多所忘失白法羸故當觀利養於四正勤多有退失能令一切他論勝故當觀利養自言已得神通智慧違背生故當觀利養先後得失怨憎生故當觀利養互相瞋嫌說其過惡多覺觀故當觀利養爲於活命營諸世業計度思惟安樂滅故當觀利養乃至禪定解脫三昧三摩鉢底心如婬女能退失故當觀利養捨離智斷墮於地獄餓鬼畜生閻摩羅界諸惡道故當觀利養與提婆達多烏陀洛迦同於法住墮惡道故彌勒初業菩薩如是觀察利養過失樂於少欲不生熱惱何以故彌勒少欲菩薩於一切過皆悉不生堪爲諸佛清淨法器而不繫屬在家出家住於眞實最勝意樂不爲卑下亦不驚怖離諸惡道墮落畏故無能映蔽捨躭味故衆魔境界得解脫故一切諸佛之所稱讚諸天及人亦當愛羨於諸禪定而不染著住邊際故其心質直無有諂曲於五欲中亦不放逸見其過故如說修行能住聖種同梵行者亦當愛樂彌

勒若有菩薩智慧聰敏於此功德能如是知以勝意樂當捨利養以勝意樂住於少欲爲斷貪愛而發起故爾時彌勒菩薩白佛言世尊云何名爲憒鬧中過若觀察時菩薩獨處閑靜不生熱惱佛言彌勒初業菩薩應當觀察憒鬧過失有二十種若觀察時能令菩薩獨處閑靜不生熱惱彌勒云何名爲樂於憒鬧二十種過一者不護身業二者不護語業三者不護意業四者多饒貪欲五者增長愚癡六者躭著世話七者離出世語八者於非法中尊重修習九者捨離正法十者天魔波旬而得其便十一者於不放逸未曾修習十二者於放逸行常懷染著十三者多諸覺觀十四者損減多聞十五者不得禪定十六者無有智慧十七者速疾而得非諸梵行十八者不愛於佛十九者不愛於法二十者不愛於僧彌勒是爲菩薩觀於憒鬧二十種過爾時世尊重說偈言

捨離諸貪瞋　不住於憒鬧　若有專住彼
是過不應作　憍慢及覺觀　皆由憒鬧生
壞行無戒人　稱嘆於憒鬧　愚人樂世論
退失第一義　放逸多覺觀　是過不應作
比丘捨多聞　言論不如理　損減諸禪定
常思惟世間　躭著思惟者　何得於寂靜
其心常散逸　永離於正觀　速得非梵行
諠雜無儀檢　亦不曾愛佛　及愛於聖衆
棄捨離欲法　躭著非法言　我常捨于身
支分及頭目　爲求無上道　聞法無猒足
是諸非法人　少聞便猒捨　我昔作國王
爲求四句偈　妻子及財寶　悉皆能施與

何有於智者　而不勤聽法　我常捨一切
非法之戲論　爲於百千劫　難得解脫故
汝等應欣樂　志求微妙法　若樂於解脫
最勝功德者　世間諸事業　皆所不應問
衣食無勝利　亦不證涅槃　當稱嘆最勝
善來諸比丘　應敷座令坐　互說諸法要
人身甚難得　隨分行白法　讀誦及禪定
汝應如是問　如來入涅槃　遺法當滅壞
比丘多放逸　樂衆棄閑靜　爲飲食利養
晝夜談世話　愚人於夢中　驚怖而漂溺
自知多毀犯　當墮三惡道　應生歡喜心
獨處於閑寂　若在阿蘭若　志求無上道
不應見人過　自謂最尊勝　驕恣放逸本
莫輕下劣人　彼於遺法中　漸次而解脫
比丘雖破戒　深信於三寶　是則解脫因
不應見其過　摧伏貪瞋癡　勿驚於放逸
餘習法應爾　是故不須說　若清淨比丘
伺他人過失　是最非眞實　不名修正法
如理修行者　當須自觀察　求道諸比丘
捨離惡言論　常以歡喜心　獨處於閑靜

爾時彌勒菩薩復白佛言希有世尊眈著憒鬧乃有如是無量過惡退失功德無有利益增長煩惱墮諸惡趣遠離白法何有菩薩求善法者聞是過失而不樂於獨處閑寂爾時彌勒菩薩白佛言世尊云何名爲世話中過若觀察時菩薩應住決定之義由觀是義不生熱惱佛言彌勒初業菩薩應當觀察世話過失有二十種若觀察時能令菩薩住決定義由觀是義不生熱惱彌勒云何名爲樂於世話二十種過一者心生憍恣不敬多聞二

者於諸諍論多起執著三者失於正念如理作意四者爲所不應身多躁動五者速疾高下壞於法忍六者心常剛強禪定智慧曾不熏修七者非時而語言論所纏八者不能堅固證於聖智九者不爲天龍之所恭敬十者爲辯才者常懷輕賤十一者爲身證者之所訶責十二者不住正信常懷悔恨十三者心多疑惑搖動不安十四者猶如倡妓隨逐音聲十五者染著諸欲隨境流轉十六者不觀眞實誹謗正法十七者有所希求常不稱遂十八者其心不調爲人棄捨十九者不知法界隨順惡友二十者不了諸根繫屬煩惱彌勤是爲菩薩樂於世話二十種過爾時世尊重說偈言

憍慠於多聞　執著諸諍論　失念不正知
是名世話過　遠離正思惟　身心不寂靜
退失於法忍　是名世話過　其心不調順
遠離奢摩他　及毗鉢舍那　是名世話過
不尊敬師長　愛樂於世論　智慧不堅固
是名世話過　諸天不恭敬　龍神亦復然
退失於辯才　是名世話過　聖者常訶責
如是耽著人　唐捐於壽命　是名世話過
諸行皆缺減　遠離大菩提　命終生憂苦
是名世話過　疑惑心動搖　猶如風吹草
智慧不堅固　是名世話過　譬如倡妓人
讚說他勇健　彼人亦復然　是名世話過
隨逐世語言　染著諸欲境　常行於邪道
是名世話過　希求心不遂　諂曲多諍論
遠離於聖行　是名世話過　愚人得少利
其心常搖動　如猿猴躁擾　是名世話過

智慧多退失　無有覺悟心　愚者所攝持
是名世話過　迷惑於眼耳　乃至意亦然
常與煩惱俱　是名世話過　愚人樂世話
盡壽常空過　不如思一義　獲利無有邊
譬如甘蔗味　雖不離皮節　亦不從皮節
而得於勝味　皮節如世話　義理猶勝味
是故捨虛言　思惟於實義　智慧諸菩薩
能知世話過　常愛樂思惟　第一義功德
法味及義味　解脫第一味　誰有智慧者
心不生欣樂　是故應棄捨　無利諸言話
常樂勤思惟　殊勝第一義　如是第一法
諸佛所讚歎　是故明智人　當樂勤修習

爾時彌勒菩薩復白佛言希有世尊乃能善說世話過失思惟勝義利益功德世尊何有菩薩求於如來眞實智慧而復樂於虛誑世話爾時彌勒菩薩而白佛言世尊云何名爲睡眠中過若觀察時菩薩應當發起精進不生熱惱佛言彌勒初業菩薩應當觀察睡眠過失有二十種若觀察時能令菩薩發起精進意樂無倦彌勒云何名爲樂於睡眠二十種過一者懈怠懶惰二者身體沉重三者顏色憔悴四者增諸疾病五者火界羸弱六者食不消化七者體生瘡疱八者不勤修習九者增長愚癡十者智慧羸劣十一者皮膚闇濁十二者非人不敬十三者爲行愚鈍十四者煩惱纏縛十五者隨眠覆心十六者不樂善法十七者白法減損十八者行下劣行十九者憎嫌精進二十者爲人輕賤彌勒是爲菩薩樂於睡眠二十種過爾時世尊重說偈言

身重無儀檢　懈怠少堪任　顏色無光澤
是樂睡眠過　彼人常病惱　風黃多積集
四大互違反　是樂睡眠過　飲食不消化
身體無光潤　聲嘶不清徹　是樂睡眠過
其身生瘡疱　晝夜常昏睡　諸蟲生機關
是樂睡眠過　退失於精進　乏少諸財寶
多夢無覺悟　是樂睡眠過　癡網常增長
樂著於諸見　熾盛難療治　是樂睡眠過
損減於智慧　增長於愚癡　志意常下劣
是樂睡眠過　彼住阿蘭若　常懷懈怠心
非人得其便　是樂睡眠過　蒙憒失正念
諷誦不通利　說法多廢忘　是樂睡眠過
由癡起迷惑　住於煩惱中　其心不安樂
是樂睡眠過　功德皆損減　常生憂悔心
增長諸煩惱　是樂睡眠過　遠離諸善友
亦不求正法　常行非法中　是樂睡眠過
不欣求法樂　損減諸功德　遠離於白法
是樂睡眠過　彼人心怯弱　恒少於歡喜
支分多羸瘦　是樂睡眠過　自知身懈怠
嫉妬精進者　樂說其過惡　是樂睡眠過
智者了其過　常離於睡眠　愚人增見網
無利損功德　智者常精進　勤修清淨道
離苦得安樂　諸佛所稱嘆　世間諸技藝
及出世工巧　皆由精進力　智者應修習
若人趣菩提　了知睡眠過　安住精進力
覺悟生慚愧　是故諸智者　常生精進心
捨離於睡眠　守護菩提種

爾時彌勒菩薩而白佛言希有世尊樂著睡眠乃有如是無量過失若有聞者不生憂悔猒離之心發起精進當知是人甚大愚癡若

有菩薩爲欲志求阿耨多羅三藐三菩提者聞說如是眞實句義功德利益於諸善法而生懈怠不起精進住菩提分無有是處爾時彌勒菩薩白佛言世尊云何名爲衆務中過若觀察時令諸菩薩不營衆務勤修佛道佛言彌勒初業菩薩應當觀察樂營衆務二十種過若觀察時能令菩薩不營衆務勤修佛道彌勒云何名爲二十種過一者躭著世間下劣之業二者爲諸讀誦修行比丘之所輕賤三者亦爲勤修禪定比丘之所訶責四者心常發起無始生死流轉之業五者虛食居士及婆羅門淨心信施六者於諸財物心懷取著七者常樂廣營世間事務八者念其家業常懷憂嘆九者其性狠戾發言麤獷十者心常憶念勤修家業十一者愛著諸味增長貪欲十二者無利養處不生歡喜十三者多生惱害障礙之業十四者常樂親近諸優婆塞及優婆夷十五者但念衣食而度晝夜十六者數問世間所作事業十七者常樂發起非法語言十八者恃營衆務而起憍慢十九者但求人過不自觀察二十者於說法者心懷輕賤彌勒是爲菩薩樂營衆務二十種過爾時世尊重說偈言

安住下劣業　遠離殊勝行　退失大利益
是名衆務過　樂讀誦比丘　及修禪定者
一切皆訶責　是名衆務過　常行生死業
捨離解脫因　虛受於信施　是名衆務過
樂受諸財寶　不得生憂惱　住於下劣行
是名衆務過　是人多愛染　往來婬女家
如鳥入樊籠　是名衆務過　常憂嘆家業

恒懷熱惱心　出言人不信　是名衆務過
不受尊者教　違拒而輕賤　毀犯清淨戒
是名衆務過　其心多憶想　勤營於世業
不能修智斷　是名衆務過　貪心恒熾盛
樂著於諸味　曾無知足心　是名衆務過
得利生歡喜　無利便憂惱　貪悋無仁心
是名衆務過　惱害無慈愍　增長諸惡業
愛蔓相纏縛　是名衆務過　遠離於師長
親近惡知識　擯斥持戒人　是名衆務過
晝夜無餘想　唯念求衣食　不樂諸功德
是名衆務過　常悶世間智　不樂出世言
躭愛於邪說　是名衆務過　自恃知衆務
輕慢諸比丘　猶如狂醉人　是名衆務過
常伺求他短　不自見其過　輕毀有德人
是名衆務過　如是愚癡者　無有善方便
輕慢說法者　是名衆務過　如是下劣業
具足諸過失　何有智慧人　愛樂而修習
清淨殊勝業　具足諸功德　是故有智人
愛樂常修習　若樂下劣業　智者當訶責
如人捨多財　貪求於少分　是故明智人
當捨下劣業　應求勝上法　諸佛常稱歎

爾時彌勒菩薩而白佛言希有世尊彼諸菩薩捨離殊勝精進之業而乃發起下劣之事當知是人甚爲少智覺慧微淺佛告彌勒菩薩言彌勒我今實言告汝若有菩薩不修諸行不斷煩惱不習禪誦不求多聞我說是人非出家者彌勒若有勤修智斷行者智出生者智成就者不作世業營衆務者我說是人住如來教若有菩薩樂作世業營於衆務爲所不應我說是人住於生死是故菩薩不應

親近彌勒若有菩薩多營衆務造七寶塔遍滿三千大千世界如是菩薩不能令我而生歡喜亦非供養恭敬於我彌勒若有菩薩於波羅蜜相應之法乃至受持一四句偈讀誦修行爲人演説是人乃爲供養於我何以故諸佛菩提從多聞生不從衆務而得生也彌勒若有菩薩勤營衆務令彼讀誦修行演説諸菩薩等營於衆務當知是人增長業障無諸福利何以故如是所説三種福業一切皆從智慧而生是故彌勒營事菩薩於彼讀誦修行演説諸菩薩所不應障礙爲作留難讀誦修行演説菩薩於修禪定諸菩薩所不應障礙爲作留難彌勒若一閻浮提營事菩薩於一讀誦修行演説菩薩之所應當親近供養承事若一閻浮提讀誦修行演説諸菩薩等於一勤修禪定菩薩亦當親近供養承事如是善業如來隨喜如來悦可若於勤修智慧菩薩承事供養當獲無量福德之聚何以故智慧之業無上最勝超過一切三界所行是故彌勒若有菩薩發起精進於智慧中當勤修習爾時彌勒菩薩白佛言世尊如來善説初業菩薩樂於憒閙世話睡眠衆務過失世尊云何名爲戲論中過若觀察時令諸菩薩當得住於寂靜無諸諍論佛言彌勒初業菩薩戲論過失無量無邊我今略説有二十種云何名爲二十種過一者於現在生多諸苦惱二者增長瞋恚退失忍辱三者爲諸怨對之所惱害四者魔及魔民皆生歡喜五者未生善根皆悉不生六者已生善根能令退失七者增諸鬪諍怨競之心八者造作地獄

惡趣之業九者當得醜陋不善之果十者舌不柔輭言詞謇澁十一者所受教法不能憶持十二者於未聞經聞之不悟十三者諸善知識皆悉捨離十四者諸惡知識速當值遇十五者修行於道難得出離十六者不悅意語數數常聞十七者在在所生多諸疑惑十八者常生難處不聞正法十九者修行白法多有障礙二十者於所受用多諸怨嫉彌勒是爲菩薩躭著戲論二十種過爾時世尊重說偈言

現生常苦惱　離忍多瞋恚　怨讎生害心
是名戲論過　魔及魔眷屬　皆生歡喜心
喪失諸善法　是名戲論過　未生善不生
常住於鬬諍　造於惡趣業　是名戲論過
身形多醜陋　生於下劣家　發言常謇澁
是名戲論過　聞法不能持　或聞不入耳
常離諸善友　是名戲論過　值遇惡知識
於道難出離　常聞不順語　是名戲論過
隨彼所生處　常懷疑惑心　於法不能了
是名戲論過　常生八難中　遠離無難處
具足無利益　是名戲論過　於善多障礙
退失正思惟　所受多怨嫉　是名戲論過
如是諸過失　皆因戲論生　是故有智人
速疾當遠離　如是戲論者　難證大菩提
是故有智人　亦應不親近　戲論諍論處
多起諸煩惱　智者應遠離　當去百由旬
亦不近於彼　造立諸舍宅　是故出家人
不應住諍論　汝等無田宅　妻子及僮僕
乃至榮位等　何緣興諍論　出家住寂靜
身被於法服　諸仙咸敬事　當修忍辱心

如是戲論者　增長毒害心　當墮於惡趣
是故應修忍　囚禁及繫縛　刑害而捶楚
如是等諸苦　皆由諍論生　如是戲論者
常遇惡知識　名稱不增長　曾無歡喜心
若捨於諍論　無能伺其便　眷屬不乖離
當遇於善友　於乘得清淨　業障盡無餘
摧伏於魔軍　勤修忍辱行　諍論多諸過
無諍具功德　若有修行者　當住於忍辱

爾時彌勒菩薩復白佛言希有世尊乃能善說如是過失令諸菩薩生覺悟心世尊於後末世五百歲中頗有菩薩聞說如是諍論過失能生憂悔離煩惱不佛告彌勒菩薩言彌勒於後末世五百歲中少有菩薩能生憂悔捨離煩惱多有菩薩其心剛強不相尊敬懷增上慢互相是非聞說如是甚深義趣殊勝功德雖復受持讀誦演說由是菩薩業障深重不能得生殊勝功德便於是經疑惑不信不復受持爲人演說時魔波旬見是事已爲誑惑故作比丘像來到其所作如是言此諸經典皆是世俗善文詞者之所製造非是如來之所宣說何以故此經所說功德利益汝皆不得由魔波旬如是誑惑於此空性義利相應甚深契經心生疑惑起諸諍論不復受持讀誦演說彌勒彼諸愚人不能了知由自業故不能獲彼殊勝功德自業消已決定當得如是功德爾時彌勒菩薩白佛言世尊如佛所說阿彌陀佛極樂世界功德利益若有衆生發十種心隨一一心專念向於阿彌陀佛是人命終當得往生彼佛世界世尊何等名爲發十種心由是心故當得往生彼佛世

界佛告彌勒菩薩言彌勒如是十心非諸凡愚不善丈夫具煩惱者之所能發何等爲十一者於諸衆生起於大慈無損害心二者於諸衆生起於大悲無逼惱心三者於佛正法不惜身命樂守護心四者於一切法發生勝忍無執著心五者不貪利養恭敬尊重淨意樂心六者求佛種智於一切時無忘失心七者於諸衆生尊重恭敬無下劣心八者不著世論於菩提分生決定心九者種諸善根無有雜染清淨之心十者於諸如來捨離諸相起隨念心彌勒是名菩薩發十種心由是心故當得往生阿彌陀佛極樂世界彌勒若人於此十種心中隨成一心樂欲往生彼佛世界若不得生無有是處爾時尊者阿難白佛言希有世尊乃能開示演說如來眞實功德發起菩薩殊勝志樂世尊當何名此經我等云何受持佛告阿難言此經名爲發起菩薩殊勝志樂亦名彌勒菩薩所問以是名字汝當受持佛說此經已彌勒菩薩及諸聲聞一切世間天人阿脩羅乾闥婆等聞佛所說皆大歡喜信受奉行

大寶積經卷第九十二

音釋

瞋恚 瞋稱人切怒而張目也恚於避切恨怒也　嫉妬 嫉昨悉切害賢曰嫉妬都故切害色曰妬　雹 弼角切雨冰也　躁 則到切不安靜也　憔悴 憔慈消切悴秦醉切憔悴憂瘠也　瘡疱 瘡初良切痏也疱皮教切氣疱瘡也　嘶 先齊切聲破曰嘶　樊籠 樊符袁切籠盧紅切樊籠養鳥之竹器也　謇澁

謇九件切口吃也澁色立切不滑也

摣楚 摣主藥切以杖擊也楚創舉切辛酸痛楚也

大寶積經卷第九十三

姚秦三藏法師鳩摩羅什譯

善臂菩薩會第二十六之一

如是我聞一時佛在王舍城迦蘭陀竹園爾時有菩薩摩訶薩善男子名曰善臂來至佛所頭面禮佛足禮已却坐一面爾時世尊告善臂菩薩言善男子是六波羅蜜菩薩常當具足何等六檀波羅蜜尸波羅蜜羼提波羅蜜毗梨耶波羅蜜禪波羅蜜般若波羅蜜善男子是六波羅蜜菩薩常當具足善臂云何菩薩具足行檀波羅蜜善臂菩薩於諸聚落正命求財非邪命求隨順不逆不困逼衆生以求財物而行布施非爲恭敬供養名稱等故而行布施非羞畏故非果報故非生天故非諛諂故於持戒毁戒不起毁譽或是所識或非所識而於其中以平等心供養恭敬尊重讚歎亦於持戒毁戒若親不親所識不識若怨非怨恒以深重敬愛信樂是菩薩隨其所有常應惠施有少施少有多施多有麤施麤有細施細有妙施妙有不妙施不妙若以上饌甘饌飲食價直十萬持用施人或分一錢爲十六分持一分用施其心歡喜等無差別善男子是菩薩於諸乞食者須食施食爲具足一切智力故須飲施飲爲斷衆生渴愛力故須衣施衣爲得無上慙愧衣故須乘施乘爲得菩薩乘佛乘故須香施香爲得正覺持戒香故須華施華爲得如來七覺花故須末香者施以末香爲得除滅一切衆生不善香故須塗香者施以塗香爲得無缺戒香身故須蓋施蓋爲斷衆生煩惱火故須華屣者

施以華褫爲受無量智慧樂故須牀施牀爲令衆生得釋梵聖牀快樂力故須坐處者施以坐處爲坐菩提樹下諸魔結使不能壞亂其坐處故須舍施舍爲令衆生得覆護處無所怖畏得無我力故以好園觀布施佛僧爲得無上寂靜禪定力故持妙供具種種莊嚴施諸佛塔廟爲得三十二相八十種好大丈夫力故若於佛塔及闇道中然燈施明爲得無量佛眼明故以種種妓樂供養三寶爲得無量天耳故以衣鉢施爲得無上端嚴持戒故以扇澡鑵持用施人爲令衆生得涼清淨故以紙筆墨及高座施爲得無上大智慧故施病者藥爲除衆生結使病故以地施他爲令衆生得三乘分甘露界故造塔形像爲令衆生聽正法故所有之物速以施人爲得神通捷疾力故布施清淨爲於無上道中不留難故常施不絕爲得無斷辯才力故隨意布施爲令衆生得大悲故不逼人求財持用布施爲令諸魔外道不能壞亂自然得成無上道故菩薩布施應如上所說而行惠施若菩薩欲作如上施者或自無財當生心施欲得開示無量無邊一切衆生有力無力如上布施是我善行我是妙勝是我寶物能令一切世間衆生所有快樂悉得成就所謂得和合樂能捨一切無有狐疑諸所有願悉皆成就得安樂行若諸世間所有衆生悕望欲得所須之物我當滿足與之珍寶金銀衣服錢財猶如山積飲食之具如大巨海無量無邊是菩薩於晝夜各三時中以己所作財施法施所得果報願與一切衆生共之令過去未來

現在一切有行衆生生妙國界及出世樂是人雖作如是布施終不悕望求其果報開示如是方便爲化衆生入於善法是菩薩布施時願令一切衆生得度得解脱爲得一切智具足一切佛法故若布施布施已亦願衆生得度得解脱爲得一切智具足一切佛法故如此布施若無有力不能學之不能捨財是菩薩應如是思惟我今當勤加精進時時漸漸斷除慳貪悋惜之垢我當勤加精進時時漸漸學捨財施與常令我施心增長廣大乃至生有終不懈怠心常歡喜如是菩薩發菩提心念菩提心修菩提心悕望菩提願求菩提是名菩薩無量阿僧祇大施大捨大出何以故如是布施於諸施中最勝第一令我未來之世於一切世間所有衆生中雨法雨雨甘露雨施法雨施甘露雨出法雨出甘露雨善臂菩薩摩訶薩如是行施不以爲難以爲喜樂速疾具足檀波羅蜜善男子菩薩不能自以身體支節施於乞者若自割若教他割何以故若成是業令彼乞者於大地獄受無量罪故菩薩摩訶薩不應自惜身體支節所以者何欲令乞者遠離廣大不善業故若有乞士來從菩薩乞索所須是時菩薩若自無財不應强逼父母妻子眷屬親戚奴婢取其財物令其貧匱持以施人何以故菩薩摩訶薩欲於一切衆生中行平等慈悲心故若菩薩摩訶薩不逼父母妻子眷屬親戚奴婢財物持用惠施菩薩爾時於衆生中得慈悲心善男子菩薩不應於他衆生有慳悋心以逼他衆生取財惠施諸佛世尊所不讚歎何況

自割支節施於他人是名菩薩具足檀波羅蜜善臂云何菩薩摩訶薩具足尸波羅蜜善臂是菩薩於一切衆生乃至盡形自不殺生敎他不殺願不殺生自不偷盜敎人不盜願不偷盜自不邪婬敎人不邪婬願不邪婬自不妄語敎人不妄語願不妄語乃至盡形自不飲酒敎人不飲酒願不飲酒是菩薩於此五戒中常堅持專念不緩不缺勤加精進如是恐怖他人繫縛囚執鞭杖刑戮於此事中永斷遠離及兩舌惡口妄語綺語亦復如是是菩薩如是思惟我應於一切衆生生愛念心猶如父母愛念一子若我父母以種種苦事弓箭刀杖加害於我我於是中終不生報我於一切衆生應如父母愛念一子譬如父母妻子別離既久一旦相見其心歡喜踊躍無量如是菩薩見一切衆生其心歡喜亦復如是是菩薩持不殺戒欲令衆生得住無學不殺戒故是菩薩持不盜戒欲令衆生得住無學不盜戒故是菩薩持不邪婬戒欲令衆生得住無學不婬戒故是菩薩持不妄語戒欲令衆生得住無學實語戒故是菩薩持不飲酒戒欲令衆生得住無學不飲酒戒故是菩薩持不恐怖戒爲得成就金剛定故是菩薩持不繫縛戒欲令一切衆生斷結使縛故是菩薩持不囚執戒欲令衆生出五道故是菩薩持不鞭杖戒爲欲遠離諸魔結使留難得法定故是菩薩持不刑戮戒爲令身口意得不護業故是菩薩持不兩舌戒爲得不壞和合衆故是菩薩持不惡口戒爲得五種梵音聲故是菩薩持不綺語戒爲得發言說法

無障礙故是菩薩持求畏死衆生戒欲令一切衆生脱生老病死憂愁悲惱恐怖斷故是菩薩愛護他物不令漏失戒爲得無上菩提覺定故有他衆生婦女妻子或被拘録爾時菩薩於中救脱爲得不缺法定故是菩薩若勸他令放爲得心自在故是菩薩若自放或勸他令放爲坐菩提樹下破壞一切魔結使故是菩薩若見繫獄衆生若自放若勸他令放爲得心自在無障礙故是菩薩若見衆生當得鞭杖若自放若勸他令放爲得四無所畏故是菩薩若見衆生當被刑戮若自放若勸他令放爲得四種法身故是菩薩持不誑戒爲坐菩提樹下師子座處一切魔結使不能留難得法定故是菩薩善和鬪諍專生歡喜爲得不壞大聖衆故是菩薩持愛語戒欲令一切衆生耳聞好語心得歡喜樂故是菩薩隨愛語説欲令言不虛故是菩薩持讃佛文詞戒爲得聖人威德成就大衆故是菩薩受持於三時中五體歸命一切世間在在處處過去未來現在無量無邊諸佛法僧菩薩戒爲得菩提樹下師子座處不可破壞專住信精進念定慧得法定故是菩薩受持於三時中掃灑遶塔戒爲得具足一切佛法故是菩薩持讃法戒爲得轉於無上法輪故是菩薩持讃僧戒爲得大衆圍遶故是菩薩持三時歸依三寶戒欲令一切衆生得無上歸依故是菩薩受持於三時中願使一切世間常有佛法僧菩薩不空者戒爲得無上菩提樂故是菩薩受持於三時中勸請一切諸佛一切説法戒爲得十住雨法雨故是菩薩受持

於三時中懺悔諸罪捨出諸惡穢汙戒爲得斷滅一切愛習氣故是菩薩受持於三時中和合一切善根戒爲令一切波羅蜜滿足故是菩薩受持於三時中念一切世間在在處處過去未來現在諸佛聲聞緣覺聖衆菩薩下至六趣衆生所有善根願戒爲得無上菩提資用故是菩薩受持於三時中願求菩薩戒爲得無上菩提正決定故是菩薩於三時中受持一切善根無上道戒爲得畢定如來力無所畏故是菩薩受持供給父毋師長戒爲得無勝法定故是菩薩若見恐畏貧窮之人受持不恐怖供施戒爲得無破壞難論方便故是菩薩受持救護縣官盜賊水火戒爲得諸力波羅蜜故是菩薩若見佛緣覺聲聞菩薩神足變化隨而持戒爲得無上神足力故是菩薩受持護他心身口意業戒爲得如來無量知他心力故是菩薩若見放逸失念者所謂失現在未來三乘義者願起念持不失故是菩薩持聽法集法說法戒爲得具足四無礙辯故是菩薩持一切身口意業善根攝受奉行欲令一切衆生得度得解脫爲得一切智具足一切佛法故如是善根願爲一切衆生受行爲令衆生得解脫得一切智具足一切佛法故如是持戒不缺不破不荒若無力勢能修學者是菩薩應如是思惟今我當勤加精進時時漸漸遠離殺害諸不善法我今復倍加精進時時漸漸善學持戒令增長滿足乃至生有終不懈怠不生憂愁譬如是菩薩摩訶薩發起菩提心念菩提心修菩提道悕望菩提願求菩提是名無量無邊

持戒善根何以故如此持戒一切善戒中最勝第一受持是戒欲令一切世間所有衆生發起無漏戒發起無學戒生無漏戒生無學戒善臂如是菩薩摩訶薩於此持戒不以爲難以爲喜樂速疾具足尸波羅蜜善臂云何菩薩摩訶薩具足羼提波羅蜜是菩薩若自眷屬若他衆生來奪菩薩命者菩薩爾時於此事中終不生於瞋報之心或有他人來奪菩薩財物乃至妻子若説兩舌惡口妄言綺語若有恐怖繫縛囚執鞭杖刑戮以種種苦如於菩薩菩薩爾時亦復不生還報之心若奪命根及一切物乃至妻子若説兩舌惡口妄言綺語恐怖繫縛囚執鞭杖刑戮是菩薩思惟如是諸事是我惡行不善業報自作自受或過去世或現在世若先作已今受果報我今云何於自果報而瞋於他復次善臂菩薩如是思惟若有他人奪我命根及諸財物乃至妻子若説兩舌惡口妄言綺語若有恐怖繫縛囚執鞭杖刑戮我於此中不應瞋害加他繫縛怨家何以故我今現世受少苦惱尚不愛喜不可適意云何生瞋加害於他於當來世受諸罪報無量無邊百千萬億苦惱甚多不喜不愛不可適意諸果報也復次善臂菩薩如是思惟有命根故斷截命根有財物故劫奪財物有妻子故奪其妻子有耳根故聞兩舌惡口妄言綺語有此身故有恐怖繫縛囚執鞭杖刑戮今我自受命根耳根身受苦入云何以瞋加害於他復次善臂菩薩摩訶薩如是思惟眼根即是地大即是自物即是法界即是自性濕性水熱性火動性風

即是已物即是法界即是自性如是一切命即是壞法滅法盡法如是一切諸根是苦法是苦觸法是受苦法一切身即是苦法是苦觸法是受苦法即是已物即是法界即是已性我今此命即是壞法滅法盡法苦法此六根即是苦觸法即是惡觸觸我今云何自於此命壞法滅法盡法而生瞋恚侵害於他繫縛怨家何以故即是已物即是法界即是自性復次善臂菩薩摩訶薩如是思惟內眼耳鼻舌身意非我非我所外眼耳鼻舌身意亦非我非我所云何明智之人於此六根非我非我所中莊嚴愛著生於瞋恚加害他人復次善臂菩薩摩訶薩如是思惟人中苦少餓鬼苦多畜生中苦轉復增多地獄苦惱無量無邊不可計倍人中少苦尚不欲受何況於未來世中受三惡道無量苦惱是故我今不應生瞋加害於他復次善臂菩薩摩訶薩如是思惟我今若能利益一人尚不應瞋加害於他繫縛怨家何況我當以甚深法義利益一切世間無量衆生發大莊嚴大莊嚴已得受記莂趣於大乘而得具足無上佛法是佛法中不應不忍侵害於他憎嫉鬬訟此中應行忍辱利益於他善和鬬訟不懷嫉妬善臂若有善男子善女人乃至阿鼻地獄受諸苦痛於怨家許尚不應生瞋加害侵毀何況人中受少苦惱當生瞋害於他是善男子善女人爲他所瞋駡詈訶責誹謗輕毀稱揚惡名如是諸惡悉應忍之起慈悲心純淨無垢欲得如來心故是菩薩受諸鞭杖恐怖繫縛囚執於此事中悉應忍之起慈悲心爲於一念

中間破一切無明闇障㲉故是菩薩受行忍辱慈悲心欲令一切衆生斷愛恚故若割耳時亦行忍辱起慈悲心欲令一切衆生聞法信故若割鼻時亦行忍辱起慈悲心爲受端嚴無上持戒香故若截足時亦行忍辱起慈悲心爲得如來四神足故若截手時亦行忍辱起慈悲心爲欲攝取一切衆生得寂靜故若分解支節時亦行忍辱起慈悲心爲令具足六波羅蜜故若挑眼時亦行忍辱起慈悲心爲得慧眼故若斬首時亦行忍辱起慈悲心爲得如來一切智首故是菩薩如是忍辱趣向思惟願令一切衆生得度得解脱爲得一切智具足一切佛法故如是忍辱我今趣向思惟已願令一切衆生得度得解脱爲得一切智具足佛法故如是忍辱不破不缺不荒若無力勢不能學者是時菩薩應如是思惟我今當勤加精進時時漸漸遠離斷滅不忍之法令我勤加精進時時漸漸勤學忍辱令此忍辱增廣具足乃至生有終不懈怠不生憂愁如是菩薩摩訶薩發菩提心念菩提心修菩提心悕望菩提願求菩提是菩薩發起正行如是等無量無邊阿僧祇善忍欲令一切世間所有衆生發起無漏忍辱發起無學忍辱生無漏忍辱生無學忍辱善臂如是菩薩摩訶薩行於忍辱不以爲難以爲喜樂速疾具足羼提波羅蜜善臂云何菩薩摩訶薩具足毗梨耶波羅蜜善臂是菩薩應如是思惟今此十方一一方面有無量世界一一世界有無量無邊衆生集聚無有邊際我今當發莊嚴令此衆生得大利益亦令得樂復

次觀知無量衆生利益快樂所緣之法故發起善根法故我於無量晝夜若心放逸或生餘念若睡眠時常念念中增長福德於一一念中發起無量無邊善根菩提資用我今當知一一念中發起增益無量善根故成阿耨多羅三藐三菩提則不爲難今我以此緣故我見菩薩甚爲易得是故欲得無上道者乃至盡形不應懈怠復次善臂菩薩摩訶薩如是思惟若菩薩於無量無邊世界衆生中能令一世界衆生得離一切諸苦者我尚於一一念中發起增益無量善根何況乃令無量無邊世界衆生遠離斷除生老病死恩愛別離怨憎集會三惡道苦復次善臂菩薩摩訶薩如是思惟若菩薩摩訶薩於一念中欲令無量無邊世界所有衆生遠離斷除一切諸苦者此菩薩亦於一念之中得發起增益無量善根況當欲令未來無量無邊阿僧祇刧無量無邊世界衆生遠離斷除生老病死恩愛別離怨憎集會三惡道苦復次善臂菩薩摩訶薩應如是思惟若有人欲得聲聞緣覺法是人尚得於一一念中發起增益無量無邊善根何況有善男子善女人欲成就具足佛法無量無邊威德力勢者善男子善女人四因四緣四境界於晝夜中若心放逸或生餘念若睡眠時於一一念中修集四無量無邊善根發起增益菩提資用我今當知一一念中發起增益四無量善根成阿耨多羅三藐三菩提則不爲難以是緣故我見菩提甚爲易得是故欲得菩提道者乃至盡形不應懈怠譬如四大海若南若北若上若下易得邊

際如是四無量善根大海菩提資用難得其邊我今何故不於一一念中發起增益四無量善根大海菩提資用是故欲成無上道者乃至盡形不應懈怠復次善臂菩薩摩訶薩如是思惟若有獅子狐狼鷲鵰烏鳥蚊虻蠅蚤如是等類尚得無上道已況我今者生於人中而應懈怠是故欲成無上道者乃至盡形不應懈怠復次善臂菩薩摩訶薩如是思惟乃至百人千人猶尚得成無上道已而我今者獨不得成況復十方如恒河沙等現在未來諸佛世尊已成當成是故我今乃至盡形不應懈怠是菩薩復應如是思惟若有法是佛所說若聲聞說若菩薩說乃至狂愚人爲佛故說所謂檀波羅蜜尸波羅蜜羼提波羅蜜毗梨耶波羅蜜禪波羅蜜般若波羅蜜

是菩薩爲具足佛法欲成無上道欲得一切智於此法中勤加精進如救頭然學持通利思惟分別爲他解說智慧精進一心思惟是菩薩若一切衆生有說法之處乃至刀杖之難要至其所聽其所說或有衆生修樂報業若現世樂若後世樂菩薩爾時即以善法妙義如法佐助於此善法亦復勤加精進是菩薩自以己身施於衆生令得自在譬如四大一切衆生於中自在隨所須用菩薩摩訶薩以身施人令他自在亦復如是智慧精進乃至刀杖之難常於佛法僧中及諸師長羸老病苦貧窮無護增益供養恭敬使令勤加精進如救頭然隨衆生心布施愛語利益同事隨所攝之欲得聲聞乘者調伏安置於聲聞乘欲得緣覺乘者調伏安置於緣覺乘欲得

菩薩乘者調伏安置於菩薩乘智慧精進如救頭然是菩薩爲善法故六波羅蜜因緣故不計寒熱飢渴蚊䖟毒螫風飄日暴惡觸誹謗罵詈種種苦惱疲極睡眠於此事中乃至盡形終不憶念智慧精進如救頭然乃至刀杖之難亦不懈怠是菩薩爲無上道因緣故能受種種苦所謂阿脩羅人三惡道苦不以爲難智慧精進如救頭然是菩薩牢强精進意勇堅固欲出於世成佛無上精進之力是菩薩欲得毗梨耶波羅蜜趣向毗梨耶波羅蜜願令衆生得度得解脱故爲得一切智具足一切佛法故我今趣向毗梨耶波羅蜜已願令衆生得度得解脱故爲得知一切智具足一切佛法故如是精進不破不缺不荒若無力勢不能具足學者是菩薩如是思惟我今當勤加精進時時漸漸斷除懈怠懶惰復當勤加精進時時漸漸善學精進令此精進增廣具足乃至生有終不懈怠不生憂愁如是菩薩發起菩提心念菩提心修菩提心悕望菩提是名無量無邊阿僧祇善精進波羅蜜何以故如是精進於餘善法精進中最勝第一欲令一切世間在在處處所有衆生發起無漏精進發起無學精進生無漏精進生無學精進善臂如是菩薩摩訶薩行於精進不以爲難以爲喜樂速疾具足毗梨耶波羅蜜

大寶積經卷第九十三

音釋

羼提梵語也此云安忍又云忍辱羼楚限切
諛諂諛容朱切諂丑琰切面從曰諛佞言曰諂
毀譽毀虎委切訾也謗也譽羊茹切稱美也
饌雛戀切具食也
屣所爾切履也
澡鑵澡子皓切洗滌也鑵古玩切瓶屬
悋良刃切慳也
雨法雨上雨王遇切自上而下曰雨下雨王矩切法雨謂佛說法衆生蒙澤若時雨之滋長萬物也
匱求位切乏也
遠離遠于願切遠之也離力智切去也相遠也
留難難乃旦切留難謂留止阻難也
鬪諍鬪丁候切競也諍側迸切訟也
掃灑掃先到切除也灑所賣切汛也
記莂莂必列切記莂謂授將來成佛之記劫國名號之莂也
㲉克角切皮㲉也
鷲疾僦切大鵰也
蚊蝱蚊無分切蝱眉庚切蚊蝱並齧人飛蟲也
螫施隻切蟲行毒也

大寶積經卷第九十四

姚秦三藏法師鳩摩羅什譯

善臂菩薩會第二十六之二

善臂云何菩薩摩訶薩具足行禪波羅蜜菩薩若眼見色不取其相或時眼根爲外緣所牽應正行守護不令隨緣不留心於無明貪著世間護持是戒爾時具足得眼根戒耳聞聲鼻齅香舌嘗味身覺觸意知法亦如是是菩薩若行住坐卧若説法若嘿然終不遠離寂定之心善護手足無有散亂常懷慚愧善護口業安庠直視心常寂靜不喜戲笑善御身口意業令其寂靜若屏隈處及現露處無有異心於所須物衣服飲食卧具醫藥心常知足易養易滿易可使令善行寂靜遠離憒閙於利衰毁譽稱譏苦樂心無有異不高不下命及非命亦無異心無瞋無愛等視怨家猶如赤子於忍不忍心常平等聖聲凡聲寂聲亂聲亦復如是憎愛色中心不高下離染瞋恚愛不愛者聲香味觸法亦復如是是菩薩觀欲如骨璅邪憶想故發起此心觀欲如肉摶多怨憎故觀欲如炬火染著苦法遠離樂故觀欲如樹上果多人愛著故觀欲如假借不得自在故觀欲如夢念念滅故觀欲如癰於苦倒中生樂想故觀欲如鉤行諸惡法墮惡道故觀欲如灰河增益欲染不知足故是故菩薩如是觀已離欲惡不善法有覺有觀離生喜樂成初禪行離覺觀内淨信心在一處無覺無觀定生喜樂成二禪行離喜行捨念正智一心身行樂諸聖人能行能捨成三禪行捨苦樂意先滅憂喜行捨念淨成四

禪行於一切衆生思惟樂想成就無量無邊慈心於衆生中思惟苦想成就無量無邊悲心於衆生中思惟喜想成就無量無邊喜心於衆生中捨苦樂想成就無量無邊捨心是菩薩不思惟色想成就空處寂靜行不思惟空想成就識處寂靜行不思惟識想成就無所有處寂靜行不思惟無所有處想成就非有想非無想處寂靜行是菩薩於入息出息若隨若住長時知長短時知短成就入息出息寂靜行是菩薩思惟觀身不淨想成就不淨寂靜行是菩薩思惟無常想生老病過成就無常想寂靜行思惟食中起無量過患想成就食不淨想寂靜行於諸世界城邑聚落種種嚴飾中思惟分別必歸壞敗想成就世間不可樂寂靜行是菩薩內有色想外觀色

少若好若醜取其相貌成就初勝處行是菩薩內有色想外觀色多若好若醜取其相貌成就第二勝處行是菩薩若死若燒風吹日暴成爲灰土爲水所漂若碎滅磨滅若斷三有是名內無色想外觀色少若好若醜取其相貌成就第三勝處行是菩薩內無色想外觀色多若好若醜取其相貌成就第四勝處行是菩薩內無色相外觀色青無量無邊愛樂取相成就第五勝處行是菩薩內無色相外觀色赤無量無邊愛樂取相成就第六勝處行是菩薩內無色相外觀色黃無量無邊愛樂取相成就第七勝處行是菩薩內無色相外觀色白無量無邊愛樂取相成就第八勝處行是菩薩入是無量無邊地一切處不念異相成就初一切處行是菩薩入無量無

邊水火風青黃赤白虛空識一切處不念異相成就十一切入處行是菩薩入苦法時心緣一切善根所謂大慈大悲攝持正法不斷三寶莊嚴佛身清淨梵音本昔誓願教化衆生淨佛世界坐菩提樹轉妙法輪除斷一切衆生結使其心所緣境界如是是菩薩入禪定時離四識住處不依地大水大火大風大空大識大亦不依止今世後世入如是定都無所依是菩薩入禪其心愛樂爲欲入於無上解脫定故是菩薩修行禪定願令一切衆生得度得解脫故爲得一切智具足一切佛法故若思惟若思惟已願令一切衆生得度得解脫故爲得一切智具足一切佛法故於此禪定若無力能學是菩薩應如是思惟我今應時時漸漸勤加精進遠離亂心時時漸漸勤加精進勤學一心令此一心增廣具足乃至生有終不懈怠不生愁憂是菩薩發起菩提心念菩提心修菩提心希望菩提願求菩提是名菩薩摩訶薩無量無邊善根禪定欲令一切世間在在處處所有衆生發起無漏禪定發起無學禪定生無漏禪定生無學禪定菩薩摩訶薩行是禪定不以爲難以爲喜樂速疾具足禪波羅蜜善臂云何菩薩摩訶薩具足般若波羅蜜善臂若有聰明智慧之人學已能持聞已誦習善學諸法甚深相義亦能分別如所聞法聞已思義有如是等者菩薩爾時則應親近恭敬供養尊重讚歎乃至刀杖不應遠離是菩薩因學問故因了義故因思義故供養恭敬師和尚故乃至近死終不避難諸苦惱事所謂飢渴寒熱蚊虻

毒螫風吹日暴諸惡觸等駡詈誹謗是菩薩於正法中起寶聚想於說法者起寶藏想於聽法者起難遭想於問義者起慧命想於多學者斷除無明起智慧想於分別諸法起百千生生慧眼想是菩薩聞是諸法受持修學廣分別已知陰界入四聖諦十二因緣三世三乘得如是知云何知界知二界有爲界無爲界是名二界云何有爲界若法生住滅者是名有爲界云何無爲界若法無生住滅是名無爲界是名知有爲無爲界復次知三界善界不善界無記界云何善界若不貪共不貪若不恚共不恚若不癡共不癡是名善界云何不善界若貪共貪若瞋共瞋若癡共癡是名不善界云何無記界除善不善若有餘法是名無記界復次知三界所謂欲界色界無色界云何欲界地獄畜生餓鬼阿修羅人四天王天三十三天夜摩天兜率陀天化樂天他化自在天若於此中欲染貪著瞋恚愚癡悕望欲得心所作業是名知欲界云何色界梵天梵輔天梵衆天大梵天光天少光天無量光天光音天淨天少淨天無量淨天遍淨天果實天少果天廣果天無量果天無想天無熱天無惱天善見天妙善見天阿迦膩吒天若於此中色染愚癡悕望欲得心所作業是名色界云何無色界空處天識處天無所有處天非有想非無想處天若於此中無色染汙愚癡悕望欲得心所作業是名無色界是名三界復次知四界欲界色界無色界無爲界是名知四界復次知六界所謂欲界恚界害界出界不恚界不害界是名知六界

復次知六界所謂地水火風空識界是名六界觀地大無常變壞無堅無牢相若無常即是苦若是苦即無我水大火風空識大無常變壞無堅牢相若無常即苦若苦即無我是名知六界是菩薩聞如是法已受持修學廣分別已即知五陰所謂色陰受想行識陰色如水沫即是生滅不得久住受如水泡即是生滅不得久住想如野馬即是生滅不得久住行如芭蕉即是生滅不得久住識如幻化即是生滅不得久住是名知五陰是菩薩聞是法已受持修學廣分別已即知內入所謂眼入耳鼻舌身意入是名內六入眼入即是苦法老法死法空無我無我所熾然三毒生老病死憂悲苦惱亦能熾然諸苦惱法耳鼻舌身意亦如是熾然三毒乃至諸苦是名知內六入復次知外六入眼所見色是名外六入耳所聞聲鼻所齅香舌所甞味身所覺觸意所知法是名外六入眼所見色是外入不堅牢性無所依止亦無勢力一切無常如實非不如實如幻如化耳所聞聲鼻所齅香舌所甞味身所覺觸意所知法亦如是是名知外六入是菩薩聞如是法已受持修學廣分別已即知四聖諦所謂苦聖諦集聖諦滅聖諦道聖諦是名四聖諦云何苦諦若五陰六界內六入外六入是名苦此苦無常喻如怨賊如癰如箭如獄閉繫如器壞敗是不自在即是無我得如是知已是名知苦聖諦云何集聖諦所謂貪恚癡慢我慢專取於我決定計我常住不壞我即是色我異於色我即是想我異於想我是想非想我異想非想我即

是陰我異於陰我中有陰陰中有我我即是界入我異界入我中有界入界入中有我我即是受我異於受我即是知我異於知我是無受我異無受我是色少我異色少我是色多我異色多我是常我是無常我是常無常我是非常非無常我是有邊我是無邊我是有邊無邊我是非有邊非無邊死後如去死後不如去死後亦如去亦不如去死後非如去非不如去命即是身身即是命此衆生從何處求去至何處此諸衆生即是斷滅非有相續自作自受他作他受計有我者即有我所有我所者即是有我如是攝取我見身見若結若使若我我所我受貪恚癡本若總身口意業若福業若罪業若欲界業若色無色界業是名集聖諦云何滅聖諦若貪恚癡盡我我所盡受取有盡是名滅聖諦云何道聖諦若見苦集盡思惟一切有爲過患見涅槃寂靜所作已辦住如是法時正見正思惟正語正業正命正精進正念正定是名道聖諦如是知四聖諦是菩薩分別思惟四聖諦時見有爲法是苦是無常是空是無我見無爲法能爲覆護是舍是依雖作是觀不證涅槃如是知四聖諦是菩薩聞如是法已受持修學廣分別已即知十二因緣所謂無明緣行行緣識識緣名色名色緣六入六入緣觸觸緣受受緣愛愛緣取取緣有有緣生生緣老死是名十二因緣若不知不見四聖諦十二因緣是名無明若有身口意業若福業若罪業若欲界繫色無色界繫是名行若有心意識是名識若有受想思觸思惟是名名若有

四大四大所造色從歌羅邏乃至化生若作色非作色是名色名色合故是名名色若眼耳鼻舌身意是名六入若眼緣色生眼識三法和合故生觸是名觸若有苦受樂受不苦不樂受是名受若有愛染是名愛若有愛見戒取是名取若有色受想行識是名有若此有發起是名生若此有衰變是名老若此有滅壞是名死菩薩如是分別思惟十二因緣見聞覺知地非是我不生愛著我非地不生愛著亦非悕望水火風空識亦如是見聞覺知涅槃非我不生愛著我非涅槃不生愛著亦非悕望是菩薩見諸法從因緣起知三解脫門廣修學見諸法空無相無作是菩薩見諸法從因緣起知寂滅樂精勤修學廣分別已則無明滅無明滅則行滅行滅則識滅識滅則名色滅名色滅則六入滅六入滅則觸滅觸滅則受滅受滅則愛滅愛滅則取滅取滅則有滅有滅則生滅生滅則老死滅如是菩薩雖觀十二因緣起滅而不證於滅菩薩如是知十二因緣是菩薩聞是法已一心受持修學廣分別已即知三世所謂過去未來現在云何過去世若法生已滅是名過去世云何未來世若法未生未起是名未來世云何現在世若法生已未滅是名現在世是菩薩念過去世諸不善根輕毀可惡背捨離之未來不善根當受不善果報不喜不愛不可適意現在不善根當令不起是菩薩能攝護身口意業及六情根常起善業無有中間於過去善根是菩薩菩提心專念菩提悕望菩提欲得菩提以深重愛樂願一切衆生得度

得解脱爲得一切智具足一切佛法故未來世現在世亦如是常不離是心終不懈怠失念放逸若過去世陰界入等即是滅盡不實不在無我無我所若未來世陰界入等是未生未起無我無我所若現在陰界入是念念不住何以故世法無有一念住者若有一念是一念中亦有生住滅是生住滅亦復不住如生住滅中有内外陰界入是内外陰界入亦有生住滅若如是不住者即是非我非我所若過去世滅盡不實不在非我非我所若未來世未生未起非我非我所若現在念念不住是非我非我所若見三世非我非我所是名實智慧者不見我我所是我我所是即於諸有行無我無我所行離欲想行斷想行滅想雖作是行不證涅槃是名知三世是菩薩聞是法已受持修學廣分別已即知三乘所謂天乘梵乘聖乘云何天乘初禪二禪三禪四禪是名天乘云何梵乘慈悲喜捨是名梵乘云何聖乘正見正思惟正語正業正命正精進正念正定是名聖乘是菩薩時時修集天乘梵乘聖乘教化衆生令住三乘是時自身不證解脱是名知三乘復次知三乘所謂聲聞乘緣覺乘大乘云何聲聞乘軟根解脱於一念中離三有窟宅樂欲出世欲得涅槃見寂滅處懃加精進如救頭然若其未解四聖諦者欲以智箭射四諦的欲證欲解以深欲精進是名聲聞乘云何辟支佛乘中根解脱欲得寂靜獨在一處而自利益入寂靜定方便分別十二因緣欲得緣覺道欲證緣覺是名緣覺乘云何大乘上根解脱欲令一

切衆生得度得解脱爲得一切智具足一切佛法六波羅蜜欲利益一切世界欲斷一切衆生苦惱於一切世界五欲樂中心尚輕賤何況世間無量諸苦欲令衆生持無上戒欲得聞見大乘經典受持修學思惟分別讀誦令利勤加精進若有菩薩修四攝法應往親近欲令衆生攝眞智慧安住四攝常欲得聞諸深法要受持分別欲令一切入於禪定自捨已樂利益衆生欲以自力隨他所樂令住三乘雖作是化常自安住無上道中不壞不動心如金剛常願欲得無上菩提願求菩提是名大乘是名知三乘是菩薩聞是法已受持修學廣分別已即知方便於佛法僧五體投地以此爲業於其所作願無上道如是歸依發菩提心若行若住若坐若卧若飲食洗浴於此事中更無餘心但願無上菩提常作如是廣博修學是菩薩若始入定若入定已常願一切衆生爲度得解脱故爲得一切智具足一切佛法故欲於世界中專欲調伏一切衆生欲於一切衆生中無能勝者欲得最勝欲教誡一切衆生欲令一切衆生得寂滅欲於一切法得成正覺具足一切佛法發菩提心常作如是廣博修學是菩薩若一切所作善根願一切衆生無有恐怖出三惡道滅無量苦斷諸煩惱令得涅槃現在未來欲得聲聞乘者願令具足現在未來欲得緣覺乘者願令具足現在未來欲得大乘者願令具足願請一切世間所有現在未來諸佛世尊住世一劫説法令聖人衆隨佛在世而得和合是菩薩如是思惟若在在處處所有衆生

所修善根若欲生人中天上若住聲聞乘若住辟支佛乘若愛語布施利益同事願令具足是菩薩以是法故於三時中讀誦通利思惟此法所謂我今歸依一切世間在在處處所有諸佛佛法僧菩薩頭面禮敬諸佛威德無能勝者其相甚妙菩薩常應作如是念諸佛法僧願令世間在在處處無有空處所在方面常有諸佛令我勸請留住一劫說微妙法呵責諸惡若已作若今作我今已得離一切惡乃至一念中間當願以一切善根令諸衆生壽命無量住於一切諸善法中如諸菩薩速轉法輪令諸聖人得戒定慧解脫解脫知見願令佛法常住於世利益衆生生五道者悉得善根乃至敬禮諸佛常作是願是諸菩薩所有善願令他衆生及其己身得妙威德善妙威德若未來現在一切世間佛法僧寶令住一劫無諸留難及諸菩薩寶速令具足六波羅蜜疾成阿耨多羅三藐三菩提亦無留難欲令一切衆生斷除苦惱怖畏行於喜樂斷一切不善根成就一切善根隨如所願成就三乘速疾成就諸波羅蜜壽命無量而得解脫成無上道乃至敬禮諸佛常作是願是菩薩欲令一切衆生斷諸苦惱若一切世間在在處處所有諸佛乃至法身願以己身奉施彼佛欲令一切衆生得度成無上道在所生處信敬三寶以天香花供養恒河沙等諸佛世尊亦供養法僧及諸菩薩令所奉寶如須彌山一切世間在在處處所有衆生若有所須七寶房舍衣服飲食醫藥卧具悉當給與令無所乏若有樂於忍辱精進持戒

者我當隨其所樂而爲解説使成就勝法令三寶具足修六波羅蜜疾成佛道離諸惡法善行實義身口意業不退菩提樂於菩提在在處處見佛菩薩常學善根安止衆生於善法中是菩薩自知及他所有善根趣向智慧思惟智慧願欲令一切衆生得度得解脱故爲得一切智具足一切佛法故是菩薩趣向思惟已願令一切衆生得度得解脱故爲得一切智具足一切佛法故是菩薩如是智慧若無力能學應如是思惟我今當勤加精進時時漸漸斷於無明我今復當倍加精進時時漸漸學此智慧令此智慧增廣具足乃至生有終不懈怠生於憂愁如是菩薩發菩提心念菩提心修菩提心悕望菩提心是菩薩無量無邊善智慧何以故此慧於餘善慧中最勝第一令一切世間衆生發起無量智慧發起無學智慧生無漏智慧生無學智慧善臂如是菩薩行此智慧不以爲難以爲喜樂速疾具足般若波羅蜜佛説是經已善臂菩薩歡喜讚言善哉善哉信受奉行

大寶積經卷第九十四

音釋

嘿然（嘿密北切靜也又不語也）屏隈（屏必郢切屏蔽也隈烏回切隩也隈僻也）骨璅（璅蘇果切）癰（癰於容切癰癤也）

大寶積經卷第九十五

唐三藏法師菩提流志奉　詔譯

善順菩薩會第二十七

如是我聞一時佛在舍衛國祇樹給孤獨園與諸大衆五百聲聞十千菩薩恭敬圍遶時舍衛城有一菩薩名曰善順已於過去無量佛所種諸善根承事供養於阿耨多羅三藐三菩提得不退轉住於大慈心不瞋恚住於大悲弘濟無倦住於大喜善安法界住於大捨苦樂平等節量時食少欲知足常爲衆生之所樂見恒以五戒及八齋法於其城中憐愍教化然後復勸布施持戒忍辱精進禪定智慧慈悲喜捨清淨梵行爾時善順菩薩爲令衆生見佛聞法與諸人衆前後圍遶將詣佛所時天帝釋以淨天眼見此菩薩住止精進行頭陀行具淨尸羅弘濟堅固便自念言今此善順於諸梵行曾不懈息將不爲求帝釋處耶或貪王位及欲樂耶作是念已即便化作四丈夫身至菩薩前種種惡言毀罵菩薩復以刀杖及於瓦石打擲加害爾時菩薩住慈忍力皆忍受之曾無瞋恨時天帝釋復更化作四大丈夫來語菩薩咄哉善順彼諸惡人以不善言罵辱於汝及以瓦石刀杖之屬橫相打害何不令我爲汝讎報我當爲汝斷彼命根爾時菩薩告彼人言善男子等莫作是語若殺害者成就惡業假使有人於我此身節節支解猶如棗葉我終不生殺害之心何以故殺害之人墮於地獄餓鬼畜生乃至雖得人身所生父母猶不愛念恒爲衆人之所憎惡善男子一切諸法凡有二種一者

善法二者不善法由不善法墮於惡趣若依善法獲於福利爾時善順菩薩欲重宣此義而說偈言

善惡猶種植　皆隨業所生　何有苦子因
成熟甘果者　現見法如是　智者應思惟
苦報酬惡緣　爲善常安樂

爾時天帝所化之人聞是言已自念不能令彼菩薩爲殺害業忽然不現爾時天帝復更化作金銀寶聚令諸丈夫至菩薩所作如是言汝可方便取此珍寶隨意所用爾時菩薩告彼人言諸善男子莫作是說所以者何夫盜業者能令衆生貧窮下劣無依無怙假使我貧命不存濟終不行於不與取法諸君當知凡夫愚冥貪求覆蔽何有智人行不與取爾時善順菩薩而說偈言

積財雖千億　貪著心不捨　智者說此人
在世恒貧苦　彼雖無一物　安住捨離心
智者說斯人　世間最富貴　智者離諸惡
一切皆端嚴　愚夫由作業　舉身皆醜陋
智者勤修善　愚夫恒爲惡　寧受智毀罵
不用愚稱讚

時彼天帝所化之人聞是言已悵然而去爾時天帝復自親試持俱胝金至菩薩所作如是言我先於此舍衛大城波斯匿王與餘丈夫有所諍論須得一人爲我曲證汝能爲我作證人者當用此金而以相奉爾時菩薩告帝釋言仁者當知夫妄語者爲不善業既誑自身亦誑天龍夜叉乾闥婆阿脩羅迦樓羅緊那羅摩睺羅伽由於妄語能爲一切惡之根本趣不善道毀清淨戒能壞色身口氣常

臭所出言詞爲人惡賤爾時菩薩重說偈言
妄語之人　口氣常臭　入苦惡道　無能救者
夫妄語者　誑於自身　亦誑天龍　摩睺羅等
當知妄語　爲諸惡本　毁清淨戒　死入三塗
汝設與我　滿閻浮金　我終不能　作於妄語
時天帝釋聞說是已忽然不現爾時天帝復
令舍支夫人日光夫人及於五髻諸夫人等
往菩薩所重加試鍊壞其禁戒時舍支等即
與五百盛年女人以香塗身花莊藻飾於後
夜分至菩薩前而作是言我等女人年色姝
盛願親枕席相與爲歡爾時菩薩以無染眼
觀彼諸女告之言曰地獄畜生閻羅王界諸
狂亂者不正心者耽昏臭穢膿血不淨愛惡
羅刹是汝親友非諸天人清淨眷屬爾時菩
薩重說偈言
愚人昏迷念不淨　耽染臭穢膿血身
諸欲迅滅歸無常　永沉地獄閻羅界
假令變化如汝等　色身殊勝滿世間
我無一念貪染心　常生如夢如怨想
時舍支等雖盡變態而彼菩薩曾無貪染各
還天宫白帝釋言我觀善順志願堅固當成
正覺無有疑也所以者何彼於我等無少貪
愛但生猒離爾時帝釋雖聞此言猶懷憂惱
如箭中身恒作是念彼人必當毁奪於我無
有疑惑我今應往重加試之於諸願中的何
所願作是思已至菩薩前捨去憍慢頭頂禮
足以偈問曰
仁今勤修淨梵行　於諸欲願何所求
爲求日月釋梵天　爲求三有諸王位
爾時善順菩薩以偈答曰

我觀日月釋梵天　世間王位三有報
一切無常不堅固　何有智者爲茲願
爾時天帝聞此頌已復白菩薩若如所言爲
求何願於是菩薩以偈答曰
我本不貪世間樂　但求不生不滅身
勤修方便濟羣生　願同登彼菩提路
爾時天帝聞是頌已心生安樂必知菩薩不
求釋位歡喜踊躍以偈嘆曰
汝言弘濟爲羣生　此心廣大無與等
願破魔軍證甘露　由斯恒轉勝法輪
爾時天帝說是偈已恭敬遶旋禮菩薩足忽
然不現爾時善順菩薩於其晨朝入舍衛城
遊化往來得劫初時閻浮金鈴其鈴價直過
閻浮提爾時菩薩持此金鈴於四衢中高聲
唱言此舍衛城誰最貧窮當以此鈴而施與
之時有最勝耆舊長者聞是語已奔走而來
白菩薩言我於此城最爲貧窮可持此鈴而
施於我爾時菩薩語長者言汝非貧者所以
者何於此城中有善男子貧中最貧應以此
鈴而施與之長者問言誰爲此人菩薩答言
波斯匿王於此城中最爲貧者時彼長者謂
菩薩言莫作是說何以故波斯匿王富貴多
財庫藏盈溢珍奇賄貨用無窮盡云何乃言
貧中最貧爾時菩薩於大衆中以偈答曰
設有伏藏千億餘　以貪愛心無猒足
猶如大海吞衆流　如斯愚人最爲貧
由此復令貪增長　展轉滋蔓相續生
於現在世及未來　彼無智者常貧匱
爾時善順菩薩說此偈已與諸大衆即便往
詣波斯匿王於時彼王方與長者五百餘人

筭數校計庫藏財寶菩薩爾時前白王言我於此城往來遊化得劫初時閻浮金鈴其鈴價直過閻浮提我於彼時竊作是念於此城中有最貧者當持此鈴而施與之復更思惟城中最貧莫過王者今賷此鈴願以相奉王既貧窮爲我受之爾時菩薩作是言已重說偈言

若人多貪求　積財無猒足　如是狂亂人
名爲最貧者　王恒多賦稅　横罰無過人
愛著於國城　不觀來世業　於世得自在
不能蔭羣生　見諸貧苦人　曾無憐愍念
耽湅於女人　不懼於惡道　邪亂未甞覺
豈非貧窮者　若人知淨信　歸依佛法僧
於身及命財　常念不堅固　知不堅固已
於彼不迷惑　能於身命財　永得常堅固
若能勤念住　樂於不放逸　彼人名富貴
善財常安樂　如火焚燒時　不猒於林樹
王今亦如是　貪愛無猒足　水不猒於雲
海不猒於水　王今亦如是　何有猒足時
日月常巡歷　不猒於四方　王今亦如是
終命無休息　如火焚燒時　不猒於草木
智人亦如是　未甞不行善　如水不猒雲
如海不猒水　智人亦如是　不猒善增長
王位雖自在　畢竟歸無常　一切皆不淨
智者應捨離

爾時波斯匿王聞斯語已內懷慙愧謂菩薩曰善哉仁者汝雖善勸我猶未信今汝斯言爲汝自說爲有證乎菩薩答言汝不聞耶如來應正等覺具一切智今者現與無量天人乾闥婆阿脩羅等在於舍衛大城祇樹給孤

獨園當證大王是貧窮人王言仁者若如汝說我願相與往見如來聽聞教誨歸依供養菩薩答言大王當知如來境界非諸凡愚之所能測破煩惱慢哀愍衆生已於聖智能知此世及於來世若有善根勝意樂者雖在極遠佛常加護若知我心欲令大王於我生信必當來此爲我作證爾時菩薩即於王前偏袒一肩右膝著地合掌恭敬即以偈頌請如來曰

如來眞實智　悲愍諸羣生　願知我深心
垂哀爲作證

爾時菩薩說偈請已於彼大地忽然震裂五百聲聞十千菩薩梵釋諸天及於龍鬼無量衆生圍遶如來從地涌出善順菩薩合掌恭敬前白佛言世尊我先於此舍衛城中遊化往來得劫初時閻浮金鈴其鈴價直過閻浮提我於爾時便作是念若有衆生於舍衛城最貧窮者當以此鈴而施與之復自思惟波斯匿王於此城中最爲貧者何以故恃於王位於諸衆生未嘗憐愍殘剥欺奪橫加侵損貪愛覆蔽不知猒足我以此王爲最貧者故將金鈴而施與之王問我言謂我貧窮誰爲證者我又答云如來大師應正等覺捨離煩惱瞋垢無餘於諸衆生悉皆平等當爲作證惟願世尊示教利善爾時世尊爲欲調伏波斯匿王而告之曰大王當知或有於法善順貧窮王爲富貴或有於法王爲貧窮善順富貴所以者何身登王位於世自在金銀摩尼硨磲珊瑚庫藏盈滿當於此時善順貧窮王爲富貴勤修梵行樂淨尸羅捨家多聞離諸

放逸八齋五戒弘濟無疲有一於此王實貧窮善順富貴王今應知憍薩羅國一切衆生財物庫藏比於善順五戒八齋堅固清淨百分千分不及其一至倶胝分亦不及一爾時波斯匿王親聞如來眞實教誨捨所憍慢合掌殷勤瞻仰善順而說偈言

善哉摧伏我憍慢　當得如來最勝身
以此王位捨於汝　願恒爲汝菩提衆
我實貧窮汝爲富　今知此說非妄言
三位徒爲衆苦因　背於白法生惡趣

爾時波斯匿王說是偈已白佛言世尊我於今者發於無上大菩提心願於衆生安樂解脫生死繫縛我今願以財物庫藏金銀之屬分爲三分一分奉施如來世尊及比丘衆一分施與舍衛城中貧窮苦惱無依怙者一分財物留資國用凡我所有園池華果悉願奉施最勝如來并比丘衆惟願世尊垂哀納受爾時憍薩羅國五百長者覩斯事已皆發無上大菩提心爾時善順菩薩白佛言世尊惟願如來爲諸大衆說於法要令諸衆生遇如來者爲不空過爾時世尊告衆人言善男子等有三無量功德資粮於諸如來雖有稱說猶不能盡況於聲聞諸二乘等何者爲三一者護持正法二者發菩提心三者勸諸衆生起無上願復有三十二法若善男子若善女人能勤修者則爲見於如來不空過也一者於諸如來生不壞信二者護持正法令得久住三者於尊重僧而不輕慢四者於應供人恭敬親近五者於愛於憎心常平等六者恒於正法樂聞恭敬七者安住寂靜離於諠鬧

八者於如來乘演說無倦九者若說法時不爲名利十者志求眞實如理勤修十一捨施十二持戒十三忍辱十四精進十五禪定十六正慧十七於諸衆生隨樂護念十八成熟衆生不忘失法十九恒於已身善自調伏二十以善法要調伏於他二十一不染煩惱二十二常樂出家二十三住阿蘭若二十四聖種喜足二十五勤行頭陀二十六捨不善法二十七弘誓堅固二十八蘭若無懈二十九植衆善本三十常不放逸三十一遠二乘見三十二讚歎大乘於是五百比丘聞斯法已遠離塵垢得法眼淨及萬二千衆生同發阿耨多羅三藐三菩提心爾時世尊以法教化令諸衆生獲善利已與諸比丘并餘來衆忽然不現爾時波斯匿王既覩斯事踊躍歡喜便以二衣價直百千兩金而以施於善順菩薩作是言曰善哉仁者願垂哀納善順菩薩告於王言大王當知我於此衣不應受之所以者何然我自有百納之衣恒掛樹枝以爲箱篋一切衆生無欺奪想我既自身無慳悋心亦令他人不生愛著其有施者名清淨施時波斯匿王復作是言汝若不受願當爲我以足踏之令我長夜安樂利益菩薩爾時爲於王故即以雙足踏此二衣時波斯匿王謂菩薩言今此之衣便於汝身爲我受訖我何所用善順菩薩告於王言汝持此衣施於城中貧窮苦惱無依怙者爾時波斯匿王如菩薩教持此二衣會諸貧人而施與之時諸貧人觸斯衣者狂者得心聾者得聞盲者得見根不具者悉得具足由於菩薩威神力故彼

時衆人俱發聲言我今以何報菩薩恩爾時空中有聲告曰諸人當知善順菩薩不可以於華香飲食爲報恩者唯當速發菩提心耳是時五百貧人聞於空中有如是聲咸說偈言

我等今者　發菩提心　當成正覺　說諸勝法
於諸衆生　施以安樂　我樂菩提　得佛法故

爾時波斯匿王白菩薩言善哉仁者汝若詣彼將見如來願時報我我當隨從善順菩薩言大王當知諸佛難值正法難聞豈獨大王而自往耶當爲衆生作於善友王應於此舍衛城中勑諸人民悉令隨從違王教者王法治之所以者何凡諸菩薩猶有眷屬圍遶莊嚴況於王乎時波斯匿王白菩薩言誰者是於菩薩眷屬菩薩答言勸菩提心是菩薩眷屬令覺悟故勸見如來是菩薩眷屬不虛妄故勸聞正法是菩薩眷屬獲多聞故勸見聖衆是菩薩眷屬得善友故四攝是菩薩眷屬攝衆生故六波羅蜜是菩薩眷屬增長菩提故三十七品是菩薩眷屬趣向道場故菩薩有斯眷屬莊嚴侍衛能摧魔軍至師子吼登最勝處爾時波斯匿王及諸大衆歡喜踊躍九千衆生離煩惱垢得清淨眼佛說是經已善順菩薩波斯匿王及諸天人乾闥婆阿脩羅等聞佛所說歡喜奉行

大寶積經卷第九十五

音釋

咄哉 咄當没切咄哉相謂也又嗟咨語也

俱胝 梵語也此云百億胝張尼切

藻飾 藻子皓切文藻也華藻也飾設職切粧飾也

姝 春朱切美好也

滋蔓 蔓無販切滋蔓謂蕃滋其枝蔓也

箱篋 箱思將切竹器也篋詰叶切箱屬也

大寶積經卷第九十六

唐三藏法師菩提流志奉　詔譯

勤授長者會第二十八

如是我聞一時佛在舍衛國祇樹給孤獨園與大比丘衆千二百五十人俱皆是阿羅漢諸漏已盡無復煩惱得上調伏猶如大龍所作已辦棄諸重擔逮得己利盡諸有結正智解脫心得自在最上應供衆所知識唯有阿難猶在學地其名曰阿若憍陳如摩訶迦葉摩訶迦旃延摩訶阿濕波舍利弗大目乾連摩訶劫賓那摩訶拘絺羅摩訶梵頗羅睺羅難陀如是等而爲上首復有菩薩摩訶薩五百人俱皆得三昧及陀羅尼爾時舍衛大城有一長者名勇猛授富有財寶倉庫盈溢金銀瑠璃硨磲碼碯珊瑚琥珀摩尼眞珠象馬牛羊奴婢僕使商估等類一切衆多時勇猛授與五百長者遊讌聚會作是議言諸仁者佛出世難人身難得時亦難遇於佛法中以信出家是事亦難成比丘性亦復甚難如法修行是亦爲難知恩報恩少恩不忘是人難得能於佛法生信樂心是人難得信樂成就是事復難莊嚴佛法是事亦難解脫生死倍復爲難我等爲於聲聞辟支佛乘而求滅度爲當發趣最上佛乘咸復唱言我等寧於無上佛道而趣涅槃作是議已前後圍遶出舍衛城向祇陀林詣如來所頂禮佛足右遶三帀却坐一面爾時世尊知而故問告長者言汝等何緣今來我所時勇猛授與五百長者從座而起偏袒右肩右膝著地合掌向佛白言世尊我等諸人同時集會作是議言佛世

難遇人身難得乃至解脫生死倍復爲難我等爲於聲聞辟支佛乘而求滅度爲當發趣最上佛乘咸作是言我等寧於無上佛道而趣涅槃由此議故令詣如來應正等覺世尊菩薩摩訶薩志求阿耨多羅三藐三菩提者應云何學應云何住云何修行佛言善哉善哉汝等發趣阿耨多羅三藐三菩提來詣我所應當諦聽善思念之如諸菩薩應學應住應所修行當爲汝說時諸長者受教而聽佛告長者菩薩摩訶薩於阿耨多羅三藐三菩提勝志樂者當於一切衆生起大悲心應廣修行應勤熏習是故菩薩於身命財及以妻子倉庫舍宅飲食衣服車乘卧具華鬘塗香一切樂具應無所著何以故以諸衆生執著於身而生惡業由惡業故墮地獄中若於衆生起大悲心於身命財則不執著便生善趣是故菩薩摩訶薩於阿耨多羅三藐三菩提勝志樂者於諸衆生起慈悲已應修大捨而不求報不求報者應住戒律三戒清淨應具忍辱能忍諸惡應起精進不惜身命應修一心安住禪定應修智慧善巧方便應於我人衆生壽命皆悉捨離爲衆生故應行布施護持淨戒爲衆生故應修忍辱發起精進爲衆生故應入禪定修習智慧善巧方便時諸長者復白佛言世尊我等於身及彼妻子一切財寶資生之具心常愛惜世尊菩薩摩訶薩云何觀察於身命財能無貪悋爾時世尊告長者言善男子菩薩摩訶薩於阿耨多羅三藐三菩提勝志樂者應觀此身無量過患微塵積集生住異滅念念遷流九漏瘡門猶如

毒蛇所住窟穴其中無主如空聚落畢竟破壞如坯瓦瓶惡露盈溢猶如穢器受諸不淨猶如圊厠不可觸動猶如惡瘡貪美爲患如雜毒食不識恩德如未生怨欺誤於人如惡知識癡愛爲害如友獼猴斷智慧命猶如殺者奪諸善法猶如劫賊常求人便猶如怨讎無有慈心猶如魁膾難可承事如暴惡人如箭著身觸之則痛如朽腐舍常務修治如老弱乘難可驅策如毒蛇篋不可附近如逆旅館疲苦所集如孤獨舍無所攝屬如獄卒司害如王者憂國如邊城警畏如惡國多灾如破器難持如祠火無猒如陽燄虛誑如幻化惑人如梹芭蕉中無堅實如水聚沫不可執持如水上泡速起速滅如河岸樹臨危動搖如駛河流終歸死海復告長者次觀此身前後因緣初從欲愛和合而生爲長養故咽於摶食至於生藏痰癃消之次至黄藏將欲熟時則變爲酢次至風藏風分汁滓各别流行成大小便汁變爲血血變爲肉肉處生脂脂處爲骨骨中生髓如是身緣前後不淨若諸菩薩作是觀時復應思惟如此身者三百六十骨聚所成如朽壞舍諸節支持以四網脉周帀彌布五百分肉猶若泥塗六脉相繫五百筋纏七百細脉以爲編絡十六麤脉鉤帶相連有二肉繩長三尋半於内纏結十六腸胃繞生熟藏二十五氣脉猶如窻隙一百七關穴如破碎器八萬毛孔如亂草覆五根七竅不淨盈滿七重皮裹六味長養猶如祠火呑受無猒如是之身一切臭穢自性殨爛誰當於此愛重憍慢唯應觀察如借他器猶車

運載但爲養育至菩提故爾時世尊而說偈言

是身衆穢器　猶如貯糞瓶　凡夫無智慧
恃色生憍慢　鼻中洟恒流　口氣常臭穢
眼眵蟲遍身　誰當生淨想　如人執持炭
磨鎣欲令白　假使至盡時　體色終無變
設欲淨其身　傾河以自洗　身盡莫能淨
其事亦如是

於時世尊說此偈已復告五百諸長者言若諸菩薩發勝志樂趣於阿耨多羅三藐三菩提者應觀此身四十四種何等名爲四十四種一者此身可猒性無和合故二者此身臭穢膿血常流故三者是身不堅畢竟敗壞故四者是身羸弱支節相持故五者是身不淨穢惡流溢故六者是身如幻誑惑凡愚故七者是身瘡門九處常流故八者是身火然欲火盛故九者是身爲火瞋火猛故十者是身遍然癡火遍故十一者是身盲冥貪瞋癡故十二者是身墮網愛網覆故十三者是身瘡聚瘡遍滿故十四者是身不安四百四病故十五者諸蟲住處八萬戸蟲故十六者是身無常畢竟歸死故十七者是身頑癡於法無知故十八者猶如瓦器生住壞故十九者是身逼迫多憂惱故二十者無有救護必壞滅故二十一者是身險惡諂誑難知故二十二者如無底坑諸欲難滿故二十三者如火受薪貪色無猒故二十四者身無猒足貪受五欲故二十五者如被捶打隨損害故二十六者是身不定盛衰增減故二十七者身隨心轉不正思惟故二十八者身不知恩必棄冢

間故二十九者身爲他食狐狼所噉故三十者身如機關筋骨相持故三十一者身不可觀膿血糞穢故三十二者身不自由依飲食生故三十三者身妄纏裹終敗壞故三十四者身爲惡友多逆害故三十五者身爲殺者自殘害故三十六者身爲苦器苦所逼故三十七者身爲苦聚五蘊生故三十八者身爲無主衆緣生故三十九者是身無命離男女相故四十者是身爲空應觀蘊界處故四十一者是身虛妄如夢中故四十二者是身不實如幻化故四十三者身爲幻惑如陽焰故四十四者身爲欺誑如影像故是爲四十四種菩薩作是觀時所有身命愛欲執著妻子舍宅飲食衣服車乘香鬘一切樂具皆悉猒離無所顧戀速能成就六波羅蜜疾得阿耨多羅三藐三菩提爾時世尊而說偈言

善得人身甚爲難　莫爲此身造衆惡
畢竟冢間餧狐狼　勿爲惡見生貪愛
凡愚迷惑癡狂故　由愛此身造諸業
此身亦復不知恩　晝夜唯增衆苦緣
機関動轉常疲困　涕唾便利恒充滿
飢渴寒熱相煎迫　何有智者愛此身
此身無猒如大坑　徒能長養衆怨害
由此身故常作惡　於無量劫受諸苦
應念定死修勝福　正信生於佛法中
飲食衣服及塗香　長養此身來已久
誰能執持令不壞　應知無益勿躭迷
牟尼世尊難可遇　無量劫中時出現
當於佛法生淨信　惡道可畏勿隨行
設令壽命千億歲　猶懼無常生猒離

何況須臾不可保　爲彼沉淪惡趣中
或有惡友來相勸　人身難得今已得
多求財寶受娛樂　及此盛年恣嬉遊
何有求財而樂者　設得守護猶勤苦
如此愚人徒妄言　是故智者應觀察
財物如幻亦如夢　愚癡衆生被誑惑
刹那時得刹那失　何有智者生愛心
譬如幻師幻化事　乾闥婆城種種色
財寶如是誑凡愚　於虛妄中何有實
種種苦惱求財利　水火王賊常侵奪
由此能爲衆苦因　何有智者生愛樂
有諸常懷貪愛者　馳逐財利無猒時
能於父母無慈心　乃至親屬生怨害
言語善順心乖違　造作種種欺誑緣
或學邪論邪呪等　誇衒技藝如婬女
或復諂誑現柔和　或復剛強示威猛
如是無量衆惡業　莫不皆由財利生
珊瑚金玉摩尼珠　是物本來如泡沫
不能了知如幻化　爲此虛誑墜三塗
彌勒世尊出現時　一生次當補我處
國界黃金而布地　是等爲從何所來
劫盡世間悉燒壞　須彌河海盡燋枯
畢竟磨滅歸虛空　而此寶物何從去
種種惡業求財物　養育妻子謂歡娛
臨命終時苦逼身　妻子無能相救者
於彼三塗怖畏中　不見妻子及親識
車馬財寶屬他人　受苦誰能共分者
父母兄弟及妻子　朋友僮僕并珍財
死去無一來相親　唯有黑業常隨逐
智人終不爲親愛　作諸惡業入阿鼻

唯除業盡方得出　親屬無有能代者
閻羅使者唯考業　不問親緣及友朋
汝得人身不捨惡　極苦令應甘忍受
閻羅常告彼罪人　無有少罪我能加
汝自作罪今自來　業報自招無代者
父母妻子無能救　唯當勤修出離因
是故應捨枷鎖業　善知遠離求安樂
於家妻子應生怖　恒依佛教正修行
在家熾然爲苦本　猶如炎鑪甚可畏
身心燋熱鎮燒然　誰有智者生貪著
愛樂修行諸佛教　無所營求爲快樂
愚闇凡夫不覺知　家爲苦本橫貪愛
於彼皮筋骨肉中　迷惑妄生夫婦想
不能了知如幻化　凡夫於此生貪著
智者能知此過患　世間欲樂皆捐棄
樂法當如求藥想　應速捨離居家縛

爾時五百長者聞此法已得無生忍歡喜踊躍而說偈言

慶哉獲大利　諸利中最上　我等於佛法
皆生欣樂心　發趣於菩提　利樂衆生類
以善而養命　覺慧自安心　憐愍諸衆生
願當成佛道　我等皆已發　無上菩提心
金色相莊嚴　照明於世界　樂菩提心者
當得如來身　大心菩提心　諸心中最上
解脫一切縛　具足諸功德　少福諸衆生
於此無欣樂　不觀生死過　不樂菩提心
菩提心功德　若有色方分　周遍虛空界
無能容受者　恒河沙數等　諸佛剎土中
假使布珍寶　供養於諸佛　有能一合掌
迴向菩提心　其福過於彼　邊際不可得

非唯供養福　餘福亦復然　如是菩提心
最勝仙所說　菩提心最勝　如阿伽陀藥
能除一切病　與一切安樂　我見諸衆生
三火所熱惱　智者無量劫　勤苦常修習
如醫王勇猛　具足菩提行　救拔衆生苦
永離諸憂惱　於一切生處　終不捨是心
勤修諸行願　勇猛求佛法　我等得善利
我等心欣樂　今遇釋師子　當得如來身
爾時世尊即便微笑從其面門放種種光青黃赤白紅紫玻瓈照於無量無邊世界乃至梵世日月威光皆悉隱蔽還遶三帀從佛頂入爾時尊者阿難即從座起偏袒右肩右膝著地合掌向佛白言世尊有何因緣現此微笑如佛所現非無因緣即於佛前而說偈言
諸佛最上之導師　不以無因現微笑
哀愍世間利益者　願說所爲之因緣
貧乏衆生無法財　應說最上大乘施
能作世間盲冥眼　願說微笑之因緣
於時世尊告阿難曰汝見此五百長者今於我所發阿耨多羅三藐三菩提心不阿難白言唯然已見佛告阿難此五百長者已於往昔百千億那由他諸佛所承事供養種諸善根今聞是法得無生忍此諸長者從是已後不生惡趣於人天中常受快樂復於來世彌勒佛所供養恭敬尊重讚嘆及賢劫中一切諸佛悉皆承事恭敬供養於諸佛所聽聞正法受持讀誦爲他廣說過二十五劫各於諸佛刹中成無上菩提皆同一字號勝蓮華藏如來應正等覺爾時尊者阿難白佛言世尊希有世尊希有善逝當何名此廣大法門云

何奉持佛告阿難是法門名菩薩瑜伽師地亦名勇猛授長者所問如是名號汝當受持佛說此經已尊者阿難及諸比丘五百長者諸菩薩衆天人阿脩羅等聞佛所說皆大歡喜信受奉行

大寶積經卷第九十六

音釋

摩訶拘絺羅梵語也此云大膝絺抽遲切 讌伊電切合飲也 坯瓦坯鋪杯切未燒凡也 圊七情切圂也 魁膾魁枯回切凡爲首者曰魁膾古外切切肉也魁膾盖殺之爲首者 摶徒官切以手圜之也 痰癊痰徒甘切病液也癊於禁切心中病也 編絡編卑連切以緾聯次也絡音落聯絡也 殰爛殰胡對切肉壞爛也 眼眵眵侈支切眼汁凝也 磨鎣鎣烏定切亦磨也

大寶積經卷第九十七

唐三藏法師菩提流志奉　詔譯

優陀延王會第二十九

如是我聞一時佛在拘睒彌國瞿師羅園與大比丘衆千二百五十人俱爾時優陀延王第一夫人名曰舍摩常於如來及諸聖衆深信恭敬親近供養及常稱讚如來功德時王復有第二夫人名爲帝女常懷諂妬往彼王所妄說如來并諸弟子於大夫人有所非法王聞是語極生瞋怒即以箭射舍摩夫人爾時夫人哀愍王故入慈三昧時所放箭遂即却還至王頂上空中而住其箭燄赫猶如火聚甚可怖畏乃至三射箭皆如是爾時優陀延王既覩斯事擧身毛竪驚忙悔恨謂夫人曰汝爲天女爲龍女耶爲復夜叉乾闥婆女毗舍遮女羅刹女耶夫人答言我非天女乃至亦非羅刹之女大王當知我於佛所聽聞正法受持五戒作優婆夷哀愍大王入慈三昧王雖於我生不善心由我慈願得無傷損因勸王言善哉大王當於如來應正徧知歸命頂禮必獲安隱優陀延王便作是念彼於佛所聽聞正法作優婆夷尚有如此威神之力何況如來應正等覺作是念已即往佛所頂禮佛足右遶三帀白言世尊我由欲染因緣爲彼女人虛妄言說之所誑惑遂於如來及諸聖衆生毒害意具陳上已復白佛言惟願如來及諸聖衆施我歡喜聽我懺悔如斯罪僁令速消滅爾時世尊告彼王言如汝所說謂於如來及諸聖衆如凡愚人有諸過患遂於福田妄起瞋毒汝今若能依聖法律自

悔其罪無覆藏心盡未來世不復更犯我當攝受令汝當來善法增長優陀延王復白佛言世尊我爲女人之所迷倒狂亂無知因此發生麤猛瞋恚由斯罪業當墮地獄惟願世尊利益安樂諸衆生故慈悲開示女人諂曲虛誑過患勿令我等親近女人當於長夜得免諸苦佛言且置斯事何要問此不問餘耶王言世尊我無異問女人令我造地獄業我於今者唯爲了知女人過患女人諂曲虛誑邪媚願爲開示乃至三請亦如是說佛言王應先知丈夫過患然後觀察女人過患優陀延王唯然世尊願樂欲聞佛言一切丈夫皆由四種不善愆過爲諸女人之所迷亂何者爲四一者於諸欲染躭著無猒樂觀女人而自縱逸不知親近沙門及婆羅門具清淨戒修福業者以不親近如是等人則於淨信及淨尸羅多聞施慧悉皆退失彼由無有信戒多聞施慧等法非善丈夫行餓鬼法無有智慧耽欲放逸欲之所執欲所繫縛欲所活命親近愚夫遠諸智者惡友爲伴行非所宜貪著女人不淨境界便爲女人之所調伏猶如奴僕繫屬墮落諸女人所無慙無愧親近遊止諸瘡漏門膿血穢汙涕唾常流猶如冢間不淨境界至於父母違背恩養捨離沙門及婆羅門不生殷重恭敬供養習行畜生所行之法於佛法僧不生淨信於涅槃界永當退失如是等人當入衆合乃至阿鼻諸大地獄亦復當墮鬼界畜生無有救護雖聞我教猶數思念邪惡女人歌舞戲笑不生猒離當知彼習愚人之法不樂修行善丈夫事大王當

知丈夫親近女人之時即是親近惡道之法此是丈夫第一過患爾時世尊而說偈言

諸欲皆苦 下劣穢惡 膿血不淨 深可猒畏
衆多過患 之所集處 何有智人 於此忻樂
猶如廁中 不淨盈溢 亦如死狗 若死野干
及屍陁林 穢行充遍 欲染之患 可猒亦然
諸愚癡輩 愛戀女人 如犬生子 未甞捨離
亦如蠅見 所吐飲食 又若群猪 貪求糞穢
女人能壞 清淨禁戒 亦復退失 功德名聞
爲地獄因 障生大道 何有智人 於此忻樂
又如有人 服食毒藥 身心痛惱 不能運動
由是欲因 能爲苦本 如身有毒 愚不了知
亦如不了 幻化之法 妄有尋求 但自疲苦
愚夫亦爾 常於欲染 疲苦貪求 墮諸地獄
或設飲食 歌舞妓樂 婚娶他女 將爲已妻
積集衆多 無利苦法 愚夫造此 無利之業
增長諸罪 退失善根 於無利中 不惜身命
由斯墜墮 惡道深坑 便招地獄 猛焰鐵丸
鋒刃刀山 毒箭諸苦 女人能集 衆多苦事
假以華香 而爲嚴好 愚人於此 妄起貪求
親近稱譽 下劣之法 退失智慧 墮落三塗
此由愚癡 之所迷惑 如海疲鳥 迷於彼岸
又如愚夫 取於熱鐵 置之頸項 如牛被軛
欲如諸酒 狂亂於人 如何愚夫 不知苦本
或於父母 不識恩慈 皆由欲染 生此過患
常於如是 邪欲之法 稱讚習行 無有慚愧
彼由愚癡 所迷亂故 作是罪已 當趣三塗
躭重於欲 昏醉之人 父母之恩 亦能棄捨
若有貪染 親近欲者 則爲違背 福德上田
無量俱胝 妄想煩擾 展轉逼惱 從此而生

或復悕求　世間財位　以是非法　展轉相勸
由此現招　捶打苦事　死必當墮　阿鼻地獄
現見衆苦　皆來集身　善友乖離　天宮永失
何有智人　於此忻樂　寧投鐵獄　馳走刀山
眠卧鏕爐　不親女色　若常貪染　邪欲之者
退失衆多　諸利樂事　女人能作　衆苦之因
欲能滅壞　一切安樂　惡法積集　善友乖離
皆以躭求　女人爲本　若有得聞　我之所說
能於女人　深生猒離　則爲莊嚴　清淨天道
亦當速證　無上菩提
復次大王夫父母者皆願利樂所生子故難
作能作能忍一切難忍之事假令種種不淨
穢惡皆能忍之又欲令子色力之身速增長
故令見閻浮勝妙之事乳哺養育無疲猒心
或爲令子獲諸妙樂艱辛經求所得財物供
給營辦資生所須及往他家結求婚娶旣婚
娶已於他女人愛戀躭著由躭著故昏醉纏
心或見父母漸將衰老違逆輕欺所有資財
無慙費用或令父母不住於家如是皆由欲
所迷倒大王當知以此因縁於已父母棄背
恩養於他女人尊重承事種種供給無疲猒
心即是成就地獄之本此是丈夫第二過患
爾時世尊而說偈言
汝等當知　尊重供養　於父母者　是人常有
釋梵護世　之所扶持　能令居家　安隱快樂
或因貿易　大海遠方　安隱往來　獲諸財利
此即說爲　無價大寶　現能與果　名最上田
如是現世　果報珍寶　皆因供養　父母而得
復於來世　當得遠離　駝驢等身　負重驅役
亦復不受　屎糞灰河　刀山鋒刃　鎔銅等苦

又於來世　生在人中　富有財寶　豐饒穀帛
妻子眷屬　悉皆和穆　或復當來　得生天上
宮殿園苑　音樂自然　縱意歡娛　受諸妙樂
何有智者　聞是法音　於父母田　不勤供養

復次大王若諸丈夫由於邪見不知自身速當壞滅造作諸惡而自欺誑彼愚癡人虛度長夜猶如木石雕刻所成雖形似人而無所識習諸欲者即是成就往惡趣業此是丈夫第三過患爾時世尊而說偈言

丈夫爲欲　之所迷亂　由斯造作　種種諸罪
倒見闇障　隱蔽其心　乘此當生　惡趣牢獄
邪行之者　當復遠離　一切賢聖　亦不恭敬
諸沙門等　由顛倒見　乃至歸命　山河邪魅
爲於貪欲　或復殺害　一切禽獸　祭祀神祇
倒見爲因　非法求福　由斯永離　一切安樂
若於是中　造惡之者　不知淨信　兇險無慙
如是之人　永離賢聖　彼必當墮　嘷叫地獄
或爲於欲　逼惱於他　當墮燒然　極燒然獄
復由倒見　於佛法僧　不能親近　恭敬供養
正教法寶　而不聽聞　遠離賢聖　墮諸惡趣
是故智者　既得人身　勿復作斯　顛倒妄見
勤修布施　及淨尸羅　當得生天　證菩提道

復次大王或有丈夫爲於身命極自勞苦積集珍財後爲女人所纏攝故如彼僮僕敬事供承由是因緣慳惜財寶不施沙門及婆羅門亦復堪忍王法治罰輕毀陵辱悉能受之或被女人捶打訶叱或至怖懼屈意瞻奉見其憂慼即自念言我今云何令彼歡悅當觀此人是欲僮僕於斯不淨下劣之境而生淨想起於愛染親近如是女人之時即是圓滿

惡趣之業此是丈夫第四過患爾時世尊而說偈言

躭欲昏醉人　彼實無安樂　親近惡法故
不名善丈夫　若人自縱逸　無有禁戒者
隨心之所為　失壞於福利　彼無智慧人
行於畜生法　馳趣於女色　猶猪樂糞穢
愚者不能觀　欲染之過患　妄生殷重想
猶若盲冥人　為色所繫縛　增長於欲愛
猶如於野干　不離屍塚間　於聲香味觸
而生愛著心　輪轉生死中　如獮猴繫柱
無明纏覆故　為女所迷亂　如市求利人
矯詐來親附　愚人親近欲　是入魔境界
猶若翳荼迦　躭嗜於糞穢　亦如霔雹雨
能損於稼穡　窯師常近火　多為所焚燒
諸未見諦者　為欲失白法　如風吹微糠
其義亦如是　假如善丈夫　為殺者所執
寧受斯逼害　不應親女人　若樂觀女色
貪求轉復多　取相之凡夫　增長於欲愛
如於炎夏時　遊行曠野中　渴逼飲鹹水
飲已渴彌增　未見真實者　愚癡徒自活
親近於女人　貪欲愛堅固　若人觸毒蟲
便為毒所害　如是諸凡夫　犯欲亦如是
譬如綵畫瓶　內盛以惡毒　是中實可畏
外相現端嚴　嚴飾於女人　謂彼為姝妙
是中甚穢惡　如氣滿皮囊　又如以繒綵
纏裹於利刀　莊嚴彼女人　其義亦如是
如火滿深坑　無煙能燒害　女人亦如是
暴惡無哀愍　如死狗死蛇　穢惡而壞爛
亦如燒糞穢　人皆厭惡之　死蛇糞狗等
雖甚可厭惡　如是諸女人　可厭復過彼

譬如劫壞時　大地皆火起　叢林諸草木
一切悉燋然　大身者所居　海水盡乾竭
須彌等寶山　世界遍燒壞　如是劫燒時
焚燎於山海　無有諸衆生　能爲救護者
因茲女欲故　燒害諸愚夫　猶如劫火然
一切皆燒盡　不淨常流注　涎涕膿血身
柰何彼愚夫　於此而躭著　骸骨相楮柱
皮肉以覆之　臭穢甚可惡　如棄殘宿食
亦如倉廩門　糠麫恒狼籍　此身諸穢惡
充滿亦復然　胃脾腎肝膽　及腸肺糞穢
并髓腦膿血　八萬戶諸蟲　在中常唼食
旨冥諸愚夫　癡網自纏覆　於是不能了
雜食所餘穢　九孔常流注　如是過患身
由先不淨業　愚夫於女人　繫戀彼聲色
由斯生染著　曾不如實知　如蠅見於吐
而生愛著心　愚夫貪女人　境界亦如是
顛仆於女色　恒自穢其身　如何彼愚夫
於此樂遊止　如鳥爲求食　不知避網羅
貪愛於女人　被害亦如是　譬如水中魚
游泳網者前　便爲他所執　豈非自損傷
女若捕魚人　諂誑猶如網　男子同於魚
被網亦如是　殺者之利刀　雖復甚可畏
女人刀可畏　傷害復過彼　如蛾投燈炬
及火燒屋時　蟲等被焚燒　無依無救者
迷醉於女人　貪火所燒害　由斯墮惡趣
無依怙亦然　邪行諸愚夫　愛戀他妻室
妄生欣悅想　猶若於家鷄　亦如曠野雉
妄遊殺害所　損傷因自生　而無救濟者
捨離於佛法　親近彼女人　由是業因緣
墜墮於惡道　又如諸獼猴　跳躑巖樹間

必致自損傷　豈不由愚惑　如是躭欲者
於彼諸女人　爲癡網所羅　數受生死苦
如世之罪人　處以尖標苦　躭醉婬欲者
當懸劒樹林　譬如以猛火　燒然彼鑊湯
投之以麻麥　隨沸而漂没　如是躭欲人
不識於善惡　死當墮惡道　煎煑鑊湯中
鑊湯之大數　六十四俱胝　諸造惡之人
以彼爲居處　如是一一鑊　量各一由旬
猛火遍燒然　底及四周際　或有滿百年
或二三四百　受煎煑之苦　皆由自業爲
獄卒以利鉤　時復舉令出　皮肉皆爛墮
其骨白如珂　於是諸獄卒　復將置鐵槽
以杵而擣之　無能救護者　爾時諸骨髓
盡碎末爲塵　由業風所吹　死已復還活
若有侵逼他　妻妾童女等　當縁鐵刺樹
并受斧杵殃　有三股鐵叉　或四五岐者
侵擾他妻室　當受此刑治　復有鐵觜烏
探啄於髓腦　野干等諸獸　競來食噉之
如是邪欲人　當墮屎糞獄　及走於鋒刃
亦復上刀山　如是邪欲人　顛墜炎熱獄
既被燒害已　復趣於寒氷　如是邪欲人
亦墮極炎熱　嘷叫及大叫　并往黒繩中
如是邪欲人　當没醎熱河　復經歷煻煨
未至底便死　地獄有蒺藜　五角極銛利
彼爲狗所逼　忙怖走其中　愛戀於女人
墮於大怖處　或呑於鐵丸　或飲洋銅汁
有二熱鐵山　彼此來相合　昔時躭欲者
於中受苦殃　受斯苦楚時　都無救護者
得如是罪報　皆由自業縁　昔同歡愛者
今於何所在　我獨受其殃　而不來相救

由於先世中　自作如是業　假令父母等
無能相救者　由於先世中　自作如是業
假令男女等　無能相救者　由於先世中
自作如是業　假令兄弟等　無能相救者
由於先世中　自作如是業　假令姊妹等
無能相救者　由於先世中　自作如是業
假令朋友等　無能相救者　愚夫爲邪欲
貪求於女人　無間地獄中　受如是諸苦
說此不清淨　穢惡之女人　愚夫所遊行
智者皆遠離　親近彼女人　最爲極下劣
是惡中之惡　何足爲欣樂　躭欲諸凡夫
常抱於糞囊　由此業因緣　當受無量苦
愚夫爲女人　受種種刑罰　囚繫及捶打
而無猒離心　愚夫爲女人　被種種燒害
能忍受斯苦　而無猒離心　或置在尖標
或殺或沉水　或擲於大坑　備受諸苦毒
雖見如是苦　猶於婬欲中　稱讚於女人
曾不生猒離　或有少智人　知爲衆苦本
見已還親近　如胡膠見火　聞佛之所說
雖復生信受　仍多畜女人　其衆如群羊
或聞諸佛教　纔興厭悔心　須臾貪復生
如惡毒還發　猶如被怖猪　暫止須臾頃
若見於糞穢　貪愛還復生　愚夫聞法已
暫爾心驚怖　後見諸欲色　貪愛還復生
猶如有丈夫　從其自身首　棄擲金華鬘
翻戴於熱鐵　愚夫躭欲故　棄捨諸佛教
貪求下劣法　造作諸罪業　迷醉諸欲者
墮閻羅界中　常吞熱鐵丸　復飲洋銅汁
迷醉於欲者　背善而行非　捨離於清涼
永趣閻羅界　若有智慧人　聞我說是法

應捨一切欲　速求於出離

爾時世尊說是偈已優陀延王即白佛言今此所聞希有希有如來應正等覺善能說是諸欲過患我今歸依佛法僧寶從今已往乃至盡形歸佛法僧作優婆塞惟願世尊攝受於我佛說此經已優陀延王及諸大衆天人世間阿脩羅乾闥婆等聞佛所說歡喜奉行

大寶積經卷第九十七

音釋

拘睒彌 梵語也正云憍賞彌中印度境也睒失冉切　軛 乙革切駕牛領者曰軛也　貿 莫候切交易也　嘷叫 嘷正作號乎刀切號咷也叫古弔切叫呼　稼穡 稼居訝切穡所力切種曰稼斂曰穡　窯 餘招切瓦竈也　涎涕 涎徐連切口液也涕他計切鼻液也　麩 與力切麥麩也　顛仆 顛多年切傾邪也仆芳遇切頓也　游泳 游夷周切浮行水面曰游泳為命切潛行水底曰泳　觜 即委切鳥喙也　煻煨 煻音唐煨烏魁切煻煨灰火也　蒺藜 蒺昨悉切藜力脂切蒺藜茨草也子有三角刺人狀如菱而小　膠 居肴切胒黏也　榰 音支

大寶積經卷第九十八

唐三藏法師菩提流志奉　詔譯

妙慧童女會第三十

如是我聞一時佛在王舍城耆闍崛山中與大比丘衆千二百五十人菩薩摩訶薩十千人俱時王舍城有長者女名爲妙慧年始八歲面貌端正容色姝好諸相具足見者歡喜曾於過去無量諸佛親近供養種諸善根時彼女人詣如來所頂禮佛足右遶三帀長跪合掌而說偈言

無上等正覺　爲世大明燈　菩薩之所行

惟願聽我問

佛告妙慧今恣汝問當爲解說令斷疑網爾時妙慧即於佛前以偈問曰

云何得端正　大富尊貴身　復以何因緣

眷屬難沮壞　云何見已身　而受於化生

千葉蓮華上　面奉諸世尊　云何能證得

自在勝神通　遍往無量刹　禮敬於諸佛

云何得無怨　所言人信受　淨除於法障

永離諸魔業　云何命終時　得見於諸佛

聞說清淨法　不受於苦惱　大悲無上尊

惟願爲我說

爾時佛告妙慧童女言善哉善哉善能問此深妙之義諦聽諦聽善思念之當爲汝說妙慧白言唯然世尊願樂欲聞佛言妙慧菩薩成就四法受端正身何等爲四一者於惡友所不起嗔心二者住於大慈三者深樂正法四者造佛形像爾時世尊而說偈言

嗔壞善根勿增長　慈心樂法造佛形

當獲具相莊嚴身　一切衆生常樂見

復次妙慧菩薩成就四法得富貴身何等爲四一者應時行施二者無輕慢心三者歡喜而與四者不希果報爾時世尊而說偈言

應時行施無輕慢　歡喜授與不希求
能於此業常勤修　所生當獲大財位

復次妙慧菩薩成就四法得眷屬不壞何等爲四一者善能棄捨離間之語二者邪見衆生令住正見三者正法將滅護令久住四者教諸有情趣佛菩提爾時世尊而說偈言

捨離間言及邪見　正法將滅能護持
安住衆生大菩提　當成不壞諸眷屬

復次妙慧菩薩成就四法當於佛前得受化生處蓮華座何等爲四一者捧諸妙華果及細末香散於如來及諸塔廟二者終不於他妄加損害三者造如來像安處蓮華四者於佛菩提深生淨信爾時世尊而說偈言

華香散佛及支提　不害於他并造像
於大菩提深信解　得處蓮華生佛前

復次妙慧菩薩成就四法從一佛土至一佛土何等爲四一者見他修善不爲障惱二者他說法時未嘗留礙三者然燈供養如來之塔四者於諸禪定常勤修習爾時世尊而說偈言

見人修善說正法　不生謗毀加留難
如來塔廟施燈明　修習諸禪遊佛刹

復次妙慧菩薩成就四法處世無怨云何爲四一者以無諂心親近善友二者於他勝法無嫉妬心二者他獲名譽心常歡喜四者於菩薩行無輕毀心爾時世尊而說偈言

不以諛諂親善友　於人勝法無妬心

他獲名譽常歡喜　不謗菩薩得無怨

復次妙慧菩薩成就四法所言人信何等爲四一者發言修行常使相應二者於善友所不覆諸惡三者於所聞法不求過失四者於說法者不生惡心爾時世尊而說偈言

發言修行常相應　已罪不藏於善友
聞經不求人法過　所言一切皆信受

復次妙慧菩薩成就四法能離法障速得清淨何等爲四一者以深意樂攝三律儀二者聞甚深經不生誹謗三者見新發意菩薩生一切智心四者於諸有情大慈平等爾時世尊而說偈言

以深意樂攝律儀　聞甚深經能信解
敬初發心如佛想　慈心普洽障消除

復次妙慧菩薩成就四法能離諸魔云何爲四一者了知法性平等二者發起精進三者常勤念佛四者一切善根皆悉迴向爾時世尊而說偈言

能知諸法平等性　常起精進念如來
迴向一切諸善根　衆魔不能得其便

復次妙慧菩薩成就四法臨命終時諸佛現前何等爲四一者他有所求施令滿足二者於諸善法深生信解三者於諸菩薩施莊嚴具四者於三寶所勤修供養爾時世尊而說偈言

他有所求令滿足　信解深法捨嚴具
三寶福田勤供養　臨命終時佛現前

爾時妙慧童女聞佛說已白言世尊如佛所說菩薩諸行我當奉行世尊若我於是四十行中闕於一行而不修者則違佛教欺誑如

來爾時尊者大目揵連告妙慧言菩薩之行甚難可行汝今發斯殊勝大願豈於是願得自在耶爾時妙慧白言尊者若我弘願眞實不虛能令諸行得圓滿者願此三千大千世界六種震動天雨妙華天鼓自鳴說是語時於虛空中華散如雨天鼓自鳴三千大千世界六種震動是時妙慧重白目連以我如是眞實言故於未來世當得成佛亦如今日釋迦如來於我國中無有魔事及以惡趣女人之名若我此言非虛妄者令斯大衆身皆金色說是語已衆皆金色爾時尊者大目揵連即從座起偏袒右肩頂禮佛足白言世尊我今先禮初發心菩薩及諸菩薩摩訶薩衆爾時文殊師利法王子告妙慧言汝住何法發斯誠願妙慧答言文殊師利非所問也何以故於法界中無所住故又問云何名爲菩提答曰無分別法是名菩提又問云何名爲菩薩答曰一切諸法等虛空相是名菩薩又問云何名爲菩提之行答曰猶如陽焰谷響之行是菩提行又問依何密意作如是說答曰我於此中不見少法密非密者又問若如是者一切凡夫應即菩提答曰汝謂菩提異凡夫耶莫作是見何以故此等皆同一法界相非取非捨無成壞故又問於此義中能解了者其數幾何答曰如若干幻化心心所量若干幻化衆生能了斯義文殊師利言幻化本無何有如是心心所法答曰法界亦爾非有非無乃至如來亦復如是爾時文殊師利白佛言世尊今此妙慧甚爲希有乃能成就如是法忍佛言如是如是誠如所言然此童女

已於過去發菩提心經三十劫我乃發趣無上菩提彼亦令汝住無生忍爾時文殊師利即從座起爲其作禮白妙慧言我於往昔無量劫前已曾供養不謂今者還得親近妙慧告言文殊師利汝今莫起如是分別何以故以無分別得無生忍故又問妙慧汝今猶不轉女身耶妙慧答言女人之相了不可得今何所轉文殊師利我當爲汝除斷疑惑由我如是眞實語故於當來世得阿耨多羅三藐三菩提時於我法中諸比丘輩聞命善來出家入道我國土中所有衆生身皆金色服用資具如第六天飲食豐饒隨念而至無有魔事及諸惡趣亦復無有女人之名有七寶座上羅寶網七寶蓮華覆以寶帳如文殊師利所成淨刹莊校嚴飾等無有異若我此言非虛妄者今此大衆身皆金色我之女身變成男子如三十歲知法比丘說此語時此諸大衆皆作金色妙慧菩薩轉女成男如三十歲知法比丘是時地居天衆展轉讃言大哉大哉妙慧菩薩摩訶薩能於來世得菩提時嚴淨佛刹功德如是爾時佛告文殊師利此妙慧菩薩於當來世成等正覺號殊勝功德寶藏如來出現於世佛說此經時三十俱胝衆生於阿耨多羅三藐三菩提住不退轉八十俱胝衆生遠離塵垢得法眼淨八千衆生皆獲智證五千比丘行菩薩乘心欲退轉因見妙慧菩薩意樂善根威德殊勝故各各脫身所著上服以施如來如是施已發弘誓言我等以此善根決定願成阿耨多羅三藐三菩提彼諸善男子等以此善根迴向無上菩提

故超九十劫生死之苦不退轉於阿耨多羅三藐三菩提爾時世尊即記之曰汝等於當來世過千劫後於無垢光明劫中陽焰世界難忍佛刹於一劫中相次成佛皆同一字號辯才莊嚴如來出現於世文殊師利如是法門有大威德能令菩薩摩訶薩及聲聞乘者獲大利益文殊師利或有善男子善女人爲求菩提無方便善巧行六波羅蜜足滿千劫若復有人經於半月時一書寫讀誦此經所獲福聚比前功德百分千分百千俱胝乃至筭數譬喻所不能及是故文殊師利如是微妙法門即諸菩薩契經之本我今付囑於汝汝當來世受持讀誦爲人解說譬如轉輪聖王出現於世所有七寶皆悉在前王滅之後寶隨隱没如是微妙法門流行於世即諸如來七菩提分等法眼不滅若不流行正法當滅是故文殊師利若善男子善女人等爲求菩提應當發起精進書寫此經受持讀誦爲人演說此是我教勿於後世生悔恨心佛說此經已妙慧菩薩文殊師利菩薩及諸大衆天人阿脩羅乾闥婆等聞佛所說皆大歡喜信受奉行

恒河上優婆夷會第三十一

如是我聞一時佛在舍衛國祇樹給孤獨園時舍衛城有優婆夷名恒河上從其住處來詣佛所頂禮佛足退坐一面爾時世尊問恒河上汝從何來彼優婆夷即白佛言世尊若問化人汝從何來如是問者當云何答世尊告言夫化人者無有往來亦無生滅云何當說有所從來又問諸法豈不皆如化耶佛言

如是如是如汝所說恒河上言若一切法皆如化者云何問言汝從何來世尊告曰是幻化人不往惡趣不生天上不證涅槃恒河上汝亦爾耶白言我若見身異於幻化乃可說言往善惡趣證於涅槃我不見身異於幻化云何說言往諸惡趣乃至涅槃復次世尊如涅槃性畢竟不復生善惡趣及般涅槃我觀已身亦復如是佛言汝豈不趣涅槃界耶恒河上言如以此問問無生者應云何答佛言無生者即涅槃也恒河上言諸法豈不皆同涅槃佛言如是如是世尊若一切法同涅槃者云何問言汝豈不趣涅槃界耶復次世尊譬如化人謂化人曰汝豈不趣涅槃界耶彼於是問當云何答世尊告言此所問者無有攀緣恒河上言如來豈以有所攀緣而致斯問世尊告言然我所問亦無攀緣但爲此會有善男子及善女人應可成熟故發斯問何以故如來於彼諸法名字猶不可得何有諸法及彼能趣般涅槃者恒河上言若如是者云何爲菩提故積集善根若諸菩薩及彼善根皆不可得積集之時即無心故非積集時亦復如是恒河上言所說無心欲明何義世尊告曰此法非思惟之所能知亦非思惟之所能得何以故此中心尚不可得何況心所生法以心不可得是即說名不思議處此不思議處無得無證非染非淨何以故如來常說一切諸法猶如虛空無罣礙故恒河上言若一切法如虛空者云何世尊說有諸色受想行識及於界處十二因緣有漏無漏是染是淨生死涅槃佛告恒河上譬如說我雖有

言說而實無有我相可得我說諸色實亦無有色相可得乃至涅槃亦復如是又如陽焰無水可得我說諸色乃至涅槃亦復如是恒河上於我法中修梵行者見一切法皆無所得乃可說名眞修梵行增上慢者說有所得是則不名住眞梵行我說如是增上慢人聞此深法生大驚疑不能解脫生老病死憂悲苦惱恒河上若我滅後有能宣說如是甚深斷流轉法有愚癡輩由惡見故於是法師生嗔害心以是因緣墮諸地獄恒河上言如佛所說斷流轉法以何義故名斷流轉世尊告言斷流轉者所謂實際不思議界此法不可穿鑿沮壞是故說名斷流轉法爾時世尊熈怡微笑從其面門放種種光青黃赤白紅紫玻瓈色其光普照無量國界上至梵世還從如來頂上而入爾時尊者阿難見是事已心自念言如來應正等覺非無因緣而現微笑作是念已即從座起偏袒右肩右膝著地合掌向佛而作是言以何因緣現此微笑佛言我念往昔有千如來亦於此處說如是法彼諸衆會各各亦有恒河上優婆夷而爲上首彼優婆夷及諸大衆聞是法已皆悉出家於無餘涅槃而得滅度阿難白佛言當何名此經我等云何受持佛言此經名爲離垢清淨以是名字汝當受持說此經時七百比丘衆四百比丘尼衆諸漏永盡心得解脫爾時欲界諸天子化作種種天諸妙華而散佛上作如是言此優婆夷甚爲希有能與如來共相酬對得無所畏是人已曾無量佛所親近供養種諸善根佛說是經已恒河上優婆夷及

諸天人阿脩羅乾闥婆等聞佛所說皆大歡喜信受奉行

大寶積經卷第九十八

音釋

耆闍崛梵語也此云鷲峰亦云鷲臺闍石遮切崛渠勿切　沮壞沮慈呂切過也壞古潰切毀也

大寶積經卷第九十九

元魏北天竺三藏佛陀扇多　譯

無畏德菩薩會第三十二

如是我聞一時婆伽婆住王舍大城耆闍崛山中與五百比丘衆俱菩薩摩訶薩無量無邊復有八千菩薩摩訶薩而爲上首皆得三昧及陀羅尼善入空無相無願三解脫門善巧諸通得無生法忍所謂彌樓菩薩大彌樓菩薩常入定菩薩常精進菩薩寶手菩薩常喜根菩薩䟦陀波羅菩薩寶相菩薩羅睺菩薩釋天菩薩水天菩薩上意菩薩勝意菩薩增上意菩薩摩訶薩八千人等而爲上首爾時婆伽婆依王舍城住若王王子諸婆羅門長者居士尊重讃歎而供養佛爾時世尊具有無量百千萬衆恭敬圍遶而爲說法爾時尊者舍利弗尊者大目揵連尊者大迦葉尊者須菩提尊者富樓那彌多羅尼子尊者離波多尊者阿濕卑尊者優波離尊者羅睺羅尊者阿難如是等無量聲聞於其晨朝整衣持鉢入王舍城從家至家如法乞食更無餘緣時諸聲聞如是乞食漸漸遂到阿闍世王所住宮殿至王所已却立一面默然而住不言乞食及不乞食爾時阿闍世王有女名無畏德端正無比無匹無雙無竝無類成就最勝殊妙功德年始十二在其父王堂閣之上著金寶屐彼處而坐時無畏德見諸聲聞不起不迎默然而住不共問答不迎不禮不讓牀座阿闍世王見無畏德默然而住即告之言汝豈不知此等皆是釋迦如來上足弟子成就大法也世間福田耶以爲愍念諸衆生

故而作乞食汝今既見何故不起不迎不禮不共相問復不讓坐汝今者覲見何事故而不起迎爾時無畏德白父王言不審大王頗見頗聞轉輪聖王見諸小王而起迎不王言不也復言大王頗見頗聞師子獸王見野干時爲起迎不王言不也復言大王頗見頗聞帝釋天王迎餘天不大梵天王有曾禮敬餘天衆不王言不也復言大王頗見頗聞大海之神禮敬江河池等神不王言不也復言大王頗見頗聞須彌山王禮敬諸餘小山王不王言不也復言大王頗見頗聞日月光神有曾禮敬螢火蟲不王言不也女言大王如是菩薩發心趣向阿耨多羅三藐三菩提轉輪聖王以大慈悲初發心已云何禮敬離大慈悲小乘聲聞大王頗有已求無上正眞正覺之道師子獸王而禮小乘野干人耶大王頗有已求大梵道處而發進者而當親近微少善根聲聞人耶大王頗有欲到大智之海欲求善知大法之聚而求牛跡聲聞人耶以彼從他聞音聲故大王頗有欲至佛須彌山爲求如來無邊色身而欲更求小芥子中空三昧力諸聲聞人而禮敬耶大王頗有得聞諸佛如來功德智慧如日月光如是聞已方乃禮敬諸聲聞人螢火蟲耶以諸聲聞唯能自潤自照從他聞聲而得解故大王佛入涅槃尚不禮敬諸聲聞人何況今者世尊在世何以故大王若有親近聲聞人者是人即發聲聞之心若人親近緣覺人者是人即發緣覺之心若有親近正眞正覺即發阿耨多羅三藐三菩提心無畏德女如是說已以偈報父

阿闍世言

譬如人至海　而取一文錢　我見諸聲聞
所行亦如是　至大法海已　捨大乘寶聚
而起狹劣心　修行小乘道　如人親近王
出入無障礙　從王乞一錢　彼人徒親王
敬心近輪王　從乞百千財　潤無量貧窮
是名善親王　如人求一錢　聲聞亦如是
不求眞解脫　而取小涅槃　若起狹劣心
自度不度他　猶如小醫師　唯自治已身
譬如大醫王　療治衆多人　善起慈悲心
得恭敬名稱　彼醫得世利　以達醫方故
自度不度他　智者不恭敬　如善巧醫王
通達衆方已　救無量千億　病苦諸衆生
彼醫得世間　恭敬及名稱　發菩提心者
普治煩惱病　大王葩麻林　華香影不妙
聲聞如葩麻　不救世發心　如至樹王所
多衆得利益　諸菩薩亦爾　能益一切衆
不以秋陽炎　能竭諸小水　至於大海已
能潤無量衆　聲聞道狹劣　猶如牛蹄跡
不能滅衆生　所有諸煩惱　非上諸小山
而現金色身　唯昇須彌山　悉見金色身
大王諸菩薩　亦如須彌山　以彼住世故
世間得解脫　皆是一色身　一切智具足
聲聞智不爾　其猶如朝露　不能潤於世
以不證法故　如地多增長　潤益無量衆
聲聞如華露　菩薩如大雨　親近得大法
如海之潤勢　猶如躑躅華　無比微妙香
男女所不樂　唯喜薝蔔華　如求青蓮華
華香甚奇妙　躑躅如聲聞　彼智不潤衆
猶如薝蔔華　諸菩薩亦爾　愍念衆生故

能化衆生衆　大士頗曾知　何者大奇特
一人在曠野　如利多人是　若欲善安隱
度無量衆生　應發菩提心　勿取二乘道
世間曠野中　能濟失道衆　如彼善導師
諸菩薩亦爾　大王頗曾見　小栰度大海
唯乘彼大船　能度無量衆　大王聲聞栰
菩薩如大船　修道法熏已　令度飢渴海
大王頗曾見　乘驢堪入陣　唯見乘象馬
闘戰便得勝　聲聞如驢乘　菩薩如龍象
降魔坐道樹　度無量衆生　猶如夜虛空
見諸星不現　滿月顯現故　能照閻浮提
聲聞如星宿　菩薩如滿月　愍念衆生故
示現涅槃道　不以螢火光　能令有所作
日光照閻浮　令作種種事　聲聞如螢火
不能多利益　佛具解脫光　愍念一切衆
不以野干聲　能令獸王恐　唯有獅子王
一吼飛鳥落　大王諸聲聞　不發菩提心
不爲益衆生　除一切煩惱　大王見此故
不發聲聞心　既發大心已　云何得發小
大王善得身　能發無上心　救拔一切衆
棄捨小乘道　善得世間身　復得世間利
善來在世間　而發無上心　希求無上道
救拔諸衆生　若能自他利　彼人善可嘆
亦得世名稱　及得究竟道　以是故我今
不禮敬聲聞

爾時阿闍世王語無畏德女言女大我慢云何而見諸大聲聞而不奉迎女言大王勿作此說大王亦慢云何不迎王舍城内諸貧窮者王語女言彼非我類我云何迎女言大王初心菩薩亦復如是一切聲聞緣覺非類王

語女言汝豈不見諸菩薩等皆悉禮敬一切衆生女言大王菩薩爲度憍慢嗔惱諸衆生等令彼得起迴向之心是故禮敬一切衆生爲長衆生諸善根本是故菩薩禮敬衆生而諸聲聞無嗔恨心又復不能增長善根大王假使百千諸佛如來爲說妙法而彼所得戒定三昧無有增益大王聲聞如琉璃菩薩如寶器大王譬如瓶滿天降雨時而不受一滴如是大王諸聲聞等假使百千諸佛如來爲說妙法而無受潤不能增益戒定慧等亦不能令衆生發心至一切智大王譬如大海能受諸河及雲雨等何以故以大海是無量器故大王諸大菩薩摩訶薩等演說法時隨所聞者得大福利增長一切諸善根本何以故以諸菩薩皆是無邊言說器故爾時阿闍世王聞女語已嘿然而住爾時尊者舍利弗作如是念此無畏德女得大辯才而能如是無盡言說我於今者前至其所少少問之我且問之女得忍不作是念已前問女言汝今爲住聲聞乘耶答言不也汝今爲住緣覺乘耶答言不也汝今爲住大乘心也答言不也舍利弗言若如是者爲住何乘而能如是師子吼耶女答尊者舍利弗言若使我今有所住者則不能作師子吼也我無所住是故我能作師子吼而舍利弗作如是言爲住何乘如舍利弗所證得法彼法豈有乘分別耶此是聲聞緣覺之乘至大乘耶舍利弗言汝聽我說我所證法無乘非乘差別之相以一相故所謂無相無畏女言尊者舍利弗若法無相云何可求舍利弗言無畏德女諸佛之法與

凡夫法有何勝負差別之相女語尊者舍利弗言空與寂靜有何差別舍利弗言無差別也無畏德言舍利弗如空寂靜無有差別勝負之相諸佛之法與凡夫法無有勝負差別之相又舍利弗亦如虛空能受諸色而無差別諸佛之法與凡夫法無有差別亦無異相爾時尊者大目揵連語無畏德女言汝見佛法與聲聞法有何差別而見如是諸大聲聞不起奉迎不與酬對不讓床座無畏德女答目連言假使星宿遍滿三千不能照了聲聞亦爾以入定智而能照知若不入定則不覺知大目連言若不入定則不能知衆生之心女言目連佛不入定而於恒河沙等世界如應說法度諸衆生善知心故何況微少星宿光明諸聲聞耶此是諸佛如來勝事又大目連一切聲聞頗有能知幾世界成幾世界壞大目連言不能知也女言目連聲聞頗知幾數諸佛已入涅槃幾數諸佛未來當入幾數諸佛現在今入目連答言不能知也女言目連聲聞頗知幾數衆生多貪欲者幾數衆生多嗔恚者幾數衆生多愚癡者幾數衆生等分行者目連答言不能知也女言目連聲聞頗知幾數衆生受聲聞乘幾數衆生受緣覺乘幾數衆生受於佛乘目連答言不能知也女言目連聲聞頗知幾數衆生聲聞度之幾數衆生緣覺度之幾數衆生佛能度之目連答言不能知也女言目連聲聞頗知幾數衆生在於定聚是正見者幾數衆生住邪定聚目連答言不能知也女言目連唯有如來正真正覺如實善知諸衆生界而爲說法如是

之事非諸聲聞緣覺境界況餘衆生目連當知此是如來殊勝之事如來具得一切智故一切聲聞緣覺所無時無畏女復語尊者大目連言世尊常記大目揵連於神通中最為第一目連神通能知能至香象世界知彼世界一切諸樹皆出上妙栴檀香不目連答言今始得聞彼世界名云何能往至彼世界目連問女彼佛何名而在彼處世界說法女即答言彼佛號曰放香光明如來應正遍知在彼說法目連語女今者云何得見彼佛時無畏女不起于座不動威儀而作誓願若使菩薩初發心時能過一切聲聞緣覺以此誓願願彼放香光明如來現身於此令諸聲聞緣覺見彼香象世界及齅上妙栴檀香樹時無畏女發此誓已於是放香光明如來從身放光以放光故時諸聲聞皆得見彼香象世界及佛菩薩諸衆圍遶羅網隱身為衆說法彼所說法此處悉聞佛神力故復得齅彼諸樹微妙栴檀之香彼世界佛作如是言如是如是如無畏女之所說也菩薩如是初發心時已過聲聞緣覺境界說此法時彌勒菩薩摩訶薩白佛言世尊彼妙樹香何因緣來佛言彌勒是無畏女共諸聲聞如法論議及發誓願彼佛知已故以神力現如是香及彼世界而彼上妙栴檀之香遍此三千大千世界時無畏女語目連言若見如是不可思議諸勝功德而能發起狹劣小乘聲聞之心唯自度者當知善根甚為微少誰見成就無量功德菩薩之事而不發於菩提之心目連頗知彼佛世界去此幾何答言不知女言目連乘諸

神通經百千劫能知能見彼佛世界無有是處譬如一切竹葦叢林不可筭數過如是等諸佛世界方乃有彼香象世界爾時彼佛卷攝光明既攝光巳香象世界及彼如來忽然不現爾時尊者摩訶迦葉謂無畏言女曾見彼香象世界及彼如來應正遍知耶女即答言大迦葉如來可見不如佛所說若以色見我及以聲求我彼盡行邪道不能見如來以諸如來體即是法身佛法非可見聞云何可知見隨何方便衆生樂者佛則示現無障礙身住方便故然大迦葉謂我言曰見彼世界及見彼佛等正覺不我見彼佛非肉眼見以非肉眼所覩色故非天眼見以無受故非慧眼見以離相故非法眼見離諸行故非佛眼見離識覩故大迦葉我見如來亦如尊者迦葉所見以滅無明愛見心故大迦葉我見彼佛亦如尊者迦葉所見又復亦見我我所等迦葉言女若法永無云何而起無明及愛及我我相所有衆生不可見故女言大迦葉如是一切諸法永無彼云何見大迦葉言若一切佛法畢竟是無云何可見女言大迦葉見諸佛法增長義不大迦葉言我尚不知諸凡夫法何況佛法無畏女言是故尊者大迦葉彼法不成就云何有斷續而不證者見大迦葉諸法永無不可示現是故大迦葉一切法皆無若法本無云何可見彼清淨法界大迦葉若欲見淨如來彼善男子善女人應淨自心時大迦葉語無畏言云何善淨自心女言大迦葉如自身眞如及一切法眞如若信彼者不作不失如是見自心清淨故迦葉問言

自心以何爲體女言空爲體若證彼空信自身故即信眞如空以一切法性寂靜故爾時尊者大迦葉語無畏女言汝從何佛聞如是法而得正見如佛所説發正見者有二因緣從他聞法及内思惟女言大迦葉藉彼外聲聞外聲故後内思惟大迦葉菩薩大士不假他説不假音聲云何而言住於寂滅迦葉言汝隨所聞法而觀察故名爲觀行時大迦葉復問女言菩薩云何内自思惟女言大迦葉若共諸菩薩説法同事而不起衆生相菩薩如是内觀是故名爲成就内觀大迦葉一切諸法具足本際及中後際以一切法眞如體故一切法現在眞如體故若是觀者是菩薩名爲成就内觀應知迦葉言汝云何安此諸法女言大迦葉如是應作如彼眞如見無縛無解大迦葉言云何而見名曰正見女言大迦葉若離二邊見故不作非不作如是見而不見是名正見大迦葉法者唯有名字而離名字故以永不證故時大迦葉復問女言云何得自見無畏女言如尊者大迦葉所見大迦葉言我不見自身及見我所女語尊者大迦葉言應當如是見一切法以無我我所故説此法時尊者須菩提心大歡喜語無畏女言善得大利而能成就如是辯才時無畏女即語尊者須菩提言須菩提法有可得有不可得而可求耶而語我言善得辯才我有此辯若我説無有所覺知若内若外則有辯才時須菩提即語女言汝何所證何所得法而有如是快妙辯才女即答言不自知故不從他知所得善法及不善法差別之相如是知

法不見染淨有漏無漏有爲無爲世間出世間及凡夫法以不見故以彼法體是佛佛法而得佛法而不見佛須菩提若如是者無所覺見有此辯才須菩提言云何辯才女言須菩提如仁所得如是除滅女語尊者舍利弗言如彼法體無聞無得而有所說女語尊者須菩提言法體可住不復可增減不而能有此辯才時須菩提即語女言若證無漏及法無有差別及無辯說以彼法體不可說故女語尊者須菩提言於一切法云何而生如是念言善得其利得如是辯須菩提言汝以得辯故說爲不得故說女語尊者須菩提言信如佛說一切諸法如響不耶須菩提言我信此事女言影響爲有辯才無辯才耶須菩提言以內聲故而有外響女言須菩提以緣有聲而有彼響彼響爲有何性相耶然彼響聲無有性相何以故若以緣生彼無生義須菩提言一切法緣生無畏女言一切諸法體性不生須菩提言若一切法體性如是畢竟無者云何如來作如是說恒河沙等諸佛當成正覺女言法界爲可生不須菩提言不可生也無畏女言諸佛如來一切皆是法界性相須菩提言不見一切諸法界也無畏女言諸有所說言語無漏而說恒河沙等諸佛當得正覺此言何趣何以故法界不生不滅故一切說非說以畢竟淨故以彼非事不可言說離於實際須菩提言女甚奇哉既是在家而能如是善巧說法復有如是無盡辯才無畏女言須菩提菩薩無有取以不取聞以不聞若在家若出家而有辯才何以故以心淨故

而令智顯以智顯故而顯辯才女語尊者須菩提言今可善說菩薩之行須菩提言汝說我聽無畏女言須菩提菩薩成就八種法行故不得言在家出家何等八法須菩提一者菩薩得身清淨定信菩提二者成就大慈大悲而不捨衆生三者成就大慈悲故善巧世間一切諸事四者能捨身命分及成就方便善巧五者善巧無量發願六者成就般若波羅蜜行離一切見故七者大勇猛精進以修諸善業而無猒足故八者得無礙智以得無生法忍故須菩提菩薩成就如是八法故不得言在家出家隨何威儀住菩提中無有障礙爾時尊者羅睺羅語無畏女言此言乃是不淨言說汝蹈寶屐復坐高牀而能如是共諸聲聞往復論義汝豈不聞爲不淨者不得說法及不得爲高牀坐人而說法耶時無畏女即語尊者羅睺羅言頗如實知淨不淨耶尊者羅睺羅是世間淨不羅睺羅言無淨不淨無畏女言如來制戒隨而受行而犯彼戒爲淨不淨若復有人不犯彼戒非淨不淨無畏女言且止且止勿作是說若如說法若如制戒而修行者彼說不淨羅睺羅以彼證得無漏法故彼則無有犯以不犯彼亦無有淨與不淨何以故以諸聲聞過諸說法過諸制戒如來爲諸聲聞學者來於三界爲彼故說而彼聲聞已過三界以是義故說過不過諸界如是以彼不能覺知戒故說淨不淨而虛空者唯有言說唯智力見是故得說淨不淨也羅睺羅言淨與不淨有何差別無畏女言譬如真金遠離諸垢作莊嚴具及不作者色

何差別羅睺羅言無有差別無畏女言淨與不淨唯有名字以爲差別無餘差別何以故一切法性離一切垢無染無著女語尊者羅睺羅言坐高廣牀不應說法一切菩薩坐於草敷勝坐高牀勝於聲聞在於梵天羅睺羅言以何義故女言羅雲頗見菩薩坐於何座而得菩提羅睺羅言坐於草座女言菩薩坐於草座所有三千大千世界釋梵護世四天王等及餘天子乃至阿迦尼吒天等悉來禮拜合十指爪掌至菩薩所禮菩薩足羅睺羅言如是如是時無畏女問羅雲言成就如是法菩薩而坐草座勝於坐彼高廣大牀及勝聲聞在於梵天爾時阿闍世王語無畏女言汝可不知此是釋迦如來之子於學戒中最爲第一耶時無畏女語父王言且止大王勿

作是說言羅睺羅是如來子大王頗見頗聞以不師子之王生野干不王言不見女言大王頗見頗聞轉輪聖王禮敬諸餘小王以不答言不見女言大王如是如來師子之王轉大法輪聲聞圍遶大王若依正法而說何者是爲如來眞子則應答言諸菩薩是是故大王不得說言如來有子如來無子若說如來有眞子者應言若發阿耨多羅三藐三菩提心者是如來眞子說此法門時阿闍世王宫内二萬諸女發菩提心二萬天子滿足彼法聞此女師子吼已發菩提心王復語言此是過去未來現在諸佛之子離諸煩惱學聲聞戒云何眞子爾時彼諸天子以華散佛遍王舍城以爲供養無畏女故時無畏女下彼牀已然後禮敬諸大聲聞而施種種微妙飲食

若舐若齅若啖如法供養彼諸聲聞供養已訖作如是言不審尊者諸大聲聞何故晨朝離如來所而來至此應聽法已然後乞食尊者且去我正爾間須臾到彼無畏德女於晨朝時共阿闍世王并女之母及王舍城無量人衆導從圍遶至如來所禮如來足却坐一面彼諸聲聞亦至佛所禮佛足已却坐一面爾時尊者舍利弗白佛言世尊此無畏德女如是奇哉得大福利佛語尊者舍利弗言此無畏女已於過去九十億佛發菩提心於彼佛所種諸善根爲求無上佛菩提故舍利弗言世尊此女能轉女身不耶佛言舍利弗汝見彼女豈是女耶汝今不應作如是見何以故以是菩薩發願力故示現女身爲度衆生於是無畏德女作是誓言若一切法非男非女令我今者現丈夫身令一切大衆皆悉覩見說此語已即滅女身現丈夫身昇於虛空高七多羅樹住而不下爾時世尊即語尊者舍利弗言汝舍利弗見彼無畏德菩薩不在於虛空住而不下舍利弗言已見世尊佛言舍利弗此無畏德菩薩復過七千阿僧祇劫得成正覺號曰離垢如來應正徧知彼佛世界名曰光明佛壽百劫正法十劫純菩薩僧三萬不退轉菩薩彼佛世界淨琉璃地八道莊嚴蓮華所覆無有一切諸惡道名天人充滿舍利弗如兜率天受微妙樂及勝法味彼諸天子受如是樂爾時無畏德菩薩母號曰月光與阿闍世王俱合十指爪掌往至佛所白言世尊我得大利我於九月懷娠此子然此善男子今作如是大師子吼我今迴此善

根向阿耨多羅三藐三菩提過此已後於彼離垢光世界而成無上正真正覺於是佛告尊者舍利弗言舍利弗汝今見不答言已見佛言舍利弗此月光女捨是身已生忉利天號曰光明增上天子若彌勒菩薩得菩提時是彼見王上足之子於彼供養彌勒佛已便即出家彼見王子於彌勒佛所說之法初中後說盡能憶持次第皆見賢劫諸佛悉得供養如是漸次供養佛已然後於彼離垢如來得菩提時得作大王具足七寶號曰持地彼見王子供養如是諸如來已亦乃得成阿耨多羅三藐三菩提號曰徧光如來應正徧知具足成就佛之世界如上所說爾時月光夫人歡喜踊躍即脫價直百千兩金妙寶瓔珞而供養佛語大王已受五百正戒具修梵行

爾時無畏德菩薩在如來前作如是言以此誓願因緣力故令我未來得菩提時諸菩薩亦皆被法服一切化生以此誓願因緣故願令如來猶如年少八臘比丘無畏德菩薩如是現身說此語已被正法服即成比丘具足威儀爾時無畏德菩薩語自父王阿闍世言大王一切諸法皆如是即時忽化生相離諸分別所起之相無諸顛倒大王還即此時復現女身王見不也王言已見而我非以色身相見我今現見比丘身已復見女身佛問王言何者是實大王應當作如是學住一切法中正見一切衆生煩惱所燒故以不違法力故以不違故於非疑處而生疑悔當應數數親近如來及文殊師利童子菩薩以彼菩薩威德力故而令大王得受悔過爾時世尊告

阿難言汝受持此無畏德菩薩授記法門讀誦勿忘阿難若有善男子善女人等具足七寶施滿三千大千世界諸佛如來若復有人能受持此無畏德菩薩授記法門一句一偈聞已受持得福過彼何況具足若讀若誦廣爲人說如法修行如來說此無畏德菩薩授記法門時月光夫人無畏德毋并諸天龍阿脩羅等聞佛說已皆大歡喜信受奉行

大寶積經卷第九十九

音釋

狹劣 狹胡夾切隘也劣龍輟切弱也 毗 音昆蔫也 蹢躅 蹢直炙切躅直六切蹢躅花名也 薝蔔 梵語也正云瞻博迦此云黃華薝正作瞻之蔗切蔔步集 栰 音伐簰也 舶 薄陌切海中大船也 舐 甚爾切舌餂也 娠 失人切娠妊也

大寶積經卷第一百

西晉清信士聶道真譯

無垢施菩薩應辯會第三十三

序品第一

如是我聞一時佛遊舍衛國祇樹給孤獨園與大比丘衆千人俱皆是阿羅漢諸漏已盡無復煩惱於諸法中皆得自在所作已辦捨於重擔逮得已利盡諸有結得正智解脱心得善解脱慧得善解脱其心調伏如大象王心得自在到於彼岸入八解脱唯除阿難一人復有諸菩薩摩訶薩皆大莊嚴衆所知識逮不退轉盡一生補處其名曰寶手菩薩德藏菩薩慧嚴菩薩稱意菩薩觀世音菩薩文殊師利法王子悅音法王子不思議解脱行法王子思惟諸法無障礙法王子彌勒菩薩施無憂菩薩無癡見菩薩離惡趣菩薩無癡行菩薩斷幽冥菩薩除諸蓋菩薩辯嚴菩薩寶德智威菩薩金華光明德菩薩思無礙菩薩如是等菩薩摩訶薩萬二千人俱爾時大德舍利弗大德目揵連大德摩訶迦葉大德須菩提大德富樓那彌多羅尼子大德離越大德阿那律大德阿難及文殊師利法王子無癡見菩薩寶相菩薩離惡趣菩薩除諸蓋菩薩觀世音菩薩辯嚴菩薩無癡行菩薩如是等八大菩薩及八大聲聞晨朝執持衣鉢欲入舍衛城乞食時於道中各作是念共論斯事爾時大德舍利弗言我當入如是定已詣舍衛城乞食願令城中一切衆生聞四聖諦大德目揵連言我當入如是定詣舍衛城乞食願令城中一切衆生無有魔事摩訶迦

葉言我當入如是定詣舍衛城乞食願令城中衆生其施我者令獲無盡之報乃至泥洹大德須菩提言我當入如是定詣舍衛城乞食願城中衆生其見我者以此因緣令彼衆生天上人中受諸快樂得盡苦際大德富樓那彌多羅尼子言我當入如是定詣舍衛城乞食願令城中一切外道梵志尼揵子等悉得正見大德離越言我當入如是定詣舍衛城乞食願令城中一切衆生得無諍樂大德阿那律言我當入如是定詣舍衛城乞食願令城中一切衆生識宿業報大德阿難言我當入如是定詣舍衛城乞食願令城中一切衆生先所聞法皆悉現前文殊師利法王子作是念言我當令舍衛城中一切門户窻牖牆壁器物樹木枝葉華果衣服瓔珞皆令出

空無相無願無所有無我無戲論無性之聲無癡見菩薩作是念言我當令舍衛城中若有衆生應得阿耨多羅三藐三菩提者其所見物皆是如來像又令決定於阿耨多羅三藐三菩提寶相菩薩作是念言我當令舍衛城中一切族姓室宅之中寶藏湧出具諸七寶離惡趣菩薩作是念言我當令舍衛城中若有衆生應墮惡趣者盡使現世輕受速脱苦惱除諸蓋菩薩作是念言我當令舍衛城中衆生盡除五蓋觀世音菩薩作是念言我當令舍衛城中衆生牢獄繫閉速得解脱臨當死者即得濟命恐怖之者即得無畏辯嚴菩薩作是念言我當令舍衛城中衆生其見我者皆得辭辯以諸妙偈互相問答無礙行菩薩作是念言我當令舍衛城中若有衆生

其見我者得無礙見決定於阿耨多羅三藐三菩提如是等八大菩薩及八大聲聞共論上事遂至舍衛城門爾時城內波斯匿王女名曰無垢施始年八歲顏貌端嚴世所希有其女於二月八日沸星現日與五百婆羅門俱持滿瓶水出至城外浴洗天像爾時五百婆羅門見諸比丘在門外立見已皆謂不吉時婆羅門衆中最長宿者年百二十名曰梵天謂無垢施女言今諸比丘在門外立此事不吉我等宜還入城不須見此若見此已於祀祠宜利言祥等事皆爲不吉爾時無垢施女以偈答婆羅門言

此等皆無愛　第一所應讚　能爲多衆生
洗除一切惡　此等皆清淨　盡見四聖諦
外道非清淨　爲癡冥所覆　兩足尊福田
施此報無量　種於此中者　於三有無盡
戒行淨具足　出於泥無著　行世如良醫
治救病衆生　佛爲世中勝　是諸法之王
此等是佛子　成辦阿羅漢　如是行菩薩
慧人云何離　行此妙行者　世人所應讚
此等是慧人　久遠常行施　梵志敬此者
衆事吉無疑　讚此具相者　心淨良福田
梵志若信者　得喜無憂樂

爾時梵志復以偈答無垢施女言

勿隨愚小心　祠莫見沙門　剃髮被袈裟
求樂者莫近　汝父母不喜　我等懷慙愧
汝若欲行施　其事亦不吉　善哉勿恭敬
此等諸比丘

爾時無垢施女以偈報梵志

我若墮惡道　父母諸眷屬　財寶及勇健

盡所不能救　除彼威德衆　誰能救我者
敬佛法衆故　捨身及壽命　除尊三寶已
更無可依道
爾時梵志問無垢施女言汝未曾見佛及僧
亦未曾聞法何由有此信無垢施女報梵志
言我初生七日時處高殿上在金足床見五
百天子飛行虚空以無量功德讃嘆佛法僧
我時得聞復有一天子未曾見佛聞法及覲
衆僧問諸天子言佛者何似也彼諸天子知
我至心并答一天子所問爲生喜悦故而説
偈言
其髮如紺青　清淨而右旋　佛面如滿月
百葉蓮華色　毫相如珂雪　右旋人樂覩
黑蜂違青蓮　眉目亦如是　頰車如師子
眼眴如牛王　脣如頻婆果　齒白密齊平
其猶白鵝行　舌廣而覆面　暢音甚清淨
聞者皆歡喜　孔雀鵝鴈聲　音如琉璃琴
緊那衆鈴聲　迦陵頻伽音　拘那羅鳥音
命命拘吉羅　及種種音樂　佛聲亦如是
其吼如師子　能破諸競論　除去諸垢惱
實語斷諸見　處在於大衆　能盡諸問疑
不謬而和柔　悦可於衆心　去離於二邊
正説於中道　恒説適意音　聞音皆歡喜
口行無諂曲　隨語各得解　佛語慧莊嚴
如雜妙華鬘　項圓臂脩直　掌平輪相淨
手指纖長妙　爪如赤銅色　佛身堅平滿
細腰師子體　深齊而圓好　陰藏如馬王
其身如金山　一孔一毛生　右旋而上向
其喻如龍象　腨脛鹿蹲腸　踝平鉤鎖骨
足平輪相現　千輻具分明

梵志爾時諸天子在虚空中以如此事讚歎如來復次如來應供度一切有至於彼岸得大慈悲如大醫王護諸衆生憎愛不染如蓮華在水於世尊功德我歎少分耳梵志我生適七日聞世尊如是實功德自爾已來恒無睡眠亦無欲覺嗔恚覺惱覺自是已來我於父母兄弟姊妹親屬財寶瓔珞衣服城邑園觀及己身壽命盡無戀愛之心唯除念佛如來在在處處有所說法繫心往聽悉皆受持若文若義不失一句梵志我於日夜未嘗不見諸佛世尊梵志我觀佛無猒聽法無足供衆無倦爾時無垢施女如是種種讚佛法衆時梵天婆羅門等五百人皆發阿耨多羅三藐三菩提心時無垢施女即下車步進詣諸菩薩聲聞所到已盡頂禮其足以恭敬尊重心詣大德舍利弗所到已前立謂舍利弗言我是女人智慧微淺多諸煩惱又多放逸樂卑下事爲不順思惟所牽善哉大德舍利弗爲憐愍我故説微妙法我得聞已長夜利益增長安樂始論此事王波斯匿來至其所聞其所説王命無垢施女言汝諸快樂悉無所少何爲憂色而不睡眠不樂世樂時王波斯匿即爲其女而説偈言

端嚴如天女　澡浴塗香服　瓔珞等具足
何憂不睡眠　國富多財寶　父母得自由
有何不可樂　而不睡眠耶　汝悅衆親意
諸人悉敬望　我種種莊嚴　汝何爲不樂
汝見聞何事　而懷此憂慼　善哉何所願
汝語我此事

爾時無垢施女以偈答父王言

王不覺家中　陰界入諸羸　居世如幻技
人命無暫停　飲毒誰能眠　處死誰有歡
墜巖何望活　世相皆如是　如人處蛇間
何有睡與欲　四大如毒蛇　何有歡樂心
爲諸怨所逐　如飢何有樂　爲諸怨國者
父王何有樂　自從見世尊　發心願成佛
王我未見聞　菩薩暫放逸

聲聞品第二

爾時無垢施女謂舍利弗言大德我欲少有所問願爲解說以憐愍故世尊記仁者智慧中最爲第一此慧是有爲耶是無爲耶若是有爲虛誑非實法若是無爲無爲法者則無有生無生之法則無有起以無起故大德智慧則無所有舍利弗即便黙然大德目揵連謂舍利弗言大德何爲不答無垢施女所問舍利弗答目揵連言此女不問有爲之法乃問第一義諦第一義中則無言說是故不可以言而答時無垢施女謂目揵連言世尊記大德於神足人中最爲第一大德乗神足時爲衆生想耶爲作法想耶若住衆生想者衆生無實彼神足亦無實若住法想者法無變異若無變異則無所得若無所得則無分別天德目揵連即便黙然摩訶迦葉謂目揵連言大德何爲不答無垢施女所問目揵連言此女不問分別神足諸如來菩提無作無分別此則不可言說時無垢施女謂摩訶迦葉言世尊記大德頭陀人中最爲第一又復大德憐愍衆生故入八解脫已而受施乃至一念而受他施以身報耶以心報耶若以身報身性無記喻如草木牆壁瓦礫等無異是故

不能必報施恩若以心報心念念不停亦不能報若除身心則無爲法若無爲法誰能報者摩訶迦葉即便黙然大德須菩提謂摩訶迦葉言何爲不答無垢施女所問摩訶迦葉答須菩提言此女所問問法眞際此理不可以言宣答時無垢施女謂須菩提言世尊記大德於無諍人中最爲第一此無諍行入有性耶入如性耶若入如性如非生相如非滅相若不生相若非滅相則是平等若是平等則是如爾若是如爾則是無作若是無作則無言說若無言說則不可思議若不可思議則不可宣表若在有性有性虛誑若是虛誑非聖所行大德須菩提即便黙然富樓那彌多羅尼子謂須菩提言何不答無垢施女所問須菩提答富樓那言我於理不應有答唯有黙然是我樂處此女所問問無戲論法若有言說則生過患法性無說是無諍行時無垢施女謂富樓那言世尊記大德於說法人中最爲第一若說法時說有境界法耶無境界法耶若說有境界法則與凡夫等所以者何以凡夫說有境界法故是以大德不離凡夫法若無境界則無所有若無所有何名說法人中最爲第一富樓那即便黙然大德離越謂富樓那言大德何爲不答無垢施女所問富樓那答離越言此女不問有爲問第一義第一義中則無言說是故無理可答時無垢施女謂離越言世尊記大德於行禪人中最爲第一大德禪時依有心禪耶無心禪耶若依心入禪心如幻化不實此定亦復不實若無心入禪諸外法草木枝葉華果等亦應

得禪所以者何以彼同無心故大德離越即便默然大德阿那律謂離越言何不答無垢施女所問也離越答阿那律言此女所問諸佛行處是非聲聞所答時無垢施女言諸佛法聲聞法有異耶若是有異無爲有二耶諸賢聖皆行無爲無爲之法則無有生若無有生則是無二若是無二則是如爾如爾無二是故大德離越何爲作是說耶時無垢施女謂阿那律言世尊記大德於諸天眼人中最爲第一大德以天眼所見爲有物耶爲無物耶若見有物則爲見常若見無物則爲見斷若離二邊則爲無見大德阿那律即便默然大德阿難謂阿那律言何爲不答無垢施女所問阿那律答阿難言此女所問爲壞假名是故不可以假名而答時無垢施女謂阿難言世尊記大德於多聞人中最爲第一比多聞法爲是實義耶爲是文字耶若是實義義不可說若不可說法則非耳識所知若非耳識所知復不可說若以文字世尊說言依於了義不依文字是故大德阿難亦非多聞亦非了義大德阿難即便默然文殊師利法王子謂大德阿難言何爲不答無垢施女所問也阿難言此女所問多聞離於文字此則不可以音聲而答問於平等平等非心離心相故此非學地人法我何能答耶此是諸如來法王至彼岸處

菩薩品第三

爾時無垢施女謂文殊師利法王子言世尊記汝於深解菩薩中最爲第一汝爲以十二因緣深爲深耶爲以眞深爲深耶若以十二

因緣深爲深無有衆生成十二因緣深者所以者何以十二因緣無來無去故非眼識所知非耳鼻舌身意識所知此中十二因緣非是行法若以眞深爲深眞深則非深亦無得眞深者文殊師利答無垢施女言以始際深故深無垢施女問文殊師利言始際則非際是故汝知亦非知文殊師利答無垢施女言以無知得無得故言始際耳無垢施女問文殊師利言無得之中無有言分過言語道無有所說文殊師利答無垢施女言說假文字說耳無垢施女語文殊師利言諸佛菩提過字句言說是故菩提則不可說爾時無垢施女謂無癡見菩薩言汝善男子作是言我爲作是念詣舍衛城願令城中衆生必定應得阿耨多羅三藐三菩提者其所見物盡是如來像又令决定於阿耨多羅三藐三菩提若見如來時爲色身觀耶爲用法身觀耶若以色身觀者則不見佛如世尊說若見我色身聞我音聲者彼人邊見非爲見我若以法身法身不可見所以者何法身離見聞不可取故是以不可見聞時無癡見菩薩即便默然寶相菩薩謂無癡見菩薩言善男子何故不答無垢施女所問無癡見菩薩言無垢施女所問無性法此無性法不可說是故不答無垢施女言善男子我不問無性法無性法不可問學已而答則無有礙爾時無垢施女謂寶相菩薩言善男子汝言我當作是念詣舍衛城願令城中一切種族居家寶藏涌出具足七寶汝施寶之心爲有染著耶無染著耶若有染著則與凡愚同所以者何以凡夫有

愛著故若無愛著無愛著中無有施寶時寶相菩薩即便默然時無垢施女謂離惡趣菩薩善男子汝言我爲作是念詣舍衛城願令城中若有衆生應墮惡趣者盡使現世輕受速脱苦惱如來説業不可思議此不可思議業可速斷耶若可斷者則違如來所説若不知云何而能輕受速斷若能斷者於無主法中汝則是主若能斷者亦當能不斷離惡趣菩薩答無垢施女言我以願力故能令輕受速斷無垢施女問離惡趣菩薩言善男子諸法如性不可以願力而受時離惡趣菩薩即便默然爾時無垢施女謂除諸蓋菩薩善男子汝言我當作是念願令舍衛城中衆生盡除五蓋汝作是念入是定已能令衆生不爲五蓋所覆於此定中已自在耶他自在耶若已自在無由及彼一切諸法無至彼者云何汝入禪定去他五蓋若他自在則不能利益於他除諸蓋菩薩答無垢施女言此行以慈爲首無垢施女問除諸蓋菩薩言諸佛皆行慈行善男子叵有佛因衆生不以五蓋爲患者耶除諸蓋菩薩即便默然時無垢施女謂觀世音菩薩善男子汝言我當作是念願令舍衛城中衆生牢獄繫閉速得解脱臨當死者即得濟命恐怖之者即得無畏夫言畏者是有取耶無取耶若是有取者凡愚之人亦復有取是故不然若是無取則無所施無施法中何得有除觀世音菩薩即便默然辯嚴菩薩謂觀世音菩薩善男子何爲不答無垢施女之所問耶觀世音菩薩言此女不問生滅法是故不可答無垢施女問觀世音菩薩

言叵有是無生無滅問耶觀世音答無垢施女曰無生無滅中乃無文字言說無垢施女問觀世音言諸智慧者於無文字假說文字然不著文字法性無礙是故慧者不礙文字時無垢施女謂辯嚴菩薩善男子汝言我當作是念願令舍衛城中衆生其見我者皆得辭辯以諸妙偈互相問答善男子汝此所施辭辯者以覺起耶若以覺起者一切有爲皆由覺觀而起是故非寂靜若以愛起者所施則虛辯嚴菩薩答無垢施女言此是我初發菩提心時願其見我者皆得辭辯以諸妙偈互相問答時無垢施女問辯嚴菩薩言善男子汝今即有發菩提心願耶若即有者則是常見若今無者不可以施彼是故所願則虛時辯嚴即便默然爾時無垢施女謂無礙行

菩薩善男子汝言我作是念願令舍衛城中若有衆生其見我者得無礙見決定於阿耨多羅三藐三菩提此菩提爲是有耶爲是無耶若是有者是有爲菩提執於邊見若是無者則是虛妄亦墮邊見時無礙見菩薩答無垢施女言此菩提者名之爲智無垢施女問無礙見菩薩言此智名爲生耶爲無生耶若名爲生則非是善順思惟所生是有爲智凡愚所知若名無生無生中無所有若無所有則無分別菩薩聲聞辟支佛諸如來菩提無有分別凡愚之人分別菩提智慧之人則無分別時無礙見菩薩即便默然爾時大德須菩提謂諸大德聲聞并諸大菩薩言諸大德我等宜還不須入舍衛城乞食所以者何無垢施女所說即是智者法食我等今日樂於

法食不須摶食無垢施女問須菩提言如說諸法無上無下於此法中當有何求而行乞耶大德不戲論法是比丘所行不可樂於戲論此是無依之法非依止者所行賢聖所行無有退轉爾時八大聲聞八大菩薩梵天等五百婆羅門無垢施女波斯匿王及諸大衆俱詣佛所到已頂禮佛足右遶三帀却坐一面無垢施女別遶七帀頂禮佛足合掌而立以偈問佛

我問無等尊　應供無量稱　施衆甘露喜
菩薩云何行　云何在道樹　破魔降勞怨
云何動天地　山王及林藪　云何放光明
顯發無量稱　願大悲世尊　說應菩提行
云何得揔持　如來妙音聲　云何能修持
清淨妙勝定　云何諸行人　能得神足力
令勸請世尊　說諸人實行　云何得專念
及與堅固心　云何得應辯　微妙成具足
云何得順理　含衆義圓足　善說微妙法
慧者無所礙　云何樂施惠　淨戒及忍辱
善精進禪定　智慧照世間　云何憶宿命
天眼明了見　天耳他心智　神足過諸刹
云何不處胎　化生蓮華中　恒於諸佛前
說空無我法　云何等怨親　斷愛及荒穢
志行無高下　其猶如風地　利衰及毀譽
稱譏與苦樂　云何捨八法　行世猶如日
云何不諂諍　除我捨憍慢　寂靜處禪定
智者樂實義　云何不愛樂　妻子及財寶
云何諸行人　樂於閑靜處　云何如飛鳥
亦如麟一角　云何樂正法　及樂喜悅心
云何諸智人　觀地水火風　無傾動分別

處禪如虛空　不行非法行　不樂觀他行
寧捨於身命　終不捨離法　云何於菩提
生想如世尊　生世尊想已　能發菩提願
云何得淨土　及與清淨僧　智者得長壽
稱名獲安樂　方便至彼岸　見諦不取證
能度無量衆　勸樂行善根　云何得端正
及得於化生　智慧多財寶　能知衆生心
云何憶宿命　常與諸佛會　於千萬億劫
恒不生難處　云何得種好　及三十二相
云何善辭辯　及得於應辯　云何修淨土
成就比丘衆　隨所願樂處　能得生於彼
導者作何行　能得色名稱　得力精進等
云何得不壞　云何不猶豫　能行菩薩道
去離諸掉悔　爲衆生說法　於佛法衆中
云何得最勝　寧捨己身命　而不誹謗法
世尊無不知　今世及未來　願大智世尊
次說菩薩行

菩薩行品第四

爾時世尊讚無垢施女言善哉善哉汝爲多安樂利益諸衆生故憐愍世間諸天人故問於如來諸菩薩摩訶薩如斯之行諦聽諦聽善思念之吾當爲汝分別解說時無垢施女及諸大衆皆稱善哉願樂欲聞爾時世尊即便爲說菩薩成就四法能破諸魔何等爲四於他利養不生憎嫉去離兩舌勸多衆生令種善根於一切衆生生慈愍心無垢施女是爲菩薩成就四法能破諸魔爾時世尊欲重宣此義而說偈言

不生憎嫉心　及以兩舌語　能教多衆生
種善法根栽　能修廣慈心　普及於十方

善行此行者　能摧諸魔怨
無垢施女若菩薩成就四法者能放光明過無量佛土何謂爲四能施燈明法欲滅時護持正法能爲放逸及墮難處衆生故往其所而爲説法能以寶飾瓔珞施佛塔廟是爲菩薩成就四法能放光明過十方剎爾時世尊欲重宣此義而説偈言
若能施燈明　法末中護法　開導難放逸
寶飾施佛廟　是故諸菩薩　能放淨光明
過無量佛土　所照無邊涯　蒙光皆安樂
即發無上心
無垢施女若菩薩能成就四法者能震動無量無邊諸佛剎土何謂爲四如所説行得深法忍堅持善法化無量衆生行阿耨多羅三藐三菩提是爲菩薩成就四法能震動無量無邊諸佛剎土爾時世尊欲重明此義而説偈言
如所説修行　善解深法忍　欲得白淨法
堅持諸妙行　能教無量衆　發於菩提心
行此四法者　能動無量剎
無垢施女若菩薩成就四法者得陀羅尼何謂爲四能施淨妙種種所須莊嚴諸婇女須者便施與常以種種法讚歎諸如來親近多修習般若波羅蜜是謂菩薩成就四法得諸陀羅尼爾時世尊欲重明此義而説偈言
若行種種施　能得陀羅尼　莊嚴好婇女
隨意之所須　悉皆能充足　常讚歎如來
修諸寶智慧　世尊之所許　以此四事者
即得陀羅尼　於百千億劫　所聞終不忘
十方佛所説　盡能受憶念

無垢施女若菩薩成就四法者能得三昧何謂爲四多猒患生死常樂閑靜處常勤精進善能成就諸所作業是爲菩薩成就四法能得三昧爾時世尊欲重宣此義而說偈言

捨離諸有生　獨行如麒麟　善男子勤行
成就所作業　慧者能成就　此四勝妙法
親近於菩提　求諸最勝法　有寂靜意者
能得諸三昧　覺了勝菩提　諸佛之行處

無垢施女若菩薩成就四法能得神足何謂爲四身輕故心輕故於一切法中無依止故受四界爲空界故是爲菩薩成就四法能得神足爾時世尊欲重明此義而說偈言

身心輕亦爾　智者不著法　受此諸四界
與空界同等　具此四法者　能得乘神足
一念過億刹　供養爾所佛

無垢施女若菩薩成就四法得殊妙端正何謂爲四去諸荒穢不行嗔恚樂淨佛塔廟妙飾以供養住威儀持戒常先意問訊不譏說法者恒生世尊想是爲菩薩成就四法得殊妙端正爾時世尊欲重宣此義而說偈言

不嗔惱他人　去離荒穢行　掃灑世尊廟
恭敬獻飾寶　常持於淨戒　發意先問訊
於法師無礙　敬心如世尊　行此四善事
是謂勇健者　殊妙最第一　見者莫不歡

無垢施女若菩薩成就四法能得化生何謂爲四雕刻蓮華坐佛形像以優鉢羅華鉢頭摩華拘末頭華分陀利華及餘種種雜妙諸華滿掬以散如來及諸塔廟志願利益無量衆生恒行和敬不譏彼短所種善根爲利益安樂多衆生脫生死苦惱願成阿耨多羅三

藐三菩提故是爲菩薩成就四法能得化生
爾時世尊欲重宣此義而説偈言

刹華坐尊像　種種華供養　利益不惱衆
化生諸佛刹　恒發弘誓願　度十方衆生
以此四妙行　恒生諸佛刹

無垢施女若菩薩成就四法得大財富何謂爲四乞者不逆於所施物不生愛惜恒願衆生獲多財寶捨離諸見順於正信是爲菩薩成就四法得大財富爾時世尊欲重明此義而説偈言

施心無所逆　於財無悋惜　信解諸佛法
生生獲財富　信解無諂嫉　不訟彼過患
專心一向信　是故得財寶

無垢施女若菩薩成就四法得大智慧何謂爲四於他法中不生憎嫉説除過法令無疑悔勤精進者勸不令廢已身常樂多修空法是爲菩薩成就四法得大智慧爾時世尊欲重宣此義而説偈言

不嫉於正法　教他除疑悔　常將導衆生
修佛諸空行　智者樂此法　得智慧名稱
善解諸佛語　速成兩足尊

無垢施女若菩薩成就四法憶識宿命何謂爲四學問誦習有所忘失者爲作憶念忘者爲説恒出適意好聲令人樂聞常行法施不令有廢爲脱生死趣向泥洹故願如善財入禪方便是爲菩薩成就四法能憶宿命爾時世尊欲重宣此義而説偈言

廢忘令憶念　恒出適意音　説法不疲倦
常修諸定相　以此四法者　咸得識宿命
能憶無量劫　速悟佛行處

無垢施女若菩薩成就四法常遇諸佛何謂爲四寧捨身命不誹謗法寧捨身命不謗菩薩寧捨身命不親近惡知識憶念諸佛無有猒足是爲菩薩成就四法常遇諸佛爾時世尊欲重宣此義而說偈言

不謗於菩提　亦不毀菩薩　樂離惡知識
念諸佛無猒　大德行此行　得值遇諸佛
未成正覺頃　恒與諸佛會

無垢施女若菩薩成就四法得三十二相身何謂爲四採諸珍寶散佛塔廟以種種香油塗塔基座以雜華鬘嚴飾塔廟以種種妓樂而以供養常給侍賢聖初不違離是爲菩薩成就四法得三十二相爾時世尊欲重宣此義而說偈言

採寶散塔廟　又以香油塗　雜華衆妓樂
給侍適賢聖　具相莊嚴身　端妙殊特好
以此得衆相　以嚴人中尊

無垢施女若菩薩成就四法得八十隨形好何謂爲四脫衆妙衣以敷法座給侍一切終無疲猒詣說法處無勝論心恭敬大衆但生世尊想勸多衆生發菩提心是爲菩薩成就四法得八十隨形好爾時世尊欲重宣此義而說偈言

敷座衆妙衣　供養無疲猒　不與持法競
勸衆發道心　能行此法者　速得成衆好
菩薩親近行　具好八十種

無垢施女若菩薩成就四法得善應辯何謂爲四受持親近菩薩法藏晝夜六時誦三陰經諸佛菩提無生無滅世所難信然能受持讀誦廣爲他說令得喜悅不愛身命是爲菩

薩成就四法得善應辯爾時世尊欲重宣此義而說偈言

護持菩薩藏　勇猛誦三陰　無生世相違
方便說令喜　不愛於身命　持十力正法
無疑慮而行　最上勝菩提　修此甚深法
便能得應辯　譬如雜華鬘　天人所樂見

無垢施女若菩薩成就四法得清淨土何謂爲四不嫉妬故等心故護菩提行故不親近四部衆故是爲菩薩成就四法得清淨土爾時世尊欲重宣此義而說偈言

不嫉於他人　見彼得利喜　等心行大慈
化衆無染著　行此四無量　智者善守護
得淨土無難　速成無上道

無垢施女若菩薩成就四法得清淨衆何謂爲四不悕望他徒衆故不和合者攝令和解學問誦習者給其所須捨離兩舌是爲菩薩成就四法得清淨衆爾時世尊欲重宣此義而說偈言

終不望他衆　離者能令合　給學人所乏
不離別衆生　能行此四事　便得清淨衆
爲清衆故行　極苦亦不捨

無垢施女若菩薩成就四法所願佛土隨願得生何謂爲四於他名譽利養法中不生憎嫉專心修習六波羅蜜於一切菩薩生世尊想從初發心乃至道場常等心觀終不爲利養名譽諂曲虛讚故是爲菩薩成就四法隨所願土即得往生爾時世尊欲重宣此義而說偈言

不憎他名利　求清淨六度　等尊觀菩薩
終不諂求名　菩薩行此善　能見十方界

隨心之所願　即得生其中

爾時無垢施女白佛言世尊如所説菩薩行我當奉行之如世尊所説諸菩薩行於此法中不行一法則爲欺誑十方現在説法諸佛

爾時大德目連謂無垢施女言汝敢於佛前大師子吼菩薩難行豈不知耶終不以女身而得阿耨多羅三藐三菩提爾時無垢施女答大德目連言我今佛前作誠實願若於來世必得成佛如來無所著等正覺乃至佛世尊天人師以此誠實之願使此三千大千世界六變震動於諸衆生令無惱亂如世尊所説諸菩薩行我盡形行者以此實願於虛空中雨衆天華百千妓樂不鼓而鳴使我變此女身成十六童子無垢施女發此誠實願已即時三千大千世界六變震動於虛空中雨衆天華百千天樂不鼓自鳴無垢施女即變女身成十六童子時大德目連偏袒右肩右膝著地合掌向佛而白佛言世尊我今南無諸佛菩薩從初發意乃至道場世尊此女人乃有如是大威德神足力能發大願既發願已隨願皆成佛告目連如是如是如汝所言菩薩從初發意乃至道場天人所禮如佛塔廟是諸聲聞辟支佛無上福田於時世尊熈怡微笑諸佛常法若微笑時口中即出青黄赤白紅紫玻瓈等種種色光照於無量無邊諸佛刹土諸天魔宮日月精光皆不復明還攝光明從頂上入爾時大德阿難即從座起更整衣服偏袒右肩右膝著地合掌向佛以偈問曰

天龍梵音師子吼　迦陵頻伽雷震聲

除貪嗔癡生喜悅　願十力海說笑緣
六變震動無所嬈　雨天妙華悅衆情
世尊摧伏諸外道　猶如師子伏野干
惟願世尊爲我說　所以微笑之因緣
萬億日月珠電光　天龍梵王諸光明
釋迦口出淨光明　過諸光明佛光勝
眉間毫相如珂月　圓滿柔軟喻天衣
白毫放光照無量　願說何故放斯光
世尊齒淨無垢穢　方平齊密白如雪
佛口應出雜色光　青黃赤白紫玻瓈
假使界壞日月落　地滿虛空無居處
水性可使變爲火　火性亦可變爲水
大海盡可令枯竭　如來實語終不二
生十方趣諸衆生　假令一時成緣覺
一一緣覺集諸問　百千萬種經億劫
盡共集會如來前　各以異音同時問
如來即以一音報　能斷彼衆無量疑
成就智慧至彼岸　一切智慧所莊嚴
具三十二最勝尊　大威德者願解說
世尊何緣而微笑　授何衆生菩提記
諸天世人咸欲聞　願如來演微笑音

爾時佛告阿難汝見是無垢施菩薩以誠實之願動此三千大千世界不耶阿難白佛言世尊唯然已見佛言此無垢施菩薩發心已來八萬阿僧祇劫行阿耨多羅三藐三菩提行此無垢施菩薩修菩薩行經六十劫然後文殊師利法王子乃發菩提心阿難如文殊師利等八萬六千諸大菩薩所有功德莊嚴佛土與爾所菩薩等無有異爾時大德目連謂無垢施菩薩言善男子汝已久發阿耨多

羅三藐三菩提心何以不轉女人身也無垢施菩薩答目連言世尊記大德於神足人中最爲第一何爲不轉男子身也大德目連即便默然無垢施菩薩謂大德目連言亦不以女身得阿耨多羅三藐三菩提亦不以男身得阿耨多羅三藐三菩提所以者何菩提無生是以不可得

授記品第五

爾時文殊師利法王子白佛言未曾有也世尊此無垢施菩薩乃能善解甚深之法以誓願力成就諸願佛告文殊師利言如是如是如汝所言此無垢施菩薩曾於六十億佛所修空三昧於八十億佛所修無生法忍於三十億佛所問甚深法曾以衣服飲食供養八十億諸佛及問此分別辯印三昧又文殊師利若有善男子善女人爲菩提故如恒河沙等諸佛刹土滿中珍寶持用布施不如受持此經讀誦通利廣爲人說乃至但書持功德最上最勝況如說修行所以者何以能受持諸菩薩菩提行法故文殊師利白佛言世尊當何名斯經云何奉持之佛告文殊師利當名爲分別說應辯亦名說三昧門當如是奉持之佛說是經時八萬億衆生諸天及人皆發阿耨多羅三藐三菩提心必定不退轉爾時辯嚴菩薩白佛言世尊此無垢施菩薩何時當成阿耨多羅三藐三菩提佛告辯嚴善男子此無垢施菩薩過於數劫供養過數佛已當得成佛號無垢光相王如來應供正遍知明行足善逝世間解無上士調御丈夫天人師佛世尊世界號曰無量德莊嚴無聲聞

辟支佛微妙嚴飾勝諸天處無垢施菩薩親從如來聞受記名心淨踊躍湧在虛空高八十億多羅樹放大光明照百千億諸佛剎土當世尊頂上化作八萬四千種種天寶莊嚴殊妙寶蓋即於空中以無量神足力供養禮拜無量十方諸佛已還至佛所在一面立爾時婆羅門梵天及五百婆羅門聞授無垢施菩薩記及見神足變現踊躍歡喜一時同聲以偈讚佛

能恭敬佛者　得世第一利　發心求菩提
爲佛第一智　我等昔造惡　今生邪見家
得見佛及僧　發口出惡言　我今誠心悔
惡口所犯罪　見諸賢佛子　謂爲是不言
若不見如來　兩足中最尊　唐受此人身
唐食人所食　我及無垢施　出爲祀祠故
施女見佛子　敬重而讚歎　我等見讚歎
即呵其可歎　我等即問之　汝曾見佛耶
於時答我言　我生適七日　聞天歎佛名
女讚歎如來　眞實無差異　我等聞歎已
即發最勝心　求無上菩提　我聞佛名故
於宿業得悟　即來禮救世　爲求勝法故
見佛禮敬已　聞最無上法　見人中尊仙
求離諸苦際　佛之所說法　眞實能度世
我等於中學　爲無上法故　聞菩薩所行
爲得佛法故　我等亦應習　爲得佛道故
說出要道門　菩薩所應行　我亦趣此門
爲世所敬禮　佛知彼誠心　熙怡而微笑
阿難即白佛　願說笑因緣

爾時佛以偈告阿難曰

此諸婆羅門　及梵志梵天　同共一劫中

次第成正覺　曾於過去世　具供五百佛
從今以涉行　當見億數佛　於八十億劫
終不墮難處　於一一劫中　當覲億數佛
然後乃當成　最勝兩足尊　皆當同一號
號曰梵光明　壽命亦同等　壽八十億歲
剎土皆同等　各八十億僧　化度無量衆
利益衆生已　當入於泥洹　證寂靜滅度

佛說經已無垢施菩薩摩訶薩及諸大衆梵天梵志等五百菩薩大士波斯匿王諸大聲聞弟子諸天八部人及非人聞佛所說皆大歡喜

大寶積經卷第一百

音釋

眴松閏切目動也　膗胵膗丑容切均也圓直也胵部禮切胺也　蹲市兖切腓腸也　踝戶瓦切足骨也又腿兩旁曰內外踝　輻方六切輪轅也輪中木之直指者曰輻　叵普火切不可也　藪蘇后切大澤也　麒麟麒渠之切麟離珍切仁獸也麕身牛尾牡曰麒牝曰麟　掬居六切兩手所捧也

大寶積經卷第一百一

唐三藏法師菩提流志奉　詔譯

功德寶華敷菩薩會第三十四

如是我聞一時佛在王舍城耆闍崛山與大比丘衆千二百五十人俱復有無量諸菩薩衆爾時會中有菩薩名開敷功德寶華即從座起偏袒右肩右膝著地合掌向佛而作是言世尊我於如來欲有諮問惟願哀愍見垂聽許佛告功德華菩薩言善男子恣汝所問當爲汝說爾時功德華菩薩白佛言世尊十方世界頗有現在諸佛如來若善男子善女人等受持名號速能證得阿耨多羅三藐三菩提不佛言善哉善哉功德華汝今爲欲利益安樂天人世間及未來世諸菩薩等問於如來如是之義諦聽諦聽善思念之當爲汝說功德華言唯然世尊願樂欲聞爾時佛告功德華菩薩言善男子東方有世界名一切法功德莊嚴劫名普集一切利益彼現有佛號無量功德寶莊嚴威德王如來壽命無數其佛衆會無量無邊皆是清淨諸大菩薩若有淨信善男子善女人受持彼佛名者即能滅除六十千劫生死之罪轉身得陀羅尼名爲樂說無礙凡所說法常爲十俱胝刹諸佛世尊授以辯才令得無畏爾時世尊而說偈言

若人受持彼佛名　當獲如是諸功德
亦能成就餘勝法　速證無上佛菩提

復次功德華南方有世界名功德寶莊嚴劫名廣大功德彼現有佛號功德寶勝莊嚴威德王如來若有淨信善男子善女人受持彼

佛名者轉身當得日輪光明遍照三昧於諸佛剎隨願往生亦當攝受無量功德莊嚴佛土生彼剎已具三十二相獲無礙辯才轉身當得阿耨多羅三藐三菩提爾時世尊而說偈言

若人受持彼佛名　轉身當得難思定
三十二相以莊嚴　一生當證菩提果

復次功德華西方有世界名離一切憂闇劫名能勝王彼現有佛號一切法殊勝辯才莊嚴如來若有淨信善男子善女人受持彼佛名者毒不能害刀不能傷火不能燒水不能溺捨此身已當受化生獲陀羅尼名爲百旋爾時世尊而說偈言

若人受持彼佛名　水火刀毒無能害
轉身當受化生報　成就百旋陀羅尼

復次功德華北方有世界名離塵闇劫名持大名稱彼現有佛號積集無量辯才智慧如來若有淨信善男子善女人受持彼佛名者則爲奉事六十俱胝那由他佛得遍一切處陀羅尼無盡藏陀羅尼乃至未成無上菩提終不更入三惡趣中常得往生諸佛剎土修菩薩行度脫無量惡趣衆生當於阿耨多羅三藐三菩提得不退轉爾時世尊而說偈言

若人受持彼佛名　所獲功德無有邊
決定當得陀羅尼　成就無上菩提果

復次功德華東南方有世界名勝妙莊嚴劫名出生功德彼現有佛號千雲雷吼聲王如來若有淨信善男子善女人受持彼佛名者轉身得佛四無所畏四種神足大慈大悲十八不共法所得國土功德莊嚴亦如西方極

樂世界無有異也若有女人能受持者皆悉轉爲丈夫之身爾時世尊而說偈言

若人受持彼佛名　獲不思議勝功德
彼常見於無量佛　女人當得丈夫身

復次功德華西南方有世界名無量莊嚴劫名能生妙法彼現有佛號最上妙色殊勝光明如來若有淨信善男子善女人受持彼佛名者則爲奉事九十俱胝諸佛如來得度脱一切衆生三昧何故名爲度脱一切衆生三昧若善男子善女人依此三昧演說法時能令三千大千世界之中惡趣衆生悉皆解脱得生人天普獲安樂決定當得阿耨多羅三藐三菩提猶如悦意如來刹中所有衆生常受安樂爾時世尊而說偈言

若人受持彼佛名　所生常具大威德
諸根色力皆殊勝　智慧無邊無所著

復次功德華西北方有世界名爲離垢劫名廣族彼現有佛號種種勝光明威德王如來若有淨信善男子善女人受持彼佛名者轉身得無量辯才莊嚴陀羅尼悉能受持八十俱胝如來所說之法所得國土功德莊嚴亦如西方極樂世界無有異也爾時世尊而說偈言

若人受持彼佛名　國土猶如無量壽
成就甚深諸法智　一生當證佛菩提

復次功德華東北方有世界名曰無憂劫名辯才莊嚴彼現有佛號無數劫積集菩提如來若有淨信善男子善女人受持彼佛名者即爲供養八十俱胝諸佛世尊轉身具足六十種言音辯才爾時世尊而說偈言

若人受持彼佛名　智慧無邊到彼岸
如供八十俱胝佛　轉生當證妙辯才

復次功德華上方有世界名無量功德莊嚴威德劫名無量吼聲彼現有佛號虛空吼聲淨妙莊嚴光明照如來若有淨信善男子善女人受持彼佛名者所生之處種族尊豪識性聰慧善能通達世俗文詞凡所發言人皆信受於諸地中具足清淨戒定智慧解脫解脫知見獲宿命智得五神通亦當得佛十八不共速成阿耨多羅三藐三菩提爾時世尊而說偈言

若人受持彼佛名　所生未曾離諸佛
具足八種梵音聲　速證無上菩提果

復次功德華下方有世界名種種音聲劫名積集智慧彼現有佛號一切法門神變威德光明照耀如來若有淨信善男子善女人受持彼佛名者轉身得陀羅尼名成就正覺當能受持九十俱胝諸佛如來所說之法一生當得阿耨多羅三藐三菩提爾時世尊而說偈言

若人受持彼佛名　得成正覺陀羅尼
受持無量諸佛法　一生當證大菩提

爾時開敷功德寶華菩薩及一切功德辯才音菩薩得陀羅尼門八萬俱胝菩薩皆悉趣向無上菩提得不退轉三那由他諸天及人發阿耨多羅三藐三菩提心佛說此經已功德華菩薩及一切世間天人阿脩羅乾闥婆等聞佛所說皆大歡喜信受奉行

善德天子會第三十五

如是我聞一時佛在舍衛國祇樹給孤獨園

與大比丘衆一千人俱菩薩摩訶薩十千人
并欲色界諸天子等是時文殊師利菩薩摩
訶薩與善德天子俱在會中爾時世尊告文
殊師利汝當爲此諸天大衆及諸菩薩演說
諸佛甚深境界文殊師利白佛言唯然世尊
若善男子善女人欲知佛境界者當知非眼
耳鼻舌身意境界非色聲香味觸法境界世
尊非境界是佛境界以是義故如佛所得阿
耨多羅三藐三菩提爲何境界耶佛言空境
界諸見平等故無相境界一切相平等故無
願境界三界平等故無作境界有作平等故
無爲境界有爲平等故文殊師利言世尊何
等是無爲境界佛言無念是無爲境界文殊
師利言世尊若無爲等是佛境界爲無念者
依何而說無所依故則無所說無所說故則
不可說世尊諸佛境界不可說也佛言文殊
師利佛境界當於何求曰於一切衆生煩惱
中求何以故衆生煩惱性不可得非聲聞緣
覺之所能知是則名爲諸佛境界佛言文殊
師利佛境界有增減耶曰無增減也佛言云
何了知一切衆生煩惱本性曰如佛境界無
有增減煩惱本性亦無增減佛言云何名爲
煩惱本性曰煩惱本性是佛界本性世尊若
煩惱性異佛境界則不說佛住一切法平等
性中以煩惱性即佛界性故說如來住平等
性又問汝見如來住何平等曰如我所解衆
生現行貪瞋癡者所住平等爲如來住佛言
衆生現行三毒煩惱住何平等答曰住空無
相無願平等性中佛言文殊彼性空中云何
復有貪瞋癡耶文殊師利言於彼有中有性

空處有貪瞋癡佛言於何有中說有性空曰於文字語言中說有性空有性空故有貪瞋癡如佛所說諸比丘有無生無爲無作無起若無生無爲無作無起不有者亦不可說有生有爲有作有起是故比丘以有無生及無所起由此得說有生有起如是世尊若無性空無相願則不可說貪瞋癡等一切諸見佛言文殊師利以是義故如汝所說住煩惱者是住性空文殊師利言世尊若觀行者離於煩惱而求性空則不相應云何別有性空異於煩惱若觀煩惱即是性空爲正修行佛言文殊師利汝住煩惱離煩惱耶文殊師利言所有煩惱悉皆平等如是平等我正修行入此平等則不離煩惱不住煩惱若沙門婆羅門自謂離欲見他煩惱彼隨二見云何二見謂有煩惱名爲常見謂無煩惱名爲斷見世尊正修行者不見自他有無之相何以故明了一切法故佛言文殊師利依何正修行曰正修行者爲無所依佛言不依於道而修行耶曰若有所依而修行者則是有爲若行有爲則非平等所以者何不離生住壞故佛言文殊師利無爲中頗有數耶文殊師利言世尊若無爲有數即是有爲非謂無爲佛言若聖者得證無爲則有此法寧無數耶曰法無數故聖遠離數爲無數也佛言文殊汝證聖法爲不證耶文殊師利言世尊若問化人汝證聖法爲不證者彼云何答佛言文殊夫化人者則不可說有證非證文殊師利言佛豈不說一切諸法皆如化耶佛言如是如是曰若一切法皆如化者云何問言汝證聖法爲

不證也佛言文殊汝於三乘證何平等曰佛界平等我如是證佛言汝得佛境界耶曰若世尊得者我亦當得爾時尊者須菩提語文殊師利言如來不得佛境界耶文殊師利言汝於聲聞境界有所得耶須菩提言聖者解脫非得非不得曰如是如是如來解脫亦非有境界非無境界須菩提言文殊師利汝不將護新發意菩薩而演說法文殊師利言須菩提於意云何若有醫人將護病者不與辛酸苦澁等藥而彼醫人於彼病者爲與其差爲與死耶須菩提言是與死苦非施安樂文殊師利言其說法者亦復如是若將護於他恐生驚怖隱覆如是甚深之義但以雜句綺飾文辭而爲演說則授衆生老病死苦不與無病安樂涅槃說此法時五百比丘不受諸法漏盡意解八千天人遠離塵垢於諸法中得法眼淨七百天子發阿耨多羅三藐三菩提心作是願言我等於未來世當如文殊師利得是辯才爾時長老須菩提語文殊師利言汝豈不以聲聞乘法爲聲聞說耶曰一切乘法是我所乘須菩提言汝爲是聲聞爲辟支佛爲應正等覺耶曰我爲聲聞不因他聲而生解故我爲辟支佛不捨大悲無所畏故我爲應正等覺不捨本願故須菩提言汝云何作聲聞曰彼諸衆生未曾聞法令得聞故我爲聲聞又問汝云何爲辟支佛曰衆生法界令信令覺是故說我爲辟支佛又問汝云何爲應正等覺曰一切諸法法界平等如是了知是故我爲應正等覺須菩提言文殊師利汝決定爲住何地曰住一切地須菩提言

汝豈亦住凡夫地耶文殊師利言我亦決定住凡夫地須菩提言汝何密意作是說乎曰一切諸法自性平等故說如是須菩提言若一切法皆悉平等當於何所建立諸法此聲聞地辟支佛地菩薩佛地耶文殊師利言譬如十方虛空界中說言此是東方虛空南西北方四維上下亦如是說如是言說種種差別非於虛空而有異也是故仁者依一切法畢竟空中建立種種諸地之相亦非空性而有差別須菩提言文殊師利汝已證入正性離生耶曰我已證入而亦復出須菩提言云何證入而復還出文殊師利言仁者當知此是菩薩智慧方便於正性離生如實證入方便而出須菩提譬如有人善於射術有一怨敵念欲害之射師有子憐愛甚重時彼愛子在曠野中其父謬謂是所怨讎放箭射之子便大喚言我無咎何爲見害時彼射師有速疾力急往子所却取其箭菩薩亦復如是爲調伏聲聞辟支佛故入正位還於彼出不墮聲聞辟支佛地以是義故名爲佛地須菩提言云何菩薩而得此地文殊師利言若諸菩薩住一切地而無所住爲得此地若一切地悉能演說而不住於下劣之地爲得此地若有修行爲盡一切衆生煩惱而法界無盡雖住無爲而行有爲於生死中如園觀想不求涅槃爲得此地所有志願悉令圓滿得無我忍成熟衆生爲得此地得佛智慧而不於彼無智人所生瞋恨心爲得此地爲求法者轉於法輪而於法界亦無差別如是修行爲得此地復次若諸菩薩摧伏魔怨而現作四魔

爲得此地須菩提言文殊師利此菩薩行一切世間甚爲難信文殊師利言如是如是如汝所說是諸菩薩行於世間超過世法須菩提言文殊師利當爲說此超過世間文殊師利言夫世間者名爲五蘊於此蘊中色聚沫性受水泡性想陽炎性行芭蕉性識幻性如是當知世間本性聚沫陽炎泡幻芭蕉是中無蘊無蘊名字無衆生無衆生名字無世間超過世間若於五蘊如是正知名爲勝解若正勝解則本來解脱若本來解脱則不著世法若不著世法則超過世間復次須菩提五蘊本性空若本性空則無我我所若無我我所是則無二若本無二則無取捨無取捨故則無所著無所著故則超過世間復次須菩提是五蘊者屬於因緣若屬因緣則不屬我不屬衆生若不屬我不屬衆生是則無主無主則無取無取則無諍無諍論者是沙門法如手畫空無有觸礙修行如是空平等性超過世間復次須菩提五蘊法界同入法界是則無界若是無界則無地界水火風界無我無衆生無壽命無欲界及色無色界無有爲無爲生死涅槃界入是界已則與世間俱而無所住若無所住則超過世間說此超過世間法時二百比丘不受諸法漏盡意解各各脱鬱多羅僧衣以覆文殊師利作如是言若不於此法門生信解者彼無所得亦無所證爾時須菩提告彼諸比丘言長老汝等少有所得有所證耶諸比丘言若增上慢者則可說言有得有證無增上慢沙門法者無得無證彼於何處生此動念而自謂言我如是得

我如是證若於其中有動念者則是魔業須菩提言長老如汝所解何得何證作是說乎諸比丘言唯佛世尊及文殊師利知我所得知我所證大德如我所解若不了知苦相作是說言苦我應知爲增上慢如是集應斷滅應證道應修爲增上慢彼不了知苦集滅道相故作是說言乃至道我已修爲增上慢云何苦相謂無生相如是集滅道相若無生相即是無相無所得於其中無有少苦可知集可斷滅可證道可修若於此說聖諦義中不驚不怖不畏者非增上慢若生驚怖爲增上慢爾時世尊讚彼諸比丘言善哉善哉告須菩提此等比丘於迦葉佛法中曾聞文殊師利演說如是甚深之法此等比丘往昔修行是深法故今聞隨順速能了知如是次第於

我法中聞是深法生信解者一切當於彌勒法中得入衆數爾時善德天子白文殊師利言仁者於此閻浮提中數數說法我等願請仁者往兜率陀天彼諸天子亦有久殖廣大善根彼若聞法則應解了以著樂故不能來至佛所聽法而自損減爾時文殊師利即現神變令善德天子及一切衆會皆悉自謂入兜率陀天宮見彼園林宮殿樓觀欄楯窻牖間錯莊嚴其諸寶臺層級高廣至二十重衆寶網幔天華遍布異類衆鳥翔集和鳴於虛空中有諸天女散曼陀羅華歌詠讚歎遊戲快樂善德天子見是事已白文殊師利言希有文殊云何我等如是速疾已到兜率陀天宮見此園林及諸天衆文殊師利願爲說法爾時長老須菩提告善德言天子汝不離會

中而往餘處是文殊師利神通變化令汝自見入兜率天宮爾時善德天子白佛言希有世尊文殊師利遊戲三昧神通變化於一剎那中示現此會悉入兜率天宮佛言天子汝於文殊師利神通變化豈是見耶如我所知文殊師利若欲以恒河沙等諸佛剎土功德莊嚴集一佛國悉皆能現或以指端舉恒河沙諸佛剎土過於上方如恒河沙諸佛土已置於虛空又諸佛剎所有四大海水入一毛孔水性衆生亦不迫迮而皆自見不離海中所有世界諸須彌山王皆悉置於芥子之內依須彌住諸天子等而皆自謂在其本宮又諸佛剎所有五道衆生悉皆安置於其掌中衆妙資具猶如一切樂莊嚴國咸令得見又諸世界所有火聚悉皆安置一兜羅中復次諸佛世界所有日月於一毛孔悉能覆蔽隨應所作咸皆作之爾時惡魔化作比丘白佛言世尊我等欲見文殊師利現前作此神通變化何用如此虛誕之言一切世間所不能信爾時世尊告文殊師利言汝當於此衆會示現神變爾時文殊師利不起于座入心自在一切法莊嚴三昧于時如佛所說神通變化皆悉示現魔與衆會及善德天子一切皆見爾時大衆見此神變歎未曾有作如是言善哉善哉由佛出現有此正士於世間中開是法門現諸神變爾時惡魔以文殊師利威神力故作如是言希有世尊文殊師利有此神通令此衆會亦爲希有於文殊師利神通變化而得信解世尊設有如恒河沙等諸魔不能於此信解善男子善女人而作留難我

亦惡魔波旬恒求佛便惱亂衆生我從今往自立誓願若於此法門流行之處有生信解愛樂受持讀誦演說於四面百由旬外不於中過世尊然我眷屬有欲斷滅如來法故令修行者其心散亂我爲降伏說陀羅尼若善男子善女人於此法門書寫讀誦爲人演說諸天魔衆當得善利令說法者身心悅豫精勤修習與無礙辯才及陀羅尼承事供給衣服飲食卧具湯藥令無所乏即說呪曰

怛姪他一阿末麗二毗末麗三替哆低四阿羯楞五是多設堵嚕六誓曳杜野筏低七部多筏低伽米麗八喃低九蘇普低十普普細十一地唎蘇溪十二悁提十三可詰十四米洗禮十五央矩麗跋麗十六呼盧忽黎十七索醯十八輸戍米提地唎十九阿那筏低底底使咤泥二十吃利多唎低二十一吃唎多費低二十二肥盧遮都費低漫怛囉悖馳那馳路迦二十三阿去聲跋羅目多矑嚩蘇唎耶二十四

世尊若善男子善女人專精受持此陀羅尼心不散亂常爲諸天龍神夜叉乾闥婆阿脩羅迦樓羅緊那羅摩睺羅伽等之所守護一切惡鬼無能得便彼魔波旬說此呪時三千大千世界六種震動爾時世尊告魔波旬善哉善哉汝之辯才當知皆是文殊師利神通境界於是文殊師利現神通力及魔波旬說呪之時三萬二千天人發阿耨多羅三藐三菩提心時文殊師利還攝神力令此衆會皆悉自見如本而住爾時文殊師利告善德天子言善男子汝往兜率陀天遍告天衆言我當來彼時善德天子聞是語已禮世尊足并

諸菩薩大德聲聞與其眷屬恭敬圍遶於衆會前忽然不現須臾已至兜率陀天爾時善德遍告諸天子言汝等應知文殊師利憐愍汝故欲來至此汝等應當捨諸欲樂遠離憍慢恭敬尊重隨順聽法爾時善德天子如所應辦莊嚴道場即便合掌作如是言文殊師利今正是時於是文殊師利與一萬菩薩五百聲聞及天龍夜叉乾闥婆等前後圍遶禮佛足已於會中没現兜率陀天與諸菩薩聲聞大衆於彼道場隨敷而坐時諸大衆悉聞四天王宮三十三天夜摩兜率及以化樂他化自在諸天子等魔衆梵衆乃至有頂互相唱言文殊師利今在兜率陀天方欲說法諸天聞已無數百千皆來集會盡此欲界天宮所不容受時文殊師利即以神力令彼諸天自見寬廣不相妨礙爾時善德天子白文殊師利言大衆已集願爲說法文殊師利告善德天子言有四種法菩薩住於不放逸者則能攝取一切佛法何等爲四一者住於戒律而具多聞二者住於禪定而行智慧三者住於神通而起大智四者住於寂靜而常觀察天子有八種法入於戒律何等爲八一者身清淨二者語清淨三者意清淨四者見清淨五者頭陀功德清淨六者命清淨七者捨離一切詐現異相以利求利清淨八者不捨一切智心清淨是名八法入於戒律天子復有八法入於多聞何等爲八一者尊重二者下心三者發起精進四者不失正念五者隨聞受持六者心善觀察七者如聞轉教八者不自讚毁他是名八法入於多聞天子復有八

法入於禪定何等爲八一者寂靜住阿蘭若
二者捨離憒鬧三者不染境界四者身心輕
安五者心緣定境六者絕諸聲相七者滅食
支身八者不取聖樂是名八法入於禪定天
子復有八法入於智慧何等爲八一者蘊善
巧二者界善巧三者處善巧四者緣起善巧
五者諦善巧六者三世善巧七者一切乘善
巧八者一切佛法善巧是名八法入於智慧
天子復有八法入於神通何等爲八一者天
眼通見無障礙故二者天耳通聞無障礙故
三者他心通觀一切衆生心故四者宿命通
憶念前際故五者神足通示現一切神變故
六者漏盡通盡一切衆生漏故七者不住煩
惱不取解脫方便力故八者不依聲聞解脫
而入涅槃是名八法入於神通復有八法能
入於智何等爲八一者苦智二者集智三者
滅智四者道智五者因智六者緣智七者三
世智八者一切智是名八種復有八法入於
寂靜何等爲八一者內寂靜二者外寂靜三
者愛寂靜四者取寂靜五者有寂靜六者生
寂靜七者一切煩惱寂靜八者三界寂靜是
名八法復有八法入於觀察何等爲八一者
戒二者聞三者禪定四者智慧五者神通六
者智七者寂滅八者不放逸天子是名八法
菩薩安住不放逸故諸佛菩提及菩提分法
一切當得是故天子應當依是不放逸住汝
等天子依不放逸則三種樂常不損減何等
爲三一者天樂二者禪樂三者涅槃樂復次
諸天子依不放逸住者得離三苦何等爲三
所謂行苦苦苦壞苦又不放逸者超三種畏

何等爲三所謂地獄餓鬼畜生又不放逸者得超三有何等爲三所謂欲有色有無色有復次諸天子依不放逸住者得離三垢何等爲三所謂貪垢瞋垢癡垢又不放逸於三學處當得圓滿何等爲三所謂增上戒增上心增上慧不放逸者常得親近供養三寶何等爲三所謂佛寶法寶僧寶復次依不放逸住者得離三種波羅蜜障何等爲三一者自慳二者於行施人心生憎嫉三者隨順慳人自破戒憎嫉持戒者隨順破戒人自瞋憎嫉忍辱者隨順瞋恚人自懈怠憎嫉精進者隨順懈怠人自散亂憎嫉禪定者隨順散亂人自無智慧憎嫉智慧者隨順無智人汝等諸天子是名依不放逸住者當得遠離三波羅蜜障復次諸天子依不放逸住者當得三種波

羅蜜伴助何等爲三所謂施增長不求果報回向菩提戒增長不求生天回向菩提忍辱增長於一切衆生不生害心回向菩提精進增長種種善根無有猒足回向菩提禪定增長心不散亂回向菩提智慧增長常修善業回向菩提是名依不放逸住得此波羅蜜三伴助是故諸天子住不放逸增長一切善法佛所印可復次一切法如虚空是四正勤應當觀察何等爲四所謂諸法無作未生不善法爲不生故發起精進法性清淨已生不善法爲除滅故發起精進諸法寂靜未生善法令得生故發起精進一切法無處無行已生善法住不失故發起精進天子是諸菩薩四正勤佛所印可復次諸天子法性平等無生無滅依此法性無所得故不作諸惡順法性

故勤修衆善如是修者爲無所修復次於一切法不取不捨是名正勤復次諸天子應觀四念處所謂無身住處無受住處無心住處無法住處無住處無建立處是名念處復次應觀四如意足一者身心不懈樂修善法故二者爲成熟一切衆生發起精進斷貪欲故三者一切法不可得而證諸佛法故四者心如幻化法無所依超過一切取著故復次應觀五根一者信根決定安住於諸法中爲上首故二者精進根遍修諸行成就佛身故三者念根具足諸法心善調柔無忘失故四者定根遠離攀緣不隨昏睡故五者慧根決斷諸法正觀現前不隨他故何謂諸力所謂安住如是諸法性中一切煩惱無能沮壞是名爲力住是力故便得勝法如實了知非異非如說名覺分若於諸法隨順覺了由是道故次第修行通達祕密於法不動說名聖道是故諸天子應如是修三十七品菩提分法出過諸行無復障礙智慧熾然究竟寂靜云何名爲究竟寂靜謂諸法無起亦無所盡無所盡故則無所作無所作故亦非無作無受無受者無施設是名究竟寂靜說此法時一萬二千天子於諸法中得法眼淨爾時善德天子白文殊師利言菩薩云何修習於道文殊師利言天子若諸菩薩不捨生死而令衆生入於涅槃不捨愛取而拔出衆生令立聖道是名菩薩修習於道復次天子修習道者善巧安住清淨性空何以故菩薩以寂靜心見一切法自性清淨爲諸衆生樂著諸見安住隨眠無方便者演說諸法自性空義所以者

何是諸衆生於自性空中而生見故是菩薩以無相無願無所作一切法自性不生爲諸凡夫久習煩惱生滅見者於此無生令得信樂而於生滅亦無所動天子是名菩薩修習於道復次天子應見菩薩去來之道諸天子言文殊師利云何菩薩去來之道文殊師利言天子菩薩證菩提而去如應說法而來得諸禪定解脱而去現生欲界中來入於聖道故去大悲成熟衆生故來得無生法忍而去忍受衆生故來於一切法出離故去拔出衆生故來誓願堅固而去誓願無自性而來三解脱門而去故受生而來菩提道場故去爲安立衆生於菩提故來天子是名諸菩薩去來之道說此菩薩道時五百菩薩得無生法忍爾時善德天子白文殊師利言我等曾聞

有世界名一切功德光明爲在何處何等如來於中說法文殊師利言天子彼一切功德光明世界在於上方過十二恒河沙佛刹普賢如來於中說法諸天子言我等願欲見彼世界及彼如來爾時文殊師利即入光明莊嚴三昧以三昧力放大光明過十二恒河沙佛刹遍照一切功德光明世界時彼菩薩問此光明從何所來彼佛告言善男子下方過十二恒河沙佛刹有世界名娑婆彼土有佛名釋迦牟尼如來應正等覺在世說法彼有菩薩名文殊師利入光明莊嚴三昧放大光明遍照十方無量佛刹是其光明來照此會彼諸菩薩即白普賢如來我等願見釋迦牟尼世尊及文殊師利菩薩時普賢如來放大光明照十二恒河沙佛刹至娑婆世界令彼

菩薩分明見此菩薩衆會時彼世尊告諸菩薩誰能往彼娑婆世界爾時持法炬菩薩摩訶薩白佛言世尊我能往彼娑婆世界佛言今正是時爾時持法炬菩薩與十億諸菩薩俱於彼國没現兜率陀天放大光明遍照世界時諸天龍夜叉乾闥婆阿脩羅迦樓羅緊那羅摩睺羅伽釋梵護世諸天子等及諸聲聞菩薩大衆得未曾有作如是言此諸菩薩遊戲神通甚爲希有爾時衆會因此光明見一切功德光明世界及見普賢如來國界莊嚴於一劫中說不能盡當此文殊師利現神變時七那由他諸天子等發阿耨多羅三藐三菩提心爾時持法炬菩薩白文殊師利言可共禮覲釋迦如來時文殊師利於彼天子應可度者皆悉度已與持法炬諸菩薩衆及大聲聞天龍夜叉乾闥婆等往詣佛所到已頂禮佛足却住一面爾時持法炬菩薩白佛言世尊普賢如來問訊世尊少病少惱起居輕利安樂行不爾時世尊告彼諸菩薩言善男子此文殊師利及持法炬正士神通變化智慧光明成熟衆生奉事諸佛一切菩薩不能知其智慧方便深入邊際汝善男子應當學此文殊師利及持法炬正士并諸菩薩所有神通辯才智慧奉事諸佛成熟衆生此諸正士無數劫來從一佛刹至一佛刹常作佛事若諸衆生入此正士境界當來不復墮於魔界爾時世尊告長老阿難汝善持此法門不斷三寶種故爾時持法炬菩薩摩訶薩從此會起與其眷屬還本佛刹佛說此經已善德天子長老阿難一切世間天龍乾闥婆阿

脩羅等聞佛所說皆大歡喜

大寶積經卷第一百一

音釋

諮 津私切訪問也
溺 乃歷切沒也
澁 色入切
綺飾 綺去猗切文繒也飾設職切粧飾也
怨讎 怨於袁切仇也讎時流切匹也亦仇也
欄楯 楯竪尹切闌檻也
迫迮 迫音百隘也迮側格切狹也
憒閙 憒古對切心亂也閙女教切不靜也

大寶積經卷第一百二

隋三藏達摩笈多譯

善住意天子會第三十六之一

緣起品第一

如是我聞一時婆伽婆住王舍城耆闍崛山內與大比丘衆六萬二千人俱皆是大德具足神通諸大聲聞而爲上首爾時復有四萬二千菩薩摩訶薩其名曰文殊師利菩薩師子幢菩薩彌勒菩薩觀世音菩薩大勢至菩薩大辯聚王菩薩陀羅尼自在王菩薩善丈夫菩薩須彌頂菩薩須彌幢菩薩不可動菩薩善思義菩薩善思義意菩薩善思惟菩薩思心菩薩勇意菩薩善思菩薩寶髻菩薩山相擊王菩薩寶手菩薩寶意菩薩寶印手菩薩常舉手菩薩常下手菩薩常精進菩薩度衆生菩薩上精進菩薩如言行菩薩上願菩薩燈手菩薩心平等菩薩除惡道菩薩除諸憂闇菩薩不捨重擔菩薩日藏菩薩月藏菩薩金剛步菩薩無邊步菩薩無量步菩薩不動行步菩薩虛空藏菩薩勝意菩薩益意菩薩增上意菩薩成行菩薩持地菩薩月光菩薩月幢菩薩光德菩薩明照菩薩勇步菩薩師子奮迅吼音菩薩無礙辯菩薩相應辯菩薩捷疾辯菩薩最勝菩薩翳日月光菩薩無攀緣菩薩無著意菩薩常笑菩薩喜根菩薩除諸障蓋菩薩轉女身菩薩摩尼珠菩薩燈明菩薩毗盧遮那菩薩火焰菩薩衆勝王菩薩深說者菩薩如是等菩薩摩訶薩而爲上首爾時復有四天大王忉利天王娑婆世界主大梵天王如是等而爲上首與六萬諸天

衆俱復有善住意天子善德天子大自在天子如是等而爲上首與三萬諸天衆俱於菩薩道皆已久住復有二萬阿脩羅王羅睺阿脩羅王須彌阿脩羅王如是等而爲上首亦皆已住於菩薩道復有六萬諸大龍王阿那婆達多龍王勝月龍王如是等而爲上首亦皆已住於菩薩道幷餘無量諸天龍夜叉乾闥婆阿脩羅迦樓羅緊那羅摩睺羅伽億百千衆乃至一切比丘比丘尼優婆塞優婆夷無量大衆皆來集會爾時世尊以如是等無量百千大衆圍遶於說法時文殊師利菩薩摩訶薩即於已室入彼無諍除心三昧寂然不動於是文殊師利一心安庠從三昧起應時十方無量無邊諸佛世界六種震動時文殊師利起三昧已作如是念彼無量無邊諸世界中乃有一佛如來應供正遍覺出興於世如優曇華希復現耳如是諸如來應供正遍覺世間希有出現甚難所可說法盡諸有生寂滅涅槃不可思量無有分別甚深無譬難解難知然以諸佛不出世故不可得聞以不聞故諸衆生苦難可窮盡我今應當詣於如來正遍覺所諮問是義問斯義故令諸衆生成就善根亦令一切行菩薩者於彼甚深不可思議諸佛法中無復疑惑皆得成滿佛菩提事然此娑婆世界諸衆生等多有貪欲具足瞋恚成就愚癡斷除白法頑鈍誑詐無有慙愧我慢貢高遠離諸佛違背法僧令彼衆生得聞如是甚深妙法獲淨智眼爾時文殊師利復作是念我今應當大集十方諸菩薩衆令皆得聞如來所說是妙法門證深法

忍爾時文殊師利如是念已即入普光無垢莊嚴三昧入此三昧已放大光明照於東方如恒河沙等諸佛世界普皆柔和潤澤清淨明朗無垢微妙難稱而此光明遍照南西北方四維上下十方世界其間所有一切暗冥幽隱之處山崖樹林大小諸山目真隣陀山摩訶目真隣陀山鐵圍山大鐵圍山及餘黑山須彌山大須彌山如是一切光明朗徹無有障礙爾時十方恒河沙世界所有諸佛現說法者彼諸弟子各請其佛言世尊何因緣故乃有如是大瑞光明現於世間世尊我從昔來初未聞見如是光明如是清淨如是微妙世尊此何光明而令我等大喜遍身心得清淨亦令衆生無復貪欲瞋恚愚癡煩惱衆惡一切不行世尊今此光明誰之所作誰所加持而來現此彼諸侍者如是請已彼諸世尊默然無報當爾之時十方世界一切所有諸種音聲所謂若天聲若龍聲若夜叉聲若乾闥婆聲若阿脩羅聲若迦樓羅聲若緊那羅聲若摩睺羅伽聲若人聲若非人聲若象馬聲若諸獸聲如是等聲咸皆止息若風聲若火聲若水聲若大海波聲若音樂聲若歌讚聲當爾之時如是諸聲以佛力故亦皆止息一切寂然時彼十方諸佛侍者復請彼佛言世尊惟願大慈憐愍一切諸天人故安樂一切諸天人故利益一切諸天人故為我宣說如是光明所從來處而能普照諸佛國土爾時十方諸佛即以十方恒河沙數世界所有一切諸如來聲悉同梵音如一如來口業所說其所說事亦無差殊用是妙聲各皆報

告已之侍者當彼諸佛出聲告時一切佛刹悉皆震動百千樂音一時皆作乃至一切天人阿脩羅所有音樂不鼓自鳴又彼樂音衆聲之中出諸法音所謂無常聲苦聲無我聲空聲無相聲無願聲離欲聲解脱聲法界聲如如聲實際聲檀波羅蜜聲尸波羅蜜聲羼提波羅蜜聲毗梨耶波羅蜜聲禪波羅蜜聲般若波羅蜜聲大慈聲大悲聲大喜聲大捨聲和合聲利益聲出離聲出如是等種種百千諸法之聲又彼種種諸聲出時無量阿僧祇億那由他百千衆生皆得住於不退轉阿耨多羅三藐三菩提復有成就辟支佛者成聲聞者乃至得成大梵天王天帝釋轉輪王等爾時十方諸佛世尊咸各告其侍者弟子言諸善男子汝今不應請問是事何以故此光明因緣一切聲聞辟支佛等非其境界我若說者乃至世間天人阿脩羅皆即迷沒是故不應請問斯事諸佛如來若說如是光明因緣乃是能生成就不可思議諸勝善根亦緣如是不思議諸勝善根而得出生所謂布施持戒忍辱精進禪定智慧諸度等行如是諸行即是光明之所出生亦爲光明之所成就是故我等諸佛如來若於一劫若減一劫讃說如是光明功德終不能盡又以如是慈悲喜捨諸善根力共相熏修令此光明能生歡喜時彼十方諸佛侍者各自慇勤再三啓請白言惟願世尊憐愍一切諸天人故安樂一切諸天人故利益一切諸天人故成熟菩薩諸善根故爲我等說光明因緣彼諸菩薩如是請已於是十方諸佛世尊復各告其侍

者弟子言諸善男子汝宜諦聽吾爲汝説諸侍者言唯然世尊願樂聽聞爾時彼佛各各告其侍者言善男子有世界名曰娑婆其土有佛號釋迦牟尼如來應供正遍覺明行足善逝世間解無上士調御丈夫天人師佛世尊出五濁世彼土衆生多有貪欲瞋恚愚癡衆惱所迫彼諸衆生無有恭敬不識慙恥都無羞愧所爲行業多諸不善能於如是濁惡世中成就阿耨多羅三藐三菩提然今現在處衆説法善男子彼世界中釋迦如來有一大弟子菩薩摩訶薩名文殊師利有大功德具足智慧精進勇猛有大威神能令菩薩咸得歡喜故能令菩薩具足修行故令諸菩薩增長威力故令諸菩薩發勤勇猛故能善分別一切法句故能達無礙智慧彼岸故能具足得無礙辯才故又於諸陀羅尼得自在故已具成滿一切菩薩不思議功德故令彼菩薩將欲請問釋迦牟尼如來應供正遍覺甚深法門爲諸菩薩善根成就故爲行菩薩乘入得滿足彼不思議諸佛法故善男子又彼文殊師利放斯光明欲令十方世界無量阿僧祇諸菩薩衆大集故令彼諸菩薩得勝法故以是因緣彼文殊師利放大光明照諸佛土爾時十方世界諸佛侍者復各請問彼諸佛言世尊彼文殊師利住何三昧放此光明爾時十方諸佛咸各告其侍者弟子言諸善男子彼文殊師利入普明無垢莊嚴三昧故放斯光明侍者菩薩復白諸佛言世尊我初未見如是光明如是清淨如是能令身心歡喜諸佛復告諸菩薩曰彼將不欲教諸菩薩

起修行耶彼將不欲大集諸菩薩衆耶彼將不欲集諸菩薩宣說如斯妙經典耶爾時十方無量不可思議恒河沙等諸佛世界一一世界中有無量阿僧祇諸菩薩衆各自詣彼諸世尊所頂禮佛足禮已即復請白彼諸佛言世尊誰有是光誰有斯德我等昔來未曾見聞忽現是光照諸世界時彼諸佛復告彼諸菩薩衆曰諸善男子彼有世界名曰娑婆其佛號釋迦牟尼如來應供正遍覺今現說法彼有菩薩名文殊師利具大威德其爲大集一切菩薩摩訶薩衆故放斯光明時彼諸菩薩復白彼諸佛言世尊我等今者願詣娑婆世界意欲奉見釋迦如來禮拜恭敬故供養承事故請問義理故幷欲見彼文殊師利及餘菩薩摩訶薩故彼諸世尊即便告彼諸

菩薩言諸善男子欲往隨意汝應知時爾時十方無量阿僧祇不思議不可計不可稱不可量億那由他百千頻婆羅菩薩摩訶薩各禮佛足已猶如壯士屈伸臂頃各於彼世界沒而來現此娑婆國土是時十方諸來菩薩摩訶薩衆皆詣世尊釋迦如來應供正遍覺所其間或有能雨衆香所謂塗香末香及以香鬘來詣世尊釋迦如來應供正遍覺所或有菩薩雨諸妙華所謂優鉢羅華鉢頭摩華拘物頭華分陀利華瞻波迦華波吒利華陀奴迦利華阿他目多迦華蘇摩那華婆利師迦華曼陀羅華摩訶曼陀羅華波盧沙華摩訶波盧沙華旃陀羅華摩訶旃陀羅華微妙旃陀羅華斫迦羅華摩訶斫迦羅華最妙斫迦羅華雨如是等種種華鬘來詣世尊釋迦

如來應供正遍覺所或有菩薩摩訶薩能出百千上妙諸音來詣世尊釋迦如來應供正遍覺所復有菩薩摩訶薩能以一音遍滿三千大千世界歌讚佛德來詣世尊釋迦如來應供正遍覺所以如是等種種莊嚴咸詣世尊釋迦如來應供正遍覺所時彼十方諸來菩薩摩訶薩衆大集於此娑婆世界而此三千大千世界所有衆生地獄畜生餓鬼若閻魔界悉皆寂然身心安樂無有貪欲瞋恚愚癡遠離衆毒嫉妬諂誑我慢熱惱一切衆生皆起慈心具足歡喜何以故以彼十方諸大菩薩威神力故其事若是爾時十方無量百千億那由他諸大菩薩摩訶薩等咸集世尊釋迦如來應供正遍覺所到佛所已頭面禮敬右遶三帀住於虛空即入菩薩隱身三昧入生昧已隨意所三無量百千種種妙色大蓮華座結跏而坐悉皆隱身令不復現爾時尊者摩訶迦葉見彼殊特希有瑞相大神通事復見彼衆大雨華香亦見彼作無量樂音又復見彼放大光明又亦見此三千世界諸四天下皆雨妙華積至于膝又復見彼一切大衆天龍夜叉乾闥婆阿脩羅迦樓羅緊那羅摩睺羅伽人及非人乃至所有比丘比丘尼優婆塞優婆夷等一切皆悉具足成就金色相身於是尊者摩訶迦葉從座而起正持威儀偏袒右肩右膝著地合掌恭敬以偈讚曰

歡喜常與一切樂　圓滿無垢清淨顏
十力雄猛諸大人　具足金剛百福相
遊於三界人天間　一切無能如佛者

不可思議難測度　惟願除斷我疑心
過那由他百千劫　常行布施攝世間
遠離執著無所依　淨持禁戒無倫比
具足修忍超世間　一切力中十力最
功德備滿無過者　惟願永絶我疑心
過百千劫修衆行　以見衆生受諸苦
勇猛精進終無疲　常生歡喜無有量
頭目髓腦持與人　棄捨男女及妻妾
猒離國城及衆具　惟願除解我疑網
世尊往昔行施時　象馬輦轝不可數
過那由他上衣服　常以歡喜惠世間
世尊常以先心施　如是雜物及衆珍
飲食湯藥幷田宅　是故今日我諮問
往昔割身及耳鼻　内心無垢不生瞋
若他詰問如法言　猶能巧説忍辱力

以能通達深空法　心意微妙難稱量
能施他樂功德人　是故今我問無垢
諸漏久盡患悉除　深見衆生没諸苦
黑暗所覆愚癡者　生於垢濁及我人
憐愍諸有起慈心　過百千劫勤修行
開發正覺菩提岸　惟願除斷我今疑
善能出入神通門　隱顯自在巧行住
證得無我破我相　毁壞諸法亦非空
佛於世中無染著　真實正行及正思
微妙寂滅離諸垢　惟願爲我決此疑
世尊昔日修行時　施戒忍進無暫廢
禪定智慧亦常修　利益群生無有比
諸功德聚難思量　深大如海無窮盡
善能往來亦善住　惟願爲我作歸依
往昔無垢修大慈　怖鴿歸投救不捨

剜身割股血滂流　稱肉與鷹而代之
全身上稱謂敵彼　而鴿尚重身猶輕
大明善巧以行慈　惟願爲我決疑惑
須彌動摇衆星落　諸天宫殿盡破亡
四大海水一朝枯　阿脩羅宫處天上
假使日輪墜於地　明月處空忽闇冥
諸佛正覺兩足尊　所言眞誠無有二
爾時尊者摩訶迦葉說偈讃已復白佛言大德世尊何因緣故世間有是微妙光明復何因緣忽現如是未曾有瑞衆相明了爾時世尊告大迦葉言迦葉汝今不應諮問是事何以故如是境界非諸聲聞緣覺所知若我說是光明義者一切世間天人阿脩羅皆當驚疑入迷没處是故汝今不應問也時大迦葉復白佛言世尊惟願大慈憐愍一切諸天人故利益一切諸天人故安樂一切諸天人故說此光明甚深因緣令我開解爾時世尊告迦葉言汝宜諦聽善思念之吾爲汝說大迦葉言善哉世尊願樂欲聞惟垂敷演時佛復告大迦葉言迦葉今我文殊師利入彼普明無垢莊嚴三昧三昧力故放斯光明遍照十方過恒沙等諸佛國土爲大集彼無量無邊不可數不可量阿僧祇諸大菩薩摩訶薩等而來至此娑婆世界彼等皆已頂禮我足右遶三帀處在虚空高一多羅樹皆各於彼大蓮華座結跏而坐爾時尊者大迦葉復白佛言世尊今有何等菩薩摩訶薩威神德力而雨如是微妙華香復出如是百千音樂不鼓自鳴佛告大迦葉言迦葉是爲十方諸菩薩等威神力故而雨如是勝妙華香乃至於上

虛空之中無量樂音皆自鳴也迦葉復言世尊我於是中乃至不見彼一菩薩云何世尊更言十方諸菩薩等迦葉一切聲聞辟支佛等終不能見彼諸菩薩摩訶薩衆何以故迦葉是中聲聞辟支佛等於大慈悲非其所住故若能住是慈悲地中斯則能爲利益他事則亦能行布施持戒忍辱精進禪定智慧諸波羅蜜等若已受正位終不能行此諸菩薩所行之處迦葉斯諸菩薩摩訶薩等一切皆入隱身三昧是故一切聲聞辟支佛不能見彼諸菩薩等惟除諸佛及大菩薩住斯地者乃能見耳迦葉初住大乘諸菩薩等尚不能見何況一切聲聞辟支佛而能得見若得見者無有是處爾時大迦葉復白佛言世尊菩薩摩訶薩具足幾法修何善根獲何功德而能入是隱身三昧佛言迦葉菩薩摩訶薩成就十法即能獲是隱身三昧何等爲十一者志性和柔深住正信二者恒不捨離一切衆生三者畢竟成滿大慈悲心四者覺了一切不著衆相五者雖復思求一切佛法終不妄取六者亦不思想一切聲聞辟支佛智七者世間所有盡皆能捨乃至身命尚無悋惜豈況餘物而不施者八者雖行無量生死煩惱而不染著諸有爲行九者常修無量布施持戒忍辱精進禪定智慧而不分別諸波羅蜜十者常生是心我當安立一切衆生於菩提已然後方當坐佛樹下不取菩提及衆生相迦葉是爲菩薩摩訶薩具足十法便能獲得隱身三昧爾時尊者大迦葉復白佛言希有世尊快說斯事世尊乃能作如是說世尊一

切聲聞辟支佛尚皆未曾一發是心我當安置一切衆生於阿羅漢地况佛法乎佛言迦葉如是如是是故一切聲聞辟支佛悉無能入菩薩所行隱身三昧此三昧名尚自不知云何能入若能入者無有是處爾時尊者大迦葉復白佛言世尊我等今者深願見彼諸大菩薩摩訶薩等所以者何斯諸大士難可會遇佛言迦葉汝宜且住當須待我文殊來者彼諸菩薩當從定出汝等然後乃見之耳雖然迦葉汝亦得是無量百千諸三昧門今當攝心求彼菩薩摩訶薩等爲在何處住何威儀作何事業時大迦葉蒙聖教已承佛威神及已通力即入二萬諸三昧門如是思求彼諸菩薩今在何所住何威儀爲行步耶而竟不見爲住立耶而亦不見爲倚卧耶而亦不見爲端坐耶而亦不見乃至不知以何語言作何事業來何所從去何所至於是起定前白佛言甚奇世尊甚奇世尊我已經歷二萬定門求諸菩薩竟無所見世尊彼諸菩薩摩訶薩等尚未證知薩婆若處已得如是微妙三昧何况當證無上菩提世尊諸善男子善女人其有見聞如斯神變而不疾發阿耨多羅三藐三菩提心者無有是處世尊能得如是隱身三昧菩薩摩訶薩爲欲度彼一切衆生被精進鎧然終不得離是妙定佛告迦葉如是如是如汝所説是中一切聲聞辟支佛尚非境界况餘衆生爾時尊者舍利弗作如是念世尊稱我聲聞人中智慧第一我今寧可求諸菩薩今在何所住何威儀作何事業若得覩見不亦善乎時舍利弗如是念已

承佛威神及自力故即入三萬諸三昧門周旋觀察彼諸菩薩今爲何所住何威儀乃至不知如毫氂相爾時尊者須菩提作如是念我今亦當求諸菩薩爲何所在住何威儀造作何事若覩見者不亦善乎時須菩提作是念已承佛威神及自力故即入四萬諸三昧門周遍推求彼諸菩薩爲何所在住何威儀乃至不見行住坐卧從何所來去何所至然後出定前至佛所頭面禮足白言世尊世尊記我聲聞人中無諍三昧最爲第一是三昧門我亦已得如是世尊我若入定正使有人具大神力能以百億四天下爲一大鼓取須彌山爲一大椎於我定時令一大人住在我前執彼大椎撾擊大鼓無暫休廢乃至經劫如是鼓聲尚不入耳何况亂心能令我出若彼鼓聲能爲定患牽我起者求無是處世尊我今所得無諍三昧弘普若是我向經歷四萬三昧周遍推求彼諸菩薩終不能見乃至不覩一人暫時往來之相如是世尊有諸菩薩摩訶薩輩念求如是不思議智爲一一衆生於恒河沙劫生地獄中備受衆苦世尊彼求菩薩道故雖經衆苦而不捨離如是甚深不思議智如是世尊若我今日漏心未盡未得解脱於諸佛法有所未知者令我當來常在生死更不捨離彼不思議大妙乘也於是世尊讃須菩提言善哉善哉誠如汝言汝以信故作如斯説令汝此身不取涅槃者以斯善根於當來世過恒沙劫汝當得作轉輪聖王正法治世然後乃成阿耨多羅三藐三菩提又須菩提今此三千大千世界衆生數類

寧爲多不須菩提言甚多世尊甚多世尊佛言如是如是須菩提是諸世界所有衆生成就智慧如舍利弗解空第一如須菩提苦行超倫如大迦葉即令如是諸大聲聞共盡知見求彼菩薩若於一劫若於百劫若於千劫乃至無量恒河沙劫亦不能見若能見者無有是處何以故須菩提彼諸菩薩凡所爲作非是一切聲聞辟支佛所行境界是故二乘終不能見說此法時是衆會中八萬四千天人皆發阿耨多羅三藐三菩提心三千世界六種震動爾時文殊師利於巳住室如是思惟今此十萬億百千數諸大菩薩皆巳集會吾當復召諸天大衆咸令雲集如是可乎時文殊師利既思惟巳即以神力如意化成八萬四千億那由他妙寶蓮華大如車輪純金爲莖白銀爲葉勝藏羅網毗瑠璃寶是諸華中皆有化佛及諸菩薩結跏趺坐蓮華臺上身紫金色三十二相八十種好威德巍巍光明普照時彼蓮華上昇四天王天三十三天夜摩天兜率天化樂天他化自在天及諸梵天乃至有頂如是略說遍此三千大千世界乃至百億須彌百億四天下欲界天宮色界天宮彼化蓮華無不遍至是諸化佛及菩薩衆出大音聲遍告三千大千世界而說偈言

世尊明慧日　希有出世間　譬彼優曇華
難遇復過是　釋師子人雄　今者現於世
班宣深妙法　永拔衆苦源　諸天雖快樂
誰能保長久　任業還三塗　復受衆苦毒
所習諸欲事　貪愛獨增長　三界本無樂
而愚躭著之　巳獲最上難　所謂諸佛出

愚癡放逸人　焉覺苦不斷　汝等當速求
見佛聞正法　若聖涅槃已　雖悔難可追
魔網深可怖　汝等爲放逸　既被羈羅已
寧有解脫期　獨有求佛法　汝爲衆生資
汝等但速求　三十二妙相　佛能救世間
餘無可依者　世雄甚希有　大慈難思量
無量億數劫　所行不可量　集功德智慧
成就釋師子　闡揚微妙法　甚深難覺知
何處有衆生　及我人壽命　如是破常見
斷已自無餘　放捨一切相　爲衆生說此
宣明真實際　世間絕心行　唯彼空無相
無願亦無作　虛空本無形　不起亦不滅
無來亦無去　智者之所說　無盡無所生
本淨無所有　無相貌可見　無思想能說
衆生本無生　云何得言死　寂滅無衆生
衆生在何處　言音爲說法　法不住言音
亦不在文字　世尊如斯說　諸處遍推求
不見風水火　地亦無分別　慧眼之所宣
色受及與想　行識同虛空　假言彼五陰
其實無積聚　眼耳鼻舌身　心意等諸根
雖說本性空　空亦不可得　色聲香味觸
及以種種法　斯由分別生　分別體空寂
欲界與色界　及彼無色天　皆說如幻化
虛僞不真實　如是諸世尊　爲衆生說法
欲求出衆苦　速歸大導師

彼諸化佛說此偈時於是三千大千世界咸得聞之有九十六億欲色諸天遠離塵垢得法眼淨二萬天子猒離衆欲三萬二千天子皆發阿耨多羅三藐三菩提心一萬行菩薩乘諸天子得無生法忍爾時彼化如來所可

勸召無量無邊阿僧祇億那由他百千諸天大衆於須臾間悉皆雲集釋迦如來應供正遍覺所稽首足下右遶三帀退住一面以天華香所謂優鉢羅華鉢頭摩華拘物頭華分陀利華曼陀羅華摩訶曼陀羅華及諸華鬘末香塗香奉散世尊及餘供養復以種種天妙樂音歌詠稱讃滿彼虛空時大集衆其數甚多難可稱計周遍充滿此四天下無有空地如一杖頭而不遍者是諸天人具大威德所散諸華滿四天下積至于膝

大寶積經卷第一百二

音釋

翳（於計切障也）髓腦（髓息委切骨中脂也腦乃老切頭髓也）輦轝（輦力展切轝羊諸切輦轝並車也）剜（烏歡切刻削也）股（果五切髀也）撾（張瓜切擊也）羈（居宜切羈縻也）

大寶積經卷第一百三

隋三藏達摩笈多譯

善住意天子會第三十六之二

開實義品第二

爾時大集衆中有上首天所謂善住意天子善寂天子慙愧天子與如是等九十六億諸天子俱一切皆行菩薩之道咸共往詣文殊師利所至其門外右遶七帀遶七帀已然後雨天曼陀羅華其所雨華遍覆虚空高十由旬成華網臺形如寶塔時文殊師利持此華臺供養世尊供養已即以神力令此三千大千世界一切國土虚空之中華網遍覆是華光明普照三千大千世界皆大明盛復雨天曼陀羅華爾時文殊師利菩薩摩訶薩閑雅安庠從精舍出更以神力令所居地自然而有七寶妙座其座巍巍具足莊嚴文殊師利斂容整服昇此寶座時善住意天子見文殊師利昇寶座已即以頂禮文殊師利足退住一面一切諸天亦皆頂禮文殊師利足爾時文殊師利如是思惟誰於今日堪任與我在世尊前對揚深法誰爲法器能受如是不思議句甚難證句無處所句無所著句無戲論句不可得句不可說句甚深句眞實句無礙句不可壞句空句無相句無願句如如句實際句法界句無形貌句不取句不捨句佛句法句僧句智慧滿足句三界平等句一切法無所得句一切法無生句師子句勇猛句無句句如斯說已誰聽者乎於是文殊師利復更思惟令此唯有善住意天子已於過去供養多佛入深法忍具足辯才當能與我處世

尊前共談實義爾時文殊師利如是念已即語善住意天子言天子汝今已得甚深法忍又能具足無礙辯才今當與我詰世尊所對論如是深妙義乎時善住意天子報文殊師利言大士我如是說彼若於我無有語言不爲演說不存諮問亦無報答無佛法衆斷滅三乘無生死無涅槃不合不散不啓不發不出聲音除諸文字如是說者我當共談文殊師利語善住意天子言天子我如是說彼能於我無聽無聞無讀無誦無受無持不思不念不取不捨不覺不知不聞我言不爲他說所以者何諸佛菩提本無文字無心離心無有覺悟雖假名說其名亦空善住又言大士今者且爲諸天子說斯諸天子於大士說樂欲聽聞文殊師利言天子我終不爲樂聽者說又亦不爲聞受者說所以者何凡有聽受則爲取著云何取著所謂我著人著衆生著壽命著士夫著以取著故便有聽受如是聽受當知彼住三種縛中何謂三縛一見我縛二見衆生縛三見法縛天子若無如是三種見縛而聽法者當知彼住三種淨中何謂三淨一不見自身不分別不思念不證知二不見說者不分別不思念不證知三不見所說不分別不思念不證知天子是則名爲三種淨也天子若有能作如是聽者是平等聽非不平等爾時善住意天子讚文殊師利言善哉善哉快作斯說大士若有能作如是說者當知即是不退轉說文殊師利言且止天子汝今不應妄想分別菩薩退轉何以故若使菩薩有退轉者彼終不能成等正覺所以者

何是菩提中無退法故善住復言大士若如是者當於何處有斯退轉文殊師利言天子當知從貪欲故有退轉從瞋恚故有退轉從愚癡故有退轉從有愛故有退轉從無明故有退轉乃至從十二有分生死所生故有退轉從因故有退轉從見故有退轉從名故有退轉從色故有退轉從欲界故有退轉從色界故有退轉從無色界故有退轉從聲聞行故有退轉從辟支佛行故有退轉從分別故有退轉從執著故有退轉從相故有退轉從取相故有退轉從斷見故有退轉從常見故有退轉從取故有退轉從捨故有退轉從我想故有退轉從衆生想故有退轉從壽命想故有退轉從士夫想故有退轉從補伽羅想故有退轉從思想故有退轉從繫縛故有退轉從顛倒故有退轉從我見故有退轉從我見爲根本六十二見故有退轉從諸蓋故有退轉從諸陰故有退轉從諸入故有退轉從諸界故有退轉從佛想故有退轉從法想故有退轉從僧想故有退轉如是乃至我當成佛我當說法我度衆生我當破魔我得智慧從是諸想故有退轉如是天子若能不分別如來十力不分別四無所畏不分別十八不共法不分別一切根力覺道不分別諸相好不分別莊嚴佛國不分別聲聞不分別菩薩乃至不分別一切分別退轉者是名不退轉爾時善住意天子復白文殊師利言大士若如是者當於何處得不退轉文殊師利言天子當知從通達佛慧故得不退轉從空故不退轉從無相故不退轉從無願故不退轉從

如如故不退轉從法性故不退轉從實際故不退轉從平等故不退轉善住意言大士若如是說一切諸分别無分别二俱不異所以者何皆從思惟分别生故是故得言彼有退轉又問如是退轉爲有法耶爲無法乎文殊師利言非有非無如是退轉善住意言大士若爾何處退轉文殊師利言若有若無是虚妄取是顛倒取是不如取彼則不取亦非不取以是義故得言退轉而彼退法不可說有不可說無何以故若有無中有退轉者彼即爲過所以者何若有法退轉則墮常邊無法退轉則墮斷邊然世尊說不住常中不住斷中非斷非常世尊所說天子若彼於先不真實想而彼證知則名非斷非常天子是爲菩薩退轉法門說是法時十千天子得無生法忍

文殊神變品第三

爾時善住意天子白文殊師利言大士今可俱行詣如來所奉見頂禮諮受未聞亦因此時如法問難文殊師利言天子汝莫分别取著如來善住意言大士如來何在而言莫著文殊師利言即在現前善住意言若如是者我何不見文殊師利言天子汝今若能一切不見是則名爲真見如來善住意言若現前者云何誡我莫取如來文殊師利言天子汝謂今者現前何有善住意言有虚空界文殊師利言如是天子言如來者即虚空界何以故諸法平等如虚空故是故虚空即是如來如來即是虚空虚空如來無二無别天子以是義故若人欲求見如來者當作斯觀如實

眞際覺了是中無有一物可分别者爾時文殊師利菩薩摩訶薩復以神力化作三十二所重閣寶堂輦軒具足四面正方四角有柱周帀欄楯寶網交絡殊特妙好高顯巍巍具足莊嚴甚可愛樂諸堂閣内咸有勝牀衆寶所成天衣覆上其牀各有化菩薩坐具三十二大人之相爾時文殊師利普現如是莊嚴事已遂更與彼蓮華化佛并化菩薩及此寶輦重閣殿堂諸菩薩衆俱往佛所繞佛七帀并亦圍繞比丘衆已踊在虛空光明普照衆會道場四面而住爾時文殊師利後善住意發忽然在前先至佛所善住意天子反更後到白言大士吾發在前更在後至仁從何路乃至於斯文殊師利言天子假使供養滿恒河沙諸如來等稽首爲禮終不見吾往來進止爾時華臺諸化菩薩及寶堂中諸菩薩衆同聲說偈讚歎如來

已曾供養過恒沙　不可思議諸世尊
熾然修行求菩提　是故超出天人上
光明妙色三界雄　牟尼衆相實奇特
爲衆宣說甚深法　無有壽命及人我
世尊行施持淨戒　忍辱精進具修禪
智慧清淨三界表　我禮彼岸最勝尊
其有發意求菩提　則受天人妙供養
若於深空無疑惑　當紹出世大法王
過去諸佛等正覺　現在一切兩足尊
常說如是諸法空　本來無相亦無作
衆生體性不可得　何有生者及死滅
本既無來亦無去　一切諸法如虛空
如彼化人觀衆事　雖復示現而無眞

世尊說法亦如是　斯皆虛誑同幻夢
恒沙世界滿中寶　持以布施一切人
若能修忍善說空　如是行施超於彼
復於恒沙諸劫中　供養諸佛天人上
奉獻香華及衆具　爲求菩提離世間
得聞如是甚深法　無有衆生及命人
當知彼得明淨忍　是爲供養十方佛
於無數劫行布施　衣食象馬及衆珍
當知彼非解脱因　以有我人衆生想
歸命滅度人中尊　救濟衆生無量數
諸法皆空本清淨　如是解脱智莊嚴
諸佛出世甚難值　得聞正法生信難
人身難得今已獲　善哉佛法汝順行
已得蠲除斯八難　永絶迫窄處空閑
於諸正法得信行　應當勇猛發精進
若聞法已應正思　不可聞聲即取著
汝等常行阿蘭若　必當速疾成人雄
近善知識及法師　應速遠離諸惡友
汝於衆生平等想　慎勿妄起我人心
常樂多聞持禁戒　捐棄舍宅坐林間
腐藥治病莫詐善　亦恒乞食受糞衣
一切有爲即無爲　等同一相如陽焰
若了實際見眞如　疾成無上菩提道
當觀五陰猶如幻　內外諸入如空舍
世尊常說如斯法　法等於彼莫生著
貪欲瞋恚性自空　愚癡我慢分別起
彼法已滅今亦無　如是知者得成佛

如是諸化菩薩說是偈時彼會衆中二萬二千衆生皆發阿耨多羅三藐三菩提心五百比丘漏盡意解心得解脱五百比丘尼遠塵

離垢得法眼淨七千優婆塞優婆夷二萬五千諸天子亦離塵垢法眼清淨三百菩薩得無生法忍於是三千大千世界大地六種震動所謂動遍動等遍動震遍震等遍震涌遍涌等遍涌乃至吼起覺等亦復如是

破魔品第四

爾時尊者舍利弗白佛言世尊今此瑞相誰之所爲能令如是三千大千世界大地六種震動又是寶輦殿堂蓮華座上諸菩薩等放大光明照斯衆會演說如是微妙深法復令如是無量億數諸天子衆皆來集會復有億數諸菩薩等亦來集也爾時佛告舍利弗斯乃文殊師利威神之力故現如是妙莊嚴事亦令菩薩諸天雲集所以者何舍利弗是文殊師利與善住意天子將諸大衆欲來我所請問如是破散諸魔三昧法門具足成就諸不思議甚深佛法故時舍利弗復白佛言世尊若如是者何因緣故我觀此衆竟不見彼文殊師利佛告舍利弗汝宜且待今文殊師利已與一切魔王一切魔衆一切魔宮作大衰耗所爲神變極妙莊嚴將至我所汝當自見於是文殊師利即入破散諸魔三昧三昧力故即時三千大千世界百億魔宮朽故暗冥若將毀壞其變已現無復威光令一切魔不樂其所各自見身昏耄羸瘠拄杖而行諸天女輩變成老母一切衆魔見是事故心大憂愁身毛皆竪惶怖思念是何變怪令吾内外不祥若斯將無死沒時至果報離散耶爲是世間將壞劫災事乎彼諸魔衆如是念時文殊師利復以神力即現百億天子住在魔

前告魔衆曰汝勿憂懼此非汝災亦非刧盡所以者何今此適有住不退轉菩薩大士名文殊師利有大威神道德超世即時正入破散諸魔三昧法門以彼大士三昧威神其事若此非有他也諸化天子說是語時一切魔王及諸魔衆聞諸化天說文殊師利大士名號更增惶恐戰掉不安一切魔宮皆大震動時諸魔王答化天曰惟願仁慈救我危厄諸化天子復語魔言勿怖勿怖汝等今宜速疾往詣釋迦牟尼佛世尊所所以者何彼佛如來有大慈悲若諸衆生憂恐煎迫但往歸依皆蒙安樂除諸憂苦時諸化天如是語已即於其處忽然不現爾時一切魔王及語魔衆聞化天教莫不歡欣皆共同心於須臾頃羸弊拄杖皆來住於釋迦牟尼佛前同聲白言大德世尊願見救護願見救護免茲變恠困苦大厄世尊我等寧受百千萬億諸佛名號不願聞彼文殊師利一菩薩名何以故我即聞是文殊師利菩薩名時便大驚恐若喪自身爾時世尊告諸魔言波旬汝今何忽發如是言所以者何是文殊大士凡所開導利益衆生億百千佛昔所未作今亦不作當亦不作唯此文殊師利去來現在常爲衆生建斯大事衆生熟已置解脱中是故汝等雖復聞彼百千佛名不生苦惱亦無驚怖云何而言我今忽聞一文殊師利名皆大驚恐時彼魔衆白言世尊我誠慙恥此弊老身加以惶懼發斯言耳世尊我等從今歸依正覺惟願哀愍復我本形佛告之曰且待須臾文殊師利亦既來已自除汝恥於是文殊師利從三昧

起遂與無量百千天衆復與無量百千諸大菩薩摩訶薩等及無量百千諸龍夜叉乾闥婆阿脩羅迦樓羅緊那羅摩睺羅伽等前後圍遶復作無量百千微妙樂音復雨如是無量妙華所謂優鉢羅華鉢頭摩華拘物頭華分陀利華具大莊嚴有大神通威德無極俱來佛所頭面禮敬右遶三帀退住一面爾時世尊告文殊師利言文殊師利汝入如是破散諸魔三昧耶文殊師利白言世尊唯然已入佛言文殊師利汝從何佛聞是三昧修經幾時而得成滿文殊師利言世尊我本未發菩提心時從佛得聞如是三昧又問文殊師利彼佛世尊名號何等說是三昧令汝得聞文殊師利白言世尊我憶過去無量無邊不可思議阿僧祇劫爾時有佛號曼陀羅華香如來應供正遍知明行足善逝世間解無上士調御丈夫天人師佛世尊出現世時宣說如是破散諸魔三昧我於彼時初得聽聞佛告文殊師利如是三昧云何修得文殊師利白言世尊若菩薩摩訶薩具足成就二十種法則能得是破魔三昧何等二十所謂一者訶毀貪欲破壞貪心二者訶毀瞋怒破壞瞋心三者訶毀愚癡破壞癡心四者訶毀嫉妬破壞妬心五者訶毀憍慢破壞慢心六者訶毀諸蓋破壞蓋心七者訶毀熱惱破壞惱心八者訶毀想念破壞想心九者訶毀諸見破壞見心十者訶毀分別破分別心十一訶毀取事破壞取心十二訶毀執著破壞執心十三訶毀諸相破壞相心十四訶毀有法破壞有心十五訶毀常法破壞常心十六訶毀斷

法破壞斷心十七訶毁諸陰破壞陰心十八訶毁諸入破壞入心十九訶毁諸界破壞界心二十訶毁三界破壞三界心世尊是爲菩薩摩訶薩具二十法畢竟成就如是三昧世尊菩薩摩訶薩復有四法具足修行得是三昧何等爲四一者建立心行清淨調柔二者心性淳直無諸諂曲三者心無攀縁入深法忍四者外内所有一切能施是爲菩薩摩訶薩具足四法成就三昧世尊菩薩摩訶薩復有四法能得三昧何等爲四一者畢竟深信二者成就實語三者常樂空閑四者不取諸相是爲菩薩具足四法成就三昧復有四法菩薩成就得是三昧何等爲四一者親近善友二者常知止足三者獨坐思惟四者不樂諠猥是爲菩薩具足四法成就三昧復有四法菩薩成就得是三昧何等爲四一者不破壞戒二者不缺犯戒三者無所依戒四者不望報戒是爲菩薩具足四法成就三昧復有四法菩薩成就得是三昧何等爲四一者捨聲聞心二者離縁覺心三者住菩薩忍四者不捨衆生是爲菩薩具足四法成就三昧復有四法菩薩成就得是三昧何等爲四一者修空捨我二者離相無相三者無願除願四者捨諸所有是爲菩薩具足四法能得三昧世尊時彼曼陀羅華香如來應供正遍覺說此破散諸魔法門我從彼佛聞已初修次復有佛號一切寶電蔽日月光如來應供正遍覺我時於彼具足成就彼佛世尊說此法門時彼衆會中十千菩薩皆得成就此三昧門爾時尊者舍利弗白佛言希有世尊今此文

殊師利乃能久遠成就如是降魔三昧三昧力故能令波旬及諸魔衆髮白老耄形志俱衰一至斯也佛告舍利弗於意云何汝今言此文殊師利獨是三千大千世界變此衆魔如斯老耄耶舍利弗汝今不應作如是見所以者何舍利弗今者十方如恒河沙等諸佛世界所有諸魔一切皆悉如是變壞盡是文殊師利威力所爲於是世尊告文殊師利言文殊師利汝今當且攝汝神力令彼衆魔得復本形爾時文殊師利受佛教已告諸魔曰衆仁者實爲猒患此身儀耶魔報曰唯然大士文殊師利言若如是者汝今亦當猒患貪欲勿著三界諸魔報曰善哉大士敬聞嘉誨豈敢有違惟願少假威神除此憊苦文殊師利遂攝神力令一切魔復彼天形莊嚴如故

爾時文殊師利告諸魔言波旬汝所有眼何者爲眼何者眼想如是何處是眼著是眼相是眼攀緣是眼障礙是眼思是眼我是眼依止是眼喜樂是眼戲論是眼我所是眼護是眼念是眼取是眼捨是眼分別是眼思量是眼成就是眼生是眼滅乃至是眼來去如是等法爲汝境界魔業障礙如眼乃至身意亦如是又如色乃至觸法爲汝境界魔業障礙亦復如是汝等皆應如實了知復次波旬汝所有眼即爲非眼亦爲無眼爲無眼想無眼著無眼相無眼攀緣無眼障礙無眼思無眼我無眼依止無眼愛無眼戲論無眼我所無眼護無眼念無眼取無眼捨無眼分別無眼思量無眼決定無眼生無眼滅無眼去無眼來如是等法非汝境界汝於是中不能爲主

無法無力不得自在亦無取著如眼乃至身意亦如是又如色乃至觸法亦如是汝等皆應如實了知文殊師利說是法時衆中一萬魔王波旬皆發阿耨多羅三藐三菩提心八萬四千諸魔眷屬遠離塵垢得法眼淨

菩薩身行品第五

爾時尊者摩訶迦葉白佛言世尊我等願請文殊師利令我覩見彼諸菩薩摩訶薩等所以者何世尊斯諸大士難可值遇爾時世尊即告文殊師利言汝應當知今此大衆咸皆渴仰思願覩見十方所有諸來菩薩摩訶薩身今正是時汝應顯現於是文殊師利蒙聖教已即便告彼法輪菩薩月光菩薩降魔菩薩妙音菩薩離垢菩薩寂滅菩薩選擇菩薩法王吼菩薩如是等無量菩薩摩訶薩言諸大士汝等今宜各於宮殿自顯其身分明現汝本國形狀也文殊師利發斯語已於是諸菩薩衆從三昧起各現本身令諸大衆一切咸見或有菩薩其身高大若須彌山王或有菩薩身大八萬四千由旬或有身大百千由旬或九十千乃至五十四十三十二十千者或有身大十千由旬乃至或有五千四千三千二千者或有身大一千由旬乃至或有五百四百三百二百者或有身大一百由旬乃至或有五十四十三十二十者或有身大十由旬者乃至或有五四三二一由旬者如是乃至或有菩薩身量大小長短寬狹如此娑婆世界人身無異當爾之時此三千大千世界大衆充滿無有空處如杖頭許其中所有諸大菩薩摩訶薩衆一切多是功德巍巍智

慧深遠具足威力成就神通放大光明遍照十方無量百千諸佛世界乃至一切大威德天及諸天龍夜叉乾闥婆阿脩羅迦樓羅緊那羅摩睺羅伽人非人等大小諸王皆悉充滿爾時文殊師利從座而起整理衣服偏袒右肩右膝著地合掌向佛白言世尊我於今者欲少諮問如來應供正遍覺所有心疑未審世尊見垂聽不佛告文殊師利如來應供正遍覺恣汝所問當爲汝釋決汝所疑令汝心喜文殊師利言唯然世尊願爲宣說我當聽受文殊師利言世尊云何名爲菩薩摩訶薩言菩薩者義何謂也佛告文殊師利汝問云何爲菩薩菩薩有何義者以能覺了一切法故名爲菩薩摩訶薩也文殊師利彼一切法菩薩覺者所謂言說文殊師利菩薩云何覺一切法所謂覺眼覺耳覺鼻覺舌覺身覺意文殊師利云何菩薩覺眼覺耳乃至覺意文殊師利所謂菩薩覺彼眼法本性空故如是覺已終不生念我能覺知如是覺耳乃至覺意皆本性空如是覺已亦不生念我能覺知菩薩如是覺眼等已復覺彼色本性自空如是覺已亦不分別我能覺知如是覺聲乃至覺法皆本性空亦不分別我能覺知是爲菩薩覺一切法也復次文殊師利云何菩薩覺彼五陰所謂菩薩觀見陰體本性自空如斯覺故觀無相如斯覺故觀無願如斯覺故觀無欲如斯覺故觀寂靜如斯覺故觀遠離如斯覺故觀無所有如斯覺故觀無實如斯覺故觀無動如斯覺故觀無生如斯覺故觀無來如斯覺故觀無去如斯覺故觀無真如

斯覺故觀無主如斯覺故觀無證如斯覺故觀無知如斯覺故觀無見如斯覺故觀無人如斯覺故觀無想如斯覺故觀不可說如斯覺故觀但有名如斯覺故觀無我如斯覺故觀分別起如斯覺故觀從緣生如斯覺故觀如幻如斯覺故觀如化如斯覺故觀如夢如斯覺故觀如鏡像如斯覺故觀如聲響如斯覺故觀如芭蕉如斯覺故觀不久住如斯覺故觀不牢固如斯覺故觀虛妄如斯覺故觀無物如斯覺故是爲菩薩覺一切法復次文殊師利云何菩薩摩訶薩覺貪恚癡所謂覺彼貪欲因分別起故覺彼瞋恚因分別起故覺彼愚癡因分別起故而亦覺彼分別空無所有無物無戲論不可說不可證故是爲菩薩覺一切法復次文殊師利云何菩薩摩訶薩覺於三界所謂覺彼欲界無我人故覺彼色界無所作故覺無色界空無有故覺彼三界皆遠離故是爲菩薩覺一切法復次文殊師利云何菩薩摩訶薩覺衆生行所謂覺是衆生貪欲行故覺是衆生瞋恚行故覺是衆生愚癡行故覺是衆生等分行故如是覺已如是證知如是爲說如是教化衆生如是令得解脫是爲菩薩覺一切法復次文殊師利云何菩薩摩訶薩覺一切衆生所謂覺一切衆生但有其名離彼名已無別衆生是故一切衆生即一衆生彼一衆生即一切衆生如是衆生即非衆生若能如是無分別者是爲菩薩摩訶薩覺一切法又復云何覺一切法能如是覺菩提道故是爲菩薩摩訶薩覺一切法爾時世尊重明此義以偈頌曰

覺眼及與耳　自體常空寂　不言我能覺
是名爲菩薩　觀鼻及與舌　本性無所有
不分別我覺　是名爲菩薩　智慧觀察身
亦覺意自然　覺已爲他說　是名爲菩薩
色聲香味觸　意所樂諸塵　覺知本性空
是名爲菩薩　覺色及受想　諸行與識心
一切斯同幻　是名爲菩薩　五陰聚如夢
覺彼無一相　不分別我知　是名爲菩薩
不生亦不出　無作復無言　如是說唯名
彼名亦無物　覺貪欲瞋恚　斯由分別起
彼分別無體　畢竟終自空　癡亦分別生
分別因緣生　緣此生諸見　諸見不可得
覺察三界空　一切無眞實　於彼不可動
故名爲菩薩　欲界不成就　皆緣分別起
色有無色有　一切不牢固　衆生之所行
智者悉明了　貪欲與瞋恚　及彼愚癡等
一切諸衆生　即彼一衆生　智者無所覺
不念彼衆生　諸法之所起　悉因顛倒生
覺彼顛倒者　知顛倒眞相　智慧甚微妙
不取諸音聲　覺已無所著　故名爲菩薩
能捨己肉身　終亦無依止　如是覺眞實
乃名爲菩薩　至持戒彼岸　亦不念彼岸
覺戒行法如　無生亦無盡　慈心遍衆生
不得衆生相　覺彼衆生際　但以假言宣
勇猛大精進　深心猒有爲　見三界空虛
證無上等覺　常入微妙禪　無著無所依
無住無攀緣　智者定如是　能以利智刀
斷除諸見縛　觀察法界性　無割亦無傷
若人眞覺了　一切法如實　應時利衆生
乃名爲菩薩

大寶積經卷第一百三

音釋

腐奉甫切爛也　耄莫報切老耄也　羸瘠羸倫為切弱也瘠秦昔切瘦也　豎臣庾切立也　掉徒弔切搖也　諠狠諠許元切狠烏賄切諠狠謂諠囂狠雜也

大寶積經卷第一百四

隋三藏達摩笈多譯

善住意天子會第三十六之三

破菩薩相品第六

爾時文殊師利白佛言世尊如佛所說菩薩摩訶薩初發心者以何義故名初發心佛告文殊師利若有菩薩等觀三界一切想生如是得言最初發心文殊師利是名菩薩初發心也文殊師利復白佛言世尊如我所解佛說義者若有菩薩貪欲心生是初發心瞋恚心生是初發心愚癡心生是初發心世尊所說將無謂是爲初發心爾時善住意天子問文殊師利言大士若諸菩薩起貪恚癡名初發心者所有一切具縛凡夫皆即名爲發心菩薩所以者何彼諸凡夫從昔至今常發如是貪恚癡等三毒心故文殊師利語善住意言天子汝言一切凡夫從昔已來常能發是三毒心者是義不然何以故一切凡夫心力羸劣不能發起是貪恚癡唯有諸佛世尊一切阿羅漢辟支佛不退轉地諸菩薩等乃能發是貪恚癡耳是故凡夫不能得發善住意言大士仁今何故作如斯說令此會衆不識不知陷諸疑網深可怖畏爾時文殊師利語善住意言天子於意云何如彼飛鳥往來空中彼鳥足跡在虛空中有發行乎無發行也善住意言非無發行文殊師利言如是如是天子以是義故我作此說若有能發貪欲恚癡唯彼諸佛聲聞緣覺不退菩薩乃能發耳天子當知無有依處是名爲發無有取著是名爲發既無依處又無取著是即無句斯謂

爲發是無分別句斯謂爲發是不可生句斯謂爲發是不實句斯謂爲發是非物句斯謂爲發是不來句斯謂爲發是不去句斯謂爲發是無生句斯謂爲發是無攀緣句斯謂爲發是無證句斯謂爲發是不諍句斯謂爲發是不思句斯謂爲發是不壞句斯謂爲發是無言句斯謂爲發是不破句斯謂爲發是無字句斯謂爲發是無執句斯謂爲發是無住句斯謂爲發是不取句斯謂爲發是不捨句斯謂爲發是不拔句斯謂爲發天子當知是爲菩薩初發心也天子發心菩薩若於如是一切諸法不愛著不思想不見不知不聞不識不取不捨不生不滅是則名爲眞發心也天子是菩薩摩訶薩若能依止如是法界如是平等如是實際如是方便則彼貪欲瞋恚愚癡等發又若決能如是依止則彼眼耳及意等發則彼色取乃至識取等發如是則一切諸見發無明有愛發乃至十二因緣有分發五欲衆事發愛著三界發我見發我所見發我見爲根本六十二見發佛想發法想發僧想發自想發他想發地想發水想發火想發風想發空想發識想發四顛倒發四識住發五蓋發八邪發九惱發十惡業道發天子當知我今舉要言之一切分別一切分別處一切語言一切諸相一切進趣一切希求一切取著一切思想一切意念一切障礙菩薩皆當發汝應如實知天子以是義故汝今若能於此諸法不愛著不思想者是則名爲眞實發也爾時世尊讚文殊師利言善哉善哉文殊師利汝今乃能爲諸菩薩具宣如是初

發心義文殊師利汝於往昔已曾供養無量無邊過恒沙數諸佛世尊能說斯耳爾時尊者舍利弗白佛言世尊今此文殊師利所說菩薩最初發心及獲無生法忍先後二事平等無差耶佛告舍利弗如是如是如汝所說舍利弗昔然燈世尊授我記言摩那婆汝於未來過阿僧祇劫當得成佛號釋迦牟尼如來應供正遍覺舍利弗我於彼時亦不離此心得無生忍如是舍利弗汝當知彼一切菩薩初發心義如文殊師利所言無有異也爾時文殊師利白佛言世尊如我解佛所說義者皆是初發何以故如世尊說一切初發皆是不發其不發者即是菩薩最初發心說是法時二萬三千菩薩證無生忍五千比丘於諸法中漏盡解脫六十億諸天子遠離塵垢得法眼淨爾時尊者大迦葉白佛言世尊今此文殊師利乃更爲斯能作難作宣說如是甚深法門令諸衆生多所利益文殊師利謂迦葉言大德迦葉我實不爲難作之事所以者何一切諸法皆無所作亦復無有已作今作當作唯大迦葉我於諸法非作不作其義亦爾又大迦葉我於衆生無有度脱亦無繫縛所以者何一切諸法無所有故迦葉云何於世尊前發如是言能作難作又大迦葉我無所作慎勿言我能作難作又大迦葉我實不作非獨我不作如來亦不作辟支佛亦不作阿羅漢亦不作又大迦葉有何等人能作難作若欲正言能作難作但彼一切嬰兒凡夫如斯說者是名善説所以者何如諸如來皆悉無有已得今得當得乃至一切聲聞辟

支佛亦無所得唯彼凡夫一切皆得時大迦葉復白文殊師利言大士一切諸佛不得何等文殊師利言一切諸佛不得我不得福伽羅不得衆生不得壽命不得士夫不得斷不得常不得諸陰不得諸入不得諸界不得諸名色不得欲界不得色界不得無色界不得分别不得思惟不得念處不得因生不得顛倒不得貪恚癡不得此世不得彼世不得我不得我所乃至不得一切諸法大德迦葉如是一切諸法次第不得亦復不失不縛不解不取不捨不近不遠是故迦葉當覺了如是法門若諸佛世尊皆不得者則彼等非法非聞凡夫一切斯得是故凡夫能作難作非諸佛作非辟支佛作非阿羅漢作是乃名爲凡夫作也迦葉復問作何等也文殊師利言作斷作常作染著作依止作憶念作取捨乃至作彼一切戲論分别隨順高下等事是故大德迦葉如是諸法諸佛世尊皆無所作無有已作今作當作唯彼凡夫能作難作爾時文殊師利復白佛言世尊所言無生忍者云何名爲無生忍也世尊復以何義而更名爲法無生忍菩薩云何得斯忍法佛告文殊師利言實無有人於生法中得無生忍所言得者但有語言名字何以故以無生法不可得故離攀縁故不得法忍得無所得無得無失是故言得無生法忍復次文殊師利彼無生法忍者所謂一切法無生如是忍故一切法無來如是忍故一切法無去如是忍故一切法無我如是忍故一切法無主如是忍故一切法無取如是忍故一切法無捨如是忍故一

切法無所有如是忍故一切法無實如是忍故一切法無等如是忍故一切法無等等如是忍故一切法無比如是忍故一切法無染如虛空如是忍故一切法無破壞如是忍故一切法無斷如是忍故一切法無垢如是忍故一切法無淨如是忍故一切法空如是忍故一切法無相如是忍故一切法無願如是忍故一切法離貪恚癡如是忍故一切法如如如是忍故一切法法性如是忍故一切法實際如是忍故如是一切法無分別無相應無憶念無戲論無思惟無作無力羸劣虛誑如幻如夢如響如影如鏡像如芭蕉如聚沫如水泡如是忍故所可忍者亦無可忍非法非非法但以名字說斯法耳然彼名字亦不可得本性自離如是言忍信解樂入無惑無疑無驚無怖無動無沒遍滿身已正受而行不得其身亦無住處文殊師利是爲菩薩摩訶薩於諸法中得無生忍乃至不行一切想故爾時文殊師利復白佛言世尊所謂忍者云何爲忍乃至不爲境界所壞故名爲忍時彼善住意天子問文殊師利言大士何等不爲境界所壞文殊師利言天子所謂眼何法壞眼謂彼善色惡色是能壞眼如色壞眼彼聲壞耳乃至法壞意亦如是天子若菩薩眼見色不取相不躭好不分別不思惟不愛不猒知本性空無有念想不爲衆色之所傷敗乃至意法亦如是天子若其六情無著無縛無壞無傷如是菩薩住於法忍住法忍故於一切法無所分別無生不生無漏不漏無善不善無爲不爲不念世法及出世法不分別

不思惟是則名爲無生法忍說此法時有六萬三千衆生發阿耨多羅三藐三菩提心一萬二千菩薩得無生法忍爾時善住意天子復白文殊師利言大士云何菩薩摩訶薩發起勝行超越轉增入諸地也文殊師利言天子誰於其間能發勝行而言諸地有超轉者善住意言大士仁豈不知諸菩薩等所行殊勝彼彼轉增乃至超越能滿十地乎文殊師利語善住意言不然天子我聞佛說一切諸法猶如幻化汝不信耶善住意言大士世尊誠言誰敢不信文殊師利言天子如彼幻人及幻豈有勝行超越轉入乃至具足十地耶善住意言不也大士文殊師利言如是天子若使幻人及幻能有超行轉入者則吾等亦當如是超越轉入何以故如世尊說一切諸法皆如幻化故無轉入天子是故若說諸地有轉入者即非轉入我亦不言地有轉入所以者何一切諸法無轉入故是故法於法中不得轉入所謂色於受中不得轉入受於色中不得轉入想於行中不得轉入行於想中不得轉入識於色中不得轉入色於識中不得轉入天子如是乃至於一切法皆應如是作四句說又眼不於耳中轉入耳不於眼中轉入鼻不於舌中轉入舌不於鼻中轉入身不於意中轉入意不於身中轉入所以者何一切諸法其性各異行自境界頑癡無知無有覺識亦如草木墻壁瓦石如鏡中像如幻如化不可證觸一相無相以是義故一切諸法無有超轉不出不入無去無來天子當知若諸菩薩如是解知彼一切法無超轉者不

復更有諸地分別亦無入道無有捨地亦無退轉於彼菩提超轉之中無有失滅何以故若人見彼陰界諸入是眞實者彼無超轉所以者何以一切法性本淨故天子是名菩薩超越道地天子譬如幻師化作十種輦輿宮閣即令化人居處其內天子於意云何彼人宮閣有定所不善住意言無也大士文殊師利言如是如是天子見菩薩地有超轉者其事若此

破二乘相品第七之一

爾時善住意天子復問文殊師利言大士或時有人至大士所求出家者大士爾時當云何答云何爲說出家度法云何授戒及教持戒文殊師利言天子若其有人來至我所求出家者我當教彼如是言曰諸善男子汝今不應發出家心汝若不發出家心者我當教汝眞出家法所以者何天子若求出家則求欲界亦求色界求無色界復求世間五欲之樂及求未來果報諸事若善男子有所求者彼不證法不證法故彼則見心是故天子若無所取彼爲證法以證法故則不見心不見心故則不出家不出家故則無出家心無出家心故彼則不發以不發故則無有生以無生故彼則盡苦以盡苦故則畢竟盡畢竟盡故彼則無盡以無盡故則不可盡不可盡者則是虛空天子我時於彼善男子所作如是教復次天子若復有人來詣我所求出家者我復教彼如是言曰諸善男子汝今莫發出家之心所以者何彼心無生不可得發汝莫爲異而保此心復次天子若更有人來詣我

所求出家者我復教彼如是言曰諸善男子汝今若不斷除鬚髮如是汝則眞實出家爾時善住意天子復白文殊師利言大士以何義故作如斯說文殊師利言天子世尊說法無所斷除善住意復問言何等不斷亦復不除文殊師利言天子色法不斷亦不除受想行識不斷亦不除天子若復有人作如是念我除鬚髮乃爲出家當知彼人則住我相住我相故則不見平等又見我故則見衆生見衆生故則見鬚髮見鬚髮故生剃除想天子彼若不見有我相者則不見他相無他相故則無我慢無我慢故則無吾我無吾我故則無分別無分別故則無動搖無動搖故則無戲論無戲論故則無取捨無取捨故無作不作無斷不斷無離無合無滅無增無集無散無思無念無說無言如是則名安住眞實善住意言大士實義云何文殊師利言天子所言實者即是虛空如是虛空得名爲實無起無盡無滅無增以是故言虛空爲實性空爲實如如爲實法界爲實實際爲實如是實者則亦不實何以故以彼實中不可得故名爲不實爾時文殊師利語善住意言天子若復有人來詣我所求出家者我當教彼如是言曰諸善男子汝今若能不取著彼袈裟衣者吾則以汝爲眞出家善住意言大士以何義故復如斯說文殊師利言天子諸佛世尊無有取法凡所宣說不爲取著善住意言不取何等文殊師利言天子謂不取色若常無常乃至不取識若常無常不取眼若常無常乃至不取意若常無常不取色乃至不取法不

取貪欲不取瞋恚不取愚癡不取顛倒天子如是乃至一切諸法皆悉不取而亦不捨不合不離天子若取袈裟當知彼即大有見相天子是故我説不以取著袈裟而得清淨及得解脱所以者何天子諸佛世尊大菩提處無有袈裟善住意言大士何法是袈裟文殊師利言天子汝問何法爲袈裟者貪欲是袈裟瞋恚是袈裟愚癡是袈裟因是袈裟諸見是袈裟名色是袈裟妄想是袈裟執著是袈裟取相是袈裟語言是袈裟如是乃至戲論一切諸法皆是袈裟若知諸法無善不善無思無念是名無袈裟若無袈裟則無所有若無所有則無垢濁若無垢濁則無障礙無障礙故亦無有作是謂思量善住意言大士所言思量思量者以何義故名曰思量文殊師利言天子彼思量者於法平等無有增減無作不作故言思量天子若能於法不作增減如世尊説不應復起想念分别故言思量善住意言何等名爲不作增減文殊師利言天子過於平等過平等已法不可得所謂過去不可得未來不可得現在不可得彼法非如無增減作無吾我作無有人作無衆生作無壽命作無有斷作無有常作無有分别陰入界作無有分别佛法僧作亦無有念是持戒作是破戒作是煩惱作是清淨作是得果作是須陀洹作是斯陀含作是阿那含作是阿羅漢作是辟支佛作乃至此是空作是無相作是無願作是明解脱作是離欲作如是天子此皆爲彼無聞凡夫思量分别説斯法耳汝應當知此是最下癡人求欲得法妄想取

著是故如來爲斷彼著而演說是思量分別作不作事於是善住意天子讚文殊師利言善哉大士快說如是甚深法門爾時世尊亦復讚可文殊師利言善哉善哉文殊師利汝今乃能作如是說爾時文殊師利復語善住意言天子若復有人來詣我所求出家者我當教彼作如是言諸善男子汝今若能不受具戒如是則名眞出家也善住意言大士以何義故作如是語文殊師利言天子如世尊說唯有二種受具戒法何等爲二一受正平等戒二受邪不等戒是中何者邪不等戒謂墮我見墮人見墮衆生見墮壽命見墮士夫見墮斷見墮常見墮邪見墮憍慢墮貪欲墮瞋恚墮愚癡墮欲界墮色界墮無色界墮取著分別天子是爲略說墮於一切不善法中

隨逐惡知識妄取一切法墮不知出要解脫之處天子當知是名受邪不等戒也天子是處何者是受正平等戒謂空是平等無相是平等無願是平等天子若能如是入三解脫門如實覺知不分別不思念於一切法無有退轉天子是名受正平等戒也復次天子若貪欲發若瞋恚發若愚癡發若愛無明發我見發我見爲根本六十二見發三邪行發四顚倒發乃至八邪九惱十不善業道等發故名受正戒也天子譬如一切種子草木樹林皆依大地而得生長其地平等無心念作如是天子若佛法中正受戒故具足成就天子譬如一切草木種子依大地住而得增長天子當應如是具受正戒所以者何住於戒故道法增長如彼種子戒亦復然又如種子增

長得名成就如是住於戒故所有一切助菩提分法出生增長得名成就天子是爲過去未來現在諸佛世尊一切聲聞受正戒也所謂入彼三解脫門一切戲論語言滅處天子當知若能如是受具戒者是名受正非不正也爾時文殊師利復語善住意天子言天子我今更於如是出家如是受具如是教曰諸善男子汝今若能不持禁戒如是則爲眞實持也善住意言大士以何義故作如斯説文殊師利言天子一切諸法悉無所取故無可持云何此戒而獨有持天子戒若可持則持三界天子於汝意者以何爲戒善住意言大士若能具足波羅提木叉者是名爲戒文殊師利言天子云何名爲波羅提木叉善住意言大士所謂持身及以口意三業具足是則名爲波羅提木叉也文殊師利言天子於意云何今是現前何處有是身業可作如是過去未來亦無有作彼皆無作無有像貌可得言有或青或黃或赤或白及玻瓈色耶善住意言不也大士文殊師利言天子彼名何等云何而説善住意言彼名無爲實不可説如是乃至意作亦然文殊師利言天子於意云何彼無爲者可作有爲乎善住意言不也大士文殊師利言天子以是義故我如斯説彼若不持名眞持戒天子若言增上戒學增上心學增上慧學者爲學實際當如是知無所持故言增上戒學無所知故言增上心學無所見故言增上慧學如是心不分別故不憶念故不生殊異故名最上心學如心學戒慧亦爾天子若不得心則不念戒若不念戒則

不思慧若不思慧則無復起一切疑惑既無疑惑則不持戒若不持戒是則名爲眞持戒也天子當知彼持戒者則無所欲無所欲故則無退還無退還故彼則清淨彼清淨故則得解脫彼解脫故則得精進彼精進故則無有漏彼無漏故則住正行住正行故則無像貌無像貌故即是虛空何以故以彼虛空無形相故是故天子若有人能如是學者則爲不學彼無學故則爲眞學於何處學謂無處學云何無處謂空平等大子若能正住空平等者是則名爲眞住戒學爾時文殊師利復語善住意天子言天子若人能作如是出家如是受具我當教彼如是言曰諸善男子汝今若能受彼一切三千大千世界篤信檀越供養衆具而能於中不起分別不念報恩是

乃名爲清淨持戒善住意言大士以何義故作如斯說文殊師利言天子所謂若人取彼施者受者財物三事故是爲報恩又若見彼是爲報恩若思惟彼是爲報恩若分別彼是爲報恩天子若不見彼不取彼不思惟彼不分別彼者有何可報何以故以從本來畢竟清淨如是報故天子彼若取若見若思惟若分別及念報者是謂凡夫非阿羅漢所以者何是諸凡夫於一切時常行取著思量分別此受彼與彼垢此淨以是分別故有報恩云何報恩謂諸凡夫於生死有取後生身是故於彼欲行報恩天子諸阿羅漢不受後有畢竟不見不思量不分別無有此彼更不受身當於何處而報恩也天子若受彼施當行三淨然後乃受何謂三淨一不見己身即無施

者二不見他人即無受者三不見財物即無施事天子如是三淨則畢竟淨如斯淨已復何用報天子以是義故我如是說若受三千大千世界篤信檀越一切衆具不分別不念報者是名世間眞勝福田是眞出家是淨持戒爾時文殊師利復語善住意天子言天子我與彼人如是出家如是戒已當復教言諸善男子汝今若能不行阿蘭拏不在聚落不處近不住遠不獨坐不衆居不多言不杜默不乞食不受請不事糞掃衣不受他衣鉢不多食不少欲不多求不知足不樹下不露地不服腐爛藥不受肉與酥善男子汝若能於一切頭陀不起分別如是行者則名具足行頭陀也何以故若以憶念分別行者即是我慢心見諸相天子若如是行則如是念我受糞掃衣我行乞食我住樹下我坐露地我行阿蘭拏我服腐爛藥我少欲我知足我行頭陀天子若正行者不生如是念所以者何爲彼無有一切分別故彼於爾時尚不見我況當計有頭陀功德若見有者無有是處天子是故若有如是行頭陀不憶念不分別我則說爲眞頭陀也何以故天子若斯人者拂去貪欲拂去瞋恚拂去愚癡拂去三界拂去五陰拂去十二入拂去十八界如是我說爲眞頭陀何以故以彼頭陀不取不捨不思不念不修不行非法非非法是故我說眞頭陀也爾時文殊師利復語善住意天子言天子我與彼人如是出家如是行已當復教言諸善男子汝今若能不觀四聖諦不修四念處不修四正勤不修四如意足不修五根不修五

力不修七覺分不修八聖道不修三十七助菩提法莫證三解脫門何以故天子彼聖諦者入無生相不可念知不可修證所以者何彼無生中云何言證天子是故我言夫念處者非念非思一切諸法故言念處天子若比丘不住欲界不住色界不住無色界故言比丘不住四念處思修四念處云何思修如彼不思不修故言思修如是次第乃至三十七種助菩提法應如是知天子若彼禪行比丘於一切法悉無所得無所得故不思念不分別不修不證何以故天子彼諸法但有名如三十七助菩提法彼雖有名而不可得唯以分別因緣故生一相無相以如是名故如是說其說亦無故彼雖復名字證知終不可得是則名爲如實覺知三十七種助菩提法時彼善住意天子復白文殊師利言大士所言禪行比丘何等名爲禪行比丘耶文殊師利言天子若彼比丘於一切法但取一行極隨順者所謂無生是爲禪行又復無有少法可取是爲禪行又不取何法所謂不取此世彼世不取三界乃至不取一切諸法如是平等是爲禪行天子如禪行者乃至無有一法相應無合無散是爲禪行爾時彼會大衆多有無量百千衆生咸有疑心今此文殊師利所說如是云何得與聖說相應所以者何世尊恒說若人能入三解脫門名爲涅槃又如佛說若有修行三十七種助菩提法便證涅槃然而今者文殊師利更如是說不應修是助菩提行亦莫入彼三解脫門將非文殊師利虛妄說耶於是文殊師利知諸比丘及以衆

會咸皆有疑即語尊者舍利弗言大德汝於
今者最可證信世尊説汝智慧第一大德汝
於何者證離欲法且當證法時豈不見四諦
耶舍利弗言不也豈不修三十七助菩提分
法耶曰不也豈不入三解脱門耶曰不也大
士我於爾時乃至無有一法可見可除可修
可證可選擇者所以者何一切諸法無爲無
生無言是空若是空者有何可證説此法時
衆中有三萬比丘於法漏盡心得解脱
大寶積經卷第一百四

大寶積經卷第一百五

隋沙門達摩笈多譯

善住意天子會第三十六之四

破二乘相品第七之二

爾時善住意天子讚文殊師利言善哉善哉大士仁今真是聰辯利智快說如斯甚深空忍文殊師利言天子我非如是聰辯利智夫利智者則是一切嬰兒凡夫何以故天子一切凡夫是名利智何等利智所謂地獄利智畜生利智餓鬼利智閻摩利智乃至三界一切利智如是取著相應得言利智所以者何不知生死煩惱先際故天子是故彼諸凡夫著貪欲利著瞋恚利著愚癡利乃至與彼諸見名色取著相應故言利智非謂諸佛世尊及聲聞緣覺得忍菩薩有斯利智是乃名爲一切凡夫取相利智也於是善住意天子復問文殊師利言大士仁今所說欲顯智耶文殊師利言不也善住意言欲隨行耶文殊師利言不也善住意言欲隨句耶文殊師利言如是如是天子我由字句善住意言大士仁今何故如斯說耶文殊師利言天子若諸菩薩於一字一句初不移動然彼字句義門處所近遠淺深皆如實知謂知空處知無相處知無願處知遠離處知無所有處知無生處知如如處而於其間無受無作無解無知是故得言唯字句耳爾時世尊讚文殊師利言善哉善哉文殊師利汝今已得陀羅尼故乃能如是分別說也文殊師利白佛言世尊我實不得彼陀羅尼何以故世尊若有得是陀羅尼者斯則名爲愚癡凡夫非佛世尊及諸

菩薩得陀羅尼所以者何世尊彼諸凡夫癡衆生等有取著故得陀羅尼取著何等所謂取著我故得陀羅尼取著人故得陀羅尼取著壽命故得陀羅尼取著丈夫故得陀羅尼取著斷滅故得陀羅尼取著常恒故得陀羅尼取著貪欲故得陀羅尼取著瞋恚故得陀羅尼取著愚癡故得陀羅尼取著無明故得陀羅尼取著有愛故得陀羅尼取著身見故得陀羅尼取著五陰故得陀羅尼取著十二入故得陀羅尼取著十八界故得陀羅尼取著憶念故得陀羅尼取著分別故得陀羅尼取著六十二見故得陀羅尼如是乃至取著一切諸行故得陀羅尼是故凡夫得陀羅尼所以者何若法爲彼愚癡取著是則凡夫所得非謂佛得非聲聞得非辟支佛得非菩薩得以是義故唯彼凡夫得陀羅尼何以故彼諸凡夫以愚癡故言有取得非佛世尊及菩薩等爾時善住意天子復白文殊師利言大士仁若不得陀羅尼者將無墮彼頑鈍位乎文殊師利言如是天子我眞頑鈍何以故夫頑鈍者謂無所知我所行處不可知故是故一切諸佛世尊及諸聲聞緣覺菩薩皆墮頑鈍非諸凡夫所以者何一切凡夫在於數中諸餘智人盡入頑鈍如須陀洹障礙行故貪欲心行尚墮數中何況愚癡諸凡夫等而非數也天子是故得言我爲頑鈍我實不得彼陀羅尼何以故乃至一法我無所得故說是法時彼大衆中有五百比丘聞此法門不能信受生大恐怖起誹謗心發惡心已棄捨而去即自見身墮大地獄爾時尊者舍利弗白

文殊師利言大士仁今且住勿說如此甚深經典所以者何今此會中五百比丘聞此法門不能信受生大怖畏起誹謗心即自見身已處地獄文殊師利語舍利弗言舍利弗汝今不當妄起分別何以故乃至無有一法墮地獄者所以者何一切諸法無所生故汝今云何忽發斯言令我休止勿宣是法舍利弗若善男子善女人依止我見依止人見依衆生見依壽者見依諸見已雖復供養恒沙如來應供正遍覺及比丘僧一切衆具隨須奉給如是供養盡其形壽無有休廢若復有人聞我所說甚深法門一切世間所不能信謂空無相無願無作寬大寂靜無生無滅無我無人無衆生無壽命無常苦無我如是諸法聞已誹謗墮於地獄然舍利弗即此善男子善女人得聞如是甚深法已雖墮地獄從地獄出速得涅槃若善男子善女人雖復供養恒沙數如來應供正遍覺以取著我不聞如是甚深經法終不解脫速證涅槃爾時世尊讚文殊師利言善哉善哉文殊師利如是如是誠如汝言若有得聞如是甚深微妙經典與值佛出世等無有異何以故若有欲證須陀洹果要由此經欲證斯陀含欲證阿那含及阿羅漢要聞此經所以者何以不著我乃能證法證此法時無有所見無所得故爾時世尊告尊者舍利弗言舍利弗汝當知此五百比丘雖墮地獄後從獄出速證涅槃非彼愚癡凡夫之人没於見得墮墜疑心供養如來能得解脫舍利弗是諸比丘還復因此乃至解脫速得涅槃非是餘人能速解脫所以

者何以不聞此深法門故舍利弗若有善男子善女人得聞如是甚深法門一經於耳雖不信受墮於地獄然速解脫其有墮見入地獄者未能解脫

破凡夫相品第八

爾時善住意天子復白文殊師利言大士仁今許我修梵行乎文殊師利言如是天子汝今若能不念作求不思進趣如是吾將許汝梵行善住意言大士以何義故如斯說耶文殊師利言天子若有爲作可名梵行若無爲作何名梵行又復天子若有見得可名梵行若無見得何名梵行善住意言大士仁今寧當無梵行耶文殊師利言如是如是天子我無梵行所以者何夫梵行者則非梵行非梵行故我名梵行時善住意天子讚文殊師利言善哉善哉大士仁以具足樂說辯才能作如是無障礙說文殊師利言天子若吾具足無礙辯者即成障礙何以故凡是取著我及我所皆由分別一切分別無非障礙故爾時文殊師利復語善住意天子言天子汝今若能斷除一切衆生命根然不執刀不持杖不把梧不捉塊而行事者吾當同汝修於梵行善住意言大士復以何義如斯說耶文殊師利言天子言衆生衆生者於意云何善住意言大士我言衆生衆生者乃至一切但有名字皆想取故文殊師利言天子是故我言汝今當須殺害我想殺害人想殺衆生想殺壽命想乃至滅除名字等想如斯殺也善住意言大士當以何殺具而行殺乎文殊師利言天子吾常用彼利智慧刀而行殺害當行殺時彼

利智刀應如是執當如是害然亦無有執持之想及以害想天子以是義故汝當善知殺害我想及衆生想是名真殺一切衆生如是吾當許汝梵行爾時文殊師利復語善住意天子言天子我復語汝汝若修行十惡業道復能成就黑濁垢法放捐一切十善業道破壞離散清白法者我當共汝修於梵行善住意言大士以何義故復如是說文殊師利言天子所有一切染濁清白皆悉平等彼平等者我得如此同汝梵行天子於意云何汝以何法爲染濁平等善住意言以不貪不作不退不墮是謂染濁平等文殊師利言天子復以何法爲白淨平等善住意言以如法性及與實際三解脱門是謂白淨平等文殊師利言天子吾即令汝真法界中具足修行周旋

性返其事可乎善住意言不也大士文殊師利言天子以是義故我作斯說染濁清白一切等者然後方可共修梵行爾時文殊師利復語善住意天子言天子汝今若能取應死人手執利刀斬其頭者吾當許汝如是梵行善住意言大士以何義故復作此說文殊師利言天子可殺者誰何者是頭誰能行殺天子汝今當知須殺貪欲須殺瞋恚須殺愚癡如是乃至我慢嫉妬欺誑諂曲執著取相及受想等天子是爲可殺天子若人一心專精自守貪欲心發即應覺知方便散除還令寂靜云何散除應作是念此是空此不淨求此欲心生處滅處從何所來去至何所是中誰染誰受染者誰爲染法如是觀時不見能染不見所染不見染事以不見故則無有取以

不取故則無有捨以不捨故則無有受不捨不受則名離欲寂滅涅槃如是乃至一切受心亦如是說天子當知如是殺法即殺即生是故得言彼行殺時先斬其頭是爲真殺以是義故我如此說爾時文殊師利復語善住意天子言天子汝今若能違背諸佛毀謗法僧吾將同汝如是梵行善住意言大士仁今何故復如是說文殊師利言天子如汝意者以何爲佛善住意言大士如如法界我言是佛文殊師利言天子於意云何如如法界可染著乎善住意言不也大士文殊師利言天子以是義故我如是說汝今若能毀謗諸佛吾將同汝如是梵行文殊師利言天子如汝意者以何爲法善住意言大士離欲寂靜我名爲法文殊師利言天子於意云何彼寂靜法可染著乎善住意言不也大士文殊師利言如是天子以此義故我如是說汝今若能毀謗正法吾將同汝如是梵行文殊師利言天子如汝意者以何爲僧善住意言大士無爲法者是名聖僧如世尊說一切聖人以無爲得名故無爲法名聲聞僧文殊師利言天子於意云何是無爲法可執著乎善住意言不也大士文殊師利言如是天子以此義故我如是說汝今若能破壞聖僧吾將同汝如是梵行文殊師利言天子若人見佛彼則著佛若人見法彼則著法若人見僧彼則著僧何以故以佛法僧非可得故天子若人不見佛不聞法不識僧者彼爲不背佛不謗法不破僧何以故以其不得佛法僧故天子若人愛佛愛法愛僧彼爲染著佛法及僧天子當

知若人不著佛法僧者是則名爲離欲寂滅天子以此義故我如是說汝今若能於佛法僧不染著者我則同汝如是梵行爾時善住意天子復白文殊師利言大士希有希有今日乃能宣說如是甚深義處我於大士以何報恩文殊師利言天子汝莫報恩善住意言大士我今云何得不報也文殊師利言天子汝莫報恩所以者何天子汝能如是不報恩者即爲報也善住意言大士仁今寧可無報恩乎文殊師利言天子如是如是我不報恩亦非不報善住意言大士仁以何義更作是說文殊師利言天子凡愚之人造種種法起種種見行種種行以作如是種種見行是故念言我當報恩天子此非正行善男子也其有正行善男子者乃至無有少作或作不作彼終不言我念報恩又復天子不報恩者如佛世尊宣說平等謂一切法悉無所作無有作處皆入平等無有轉還亦無超越非自非他無作不作是故我爲無報恩也爾時善住意天子復白文殊師利言大士仁住何處作如是說住忍說乎住法說也文殊師利言天子我所住者非忍非法善住意言大士實住何處故如是說文殊師利言天子我無所住如化人身我如是住善住意言大士彼化人者復依何住文殊師利言天子如如如住化如是住天子若如是者汝云何言住在何處爲忍爲法如斯問也天子是故我所言忍但有其名名無住處法亦如是無有住處無有動轉亦無分別天子當知一切諸法悉無住處而言住者是謂如來爲諸衆生作如是說

所以者何如佛所説如來住彼如如法中一切衆生亦復如是住於如如初不移動如衆生如即如來如如來如即衆生如衆生如來無二無别爾時善住意天子復白文殊師利言大士所言沙門那沙門那者義何謂也文殊師利言天子若非沙門非婆羅門是則名爲眞沙門也所以者何以彼不著欲界不著色界不著無色界是故我言眞沙門也天子若眼不漏耳不漏鼻不漏舌不漏身不漏意不漏者我復説爲眞沙門也天子若不依止説不依止證不依止處者我復説爲眞沙門也天子若無去處無來處無傷無瘡者我復説爲眞沙門也天子是以彼句非沙門非婆羅門我乃説爲眞沙門也爾時善住意天子讃文殊師利言善哉善哉大士實未曾有仁者志若金剛其所宣説無有章句亦無處所心咸了達無所遺餘文殊師利言天子我心不剛所以者何吾自放意心安柔忍是故不剛善住意言大士是義云何文殊師利言天子吾以恣心入聲聞地處緣覺境是謂放心吾又恣心入諸塵勞生死之内而亦不惡貪恚癡等煩惱過患是謂放心時善住意天子復讃文殊師利言善哉善哉希有大士仁由過去久供諸佛植衆德本故能宣説妙若斯也文殊師利言天子吾無供佛不植善根所以者何吾初不見宿昔所更又亦不知當來所作雖有所作亦無有作於諸佛法未曾建立云何能有植衆德本

神通證説品第九

爾時善住意天子復白文殊師利言大士我

昔曾聞如幻三昧惟願垂慈顯此正受文殊師利言天子汝欲見聞如幻三昧甚深境界乎善住意言大士我誠願見時文殊師利如言即入如幻三昧應時十方如恒沙等諸佛國土一切境界自然現前於是善住意天子悉見東方恒沙佛土其中所有種種衆事或見比丘稱揚宣說如是經典或見比丘尼像或見優婆塞優婆夷像或見大梵天王天帝釋四天大王或見人間轉輪聖王或見一切天龍夜叉乾闥婆阿脩羅迦樓羅緊那羅摩睺羅伽乃至或見一切鳥獸種類若干形貌好醜皆爲說法如此東方南西北方四維上下一切十方咸有如是恒河沙等諸佛國土所有事業亦皆如是等無有異盡是文殊師利威神力也時善住意天子既見如是十方佛土一切境界歡喜踊躍不能自持於是文殊師利從三昧起善住意天子一心敬仰白文殊師利言大士向見十方諸佛國土無量境界佛事亦殊而各宣說如斯經典爾時文殊師利問善住意天子言天子於意云何汝向所見東方所有一切境界可謂實乎善住意言不也大士文殊師利言如此東方及餘九方如是十方所有境界復爲實乎善住意言大士一切皆虚無有實也所以者何一切諸法本無有生其猶幻化欺誑世間一切諸法轉變推移無常存者皆是虚妄顯現所爲窮其體實了不可得不作不生不起不滅於是文殊師利讚善住意言善哉善哉天子誠如汝言爾時會中有五百菩薩已得四禪成就五通然是菩薩依禪坐起雖未得法忍亦

不誹謗時諸菩薩宿命通故自見往昔所行惡業或殺父殺母殺阿羅漢或毀佛寺破塔壞僧彼等明見如是餘業深生憂悔常不離心於甚深法不能證入我心分別彼罪未忘是故不能獲深法忍爾時世尊爲欲除彼五百菩薩分別心故即以威神覺悟文殊師利文殊師利承佛神力從座而起整理衣服偏袒右髆手執利劒直趣世尊欲行逆害時佛遽告文殊師利言汝住汝住不應造逆勿得害我我必被害爲善被害何以故文殊師利從本已來無我無人無有丈夫但是內心見有我人內心起時彼已害我即名爲害時諸菩薩聞佛說已咸作是念一切諸法悉如幻化是中無我無人無衆生無壽命無丈夫無摩奴闍無摩那婆無父無母無阿羅漢無佛無法無僧無有是逆無作逆者豈有墮逆所以者何今此文殊師利聰明聖達智慧超倫諸佛世尊稱讚此等已得無礙甚深法忍已曾供養無量百千億那由他諸佛世尊於諸佛法巧分別知能說如是眞實之法於諸如來等念恭敬而忽提劒欲逼如來世尊遽告且住且住文殊師利汝無害我若必害者應當善害所以者何是中若有一法和合集聚決定成就得名爲佛名法名僧名父名母名阿羅漢定可取者則不應盡然而今此一切諸法無體無實非有非眞虛妄顛倒空如幻化是故於中無人得罪無罪可得誰爲殺者而復受殃彼諸菩薩如是觀察明了知已即時獲得無生法忍歡喜踊躍身昇虛空高七多羅樹以偈歎曰

諸法如幻化　斯由分別起　是中無所有
一切法皆空　顛倒虛妄想　愚癡取我心
計念我昔愆　所作業中甚　過去爲大逆
殺父母良田　殺羅漢比丘　是爲極重惡
以彼惡業故　我當受大苦　没疑網衆生
聞法悔惑除　大名拔我毒　破散我疑心
我已覺法界　衆惡無所有　諸佛巧方便
善知我等意　方便度衆生　爲解諸疑縛
何處有諸佛　法僧亦復然　父母本自無
阿羅漢空寂　是處無有殺　云何有業果
如幻無所生　諸法性如是　文殊大智人
深達法源底　自手握利劒　馳逼如來身
如劒佛亦爾　一相無有二　無相無所生
是中云何殺

說此執劒妙法門時十方如恒沙等諸佛世界六種震動時彼十方諸佛世界一切諸佛現前說法彼佛侍者各於本國大衆會中從座而起咸請其佛言世尊今此神變是誰威德而令世間大地震動時十方諸佛各各告其弟子曰諸善男子今有世界名曰娑婆彼土有佛號釋迦牟尼如來應供正遍覺現在說法然彼世界有一上首菩薩摩訶薩名文殊師利久已不退於阿耨多羅三藐三菩提爲欲破壞新學菩薩執著心故躬秉利劒馳走趣彼釋迦如來顯發深法以是因緣故令大地如是震動彼佛世尊因智劒故說甚深法得令無量無邊阿僧祇衆生法眼清淨心得解脫證深法忍安住菩提爾時世尊建立如是大神變時以方便力令彼衆中一切諸來新學菩薩善根微少未離分別取相衆生

皆悉不覩彼執劒事亦不得聞其所說法爾時尊者舍利弗白文殊師利言大士仁今已造極猛惡業欲害如是天人大師是業若熟當於何受時文殊師利告舍利弗言如是大德如汝所說我今唯能造作如是極重惡業而實不知於何處受然舍利弗如吾見者當若化人幻業熟時我如斯受所以者何彼幻化人無心分別無有念想一切諸法皆幻化故又舍利弗我今問汝隨汝意答於意云何如汝意者實見劒耶舍利弗言不也文殊師利曰又定見彼惡業可得耶舍利弗言不也文殊師利曰又定見彼受果報耶舍利弗言不也文殊師利言如是舍利弗彼劒既無復無業報誰造斯業誰受報者而反問我受報處乎舍利弗言大士以何義故復如是說文殊師利言如我所見實無有法業報熟者所以者何一切諸法無業無報無業報熟故爾時十方世界諸來菩薩摩訶薩等同請佛言世尊惟願世尊以威德力加是文殊師利令至十方諸佛世界說如斯法令彼衆生咸得聽聞如我無異於是文殊師利菩薩摩訶薩語彼十方諸菩薩言諸善男子汝今宜各一心觀察自佛世界也時彼十方諸菩薩衆從文殊師利聞是語已即各觀本自佛世界皆覩文殊師利處其佛前爲諸大衆說如斯法復各見彼皆有善住意天子問是法門又各見彼十方佛國諸菩薩等悉皆大集又皆見彼諸天子衆其數多少與此弗殊又各見彼佛界清淨莊嚴微妙與此無異彼諸菩薩摩訶薩衆如是見已生殊特心得未曾有同聲

讚言甚奇甚特今此文殊師利道德巍巍處斯世界安住不動而能普現十方佛前爾時文殊師利告彼十方菩薩衆言諸善男子汝今當聽譬如幻師旣善學已不離本座而能幻作種種色像菩薩摩訶薩亦復如是旣能善學般若波羅蜜如幻法已即於一切如幻法中隨其十方諸佛國土欲現形像作諸佛事如意即能所以者何一切諸法皆如幻化以是義故所作隨心譬如日月宮輪住虛空處初不曾下入諸器中其光普照靡不周遍菩薩如是安住不動隨心普現十方佛前或現聲聞緣覺等身或現梵王帝釋等像或現四天轉輪王事或現國主大臣政化如是乃至示現一切惡趣衆生形類隨意即能而亦初無興作之想

稱讚付法品第十

爾時世尊告文殊師利言文殊師利若有得聞此修多羅甚深法門與值佛興世等無有異文殊師利若聞此經與證須陀洹無異與證斯陀含無異與證阿那含無異與證阿羅漢無異何以故以彼如如無異故文殊師利又若聞此經心生信解與彼後身菩薩菩提樹下坐於道場必成正覺一等無異何以故如斯法門即是三世諸佛世尊之要道故於是文殊師利白佛言世尊如是如是如佛所說如空無異如無相無異如無願無異如如如無異如法界無異如實際無異如平等無異如解脫無異如離欲無異爾時文殊師利白佛言世尊惟願如來護持如是甚深法門於後末世五百歲時當使此經於閻浮提遍

行流布令諸善男子善女人等咸得聞之文殊師利作是請時即令三千大千世界一切音樂不鼓自鳴一切諸樹自然鬱茂一切衆華咸悉開敷又此三千大千世界六反震動放大光明遍照三千大千世界奪日月光令不復現百千億天歡喜踊躍得未曾有住於虛空雨天華香種種諸華及諸華鬘塗香末香如雨而下香氣氛馥充滿十方作天樂音其聲和雅一切咸共叉手合掌同聲稱讃希有希有奇特法門令此文殊師利大士所說令我等聞我爲福會從生至今再遇閻浮轉大法輪有諸衆生具足善根然後乃得聞此深法若諸衆生聞已信行當知是人已曾供養一切諸佛亦爲已得甚深法忍若有衆生聞此經典不驚不怖不退不没深心愛樂當知是人不經二乘善根中來爾時文殊師利白佛言世尊令此奇瑞將無爲是法門於未來世閻浮提中遍行流布住持不滅耶佛言如是如是向所現瑞唯爲是經於閻浮提遍行流布住持不滅故文殊師利言世尊惟願世尊更建誠實令此經典從世流行熾然不滅佛言文殊師利若三解脱門能證涅槃是誠實者於後末世五百歲時此經法門弘閻浮提熾然不滅爲誠實語文殊師利若苦無常若空無我是實言者於後末世五百歲時此經法門弘閻浮提熾然不滅爲誠實語文殊師利言世尊如世尊說無我無人無衆生無壽命無丈夫無摩奴闍無摩那婆無煩惱無清淨是實言者於後末世五百歲時此經法門弘閻浮提熾然不滅是誠實語如世尊

說無生死無涅槃無貪欲無瞋恚無愚癡無名無色無因無果無有無知無身無身證無心無心果無念無念處無發無發處無色無受無想無行無識無眼無色無耳無聲無鼻無香無舌無味無身無觸無意無法無欲界無色界無無色界無斷無常如是等法是實言者於後末世五百歲時此經法門弘閻浮提熾然不滅是誠實語如世尊說無須陀洹無須陀洹果無斯陀含無斯陀含果無阿那含無阿那含果無阿羅漢無阿羅漢諸法無辟支佛無辟支佛諸法無如來無如來諸法無證果等無力無畏無智果無聖證無空無無相無無願無離欲處無得本性無有平等無有證處無暗無明無縛無解無彼岸無此岸無中間無念無覺如此等法是實言者於後末世五百歲時此經法門弘閻浮提遍行流布熾然不滅是誠實語如世尊說於諸法門無有衆生信解脫得果相應不相應不合不散如是等法爲實言者於後末世五百歲時此經法門弘閻浮提遍行流布熾然不滅是眞實語如世尊說過去諸如來應供正遍覺作如斯說無有一法能令衆生於生死中滅除煩惱解脫涅槃亦無衆生有法生滅乃至無有過失無出無動如過去佛所說如是未來現在所說亦然若此等法是實言者於後末世五百歲時此經法門弘閻浮提遍行流布是眞實語又如世尊說此法時無有菩薩得是三昧諸陀羅尼門亦復無彼諸佛所說語言句義乃至不說一文字句無人聽聞無人得解無人成佛如此等法是實言者於

後末世五百歲時此經法門弘閻浮提遍行流布熾然不滅是眞實語如世尊說無有戒身無有三昧無有智慧無有解脱無有解脱知見如此等法是實言者於後末世五百歲時此經法門弘閻浮提普宣流布熾然不滅是眞實語如世尊說諸菩薩等不行布施不持禁戒不修忍辱不發精進不入禪定不得般若不求菩提不轉諸地不得佛道不得諸力不得無畏不得諸相不獲諸辯不轉法輪不度衆生令取正覺如此等法是實言者於後末世五百歲時此經法門弘閻浮提普宣流布熾然不滅爲眞實語文殊師利宣此誠實誓時三千大千世界大地六種震動爾時彌勒菩薩摩訶薩白佛言世尊有何因緣今此世界如是大動佛告彌勒菩薩言彌勒汝

今不應問如是事所以者何末世衆生鈍根少信聞不能解墮於疑慢長夜不安於是彌勒菩薩復白佛言世尊惟願說之世尊若說能多利益一切世間天人大衆故佛告彌勒如是經典往昔已有七十四億百千那由他諸佛世尊於此方所稱揚讃說皆因文殊師利及善住意天子等問答諮論也彌勒菩薩復白佛言世尊是文殊師利及善住意天子聞此法門其久近耶佛告彌勒乃往過七阿僧祇劫有佛世尊號普華最上師子遊步勝功德聚如來應供正遍覺所是善男子等從彼佛所初聞此經也說是經時衆中有若干恒河沙衆生皆發阿耨多羅三藐三菩提心復倍前數衆生得住不退轉忍復倍前數衆生遠塵離垢得法眼淨爾時世尊說此經已

於是文殊師利與善住意天子及彼十方諸菩薩衆及彼一切諸天子衆及尊者舍利弗尊者摩訶迦葉諸比丘衆乃至所有天人阿脩羅諸龍鬼神一切衆等聞佛所説皆大歡喜信受奉行

大寶積經卷第一百五

音釋

掊 步項切拔也 殺 施智切下殺上曰殺 髆 伯各切肩髆也 遽 其據切急也猝也 踊躍 踊尹竦切躍弋灼切 氛馥 氛敷文切馥方六切氛馥謂香氣氛氲馥郁也

大寶積經卷第一百六

唐三藏法師菩提流志奉　詔譯

阿闍世王子會第三十七

如是我聞一時佛在王舍城耆闍崛山中與大比丘衆千二百五十人俱爾時阿闍世王所愛之子名爲師子與其同友五百人俱皆已趣向阿耨多羅三藐三菩提各持種種幢旛寶蓋從王舍城往耆闍崛山到如來所禮拜供養於是王子合掌恭敬而白佛言惟願如來爲我宣說諸菩薩行爾時王子即說頌言

云何得端正　蓮華中化生　云何知宿命
願佛爲宣說

爾時如來了達諸行究竟彼岸隨問而答即說頌曰

忍辱得端正　施蓮華化生　法施知宿命
汝當如是解

王子又問

云何得成就　三昧陀羅尼　凡有所發言
皆令人信受

世尊答曰

修心得三昧　忍獲陀羅尼　敬重於衆生
發言人信受

王子又問

云何得正念　具足智慧生　如法而修行
堅固不可壞

世尊答曰

不諂得正念　巧觀智慧生　尊重所修行
護法心堅固

王子又問

云何成妙相　具足三十二　八十隨形好
觀者樂無猒
世尊答曰
由施得諸相　行慈獲隨好　等心於衆生
觀者無猒足
王子又問
云何得梵音　迦陵頻伽聲　云何令世間
見者皆歡喜
世尊答曰
誠言獲梵音　迦陵由輭語　離綺言兩舌
見者皆歡喜
王子又問
由何等業行　得生諸佛前　能請微妙義
唯願如來說
世尊答曰
於諸法施中　不曾爲障礙　因此故恒得
值遇諸如來
王子又問
云何離諸難　而生於善趣　云何世世中
性常無放逸
世尊答曰
淨信離諸難　持戒生善趣　由修習於空
所生無放逸
王子又問
云何獲神通　及證宿命智　能永盡諸漏
願佛爲開演
世尊答曰
施乘得神通　教授成宿命　捨離於二邊
由是盡諸漏
王子又問

云何淨業成　魔網不能罥　而於世世中
爲衆之所愛
世尊答曰
勝解成淨業　精進摧伏魔　如說而修行
所生令衆愛
王子又問
云何得長壽　獲少病之身　感難壞眷屬
願牟尼宣說
世尊答曰
不害得長壽　除他憂少病　諍訟使和合
得難壞眷屬
王子又問
云何得財富　資具無損減　於世世所生
成就大威德
世尊答曰

不嫉獲財富　無慳資具增　謙下成尊貴
有威德自在
王子又問
云何獲大力　衆魔不能害　威勢常超勝
唯願人尊說
世尊答曰
恒施上味食　恐怖令安隱　由斯得大力
威勢常超勝
王子又問
云何得成就　天眼及天耳　云何能了知
種種衆生心
世尊答曰
施燈感天眼　奏樂成天耳　遠離於二邊
故獲他心智
王子又問

云何得淨土　及以衆圓滿　獲隨體圓光
功德海當說
世尊答曰
由願得淨土　忍力衆成就　施衆妙寶帳
得周遍圓光
王子又問
云何所生處　菩提心不壞　乃至於夢中
亦無有忘失
世尊答曰
凡所遊行處　城邑聚落中　化衆趣菩提
菩提心不壞
王子又問
云何大牟尼　爲衆之所愛　攝取一切法
唯願人尊說
世尊答曰
勝志樂具足　不退菩提心　由此攝諸法
爲衆之所愛
爾時王子與諸大衆聞是偈已咸作是言如佛所說此諸妙行我等從今盡當修學是時如來即現微笑放大光明遍照無量無邊世界於是彌勒菩薩白佛言世尊以何因緣現此微笑願爲宣說斷除疑惑爾時佛告彌勒菩薩摩訶薩言善男子此王子等五百同友皆於往昔爲求無上正等菩提恭敬供養十那由他八十億諸佛而我往在然燈佛時作婆羅門子成熟於彼然彼諸人於未來世彌勒佛等諸世尊前恒受化生親承供養如是奉事十億如來滿三百劫其最後佛號無邊智善學諸法時無邊智佛知彼諸人心之欲樂各隨所應爲授阿耨多羅三藐三菩提記

同於安樂光嚴劫中成等正覺皆號智慧幢相此諸佛刹所有莊嚴亦如西方無量壽國等無差別善男子若有衆生聞此所說而生信解發願當成大菩提者應知是人所獲功德於三世中無有倫匹善男子若有人能六百劫中恒以衆寶遍諸佛刹奉施如來若復有人聞是經典所生善根比前功德筭數校計所不能及說是法時衆中八十億衆生一時趣向阿耨多羅三藐三菩提又此三千大千世界皆悉震動天雨妙華爾時王子與五百同友聞授記已歡喜踊躍咸作念言我等定當成無上覺於是王子及諸同侶既與供養獲五神通即於佛前種種變現出家爲道爾時諸菩薩摩訶薩及諸天人所有趣向大菩提者見彼王子與諸同友隨衆所樂示現神變皆大歡喜咸作是言師子王子所問疑惑如來法王悉爲除斷如是世尊不可思議如來正法及能信受乃至果報不可思議如來功德無量無邊於一切法靡不明達爲世導師度未度者普能遍於十方世界悉已了知三世諸法誰有智者得聞如是生安樂處功德之聚而不發起猛利信樂趣求菩提佛說是經已師子王子等五百同友歡喜奉行

大乘方便會第三十八之一

東晋天竺居士竺難提譯

如是我聞一時佛在舍衛國祇樹給孤獨園精舍與大比丘八千人俱皆學無學大聲聞衆菩薩摩訶薩萬二千人皆得神通衆所知識得陀羅尼無礙辯才得諸法忍無量功德皆悉成就爾時如來從三昧起無量百千萬

億衆生恭敬圍遶而爲說法爾時衆中有菩薩摩訶薩名曰智勝即從座起偏袒右肩右膝著地合掌向佛而白佛言世尊欲問一事唯願聽許若佛聽者乃敢諮請佛告智勝菩薩善男子恣汝所問當爲汝說斷汝所疑爾時智勝菩薩白佛言世尊所言方便何等爲菩薩方便世尊云何菩薩摩訶薩行於方便如是問已佛讃智勝菩薩言善哉善哉善男子汝爲諸菩薩摩訶薩故問方便義多所利益多所安樂愍念世間利益安樂唯天世人爲攝未來諸菩薩智慧及去來現在諸佛法故善男子當爲汝說諦聽諦聽善思念之智勝菩薩受敎而聽善男子行方便菩薩以一摶食給施一切衆生何以故行方便菩薩以一摶食施與下至畜生願求一切智以是菩

薩與一切衆生共之回向阿耨多羅三藐三菩提以是二因緣攝取一切衆生所謂求一切智心及願方便善男子是名菩薩摩訶薩行於方便復次善男子菩薩摩訶薩行於方便若見行施之人生隨喜心以此隨喜善根願與一切衆生共之回向阿耨多羅三藐三菩提是方便菩薩亦願施者受者不離一切智心假令受者是二乘人亦願不離一切智心是名菩薩摩訶薩行於方便復次善男子菩薩摩訶薩行於方便若見十方世界中無主華樹及種種香合集願以供養諸佛若見十方世界中有主華香若香若葉風所吹者一切合集願以供養十方諸佛以是善根若自爲若爲一切衆生具一切智心以是善根因緣故得無量戒定慧解脫解脫知見是名

菩薩摩訶薩行於方便復次善男子菩薩摩訶薩行於方便若見十方世界衆生受諸樂報見已作如是念願一切衆生得一切智樂若見十方世界衆生受諸苦報爲諸衆生懺悔諸罪作是大莊嚴如是衆生所受苦惱我悉代受令彼得樂以是善根願成一切智除一切衆生苦惱以是因緣故畢竟不受一切諸苦純受諸樂是名菩薩摩訶薩行於方便復次善男子菩薩摩訶薩行於方便若禮一佛恭敬供養尊重讚歎作是念一切如來同一法界一法身一戒一定一慧一解脫一解脫知見作是念已當知若禮一佛恭敬供養尊重讚歎即是禮拜供養恭敬尊重讚歎一切諸佛若供養一佛即是供養十方諸佛如是供養十方佛已是名菩薩摩訶薩行於方便復次善男子菩薩摩訶薩行於方便若鈍根者不應自輕乃至若能通利一四句偈作是念若解一四句偈義即知一切佛法一切佛法皆攝在此一偈義中如是通達已心不懈怠若至諸國城邑聚落以慈悲心廣爲人說不求利養名聞讚歎作如是願此四句偈願令他聞以是善根因緣方便願已令一切衆生多聞皆如阿難及得如來辯是名菩薩摩訶薩行於方便復次善男子菩薩摩訶薩行於方便若生貧窮家是菩薩乃至乞食若得一摶食持用施僧若施一人不以爲愧應作是念如佛所說心增廣大勝以財施我財施雖少以一切智心願是善根成一切智令諸衆生悉得寶手猶如如來以是緣故具足施戒禪定福處是名菩薩摩訶薩行於方便

復次善男子菩薩摩訶薩行於方便若見聲聞緣覺多得利養尊重讃歎是菩薩自以二緣慰喻其心何等爲二所謂因菩薩故有諸如來因如來故有聲聞緣覺如是思惟二乘之人雖得利養我猶勝彼彼所食者是我父物云何於中而生希望是名菩薩摩訶薩行於方便復次善男子菩薩摩訶薩行於方便行施之時具六波羅蜜何等爲六善男子菩薩行方便時若見乞兒除慳惜心具足大施是名檀波羅蜜自持禁戒施持戒者見破戒人勸令持戒勸持戒已然後給施是名尸波羅蜜自除瞋恚行於慈愍心無穢濁利益衆生等心而施是名羼提波羅蜜若施飲食湯藥即時具足身心精進去來進止屈伸府仰是名毗離耶波羅蜜若行施已其心得定歡喜悅預專念不亂是名禪波羅蜜如是施已分别諸法施者是誰誰爲受者誰受報者如是觀已無有一法名爲施者若受施人及受報者是名般若波羅蜜善男子是名菩薩摩訶薩行於方便具六波羅蜜爾時智勝菩薩白佛言世尊未曾有也菩薩摩訶薩行於方便即於施時以此施故攝一切佛法及諸衆生佛告智勝菩薩善男子如汝所說菩薩摩訶薩行於方便以方便力故雖行少施所得福德無量無邊阿僧祇佛復告智勝菩薩善男子菩薩摩訶薩雖至不退轉地亦以方便而行於施是名菩薩行於方便善男子有時惡知識教菩薩言汝何用久處生死可於此身早入涅槃菩薩知已即應離之我如是大莊嚴教化一切衆生是人爲我作諸留難若

我不在生死中者何能教化無量衆生智勝菩薩白佛言世尊若有衆生以妄想故犯四重罪佛告智勝菩薩善男子若出家菩薩以妄想故犯四重罪行方便菩薩能盡除滅我今亦說無有犯罪及受報者智勝菩薩白佛言世尊云何菩薩犯罪佛告智勝菩薩善男子菩薩雖行解脫戒於百千劫中噉果食草能忍衆生善惡之語若與聲聞緣覺共思惟法善男子是名菩薩摩訶薩犯於重罪善男子如聲聞人犯於重禁非即此身得入涅槃善男子菩薩如是不除聲聞緣覺共思惟法不捨不悔者終不得成阿耨多羅三藐三菩提若得佛法無有是處爾時尊者阿難白佛言世尊我今晨朝入舍衛城次第乞食見衆尊王菩薩與一女人同一牀坐阿難說是語已即時大地六種震動衆尊王菩薩於大衆中上昇虛空高七多羅樹語阿難言尊者何有犯罪能住空耶阿難可以此事問於世尊云何罪法云何非罪爾時阿難憂愁向佛右膝著地手執佛足世尊我今悔過如是大龍我說犯罪如是菩薩我求其過世尊我今悔過唯願聽許佛告阿難汝不應於大乘大士求覓其罪阿難汝聲聞人於障處行寂滅定無有留難斷一切結阿難行方便菩薩如是成就一切智心雖在中宮婇女共相娛樂不起魔事及諸留難而得阿耨多羅三藐三菩提何以故阿難行方便菩薩無有受如是衆生不以三寶勸化若阿耨多羅三藐三菩提阿難若學大乘善男子善女人不離一切智心若見可意五欲即便在中共相娛樂阿難

汝應作是念如此菩薩即是能成如來根本
佛告阿難汝今諦聽諦聽以何緣故衆尊王菩薩摩訶薩與此女人同一牀坐阿難彼女人者曾於過去五百世中爲衆尊王菩薩作婦彼女人本習氣故見衆尊王菩薩心生愛著繫縛不捨此衆尊王菩薩威德端正持戒力故見已歡喜踊躍在一獨處生如是心若衆尊王菩薩能與我共一牀坐者我當發阿耨多羅三藐三菩提心阿難爾時衆尊王菩薩知彼女人心之所念如是知已即於晨朝著衣持鉢入舍衛城次第乞食至彼女家即入其舍尋時思惟如是法門若内地大若外地大是一地大以地大心執女人手共一牀坐衆尊王菩薩即於坐上而說偈曰

如來不讚歎　凡夫所行欲　離欲及貪愛
乃成天人師

佛告阿難時彼女人聞此偈已心大歡喜踊躍無量即從坐起向衆尊王菩薩接足敬禮說是偈言

我不貪愛欲　貪欲佛所呵　離欲及貪愛
乃成天人師

說是偈已作如是言我先所生惡欲之心今當悔過即生善欲發菩提心願欲利益一切衆生佛告阿難爾時衆尊王菩薩勸彼女人令發阿耨多羅三藐三菩提心已即從坐去阿難汝觀是女人專心福報我今以正遍知記彼女人於此命終得轉女身當成男子於將來世九十九劫供養百千無量阿僧祇諸佛具足一切佛法得成爲佛號無垢煩惱如來應供正遍知彼佛成道已當是世時無有

一人起不善心阿難當知行方便菩薩所攝眷屬終不墮三惡道爾時衆尊王菩薩從空中下頂禮佛足禮已白佛言世尊菩薩行於方便若爲一人起大悲心合集善法若似犯罪若實犯罪於百千劫墮大地獄世尊此菩薩堪受諸惡及地獄苦以此善根願不捨一人爾時世尊讚衆尊王菩薩言善哉善哉善男子菩薩成就如是悲心雖受五欲不犯重罪離於諸罪及遠一切墮惡道業善男子我念過去阿僧祇劫復過是數時有梵志名曰樹提於四十二億歲在空林中常修梵行彼時梵志過是歲已從林中出入極樂城入彼城已見有一女彼時女人見此梵志儀容端嚴即起欲心尋趣梵志以手執足即時躃地善男子爾時梵志告女人曰姊何所求女曰我求梵志梵志言姊我不行欲女曰若不從我我今當死善男子爾時樹提梵志如是思惟此非我法亦非我時我於四十二億歲修淨梵行云何於今而當毀壞彼時梵志强自頓挫得離七步離七步已生哀愍心如是思惟我雖犯戒墮於惡道我能堪忍地獄之苦我今不忍見是女人受此苦惱不令是人以我致死善男子爾時梵志又如是思惟已還至女所以右手捉作如是言姊起恣汝所欲善男子爾時梵志於十二年中共爲家室過十二年已尋復出家即時還具四無量心具已命終生梵天中善男子汝勿有疑爾時梵志即我身是彼女人者今瞿夷是善男子我於爾時爲彼女欲暫起悲心即得超越十百千劫生死之苦善男子汝如是觀若餘衆生

由愛欲故墮於地獄行方便菩薩由生梵天是名菩薩摩訶薩行於方便佛復告智勝菩薩善男子若舍利弗大目揵連等行方便者不令瞿伽離墮於地獄何以故善男子我念過去世鳩留孫佛時有一比丘名曰無垢在空林野止住窟中去窟不遠有五仙人當爾之時卒起大雲而降大雨時有貧女道遇暴雨寒裸恐怖即入無垢所住窟中時雨既止無垢比丘共此女人從窟而出時五仙人見此事已心生荒穢各相謂言無垢比丘心懷姧諂作不淨行時無垢比丘知彼仙人心之所念即踊身虛空高七多羅樹時五仙人見無垢比丘上昇虛空見已復相謂言我等所見書記經論若人作不淨行不能如是飛昇虛空若修淨行則能如是彼時仙人即向無垢五體投地合掌悔過不敢覆藏佛告智勝菩薩善男子爾時無垢比丘若不作如是方便飛昇虛空者此五仙人即此生身入於地獄善男子爾時比丘豈異人乎即彌勒菩薩是善男子汝今當知舍利弗目揵連若作如是方便飛昇虛空者瞿伽離比丘不墮地獄善男子汝今當知如諸菩薩摩訶薩所行方便聲聞緣覺之所無有善男子譬如婬女善知六十四態爲財寶故媚言誘他詐許捨身所重之物無所匱惜後得彼物得彼物已驅逐令去不生悔心善男子行方便菩薩能知隨宜行於方便如是教化一切衆生隨其所欲而爲現身於所須物心無悋惜乃至捨身爲衆生故愛樂善根不求果報知諸衆生作善根已心無退轉即於爾時心生捨離所現

五欲永無戀著善男子譬如黑蜂在畜生中於一切華雖著香味而於其中無依止想無所愛著於華葉莖香不持而去善男子菩薩摩訶薩行於方便亦復如是爲化衆生處於五欲見法無常不以常想而起於愛又不自害亦不害他善男子如小種子雖生於芽然其本色無所虧損不生異物善男子如是空無相無作無我智慧種子菩薩雖有煩惱於五欲娛樂不生三惡道芽不損善根之色亦不退轉善男子譬如魚師以食塗網投之深淵既滿所求即尋牽出善男子行方便菩薩亦復如是以空無相無作無我智慧熏修其心結以爲網一切智心以爲塗食雖投五欲汙泥之中如其所願牽出欲界命終之後生於梵世善男子譬如有人善知呪術爲官所執被五繫縛此人自以呪術力故即斷五縛隨願而去善男子如是菩薩摩訶薩行於方便雖處五欲共相娛樂爲化衆生如其所求以一切智呪斷五欲縛生於梵世善男子譬如士夫善知戰法藏一利刀衛送行人而彼衆中無有一人能知此人密懷奇謀而反輕之更生憐愍無敬重心各相謂言彼人既無器仗亦無伴黨此非健士復無勢力自身不救何能濟人此若壞賊無有是處彼人必當受諸困厄時彼士夫遂至空澤群賊俱發爾時士夫牢自莊嚴尋時即出所藏之刀始一擲刀群賊喪命諸賊既壞復還藏刀善男子行方便菩薩善藏智刀而以方便處於五欲共相娛樂爲化衆生聲聞見此方便菩薩處於五欲共相娛樂不知方便故生濁心或復

憐愍謂爲放逸如是之人尚不自度何況能救一切衆生若能壞魔無有是處爾時菩薩善用方便智慧之刀如其所求斷諸煩惱盡令摧滅以智慧刀至淨佛土無諸女人乃至無有一念欲想爾時有菩薩名曰愛作入舍衛城次第乞食漸漸遂至一長者家長者有女名曰德增住高樓上彼時女人聞菩薩聲尋持食出向愛作菩薩女見菩薩取其形容相好音聲欲心即起爲欲所燒即時命終骨節解散愛作菩薩見德增女亦起惡覺婬欲之心于時愛作菩薩即自思惟云何彼法法者爲著云何彼眼何者此眼眼性非知但是肉摶不愛不知不思不覺無所分別其性本空耳鼻舌身意法亦復如是薄皮厚皮血肉脂肪髮毛爪齒骨髓筋脉從足至頂如是觀已若内若外無有一法而可愛著若瞋若癡於一切法如實觀即離欲心得無生忍得無生忍已其心歡喜踊躍無量即昇虚空高一多羅樹遶舍衛城七帀爾時世尊見愛作菩薩飛騰虚空猶如鵝王無所罣礙佛見是已告阿難言阿難汝見愛作菩薩飛騰虚空猶如鵝王無所礙不阿難言唯然已見佛告阿難是愛作菩薩因起欲心推求諸法即壞魔衆當轉法輪時德增女命終之後生三十三天轉于女身得成男子自然處於七寶宫殿縱廣正等十二由旬有萬四千諸天婇女以爲侍衛是德增天子得識宿命推先業行以何業緣而來生此如是思惟已見舍衛城中作長者女愛作菩薩生婬欲心欲心熾盛即身命終便轉女身得成男子我以是事得無

量神力爾時德增天子如是思惟因起婬欲得如是報今我於愛作菩薩心甚清淨禮敬供養我今若住先愛五欲此非我宜如是思惟已當詣如來幷欲見於愛作菩薩禮敬供養時德增天子與其眷屬持天華香塗香末香即於初夜來至佛所自以光明普照祇桓入覲世尊及見愛作即以天華末香塗香供養於佛頂禮佛足及愛作菩薩一切大衆右遶三帀合掌向佛即說偈言

天人之尊　不可思議　菩薩所行　亦不可議
如來之法　不可思議　大名稱者　亦不可議
我昔舍衞　曾爲僮女　在長者家　名曰德增
其年幼少　顔貌端正　父母愛念　爲作遮護
如來世尊　無有輕戲　有子愛作　有大威德
入舍衞城　而行乞食　漸到我父　所止之舍
我時聞其　好妙音聲　心大歡喜　即持食出
尋時向於　行大心者　如來之子　愛作菩薩
見菩薩時　已在我心　觀其淨妙　心生染欲
我若不得　内心所願　便當即時　身命殞沒
我於爾時　口不能言　手所持食　不能與之
内心懷熱　而發婬欲　是時身熱　尋便命終
我時命終　經一念頃　尋得上生　三十三天
離於最下　女人之身　得成男子　爲人所讚
勝妙宮殿　自然而出　種種妙寶　人之所珍
具足一萬　四千婇女　如是眷屬　是我所有
我以此緣　尋觀宿命　而自思惟　即知往因
因發欲心　得如是報　我以染心　視於愛作
由見菩薩　得喜光明　我身所出　光明之焰
因彼業緣　得如是報　我終不願　求於二乘
所願之處　唯佛知之　婬欲之心　得報尚爾

何況能作 善心供養 如我於今 向於世尊
發如是願 求一切智 假使所行 劫如恒沙
終不退轉 於佛智慧 遇善知識 愛作菩薩
今我當以 眞法供養 若餘供養 非爲供養
唯發菩提 是眞供養 行於菩提 最勝最尊
更不以欲 視諸女人 我願如是 離於女身
向諸佛說 四無所畏 我之父母 尋曉見我
身壞碎爛 悲號啼哭 父母謂之 比丘所爲
稱怨啼哭 呵罵比丘 佛之神力 令彼天子
至父母所 呵責諫喻 於此比丘 勿生瞋恚
莫於長夜 受諸苦惱 德增女人 先命終已
即得上生 三十三天 離於女身 得成男子
爲天人身 光明遠照 父母今當 詣世尊所
先不善心 今應悔過 若除如來 諸佛世尊
更無有人 可歸依者 以無畏心 勸喻父母
即時父母 得聞佛名 尋共和合 至於釋迦
牟尼佛所 至佛所已 頭頂敬禮 二足之尊
今者悔過 本瞋恚心 恭敬尊重 人中之尊
今者應問 如來自知 云何供養 佛法及僧
云何修習 行於善行 如是所問 願爲說之
若得聞已 專心修行 佛知父母 其心決定
天人之師 說如是言 若欲供養 一切諸佛
專心堅固 發菩提心 德增父母 及諸眷屬
其數具足 滿五百人 聞天人師 如是之言
發菩提心 而作大願 爾時佛告 賢者阿難
汝今善聽 我之所說 菩薩所行 不可思議
無上智慧 及以方便 愛作菩薩 數數發願
女人見我 若發欲心 尋時得離 於女人身
得成男子 爲人所尊 阿難汝觀 德力如是
若犯非法 應墮惡道 健士行之 得壞魔衆

令彼生天　得爲天人　今此天子　供養於我
其心恭敬　正向菩提　彼當供養　無量世尊
來世成佛　號曰善見　此五百人　向菩提者
亦當作佛　爲天人師　佛有是德　誰不供養
是處深信　得無量樂　非一女人　非二非三
無量百千　那由他億　見於愛作　發淫欲心
尋即命終　得爲男子　大醫藥王　有大名稱
如是菩薩　誰不尊敬　雖生欲心　更得快樂
況於菩薩　生恭敬心

大寶積經卷第一百六

音釋

罥（規縣切網也）摶（徒官切以手圜之也）躃地（躃房益切倒也）蝢抴（抴羊列切拕引也）裸（魯果切赤體也）姧諂（姧居顔切僞也諂丑琰切諛也）脂肪（脂旨夷切膏也肪音方肥也）髓（息委切骨中脂也）筋（音斤骨絡也）覲（渠吝切見也）殞（羽敏切沒也）

大寶積經卷第一百七

東晉天竺居士竺難提譯

大乘方便會第三十八之二

爾時尊者阿難白佛言世尊譬如須彌山若諸雜色至其邊者同一金色世尊若有衆生至菩薩邊者若瞋心若淨心若欲染心如是一切悉皆同一薩婆若色世尊我從今日於諸菩薩生尊重心如須彌山世尊如有藥王名曰悉見若有瞋心及清淨心服此藥者皆得除愈彼藥能除一切諸毒世尊菩薩亦如是若有瞋心淨心至菩薩所者菩薩悉能爲除一切貪恚癡病爾時世尊讃阿難言善哉善哉如汝所說爾時摩訶迦葉白佛言世尊未曾有也菩薩摩訶薩最尊第一若菩薩摩訶薩修諸禪定修禪定已還入欲界教化衆生雖行空無相無作用化衆生令成聲聞緣覺以大慈悲自終不離薩婆若心世尊菩薩摩訶薩所行方便不可思議如是雖受色聲香味觸縛而於其中無所愛著世尊我今以樂說辯才說諸菩薩少分功德佛告迦葉恣汝所說世尊譬如大餓空澤有大高牆至無色界彼大餓空澤唯有一門而此澤中多有衆生去澤不遠有一大城豐樂熾盛端嚴淨妙若有衆生入彼城中無老病死向城之道唯廣一赤其路端直彼澤衆中有一智人聰明叡智欻然起心以大慈悲欲利益安樂一切衆生此人即於空澤之中高聲唱言諸人當知去此不遠有一大城豐樂熾盛端嚴淨妙多有天人所居止處若有衆生入彼城中無老病死亦能說離老病死法仁等可來當

共詣彼我與諸人作大導師彼空澤中有下劣衆生生怖望心欲得求解作如是言若能令我住此澤中我當受教若欲令我出此澤者則不能受有上衆生作如是言我當共汝至所去處此空澤中薄福衆生聞如是唱聞已不信不隨智人世尊爾時智人從空澤出四向顧望見有一道唯廣一赤迫迮狹小其道左右有大深坑深百千肘其智慧人於道左右以板栟之其人於此匍匐而進不視左右怨賊在後隨而怖之其人爾時亦不顧後其心勇銳不生怖畏漸得過已遂見彼城旣見城已心無怖畏入城之後無老病死亦大利益無量衆生爲說離老病死之法世尊大饑空澤者是生死饑也有大高牆至無色界者是無明有愛也而此澤中多有衆生者是一切生死凡夫人也向城之道唯廣一赤者一枝道也彼澤衆中有智人者是菩薩摩訶薩也下劣衆生怖望欲解於澤不動者是聲聞緣覺也有上衆生作如是言我當共汝至所去處者是餘菩薩也薄福衆生聞不信者是一切邪見外道及其弟子也大空澤中出者是勤修一切智心者也一赤窄道者是法性門也其道左右有大深坑深百千肘者是聲聞緣覺乘也於道左右以板栟之者智慧方便也匍匐而進者是菩薩以四攝法攝一切衆生也怨賊在後而隨怖者是魔及魔民深起六十二見衆生幷輕謗菩薩者也不顧後者是忍辱波羅蜜專心具足也不視左右者是不讚聲聞緣覺乘也大城者是一切智心也漸得過已遂見彼城旣見城已心無怖

畏者是菩薩見佛及佛所行一心敬佛智慧威德善學般若波羅蜜方便漸漸隨宜附近一切衆生無有疑難也入城無老病死者是菩薩利益無量衆生離老病死也說法者是如來應供正遍知也世尊我今敬禮一切菩薩說是語已十千人天發阿耨多羅三藐三菩提心爾時世尊讚摩訶迦葉言善哉善哉汝能勸發諸菩薩摩訶薩汝能成就無量功德菩薩摩訶薩若業能自害及以害他終不爲之若有言說能自害害他亦所不爲爾時德增菩薩摩訶薩白佛言世尊若業若言能自害害他一切菩薩所不爲者世尊何故昔於迦葉佛時行菩薩道餘一生在作大梵志名曰樹提作如是言菩提之道甚爲難得何有禿人能辦此事我不欲見世尊爾時作如是言有何等義佛告德增菩薩善男子汝於如來菩薩莫生疑也何以故佛及菩薩成就不可思議方便佛及菩薩住種種方便而教化衆生善男子汝今諦聽善思念之有經名方便波羅蜜今當爲汝說之爾時菩薩從然燈佛來漸學方便今亦當爲汝少開示分別善男子菩薩摩訶薩見然燈佛時即得無生法忍從是已來無有錯謬戲笑失念無不定心智慧不減善男子菩薩摩訶薩如其本願得無生忍七日之後便能得成阿耨多羅三藐三菩提若欲百劫亦能得成菩薩摩訶薩爲衆生故受一切有隨所在處以智力故隨其所求得畢所願而後乃成阿耨多羅三藐三菩提善男子菩薩摩訶薩以方便力無量億劫住於世界亦無憂愁爲不猒離是名菩

薩摩訶薩行於方便復次善男子菩薩摩訶薩所有禪定若聲聞入者身心不動心便自謂入涅槃已若菩薩入者身心精進無有懈怠以四攝法攝取衆生大慈悲故以六波羅蜜教化衆生是名菩薩摩訶薩行於方便復次善男子菩薩如其本願處兜術天宫能得阿耨多羅三藐三菩提轉于法輪非爲不能菩薩於兜術天上如是思惟閻浮提人不能至此兜術天上聽受法教兜術天人能下閻浮提聽法是故菩薩捨兜術天於閻浮提成阿耨多羅三藐三菩提是名菩薩摩訶薩行於方便復次善男子菩薩如其本願從兜術天來不入母胎亦能即成阿耨多羅三藐三菩提若不入者有諸衆生或當生疑作如是言是菩薩從何處來若天若龍若鬼神若乾闥婆若變化作如是疑已不能聽法不能修行斷諸煩惱是故菩薩摩訶薩非不入母胎成阿耨多羅三藐三菩提是名菩薩摩訶薩行於方便善男子勿謂菩薩實處母胎生如是見何以故菩薩摩訶薩實不入母胎所以者何菩薩入無垢定不起此定從兜術天下乃至坐於菩提樹下兜術天人作如是念菩薩命終已更不還此菩薩是時在兜術天實自不動而現入胎受於五欲若生出家及以苦行一切衆生以之爲實而於菩薩皆是變化菩薩變化入胎受欲現自娱樂出家苦行悉是菩薩變化所爲何以故菩薩爾時所行清淨更不入胎久以猒離故是名菩薩摩訶薩行於方便以何緣故身似白象示入母胎善男子於此三千大千世界菩薩最尊成就

白淨法故現似白象入於母胎更無天人鬼神能作如是入母胎者是名菩薩摩訶薩行於方便以何緣故菩薩處胎足滿十月然後乃出善男子有餘衆生或生是心若不滿十月此童子身或不具足是故菩薩現處胎中滿足十月從初入胎至滿十月於其中間常有諸天來在母邊禮敬圍遶是時諸天見菩薩身所處高樓純以七寶莊嚴非天所有見是瑞已有二萬四千天子發阿耨多羅三藐三菩提心是名菩薩摩訶薩行於方便以何緣故菩薩從右脅入胎善男子或有衆生作如是疑謂菩薩從父母精和合而生爲斷彼疑欲現化生故從脅入既入脅已無有入處而摩耶夫人昔來未曾得也如是身心快樂是名菩薩摩訶薩行於方便以何緣故菩薩空閑處生非於家中及以城内善男子菩薩先來常樂空閑處讃歎空處讃歎山林閑靜之處行於寂滅菩薩若處家中生者天龍鬼神乾闥婆等不持華香末香塗香諸天百千無量伎樂而來供養爾時迦毗羅城所有人民其心荒迷放逸自高不能供養菩薩是故菩薩在空閑處生不於城内及以家中是名菩薩摩訶薩行於方便以何緣故菩薩母仰攀縴頼叉樹枝而生菩薩善男子有衆生疑摩耶夫人生菩薩時受諸苦惱如餘女人示彼衆生受快樂故仰攀樹枝而生菩薩是名菩薩摩訶薩行於方便以何緣故菩薩以正念從右脅出非餘身分善男子菩薩淨行於三千大千世界最尊最勝不因女根住不因女根出是一生菩薩示現如是非餘梵行人

是故菩薩從右脅出既出生已亦無出處如前後亦如是是名菩薩摩訶薩行於方便以何緣故菩薩初生時釋提桓因以寶衣承取非餘天人善男子釋提桓因昔發此願菩薩若生我當以寶衣承取以菩薩善根妙故增益餘天信敬供養是名菩薩摩訶薩行於方便以何緣故菩薩生時即行七步非六非八善男子必定菩薩有大神力勤精進大丈夫相欲示現衆生餘人不能如是示現若以七步益餘衆生者菩薩行於六步若以八步益餘衆生者即行七步是故菩薩無人扶持令行七步非六非八是名菩薩摩訶薩行於方便以何緣故菩薩行七步已唱如是言我於世界中最尊最勝離老病死善男子爾時衆中釋梵諸天及諸天子心懷憍慢自言是世界中尊彼諸天子傲慢自高心無恭敬爾時菩薩作如是念彼諸天子有是慢心以慢心故長夜墮在三惡道中是故菩薩說如是言我於世界最尊最勝離老病死菩薩爾時唱如是言其音遍聞三千大千世界或有諸天菩薩生時未來集者聞此聲已皆悉來集爾時欲色界天合掌恭敬向菩薩禮各相謂言未曾有也是故菩薩行七步已作眞實言我於世中最尊最勝離老病死苦是名菩薩摩訶薩行於方便以何緣故行七步已而便大笑善男子菩薩不爲欲故笑不爲慢故笑不爲輕故笑爾時菩薩如是思惟是諸衆生如本有欲恚癡及諸煩惱今亦如是我本已勸令發阿耨多羅三藐三菩提我今已成而彼衆生懈怠懶墮故在生死苦惱海中未斷煩

惱如此衆生與我同時發菩提心我今已成阿耨多羅三藐三菩提而彼衆生懈怠懶墮故在生死苦惱海中是下劣衆生爲利養故不勤精進求一切智是諸衆生今猶禮敬供養於我我於爾時生大悲心我今已滿所願以是因緣菩薩大笑是名菩薩摩訶薩行於方便以何緣故菩薩生時身體清淨先無垢穢釋提桓因及梵天王洗浴菩薩善男子菩薩欲令釋梵諸天興供養故亦以世法如初生嬰兒應洗浴故是故菩薩雖身無垢而令釋梵洗浴是名菩薩摩訶薩行於方便以何緣故菩薩在空閑處時不即至道場而還入宮善男子欲令諸根具足故示處宮殿五欲自娛然後捨四天下而行出家復爲欲化餘人令捨五欲剃除鬚髮法服出家故作是示

現是故菩薩復還入家不於空閑之處即詣道場是名菩薩摩訶薩行於方便以何緣故菩薩適生七日摩耶夫人尋便命終善男子此是摩耶夫人命根盡故非菩薩咎也菩薩先在兜術天時以天眼觀摩耶夫人命根滿十月已餘有七日在爾時菩薩便從兜術天來菩薩以方便知摩耶夫人命根欲盡故來下生非菩薩咎是名菩薩摩訶薩行於方便以何緣故菩薩善學書論博弈射御軍策計謀種種技藝善男子學世法故菩薩於三千大千世界中無有一事而不知者若僞若辭辯若應辯若呪術若戲笑若歌儛作樂若工巧菩薩生時已一切善知是名菩薩摩訶薩行於方便以何緣故菩薩納妃婇女眷屬善男子菩薩不以欲故何以故菩薩是離欲丈

夫爾時菩薩若不示現妻婦男女者衆生當謂菩薩非是男子衆生若作是疑得無量罪欲斷彼疑故取釋種女示現有羅睺羅若人謂羅睺羅是父母和合生者莫造斯觀而羅睺羅天上命終來下入胎非是父母和合故生又羅睺羅有本願故若有一生補處菩薩我當爲作子瞿夷本於然燈佛時作如是言從今已後願爲此梵志乃至一生補處常爲我夫我爲其妻爾時菩薩即受七枝優鉢羅華已作如是言我雖不受今當滿此善女人願作是願已不離七華善根是故菩薩納以爲妃復次一生菩薩成就示現處於宮殿采女之中爾時菩薩成就妙色諸天供養成就出家釋種女悉見如是衆事具足其心專一作如是願發菩提心願我具足如是衆事是故菩薩爲令瞿夷發此心故納以爲妻復次有大心衆生處在居家五欲財寶僮僕眷屬種種受已菩薩爲彼衆生令捨居家五欲財寶僮僕眷屬而行出家故示是事是故菩薩示處居家五欲財寶僮僕眷屬捨而出家衆生見已如是思惟菩薩所受五欲最妙無上尚能捨之出家何況我等而不出家復次菩薩所有妻婦男女皆是本行菩薩道時以諸善法所可化者此諸衆生亦作是願若以此菩薩乃至一生常當爲作妻子眷屬亦欲增益如是諸人白淨法故是故菩薩處妻子眷屬復次菩薩處宮殿者爲欲教化四萬二千婇女令發阿耨多羅三藐三菩提心亦令餘人不墮惡道是故菩薩處在宮殿妻子眷屬復次一切女人盡爲欲火所燒若見菩薩即

離婬欲復次菩薩變作諸身顏貌脩短與本無異彼諸女人與化菩薩共相娛樂各各自謂與實菩薩共相娛樂彼時菩薩常在禪定修安樂行如化菩薩受於五欲無有欲想眞實菩薩亦復如是從然燈佛來乃至一生已離婬欲是名菩薩摩訶薩行於方便車匿揵陟本願亦復如是以何緣故菩薩在閻浮提樹下思惟善男子爲欲敎化七億諸天故復次菩薩欲令父母知菩薩必定剃除鬚髮法服出家復次菩薩欲示現增益智慧閻浮樹蔭菩薩欲令衆生增益善根故是故菩薩在閻浮樹下坐禪思惟是名菩薩摩訶薩行於方便以何緣故菩薩穴以五欲自樂而出城遊觀善男子欲示現見老病死人故令諸眷屬知菩薩畏老病死故出家學道非爲貢高損減眷屬故出家欲利益眷屬故出家菩薩見在家過患是故出家而此菩薩爲示一切衆生老病死苦是故菩薩不樂五欲出城遊觀是名菩薩摩訶薩行於方便以何緣故菩薩夜半出家善男子欲示現利益衆生善根菩薩隨所住處增益衆生善根善男子亦爲白淨法故捨離五欲不告眷屬而便出家離諸歡樂終不離於白淨之法是故菩薩夜半出家是名菩薩摩訶薩行於方便以何緣故菩薩以睡眠覆蓋宫人伎女然後出家善男子欲令出家之過悉在諸天故有眷屬諸親或見菩薩出家便生瞋憤之心若菩薩如是思惟是人有惡心於我便當長夜受苦墮三惡道彼眷屬諸親作如是知此是諸天以睡眠覆故開門引道昇空而去非菩薩過也

爾時諸人增益信心於諸天所生不信心是故菩薩見如是過以睡眠覆蓋宮人伎女然後出家是名菩薩摩訶薩行於方便以何緣故菩薩遣車匿白馬及寶衣瓔珞而送還家善男子欲令眷屬知菩薩不貪在家名衣上服及諸寶瓔復次菩薩如是觀我今作如是學亦令諸人學我捨諸所有於佛法出家諸人如是學已遠離一切所愛之物持四聖種行唯不聽父母不放而得出家是名菩薩摩訶薩行於方便以何緣故菩薩以刀自下其髮善男子於三千大千世界中無有天龍鬼神乾闥婆人非人能當近菩薩威德者何況能與剃髮復次菩薩示現欲令衆生深信菩薩欲出家故自持刀下髮復次菩薩爲淨飯王故爾時淨飯王生於惡心自恃豪族傲慢而言誰剃我子髮我當誅戮爾時淨飯王聞菩薩自持刀下髮王聞是已惡心即滅是名菩薩摩訶薩行於方便善男子汝今善聽以何緣故菩薩苦行六年善男子非是菩薩宿業餘報受此苦也欲令衆生於一切惡業報中能生患心歸向菩薩復次善男子昔迦葉佛時菩薩爾時作如是言我不欲見此禿頭道人何有禿人能得菩提菩提之道甚深難得如此之輩亦是菩薩示行方便此所說者當知其義以何緣故菩薩作是麤惡之言善男子爾時迦葉佛出於世時有婆羅門子名曰樹提有親友五人皆是大婆羅門子先學大乘彼時五人久來親近惡知識故失菩提心善男子彼時五人於迦葉佛時奉事外道不信佛法解外道語不解佛語解外道法不

解佛法彼時五人事外道師彼師自言我是佛世尊是一切智我亦有菩提道爾時樹提梵志行於方便欲誘引五人還成寶器故欲轉彼五人外道邪心以方便故至瓦師所作如是言我今欲見禿頭道人何有禿人能得菩提菩提之道甚深難得善男子說是語已復經少時樹提梵志與彼五人在一屏處爾時瓦師便至其所至其所已即向樹提梵志讚迦葉佛如來應正遍知復向樹提作如是言汝可與我共至佛所善男子爾時樹提梵志如是思惟此五人者善根未熟若我當讚迦葉佛非外道師者而此五人心當生疑若至佛所無有是處爾時樹提自護本願故般若波羅蜜報行方便故作如是言我不欲見此禿頭道人何有禿人能得菩提菩提之道甚深難得云何般若波羅蜜報菩薩行般若波羅蜜無有菩提想無有佛想爾時不見佛不見菩提亦不於內見菩提亦不於外見菩提亦不於內外見菩提如是悉知菩提空無有法爾時樹提知一切法無所有故行於方便作如是言我不欲見禿頭道人何有禿人能得菩提菩提之道甚深難得善男子復於異時樹提梵志與彼五人至河水邊爾時瓦師承佛神力為化五人故復至其所向樹提梵志作如是言汝可共我至於佛所禮拜供養恭敬尊重讚歎諸佛世尊出世甚難彼樹提梵志聞瓦師歎故不肯去彼時瓦師尋前以手捉梵志髮强牽將去向於佛所彼時五人傾心隨逐樹提梵志遂至佛所時國常法若捉他髮設其告官捉者應死爾時五人生

邪見見樹提梵志拖捉其髮心傾隨逐彼如來法有何功德乃令毛師不計死罪捉樹提髮將至佛所禮拜供養恭敬尊重讚歎爾時五人其心傾向至迦葉佛所既得見佛本願還發生信敬心生信敬心已即於佛前呵責樹提如是世尊有如是威德如本聞已何得心不信敬善男子爾時五人見迦葉佛威德又聞辯才還發阿耨多羅三藐三菩提心爾時迦葉佛見五人已得專心爲說菩薩藏不退轉輪陀羅尼金剛句無生法忍次第而說爾時五人即得無生法忍善男子我今已得具足佛智彼時樹提梵志若當讚歎迦葉佛不讚外道師若彼五人到佛所者無有是處況生信敬心耶善男子樹提梵志爲化五人學菩薩乘故以般若波羅蜜果報行於方便作如是言我不欲見禿頭道人何有禿人能得菩提菩提之道甚深難得善男子不退菩薩於佛無疑於菩提無疑於佛法無疑是名菩薩摩訶薩行於方便復次菩薩爲教化五人及自示業報以業障故六年苦行非如餘衆生不知不見持戒沙門婆羅門故說如是惡言若知若不知若解若不解彼諸衆生長夜受諸苦惱不得利益墮三惡道爲彼衆生自現作業亦現受報是故如來現受是報菩薩無有一切障礙業報以有衆生誹謗持戒沙門婆羅門憂惱覆心不得解脱不得道果爲除衆生憂惱心故現受如是業報彼諸衆生作如是念一生菩薩誹謗迦葉佛而彼菩薩尚得解脱況我不知而作惡言是故我今當自悔過一切惡業更不得作復次善男子

爲調伏諸外道故六年苦行非實業障礙何以故世間沙門婆羅門日食一麻一米謂得清淨解脫菩薩爲調伏彼故示現日食一麻一米菩薩若食麤澀尚不能得聖道何況清淨解脫是故菩薩作如是言我不欲見秃頭道人何有秃人能得菩提菩提之道甚深難得是故菩薩以此緣故現六年苦行爲調伏五十二百千麤行諸天及外道神仙麤行菩薩是名菩薩摩訶薩行於方便

大寶積經卷第一百七

音釋

叡俞芮切深明也　欻許勿切忽也　椑正作裨音卑木板布也　匍匐匍蓬晡切匐蒲墨切　鋭俞芮切利也　脅虚業切腋下也　策測革切籌也　瞋憤瞋稱人切怒而張目也憤父吻切懣也　誅戮誅追輸切戮力竹切誅戮並殺也

大寶積經卷第一百八

東晉天竺居士竺難提譯

大乘方便會第三十八之三

以何緣故菩薩食已得氣力充足至菩提樹不以羸瘦至菩提樹善男子菩薩能不飲食身體羸異成阿耨多羅三藐三菩提況食麻米耶爾時菩薩爲愍當來衆生故食此上妙食何以故衆生善根未熟不敢飲食而欲求道彼諸衆生飢渴苦故不能得智慧若安樂行能得智慧照明諸法非苦行也是故菩薩示衆生行安樂行而得智慧亦愍當來衆生故欲令衆生效我食此妙食是故食修舍佉女食已成三十七助菩提法得阿耨多羅三藐三菩提施食女人亦成就助菩提法復次菩薩在一禪中生歡喜心於百千劫不食能住是名菩薩摩訶薩行於方便以何緣故菩薩從吉安天子求草敷座善男子過去諸佛敷解脱座不以綩綖妙物亦欲成就吉安天子助菩提法爾時吉安與菩薩草已發阿耨多羅三藐三菩提心善男子今我當與受記彼吉安天子於未來世當得成佛號曰無垢如來應正遍知是名菩薩摩訶薩行於方便以何緣故菩薩坐菩提樹下使惡魔波旬至菩提樹下不欲令菩薩即成阿耨多羅三藐三菩提善男子魔本不能至菩提樹下若我不召而能來此者無有是處善男子爾時菩薩坐菩提樹下如是思惟於四天下誰爲最尊第一此四天下今爲屬誰菩薩即知惡魔波旬欲界最尊今我與魔共鬬魔若不如一切欲界所有衆生悉皆不如爾時當有諸天

大衆和合而來到菩提樹下到已必生信心魔衆天衆諸龍鬼神乾闥婆阿脩羅迦樓羅緊那羅摩睺羅伽如是一切衆來遶菩提樹彼諸衆等見菩薩師子遊戲見已或發阿耨多羅三藐三菩提心或發菩提心或生信心彼人乃至見菩薩因緣故盡得解脫善男子菩薩如是思惟已放眉間白毫相光能令波旬宮殿黑闇爾時三千大千世界以光明照故普令大明此光明中出如是聲彼釋種子出家學道今當成阿耨多羅三藐三菩提過魔境界勝出魔衆滅損當來一切魔衆今彼菩薩與魔共戰善男子爾時波旬聞是聲已心大憂愁如箭入心時魔波旬嚴四種兵滿三十六由旬一切皆來圍菩提樹欲爲菩薩作大留難爾時菩薩住大慈悲及大智慧以智慧報金色之手而以指地指已一切魔衆尋時散壞魔衆壞已八萬四千億天龍鬼神乾闥婆阿脩羅迦樓羅緊那羅摩睺羅伽拘槃茶等如是大衆見菩薩威德身體姝妙容顏端嚴威力勇健發阿耨多羅三藐三菩提心是名菩薩摩訶薩行於方便以何緣故如來於七日七夜不捨結跏趺坐仰觀菩提樹目不暫眴善男子爾時有色界天行寂滅行彼諸天等見如來結跏趺坐心生歡喜生歡喜已如是思惟今我當求沙門瞿曇心何所依彼諸天人於七日七夜作是求已不得如來一念依處彼時諸天倍增喜悅有三萬二千天子發阿耨多羅三藐三菩提心作如是願我等於未來世當得如是寂滅之行仰觀菩提樹是故如來得成道已於七日七夜結

跏趺坐仰觀菩提樹目不暫眴是名如來方便以何緣故如來本行菩薩道時於無量阿僧祇行願諸一切衆生與解脫樂何以方待梵王請然後說法善男子如來有如是知多有天人歸依梵王尊重梵王彼諸衆生作如是知梵天王化生我等世界最尊若除梵王更無有能造世界者善男子爾時如來如是知已今我當待梵王勸請若彼梵王一傾首者諸可歸依梵王衆生悉皆歸依當相謂言梵王勸請如來說法非爲不請善男子如來有大威德故梵王來至我所勸請說法轉於法輪善男子若我不以神力令梵王請者然彼梵王先無有心能來請佛善男子由諸衆生依梵王故欲令衆生離於梵王待其勸請以梵王爲證故善男子爾時梵王勸請如來轉於法輪彼時六十八百千梵天發阿耨多羅三藐三菩提心作如是言此眞是佛於衆生中最尊最勝作如是願言我來世得成就如是智慧威德是名如來方便善男子我先於說示現衆生十業因緣或是菩薩或是如來於此十中示現方便唯有智者能知是義善男子不應生念謂菩薩當有微細之罪若菩薩成就如是微細不善之法坐於道場成阿耨多羅三藐三菩提者無有是處何以故善男子如來成就一切善法斷一切不善法無有生死業報習氣若有遺餘不斷滅者無有是處何況有障礙業報善男子若有衆生謂無業報不信業報爲是衆生示現業報因緣如來實無業報我是法王尚受業報況餘衆生而不受耶爲彼衆生作如是示現是故

如來自現業緣善男子如來無有一切業障譬如書師善學書論教諸幼童隨諸幼童讃諸書章非是書師於諸書章有障礙也書師作如是念彼諸幼童當隨我學善男子彼書師非爲不達故作如是唱善男子如來亦復如是於一切法善學已如是說如是示爲餘衆生令行業清淨故善男子譬如大藥師善能療治一切諸病自無有病見諸病人而於其前自服苦藥諸病人見是藥師服苦藥已然後效服各得除病善男子如來亦復如是自除一切煩惱病已於一切法無有障礙能示現一切法以是不善業故得如是報現如是緣欲令衆生除一切身口意業障行於淨行善男子譬如長者子若居士子父母愛念與其乳母時此乳母無有病痛爲嬰兒故自服苦藥欲令乳得清淨善男子如來亦復如是是一切世界之父爲教化不知業報衆生故如來無病而爲衆生示現作病以是業故得如是報以此業故得如是報衆生聞已心生驚畏除諸惡業不作惡緣佛復告智勝菩薩善男子乃往過去世遇然燈佛時有五百賈人爲求珍寶入於大海善男子時賈人中有一惡人多懷姧偽常行惡業初無悔心善知兵法恒爲寇賊奪他財物以爲産業狀如賈人共諸賈人同載一船時彼惡人如是思惟此諸賈人大得珍寶我今當殺此諸賈人取其珍寶還閻浮提如是思惟已欲殺諸人善男子爾時有人名曰大悲於彼衆中作大導師時彼導師於夜夢中見海鬼神來作是言汝此衆中有一惡人如是相貌恒爲寇賊

劫他財物彼人今生如是惡心我當殺此五百人已取其財物還閻浮提若此惡人得遂本心殺五百人者作大惡逆業何以故此五百人皆是向阿耨多羅三藐三菩提不退轉菩薩若此惡人殺諸菩薩以此業緣障礙罪故一一菩薩從初發心乃至成阿耨多羅三藐三菩提爾時惡人於其中間常在地獄汝爲導師可作方便令彼惡人不墮地獄彼五百菩薩亦復可得全其身命善男子爾時大悲導師如是思惟作何方便令彼惡人不墮地獄五百菩薩全其身命作如是思惟已乃不向一人說是事也爾時待風餘有七日當還閻浮提七日過已如是思惟更無方便唯有除此一惡人者爾乃可令此五百人得全身命復作是念若我向餘人說此五百人當

生惡心生惡心已殺此惡人彼諸人等當墮惡道善男子大悲導師如是思惟我今當自殺之我以殺此人故雖百千劫墮惡道中受地獄苦我能忍之不令惡人害五百菩薩作此惡緣受地獄苦善男子爾時大悲導師生哀愍心作是方便吾護五百人故害此惡人是時導師即以矟矛刺殺惡人令諸賈人安隱得還至閻浮提善男子汝勿有疑爾時導師則我身是也五百賈人此賢劫中五百菩薩是也當於此劫中成阿耨多羅三藐三菩提善男子我於爾時行方便大悲故即得超越百千劫生死之難時彼惡人命終之後生善道天上善男子汝今當知勿謂菩薩有如是障礙業報而得超越百千劫生死之難即時是菩薩方便力也善男子如來爲一切衆

生故而作是方便示現佉違羅刺善男子爾時佉違羅刺刺如來足善男子佛神力故令刺入足何以故如來金剛之身無能壞者善男子昔舍衛城中有二十人皆是最後邊身彼二十人更有怨家二十人各各思惟我當爲作親友而至其舍奪其命根不向人說善男子彼時二十最後身者及二十怨家人以佛神力故共至佛所善男子如來爾時爲調伏是四十人故於大衆中告大目揵連言今此地中出佉違羅刺欲刺吾右足未至足之間此佉違羅刺即從地出長一肘當出之時目連白佛言世尊我今當取此刺擲著他方世界佛告目連非汝所能此佉違羅刺今在此地汝不能拔爾時目連以大神力前拔此刺于時三千大千世界皆大震動一切世界隨刺而舉不能動刺乃至一毛善男子爾時如來以神通力上四天王天彼佉違羅刺亦隨佛去爾時如來復至三十三天夜摩天兜術天化樂天他化自在天刺亦隨去乃至梵天亦復如是爾時如來從梵天還至閻浮提舍衛城中本所坐處刺亦逐還至此地中竪向如來爾時如來即以右手捉佉違羅刺左手安地右脚踏之爾時三千大千世界皆大震動時尊者阿難即從坐起偏袒右肩爲佛作禮合掌向佛而作是言世尊往昔作何等業得如是報佛告阿難我過去世入大海中持穳刺人斷其命根阿難以此業緣得如是報善男子我說是業緣已彼時二十怨賊欲害二十人者作是思惟如來法王尚得如是惡業之報况我等輩不受此報是二十人即

從坐起頭面禮佛作如是言我等今日向佛悔過不敢覆藏世尊我先惡心欲害彼人今重悔過不敢覆藏爾時世尊爲彼人故說作業緣及盡業緣時二十人聞是法已即得正解及四萬人亦得正解是故如來示佉達羅刺刺是是名如來方便以何緣故如來先無諸病而從耆域藥王索優鉢羅華齅之令下善男子爾時如來制解脫戒未久時有五百比丘是最後身常在餘諸林中修道彼諸比丘得如是病陳故之藥所不能治彼諸比丘敬慎佛戒不求餘藥不服餘藥善男子爾時如來如是思惟作何方便聽服餘藥若我聽者彼諸比丘當求餘藥當服餘藥何以故若如來不聽者後諸人輩當犯聖法是以如來行方便故從耆域藥師求優鉢羅華齅之令下時淨居天即至彼比丘衆中作如是言大德可求餘藥莫守病而死比丘答言我等不敢違世尊教我等不得自在我等寧死不違佛教我等不求盈長好藥如是說已淨居天子語諸比丘言大德如來法王求餘好藥捨陳故藥諸大德可求餘藥諸比丘聞是語已除去疑心更求餘藥更服餘藥然後除病除病已不過七日證阿羅漢果善男子若如來不求餘藥彼諸比丘亦不求餘藥若不求餘藥能除諸病及斷諸結證於阿羅漢果者無有是處是名如來方便以何緣故如來入城乞食空鉢而出善男子如來無有業障爾時如來矜愍護念當來比丘或有比丘入於城邑聚落乞食自無福德乞食不得彼比丘當作是念如來世尊功德成就入城乞食空鉢

而出何况我等善根微薄我等不應以乞食不得而生憂惱熱是故如來示現入城乞食空鉢而出善男子汝若謂惡魔波旬能覆蔽城中長者婆羅門心故乃至不與一摶食者善男子莫作斯觀何以故惡魔波旬不能斷絶如來食也爾時佛神力故令惡魔波旬覆蔽彼城中人非是惡魔力之所能我於爾時都無業障爲化彼衆生故示現空鉢而出爾時我及比丘僧不得食已一切魔天及諸餘天作如是念佛及衆僧不得食已頗有憂耶即於其夜見佛及僧乃至無有一念憂惱心亦不高亦復不下如前後亦如是善男子爾時有七千天子傾向如來生信敬心我於是時即爲説法於一切法得法眼淨善男子彼時婆羅門長者其後不久又聞世尊有大威德生渴仰心即至佛所頭面作禮向佛悔過彼時如來即爲其説四聖諦法一説法時有二萬人於一切法中得法眼淨是故如來入城乞食空鉢而出是名如來方便以何緣故旃遮婆羅門女以木杅繫腹誹謗如來而作是言由沙門瞿曇令我妊身應當與我衣被飲食善男子如來於此事中都無業障若有業障我能擲此旃遮婆羅門女置恒河沙世界之外如來以方便故現此業障爲化不知解衆生故何以故當來之世有諸比丘於我法中出家學道爾時或爲他人所謗以是緣故心生慙愧或不樂佛法捨戒還俗彼諸比丘若被謗已當念如來如來成就一切善法具大威德尚被誹謗而况我等不被誹謗思念是已則除慙愧除慙愧已當得修習淨妙

梵行善男子旃遮婆羅門女常爲惡業所覆故性多不信今此女身於佛法中不得調伏常爲惡業之所覆蔽乃至夢中亦生誹謗覺已心喜此女人中命終當墮地獄善男子我能以餘方便除此女人諸不善業令度生死能爲作救善男子或時如來不救餘人何以故如來於一切衆生無有偏心是名如來方便以何緣故諸婆羅門殺婆羅門女孫陀利埋祇洹國塹中善男子如來是時知有是事捨而不說如來成就一切智心無有障礙能以神力可令此刀不入女身我於爾時知孫陀利女命根將盡必爲他殺以此方便令諸外道不善障露墮不如處如此諸事唯佛知之安住是事令多衆生生清淨心增益善根爾時如來七日不入舍衛大城不入城已爾時調伏六十億天過七日已諸天世人集會共來至於我所爾時如來爲四衆說法聞說法已有八萬四千人於諸法中得法眼淨是名如來方便以何緣故如來及僧在於婆羅門毗蘭若聚落三月之中食馬麥耶善男子我於昔時知此婆羅門必捨初始請佛僧心不給飲食而故往受請何以故爲彼五百馬故此五百馬於先世中已學菩薩乘已曾供養過去諸佛近惡知識作惡業緣惡業緣故墮畜生中五百馬中有一大馬名曰日藏是大菩薩是日藏菩薩於過去世在人道中已曾勸是五百小馬發菩提心爲欲度此五百馬故現生馬中由大馬威德故令五百馬自識宿命本所失心而令還得善男子我愍彼五百菩薩墮馬中者欲令得脫離於畜生是

故如來知故受請善男子是時五百馬減所食麥半持施僧大馬半分奉施如來爾時大馬爲五百馬以馬音聲而爲說法亦教悔過今當禮佛及比丘僧說此事已復作是言汝等當以所食半分供養於僧爾時五百馬悔過已於佛及僧生淨信心過三月已其後不久是五百馬命終生於兜術天上彼五百天子即從天來至於佛所供養如來爾時如來即爲說法聞說法已必定得成阿耨多羅三藐三菩提彼時五百馬子善調伏其心於將來世得辟支佛彼日藏大馬於當來世供養無量諸佛得成助菩提法然後作佛號曰善調如來應供正遍知善男子無有世中上妙美味而如來不得善男子如來雖食草木土塊瓦礫三千大千世界中無如是味似如來所食草木土塊瓦礫味者何以故善男子如來大人得味中上味相若如來以最麤食著口中已其所得味勝天妙食善男子以是故知如來所食最是勝妙善男子爾時阿難心生憂惱轉輪聖王種出家學道如下賤人食此馬麥我於爾時見阿難心見阿難心已即與阿難一粒麥語阿難言汝甞此麥味爲何如阿難甞已生希有心白佛言世尊我生王家長大王家未曾得如是之味阿難食此麥已七日七夜更不飲食無飢渴想善男子是故當知是如來方便非是業障善男子有沙門婆羅門持戒如我受他請已而知請主荒迷不能供給或不肯住以是縁故如來已所許處現必就請及欲示現業報縁故善男子當知如來常法雖受他請不得供給不令請

圭墮於惡道善男子若彼五百比丘共如來夏安居食馬麥者有四百比丘多見淨故生貪欲心彼諸比丘若食細食增益欲心若食麤食心則不爲貪欲所覆彼諸比丘過三月已離淫欲心證阿羅漢果善男子爲調伏五百比丘度五百菩薩故如來以方便力受三月食馬麥非是業報是名如來方便以何緣故如來十五日説戒時告長老迦葉我今背痛汝今説七覺之法善男子爾時有八千天子以聲聞法而自調伏在彼衆中和合共坐善男子彼諸天子於過去世是大迦葉所教化者於佛法僧而不放逸彼諸天子數聞迦葉比丘説七覺法善男子此諸天子除迦葉比丘若百千諸佛爲其説法不能令解爾時迦葉爲諸天子廣説七覺法諸天子從迦葉比丘聞七覺法已得法眼淨善男子若有衆生病苦纒身不能得至於説法之處聽法恭敬彼諸人等當作是念佛是法王尚聽七覺法而得除病何况我等不往聽法不恭敬法善男子爲調伏諸天除人苦患故又示現敬重於法是故如來作如是言迦葉我今背痛汝當説七覺法何以故尊重法故如來無有麤重四大之身何况有病是名如來方便以何緣故釋種破時如來自言我頭痛耶善男子或有衆生作如是言世尊不能利益親族亦不矜愍不欲安隱而出家已種族意斷不欲救護是諸衆生以不知故作如是言善男子如來於諸苦本已到其邊如來知是衆生心所念故坐舍耶樹下自言頭痛善男子吾於爾時尋向阿難説我頭痛時有斷見三千

天子復有無量好殺生者皆共集會爲彼斷見天子及好殺者示現業障故作是言吾以眼見他殺生心隨喜故今得頭痛說是法已七千人天皆得調伏是名如來方便以何緣故頗羅墮婆羅門以五百種罵詈佛如來聞已能忍善男子如來能以神力擲此婆羅門置餘世界亦能以神力令婆羅門乃至不能出於一言罵詈之聲善男子時彼衆中多有人天見如來能忍惡罵不說不答生於捨心等心利益心堪忍心前如後後如前爾時有四千人發阿耨多羅三藐三菩提心如來見如是義又頗羅墮婆羅門以五百種惡罵已見佛世尊生於捨心善男子是婆羅門見如是已生信敬心歸依佛法僧種解脫根是名如來方便善男子提婆達多與菩薩世世共生一處此輩亦是菩薩方便何以故我因提婆達多故具滿六波羅蜜亦多利益無量衆生云何知爾善男子爾時衆生快樂不知行施不知受者菩薩爾時欲教行布施是時提婆達多起嫉妬心至菩薩所求國城妻子及頭目手足爾時菩薩歡喜施與時有無量衆生見菩薩施心生歡喜信解布施作如是言如菩薩施我亦如是行於布施願成菩提善男子提婆達多或見菩薩持戒清淨知已欲破菩薩所持之戒爾時菩薩不毀淨戒時有無量衆生見菩薩持戒亦效持戒菩薩持戒或爲他人輕毀惡罵不生惡心爾時具足羼提波羅蜜有無量衆生見菩薩以忍調心亦效菩薩行於忍辱善男子當知提婆達多大利益菩薩善男子如今提婆達多放大醉象

欲害如來亦於耆闍崛山推下大石俱是如來方便示現非業報罪何以故由此方便利益無量衆生善男子如來總說十業因緣皆是如來方便示現非是業報何以故衆生不知業因所得果報爲衆生故如來示現如是業報此業作已得如是報彼業作已得如是報作如是業得如是報衆生聞已作如是業離如是業離不善業修習善業善男子今說方便已示現方便已此諸方便堅持祕藏不應爲下劣之人薄善根者說何以故此經非聲聞辟支佛之所行處況下劣凡夫能信解耶何以故此人不能學諸方便所以者何此方便經非其所用故非餘凡器所能受持唯有菩薩於此方便法能說能學善男子譬如夜闇然大明燈得見室中一切所有善男子菩薩聞如是諸方便已即見一切菩薩所行之道於此法中我所應學於一切如來行及菩薩行已到彼岸善行菩薩道者不以爲難善男子我今當說欲得菩提道諸善法者所謂善男子善女人聞過百千由旬有說此方便經處當往彼聽何以故若菩薩聞此方便經已得光明行一切法中除疑悔心爾時四衆及諸人天成寶器者說此經時悉聞悉知非寶器者雖在此會此不聞不知於此經中耳尚不聞況能口說非寶器故是以如來說是法時不聞不知不蒙佛神力故說此經已七萬二千人發阿耨多羅三藐三菩提心爾時尊者阿難白佛言世尊當何名此經云何奉持佛告阿難是經名爲方便波羅蜜亦名轉方便品亦名說方便調伏如是奉持佛說

是巳智勝菩薩心生歡喜及學聲聞辟支佛乘學菩薩乘比丘比丘尼優婆塞優婆夷并諸天龍鬼神乾闥婆阿脩羅迦樓羅緊那羅摩睺羅伽人非人等聞說是巳讃言善哉善哉今說大乘方便經竟

大寶積經卷第一百八

音釋

綩綖（綩委遠切綖夷然切）眴（輸閏切目動也）穳（祖管切鋋也）齅（許救切以鼻撳氣也）杅（雲俱切浴器也）妊（如鳩切孕也）塹（七豔切坑也）礫（狼狄切小石也）矜（居陵切憐也）

大寶積經卷第一百九

隋北天竺三藏法師闍那崛多譯

賢護長者會第三十九之一

如是我聞一時佛在王舍大城住迦蘭陀長者竹園與諸比丘衆千二百五十人俱所作已辦不受後有長老舍利弗爲衆之首時諸比丘圍遶世尊欲聽受法身心調順無有睡眠當於爾時如來世尊面貌容色猶如初日開敷蓮華端嚴顯耀微笑熈怡爾時彼諸比丘等作如是念今婆伽婆欲宣說何等法門面相乃然如是光顯當於彼時有一最大巨富商主長者之子名跋陀羅波梨與其一千眷屬圍遶威力欲以震動大地安詳徐步向世尊前爾時賢護長者之子宿福因緣受天果報身體柔輭猶如初出新嫩華枝詣於佛所到佛所已觀見如來最勝最妙容色寂靜澄定功德藏身猶如金樹光耀顯赫遍滿竹林是時賢護即於佛所生淨信心合十指掌作如是念於世間中得大名聞此不虛說謂言薩婆若多陀阿伽度阿羅訶三藐三佛陀者斯眞實也爾時賢護即便低頭頂禮佛足兩膝著地一心舉頭諦視世尊目未曾瞬如是瞻仰如來之時其身儼然不傾不動爾時世尊見跋陀羅波梨長者內心如是生渴仰已如來即更身放妙光而彼光明出照之時其跋陀羅波梨長者即得無畏從地而起遶佛三帀復更頂禮佛世尊足禮已長跪而白佛言惟願世尊哀愍於我惟願世尊教示於我大聖世尊我於佛邊信心未久是故世尊但當爲我隨逐現事說一法門我今渴仰欲

聞諸法以生死中煩惱所逼多有疑惑心恒分別以是義故惟願世尊慈悲憐愍爲我説法令我決疑大聖世尊我無正知故有迷惑不知出離生老病死煩惱海津唯大聖尊是一切智世間希有猶如意珠能與一切衆生諸樂令成就故又復世尊猶如父母爲令一切諸衆生等得善果報即是根本爾時世尊告䟦陀羅波梨長者作如是言䟦陀羅波梨若有疑者今恣汝問我當爲汝分別解説爾時䟦陀羅波梨長者蒙佛印可内懷歡喜欲問心疑即便起立却住一面住一面已其身威光圓滿具足爾時長老阿難比丘既見彼已即白佛言希有世尊此長者子䟦陀羅波梨身光德力勝諸王威殊妙絶群端正可愛於世間内獨無有雙爾時世尊告阿難言長老阿難汝今欲聞此䟦陀羅波梨長者家中所有衆樂事乎乃至具足説其受於快樂果報雖復忉利帝釋天王猶不能及況復人間此閻浮提能得及者無有是處唯除一人長者童子名蘇摩浮坻爾時阿難即白佛言唯然世尊此䟦陀羅波梨長者家宅之中有何殊勝世尊乃爾稱譽爾時佛告長老阿難汝當至心諦聽諦受是長者子所有資財善根廣大我今爲汝次第宣説阿難是長者子凡有六萬最大商主恒隨其後彼諸商主各有無量奇異財寶種種富饒其䟦陀羅波梨家内恒常鋪設六萬上妙六合牀榻雜色被褥以覆其上復以真緋雜色繒綵用爲倚枕持夾兩邊雜色妙衣憍奢耶等一一之處皆有四具又火浣布及以麻紵諸是四方土地所

出種種衣服衆雜異物皆悉具足莊嚴其家彼之衣裳悉皆柔輭猶如手掌清潔光潤其宅處處周徧皆懸眞珠瓔珞以爲校飾復有六萬婇女端正殊絶身體柔輭細滑閑於戲笑善巧語言姿態艷美承接人意嗔恚見之自然歡喜憂慼遇者便生欣慰調諧音辭開心悅目並皆孝順瞻仰巳夫婦禮具足於餘男子遠離欲心或復有時自知慚愧羞恥合掌低眉曲躬恭敬專向其夫無復餘顧或復有時各各爲其夫壻别怜愛故心生妬嫉爭闘相嫌皺眉蹙頞猶如深鉤假此爲戲實無妬心手爪纖長指節圓膲踝腕細密似欲醉身妖冶顧眄行步庠序進止逶迤髮彩紺青細潤柔輭巧爲結梳能驚惑人在於如是等諸婇女之中或侍或憑彼諸婇女皆專奉夫

清淨名聞處處流布然此婇女種姓最大處其家中亦好名聞並堪匹偶大家爲嫡婦有如是種種等莊嚴長者賢護家中不可稱量宅甚寛曠又其長者欲食之時則有六萬雜種羹臛飯食微妙香美猶若天厨無有異也其飯悉是秔糧色味充盈具八功德隨意進噉入口便銷食巳隨順無所妨礙果報感致稱心自然又復食巳身體光鮮無諸臭穢又其長者家内復有六萬輦轝各以種種珍奇莊嚴眞珠間錯上下正等悉有妙衣以覆其上又以香華各各布散水灑於地無有塵埃清淨潤澤又其家内復有種種最上音聲手打指彈及以氣吹其響微妙鳴亮入神歌曲正得猶白鴿聲心所樂聞如此微妙莊嚴其家又其家内園林樹木扶踈茂盛華卉交加

紅紫鮮潔其樹林間復有諸鳥各各出好音聲其聲和雅猶如天宮約須彌山衆寶合成龍窟無異又然種種燈明其燈光明無風動搖處處洞徹朗夜赫奕與晝不殊又復其家所住國界有六萬城其城各有街巷相當樓櫓却敵悉皆具足彼城處處諸國商人往來聚集種種形狀種種語言種種珍奇衆雜寶貨共相貿易闤闠城市百千萬衆不可勝計又彼諸城周帀四邊園圃雜樹數百千種華果繁茂枝葉扶踈蜂衆競來採其香味又彼諸城多有象馬及諸車乘阿難彼諸城內所有大富長者居士商主及以商人恒常一心皆共稱歎跋陀羅波梨所有功德合十指掌頂禮讚詠況彼名聞心皆願樂欲得覩見又其國主波斯匿王見跋陀羅波梨長者資財富饒形勢福德自身卑遜猶如貧人羨其財寶阿難其彼眞月長者童子每一食時即有千種珍味晨昏左右所須自然又有五千婇女圍遶承奉以爲娛樂阿難是眞月長者童子所受快樂比天帝釋已勝千倍匹於跋陀羅波梨形貌顔色庫藏資財受樂果報百倍不及其一復次阿難是跋陀羅波梨長者有一妙車名爲奪意奇巧精麗人間所無而此車中有天寶座其車純以天諸雜寶雕飾間錯彼諸天寶碼碯金剛眞珠珍貝光明顯曜如虛空星莊嚴如是其車行時迅疾如風阿難跋陀羅波梨意欲至於海內採珍寶時坐彼車中如意即至受快樂已若欲還家應念便至爾時阿難頂禮佛足合掌恭敬而白佛言希有世尊此跋陀羅波梨長者往昔造何

等善根今世乃爾受斯果報爾時世尊告阿難言長老阿難汝欲知者應當諦聽此之因緣皆由過去於諸佛邊種植善根今得如是勝上果報阿難我念往昔有一如來出現於世名曰樂光多陀阿伽度阿羅訶三藐三佛陀阿難爾時此跋陀羅波梨長者於彼佛邊作聲聞僧名爲法髻持戒不完多有毀缺而善宣說諸佛教法開示未聞是大法師一聞總持脩多羅藏亦持律藏爲諸衆生常說法要博識辯聰義味甚深音聲朗徹令人樂聞得聽法者心生歡喜永即不復墮諸惡道阿難彼以如是法施因緣九十一劫恒生天人端正富貴阿難是長者子所得妙車因緣報者我更爲汝次第解說阿難是跋陀羅波梨長者於彼樂光佛世作法師時見諸梵行持戒比丘羸瘦頓乏力弱無堪凡有所須悉皆布施復造鞋韈靴履等物歡喜施與藉此功德今感妙車如意果報復次阿難往昔有佛號曰迦葉多陀阿伽度阿羅訶三藐三佛陀爾時彼佛告長者言於未來世有佛名曰釋迦牟尼多他阿伽度阿羅訶三藐三佛陀彼佛世尊當授汝記阿難此跋陀羅波梨長者我須教之令其生解爾時阿難重白佛言希有世尊此長者子如是富饒多畜財產而性柔和不生貢高在於五欲不染其心佛告阿難汝今當知凡是智者不以資財及諸五欲心生憍傲阿難此長者子以妙法因多受種種無盡福報爾時跋陀羅波梨長者蒙佛許可欲問所疑即便一心在於佛前長跪合掌而白佛言大慈世尊攝受一切衆生哀愍衆

生我今心中有疑欲問惟願世尊爲我解說使得斷疑爾時佛告跋陀羅波梨長者子言跋陀羅波梨汝心有疑欲斷除者今正是時恣汝所問我當爲汝分別解說爾時跋陀羅波梨長者即白佛言世尊諸衆生等知有神識而是神識猶如寶篋未開之時不知其中是何等寶世尊此之神識相貌云何復何因緣名爲神識世尊云何人死無手脚眼命終之時諸根欲滅諸大欲分而此神識云何從此身中而得移出世尊而此神識復云何色復云何體從於身中云何得離此識云何捨於此身成就別身云何捨此諸大諸入向於後世云何成就各各別身世尊人今既死未來諸入云何隨順云何此世作諸善根於未來世受於果報既是此世諸入陰等造作善根其人云何更復於後別諸陰中受其果報云何此識彼處得身云何諸入體隨彼處爾時世尊讚長者言善哉善哉跋陀羅波梨如是如是如汝所問汝今至心諦聽諦受我當爲汝說神識去來移滅跋陀羅波梨猶如風大雖無形色不可覩見然由因緣而現形色現形色者其義云何譬如風吹動諸樹木發起山壁水厓觸已作聲以冷熱因緣所生是故能受然彼風體不可得見手足目等亦復如是不可得見於諸色上增益勝處或黑或白跋陀羅波梨如是如是此神識界亦復如是不可以色得見亦不至色體但以所入行作體而現色此識界亦復然當須知云何於彼處此識界得名受觸法界耶復云何此識界捨此身已後受愛觸等譬如風界能移香

氣故知此華香從風吹來而其風界實不持華香而來亦非無風而華香能來彼香無色彼風亦無色其彼聞香根亦無色跋陀羅波梨如是如是彼死人識欲移持觸受等及諸界已有於彼世以父母和合故然後可知有識其識有故即知有受有觸和合而成猶如勝人識强勝故有香根香根勝故有勝香復有二身勝故有二事勝可見二事勝者所謂色觸其風多故華香亦多如是如是以識大故受亦大受大故識亦大識大故諸界亦大然知此善此惡也譬如畫師既善成就板隨欲出向作即能爲善意解故隨色能作然彼畫師若無色不可現色如是如是此識成就六色身所謂因眼見色所有識智因眼見色者實無有色因耳聞聲者亦無色因鼻聞香者亦無色因舌知味者亦無色因身覺觸者彼觸亦無色因意有諸大者彼亦無色所有知者亦無色當知彼境界内亦無有色如是次第此識當知皆亦無色當應如是觀而汝問此識云何捨此身至於彼世者跋陀羅波梨夫命終時此識以業持故此業及命盡時譬如入寂滅三昧人有識身體此識身體滅已然後入寂滅内住如是如是此識於死人邊捨身及以諸大捨已唯有念力如是知我是彼某甲凡人捨身之時有二種觸正念何等爲二一者正念二者觸而彼人命終之時於身有觸二受一身受二念受死後念有觸復次汝問識者何義然有子能生芽從智生識即名爲念是故智及子故名爲識然後還受於觸苦樂智知故名爲識後復受善惡亦

能知善惡境界故名爲識猶如從子生芽其身成就故名爲識復次跋陀羅波梨汝又問言此識云何捨身已移向彼者譬如鏡中照現身形又如泥團模内鑄出身形又復如日出時能滅諸闇其日没已還復生闇然而彼闇無有常定非無常定之處然彼闇無色無受不可見如是此識生身已如闇離明身生亦然其人不見此識然識受此身譬如婦人受胎然不知此我懷胎爲男爲女或黑或白或諸根具以不具或手足正等以不然彼在胎之者或以熱食觸故覺已即動如是如是此識來去伸縮共眼開閉昔所造諸業故所有境界即笑語言等諸有所生得色身内住識然諸衆生不知我身内所住識有何體跋陀羅波梨此識善成就故流至於一切諸有然諸有不染著跋陀羅波梨諸有及識六根境界是六界處有四大處有五陰處跋陀羅波梨如是識等境界汝當知跋陀羅波梨譬如木人以一機關作一切諸事走跳現種種諸伎跋陀羅波梨於汝意云何彼木人有何因緣作如是事跋陀羅波梨白佛言世尊如來所問非我境界我無智能答佛復言跋陀羅波梨彼者由巧智慧力作種種事而彼巧業無有色以智所生如是如是此身人由識巧故生而此種種身由識所作此識造身故生而此識無有可盡猶法界修熏故往昔諸身憶念意成就猶如日光此識應須當見譬如日光照於穢濁臭惡諸尸亦不爲其所染而其臭穢不離日光所生如是如是此識欲初生在糞穢所食諸不淨又在猪狗等腹内

受胎然彼識不爲臭穢所染復次跋陀羅波梨此識捨身已隨善惡所行此義何也此識捨此身體即受彼罪福譬如風界從山首出至於瞻婆林因觸故受微妙香至臭穢之處或至諸尸臭處跋陀羅波梨彼風隨至多處而取多氣至彼即多猶如彼風界將彼香氣過而彼風界無有色及彼香亦無色如是如是此識捨身已將善惡而移如是次第而去彼識欲移猶如睡夢人知一切諸物有身不移本處如是如是有福亦生欲移識時猶如夢見諸事然此識不從咽喉出亦不從諸孔出其識出時亦不復求諸孔爾時跋陀羅波梨頂禮佛足白佛言世尊云何或雞卵鵝卵在鷇内其鷇無孔云何知識别而鷇不破其識云何移徙佛告跋陀羅波梨譬如以瞻婆

等諸華熏烏麻善熟然後壓取油而言此是瞻婆等華油如彼香不破壞烏麻而香氣移徙彼香不著烏麻因麻及華共和合故香氣相著然彼香氣不從麻子邊求孔然後入因彼二故其香移徙如是如是此識不破壞卵鷇妙香移徙此識轉移亦復如是汝當如是知復次此識不移徙猶如日火摩尼寶等光明應如是見復次此識移徙猶如種子所至地方種子而彼種子擲置地内生芽莖葉華果子或白或赤或黒各自有味力成熟而彼地界是一水火風大亦然如是如是此識有一法界一切諸有中成就身然後生或黒或白或赤等色或本性剛强或本性調柔復次跋陀羅波梨命終之時此神識捨身已成後身種子因欲作手足等體而當時未有身分

而彼捨地分取法界分而彼諸界共念和合然彼念以信敬力故法界念和合取識不離識而法界可見亦不離法界識有因然彼識風爲助自餘法界皆爲微妙所謂念界受界法界色界爾時跋陀羅白佛言世尊彼識云何有色佛告跋陀羅波梨凡有二種色一者内二者外言内色者何所謂眼也外者是色若有眼識彼名内色耳内聲外鼻内香外舌内味外身内觸外意内法外跋陀羅波梨譬如生盲之人夜睡眠中夢見種種天妙諸色最勝最上而彼人見已生最勝喜樂睡眠覺已便即不見及至天曉而向他說諸人輩聽我昨夜眠中夢也我見最妙最上端正婦女之形復見丈夫百千數衆復見園林此中彼處我皆夢見或有人身體柔軟手足端嚴臂膊臃長身體纖細腰胯正等而彼生盲夢中所見諸人身體形容及莊嚴瓔珞皆悉具說爾時彼生盲人如是所說形體生識不見於汝意云何彼生盲之人睡眠所夢云何得見跋陀羅波梨白佛言善哉世尊惟願爲我解說此事云何得見佛告跋陀羅波梨跋陀羅波梨汝當知以肉眼因智力彼生盲人在夢中見非實眼見跋陀羅波梨如夢中人見色少時正念其死人見内色亦復如是復次跋陀羅波梨更爲汝解其死人神識如種子移譬如種子散於地上受取四大如是此識受正念已受受已受善及不善已捨身已然後移跋陀羅波梨復問世尊云何此識受善及不善識然後移佛告跋陀羅波梨譬如蓮華色摩尼寶隨色影變若置黒影形即變黒若

置白中即變爲白隨其影形所在之處彼摩尼寶即同其色所安置處隨其地分色即隨變如是此識受善及惡而即移去亦復如是爾時跋陀羅波梨復問佛言世尊此神識何體而現佛告跋陀羅波梨此神識無形無聚處無積貯處畢竟不可得不可得言此神識有生有滅有惱亦不可言跋陀羅波梨譬如從子生芽亦不可得爛子生芽亦非壞子生芽而彼好子乃生芽成就跋陀羅波梨於汝意云何彼子芽住何處或在莖或在葉或在根爲彼子在樹枝如是如是此識於身體無處倚住不在眼不在耳不在鼻乃至亦不在意猶如從子生芽所生子芽者以取受爲本彼處取故即便受胎受胎已即有觸如生芽已依時即有枝葉華有枝葉華即有子如是如是此識先成就身體身體成就已其神識無處可住亦不離神識有身如彼種子從樹熟已然後有子非生果有子如是如是此身命終之時從身體中此神識顯現以受和合以愛相縛以念相執善攀緣和合或非善攀緣和合以風界相持智熏逐業緣父母和合然後此識顯現跋陀羅波梨譬如善成就好明鏡見面形非無其面得見面形亦非無明鏡可有面形如明鏡及面兩緣和合得有面形而其面形無有色亦無受亦無有識但隨身轉動其鏡內形亦轉動如身言語移從轉動伸縮俯仰隨所作者其鏡內面形亦作如是事相顯現跋陀羅波梨於汝意云何其面形因何事故而現形鏡中跋陀羅波梨白佛言世尊因人身體故現彼鏡中如是形隨其

身色面亦有如是色彼形亦如是色或諸根具足或不具足彼面形於明鏡中亦復如是現其形相跋陀羅波梨如彼明鏡成就面形以有身故彼明鏡中現形如是此身因識有受有取有識有諸行思念成就身體言彼明鏡者彼緣父母和合當知如身滅已無有識形如彼明鏡現面形已又清水中更見面形如此識捨此身形已至於彼復受餘諸陰譬如尼拘陀樹子或優曇婆羅等諸樹子雖復細小而能生極大樹枝生大樹枝已捨彼形復更餘處生而彼子界捨樹形已隨時乾枯無復本味其本味滅已彼樹便即乾枯萎悴如是此識微細無定色形生諸身已更復捨更成就前別體猶如大麥小麥烏麻小粒大粒等子隨所地方散處於彼地方即便著根

如是如是此識所有衆生身內移於彼處即有取有受而住或受福或受罪從此世移至彼世猶如蜜蜂覓其味於華內取其味香而捨其華更移別華或捨惡華移至好華坐華上已樂著彼華取彼香味如是如是此神識以多善根或受天身受天身已以惡果故或復受地獄畜生餓鬼等身受已復受別身而此神識云何須觀譬如鬱金香子或紅藍華子或分陀利華子其體本隨分色不定而彼子內不可見芽亦無定色而彼子入地得水潤澤即便生芽有芽已然後生華而彼色不可以子得見亦不離子有芽及色如是如是此識捨此身已欲成彼身彼肉團內未有諸根何況諸入既無諸根及入豈可有天眼天耳及香味觸體得有知理豈可知我於彼時

作如是諸業我過去如是身體但因識而受譬如蠶虫以自身口出於絲縷作繭纏遶其身於中即死如是如是此識自生身已還自造業猶如蠶虫出絲纏遶即自滅身移向於彼譬如蓮華生於水中即有妙色香味而彼華內無水正體而可得見彼華滅已所有地方置子於中即有色香所住如是如是此識所移之處諸根境界無共移者受亦無移其所移者唯有法界譬如如意珠隨所至之處有須之物即隨念得猶如日天光明自隨逐日而行日所至處光亦至彼如是如是此神識所移至處受想法界等相隨不離復次此識捨身已取一切諸有聚集取已無肉無骨來就後身彼取色身有及諸觸等事以天眼觀見善惡受取譬如小棗千年棗菴摩羅果迦毗陀等果成就時各有一味或苦或酢或甘或鹹等諸六味而彼諸果熟已在所地方其味在內子移彼處各自有味如是如是此識子所移之處彼自有觸隨福及無福以有及念自隨而移復次此識捨身時作如是念如我今捨此身故名此念識爲識知善業不善業知此業隨我而行知我隨此業而行如是等知故名爲識復次此身知造一切諸業故名爲識猶如風界或時冷或時熱或時隨臭有氣或時因香有氣故知爲風如是此識體無有色以取因色故或欲取因故或見取因故或持戒求報取因故乃至有受受因故受身體色成就故言爲識爾時彼衆中有一長者童子名曰蘇摩浮坻從座而起合十指掌而白佛言世尊其色云何須觀取云何須

觀欲取云何須觀見取云何須觀戒取云何須觀佛告眞月凡有智者欲知汝所問當如是知眞月若有善色若有非善色從肉團時須觀筋血脉及氣脉髑髏縫腦大腸小腸肺心肝腎脾膽諸藏脂𦚧髓血痰癊涕唾不淨臭穢非常可畏毛髮髭鬢皮膚裹覆聚集聚巳所有諸色皆爲四大所成四大者取色以成身故名取色蘇摩浮坻彼身以父母和合成牢鞕者彼即是地大所有稀輭者彼名爲水大所有煖成熟者彼名爲火大所有揺動屈伸者彼名爲風大所有知者彼名聲香味觸等界所念知者故名爲識爾時蘇摩浮坻復白佛言世尊云何死時捨彼色界云何彼識從彼身出云何彼身捨巳作如是知此是我身佛報眞月言眞月受此身正住之時身業既盡捨於諸大譬如以乳和水以火煎煑以得熱氣乳水各別而彼水所有脂膩味彼無有色眞月如是如是死人身別諸大亦有別神識亦有別然彼識取諸大及取法界巳以法界熏念取善及惡至於來世譬如摩訶迦良那藥蘇取種種藥味力煎其内或有辛或有苦或有酢或有醎或有淡或有甜取諸味巳入體成熟色香等味取巳彼蘇體捨移而成藥味此識亦復如是捨身巳取善及惡及取法界此識移去言彼蘇味體者即以喻身言彼諸藥和合聚集者喻彼諸根言諸藥色香味觸者喻識移去故言識諸味將去者即是識移應當如是觀言人色別異者或善色或惡色或入體大眞藥蘇熟消即是喻善業當如是觀若言因彼大眞蘇食巳出瘦黃

色即是喻不善業當如是觀如大摩訶迦良那藥蘇寶者如是此識應當觀如摩訶迦良那藥蘇取諸藥色味取已成大眞藥蘇而彼蘇無有手足及諸根但取彼味如是如是此識捨身已及捨諸界唯取法界取受已取善及惡而去眞月彼人捨身已於來世得正念得天念或見六欲諸天或見十六大地獄或見身體諸根具足彼於爾時作如是知此是我身也彼人命終之時彼念見種種相或見微妙輦轝或見微妙園林其園林內有種種樹木新生蓊鬱可愛或有妙池或見種種成就諸事彼見如是等諸相心生歡喜生歡喜已安隱如法取生命終而彼人神識猶如乘馬應當如是觀言乘馬者譬如有人在戰場內身著好牢鎧甲善持馬控轡速疾騙騎如是此識著攀緣鎧甲善果報速疾乘出入息捨諸界諸入等捨已取後生諸梵天乃至阿迦膩吒等天微妙之處

大寶積經卷第一百九

音釋

跋陀羅波梨（梵語也此云賢護）瞬（輸閏切目動也）蘇摩浮抵（梵語也此云眞月）皺（側救切眉攢也）慼頞（慼子六切頞阿葛切慼頞鼻莖促貌）臃（丑容切圓直也）踝（戶瓦切腿兩旁曰內外踝）腕（烏貫切手腕也）羹臛（臛黑各切肉羹也）粇（居行切稻不粘者曰粇）貿易（貿莫候切貿易財也）闐闐（闐亭年切滿也闐烏結切塞也）㲉（克角切鳥卵也）膞（各伯切肩膞也）胯（苦瓦切兩股間也）萎悴（萎於危切枯也悴秦醉切憔悴也）蠶（徂合切吐絲蟲也）繭（古典切蠶衣也）髑髏（髑音獨髏音樓髑髏首骨也）腎脾（腎是忍切水藏也脾頻彌切土藏也）牢鞕（牢郎刀切牢固也鞕魚孟切堅鞕也）摩訶迦良那（梵語也此云大眞）痿（於危切痹濕病）

也

蓊鬱蓊烏孔切鬱紆勿切蓊鬱草木盛貌

控轡控苦貢切勒止也轡兵媚切馬轡也

騙騎騙疋扇切躍上馬也騎渠宜切跨也

阿迦膩吒梵語也此云質礙究竟即色究竟天也膩女利切

大寶積經卷第一百一十

隋北天竺三藏法師闍那崛多譯

賢護長者會第三十九之二

爾時衆中有一王子菩薩摩訶薩名爲大藥從座而起整理衣服合掌向佛而白佛言世尊彼神識從此身移當有何色佛讃彼大藥菩薩言善哉善哉大藥如是如是汝之所問此義其義甚深唯諸如來乃能知耳然此識除於如來更無有人而能知者爾時跋陀羅波梨白佛言世尊希有此大藥王子能問甚深之事最微最細甚深甚密佛報跋陀羅波梨言如是跋陀羅波梨此大藥王子於往昔已曾供養毗婆尸世尊種善根故跋陀羅波梨此大藥王子昔五百世曾作外道當於爾時嘗問此識義然此大藥王子當於爾時於此識中亦不能了知此識何來何去此義不了我今應當爲其決了此義爾時跋陀羅波梨長者子讃大藥王子言大藥善哉善哉仁者智慧廣大無有邊際乃能問世尊甚深之義我今勸請大藥願問世尊此義入一切難智者巧解深意勿令此蘇摩浮坻娛樂少事而先問佛所以者何其故數數惱亂不善問於世尊但佛世尊出世甚難世間如此法會聚集復難是故汝今應當勸請世尊解釋甚深義處爾時大藥王子菩薩摩訶薩瞻仰世尊而見世尊喜悅微笑清淨猶如初秋蓮華始開見已歡喜爾時大藥王子菩薩白佛言世尊我渴仰故樂聞正法慮恐世尊不具與我顯說法要不決我疑又恐世尊不久當取涅槃又恐諸衆生不能了知善惡業報恒受

生死煩惱不能捨離佛告大藥言大藥我於往昔故爲此偈從大山崖投身布施復行無量無邊難行苦行百千億等種種諸事大藥汝所有疑但當問我莫以爲難我隨汝意當分別說爾時大藥復白佛言世尊此識何色佛告大藥言大藥此識如幻師火如人水內影如風輪無定無有定色如衆生眼見虛空如似愛大藥復問其愛云何佛言猶如人射以有眼根見箭去時如人執明淨鏡於其鏡內見已面形若除鏡已形便不見此識亦爾從人身移其識界唯見罪福譬如生盲人不見日天出時中時後時夜亦不見月天出時闇時並皆不見此神識亦復如是於其身內不可得見大藥此身內愛著及取及想智者但有識所有此身和合集聚諸界諸入諸陰等所有色者眼耳鼻舌及色等諸受或苦或樂意等所有諸色者是名爲識大藥如人以舌知味或苦或辛而彼人舌有色彼味無色此身內所有骨髓肉血是有色所受者是無色是名爲識受罪福者爾時䟦陀羅波梨頂禮佛足而白佛言世尊受罪福者是誰佛告䟦陀羅波梨汝諦聽諦受我爲汝說有見實者彼見此識而此識不可得如菴婆羅果掌中可見此識不住眼道亦非以眼能得見彼如恒河沙數如來見此識我亦然無色可見唯愚癡輩不知不見故我爲說但有識名不可以見䟦陀羅波梨此識如受罪福我爲汝說汝當諦聽譬如有人著陰鬼或羊顛鬼或乾闥婆鬼或天神䟦陀羅波梨於汝意云何彼人身內有彼諸鬼或陰鬼等可見以不䟦

陀羅波梨言世尊彼鬼在人身中或內或外實不可見但彼諸鬼在人身內亦無有色跋陀羅波梨如彼天神最勝在人身中取最妙香華塗香末香并諸華鬘及以飲食皆取最上殊勝如是此身取最勝業時以識故受或取王位治化自在或取富饒大長者家或受天果報如是此識受福如此最勝天神靈在人身內受最勝祭祀或受王位或受富饒潤彼人身令使歡喜如是此識受福果報亦復如是跋陀羅波梨如彼不淨毗舍闍鬼神倚在人身中受不淨諸物臭穢或在圊屏內受諸祭祀得祭祀已即生歡喜而彼人被不淨鬼神力故常樂臭穢不淨之處心既愛樂得臭穢物便生歡喜如是此識得惡果報生不淨意或生貧賤家或生下劣家或生餓鬼恒食糞穢之物心生歡喜然此識如是受惡果報如彼勝天神靈雖無色形但受最勝最上祭祀如是此識雖無有色但受最勝最妙果報隨業受身如彼無色富多那鬼倚著人身恒樂食諸糞穢如是此識在不淨業中恒樂下賤之處跋陀羅波梨汝當知此不淨識如是跋陀羅波梨如彼鬼形在人身中而無有色此識受善不善果報如彼鬼神汝應當如是知見爾時大藥王子白佛言世尊凡受欲云何佛答大藥言當見有人各各和合故生欲想譬如以木鑽火因人身力然後出火欲受於欲因於男子意感於觸後生欲事譬如因華成子然彼華內初無有子有華故然後結子可見如是此身生已然後識可見而此身內亦無識可見以識故身內有骨髓肉血

等不淨之物如彼種子種已生華因華而受色香味等既成果已還滅如是此識成身已亦復還滅但取善惡受心想意識至於彼世趣彼男女和合生歡喜心因彼交會相持出於不淨出不淨已還各相離而彼二人受欲樂時心生歡喜既受欲已無復欲想還各相離或生猒離欲想如是如是此識因身攀緣生歡喜心增長受想猶如人身因見女色即生欲想各各著身受欲訖已還復猒離而去此識亦然既受身已還復捨去生猒離想復次因父母欲事來中陰受身攀緣業此識有從中入欲因成就身而彼業無色其男子女人因亦無色但因受攀緣故生欲想而即有色是故言受欲想也色受欲想故名爲受欲復次大藥因持戒攀緣故受後果報此事云

何我爲汝說言持戒者身斷殺生不盜他物不行邪婬不妄言不飲酒鬪亂謹慎不放逸是爲攀緣欲受後世須陀洹果斯陀含果即受後有或天身或人身而彼有善業或有漏或無漏成就諸陰等潤彼處識受持或善或不善諸業成就識等受諸欲事已還自猒離是故名此因持戒故受後果報也爾時大藥王子白佛言世尊此識云何受天身復云何受地獄身佛告大藥王子菩薩言大藥汝今諦聽我當爲汝解說此事大藥此識以法界持故生作天心見而彼天見不在肉眼彼見體所見即是受因故名見受因也而此人所見天見者即是福攀緣善成就即見天宮於欲天中受種種五欲樂事如是見已便生欲心因即如是起念智我今應須至彼處耳彼

生如是欲心已而發滦著念心取有相復見其故身棄在尸陀林内彼如是見已便作是念是我天識也此造善根已我當欲向天上爾時大藥王子復白佛言世尊彼識既如是著故尸云何不即入故尸佛告大藥王子言大藥譬如有人剃除鬚髮既見鬚髮落地作如是念我此鬚髮好黒香潔願我此髮還著頭上如舊大藥於汝意云何彼之頭髮還能更著頭以不大藥言不也世尊佛言大藥如是如是彼人神識捨其身已還欲入中更依住者無有是處爾時大藥王子復白佛言世尊此識既是微細無有正色廣大無邊云何能來就大白象身復能破金剛之身既無千象力云何人生即能持千象力佛告大藥譬如風界無色不可見住山谷間而彼風從彼山谷出已能摧折崩倒如須彌等高大之山使其破裂大藥於汝意云何彼風界有何色彼山復何色也大藥白佛言世尊彼風柔弱復無色身當如是見佛復告大藥言大藥如彼風界輭弱無色體彼識亦復然輭弱復無色身然其無妨能成就大身能成就微細小身而彼識蚊子及象一種不異大藥譬如小燈燭光或在壁或在室能滅大黒闇分此識亦復如是雖復微小能成大小形色而皆因業受故爾時大藥復白佛言世尊彼業有何色有何體幾種因應當可觀佛報大藥言諸業境界者是微妙受快樂受得天飲食譬如有二人同共遊行至於曠野然彼二人一人忽值涼冷清水而得飲之一人飢渴命終而彼水不能自入彼人之口亦無於此一人不

與飲者但以因緣故一人值水涼冷飲之一人不值如是如是此善不善諸法亦復如是如黑月白月善不善應須當見譬如生果熟已變成別色然彼色以火力多故令其成熟如是如是此身以福力故生於大富長者家多饒財寶現受快樂在於天宮顯現受天快樂然後失天自在勢即顯現無福之勢猶如種子於地上種生樹以後其種子於樹上不現亦不從枝移枝亦不在樹內顯現亦無有人手執彼子置於樹上亦不從根移彼種子可現如是如是此諸業若善若惡倚住身內而不顯現如從種子然後有華從華然後有子其華不在於種子內其子亦不在於華內子華無有二別體如是如是此身內諸業有從業有身其身不在業內可見業不在身內

可見如華成熟然後成子如是身成熟已諸業可現如種子何地方有彼地方即有華有華然後有子如是如是此身所有生處於彼之處見善及惡便即有現然彼諸業根無有色如人因身有影而彼影無定無色還隨人而行而彼影不倚住於人亦不離身有影可現如是此身內現善惡相隨而不相離身行之處隨逐而行其業處處隨逐其業不離身有亦不離身業可有現如諸藥若辛若甜若苦等人飲服已能除諸病既除其身諸惡成其柔輭現好顏色衆人見者形相可知此人身值甘藥然彼諸藥等味及力無有色其味力色不可得現唯在人身形色端正可現耳如是如是此善業無色而至人身以美飲食故身著好服故其人諸根具足故身受快樂

復以金銀珍寶莊嚴此身有富貴形勢此皆是善業境界其失勢無有福業貧窮困苦遠離資財恒常乏少規求他物飲食麤澀行住坐卧悉皆下劣無好福報養育身體所生醜陋此皆是不善業境界猶如明鏡以其明故面形妍醜分明顯現而彼鏡内影無有色如是如是由善惡力故此識顯現於人中若地獄餓鬼畜生中大藥此諸業隨於此識大藥應須如是知如是見大藥復白佛言世尊此識云何成就諸根受大身云何捨諸根佛告大藥譬如獵師入深山林手執强弓即取毒藥塗其箭鏃以射大象而彼毒滴雖少入皮至血毒氣移行遍滿身中至一切諸根境界令根閉塞屈折諸節令血變色遍諸身分遂即捨身其毒還至本所入處自然出外大藥其毒藥一滴極甚微小其象身極大於汝意云何大藥報佛言世尊計毒藥極微小其象身如須彌山藥毒移行所以遍體佛告大藥如是此神識捨身之時捨諸根捨諸界次第亦復如是如是大藥復白佛言世尊云何受如是廣大身不曾畏難佛告大藥譬如須彌山高八萬四千由旬而彼山有二龍王一名難陀二名優波難陀繞之三帀住持彼山而彼龍王喘息之氣海水不堪飲彼龍王出入息時彼須彌山即動如彼龍王身廣大多力彼婆修吉德叉迦龍王亦復然大藥於汝意云何彼龍王等識欲與蚊子識一等以不汝勿别見大藥王子白佛言世尊如我意所見彼之龍王及蚊子識一等無異佛復告大藥如有一毒名婆蹉那婆復有毒藥名訶羅訶

羅將如芥子與難陀波難陀等食即速疾命終大藥於汝意云何龍毒藥毒何毒力大為龍毒大為藥毒大大藥報言世尊如我意見其難陀波難陀毒多其婆蹉那婆毒少佛告大藥如是如是雖有大身敵九千象力無妨其識雖小無定色不可見但此識因業緣成就大身大藥譬如尼拘陀子其形雖小無妨能成就大樹枝條長廣覆蓋數百千地大藥於汝意云何其子形及樹身二種何者是大大藥報佛言世尊如以小孔比於虛空佛復告大藥而彼樹不可在子內見亦不離子而生於樹大藥如彼微細子有廣大樹如是如是無色識成就大色身因識故現色身不離識色身可見爾時大藥復白佛言世尊其識牢固猶如金剛云何成就羸弱之身佛告大藥譬如有人貧窮不能自濟忽然值遇如意寶珠彼人得珠執已所造如意即得稱成樓觀池臺城門坑塹周帀高門園林華果枝葉翁鬱彌覆其上及餘資財諸物皆悉如心自然化作大藥彼等諸事悉皆羸弱速疾破壞離散之法然後彼人手執如意珠忽然失落彼等樂事即滅不現大藥如彼如意珠千金剛破終不可壞有此功能隨意所念皆悉尅果如是如是此識牢固猶如金剛而受身者此不堅牢也爾時大藥復問世尊彼識既是輭弱云何破壞堅牢之身而移至彼世佛告大藥譬如水流注下在於山內還穿山而出大藥於汝意云何彼水有何堅牢大藥報佛言世尊其山體是堅鞕牢如金剛而彼水滴本性柔輭猶如夢為觸者安樂如是如是彼

識本體柔輭能破大身即得出去爾時大藥復問佛言世尊凡有衆生從衆生界捨身命終之後云何受諸天之身云何復受諸趣之身佛告大藥言大藥汝諦聽我當爲汝解說此事大藥凡有衆生捨衆生體命終之後以行福業之事以受身還捨彼身其識捨人身見得天身見彼既得天眼已即見六欲諸天又見六欲天宮而見彼人身破時復見天上園林歡喜林壞亂林等彼處有高座天衣覆上處處臺殿微妙樹林處處有端正玉女聚而彼識見常有華莊嚴諸事心喜見者種種瓔珞耳璫臂釧而彼見座上有天童子其王女及天子二人歡喜共見而彼天童子生已復更見生天之童女彼天童子見童女已即生欲心生欲心已即得歡喜得歡喜已即得

遍體心意歡喜心意歡喜已彼於爾時即變身色面色猶如蓮華其人命終之時即得不顛倒見鼻不喎線口氣不臭彼人耳目似青蓮華色身分支節更不離解彼亦不流血亦不生糞尿身諸毛孔亦不揩折諸甲無復青色手無黃色手脚不動亦不申縮而取命終大藥彼人命終之時預有天相所謂現前見輦輿彼輦輿有千數柱莊嚴懸諸鈴網其鈴出好微妙音聲有種種微妙香華而散其上又出好妙香氣復有種種瓔珞莊嚴其上復有無量諸天童子彼見如是已生大歡喜心彼生歡喜心已於身生二相齒白淨猶君陀華顯現其兩目不甚大開不甚大閉其聲微妙哀美二足下猶如蓮華色而彼死屍命終之後身心不冷不熱彼七人有眷屬不甚悲

戀而彼人欲依法取命終之時其時正日初出諸方無有黑闇了了覩見衆色諸方復有善妙香氣遍滿而來其人臨欲終時兩目不閉其所見諸方無有迷惑若見如來像即得信心發清淨意復見心所喜愛諸眷屬以歡喜心抱其身猶如人死已還活亦如遠行人歸慰愉諸眷屬作如是言諸眷屬等莫憂莫愁一切諸有生者皆有如是别離法也大藥彼衆生若福業强若内發布施心其辯才數數自讃歎歌詠布施功德或種種功德因緣而彼人作如是語已意樂欲睡眠身心得安樂遍滿其體安隱捨身命捨身命時上見諸天共同榻坐見同坐已其玉女將手置其身上其王女兩手掬滿香華既掬華已白彼天言大善大善願有吉利事欲生天童子時至而彼玉女作是語已手即索華索已復索索華之時而彼衆生即取命終彼捨諸根共識捨諸根境界捨諸大時四陰無定體無色如人欲騎馬或如日天或如明珠或如火炎或如水月或如幻化身攀緣善業速疾如筒出氣移去而彼神識欲生彼處因彼華見父母坐天榻上見彼天和合其神識於華内有形出彼時有微妙風甘露味和合而吹而彼起已彼識於七日内頭戴天冠生天童子爾時大藥菩薩復白佛言世尊彼神識既無有色云何爲因緣而成就色云何爲因緣而現見佛言大藥譬如二木和合各各相揩而出於火而彼火不在木内可見不離木而可得火亦非一因而能生火亦非無因而得出火非是木上即得見色以因故出出乃見色亦非

離木而別有色可得如是如是大藥彼識以父母和合故成就受身其識亦不在身內可見亦不離身而有彼識大藥譬如火出已然後見色亦非熱故可見有色亦非赤故可言見色如是大藥彼神識以成就身故言有識亦不由受故可見亦不由諸行故可見大藥譬如日天圓滿光明照曜大有威光顯赫可見而諸凡夫輩不見正色或言黒色或言白色或言黄白色或言緑色大藥不可以身不見神識或黒或白等猶如日喻不可以幔可見光明其可見者但出没行時如是須觀大藥此神識凡欲觀時但取其諸性大藥復白佛言世尊其識有何諸性也佛言大藥彼性受性取性諸行性憂愁性思惟性惱性喜性不喜性等是識諸性應當如是觀復次神識有本性可觀何等爲本所謂善心不善心等爲本爾時大藥復白佛言世尊彼神識從此身出已云何速疾而受彼生處云何從此身出已未至彼身受生之時於何處住此之神識當云何觀佛答大藥言譬如有人其臂纖長手足上下一切正等乘微妙速疾駿馬馳走入陣入陣已被刀槊弓箭所傷其心惱亂在彼陣內其心迷悶墮馬倒地而彼人善解戎仗倒地已速疾而起手執其馬即便騙上譬如彼人倒地之時速疾得馬得馬已即乘彼馬如彼馬速疾得速疾乘彼神識亦如是應當知如彼人被賊趂心生恐怖乘彼馬速疾而走此神識初捨身欲至彼亦復然欲生天即攀緣天念見天父母在一座上見已攀緣速疾即得受生復次大藥汝問凡人初移

識時其識未至彼時在何處住其性當云何觀者大藥譬如人影在於水中雖復現色非人正形色當如是觀大藥彼人影上下手足正等成就色時在於水中亦不作如是念言我有熱惱我有寒凍我身疲乏彼無如是心言我是眞體如前在胎肉塊而彼影無有擾亂處而彼人身影在水中之時無有聲出或苦聲或樂聲大藥此神識從此身捨已未至彼身有如是形有如是性大藥凡有福神識初欲取天身時作如是受爾時大藥菩薩復白佛言世尊此神識欲取地獄生云何受佛告大藥汝今諦聽如無福衆生欲取地獄生者我爲汝說大藥凡有衆生若造不善業以彼業攀縁所攝而彼衆生此處欲捨其身捨身之時生如是念我即是彼人從此地獄捨身此是我父母而彼人捨身之時一等成就色身如本性有成就彼人如本身體即見身分而彼人初捨身被憂愁所流即見種種地獄彼神識初捨身已在彼地獄即成就有業即見彼地獄或有他方見如血灑而彼即心生染著相生染著相已即成地獄身而彼神識猶如下濕臭爛地因故生蟲身譬如屏臭穢爛故生蟲譬如酪內臭壞有諸蟲生大藥衆生欲生地獄亦復如是爾時跋陀羅波梨合掌向佛而白佛言世尊諸衆生輩在地獄其身有何色云何而受身體佛告跋陀羅波梨言若有衆生染著血處彼等身體生血色若有衆生染著毗羅尼河彼等身體即生不白不黒雲色若有衆生染著灰河彼等身體生斑駮色而彼等諸衆生於彼處身體柔輭

猶如王子安樂養育其身跋陀羅波梨於彼處諸衆生受身廣大長八肘半其髭鬚頭髮甚長其足可畏反向於後若有閻浮提人欲往地獄觀者見彼地獄人即便怖死復次跋陀羅波梨地獄衆生雖復有食無暫時樂爾時大藥復白佛言世尊彼諸衆生食時有何等食佛報大藥菩薩言大藥彼衆生輩在地獄遊歷時遥見赤色或鎔銅或鎔鍮石見已各相唱言嗚呼仁者誰欲得食近來相共食此聞是聲已聚一處向鎔銅所會堂而住已求食故張口欲食而彼鎔銅及以鍮石熾盛放光作如是聲多吒多吒入其口然其全身大藥彼諸衆生以爲食故受如是苦事復次大藥彼地獄中衆生於彼時其神識唯在骸骨内而彼等神識不離骸骨神識不離骸骨故不取命終雖然而彼等衆生猶尚飢惱彼處亦無食事於彼處有微妙園林彼等眼見種種華果種種樹木蓊鬱青色亦見微妙廣大地方柔輭青草所覆彼等見如是園林地方微妙各各歡喜微笑各各起念各各相喚汝等人輩如是園林微妙可受快樂又有涼冷微風彼等聞見此事已速來聚集即共入彼園林之内入已少時受樂於彼樹上所有華果及諸葉等悉皆成鐵彼衆生等即被彼鐵枝葉華果擘裂其身彼地獄衆生被枝葉華果猶如竹根擘裂身時口大叫喚處處馳走如是之時其後有諸閻羅王人手執利鉄或執大鐵杖其目可畏牙齒極利頭髮火然其炎高大全身燒然手執種種器仗罪人隨業所生彼人順後趁逐口唱是言人等住住

莫走汝等自業所作此園林何故苦走不在此受斯業也大藥彼諸衆生在於地獄受如是苦惱當如是觀復次大藥其地獄人過七日後具足受地獄苦猶如蜂採華造蜜所以者何種種諸有因故成神識始受取地獄諸苦而彼神識初捨身不自由被諸苦所逼心中不樂初見大黑闇至彼處猶如有人被賊所逼牽挽心作如是念嗚呼我今何故捨微妙閻浮提棄所愛諸親侶向地獄速疾而行今不見天上之路其於彼時猶如蠶蟲被絲所纏速疾求受生處彼不自由被業所纏縛不能得住大藥其地獄衆生有如是因緣有受如是等諸苦惱之事爾時大藥王子及跋陀羅波梨長者子聞此事已身毛皆竪合十指掌向佛歸依其大藥王子等發心作如是願藉此聞法因緣在流轉生死煩惱內願莫生惡道願莫受地獄苦也爾時跋陀羅波梨復白佛言世尊我更欲問佛前所心疑佛告言跋陀羅波梨隨汝所疑恣汝意問跋陀羅波梨白佛言世尊何者名聚何者名積何者名陰何者名移佛言跋陀羅波梨凡有四種法界成就此身何者爲四諸界和合智慧見意無明諸境界識此是總義我已說言聚者即是六界諸入境於六界內麤者三一者入復有二種取其內有髮髭鬚衆毛皮肉膿血涕唾脂五藏手足頭面身分支節和合故名爲聚譬如諸穀積聚或烏麻或大小麥或豆豌豆以聚集故名積聚如是如是此身有身分有支節聚集故名爲積聚言六界何等爲六一地界二水界三火界四風界五空界六

識界言六入者何等爲六一眼二耳三鼻四舌五身六意言六入境界者何等爲六一色二聲三香四味五觸六法此名爲六入境界言諸麤界本體三何者爲三一者欲二者恚三者癡彼等發起有三何等爲三一者風二者黄白痰三者涕唾言諸入取者有二何等爲二一者持戒二者信復有六何等爲六一者施二者財三者精進四者禪定五者善六者非善言陰者云何名陰一者受二者想三者諸行四者識此四陰是無色言受者即是受用言想者即是知別樂苦言諸行者見聞觸受此名爲識爲身作主能得自在一切諸物中自在故言移者善成就清淨戒身業口業意業受根取命終時於彼時彼識捨諸陰更不受有生更不迴故一向受樂故名爲移

是名爲移離此者不名爲有移如是次第別者不名爲移作如是語已跋陀羅波梨及大藥菩薩頂禮佛足而作是言善哉世尊善能爲我說如是義眞實一切智世尊於未來世此法門爲諸迷惑愚癡衆生當作潤益佛報彼二人言跋陀羅波梨此諸如來智者無有虛妄非一切智亦不能知此眞實體我於過去行無量苦行熏修此智光明如今日所說無有異也此是智光明法自處處流布功德名聞一切智海藏爲諸衆生教化故說所在之處所說之處於彼之處非人護持及諸天脩羅摩睺羅伽人非人等來彼護持處頂禮於彼之處無諸恐怖縣官不能作惡劫賊當不能害佛告諸比丘汝等諸比丘若知從今去此法門不得無信人邊說亦不得覓過失

人邊說亦不得外道尼乾等邊說亦不得尼乾陀聲聞邊說在阿蘭若空閑者邊亦不得說亦不得不至心請人邊說所以者何恐其求過失如來實無過失若有出家比丘或在家俗人信受隨順此事者彼人應須當順彼人邊應須起慈悲心一如如來一種須發如是心此人持諸佛庫藏也爾時世尊而說偈言

發心出家故　應當行佛法　降伏魔軍衆
如象壞竹舍　若能行此法　謹慎放逸事
滅生死煩惱　當盡一切苦

佛說此經已其跋陀羅長者子大藥王子菩薩及大比丘衆天龍阿脩羅乾闥婆等聞佛所說歡喜奉行

大寶積經卷第一百一十

音釋

圊屏（圊親盈切圊廁也屏必郢切屏蔽也）鑚（祖官切穿也）鏃（作木切矢鏑也）婆蹉那婆（梵語也此云牛犢子齊蹉倉何切）訶羅訶羅（梵語也此云速殺）璫（都郎切耳珠也）釧（樞絹切臂鐶也）喎綟（喎苦蝸切不正也綟郞計切曲也）槊（色角切矛屬）毗羅尼（梵語也此云離垢毘頻脂切）駁（比角切斑駁不純淨也）鍮石（鍮他侯切鍮石銅屬似金）擘裂（擘愽厄切裂良薛切擘裂謂分擘裂破也）鈇（芳無切斧也）豌（烏丸切）

大寶積經卷第一百一十一

唐三藏法師菩提流志奉　詔譯

淨信童女會第四十

如是我聞一時佛在舍衛國祇樹給孤獨園與大比丘衆五百人俱菩薩摩訶薩八千人一切皆是衆所知識得陀羅尼辯才無礙具足諸忍降伏魔怨逮諸如來所得之法其名曰持世菩薩持道菩薩持地菩薩持大地菩薩樂慧菩薩令信樂菩薩妙色莊嚴菩薩寶焰菩薩寶幢菩薩寶思菩薩寶處菩薩寶慧菩薩寶德菩薩寶光菩薩復有賢劫諸菩薩等彌勒菩薩而爲上首復有六十無等喻心諸菩薩等文殊師利而爲上首復有十六大士賢護菩薩而爲上首復有二萬兜率天子俱在會中是時世尊處大莊嚴藏師子之座無量百千大衆圍遶光明照曜猶如日月威德殊勝如釋梵王高出衆表如須彌山光焰猛盛猶大火炬顧視安詳如大象王說法無畏如師子吼蓋諸大衆如羅睺羅王相好莊嚴威光熾盛出梵音聲遍滿三千大千世界爲欲覺悟一切衆生普令安住決定勝義於大衆中而演說法時波斯匿王所生愛女名曰淨信年在幼稚顏貌端嚴爲諸衆生之所樂見宿植善本修習大乘與五百童女前後圍遶各持金鬘出舍衛城詣祇陀林至如來所頂禮佛足右遶三帀却住一面即於佛前而說偈言

久積福善清淨業　滿足無邊功德海

令衆信樂皆歡喜　故我頂禮牟尼尊

顯現威光相奇特　開示法門衆寶處

身光一尋常照曜　我禮大慧清涼池
功德大樹福無盡　人中最尊世所讚
本願戒行已圓滿　故我頂禮應供尊
安住妙法常寂然　等心世間如一子
智慧善巧知諸行　示平坦路如導師
若有堅固勇進者　慈悲利益衆生類
如是菩薩正修行　惟願如來爲宣說
云何當得堅固力　安住生死降魔衆
云何當得平等法　云何成熟諸衆生
云何如地如虛空　如風如水亦如火
云何得信住於法　如彼須彌師子王
云何遠離憎愛心　淨意質直無諛諂
云何出生施戒忍　精進禪定及解脫
智慧破諸煩惱闇　而常安住大方便
三昧總持無礙辯　住四無量五神通
云何得在諸佛前　常受化生知宿命
頭陀無諍住蘭若　調伏其心滅煩惱
持戒修習菩提道　證甘露滅降魔怨
施衆安樂轉法輪　如是正道願宣說

爾時世尊告淨信童女言菩薩若能成就八力於生死中堅固勇猛而無疲倦何等爲八一志樂力無諂誑故二勝解力離諸惡故三加行力常修善故四淨信力深信業報故五菩提心力不求小乘故六大慈力不害衆生故七大悲力堪忍諸惡故八善友力時時警覺故童女是名八力菩薩成就如是力故堅固勇猛於生死中無所染著爾時世尊重說偈言

志樂勇猛　離諸諂誑　常行質直　正趣菩提
以勝解力　遠離衆惡　純修善行　住於正勤

加行具足　恒善觀察　精進堅固　安樂衆生
淨信力故　了知業報　信於佛智　攝受世間
菩提心力　遠離小乘　不斷佛種　安住法性
大慈力故　等觀衆生　無愛無憎　不生恚害
大悲力故　堪忍衆惡　不染生死　亦無疲猒
以善友力　常相警悟　心不退没　安住菩提
彼勇進者　得是八力　當坐道場　破諸魔衆

復次童女菩薩成就八種法故住於平等何等爲八一者一切衆生平等本無我故二者一切法平等諸法寂靜故三者一切剎平等入空界故四者一切智平等平等說法故五者一切行平等因緣無性故六者一切乘平等等無爲故七者心平等心如幻故八者諸魔平等煩惱爲先不可得故是爲八法住於平等爾時世尊重說偈言

衆生本無我　念念不可得　住於平等者
應當如是觀　一切法平等　本性常空寂
文字有分別　諸法本無差　十方諸剎土
邊際不可得　其性如虚空　佛國常平等
三世諸如來　住法界平等　無邊智解脱
佛佛皆如是　衆生本緣起　一切皆平等
善知其所行　如應爲開悟　衆生若干種
了知如幻化　内外無所取　自性常清淨
諸乘種種說　無爲性平等　導師善方便
分別說三乘　現住煩惱魔　煩惱無所有
天魔及蘊死　境界悉皆空

復次童女菩薩成就八種法故離諸憎愛何者爲八一慈二悲三者常行利益四者不染世法五者不著自身六者常修定心七者捨離身命八者觀察煩惱修此八法能離憎愛

爾時世尊重說偈言

堅被慈心鎧　哀悲於一切　安住平等心
則不生憎愛　智人行利益　常施他安樂
得利不自高　輕毀不生恨　不爲八風動
則不生憎愛　於已若於他　不生憎愛想
諸想悉捨離　境界無所著　常自觀其身
不惜於軀命　智者於苦樂　不動如虛空
善觀察煩惱　我我所俱離　持行恒如地
則不生憎愛

復次童女菩薩成就八種法故於生死中無有疲倦何等爲八一者善根廣大故二者觀察衆生故三者常得見佛修供養故四者得見無量諸佛刹故五者常求佛智故六者了知生死猶如夢故七者於殊勝法無怯弱故八者觀察前際及以後際如實際故爾時世尊而說偈言

若諸行道者　修善無瑕垢　如空月清淨
度脫苦衆生　攝諸功德故　生死無疲倦
觀察衆生性　堅固行精進　於無量佛刹
恭敬供養佛　是故十力者　生死無疲倦
無量無邊世　說不思議法　不斷三寶種
當成於法王　堅持禁戒者　生死無疲倦
了知生死性　如夢如雲電　於法得解脫
生死無疲倦　安住於菩提　喜心常悅豫
度於方便岸　生死無疲倦　常修殊勝法
如空月增長　愛樂佛功德　生死無疲倦
生死無邊際　常住於實際　一念慧相應
生死無疲倦

復次童女成就八法心界平等何者爲八一者心如地故二者心如水故三者心如火故

四者心如風故五者心如虛空故六者心等法界故七者心等解脫故八者心等涅槃故是名八種心界平等爾時世尊重說偈言

等心如地　荷負一切　於善於惡　無所增減
等心如水　洗諸垢穢　養育世間　除煩惱渴
等心如火　燒滅煩惱　大炬光明　無所不燎
等心如風　無處無依　飄飛聞香　流遍三世
等心如空　離見清淨　遍入一切　而不隨魔
等心法界　善得安住　不增不減　常入平等
聲聞緣覺　所得解脫　無有縛者　亦無解者
生死涅槃　無來無去　安住寂靜　遍遊三世

復次童女有八種法菩薩成就出生菩提何等爲八一者施出生捨諸有故二者戒出生無所犯故三者忍出生無瞋恚故四者精進出生不懈退故五者禪出生行方便故六者慧出生持戒多聞故七者梵住出生解脫寂靜故八者神通出生常在定故爾時世尊重說偈言

常修行施者　離諸貪熱惱　不希求果報
迴向佛菩提　持戒爲大乘　割截無瞋恨
志求大安樂　除習證眞滅　菩薩行精進
多劫爲衆生　忍苦遊世間　精進力增長
修行禪定者　遠離諸戲論　到諸禪彼岸
而不隨禪生　大慧無等倫　求離諸邊見
了知世空寂　癡闇滅無餘　寂靜修梵住
淨除諸惡道　常爲釋梵王　勤修諸義利
神通遊佛刹　侍佛聽聞法　善知諸性欲
說法度衆生

復次童女菩薩成就八種法故得陀羅尼辯才無礙何等爲八一者尊重法故二者承事

和尚阿闍梨故三者求法無猒故四者如聞演說故五者不慳悋法故六者不揚他惡故七者愛敬法師如和尚故八者不見他過勸離過故是名八法菩薩成就具足總持辯才無礙爾時世尊重說偈言

志樂常求法　事師覲善友　遠離惡知識
得無盡藏持　多聞無猒足　勇猛勤求法
如聞而演說　不希求利養　得清淨辯才
能令衆歡喜　欣樂行法施　遠離於慳嫉
行法無所著　獲得陀羅尼　護戒自觀身
不求他過失　慈悲爲依止　發語不非時
當得無礙辯　度言說彼岸　於善說法者
愛敬如師想　隱過勸離惡　獲無盡海持

復次童女菩薩成就八種法故於諸佛前蓮花化生何者爲八一者乃至失命不說他過二者勸化衆生令歸三寶三者安置一切於菩提心四者梵行無染五者造立佛像置蓮花座六者憂惱衆生令除憂惱七者於貢高人常自謙下八者不惱他人爾時世尊重說偈言

假令苦逼身　終不說他過　常稱嘆三寶
化生諸佛前　勸發菩提心　令求一切智
常修於梵行　化生諸佛前　黃金嚴佛像
坐寶蓮花座　除衆生憂惱　化生諸佛前
於彼憍慢人　謙卑如弟子　不令他生惱
化生諸佛前

復次童女有八種法菩薩成就頭陀功德常樂住於阿蘭若處何等爲八一者少欲二者知足三者滿足善法四者以善自養五者常持聖種六者見生死患心常猒離七者恒觀

無常苦空無我八者深信堅固不隨他教爾
時世尊重說偈言
少欲知足不放逸　法喜衆善爲資養
愛樂常修於聖種　見生死患生怖心
由是常樂行頭陀　如犀一角獨無侣
有爲之法苦無我　慧心深信住正勤
自見於法不隨他　常處空閑佛所讃
頭陀遠離無惱患　無諸諍論衆過失
遠離眷屬絶稱譽　由是樂住阿蘭若
復次童女菩薩成就八種法故摧伏魔怨何
等爲八一者入於性空二者信於無相三者
信於無願四者了知無作五者内無疑惑六
者忍於無生七者決了無性八者於一切法
方便觀察不壞於如爾時世尊重說偈言
於空無相及無願　得三解脱降魔怨

有爲無爲無二相　證於無生得解脱
諸法無生如是忍　彼等降伏諸魔怨
於此無生無滅中　藴界無我猶如幻
決定了知法無性　不壞於如巧方便
分别諸法爲魔業　捨離分别則降魔
智慧方便二俱行　若有若空無所住
修習如是殊勝法　得善方便妙色身
復次童女菩薩成就八種法故不離菩提何
者爲八一者正見成熟邪見衆生故二者正
念悲愍邪念衆生故三者正語愍諸邪語故
四者正業攝諸邪業故五者正精進度邪勤
者故六者正命不捨邪命衆生故七者正思
惟令離邪思惟故八者正定發起增進邪定
者故爾時世尊重說偈言
成就正見者　化彼諸邪見　常修行正念

哀悲邪念者　清淨正言說　愍諸邪語者
安住於正業　攝諸邪業者　常修於正勤
不捨邪勤者　相應正淨命　攝諸邪命者
智者正思惟　哀愍邪思者　常住於正定
攝諸邪定者　無上八正道　安隱度暴流
復度漂流者　是大菩提道　聲聞及緣覺
草筏唯自渡　菩薩廣運濟　如彼大船師

復次童女菩薩成就八種法故證甘露道何等爲八一者住於無諍之法二者善守無障礙心三者常觀如實之義四者住菩提心修習六念五者精勤修習諸波羅蜜六者積集善根成熟衆生七者住於大悲攝受正法八者得無生忍住不退轉爾時世尊重說偈言

常修無諍行　住大沙門法　遠離瞋恚過
積集諸善根　善觀如實義　得諸無盡辯
安住菩提心　常念於無念　一切波羅蜜
勤修無退轉　得諸方便力　由是度衆生
能以法王財　悲心施一切　速證無生忍
不退轉菩提　若能如是行　佛法不難得
不久降魔衆　證最上菩提

爾時淨信童女聞是法已歡喜踊躍白佛言世尊成就幾法能轉女身佛告童女成就八法當轉女身何等爲八一者不嫉二者不慳三者不諂四者不瞋五者實語六者不惡口七者捨離貪欲八者離諸邪見童女修此八法速轉女身爾時世尊重說偈言

不嫉妬他人　離慳常樂法　不行於諂誑
猒恚女人身　慈心捨離瞋　常修於實語
除貪離惡口　安住正見中　若猒女人身
應修如是法　便當速得轉　受善丈夫身

復次童女成就八法能轉女身何者爲八一者尊重於佛深樂於法二者恭敬供養戒忍多聞沙門婆羅門三者於夫男女及以居家不生愛著四者受持禁戒無所缺犯五者於一切人不生邪念六者增上意樂猒離女身七者住菩提心大丈夫法八者觀世家業如幻如夢爾時世尊重說偈言

敬佛深樂法　尊重戒多聞　不生貪愛心
女身速當轉　持戒具慙愧　不妄念他人
安住菩提心　不樂餘乘法　由是速能轉
不淨女人身　勝志得猒心　一切皆如幻
諸法本無動　因緣性空寂　勤修如實法
速得丈夫身

爾時淨信童女以所持金鬘散於佛上於虛空中變成真金宫殿樓閣於宫殿中有化如來坐於金座時五百童女各各解身莊嚴之具散彼佛上亦於空中變金樓閣寶帳寶盖種種莊嚴爾時五百童女見大神變異口同音而說偈言

世尊人中最殊勝　哀愍利益諸衆生
我今已發菩提心　志樂相應住調伏
爲世導師施安樂　我當供養人中尊
聞法已離於塵垢　我等無復諸疑惑
方離女身衆染汙　永破煩惱降魔怨
十方無量俱胝佛　我當歡喜常供養
安住施戒勤精進　忍辱禪定善調心
智慧方便攝衆生　當證最上菩提道
利益無量人天衆　悉令發起大乘心
我等當能師子吼　我等當作人天師

爾時世尊便現微笑諸佛常法種種色光青

黃赤白紅紫玻瓈從佛口出遍照無量無邊世界乃至梵世遶佛三帀還從頂入爾時長老阿難從座而起白佛言世尊何因何緣現此微笑佛告阿難汝見淨信童女不阿難白言唯然已見佛言阿難是淨信等五百童女人中壽盡當捨女身生兜率陀天承事供養彌勒世尊及賢劫中一切如來是淨信童女過八萬四千俱胝那由他劫於電光世界當得作佛號光明莊嚴王如來劫名常光其佛壽命如兜率陀天十二千歲其國純以無量無邊大菩薩衆而爲眷屬是五百童女於此衆中最爲上首猶如我今六十菩薩文殊師利而爲上首阿難若有女人得聞此經受持讀誦盡此女身後不復受速證阿耨多羅三藐三菩提佛說此經已淨信等五百童女及一切世間天人阿修羅聞佛所說皆大歡喜信受奉行

彌勒菩薩問八法會第四十一

元魏三藏菩提留支譯

如是我聞一時婆伽婆住王舍城耆闍崛山中與大比丘衆千二百五十人俱并諸菩薩摩訶薩十千人等爾時彌勒菩薩摩訶薩即從坐起偏袒右肩右膝著地合掌向佛白佛言世尊我今欲以少法問於如來應正遍知不審世尊聽許以不爾時世尊告彌勒菩薩摩訶薩言彌勒隨汝心念問於如來應正遍知我當爲汝分別解說令汝心喜爾時彌勒菩薩摩訶薩白佛言世尊如是願樂欲聞世尊諸菩薩摩訶薩畢竟成就幾法不退阿耨多羅三藐三菩提於勝進法中不退不轉行

菩薩行時降伏一切諸魔怨敵如實知一切法自體相於諸世間心不疲倦以心不疲倦故不依他智速疾成就阿耨多羅三藐三菩提爾時世尊告彌勒菩薩摩訶薩言善哉善哉彌勒汝今乃能問於如來如是深義佛復告彌勒菩薩摩訶薩言汝今應當一心諦聽吾當爲汝分別解說如是深義即時彌勒菩薩摩訶薩白佛言世尊如是願樂欲聞佛復告彌勒菩薩摩訶薩言彌勒若諸菩薩摩訶薩畢竟成就八法不退阿耨多羅三藐三菩提於勝進法中不退不轉行菩薩行時降伏一切諸魔怨敵如實知一切法自體相於諸世間心不疲倦以心不疲倦故不依他智速疾成就阿耨多羅三藐三菩提何等爲八彌勒所謂諸菩薩摩訶薩成就深心成就行心成就捨心成就善知迴向方便心成就大慈心成就大悲心成就善知方便成就般若波羅蜜彌勒云何諸菩薩摩訶薩成就深心彌勒若諸菩薩摩訶薩聞讚歎佛及毀呰佛其心畢竟於阿耨多羅三藐三菩提堅固不動聞讚歎法及毀呰法其心畢竟於阿耨多羅三藐三菩提堅固不動聞讚歎僧及毀呰僧其心畢竟於阿耨多羅三藐三菩提堅固不動彌勒如是諸菩薩摩訶薩畢竟成就深心彌勒云何諸菩薩摩訶薩成就行心彌勒若諸菩薩摩訶薩遠離殺生遠離偷盜遠離邪婬遠離妄語遠離兩舌遠離惡口遠離綺語彌勒如是諸菩薩摩訶薩畢竟成就行心彌勒云何諸菩薩摩訶薩成就捨心彌勒若諸菩薩摩訶薩是能捨主是施主施諸沙門及

婆羅門貧窮乞丐下賤人等衣食卧具隨病湯藥所須之物彌勒如是諸菩薩摩訶薩畢竟成就捨心彌勒云何諸菩薩摩訶薩成就善知迴向方便心彌勒若諸菩薩摩訶薩所修善根謂身口意業皆悉迴向阿耨多羅三藐三菩提彌勒如是諸菩薩摩訶薩畢竟成就善知迴向方便心彌勒云何諸菩薩摩訶薩成就大慈心彌勒若諸菩薩摩訶薩畢竟成就大慈身業畢竟成就大慈口業畢竟成就大慈意業彌勒如是諸菩薩摩訶薩畢竟成就大慈心彌勒云何諸菩薩摩訶薩成就大悲心彌勒若諸菩薩摩訶薩畢竟成就不可譏呵身業畢竟成就不可譏呵口業畢竟成就不可譏呵意業彌勒如是諸菩薩摩訶薩畢竟成就大悲心彌勒云何諸菩薩摩訶薩成就善知方便彌勒若諸菩薩摩訶薩善知世諦善知第一義諦善知二諦彌勒如是諸菩薩摩訶薩畢竟成就善知方便彌勒云何諸菩薩摩訶薩成就般若波羅蜜彌勒若諸菩薩摩訶薩如是覺知依此法有此法依此法生此法所謂無明緣行行緣識識緣名色名色緣六入六入緣觸觸緣受受緣愛愛緣取取緣有有緣生生緣老死憂悲苦惱如是唯有大苦聚集彌勒此法無故此法無此法滅故此法滅所謂無明滅則行滅行滅則識滅識滅則名色滅名色滅則六入滅六入滅則觸滅觸滅則受滅受滅則愛滅愛滅則取滅取滅則有滅有滅則生滅生滅則老死憂悲苦惱滅如是唯有大苦聚集滅彌勒如是諸菩薩摩訶薩畢竟成就般若波羅蜜彌

勒是名諸菩薩摩訶薩畢竟成就八法不退阿耨多羅三藐三菩提於勝進法中不退不轉行菩薩行時降伏一切諸魔怨敵如實知一切法自體相於諸世間心不疲倦以心不疲倦故不依他智速疾成就阿耨多羅三藐三菩提佛說此經已彌勒菩薩摩訶薩及餘諸菩薩摩訶薩比丘比丘尼優婆塞優婆夷天龍夜叉乾闥婆阿修羅迦樓羅緊那羅摩睺羅伽人非人等一切大衆聞佛所說皆大歡喜信受奉行

彌勒菩薩所問會第四十二

唐三藏菩提流志新譯

如是我聞一時佛在波羅柰國施鹿林中與大比丘衆五百人俱一切皆爲衆所知識其名曰阿若憍陳如摩訶迦葉優樓頻螺迦葉伽耶迦葉那提迦葉舍利弗大目揵連阿難羅睺羅等而爲上首復有菩薩摩訶薩一萬人俱其名曰善意菩薩增上意菩薩堅固意菩薩師子意菩薩觀世音菩薩大勢至菩薩辯積菩薩美音菩薩勝幢菩薩信慧菩薩水天菩薩帝勝菩薩帝天菩薩無攀緣菩薩具辯才菩薩神通妙花菩薩彌勒菩薩文殊師利法王子等而爲上首爾時世尊無量百千大衆圍遶供養恭敬而爲說法是時彌勒菩薩摩訶薩在衆會中即從座起偏袒右肩右膝著地合掌頂禮而白佛言世尊我有少疑今欲諮問惟願如來見垂聽許佛告彌勒菩薩言若有所疑今恣汝問當爲解說令得歡喜爾時彌勒菩薩聞佛許已歡喜踊躍而白佛言世尊菩薩成就幾法離諸惡道及惡知

識而能速證阿耨多羅三藐三菩提耶佛告彌勒菩薩言善哉善哉彌勒汝今為欲哀愍一切利益安樂天人世間能問如來如是深義汝應諦聽善思念之吾當為汝分别解說彌勒菩薩即白佛言唯然世尊願樂欲聞佛告彌勒言菩薩成就一法離諸惡道及惡知識速能證得阿耨多羅三藐三菩提云何為一所謂發勝意樂菩提之心是名為一彌勒復有二法離諸惡道及惡知識速能證得阿耨多羅三藐三菩提云何為二一者於奢摩他常勤修習二者於毗鉢舍那而得善巧是名為二彌勒復有三法離諸惡道及惡知識速能證得阿耨多羅三藐三菩提云何為三一者成就大悲二者修習空法三者於一切法不生分别是名為三彌勒復有四法離諸惡道及惡知識速能證得阿耨多羅三藐三菩提云何為四一者安住淨戒二者離諸疑網三者樂阿蘭若四者起正見心是名為四彌勒復有五法離諸惡道及惡知識速能證得阿耨多羅三藐三菩提云何為五一者住於空法二者不求他過三者常自觀察四者愛樂正法五者攝護於他是名為五彌勒復有六法離諸惡道及惡知識速能證得阿耨多羅三藐三菩提云何為六一者無有貪欲二者不生瞋恚三者不起愚癡四者常離麤語五者住於空性六者心如虛空是名為六彌勒復有七法離諸惡道及惡知識速能證得阿耨多羅三藐三菩提云何為七一者住於正念二者成就擇法三者發起精進四者常生歡喜五者身得輕安六者住諸禪定七

者具足行捨是名爲七彌勒復有八法離諸惡道及惡知識速能證得阿耨多羅三藐三菩提云何爲八一者正見二者正思惟三者正語四者正業五者正命六者正勤七者正念八者正定是名爲八彌勒復有九法離諸惡道及惡知識速能證得阿耨多羅三藐三菩提云何爲九一者遠離諸欲惡不善法安住初禪尋伺喜樂心一境性二者遠離尋伺安住二禪内淨喜樂心一境性三者遠離於喜安住三禪捨念慧樂心一境性四者遠離憂苦及以喜樂安住四禪捨念清淨無苦無樂心一境性五者超過色想無異攀緣安住無邊虚空處定六者超過無邊空處定已而能安住無邊識定七者超過無邊識處定已而能安住無所有定八者超過無所有處定已安住非想非非想定九者超過非想非非想處定已而能安住滅受想定是名爲九彌勒復有十法離諸惡道及惡知識速能證得阿耨多羅三藐三菩提云何爲十一者善能成就金剛三昧二者成就處非處相應三昧三者成就方便行三昧四者成就徧照明三昧五者成就普光明三昧六者成就普徧照明三昧七者成就寶月三昧八者成就月燈三昧九者成就出離三昧十者成就勝幢臂印三昧是名爲十彌勒菩薩成就如是法已離諸惡道及惡知識速能證得阿耨多羅三藐三菩提爾時彌勒菩薩得聞是法心大歡喜偏袒右肩右膝著地合掌恭敬即於佛前以偈讃曰

佛於過去劫　捨所愛妻子　頭目及骨髓

到於施彼岸　佛常護禁戒　如犛牛愛尾
最勝無倫匹　到於戒彼岸　佛以忍辱力
捨離於違諍　不求人過惡　到於忍彼岸
佛以精進力　得無上寂靜　究竟常安樂
到於勤彼岸　佛以禪定力　能滅諸罪垢
爲天人導師　到於定彼岸　佛以智慧力
善了知諸法　自性無所有　到於慧彼岸
佛於菩提樹　降伏諸魔軍　具足最勝智
成就無上道　導師無畏力　於波羅柰國
轉清淨法輪　摧破諸外道　無上大智慧
出過於世間　能放淨光明　善說諸法要
如來清淨色　智慧及功德　超過諸世間
能到於彼岸

爾時阿難白佛言世尊是彌勒菩薩甚爲希有而能成就無量辯才隨衆生念平等說法而於文字無所繫著佛告阿難如是如是如汝所說阿難彌勒菩薩豈唯今日能於我前以偈讚佛乃往過去十無數劫爾時有佛號焰光遊戲妙音自在王如來應供正徧知明行足善逝世間解無上士調御丈夫天人師佛世尊爾時有一婆羅門子名曰賢壽諸相具足見者歡喜從園苑出見彼如來端正殊妙諸根寂靜得奢摩他如清淨池無諸垢穢三十二相八十種好而自莊嚴如娑羅樹其花開敷如須彌山出過一切面貌熙怡如月盛滿威光赫弈如日顯曜形量周圓如尼俱陀樹是時賢壽覩佛如來殊勝之相心生淨信作是思惟希有世尊乃能成就如是無量功德莊嚴我亦願於當來之世成就如是功德之身發是願已投身於地復自念言若當

來世得佛身者惟願如來足蹈我上爾時彼佛知賢壽意即以其足蹈賢壽身當下足時得無生法忍世尊迴顧告諸比丘汝等勿以足蹈賢壽何以故此是菩薩摩訶薩今已證得無生法忍復能成就天眼天耳他心宿住神境智通爾時賢壽即於佛前以偈讚曰

佛於十方界　最尊無有上　超過諸世間
我今稽首禮　如來大光明　掩蔽於日月
超過諸世間　我今稽首禮　譬如師子吼
諸獸咸怖畏　世尊大威德　摧伏諸外道
眉間白毫相　猶如玻瓈光　普照于世間
超過於一切　世尊無與等　足蹈千輻輪
清淨化世間　能動於大地　成就出離道
超過煩惱海　以諸功德財　隨意皆施與
如來清淨戒　猶如於大地　出生諸功德
無有愛憎想　以智慧力故　了知諸法空
衆生及壽者　分別不可得　善了衆生性
心行及所趣　爲世作明燈　饒益於一切
世間苦逼迫　漂溺於暴流　常爲諸衆生
起大精進力　世尊離煩惱　生老及病死
處世如虛空　一切無所染　智慧大威光
能破一切暗　永離貪瞋癡　我今稽首禮

佛告阿難賢壽菩薩所獲神通從是已來不復退失於意云何爾時賢壽豈異人乎今此會中彌勒菩薩摩訶薩是阿難白佛言世尊若彌勒菩薩久已證得無生法忍何故不得阿耨多羅三藐三菩提耶佛告阿難菩薩有二種莊嚴二種攝取所謂攝取衆生莊嚴衆生攝取佛國莊嚴佛國彌勒菩薩於過去世修菩薩行常樂攝取佛國莊嚴佛國我於往

昔修菩薩行常樂攝取衆生莊嚴衆生然彼彌勒修菩薩行經四十劫我時乃發阿耨多羅三藐三菩提心由我勇猛精進力故便超九劫於賢劫中得阿耨多羅三藐三菩提阿難我以十法得證菩提云何爲十一者能施所愛之物二者能施所愛之妻三者能施所愛之子四者能施所愛之頭五者能施所愛之眼六者能施所愛王位七者能施所愛珍寶八者能施所愛血肉九者能施所愛骨髓十者能施所愛支分是名爲十我行此法能得阿耨多羅三藐三菩提阿難復有十法能證菩提云何爲十一者護戒功德二者成就忍力三者發起精進四者得諸禪定五者有大智慧六者於諸衆生常不捨離七者於諸衆生起平等心八者於諸空法而常修習九者善能成就眞實空性十者善能成就無相無願是名爲十我行此法能得阿耨多羅三藐三菩提阿難彌勒菩薩往昔行菩薩道時不能捨施手足頭目但以善巧方便安樂之道積集無上正等菩提爾時阿難白佛言世尊云何彌勒往昔行菩薩道時但以善巧方便安樂之道而能積集無上菩提佛告阿難彌勒往昔行菩薩道晝夜六時偏袒右肩右膝著地合掌頂禮於諸佛前說是偈言

我今歸命禮　十方一切佛　菩薩聲聞衆
大仙天眼者　亦禮菩提心　遠離諸惡道
能得生天上　乃至證涅槃　若我作少罪
隨心之所生　今對諸佛前　懺悔令除滅
我今身口意　所集諸功德　願作菩提因
當成無上道　十方國土中　供養如來者

及佛無上智　我今盡隨喜　有罪悉懺悔
是福皆隨喜　我今禮諸佛　願成無上智
十方大菩薩　證於十地者　我今稽首禮
願速證菩提　得證菩提已　摧伏於魔軍
轉清淨法輪　饒益衆生類　常願住世間
無量俱胝劫　擊于大法鼓　度脫苦衆生
我沒於欲泥　貪繩之所繫　種種多纏縛
願佛垂觀察　衆生雖垢重　諸佛不猒捨
願以大慈悲　度脫生死海　現在諸世尊
過去未來佛　所行菩薩道　我今願修學
具足波羅蜜　成就六神通　度脫諸衆生
證於無上道　了知諸法空　無相無自性
無住無表示　不生亦不滅　又如大仙尊
善了於無我　無補特伽羅　乃至無壽者
於諸布施事　不執我我所　爲安樂衆生
施與無慳悋　願我所施物　不假功用生
觀察了知空　具施波羅蜜　持戒無缺減
得佛淨尸羅　以無所住故　具戒波羅蜜
忍辱如四大　不生分別心　以無瞋恚故
具忍波羅蜜　願以身心力　發起大精進
堅固無懈怠　具勤波羅蜜　以如幻如化
及勇猛精進　金剛等三昧　具禪波羅蜜
願證三昧智　入於三脫門　了三世平等
具慧波羅蜜　諸佛妙色身　光明大威德
菩薩精進行　願我皆圓滿　彌勒名稱者
勤修如是行　具六波羅蜜　安住於十地

佛告阿難彌勒菩薩安住如是善巧方便積集阿耨多羅三藐三菩提阿難我昔求道受苦無量乃能積集阿耨多羅三藐三菩提何以故乃往古昔時有太子名見一切義端正

殊妙諸相具足見者歡喜出遊園苑見一病人受諸重苦生悲愍心便問之言汝今此病豈無有藥能療治耶爾時病人即以偈頌白太子言

我病藥難求　世間不可得　國王亦無有
何況病惱者　通達於諸論　善說醫方者
雖欲爲療治　其藥難可得

爾時太子復以偈頌告病人言

金銀摩尼珠　乃至於象馬　所求皆當說
爲汝除憂惱

爾時病人復以偈頌白太子言

若飲太子血　我必得安樂　願生歡喜心
施我無憂惱

爾時太子復以偈頌告病人言

我爲諸衆生　墜墮無間獄　多劫猶能忍
何況於身血

爾時太子即取利刀刺身出血令彼病人隨意所用不生一念悔恨之心阿難當知爾時太子見一切義者豈異人乎今我身是四大海水猶可測量我於往昔行菩薩道捨已身血不可稱計佛告阿難乃往古昔時有太子名曰妙花端正殊勝諸相具足見者歡喜從園苑出見一病人身體羸瘦生悲愍心便問之言汝今此病豈無有藥能療治耶爾時病人即以偈頌白太子言

世雖有良醫　無藥療我病　惟願生慈愍
爲我除憂惱

爾時太子即以偈頌告病人言

我爲利世間　一切咸施與　身分及珍寶
須者皆當說

爾時病人復以偈頌白太子言

譬如大藥王　隨意療衆病　亦如日月光
普照諸世間　若能出身髓　徧塗於我身
是病乃消除　長夜得安樂

爾時太子復以偈頌告病人言

若有諸衆生　碎我身出髓　爲利於世間
心不生憂惱

爾時太子即自碎身取其骨髓與彼病人隨意所用不生一念悔恨之心阿難當知爾時妙花太子豈異人乎今我身是四大海水猶可測量我於往昔行菩薩道捨身骨髓不可稱計佛告阿難乃往古昔時有國王名爲月光端正殊妙諸相具足見者歡喜從園苑出見一盲人貧窮乞丐生悲愍心便問之言汝何所須我當施汝或飲食衣服莊嚴資具金銀摩尼及諸珍寶隨汝所欲皆當與之爾時盲人即以偈頌而白王言

大王猶日月　光明照世間　具足勝功德
不久生天上　一切淨妙色　我今悉不見
願王起慈悲　施我所愛眼

爾時大王即以偈頌告盲人言

汝速來取眼　今汝得安樂　願我當來世
得佛清淨眼　我行菩薩道　一切皆當捨
若我不施汝　是則違本願

爾時月光王即取利刀自挑其眼與彼盲人隨意所用不生一念悔恨之心阿難當知爾時月光王者豈異人乎即我身是須彌山王猶可度量我於往昔行菩薩道捨所愛眼不可稱計阿難彌勒菩薩往修行菩薩道時作是願言若有衆生薄婬怒癡成就十善我於

爾時乃成阿耨多羅三藐三菩提阿難於當來世有諸衆生薄婬怒癡成就十善彌勒菩薩當爾之時得阿耨多羅三藐三菩提何以故由彼菩薩本願力故佛告阿難我於往昔行菩薩道作如是言願我當於五濁惡世貪瞋垢重諸惡衆生不孝父母不敬師長乃至眷屬不相和睦我於爾時當成阿耨多羅三藐三菩提阿難以是願故我今所入城邑聚落多有衆生毀罵於我以斷常法招集衆會若行乞食坌以塵土和諸雜毒與我令食或以女人誹謗於我阿難我於今者以本願力爲如是等諸惡衆生起大悲心而爲說法爾時阿難白佛言世尊如來應正等覺能作難作能忍難忍不調伏者悉令調伏荷擔如是罪垢衆生而爲說法佛告阿難如是如是如汝所說何以故如來大悲之所攝故爾時阿難白佛言世尊我聞如來堅固誓願身毛皆竪世尊當何名此經我等云何奉持佛告阿難是經名爲彌勒所問亦名往昔本願因緣以是名字汝當受持佛說是經已彌勒菩薩尊者阿難一切世間天人阿脩羅乾闥婆等聞佛所說皆大歡喜信受奉行

大寶積經卷第一百一十一

音釋

波斯匿 梵語也此云勝軍王名也匿音溺　稚 直利切幼小也　諛諂 諛容朱切面從曰諛諂丑琰切佞言曰諂　蘭若 梵語具云阿蘭若此云閑靜處若爾者切　犀 音西犀牛也一角在鼻一角在頂　俱胝 梵語也此云百億胝張尼切　那由他 梵語也此云萬億　犛 莫交切長髦牛也出西南夷尾可爲旌　蹈 音盜踐也　掩蔽 掩衣檢切遮也蔽必祭切隱也　輻 音福輪輮也謂輪中木之直指者　羸 倫爲切瘦也　坌 蒲悶切塵坌也

大寶積經卷第一百一十二

失譯師名附秦録勘同録編入

普明菩薩會第四十三

如是我聞一時佛在王舍城耆闍崛山中與大比丘衆八千人俱菩薩摩訶薩萬六千人皆是阿惟越致從諸佛土而來集會悉皆一生當成無上正眞大道爾時世尊告大迦葉菩薩有四法退失智慧何謂爲四不尊重法不敬法師所受深法祕不說盡有樂法者爲作留難說諸因緣沮壞其心憍慢自高卑下他人迦葉是爲菩薩四法退失智慧復次迦葉菩薩有四法得大智慧何謂爲四常尊重法恭敬法師隨所聞法以清淨心廣爲人說不求一切名聞利養知從多聞生於智慧勤求不懈如救頭然聞經誦持樂如說行不隨言說迦葉是爲菩薩四法得大智慧復次迦葉菩薩有四法失菩提心何謂爲四欺誑師長已受經法而不恭敬無疑悔處令他疑悔求大乘者訶罵誹謗廣其惡名以諂曲心與人從事迦葉是爲菩薩四法失菩提心復次迦葉菩薩有四法世世不失菩提之心乃至道場自然現前何謂爲四失命因緣不以妄語何況戲笑常以直心與人從事離諸諂曲於諸菩薩生世尊想能於四方稱揚其名自不愛樂諸小乘法所化衆生皆悉令住無上菩提迦葉是爲菩薩四法世世不失菩提之心乃至道場自然現前復次迦葉菩薩有四法所生善法減不增長何謂爲四以憍慢心讀誦修學路伽耶經貪利養心詣諸檀越憎毀菩薩所未聞經違逆不信迦葉是爲菩薩

四法所生善法滅不增長復次迦葉菩薩有四法所生善法增長不失何謂爲四捨離邪法求正經典六波羅蜜菩薩法藏心無憍慢於諸衆生謙卑下下如法得施知量知足離諸邪命安住聖種不出他人罪過虛實不求人短若於諸法心不通達作如是念佛法無量隨衆所樂而爲演説唯佛所知非我所解以佛爲證不生違逆迦葉是爲菩薩四法所生善法增長不失復次迦葉菩薩有四曲心所應遠離何謂爲四於佛法中心生疑悔於諸衆生憍慢瞋恨於他利養起嫉妬心訶罵菩薩廣其惡名迦葉是爲菩薩四曲心所應遠離復次迦葉菩薩有四直心之相何謂爲四所犯衆罪終不覆藏向他發露心無蓋纏若失國界身命財利如是急事終不妄語亦不餘言一切惡事罵詈毀謗撾打繫縛種種傷害受是苦時但自咎責自依業報不瞋恨他安住信力若聞甚深難信佛法自心清淨能悉受持迦葉是爲菩薩有四直心之相復次迦葉菩薩有四敗壞之相何謂爲四讀誦經典而生戲論不隨法行不能奉順恭敬師長令心歡悅損他供養自違本誓而受信施見善菩薩輕慢不敬迦葉是爲菩薩有四敗壞之相復次迦葉菩薩有四善順之相何謂爲四所未聞經聞便信受如所説行依止於法不依言説隨順師教能知意旨易與言語所作皆善不失師意不退戒定以調順心而受供養見善菩薩恭敬愛樂隨順善人稟受德行迦葉是爲菩薩有四善順之相復次迦葉菩薩有四錯謬何謂爲四不可信人與之

同意是菩薩謬非器衆生説甚深法是菩薩謬樂大乘者爲讚小乘是菩薩謬若行施時但與持戒供養善者不與惡人是菩薩謬迦葉是爲菩薩四謬復次迦葉菩薩有四正道何謂爲四於諸衆生其心平等普化衆生等以佛慧於諸衆生平等説法普令衆生等住正行迦葉是爲菩薩有四正道復次迦葉菩薩有四非善知識非善等侣何謂爲四求聲聞者但欲自利求緣覺者喜樂少事讀外經典路伽耶毗文辭嚴飾所親近者但增世利不益法利迦葉是爲菩薩有四非善知識非善等侣復次迦葉菩薩有四善知識四善等侣何謂爲四諸來求者是善知識佛道因緣故能説法者是善知識生智慧故能教他人令出家者是善知識增長善法故諸佛世尊是善知識增長一切諸佛法故迦葉是爲菩薩四善知識四善等侣復次迦葉菩薩有四非菩薩而似菩薩何謂爲四貪求利養而不求法貪求名稱不求福德貪求自樂不救衆生以滅苦法樂聚徒衆不樂遠離迦葉是爲四非菩薩而似菩薩復次迦葉菩薩有四眞實菩薩何謂爲四能信解空亦信業報知一切法無有吾我而於衆生起大悲心深樂涅槃而遊生死所作行施皆爲衆生不求果報迦葉是爲四種眞實菩薩福德復次迦葉菩薩有四大藏何謂爲四若有菩薩值遇諸佛能聞六波羅蜜及其義解以無礙心視説法者樂遠離行心無懈怠迦葉是爲菩薩有四大藏復次迦葉菩薩有四法能過魔事何謂爲四常不捨離菩提之心於諸衆生心無恚

礙覺諸知見心不輕賤一切衆生迦葉是爲菩薩四法能過魔事復次迦葉菩薩有四法攝諸善根何謂爲四在空閑處離諂曲心諸衆生中行四攝法而不求報爲求法故不惜身命修諸善根心無猒足迦葉是爲菩薩四法攝諸善根復次迦葉菩薩有四無量福德莊嚴何謂爲四以清淨心而行法施於破戒人生大悲心於諸衆生中稱揚讚歎菩提之心於諸下劣修習忍辱迦葉是爲菩薩有四無量福德莊嚴復次迦葉名菩薩者不但名字爲菩薩也能行善法行平等心名爲菩薩略說成就三十二法名爲菩薩何謂三十二法常爲衆生深求安樂皆令得住一切智中心不憎惡他人智慧破壞憍慢深樂佛道愛敬無虛親厚究竟於怨親中其心同等至於涅槃言常含笑先意問訊所爲事業終不中息普爲衆生等行大悲心無疲倦多聞無猒自求巳過不說他短以菩提心行諸威儀所行惠施不求其報不依生處而行持戒諸衆生中行無礙忍爲修一切諸善根故勤行精進離生無色而起禪定行方便慧應四攝法善惡衆生慈心無畏一心聽法心住遠離心不樂著世間衆事不貪小乘於大乘中常見大利離惡知識親近善友成四梵行遊戲五通常依眞智於諸衆生所行正行俱不捨棄言常決定貴眞實法一切所作菩提爲首如是迦葉若人有此三十二法名爲菩薩復次迦葉菩薩福德無量無邊當以譬喻因緣故知迦葉譬如一切大地衆生所用無分別心不求其報菩薩亦爾從初發心至坐道場一

切衆生皆蒙利益心無分别不求其報迦葉譬如一切水種百穀藥木皆得增長菩薩亦爾自心淨故慈悲普覆一切衆生皆令增長一切善法迦葉譬如一切火種皆能成熟百穀果實菩薩智慧亦復如是皆能成熟一切善法迦葉譬如一切風種皆能成立一切世界菩薩方便亦復如是皆能成立一切佛法迦葉譬如月初生時光明形色日日增長菩薩淨心亦復如是一切善法日日增長迦葉譬如日之初出一時放光普爲一切衆生照明菩薩亦爾放智慧光一時普照一切衆生迦葉譬如師子獸王隨所至處不驚不畏菩薩亦爾清淨持戒眞實智慧隨所住處不驚不畏迦葉譬如善調象王能辦大事身不疲極菩薩亦爾善調心故能爲衆生作大利益心無疲倦迦葉譬如有諸蓮花生於水中水不能著菩薩亦爾生於世間而世間法所不能汙迦葉譬如有人伐樹根在還生菩薩亦爾方便力故雖斷結使有善根愛還生三界迦葉譬如諸方流水入大海已皆爲一味菩薩亦爾以種種門集諸善根迴向阿耨多羅三藐三菩提皆爲一味迦葉譬如須彌山王忉利諸天及四天王皆依止住菩薩菩提心亦復如是爲薩婆若所依止住迦葉譬如有大國王以臣力故能辦國事菩薩智慧亦復如是方便力故皆能成辦一切佛事迦葉譬如天晴明時淨無雲翳必無雨相寡聞菩薩無法雨相亦復如是迦葉譬如天陰雲時必能降雨充足衆生菩薩亦爾從大悲雲起大法雨利益衆生迦葉譬如隨轉輪王所出之

處則有七寶如是迦葉菩薩出時三十七品現於世間迦葉譬如隨摩尼珠所在之處則有無量金銀珍寶菩薩亦爾隨所出處則有無量百千聲聞辟支佛寶迦葉譬如忉利諸天入同等園所用之物皆悉同等菩薩亦爾眞淨心故於衆生中平等教化迦葉譬如呪術藥力毒不害人菩薩結毒亦復如是智慧力故不墮惡道迦葉譬如諸大城中所棄糞穢若置甘蔗蒲萄田中則有利益菩薩結使亦復如是所有遺餘皆是利益薩婆若因緣故如是迦葉菩薩欲學是寶積經者常應修習正觀諸法云何爲正觀所謂眞實思惟諸法眞實正觀者不觀我人衆生壽命是名中道眞實正觀復次迦葉眞實觀者觀色非常亦非無常觀受想行識非常亦非無常是名中道眞實正觀復次迦葉眞實觀者觀地種非常亦非無常觀水火風種非常亦非無常是名中道眞實正觀所以者何以常是一邊無常是一邊常無常是中無色無形無名無知是名中道諸法實觀我是一邊無我是一邊我無我是中無色無形無名無知是名中道諸法實觀復次迦葉若心有實是爲一邊若心非實是爲一邊若無心識亦無心數法是名中道諸法實觀如是善法不善法世法出世法有罪法無罪法有漏法無漏法有爲法無爲法乃至有垢法無垢法亦復如是離於二邊而不可受亦不可說是名中道諸法實觀復次迦葉有是一邊無是一邊有無中間無色無形無名無知是名中道諸法實觀復次迦葉我所說法十二因緣無明緣行行

緣識識緣名色名色緣六入六入緣觸觸緣受受緣愛愛緣取取緣有有緣生生緣老死憂悲苦惱如是因緣但爲集成是大苦聚若無明滅則行滅行滅故識滅識滅故名色滅名色滅故六入滅六入滅故觸滅觸滅故受滅受滅故愛滅愛滅故取滅取滅故有滅有滅故生滅生滅故如是老死憂悲衆惱大苦皆滅明與無明無二無別如是知者是名中道諸法實觀如是行及非行識及所識名色可見及不可見諸六入處及六神通觸及所觸受與受滅愛與愛滅取與取滅有與有滅生與生滅老死與老死滅是皆無二無別如是知者是名中道諸法實觀復次迦葉眞實觀者不以空故令諸法空但法性自空不以無相故令法無相但法自無相不以無願令法無願但法自無願不以無起無生無我無取無性故令法無起無取無性但法自無起無取無性如是觀者是名實觀復次迦葉非無人故名曰爲空但空自空前際空後際空中際亦空當依於空莫依於人若以得空便依於空是於佛法則爲退墮如是迦葉寧起我見積若須彌非以空見起增上慢所以者何一切諸見以空得脱若起空見則不可除迦葉譬如醫師授藥令病擾動是藥在内而不出者於意云何如是病人寧得差不不也世尊是藥不出其病轉增如是迦葉一切諸見唯空能滅若起空見則不可除譬如有人怖畏虛空悲嘷椎胷作如是言我捨虛空於意云何是虛空者可捨離不不也世尊如是迦葉若畏空法我說是人狂亂失心所以者

何常行空中而畏於空譬如畫師自手畫作夜叉鬼像見已怖畏迷悶躃地一切凡夫亦復如是自造色聲香味觸故往來生死受諸苦惱而不自覺譬如幻師作幻人已還自殘食行道比丘亦復如是有所觀法皆空皆寂無有堅固是觀亦空迦葉譬如兩木相磨便有火生還燒是木如是迦葉眞實觀故生聖智慧聖智生已還燒實觀譬如然燈一切黑闇皆自無有無所從來去無所至非東方來去亦不至南西北方四維上下不從彼來去亦不至而此燈明無有是念我能滅闇但因燈明法自無闇明闇俱空無作無取如是迦葉實智慧生無智便滅智與無智二相俱空無作無取迦葉譬如千歲冥室未曾見明若然燈時於意云何闇寧有念我久住此不欲去耶不也世尊若然燈時是闇無力而不欲去必當磨滅如是迦葉百千萬劫久習結業以一實觀即皆消滅其燈明者聖智慧是其黑闇者諸結業是迦葉譬如種在空中而能生長從本已來無有是處菩薩取證亦復如是增長佛法終無是處迦葉譬如種在良田則能生長如是迦葉菩薩亦爾有諸結使離世間法能長佛法迦葉譬如高原陸地不生蓮華菩薩亦復如是於無爲中不生佛法迦葉譬如卑濕淤泥中乃生蓮華菩薩亦爾生死淤泥邪定衆生能生佛法迦葉譬如有四大海滿中生酥菩薩有爲善根甚多無量亦復如是迦葉譬如若破一毛以爲百分以一分毛取海一渧一切聲聞有爲善根亦復如是迦葉譬如小芥子孔所有虛空一切聲聞

有爲智慧亦復如是迦葉譬如十方虛空無量無邊菩薩有爲智慧甚多爲力無量亦復如是迦葉譬如刹利大王有大夫人與貧賤通懷妊生子於意云何是王子不不也世尊如是迦葉我聲聞衆亦復如是雖爲同證以法性生不名如來眞實佛子迦葉譬如刹利大王與使人通懷妊生子雖出下姓得名王子初發心菩薩亦復如是雖未具足福德智慧往來生死隨其力勢利益衆生是名如來眞實佛子迦葉譬如轉輪聖王而有千子未有一人有聖王相聖王於中不生子想如來亦爾雖有百千萬億聲聞眷屬圍繞而無菩薩如來於中不生子想迦葉譬如轉輪聖王有大夫人懷妊七日是子具有轉輪王相諸天尊重過餘諸子具身力者所以者何是胎

王子必紹尊位繼聖王種如是迦葉初發心菩薩亦復如是雖未具足諸菩薩根如胎王子諸天神王深心尊重過於八解脫大阿羅漢所以者何如是菩薩名紹尊位不斷佛種迦葉譬如一瑠璃珠勝於水晶如須彌山菩薩亦爾從初發心便勝聲聞辟支佛衆迦葉譬如大王夫人生子之日小王羣臣皆來拜謁菩薩亦爾初發心時諸天世人皆當禮敬迦葉譬如雪山王中生諸藥草無有所屬無所分別隨病所服皆能療治菩薩亦爾所集智藥無所分別普爲衆生平等救護迦葉譬如月初生時衆人愛敬踰於滿月如是迦葉信我語者愛敬菩薩過於如來所以者何由諸菩薩生如來故迦葉譬如愚人捨月禮事星宿智者不爾終不捨離菩薩行者禮敬聲

聞迦葉譬如諸天及人一切世間善治僞珠不能令成瑠璃寶珠求聲聞人亦復如是一切持戒成就禪定終不能得坐於道場成無上道迦葉譬如治瑠璃珠能出百千無量珍寶如是教化成就菩薩能出百千無量聲聞辟支佛寶爾時世尊復告大迦葉菩薩常應求利衆生又正修習一切所有福德善根等心施與一切衆生所得智藥遍到十方療治衆生皆令畢竟云何名爲畢竟智藥謂不淨觀治於貪婬以慈心觀治於瞋恚以因緣觀治於愚癡以行空觀治諸妄見以無相觀治諸憶想分別緣念以無願觀治於一切出三界願以四非倒治一切倒以諸有爲皆悉無常治無常中計常顛倒以有爲苦治諸苦中計樂顛倒以無我治無我中計我顛倒以涅槃寂治不淨中計淨顛倒以四念處治諸依倚身受心法行者觀身順身相觀不墮我見順受相觀不墮我見順心相觀不墮我見順法相觀不墮我見是四念處能猒一切身受心法開涅槃門以四正勤能斷已生諸不善法及不起未生諸不善法未生善法悉能令生已生善法能令增長取要言之能斷一切諸不善法成就一切諸善之法以四如意足治身心重壞身一切令得如意自在神通以五根治無信懈怠失念亂心無慧衆生以五力障諸煩惱力以七覺分治諸法中疑悔錯謬以八正道治墮邪道一切衆生迦葉是爲菩薩畢竟智藥菩薩常應勤修習行又大迦葉閻浮提内諸醫師中耆域醫王最爲第一假令三千大千世界所有衆生皆如耆域若

有人問心中結使煩惱邪見疑悔病藥尚不能荅何況能治菩薩於中應作是念我終不以世藥爲足我當求習出世智藥亦修一切善根福德如是菩薩得智藥已遍到十方畢竟療治一切衆生何謂菩薩出世智藥謂知諸法從緣合生信一切法無我無人亦無衆生壽命知見無作無受信解通達無我我所於是空法無所得中不驚不畏勤加精進而求心相菩薩如是求心何等是心若貪欲耶若瞋恚耶若愚癡耶若過去未來現在耶若心過去即是盡滅若心未來未生未至若心現在則無有住是心非內非外亦非中間是心無色無形無對無識無知無住無處如是心者十方三世一切諸佛不已見不今見不當見若一切佛過去來今而所不見云何當有但以顛倒想故心生諸法種種差別是心如幻以憶想分別故起種種業受種種身又大迦葉心去如風不可捉故心如流水生滅不住故心如燈焰衆緣有故是心如電念念滅故心如虚空客塵汙故心如獼猴貪六欲故心如畫師能起種種業因緣故心不一定隨逐種種諸煩惱故心如大王一切諸法增上主故心常獨行無二無伴無有二心能一時故心如怨家能與一切諸苦惱故心如狂象蹈諸土舍能壞一切諸善根故心如吞鈎苦中生樂想故是心如夢於無我中生我想故心如蒼蠅於不淨中起淨想故心如惡賊能與種種考掠苦故心如惡鬼求人便故心常高下貪恚所壞故心如盜賊劫一切善根故心常貪色如蛾投火心常貪聲如軍久行

樂勝鼓音心常貪香如猪喜樂不淨中卧心常貪味如小女人樂著美食心常貪觸如蠅著油如是迦葉求是心相而不可得若不可得則非過去未來現在若非過去未來現在則出三世若出三世非有非無若非有非無即是不起若不起者即是無性若無性者即是無生若無生者即是無滅若無滅者則無所離若無所離者則無來無去無退無生若無來無去無退無生則無行業若無行業則是無爲若無爲者則是一切諸聖根本是中無有持戒亦無破戒若無持戒無破戒者是則無行亦無非行若無有行無非行者是則無心無心數法若無有心心數法者則無有業亦無業報若無有業無業報者則無苦樂若無苦樂即是聖性是中無業無起業者無有身業亦無口業亦無意業是中無有上中下差別聖性平等如虛空故是性無別一切諸法等一味故是性遠離離身心相故是性離一切法隨順涅槃故是性清淨遠離一切煩惱垢故是性無我離我我所故是性無高下從平等生故是性眞諦第一義諦故是性無盡畢竟不生故是性常住諸法常如故是性安樂涅槃爲第一故是性清淨離一切相故是性無我求我不可得故是性眞淨從本已來畢竟淨故又大迦葉汝等當自觀内莫外馳騁如是大迦葉當來比丘如犬逐塊云何比丘如犬逐塊譬如有人以塊擲犬犬即捨人而往逐之如是迦葉有沙門婆羅門怖畏好色聲香味觸故住空閑處獨無等侶離衆憒閙身離五欲而心不捨是人有時或念

好色聲香味觸貪心樂著而不觀内不知云何當得離色聲香味觸以不知故有時來入城邑聚落在人衆中還爲好色聲香味觸五欲所縛以空閑處持俗戒故死得生天又爲天上五欲所縛從天上没亦不得脱於四惡道地獄餓鬼畜生阿脩羅道是名比丘如犬逐塊又大迦葉云何比丘不如犬逐塊若有比丘爲人所罵而不報罵打害瞋毁亦不報毁但自内觀求伏其心作如是念罵者爲誰受者爲誰打者害者毁者瞋者亦復爲誰是名比丘不如犬逐塊迦葉譬如善調馬師隨馬懭悷即時能伏行者亦爾隨心所向即時能攝不令放逸迦葉譬如咽塞病即能斷命如是迦葉一切見中唯有我見即時能斷於智慧命譬如有人隨所縛處而求解脱如是迦葉隨心所著應當求解又大迦葉出家之人有二不淨心何謂爲二一者讀誦路伽耶等外道經書二者多畜諸好衣鉢又出家人有二堅縛何謂爲二一者見縛二者利養縛又出家人有二障法何謂爲二一者親近白衣二者憎惡善人又出家人有二種垢何謂爲二一者忍受煩惱二者貪諸檀越又出家人有二雨雹壞諸善根何謂爲二一者敗逆正法二者破戒受人信施又出家人有二癰瘡何謂爲二一者求見他過二者自覆其罪又出家人有二燒法何謂爲二一者垢心受著法衣二者受他持戒善人供養又出家人有二種病何謂爲二一者懷憎上慢而不伏心二者壞他發大乘心又大迦葉謂沙門者有四種沙門何謂爲四一者形服沙門二者

威儀欺誑沙門三者貪求名聞沙門四者實行沙門何謂形服沙門有一沙門形服具足被僧伽梨剃除鬚髮執持應器而便成就不淨身業不淨口業不淨意業不善護身慳嫉懈怠破戒爲惡是名形服沙門何謂威儀欺誑沙門有一沙門具足沙門身四威儀行立坐卧一心安詳斷諸美味修四聖種遠離衆會出家憒閙之衆言語柔輭行如是法皆爲欺誑不爲善淨而於空法有所見得於無得法生恐畏心如臨深想於空論比丘生怨賊想是名威儀欺誑沙門何謂名聞沙門有一沙門以現因緣而行持戒欲令人知自力讀誦欲令他人知爲多聞自力獨處在於閑靜欲令人知爲阿練若少欲知足行遠離行但爲人知不以猒離不爲善寂不爲得道不爲沙門婆羅門果不爲涅槃是爲名聞沙門復次迦葉何謂實行沙門有一沙門不貪身命何況利養聞諸法空無相無願心達隨順如所說行不爲涅槃而修梵行何況三界尚不樂起空無我見何況我見衆生人見離依止法而求解脫一切煩惱見一切諸法本來無垢畢竟清淨而自依止亦不依他以正法身尚不見佛何況形色以空遠離尚不見法何況貪著音聲言說以無爲法尚不見僧何況當見有和合衆而於諸法無所斷除無所修行不住生死不著涅槃知一切法本來寂滅不見有縛不求解脫是名實行沙門如是迦葉汝等當習實行沙門法莫爲名字所壞迦葉譬如貧窮賤人假富貴名於意云何稱此名不不也世尊如是迦葉但名沙門婆羅門

而無沙門婆羅門實功德行亦如貧人爲名所壞譬如有人漂没大水渴乏而死如是迦葉有諸沙門多讀誦經而不能止貪恚癡渴法水漂没煩惱渴死墮諸惡道譬如藥師持藥囊行而自身病不能療治多聞之人有煩惱病亦復如是雖有多聞不止煩惱不能自利譬如有人服王貴藥不能將適爲藥所害多聞之人有煩惱病亦復如是得好法藥不能修善自害慧根迦葉譬如摩尼寶珠墮不淨中不可復著如是多聞貪著利養便不復能利益天人譬如死人著金瓔珞多聞破戒比丘被服法衣受他供養亦復如是如長者子翦除爪甲淨自洗浴塗赤栴檀著新白衣頭著花鬘中外相稱如是迦葉多聞持戒被服法衣受他供養亦復如是又大迦葉四種破戒比丘似善持戒何謂爲四有一比丘具足持戒大小罪中心常怖畏所聞戒法皆能履行身業清淨口業清淨意業清淨正命清淨而是比丘說有我論是初破戒似善持戒復次迦葉有一比丘誦持戒律隨所說行身見不滅是名第二破戒比丘似善持戒復次迦葉有一比丘具足持戒取衆生相而行慈心聞一切法本來無生心大驚怖是名第三破戒比丘似善持戒復次迦葉有一比丘具足修行十二頭陀見有所得是名第四破戒比丘似善持戒復次迦葉善持戒者無我無我所無作無非作無有所作亦無作者無行無非行無色無名無相無非相無滅無非滅無取無捨無可取無可棄無衆生無衆生名無心無心名無世間無非世間無依止無非

依止不以戒自高不下他戒亦不憶想分別此戒是名諸聖所持戒行無漏不繫不受三界遠離一切諸依止法爾時世尊欲明了此義而說偈言

清淨持戒者　無垢無所有　持戒無憍慢
亦無所依止　持戒無愚癡　亦無有諸縛
持戒無塵汙　亦無有違失　持戒心善軟
畢竟常寂滅　遠離於一切　憶想之分別
解脫諸動念　是淨持佛戒　不貪惜身命
不用諸有生　修習於正行　安住正道中
是名爲佛法　眞實淨持戒　持戒不染世
亦不依世法　逮得智慧明　無闇無所有
無我無彼想　已知見諸相　是名爲佛法
眞實淨持戒　無此無彼岸　亦無有中間
於無此彼中　亦無有所著　無縛無諸漏
亦無有欺誑　是名爲佛法　眞實淨持戒
心不著名色　不生我我所　是名爲安住
眞實淨持戒　雖行持諸戒　其心不自高
亦不以爲上　過戒求聖道　是名爲眞實
清淨持戒相　不以戒爲最　亦不貴三昧
過此二事已　修習於智慧　空寂無所有
諸聖賢之性　是清淨持戒　諸佛所稱讚
心解脫身見　除滅我我所　信解於諸佛
所行空寂法　如是持聖戒　則爲無有比
依戒得三昧　三昧能修慧　依因所修慧
逮得於淨智　已得淨智者　具足清淨戒

說是語時五百比丘不受諸法心得解脫三萬二千人遠塵離垢得法眼淨五百比丘聞是深法心不信解不能通達從坐起去爾時大迦葉白佛言世尊是五百比丘皆得禪定

不能信解入深法故從坐起去佛語迦葉是諸比丘皆增上慢聞是清淨無漏戒相不能信解不能通達佛所說偈其義甚深所以者何諸佛菩提極甚深故若不厚種善根惡知識所守信解力少難得信受又大迦葉是五百比丘過去迦葉佛時爲外道弟子到迦葉佛所欲求長短聞佛說法得少信心而自念言是佛希有快善妙語以是善心命終之後生忉利天忉利天終生閻浮提於我法中而得出家是諸比丘深著諸見聞說深法不能信解隨順通達是諸比丘雖不通達以聞深法因緣力故得大利益不生惡道當於現身得入涅槃爾時佛語須菩提言汝往將是諸比丘來須菩提言世尊是人尚不能信佛語況須菩提耶佛即化作二比丘隨五百比丘所向道中諸比丘見已問化比丘汝欲那去荅言我等欲去獨處修禪定樂所以者何佛所說法不能信解諸比丘言長老我等聞佛說法亦不信解欲至獨處修禪定行時化比丘語諸比丘言我等當離自高逆諍心應求信解佛所說義所以者何無高無諍是沙門法所說涅槃名爲滅者爲何所滅是身之中有我滅耶有人有作有受有命而可滅耶諸比丘言是身之中無我無人無作無受無命而可滅者但以貪欲瞋癡滅故名爲涅槃化比丘言汝等貪欲瞋癡爲是定相可滅盡耶諸比丘言貪欲瞋癡不在於內亦不在外不在中間離諸憶想是則不生化比丘言是故汝等莫作憶想若使汝等不起憶想分別法者即於諸法無染無離無染無離者是名寂

滅所有戒品亦不往來亦不滅盡定品慧品解脫解脫知見品亦不往來亦不滅盡以是法故說爲涅槃是法皆空遠離亦不可取汝等捨離是涅槃想莫隨於想莫隨非想莫以想捨想莫以想觀想若以想捨想者則爲想所縛汝等不應分別一切受想滅定一切諸法無分別故若有比丘滅諸受想得滅定者則爲滿足更無有上化比丘說是語時五百比丘不受諸法心得解脫來詣佛所頭面禮足在一面立爾時須菩提問諸比丘言汝等去至何所今何從來諸比丘言佛所說法無所從來去無所至又問誰爲汝師荅言我師先來不生亦無有滅又問汝等從何聞法荅言無有五陰十二入十八界從是聞法又問云何聞法荅言不爲縛故不爲解脫故又問汝等習行何法荅言不爲得故不爲斷故又問誰調伏汝荅言身無定相心無所行是調伏我又問何行心得解脫荅言不斷無明不生明故又問汝等爲誰弟子荅言無得無知者是彼弟子又問汝等已得幾何當入涅槃荅言猶如如來所化入涅槃者我等當入又問汝等已得已利耶荅言自利不可得故又問汝等所作已辦耶荅言所作不可得故又問汝等修梵行耶荅言於三界不行亦非不行是我梵行又問汝等煩惱盡耶荅言一切諸法畢竟無盡相故又問汝等破魔耶荅言陰魔不可得故又問汝等奉如來耶荅言不以身心故又問汝等住福田耶荅言無有住故又問汝等斷於生死往來耶荅言無常無斷故又問汝等隨法行耶荅言無礙解脫故

又問汝等究竟當至何所荅言隨於如來化人所至須菩提問諸比丘時有五百比丘不受諸法心得解脫三萬二千人遠塵離垢得法眼淨爾時會中有普明菩薩白佛言世尊菩薩欲學是寶積經者當云何住當云何學佛言菩薩學是經所說皆無定相而不可取亦不可著隨是行者有大利益普明譬如有人乘坏船欲渡恒河以何精進乘此船渡荅言世尊以大精進乃可得渡所以者何恐中壞故佛告普明菩薩亦爾欲修佛法當勤精進倍復過是所以者何是身無常無有決定壞敗之相不得久住終歸磨滅未得法利恐中壞故我在大流爲度衆生斷於四流故當習法船乘此法船往來生死度脫衆生云何菩薩所習法船謂平等心一切衆生爲船因緣習無量福以爲牢厚清淨戒板行施及果以爲莊嚴淨心佛道爲諸材木一切福德以爲具足堅固繫縛忍辱柔輭憶念爲釘諸菩提分堅強精進最上妙善法林中出不可思議無量禪定福德業成善寂調心以爲師匠畢竟不壞大悲所攝以四攝法廣度致遠以智慧力防諸怨賊善方便力種種合集四大梵行以爲端嚴四正念處爲金樓觀四正勤行四如意足以爲疾風五根善察離諸曲惡五力彌浮七覺覺悟能破魔賊入八眞正道隨意到岸離外道濟止爲調御觀爲利益不著二邊有因緣法以爲安隱大乘廣博無盡辯才廣布名聞能濟十方一切衆生而自唱言來上法船從安隱道至於涅槃度身見岸至佛道岸離一切見如是普明菩薩摩訶薩

應當修習如是法船以是法船無量百千萬億阿僧祇劫在生死中度脫漂沒長流衆生又告普明復有法行能令菩薩疾得成佛謂諸所行眞實不虛厚習善法深心清淨不捨精進樂欲近明修習一切諸善根故常正憶念樂善法故多聞無猒具足慧故破壞憍慢增益智故除滅戲論具福德故樂住獨處身心離故不處憒鬧離惡人故深求於法依第一義故求於智慧通達實相故求於眞諦得不壞法故求於空法所行正故求於遠離得寂滅故如是普明是爲菩薩疾成佛道說是經時普明菩薩大迦葉等諸天阿脩羅及世間人皆大歡喜頂戴奉行

大寶積經卷第一百一十二

音釋

薩婆若梵語也此云一切智若爾者切　嘷胡刀切大哭也　淤泥淤依據切淤泥謂澱滓濁泥也　渧音滴水點也　憒鬧憒古對切鬧女教切憒鬧謂憒亂宣鬧也　儱悷儱力董切悷郎計切儱悷謂多惡不調也

大寶積經卷第一百一十三

北涼沙門釋道龔於張掖譯

寶梁聚會第四十四之一

沙門品第一

如是我聞一時佛在王舍城耆闍崛山中與大比丘衆八千人俱菩薩摩訶薩萬六千人皆不退轉於阿耨多羅三藐三菩提盡是一生補處悉從十方諸佛世界而來集會爾時摩訶迦葉白佛言世尊所言沙門云何爲沙門佛告迦葉所謂沙門者寂滅故調伏故受教故戒身淨故入禪定故得智慧故解如實義得解脫故於三脫門無所疑故安住聖人所行法故善修四念處故離一切不善法故安住四正勤故善修四如意足故成就信根故信佛法僧故成就堅信於佛法僧故不信餘道法故勤行離一切煩惱故善修七菩提分離一切不善如實修一切善法故善知正念正智方便故專念一切諸善法故善知定慧方便故成就五力故不爲一切煩惱之所亂故善修七菩提分故善知一切法中因緣方便故善知聖道方便故善知正見正定方便故得四辯力不信外道故依義不依語依智不依識依了義經不依不了義經依法不依人故離四魔故善知五陰故斷一切煩惱故得最後身故離生死道故離一切愛故勤行知苦斷集證滅修道故善見四聖諦故於佛法中不信餘道故所作已辦故斷一切漏故修八背捨故釋梵天王之所讚故從本已來專心行道故樂阿蘭若處故安住聖法中故樂佛法儀式故心不傾動故不親近出家

在家衆故心樂獨行如犀角故畏於人衆多惱亂故樂住獨處故常怖畏三界故得實沙門果故離一切希望故離世八法故所謂利衰毀譽稱譏苦樂堅心不動如地故護彼我意無所犯故不濁故正行故心行成就如虛空故於諸形相心無染著如虛空中動手無所礙故迦葉若能成就如是行法是名沙門爾時摩訶迦葉白佛言世尊未曾有也如來善說沙門德行世尊若未來世有諸沙門非實沙門自言我是沙門非梵行人自言我有梵行如是之人即已侵損如來無量阿僧祇劫所修習阿耨多羅三藐三菩提佛告迦葉如是侵損如來菩提之罪說不可盡迦葉我滅度後汝及餘大弟子等亦皆滅度又此世界諸大菩薩皆至他方諸佛世界爾時於我法中當有比丘於諸所行心多諂曲迦葉我今當說沙門之垢沙門過罪迦葉後末法中當有比丘不修身不修戒不修心不修慧癡如小兒向於闇冥而無所知心不調伏成沙門垢迦葉云何沙門垢迦葉沙門之垢有三十二出家之人所應遠離何等三十二欲覺是沙門垢瞋覺是沙門垢惱覺是沙門垢自讚是沙門垢毀他是沙門垢邪求利養是沙門垢因利求利是沙門垢損他施福是沙門垢覆藏罪過是沙門垢親近在家人是沙門垢親近出家人是沙門樂於衆鬧是沙門垢未得利養作方便求是沙門垢於他利養心生希望是沙門垢自於利養心不知足是沙門垢於他利養中心生嫉妬是沙門垢常求他過是沙門垢不見已過是沙門垢於解脫

戒而不堅持是沙門垢不知慙愧是沙門垢無恭恪意心慢掉動無有羞耻是沙門垢起諸結使是沙門垢逆十二因緣是沙門垢攝取邊見是沙門垢不寂滅不離欲是沙門垢樂於生死不樂涅槃是沙門垢好樂外典是沙門垢五蓋覆心起諸煩惱是沙門垢不信業報是沙門垢畏三脫門是沙門垢謗深妙法不寂滅行是沙門垢於三寶中心不尊敬是沙門垢迦葉是名沙門三十二垢若能離此諸垢是名沙門迦葉又有八法覆沙門行何等八一者不敬順師長二不尊敬法三不善思惟四所未聞法聞已誹謗五聞無衆生無我無命無人法已心生驚畏六聞一切行本來無生已而解有爲法不解無爲法七聞說次第法已墮大深處八聞一切法無生無性無出已而心迷没迦葉是名八法覆於沙門行如是八法出家沙門應當遠離迦葉我不說剃頭法服名爲沙門所謂有功德儀式具足者乃名爲沙門迦葉沙門身服袈裟心應遠離貪恚癡行何以故心無貪恚癡行我乃聽著袈裟迦葉若心有貪恚癡法而身著袈裟除專心持戒餘不持戒人則爲燒滅袈裟何以故聖人表式隨順寂滅行慈悲心離欲滅者之所應服迦葉汝今聽我說聖人表式有十二事何等十二迦葉持戒是聖人表式禪定是聖人表式智慧是聖人表式解脫是聖人表式解脫知見是聖人表式入四聖諦是聖人表式能解十二因緣是聖人表式行四無量心是聖人表式行於四禪是聖人表式行四無色定是聖人表式入四向正定

是聖人表式斷一切漏是聖人表式迦葉是名聖人十二表式迦葉若有比丘不具足聖人十二表式身服袈裟者我說此比丘是邪法行非寂滅行離佛法行不近涅槃順生死行爲魔所拘不度生死於正法退而行邪法迦葉是故出家比丘身服袈裟時若未得沙門果者應以八法敬重袈裟何等八於身袈裟應起塔想世尊想寂滅想慈想敬如佛想慚想愧想令我來世離貪恚癡具沙門法想迦葉是名八法敬重袈裟迦葉若有於四聖種不行知足離沙門法亦不以此八法敬重袈裟者而彼別有似沙門數墮小地獄迦葉彼地獄中似沙門者於中受罪衣鉢支體皆悉熾然坐卧之處凡有所用物亦皆熾然如大火聚似沙門者受如是罪何以故成就不淨身口意業故墮是罪處迦葉若非沙門自言我是沙門非梵行者自言我有梵行若有持戒功德具足人所右遶恭敬尊重者若破戒比丘受其禮敬供養而不自知惡彼惡比丘以是不善根故得八輕法何等八一作愚癡二口瘖瘂三受身矬陋四顏貌醜惡其面側戾見者嗤笑五轉受女人身作貧窮婢使六其形羸瘦夭損壽命七人所不敬常有惡名八不值佛世迦葉是破戒比丘受持戒者禮敬供養得如是八輕法迦葉破戒比丘聞如是法已應當不受持戒比丘禮敬供養迦葉若有非沙門自言我是沙門非梵行自言我有梵行於此大地乃至無有涕唾分處況舉足下足去來屈伸何以故過去大王持此大地施與持戒有行德者令於中行道迦葉

是破戒比丘舉足下足處一切信施不及此人況僧坊及招提僧舍經行之處若有房舍床敷園林所有衣鉢卧具醫藥一切信施所不應受迦葉我今當説若有非沙門自言我是沙門非梵行自言我有梵行不能必報信施如一毛端何以故聖衆福田猶如大海最妙最勝於中若有施主淨心信故以施種子種福田中如此施主起無量施想迦葉若有破戒比丘如分一毛以爲百分若惡比丘受信施如一毛分隨所受毛分即損失施主爾所大海福報之分不能畢報迦葉是故應淨其心受他信施迦葉應如是學爾時衆中有淨行無欲離枙比丘二百人聞説是已抆淚而白世尊我今當死不欲以不得沙門果受他信施乃至一食佛言善哉善哉善男子汝

如是慚愧畏於後世喻如金剛即是現世瓔珞善男子我今當説世有二人應受信施何等二一者勤行精進二者得解脱者佛告比丘若有比丘得解脱者行善法者如我所説堅持戒者觀一切行無常苦一切法無我者觀涅槃寂滅願求欲得如是比丘受他信施摶如須彌必能報是信施之福若有比丘受信施主施令此施主得大利益得大果報何以故常生福德有三種福一常施食二僧坊舍三行慈心此三福中慈心最勝佛告比丘若有比丘從施主受施若衣鉢卧具飲食湯藥受已若入無量定令彼施主得無量福得無量報迦葉譬如三千大千世界所有大海尚可竭盡而此施主所得福報不可得盡迦葉當知破戒比丘損於施主爾所福德若受

施主施已行於惡法損他信施迦葉如是說沙門垢沙門過罪沙門諂曲沙門中賊迦葉持戒比丘應當專念遠離如是一切惡法迦葉所謂沙門者眼不流色中耳鼻舌身意不流法中是故謂之沙門選擇六入了達六通專念六念安住六敬法行六重法是謂沙門

比丘品第二

爾時佛告迦葉所言比丘比丘者能破煩惱故名比丘破我想衆生想人想男想女想是謂比丘復次迦葉有修戒修慧是名比丘復次迦葉離恐畏故度三有四流故見有及流諸過患故離一切有及流故安處無畏道故是名比丘迦葉若有比丘自知不成就如是之法及餘善法又離是法行於餘道迦葉彼比丘非我弟子我非彼師迦葉多有惡比丘壞我佛法迦葉非九十五種外道能壞我法亦非諸餘外道能壞我法除我法中所有癡人此癡人輩能壞我法迦葉譬如師子獸中之王若其死已虎狼鳥獸無有能得食其肉者迦葉師子身中自生諸蟲還食其肉迦葉於我法中出如是等諸惡比丘貪惜利養爲貪利所覆不滅惡法不修善法不離妄語迦葉如是比丘能壞我法迦葉有四法成就當知是惡比丘何等四貪恚癡及我慢者是名惡比丘復有四法成就當知是惡比丘何等四憿慢自大無慚無愧不慎口過是名惡比丘復有四法成就當知是惡比丘何等四掉動輕他貪求利養多行非法是名惡比丘復有四法成就當知是惡比丘何等四多有奸僞幻惑於人多行邪命多說惡言是名惡比

丘復有四法成就當知是惡比丘何等四現受他恩不知報之小恩於他責望大報先受他恩而不憶念侵損親友是名惡比丘復有四法成就當知是惡比丘何等四受人信施失他福報不善護戒輕所受戒不堅持律是名惡比丘復有四法成就當知是惡比丘何等四有我論有衆生論有命論有人論是名惡比丘復有四法成就當知是惡比丘何等四不敬佛不敬法不敬僧不敬戒是名惡比丘復有四法成就當知是惡比丘何等四若僧和合而心不悅不樂獨處樂於衆中常論世俗所有言説是名惡比丘復有四法成就當知是惡比丘何等四求於利養求大名稱求多知識不住聖種是名惡比丘復有四法成就當知是惡比丘何等四繫屬於魔爲魔所害多於睡眠作善不喜是名惡比丘復有四法成就當知是惡比丘何等四於佛法中朽敗心懷諛諂爲煩惱所害離沙門果是名惡比丘復有四法成就當知是惡比丘何等四爲婬欲所燒瞋恚所燒愚癡所燒亦爲一切煩惱所燒是名惡比丘復有四法成就當知是惡比丘何等四多遊婬里不知過惡不知知足雖多學問不知知足於所須物常懷悋心不能施他是名惡比丘復有四法成就當知是惡比丘何等四從闇入闇從癡入癡不見聖諦多生疑惑常爲生死之所繫縛閉涅槃門是名惡比丘復有四法成就當知是惡比丘何等四身多奸行口多奸行意多奸行儀式多奸行云何身多奸行安詳而行是身奸行不左右視是身奸行若左右視不過

一尋是身奸行邪命著衣是身奸行諛諂行於空閑之處不求空閑所行之法諛諂乞食不觀乞食相諛諂著糞掃衣不知爲慚愧故諛諂行於山窟樹下不知分別十二緣行諛諂服於陳故棄藥不求甘露法藥迦葉是名身多奸行迦葉云何口多奸行他識我他請我如所求我已得我不求利養而他送與我細妙供養我皆得多利養我亦得我常行善法應受供養我善問荅我能順法相我能逆法相我於一切法解義非義他若如是問我我能如是荅荅已伏彼令其嘿然我說是已能令大衆一切喜悅亦令一切歎言善哉令彼衆人請我供養得供養已復令施主請我數來迦葉若有不調伏口而有所說一切所言皆非正言是口多奸行迦葉是名口多奸行迦葉云何意多奸行心所牽連貪求利養衣鉢臥具飲食醫藥而口說言一切利養我所不須心實多求而詐言知足是名意多奸行爾時世尊而說偈言

心求利養 口言知足 邪命求利 常無快樂
其心多奸 欺誑一切 如此之心 都不清淨
諸天龍神 有天眼者 諸佛世尊 咸共知見

迦葉如是惡比丘離善法儀式作邪命行墮三惡道

旃陀羅沙門品第三

佛告迦葉云何旃陀羅沙門迦葉譬如旃陀羅常於冢間行求死屍無慈悲心視於衆生得見死屍心大喜悅迦葉如是沙門旃陀羅常無慈心至施主家行不善心所求得已生貴重心從施主家受利養已不教施主佛法

毗尼爲利養故親近在家不爲法故亦無慈心常求利養迦葉是名沙門旃陀羅迦葉如旃陀羅爲一切人之所捨離所謂大臣長者及諸小王刹利婆羅門幷餘庶民乃至下賤之所遠離不欲共作知識迦葉如是沙門旃陀羅亦爲一切之所遠離所謂持戒有德人所敬者比丘比丘尼優婆塞優婆夷天龍鬼神及乾闥婆知其破戒行惡法故迦葉是名沙門旃陀羅迦葉如旃陀羅所有衣服飲食諸所用物盡非好人之所愛樂亦不受用迦葉如是沙門旃陀羅若有衣鉢所用之物皆是破戒非法身口意業諛諂所得持戒沙門婆羅門捨不愛樂亦不受用於此人所生哀愍心迦葉是名沙門旃陀羅迦葉如旃陀羅以愧恥心持所用器從他乞食迦葉如是沙門旃陀羅以愧恥心入於房舍及至他家或到衆中亦以愧心至於佛所亦以愧心禮如來塔亦以愧心去來屈伸亦以愧心行住坐卧一切所行皆有愧心覆藏惡法故迦葉我今當說旃陀羅人所至之處不到善處何以故自行惡法故迦葉如是沙門旃陀羅所至之處亦不到善道多作惡業無遮惡道法故迦葉是名沙門旃陀羅迦葉云何沙門敗壞迦葉譬如好酒香味具足是酒之醍醐醡取已盡下有糟滓人所惡賤無所施用迦葉如是敗壞沙門離於法味取煩惱滓人所惡賤無所施用離持戒香臭諸煩惱若有至處不能自利亦不益他迦葉是名敗壞沙門迦葉敗壞者如有所食變爲糞穢臭惡不淨人所厭離迦葉如是敗壞沙門猶如糞穢以身口

意業不清淨故迦葉是名敗壞沙門迦葉譬如敗種種種大地中終不生芽實迦葉如是敗壞沙門雖在佛法中不生善根不得沙門果迦葉是名敗壞沙門迦葉云何沙門簉迦葉譬如畫簉巧工所成中盛臭穢種種不淨迦葉如是沙門簉外現成就似沙門行內有種種垢穢行諸惡業迦葉是名沙門簉迦葉云何沙門构欄茶迦葉譬如构欄茶花色貌鮮好其體堅鞕猶如木石其氣臭穢猶如糞塗有智之人若見此花不近不觸遠避而去愚人若見不知過患近而齅之迦葉如是沙門构欄茶現似沙門行而有麤獷傲慢自高臭穢不淨又作破戒無儀式行破於正見迦葉如是沙門构欄茶智者不親近不禮敬右遶以惡人故而遠離之迦葉若有癡如小兒彼諸癡人之所親近禮敬右遶信受其語如构欄茶花為癡人所捉迦葉是名沙門构欄茶迦葉云何沙門求利迦葉譬如諛諂之人心常慳惜為貪所覆若見他財物希望欲得畜利刀仗無慚愧心無哀愍心常有害心若行空澤山林聚落發如是心於他財物希求欲得常自藏身不令他見迦葉如是沙門求利心常慳惜為貪所覆於所得利心無知足於他財物希望欲得有所至處聚落城邑常為利養不為善法覆藏諸惡謂善比丘知我破戒知已若說戒時或驅我出於善比丘但生恐畏心常諛諂現行儀式一切天龍鬼神有天眼者知此比丘來時賊來去時賊去行時賊行坐時賊坐卧時賊卧起時賊起取衣時賊取衣著衣時賊著衣入聚落時賊入聚落

出聚落時賊出聚落食時賊食飲時賊飲剃髮時賊剃髮迦葉如是癡人去來儀式皆爲天龍鬼神之所知見見已訶罵如此惡人即爲壞滅釋迦牟尼佛法作是訶責諸惡比丘又彼諸天龍鬼神見持戒梵行沙門婆羅門增益信心禮敬尊重此人於佛法中應受利養者迦葉此沙門求利於佛法中出家不能生一念寂滅離欲之心況得沙門果若有得者無有是處迦葉是名沙門求利迦葉云何稗沙門迦葉譬如麥田中生稗麥其形似麥不可分別爾時田夫作如是念謂此稗麥盡是好麥後見穗生爾乃知非不得名言一切是麥迦葉如是稗沙門在於衆中似是持戒有德行者施主見時謂盡是沙門而彼癡人實非沙門言是沙門非梵行人自言梵行先來敗壞離於持戒亦不入衆數於佛法中無智慧命當墮惡道猶如稗麥在好麥中爾時天龍鬼神有天眼者見彼癡人墮於地獄見已各相謂言此是癡人先似沙門行不善法今當墮於大地獄中從今已後終不能得沙門德行及沙門果猶如稗麥在好麥中迦葉是名稗沙門迦葉云何蒲生沙門迦葉譬如蒲生稻苗以不熟故名爲蒲生以無實故風所吹去無堅重力似稻非稻迦葉如是蒲生沙門形似沙門無人教呵無有德力爲魔風所吹亦無血氣持戒之力離於多聞損失定力亦遠於智不能破壞諸煩惱賊名如是人輕劣無力繫屬於魔爲魔所拘没在一切煩惱之中爲魔風所吹如蒲生稻迦葉蒲生之稻不中爲種亦不生芽迦葉如是蒲生沙門

於佛法中無道種子於賢聖法中不得解脱迦葉蒲生沙門者所謂破戒行惡是名蒲生沙門迦葉云何形似沙門迦葉譬如巧工以金塗銅其色似金價不同金若指磨時乃知非金迦葉如是形似沙門者好自嚴飾常澡浴身齊整著衣沙門儀式一切具足去來屈伸常正儀式而彼常爲貪恚癡所害亦爲利養禮敬讚歎所害亦爲我慢增上慢一切煩惱所害雖爲人所貴無貴重法常勤嚴身悕望飲食不求聖法不畏後世現見尊重非將來尊重但長肌肥依於利養非依於法種種繫縛勤作家業順在家心亦隨所受苦時受苦樂時受樂爲愛憎所害於沙門法無心欲行離諸儀式必當墮於地獄餓鬼畜生彼人無沙門實無沙門稱不與沙門等迦葉是名形似沙門迦葉云何失沙門血氣迦葉譬如男子若女人若童男若童女非人食其血氣彼人羸瘦無有色力由失血氣故迦葉如是之人失血氣故諸藥呪術及諸刀仗所不能治必至於死迦葉如是沙門無有持戒定慧解脱解脱知見血氣及慈悲喜捨血氣亦無行施調伏護身口意業血氣亦無安住四聖種血氣無有儀式血氣亦無淨身口意血氣迦葉是名沙門失於血氣迦葉如失血氣沙門雖受如來法藥不以自度法藥者所謂若起婬欲應觀不淨若起瞋恚應行慈心若起愚癡應觀十二因緣於諸煩惱應正思惟離於樂衆捨我所有出家三事應當愛護三事者所謂持戒清淨其心調伏入定不亂迦葉如是法藥我之所說我所聽服雖受此藥不

以自度迦葉又有出世法所謂空觀無相無作觀陰界入知四聖諦及十二因縁迦葉如是法藥彼人亦復不以自度迦葉如是沙門臭穢不淨以破戒故薄福德故生極下處以憍慢故於此命終不生餘處必當墮在大地獄中如人失於血氣必定至死如是沙門於此命終必墮地獄迦葉是名失血氣沙門如是說已五百比丘捨戒還俗爾時有諸比丘呵彼比丘言若大德於佛法中退還家者如是非善如是非法佛告諸比丘莫作是語何以故若如是者名爲順法若比丘不欲受人信施退還家者是名順法彼諸比丘信解心多故生悔心說此語時彼得聞已作如是念我等或能行不淨行受他信施應生悔心退而還家迦葉我今說此諸比丘等於此命終生兜率天彌勒菩薩所彌勒如來出於世時彼諸比丘在初會數中

營事比丘品第四

爾時摩訶迦葉白佛言世尊云何比丘能營衆事佛告迦葉我聽二種比丘得營衆事何等二一者能淨持戒二者畏於後世喻如金剛復有二種何等二一者識知業報二者有諸慚愧及以悔心復有二種何等二一者阿羅漢二者能修八背捨者迦葉如是二種比丘我聽營事自無瘡疣何以故迦葉護他人意此事難故迦葉於佛法中種種出家種種性種種心種種解脱種種斷結或有阿蘭若或有乞食或有樂住山林或有樂近聚落清淨持戒或有能離四梔或有勤修多聞或有辯説諸法或有善持戒律或有善持毗尼儀

式或有遊諸城邑聚落爲人說法有如是等諸比丘僧營事比丘善取如是諸人心相迦葉若阿蘭若比丘樂空閑處營事比丘一切役使不應令作有時阿蘭若比丘在比丘僧次役使而營事比丘應當代作若自不作應倩他人令代爲之不應役使阿蘭若比丘若非行道時可少令作迦葉若有乞食比丘彼營事比丘於乞食比丘應與好食若有比丘能離四梔營事比丘隨所須物應當供給所謂衣服飲食卧具醫藥若離梔比丘所住之處營事比丘於其住處不應高聲大喚亦不令他高聲大喚欲防護離梔比丘故營事比丘於離梔比丘應生尊敬如世尊想生如是念如是比丘於佛法中能作法柱當隨所須而供給之迦葉若有勤修多聞比丘營事比丘應當勸喻作如是言大德勤修多聞讀誦令利我當爲諸大德供給使令若諸大德勤修多聞於比丘僧中是好瓔珞能昇高座廣說正法亦自生智慧營事比丘不應非時役使應當擁護令修多聞迦葉若有說法比丘營事比丘應事事供給應將說法比丘至城邑聚落勸喻諸人令就聽法說法之處亦應供給爲說法人敷好高座若有比丘强自以力欲壞說法者營事比丘應往和解亦應數往說法人所稱言善哉迦葉若有比丘善持戒律善持毗尼義營事比丘應往其所數數問義我云何營事令不得罪自無所損不害於他持毗尼義比丘應觀營事者心隨所營事而爲說法所謂是應作是不應作營事比丘於持律人所一心生信禮敬供養若比丘

僧所有分物應當隨時供給於僧不應藏舉隨僧所須應當分與應與時與不惡心與不以非法與非欲心與非瞋心與非癡心與非畏心與隨僧法行非隨在家行隨僧制行非自隨制行不於僧物生自在想乃至小事與僧共斷非自在斷若所用物所謂常住僧物及與佛物若招提僧物彼營事比丘應當分別常住僧物不應與招提僧招提僧物不應與常住僧常住僧物不應與招提僧物共雜招提僧物不應與常住僧物共雜常住僧物招提僧物不與佛物共雜佛物不與常住僧物招提僧物共雜若常住僧物多而招提僧有所須者營事比丘應集僧行籌索欲若僧和合應以常住僧物分與招提僧迦葉若如來塔或有所須若欲敗壞者若常住僧物若招提僧物多營事比丘應集僧行籌索欲作如是言是佛塔壞今有所須此常住僧物招提僧物多大德僧聽若僧時到僧忍聽若僧不惜所得施物若常住僧物若招提僧物我今持用修治佛塔若僧和合營事比丘應以僧物修治佛塔若僧不和合營事比丘應餘勸化在家人輩求索財物修治佛塔迦葉若佛物多者營事比丘不得以佛物分與常住僧及招提僧何以故於此物中應生世尊想佛所有物乃至一線皆是施主信心施佛是故諸天世人於此物中生佛塔想而況寶物若於佛塔先以衣施此衣於佛塔中寧令風吹雨爛破盡不應以此衣貿易寶物何以故如來塔物無人能與作價者又佛無所須故迦葉有如是善淨營事人者三寶之物不

應令雜又於自利養心常知足三寶物中不生我所有想迦葉營事比丘若生瞋心而於持戒大德人所右遶禮敬之者以自在故驅令役使是故營事比丘以瞋心緣故墮大地獄若得爲人作他奴僕常爲其主苦驅役使人所鞭打復次迦葉若營事比丘以自在故更作重制過僧常限謫罰比丘非時令作是營事比丘以此不善根故墮於多釘小地獄中生此中已以百千釘釘挓其身其身熾然出大火焰如大火聚若於持戒有大德者以重事怖之以瞋心語故彼營事比丘生地獄中其所得舌長五百由旬以百千釘而釘其舌一一釘中出大火焰迦葉若營事比丘數得僧物慳惜藏舉或非時與僧或復難與或困苦與或少與或不與或有與者或不與者

營事比丘以此不善根故墮穢惡餓鬼常食糞丸此人命終當生是中爾時更有餓鬼以食示之而復不與此鬼爾時希望欲得諦視此食目不曾眴受飢渴苦於百千歲中常不得食或時得食變爲糞屎或作膿血何以故有持戒人人所敬禮僧所有物以自在故而難與之迦葉若營事比丘以常住僧物若招提僧物及以佛物輙自雜用得大苦報若受一劫若過一劫何以故以侵三寶物故迦葉若營事比丘聞如是罪知如是罪而故生瞋心於持戒者我今說此諸佛世尊所不能治迦葉是故營事比丘聞如是非法罪已應當善護身口意業自護亦護他迦葉營事比丘寧自噉身肉終不雜用三寶之物作衣鉢飲食爾時摩訶迦葉白佛言世尊未曾有也如

來自以慈心說如是法爲無慚愧者說無慚愧法有慚愧者說慚愧法

大寶積經卷第一百一十三

音釋

恭恪 恪克各切敬也亦恭也　瘖瘂 瘖於金切瘂么下切瘖瘂謂口不能言也　矬陋 矬祖禾切短也陋郎豆切鄙惡也　側戾 側札色切傍側也不正也戾郎計切斜也曲也　嗤笑 嗤充之切亦笑也　夭損 夭於皎切短折也損蘇本切傷也減也　離梔 梔乙華切與軛同離梔謂離煩惱苦梔也　抆淚 抆武粉切拭也　醡 側嫁切壓酒具也　糟滓 糟則曹切酒滓也滓則史切　敗種 種主勇切敗種謂朽壞不能生發之種子也　稗 蒲拜切稊稗也草似禾而別也　穗 音遂禾成秀也　揩磨 揩丘皆切揩磨謂揩拭磨治也　瘡疣 瘡初莊切瘡痍也疣音尤疣贅也　倩 倉性切借倩也　數往 數色角切謂頻數往也　謫罰 謫音摘責也亦罰也罰音伐罪罰也　釘挓 釘丁定切以釘釘也挓知格切正作磔張也　眴 音舜目動也

大寶積經卷第一百一十四

北涼沙門釋道龔於張掖譯

寶梁聚會第四十四之二

蘭若比丘品第五

爾時摩訶迦葉白佛言世尊若有比丘自言阿蘭若比丘世尊齊幾所名阿蘭若比丘齊幾所名乞食比丘齊幾所名畜糞掃衣比丘齊幾所名樹下比丘齊幾所名冢間比丘齊幾所名露處比丘佛告迦葉阿蘭若比丘必樂阿蘭若處住阿蘭若處迦葉若阿蘭若處所謂無大聲無衆閙聲離麞鹿虎狼及諸飛鳥遠諸賊盜及牧牛羊者順沙門行處如是阿蘭若處應於中修行彼比丘若欲至阿蘭若處應當思惟八法何等八一者我當捨身二者應當捨命三者當捨利養四者離於一切所愛樂處五者於山間死當如鹿死六者阿蘭若處當受阿蘭若行七者當以法自活八者非以煩惱自活迦葉是名八法阿蘭若比丘所應思惟思惟已當至阿蘭若處迦葉阿蘭若比丘至阿蘭若處已行阿蘭若法以八行行慈於一切衆生生慈心何等八一者以慈利益二者以慈樂三者無恚慈四者正慈五者無異慈六者順慈七者觀一切法慈八者淨如虛空慈迦葉以如是八行於諸衆生生慈心迦葉阿蘭若比丘至阿蘭若處已應如是思惟我雖至遠處獨無伴侶若我行善若行不善無人教呵復作是念此有諸天龍鬼神諸佛世尊知我專心彼爲我證我今在此行阿蘭若法我不善心不得自在若我至此極遠之處獨無伴侶無親近者無我所

有我今當覺欲覺恚覺惱覺餘不善法亦應當覺我今不應不異於樂衆者亦不應不異近聚落人若如是不異我即爲誑諸天龍鬼神已諸佛見我我亦不歡悅我今若如阿蘭若法則諸天龍鬼神不見呵責諸佛見我即亦歡悅迦葉阿蘭若比丘住阿蘭若處行阿蘭若法一心堅持解脱禁戒善護戒衆淨身口意無諛諂行淨於正命心向諸定如所聞法應憶念之勤正思惟趣向離欲寂滅涅槃畏於生死觀五陰如怨家觀四大如毒蛇觀六入如空聚善知方便觀十二因緣離斷常見觀無衆生無我無人無命解法空相行於無相漸損所作而行無作心常驚畏於三界行常勤修行如救頭然常行精進終不退轉觀身實相應生如是心觀如是法當知苦本斷一切集證於滅盡勤修於道行於慈心安住四念處離不善法入善法門安住四正勤入四如意足護五善根於五力中而得自在覺七菩提分勤行八聖善道分受持禪定以慧分別諸法之相迦葉說如是法以嚴飾阿蘭若比丘作是嚴飾已住於山林初夜後夜勤修諸行不應睡眠常念欲得出世之法迦葉阿蘭若比丘凡所住處常修行道不自嚴身及諸衣服拾乾枯草以用敷座自用坐具離常住僧及招提僧物於阿蘭若處衣服知足趣得覆身爲行聖道故迦葉阿蘭若比丘若爲乞食至城邑聚落應作是念我從阿蘭若處至是城邑聚落若得食若不得食心無憂喜若不得食者應生喜心念宿業報我今當勤修習福業又念如來乞食亦不時得彼

阿蘭若比丘入於城邑聚落乞食應以法莊嚴法莊嚴已然後乞食云何法莊嚴若見適意色不應染著見不適意色亦不生瞋若聞適意聲不適意聲若齅適意香不適意香適意味不適意味適意觸不適意觸適意法不適意法心無染著亦不生瞋攝護根門諦視一尋調伏其心本所思法不令離心不以食汙心而行乞食應次第乞食若得食處不應生喜不得食處不應生瞋若至十家若過十家不得食者不應生憂應作是心此諸長者及婆羅門多有諸緣不與我食又此長者諸婆羅門乃至未曾生心念我況與我食迦葉阿蘭若比丘若能如是於乞食中不生驚畏迦葉阿蘭若比丘乞食時若見衆生若男若女若童男童女乃至畜生應於是中生慈悲心我行如是精進作如是願若衆生見我及與我食者皆生天上迦葉阿蘭若比丘若得麤食若得細食受是食已應觀四方此村邑中誰貧窮者當減此食以施與之若見貧人所可乞食即分半與若不見貧者應生是心我眼所不見衆生我所得食於中好者願施與之我爲施主彼爲受者迦葉阿蘭若比丘乞食得受食已持至阿蘭若處淨洗手足淨沙門儀式具一切淨法如法取草已結跏趺坐坐已而食心無愛著亦無貢高無有瞋心無濁亂心臨欲食時如是思惟今此身中有八萬戶蟲蟲得此食皆悉安樂我今以食攝此諸蟲我得阿耨多羅三藐三菩提時以法攝取迦葉又時阿蘭若比丘食或不足應作是念我今身輕能修忍辱斷除諸惡少大小

便得身輕已亦得心輕又得少睡亦不起欲想應作如是思惟迦葉阿蘭若比丘若乞食得多應生知足想應於食中減取一摶置淨石上如是思惟有諸鳥獸能噉食者我以施之彼爲受者迦葉阿蘭若比丘食已洗鉢漱口洗手淨滌應器手拭令乾舉僧伽梨衣阿蘭若處行不離本所思惟法相迦葉阿蘭若比丘行阿蘭若行時若是凡夫未得沙門果或時虎狼來至其所若見不應生畏作如是念我本來至阿蘭若處時已捨身命我不應驚畏應修慈心離一切惡亦離怖畏若諸虎狼斷我命根噉我身肉當生是念我得大利以不堅身當得堅身此諸虎狼我不與食今噉我肉已身得安樂迦葉阿蘭若比丘行阿蘭若法應如是捨身命迦葉阿蘭若比丘行阿蘭若法若有非人或作好色或作惡色來至其所於此非人不生愛心不生瞋心迦葉或有曾見佛諸天來至阿蘭若所作諸問難問難已阿蘭若比丘隨力所能隨所學法爲諸天說或時諸天有深問難阿蘭若比丘若不能答不應生於憍慢之心應作是言我不多聞汝莫輕我我今當勤修學佛法或時我得通佛法已能一切答又應勸請諸天汝等今當爲我說法我當聽受又應如是報謝言願勿嫌也復次迦葉阿蘭若比丘行阿蘭若法善修阿蘭若想猶如草木瓦石無主無我亦無所屬此身亦爾無我無命無人無衆生無諍訟此法皆從緣合而生於此法中若善思惟我當得斷一切諸見常應思惟空無相無作法迦葉阿蘭若比丘行阿蘭若法時若

果藥草及諸樹林云何和合云何散滅如此外物無主無我無有我所亦無諍訟自生自滅無生滅者迦葉如草木瓦石無我無主亦無所屬此身亦爾無我無命無人無衆生無諍訟從衆緣生緣離則滅此如實中無有一法若生若滅迦葉如是法阿蘭若比丘至阿蘭若處所應修行迦葉阿蘭若比丘行如是法若學聲聞乘疾得沙門果若有障法現世不得沙門果者不過見一佛二佛三佛必定得斷一切諸漏若學菩薩乘現世得無生法忍得無障法必見未來諸佛疾成阿耨多羅三藐三菩提說此阿蘭若品時有五百比丘斷一切漏心得解脫

乞食比丘品第六

佛告迦葉云何比丘乞食迦葉若有比丘先安住本誓我依乞食出家我今住先誓彼比丘專念有無諛諂離一切請食離一切僧中供養堅自莊嚴乞食比丘於一切味中不應生好味想又於上妙食中自勸其心生如是想我如旃陀羅應淨身心不應淨飲食何以故食好食已一切爲糞臭穢不淨故我不應求好食如是調伏心已若入城邑聚落次第乞食不應生如是想男子與我食非女人女人與我食非男子童男與我食非童女童女與我食非童男應得細食非麤食應得美食非不美食應故與食非不故與應易得食非不易應速得食非不速若入人村應得恭敬非不恭敬應得新食非宿食應得富家食非貧家食男子女人衆應來迎我迦葉乞食比丘如是不善法不應思惟迦葉乞食比丘應

如是自莊嚴此是乞食常所行法若乞食時得與不得無有憂喜不應生於麤細食想何以故多有衆生貪著美味由著味故作諸惡業惡業因緣故墮於地獄畜生餓鬼若知足者不貪美味應捨細食受取麤食除舌著味其心知足得極麤食亦當知足彼若命終生於天上或生人中生天上已食天美食迦葉如是乞食比丘離於味愛以調伏心若七日噉豆亦不生憂何以故趣活身故我今食已足以修道以是故食迦葉乞食比丘得此食分墮鉢中者如法所得如法利養應與梵行比丘共食此食迦葉乞食比丘或時有病無有使人不能乞食此應如是調伏其心我獨無侶一身出家法是我伴我應念法今我病苦如世尊說諸比丘應念於法我所聞法應善思惟云何善思惟如實觀身如實觀身已有智慧者若獨一心能得初禪則有是處得初禪樂若一日若二日乃至七日以禪爲食其心歡悅迦葉乞食比丘行如是法若不得禪應如是勤行安住善法中有多人所知諸天龍神送食與之此是離枙報故迦葉或乞食比丘值天大雨或大風塵不能乞食爾時以慈爲食而自莊嚴於所行法安住思惟若二夜三夜不得食者應生是念有多衆生墮餓鬼中作惡業故苦惱所切乃至百歲不得一唾我今安住諸法門中應生是念身心羸劣今我堪忍饑渴勤修聖道不應退轉迦葉乞食比丘不應親近在家之人男子女人童男童女迦葉若乞食比丘令在家人擇去食中諸不淨物於坐處坐應爲說法乃至食淨

還受食已從坐起去迦葉乞食比丘不應自現諛諂云何自現諛諂若爲他人說如是言我今乞得麤惡之食又復不足與多衆共食我食少我今饑渴身力羸劣迦葉是名自現諛諂迦葉乞食比丘如是之事應當遠離迦葉乞食比丘於一切事應生捨心若食墮鉢中若麤若細若少若多若淨若不淨一切應受心無憂喜常應淨心觀諸法相趣得活身爲行聖道是故受食迦葉乞食比丘或時入於城邑聚落次第乞食若不得食空鉢而出應念如來有大威德捨轉輪王位而行出家斷一切惡法成一切善法入村乞食尚空鉢出況我薄福不種善根不空鉢還也是故不應生憂何以故不種善根能得麤食細食無有是處我不得食或自有魔或魔所使或魔覆蔽諸婆羅門居士令我乞食不得我當勤修離於四魔斷一切煩惱若我勤修如是道已非魔波旬非魔所使能作留難迦葉乞食比丘應如是受持聖種

糞掃衣比丘品第七

佛告迦葉畜糞掃衣比丘拾糞掃物作如是想爲慚愧故非以衣自嚴飾故爲障風吹日曝蚊虻蟆子諸惡觸故安住佛教故非求淨好故於糞掃中拾取棄物取時應生二種想何等二一者知足想二者易養想復生二想一者無慢想二者持聖種想復生二想一者不以嚴身二者令心淨故迦葉畜糞掃衣比丘於糞掃中拾取棄物時若於是處見諸親族知識見已即止不取而作是念此諸人輩或訶責我言汝是不淨人迦葉我說是比丘

不得淨行何以故畜糞掃衣比丘心堅如石外物不入亦不能動故迦葉畜糞掃衣比丘拾糞掃中物應淨浣濯令無垢膩浣已好染染已作僧伽梨善合善綴善縫善受受已應著莫令綻壞迦葉畜糞掃衣比丘安住不淨觀中著糞掃衣爲離欲故慈心著糞掃衣爲離瞋恚故觀十二因緣著糞掃衣爲離癡故正思惟著糞掃衣爲斷一切煩惱故攝護諸根著糞掃衣爲知六入故不諛諂著糞掃衣爲令諸天龍神喜悅故迦葉何故名糞掃衣迦葉譬如死屍人所不貪不生我所心法應除棄迦葉如是糞掃衣非我非我所是易得非邪命不求他不觀他顏色捨棄之物糞掃無異亦無所屬是故名糞掃衣迦葉糞掃衣是法幢以大仙人故是姓以聖人故是安住以聖種故是專念以善法儀式故是善護以戒衆故是向門以定衆故是安住以慧衆故是身以解脫衆故是順法以解脫知見衆故迦葉如是畜糞掃衣得大福德無所希求無所貪著能離慢心能捨重擔迦葉若有比丘畜糞掃衣以知足故諸天龍鬼神貪樂欲見迦葉畜糞掃衣比丘若入禪定釋梵四天王長跪合掌頭面作禮況餘小天迦葉若有惡比丘勤求衣服以嚴飾身外現淨行而内具足貪欲恚癡雖作如是好嚴飾身而諸天龍神不至其所禮敬供養何以故知此比丘勤求衣服以嚴飾身不除心心數法垢諸天知故則遠捨去迦葉汝見周那沙彌拾不淨臰穢糞掃中物乞食食已至阿耨大池欲浣濯之爾時池邊有常住諸天皆遠奉迎頭面作

禮彼諸天等皆樂淨潔而取周那沙彌所捉
不淨糞掃衣而爲浣之令無垢穢又取浣汁
自以洗身諸天知周那能持淨戒入諸禪定
有大威德是故奉迎恭敬作禮迦葉汝見須
跋陀梵志著淨潔衣乞食已欲至阿耨大池
時常住諸天於池四面面各五里遥遮梵志
不令近池恐以不淨食及以殘食汙此大池
迦葉汝今現見此事以聖人正行威德故得
是果周那沙彌所有不淨糞掃中物而諸天
取之爲浣亦以浣汁自洗其身須跋陀梵志
去池五里不令近之迦葉誰聞是已於聖法
中不勤修學彼諸聖人諸天世人皆來頭面
禮敬供養迦葉欲求如是聖德故畜糞掃衣
迦葉畜糞掃衣比丘安住聖種不應生憂於
糞掃衣應生塔想應生世尊想應生出世想
應生無我無我所想如是觀已著糞掃衣應
如是調伏其心由心淨故得身淨非身淨故
得心淨迦葉是故當淨其心莫嚴飾身何以
故由心淨故於佛法中得名梵行迦葉如是
畜糞掃衣比丘能如是學則爲學我亦學於
汝迦葉若汝能畜如是麤衣則便知足行於
聖種迦葉汝僧伽梨若著牀上若在坐處若
憂多羅僧經行則有千萬諸天禮汝僧伽梨
此僧伽梨是戒定慧所薰者覆身之衣迦葉
當知汝衣尚得如是尊重禮敬況汝身耶迦
葉我捨轉輪王位出家學道先所著好上妙
繒衣頭羅衣好細疊衣諸上妙衣一切著已
我今知足行於聖種爲餘人故身捨妙服畜
冢間衣若當來比丘聞我此法即得學我迦
葉汝本有金縷上衣我從汝索汝持與我迦

葉我愍汝故即爲汝受非以貪故非以嚴身故迦葉有惡比丘不能學我亦不學汝爲貪所覆多畜衣鉢積聚飲食藏舉不捨亦畜金銀瑠璃穀米牛羊鷄猪驢馬車乘犁具家業所須皆求畜之迦葉有智之人雖在於家能增善法非癡人出家得是善分云何智人在家能增長善法迦葉若有出家以袈裟遶項無沙門行多有緣事種種繫縛求好衣食著袈裟已在家人見禮敬給施衣服飲食卧具湯藥來去迎送迦葉在家之人得如是善法彼出家人無有是事何以故彼出家人多求所須不能施他故迦葉當來有比丘多畜衣鉢多有諸物時彼比丘多爲諸在家人所見禮敬尊重讚歎何以故謂是比丘多受他施或持與我我有所須能時時與迦葉或有比丘持戒見世過患勤修善法離一切漏如救頭然其心知足少諸緣事勤修自利離於一切習惡緣者而彼比丘無人往至其所無親近者無禮敬尊重讚歎者何以故彼在家人輕躁淺薄見現世利不見後世利彼在家人生如是心此比丘邊不得利益用親近爲用禮敬尊重讚歎爲除貧窮人少善根者宿緣應敬者迦葉如是人等親近禮敬尊重讚歎持戒比丘以爲善知識迦葉如是說已稱可二種人意何等二一者若見四聖諦二者若見生死過患復有二一者勤行欲離四梔二者欲得沙門果復有二一者專念業報二者欲知諸法相義迦葉我今閉塞一切懈怠者門所謂不知業不知業報者離善儀式者不見後世過惡喻如金剛見現世利不見後世

利不生一念向解脫門者迦葉我今說彼惡比丘不應希望若說如是法若遇如是法聞如是法已自知所行不解深法而誹謗之謂非佛說是論師作或魔所說用教餘人彼惡比丘如是自害亦復害他自染垢汙亦垢汙他是惡比丘不能自利亦不利他爾時摩訶迦葉白佛言世尊如諸佛大悲故說尊行比丘於諸法中得自在者如來於此經中已廣說竟世尊若有衆生聞此經已信解讀誦向如實法當知是諸衆生已爲諸佛之所攝取

爾時佛告阿難若有受持是經者已於先佛種諸善根故今欲得此經讀誦通利欲得解脫所謂善男子善女人若出家學若在家學此法門能斷諸漏亦得涅槃阿難白佛言世尊我欲受持此經當何名此經云何受持佛告阿難此經名選擇一切法寶亦名安住聖種儀式亦名攝取持戒者亦名節解破戒者亦名寶梁亦名寶聚亦名寶藏亦名諸寶法門摩訶迦葉問大乘寶梁經竟諸比丘衆聞佛所說歡喜奉行

大寶積經卷第一百一十四

音釋

漱（先奏切盪口也）滌（音笛洗滌也）螟子（螟音莫螟子小蚊也）膩（女利切肥膩也）

大寶積經卷第一百一十五

唐三藏法師菩提流志奉詔譯

無盡慧菩薩會第四十五

如是我聞一時佛在王舍城耆闍崛山與大比丘衆千二百五十人俱爾時復有一萬菩薩摩訶薩俱所謂慧幢菩薩法幢菩薩月幢菩薩日幢菩薩無邊幢菩薩復有十六在家菩薩跋陀婆羅而爲上首復有六十無比喻心菩薩摩訶薩文殊師利而爲上首復有賢劫中一切菩薩摩訶薩彌勒菩薩而爲上首復有六萬菩薩摩訶薩無盡慧菩薩而爲上首爾時無盡慧菩薩即從坐起偏袒右肩右膝著地合掌向佛頭面禮敬以衆寶花奉散於佛而白佛言世尊所言菩提心者以何義故說菩提心菩薩復以幾法成就菩提心云何是菩提心菩提中心不可得心中菩提亦不可得離菩提心不可得離心菩提亦不可得菩提者無色無相不可言說心亦無色無相不可顯示衆生亦爾皆不可得世尊諸法如是當依何義而得修行佛言善男子汝今諦聽我說菩提者本無名字言說何以故於菩提中名字言說不可得故心及衆生亦復如是若如是知名菩提心菩提者非過去未來現在心及衆生亦非過去未來現在若知此義是名菩薩然於其中亦不可得於一切法都無所得是名得菩提心如阿羅漢得阿羅漢果而於此中都無所得唯除隨俗說言得果於一切法皆無所得得菩提心亦復如是爲欲引攝初業菩薩故說菩提心然於其中無心無心名無菩提無菩提名無衆生無

衆生名無聲聞無聲聞名無獨覺無獨覺名無菩薩無菩薩名無如來無如來名無有爲無有爲名無無爲無無爲名無現得無當得善男子我今依言說如是敷演若有諸衆生善根廣大超諸衆生如須彌山出過一切是初發心爲施波羅蜜因猶如大地善能安住一切事業是第二發心爲戒波羅蜜因志意勇猛安受煩惱如師子王威伏衆獸身無怖畏是第三發心爲忍波羅蜜因勢力雄迅能伏煩惱如那羅延摧伏異衆是第四發心爲精進波羅蜜因功德善根種種開發如波利質多俱鞞陀羅樹其花開敷是第五發心爲禪波羅蜜因除去癡暗猶如日輪光明無邊是第六發心爲般若波羅蜜因功德意樂一切莊嚴皆得圓滿如大商主豐足財物能以巧便拔衆險難是第七發心爲方便波羅蜜因障礙除滅意樂具足如淨滿月是第八發心爲力波羅蜜因佛土衆生皆悉嚴淨善法備足所作成辦譬如貧人得無盡藏所願圓滿是第九發心爲願波羅蜜因福智無邊猶如虚空於法自在如轉輪王巳受灌頂是第十發心爲智波羅蜜因善男子若此十種發心修習成就名爲菩薩名爲最勝衆生無障礙衆生非下劣衆生然以實義不可得故於其中無衆生無心無菩提復次善男子菩薩行施波羅蜜以十法爲首一者信根二者信力三者意樂四者增上意樂五者饒益衆生六者大慈七者大悲八者行四攝法九者愛樂佛法十者求一切智是爲十善男子菩薩行戒波羅蜜以十法爲首一者身業清淨

二者語業清淨三者意業清淨四者無怨害心五者淨除惡趣六者遠離八難七者超諸聲聞辟支佛地八者安住佛功德九者滿諸希望十者成就大願是爲十善男子菩薩行忍波羅蜜以十法爲首一者捨離瞋恚二者不計其身三者不計其命四者信解五者成熟衆生六者慈力七者隨順法忍八者甚深法忍九者廣大勝忍十者破無明暗是爲十善男子菩薩行精進波羅蜜以十法爲首一者隨諸衆生所作而作二者身口意業常生隨喜三者無懈怠四者務進趣五者修正勤六者修念處七者破煩惱怨八者觀察諸法九者成熟一切衆生十者求一切智是爲十善男子菩薩行禪波羅蜜以十法爲首一者安住善法二者心緣一境三者緣境等至四者正定五者禪解脫六者定根七者定力八者壞煩惱怨九者定聚圓滿十者護法三昧是爲十善男子菩薩行般若波羅蜜以十法爲首一者善觀察諸陰二者善觀察界處三者正見四者正念五者了知聖諦六者捨離諸見七者慧根八者無生法忍九者慧力十者無障礙智是爲十善男子菩薩行方便波羅蜜以十法爲首一者入諸衆生心行欲樂二者以力加諸衆生三者大慈大悲四者成熟衆生而無猒倦五者捨離聲聞辟支佛地六者殊勝智見七者修習諸波羅蜜八者如實觀諸法九者攝不思議力十者不退轉地是爲十善男子菩薩行力波羅蜜以十法爲首一者知一切衆生心行稠林二者知一切衆生煩惱行稠林三者知一切衆生意樂勝

解行稠林四者知一切衆生根行稠林五者知一切衆生種種界行稠林六者知一切衆生隨煩惱行稠林七者知一切衆生死生行稠林八者知一切衆生三世業報行稠林九者知一切衆生習氣煩惱行稠林十者以無疲倦心成熟衆生諸根行稠林是爲十善男子菩薩行願波羅蜜以十法爲首一者知一切法無生二者知一切法無相三者知一切法無滅四者知一切法無所有五者於一切法無執著六者知一切法無來七者知一切法無去八者知一切法無自性九者知一切法無初中後平等十者於一切法初中後無分別是爲十善男子菩薩行智波羅蜜以十法爲首一者於一切法善能了知決擇二者善能圓滿白法三者積集菩薩無量資糧四者成就廣大福智資糧五者大悲圓滿六者入種種差別世界七者入一切衆生諸煩惱行八者作意入如來境界九者趣入十力無畏不共佛法殊勝境界十者受灌頂位成就一切智最勝之相是爲十善男子是爲諸菩薩摩訶薩行十波羅蜜皆以十法爲首復次善男子云何爲波羅蜜義所謂明示超過一切聲聞獨覺所行故廣大圓滿如來智故於有爲無爲不執著故如實了知生死過故諸未覺者悉令覺故得如來無盡法藏故得無礙解脫故以布施度脫諸衆生故以持戒圓滿本誓願故以忍辱具足端嚴相故以精進究竟諸佛法故以禪定出生四無量故以般若滅除諸煩惱故以方便積集諸佛法故以願能令佛法圓滿故以力能令衆生淨信故

以智具足如來一切智故得無生法忍故得不退轉地故淨治佛剎故成熟衆生故於菩提道場圓滿一切如來智故降伏衆魔故遊四神足故於生死涅槃俱無住故超過一切聲聞獨覺菩薩功德故摧伏一切諸異論故成就十力四無所畏不共佛法故證得無上正等覺故轉十二種法輪故如是一切是波羅蜜義復次善男子菩薩摩訶薩將住初歡喜地先有是相見三千大千世界中所有百千億那由他衆寶伏藏菩薩將住第二離垢地先有是相見三千大千世界地平如掌無量百千億那由他衆寶蓮花清淨嚴飾菩薩將住第三明地先有是相見於自身被甲持仗勇猛堅固摧伏怨敵菩薩將住第四焰地先有是相見四方風吹種種名華布散於地菩薩將住第五難勝地先有是相見於女人首戴阿提目多花鬘婆利師迦華鬘瞻蔔迦華鬘身佩種種衆莊嚴具菩薩將住第六現前地先有是相見於花池八功德水澄淨盈滿底布金沙寶階四道又於池中有優鉢羅華波頭摩華俱勿頭華復見分陁利華而爲莊嚴復見自身於中遊戲菩薩將住第七遠行地先有是相見於自身左右兩邊皆有地獄從彼超過無所傷害菩薩將住第八不動地先有是相見自身兩肩被師子王相一切諸獸悉皆怖畏菩薩將住第九善慧地先有是相見於自身爲轉輪王以正法教化爲無量百千億那由他諸王之所圍遶種種寶嚴鮮白之蓋蓋菩薩上菩薩將住第十法雲地先有是相見於自身爲眞金色具足如來三

十二種大丈夫相圓光一尋安處高廣師子之座無量百千億那由他梵天前後圍遶恭敬供養而聽說法善男子菩薩摩訶薩以三昧力顯現如是十地先相復次善男子初地菩薩圓滿施波羅蜜二地菩薩圓滿戒波羅蜜三地菩薩圓滿忍波羅蜜四地菩薩圓滿精進波羅蜜五地菩薩圓滿禪波羅蜜六地菩薩圓滿般若波羅蜜七地菩薩圓滿方便波羅蜜八地菩薩圓滿力波羅蜜九地菩薩圓滿願波羅蜜十地菩薩圓滿智波羅蜜復次善男子菩薩初發心得現實三昧第二發心得善住三昧第三發心得不動三昧第四發心得不退轉三昧第五發心得寶花三昧第六發心得日輪光明三昧第七發心得成就一切義三昧第八發心得智炬三昧第九發心得現證佛法三昧第十發心得首楞嚴三昧復次善男子菩薩於初地中得殊勝加持陀羅尼第二地中得無能勝陀羅尼第三地中得善住陀羅尼第四地中得不可壞陀羅尼第五地中得無垢陀羅尼第六地中得智輪燈陀羅尼第七地中得殊勝行陀羅尼第八地中得清淨分別陀羅尼第九地中得示現無邊法門陀羅尼第十地中得無盡法藏陀羅尼爾時會中有一天子名無礙光明師子幢從坐而起偏袒右肩右膝著地合掌向佛白佛言希有世尊希有善逝如是法門甚深廣大而能含攝一切佛法於是佛告無礙光明師子幢言如是如是如汝所說善男子若有菩薩於此法門暫能聽受必不退轉阿耨多羅三藐三菩提何以故彼善男子善

女人曾種諸善根故成熟諸善根故得聞如是經典爲是經典之所印故善男子若有男子女人聞此經典所種善根悉皆清淨當得不捨離見佛聞法供養衆僧成熟衆生得不捨離海印陀羅尼得不捨離出現無盡陀羅尼得不捨離入衆生欲樂心行陀羅尼得不捨離清淨日光幢陀羅尼得不捨離無垢月光幢陀羅尼得不捨離息一切結陀羅尼得不捨離摧滅無邊堅如金剛山煩惱陀羅尼得不捨離入平等法性言說陀羅尼得不捨離入眞實語言音聲陀羅尼得不捨離如虛空顯現無邊清淨印所印陀羅尼得不捨離成就顯現無邊佛身陀羅尼善男子若菩薩成就如是諸陀羅尼能於十方一切剎土變現佛身教化衆生然於法性而無來去亦復無有教化衆生於所說法不著文字平等無動雖現身生死而無起滅亦無少法有去來者了知諸行本來寂靜安住佛法何以故彼一切諸法無分別故說是法時衆中三萬菩薩得無生法忍無量菩薩於阿耨多羅三藐三菩提獲不退轉無量衆生發菩提心無量比丘得法眼淨佛說此經已無盡慧菩薩及諸比丘世間天人阿脩羅乾闥婆等皆大歡喜信受奉行

文殊說般若會第四十六之一

梁三藏曼陀羅仙譯

如是我聞一時佛在舍衛國祇樹給孤獨園與大比丘僧滿足千人菩薩摩訶薩十千人俱以大莊嚴而自莊嚴皆悉已住不退轉地其名曰彌勒菩薩文殊師利菩薩無礙辯菩

薩不捨誓菩薩與如是等大菩薩俱文殊師利童眞菩薩摩訶薩明相現時從其住處來詣佛所在外而立爾時尊者舍利弗富樓那彌多羅尼子大目揵連摩訶迦葉摩訶迦旃延摩訶拘絺羅如是等諸大聲聞各從住處俱詣佛所在外而立佛知衆會皆悉集已爾時如來從住處出敷座而坐告舍利弗汝今何故於晨朝時在門外立舍利弗白佛言世尊文殊師利童眞菩薩先已至此住門外立我實於後晚來到耳爾時世尊問文殊師利汝實先來到此住處欲見如來耶文殊師利即白佛言如是世尊我實來此欲見如來何以故我樂正觀利益衆生我觀如來如如相不異相不動相不作相無生相無滅相不有相不無相不在方不離方非三世非不三世非二相非不二相非垢相非淨相以如是等正觀如來利益衆生佛告文殊師利若能如是見於如來心無所取亦無不取非積聚非不積聚爾時舍利弗語文殊師利言若能如是如汝所說見如來者甚爲希有爲一切衆生故見於如來而心不取衆生之相化一切衆生向於涅槃而亦不取向於涅槃相爲一切衆生發大莊嚴而心不見莊嚴之相爾時文殊師利童眞菩薩摩訶薩語舍利弗言如是如是如汝所說雖爲一切衆生發大莊嚴心恒不見有衆生相爲一切衆生發大莊嚴而衆生界亦不增不減假使一佛住世若一劫若過一劫如此一佛世界復有無量無邊恒河沙諸佛如是一一佛若一劫若過一劫晝夜說法心不暫息各各度於無量恒河沙

衆生皆入涅槃而衆生界亦不增不減乃至十方諸佛世界亦復如是一一諸佛說法教化各度無量恒河沙衆生皆入涅槃於衆生界亦不增不減何以故衆生定相不可得故是故衆生界不增不減舍利弗復語文殊師利言若衆生界不增不減何以故菩薩爲諸衆生求阿耨多羅三藐三菩提常行說法文殊師利白佛言若諸衆生悉空相者亦無菩薩求阿耨多羅三藐三菩提亦無衆生而爲說法何以故我說法中無有一法當可得故爾時佛告文殊師利若無衆生云何說有衆生及衆生界文殊師利言衆生界相如諸佛界又問衆生界者是有量耶荅曰衆生界量如佛界量又問衆生界量有處所不荅曰衆生界量不可思議又問衆生界相爲有住不

荅曰衆生無住猶如空住佛告文殊師利如是修般若波羅蜜時當云何住般若波羅蜜文殊師利言以不住法爲住般若波羅蜜佛復問文殊師利云何不住法名住般若波羅蜜文殊師利言以無住相即住般若波羅蜜佛復告文殊師利如是住般若波羅蜜時是諸善根云何增長云何損減文殊師利言若能如是住般若波羅蜜於諸善根無增無減於一切法亦無增無減是般若波羅蜜性相亦無增無減世尊如是修般若波羅蜜則不捨凡夫法亦不取賢聖法何以故般若波羅蜜不見有法可取可捨如是修般若波羅蜜亦不見涅槃可樂生死可厭何以故不見生死況復厭離不見涅槃何況樂著如是修般若波羅蜜不見垢惱可捨亦不見功德可取

於一切法心無增減何以故不見法界有增減故世尊若能如是是名修般若波羅蜜世尊不見諸法有生有滅是修般若波羅蜜世尊不見諸法有增有減是修般若波羅蜜世尊心無希取不見法相有可取者是修般若波羅蜜世尊不見好醜不生高下下作取捨何以故法無好醜離諸相故法無高下等法性故法無取捨住實際故是修般若波羅蜜佛告文殊師利是諸佛法得不勝乎文殊師利言我不見諸法有勝如相如來自覺一切法空是可證知佛告文殊師利如是如是如來正覺自證空法文殊師利白佛言世尊是空法中當有勝如而可得耶佛言善哉善哉文殊師利如汝所說是真法乎謂文殊師利言阿耨多羅是名佛法文殊師利言如佛所說阿耨多羅是名佛法何以故無法可得名阿耨多羅文殊師利言如是修般若波羅蜜不名法器非化凡夫法亦非佛法非增長法是修般若波羅蜜復次世尊修般若波羅蜜時不見有法可分別思惟佛告文殊師利汝於佛法不思惟耶文殊師利言不也世尊如我思惟不見佛法亦不可分別是凡夫法是聲聞法是辟支佛法如是名為無上佛法復次修般若波羅蜜時不見凡夫相不見佛法相不見諸法有決定相是為修般若波羅蜜復次修般若波羅蜜時不見欲界不見色界不見無色界不見寂滅界何以故不見有法是盡滅相是修般若波羅蜜復次修般若波羅蜜時不言見作恩者不見報恩者思惟二相心無分別是修般若波羅蜜復次修般若

波羅蜜時不見般若波羅蜜復次修般若波羅蜜時不見是佛法可取不見是凡夫法可捨是修般若波羅蜜復次修般若波羅蜜時不見凡夫法可滅亦不見佛法而心證知是修般若波羅蜜佛告文殊師利善哉善哉汝能如是善説甚深般若波羅蜜相是諸菩薩摩訶薩所學法印乃至聲聞緣覺學無學人亦當不離是印而修道果佛告文殊師利若人得聞是法不驚不畏者不從千佛所種諸善根乃至百千萬億佛所久殖德本乃能於是甚深般若波羅蜜不驚不怖文殊師利白佛言世尊我今更説般若波羅蜜義佛言便説世尊修般若波羅蜜時不見法是應住是不應住亦不見境界可取捨相何以故如諸如來不見一切法境界相故乃至不見諸佛境界況取聲聞緣覺凡夫境界不取思議相亦不取不思議相不見諸法有若干相自證空法不可思議如是菩薩摩訶薩皆已供養無量百千萬億諸佛種諸善根乃能於是甚深般若波羅蜜不驚不怖復次修行般若波羅蜜時不見縛不見解而於凡夫乃至三乘不見差別相是修般若波羅蜜佛告文殊師利汝已供養幾所諸佛文殊師利言我及諸佛如幻化相不見供養及與受者佛告文殊師利汝今可不住佛乘耶文殊師利言如我思惟不見一法云何當得住於佛乘佛言文殊師利汝不得佛乘乎文殊師利言如佛乘者但有名字非可得亦不可見我云何得佛言文殊師利汝得無礙智乎文殊師利言我即無礙云何以無礙而得無礙佛言汝坐道

場乎文殊師利言一切如來不坐道場我今云何獨坐道場何以故現見諸法住實際故佛言云何名實際文殊師利言身見等是實際佛言云何身見是實際文殊師利言身見如相非實非不實不來不去亦身非身是名實際舍利弗白佛言世尊若於斯義諦了決定是名菩薩摩訶薩何以故能聞如是甚深般若波羅蜜相心不驚不怖不沒不悔彌勒菩薩白佛言世尊得聞如是般若波羅蜜具足法相是即近於佛坐何以故如來現覺此法相故文殊師利白佛言世尊得聞甚深般若波羅蜜能不驚不怖不沒不悔當知此人即是見佛爾時復有無相優婆夷白佛言世尊凡夫法聲聞法辟支佛法佛法是諸法皆無相是故於所從聞般若波羅蜜皆不驚不怖不沒不悔何以故一切諸法本無相故佛告舍利弗善男子善女人若聞如是甚深般若波羅蜜心得決定不驚不怖不沒不悔當知是人即住不退轉地若人聞是甚深般若波羅蜜不驚不怖信樂聽受歡欣不猒是即具足檀波羅蜜尸波羅蜜羼提波羅蜜毗梨耶波羅蜜禪波羅蜜般若波羅蜜亦能爲他顯示分別如說修行佛告文殊師利汝觀何義爲得阿耨多羅三藐三菩提住阿耨多羅三藐三菩提文殊師利言我無得阿耨多羅三藐三菩提我不住佛乘云何當得阿耨多羅三藐三菩提如我所說即菩提相佛讃文殊師利言善哉善哉汝能於是甚深法中巧說斯義汝於先佛久種善根以無相法淨修梵行文殊師利言若見有相則言無相我今

不見有相亦不見無相云何而言以無相法淨修梵行佛告文殊師利汝見聲聞戒耶荅曰見佛言汝云何見文殊師利言我不作凡夫見不作聖人見不作學見不作無學見不作大見不作小見不作調伏見不作不調伏見非見非不見舍利弗語文殊師利言汝今如是觀聲聞乘者觀佛乘當復云何文殊師利言不見菩薩法不見修行菩提及證菩提者舍利弗語文殊師利言云何名佛云何觀佛文殊師利言云何爲我舍利弗言我者但有名字名字相空文殊師利言如是如是如我但有名字佛亦但有名字名字相空即是菩提不以名字而求菩提菩提之相無言無說何以故言說菩提二俱空故復次舍利弗汝問云何名佛云何觀佛者不生不滅不來不去非名非相是名爲佛如自觀身實相觀佛亦然唯有智者乃能知耳是名觀佛

大寶積經卷第一百一十五

大寶積經卷第一百一十六

梁三藏曼陀羅仙譯

文殊師利說般若會第四十六之二

爾時舍利弗白佛言世尊如文殊師利所說般若波羅蜜非初學菩薩所能了知文殊師利言非但初學菩薩所不能知及諸二乘所作已辦者亦未能了知如是說法無能知者何以故菩提之相實無有法而可知故無見無聞無得無念無生無滅無說無聽如是菩提性相空寂無證無知無形無相云何當有得菩提者舍利弗語文殊師利言佛於法界不證阿耨多羅三藐三菩提耶文殊師利言不也舍利弗何以故世尊即是法界若以法界證法界者即是諍論舍利弗法界之相即是菩提何以故是法界中無衆生相故一切法空故一切法空即是菩提無二無分別故舍利弗無分別中則無知者若無知者即無言無說無言說相即非有非無非知非不知一切諸法亦復如是何以故一切諸法不見處所決定性故如逆罪相不可思議何以故諸法實相不可壞故如是逆罪亦無本性不生天上不墮地獄亦不入涅槃何以故一切業緣皆住實際不來不去非因果非不因果何以故法界無邊無前無後故是故舍利弗若見犯重比丘不墮地獄清淨行者不入涅槃如是比丘非應供非不應供非盡漏非不盡漏何以故於諸法中住平等故舍利弗言云何名不退法忍文殊師利言不見少法有生滅相名不退法忍舍利弗言云何復名不調比丘文殊師利言漏盡阿羅漢是名不調

何以故諸結已盡更無所調故名不調若過心行名爲凡夫何以故凡夫衆生不順法界是故名過舍利弗言善哉善哉汝今爲我善解漏盡阿羅漢義文殊師利言如是如是我即漏盡眞阿羅漢何以故斷求聲聞欲及辟支佛欲以是因緣故名漏盡得阿羅漢佛告文殊師利諸菩薩等坐道場時覺悟阿耨多羅三藐三菩提不文殊師利言菩薩坐於道場無有覺悟阿耨多羅三藐三菩提何以故如菩提相無有少法而可得者名阿耨多羅三藐三菩提無相菩提誰能坐者亦無起者以是因緣不見菩薩坐於道場亦不覺證阿耨多羅三藐三菩提文殊師利白佛言世尊菩提即五逆五逆即菩提何以故菩提五逆無二相故無覺無覺者無見無見者無知無知者無分別無分別者如是之相名爲菩提見五逆相亦復如是若言見有菩提而取證者當知此輩即是增上慢人爾時世尊告文殊師利汝言我是如來亦謂我爲如來乎文殊師利言不也世尊我不謂如來爲如來耶無有如相可名爲如亦無如來智能知於如何以故如來及智無二相故空爲如來但有名字我當云何謂是如來佛告文殊師利汝疑如來耶文殊師利言不也世尊我觀如來無決定性無生無滅故無所疑佛告文殊師利汝今不謂如來出現於世耶文殊師利言若有如來出現世者一切法界亦應出現佛告文殊師利汝謂恒沙諸佛入涅槃耶文殊師利言諸佛一相不可思議佛語文殊師利如是如是佛是一相不思議相文殊師利白

佛言世尊佛今住世耶佛語文殊師利如是如是文殊師利言若佛住世恒沙諸佛亦應住世何以故一切諸佛皆同一相不思議相不思議相者無生無滅若未來諸佛出興於世一切諸佛亦皆出世何以故不思議中無過去未來現在相但衆生取著謂有出世謂佛滅度佛語文殊師利此是如來阿羅漢阿鞞跋致菩薩所解何以故是三種人聞甚深法能不誹謗亦不讚歎文殊師利白佛言世尊如是不思議誰當誹謗誰當讚歎佛告文殊師利如來不思議凡夫亦不思議文殊師利白佛言世尊凡夫亦不思議耶佛言亦不思議何以故一切心相皆不思議文殊師利言若如是說如來不思議凡夫亦不思議今無數諸佛求於涅槃徒自疲勞何以故不思議法即是涅槃等無異故文殊師利言如是凡夫不思議諸佛不思議若善男子善女人久習善根近善知識乃能了知佛告文殊師利汝欲使如來於諸衆生爲最勝耶文殊師利言我欲使如來於諸衆生爲最第一但衆生相亦不可得佛言汝欲使如來得不思議法耶文殊師利言欲使如來得不思議法而於諸法無成就者佛告文殊師利汝欲使如來說法教化耶文殊師利白佛言欲使如來說法教化而是說者聽者皆不可得何以故住法界故法界衆生無差別相佛告文殊師利汝欲使如來爲無上福田耶文殊師利言如來是無盡福田是無盡相無盡相即無上福田非福田非不福田是名福田無有明闇生滅等相是名福田若能如是解福田相深

殖善種亦無增無減佛告文殊師利云何殖種不增不減文殊師利言福田之相不可思議若人於中如法修善亦不可思議如是殖種名無增無減亦是無上最勝福田爾時大地以佛神力六種震動現無常相一萬六千人皆得無生法忍七百比丘三千優婆塞四萬億優婆夷六千億那由他六欲諸天遠塵離垢於諸法中得法眼淨爾時阿難從座而起偏袒右肩右膝著地白佛言世尊何因緣故如是大地六種震動佛告阿難我說福田無差別相故現斯瑞往昔諸佛亦於此處作如是說福田之相利益衆生一切世界六種震動舍利弗白佛言世尊文殊師利是不可思議何以故所說法相不可思議佛告文殊師利如是如是如舍利弗言汝之所說實不思議文殊師利白佛言世尊不思議不可說思議亦不可說如是思議不思議性俱不可說一切聲相非思議亦非不可思議佛言汝入不思議三昧耶文殊師利言不也世尊我即不思議不見有心能思議者云何而言入不思議三昧我初發心欲入是定而今思惟實無心相而入三昧如人學射久習則巧後雖無心以久習故箭發皆中我亦如是初學不思議三昧繫心一緣若久習成就更無心想恒與定俱舍利弗語文殊師利言更有勝妙寂滅定不文殊師利言若有不思議定者汝可問言更有寂滅定不如我意解不可思議定尚不可得云何問有寂滅定乎舍利弗言不思議定不可得耶文殊師利言思議定者是可得相不思議定者不可得相一切衆

生實成就不思議定何以故一切心相即非心故是名不思議定是故一切衆生相及不思議三昧相等無分別佛讚文殊師利言善哉善哉汝於諸佛久殖善根淨修梵行乃能演說甚深三昧汝今安住如是般若波羅蜜中文殊師利言若我住般若波羅蜜中能作是說即是有想便住我想若住有想我想中者般若波羅蜜便有處所般若波羅蜜若住於無亦是我想亦名處所離此二處住無所住如諸佛住安處寂滅非思議境界如是不思議名般若波羅蜜住處般若波羅蜜處一切法無相一切法無作般若波羅蜜即不思議不思議即法界法界即無相無相即不思議不思議即般若波羅蜜般若波羅蜜即法界無二無別無二無別即法界法界即無相無相即般若波羅蜜界般若波羅蜜界即不思議界不思議界即無生無滅界無生無滅界即不思議界文殊師利言如來界及我界即不二相如是修般若波羅蜜者則不求菩提何以故菩提相離即是般若波羅蜜故世尊若知我相而不可著無知無著是佛所知不可思議無知無著即佛所知何以故知體本性無所有相云何能轉法界若知本性無體無著者即名無物若無有物是無處所無依無住無依無住即無生無滅無生無滅即是有爲無爲功德若如是知則無心想無心想者云何當知有爲無爲功德無知即不思議不思議者是佛所知亦無取無不取不見三世去來等相不取生滅及諸起作亦不斷不常如是知者是名正智不思議智如虚空

無此無彼不可比類無好惡無等等無相無貌佛告文殊師利若如是知名不退智文殊師利言無作智名不退智猶如金鑛先加鎚打方知好惡若不治打無能知者不退智相亦復如是要行境界不念不著無起無作具足不動不生不滅爾乃顯現爾時佛告文殊師利言如諸如來自說已智誰當能信文殊師利言如是智者非涅槃法非生死法是寂滅行是無動行不斷貪欲瞋恚愚癡亦非不斷何以故無盡無滅不離生死亦非不離不修道非不修道作是解者名爲正信佛告文殊師利言善哉善哉如汝所說深解斯義爾時摩訶迦葉白佛言世尊於當來世若說如是甚深正法誰能信解如聞受行佛告迦葉今此會中比丘比丘尼優婆塞優婆夷得聞此經者如是人等於未來世若聞是法必能信解於甚深般若波羅蜜乃能讀誦信解受持亦能爲他人分別演說譬如長者失摩尼寶憂愁苦惱後若還得心甚歡喜如是迦葉比丘比丘尼優婆塞優婆夷等亦復如是有信樂心若不聞法則生苦惱若得聞時信解受持常樂讀誦甚大歡喜當知此人即是見佛亦即親近供養諸佛佛告迦葉譬如忉利天上波利質多羅樹胞初出時是中諸天見是樹已皆大歡喜此樹不久必當開敷若比丘比丘尼優婆塞優婆夷得聞般若波羅蜜能生信解亦復如是此人不久亦當開敷一切佛法於當來世有比丘比丘尼優婆塞優婆夷聞般若波羅蜜信受讀誦心不悔没當知是人已從此會聽受是經亦能爲人聚落

城邑廣說流布當知是人佛所護念如是甚深般若波羅蜜中有能信樂無疑惑者是善男子善女人於過去諸佛久已修學殖諸善根譬如有人以手穿珠忽遇無上真摩尼寶心大歡喜當知是人必已曾見如是迦葉若善男子善女人修學餘法忽然得聞甚深般若波羅蜜能生歡喜亦復如是當知此人已曾聞故若有衆生得聞甚深般若波羅蜜心能信受生大歡喜如是人等亦曾親近無數諸佛從聞般若波羅蜜已修學故譬如有人先所經見城邑聚落後若聞人讚歎彼城所有園苑種種池泉華菓林樹男女人民皆可愛樂是人聞已即大歡喜更勸令說是城園苑衆好嚴飾雜華池泉多諸甘菓種種珍妙一切愛樂是人得聞重甚歡喜如是之人皆曾見故若善男子善女人有聞般若波羅蜜信心聽受能生歡喜樂聞不猒而更勸說當知此輩已從文殊師利曾聞如是深般若波羅蜜故迦葉白佛言世尊若將來世善男子善女人得聞是甚深般若波羅蜜信樂聽受以是相故當知此人亦於過去佛所曾聞修學文殊師利白佛言世尊佛說諸法無作無相第一寂滅若善男子善女人有能如是諦了斯義如聞而說爲諸如來之所讚歎不違法相是即佛說亦是熾然般若波羅蜜相亦名熾然具足佛法通達實相不可思議佛告文殊師利我本行菩薩道時修諸善根欲住阿鞞跋致地當學般若波羅蜜欲成阿耨多羅三藐三菩提當學般若波羅蜜若善男子善女人欲解一切法相欲知一切衆生心界

皆悉同等當學般若波羅蜜文殊師利欲學一切佛法具足無礙當學般若波羅蜜欲學一切佛成阿耨多羅三藐三菩提時相好威儀無量法式當學般若波羅蜜欲知一切佛不成阿耨多羅三藐三菩提一切法式及諸威儀當學般若波羅蜜何以故是空法中不見諸佛菩提等故若善男子善女人欲知如是等相無疑惑者當學般若波羅蜜何以故般若波羅蜜不見諸法若生若滅若垢若淨是故善男子善女人應作如是學般若波羅蜜欲知一切法無過去未來現在等相當學般若波羅蜜何以故法界性相無三世故欲知一切法同入法界心無罣礙當學般若波羅蜜欲得三轉十二行法輪亦自證知而不取著當學般若波羅蜜欲得慈心遍覆一切

衆生而無限齊亦不作念有衆生相當學般若波羅蜜欲得於一切衆生不起諍論亦復不取無諍論相當學般若波羅蜜欲知是處非處十力無畏住佛智慧得無礙辯當學般若波羅蜜爾時文殊師利白佛言世尊我觀正法無爲無相無得無利無生無滅無來無去無知者無見者無作者不見般若波羅蜜亦不見般若波羅蜜境界非證非不證不作戲論無有分別一切法無盡離盡無凡夫法無聲聞法無辟支佛法佛法非得非不得不捨生死不證涅槃非思議非不思議非作非不作法相如是不知云何當學般若波羅蜜爾時佛告文殊師利若能如是知諸法相是名學般若波羅蜜菩薩摩訶薩若欲學菩提自在三昧得是三昧已照明一切甚深佛法

及知一切諸佛名字亦悉了達諸佛世界無有障礙當如文殊師利所說般若波羅蜜中學文殊師利白佛言世尊何故名般若波羅蜜佛言般若波羅蜜無邊無際無名無相非思量無歸依無洲無渚無犯無福無晦無明如法界無有分齊亦無限數是名般若波羅蜜亦名菩薩摩訶薩行處非行處非不行處悉入一乘名非行處何以故無念無作故文殊師利白佛言世尊當云何行能速得阿耨多羅三藐三菩提佛言文殊師利如般若波羅蜜中所說行能速得阿耨多羅三藐三菩提復有一行三昧若善男子善女人修是三昧者亦速得阿耨多羅三藐三菩提文殊師利言世尊云何名一行三昧佛言法界一相繫緣法界是名一行三昧若善男子善女人欲入一行三昧當先聞般若波羅蜜如說修學然後能入一行三昧如法界緣不退不壞不思議無礙無相善男子善女人欲入一行三昧應處空閑捨諸亂意不取相貌繫心一佛專稱名字隨佛方所端身正向能於一佛念念相續即是念中能見過去未來現在諸佛何以故念一佛功德無量無邊亦與無量諸佛功德無二不思議佛法等無分別皆乘一如成最正覺悉具無量功德無量辯才如是入一行三昧者盡知恒沙諸佛法界無差別相阿難所聞佛法得念總持辯才智慧於聲聞中雖為最勝猶住量數則有限礙若得一行三昧諸經法門一一分別皆悉了知決定無礙晝夜常說智慧辯才終不斷絕若比阿難多聞辯才百千等分不及其一菩薩摩

訶薩應作是念我當云何速得一行三昧不可思議功德無量名稱佛言菩薩摩訶薩當念一行三昧常勤精進而不懈怠如是次第漸漸修學則能得入一行三昧不可思議功德作證除謗正法不信惡業重罪障者所不能入復次文殊師利譬如有人得摩尼珠示其珠師珠師荅曰此是無價眞摩尼寶即求師言爲我治磨勿失光色珠師治已隨其磨時珠色光明映徹表裏文殊師利若有善男子善女人修學一行三昧不可思議功德無量名稱隨修學時知諸法相明達無礙功德增長亦復如是文殊師利譬如日輪光明遍滿無有減相若得一行三昧悉能具足一切功德無有缺少亦復如是照明佛法如日輪光文殊師利我所説法皆是一味離味解脱味寂滅味若善男子善女人得是一行三昧者其所演説亦是一味離味解脱味寂滅味隨順正法無錯謬相文殊師利若菩薩摩訶薩得是一行三昧皆悉滿足助道之法速得阿耨多羅三藐三菩提復次文殊師利菩薩摩訶薩不見法界有分别相及以一相速得阿耨多羅三藐三菩提相不可思議是菩提中亦無得佛如是知者速得阿耨多羅三藐三菩提若信一切法悉是佛法不生驚怖亦不疑惑如是忍者速得阿耨多羅三藐三菩提文殊師利白佛言世尊以如是因速得阿耨多羅三藐三菩提耶佛言得阿耨多羅三藐三菩提不以因得不以非因得何以故不思議界不以因得不以非因得若善男子善女人聞如是説不生懈怠當知是人以於先

佛種諸善根是故比丘比丘尼聞説是甚深般若波羅蜜不生驚怖即是從佛出家若優婆塞優婆夷得聞如是甚深般若波羅蜜心不驚怖即是成就眞歸依處文殊師利若善男子善女人不習甚深般若波羅蜜即是不修佛乘譬如大地一切藥木皆依地生長文殊師利菩薩摩訶薩亦復如是一切善根皆依般若波羅蜜而得增長於阿耨多羅三藐三菩提不相違背爾時文殊師利白佛言世尊此閻浮提城邑聚落當於何處演説如是甚深般若波羅蜜佛告文殊師利今此會中若有人聞般若波羅蜜皆發誓言於未來世常得與般若波羅蜜相應從是信解未來世中能聽是經當知是人不從餘小善根中來所能堪受聞已歡喜文殊師利若復有人從汝聽是般若波羅蜜應作是言此般若波羅蜜中無聲聞辟支佛菩薩法佛法亦無凡夫生滅等法文殊師利白佛言世尊若比丘比丘尼優婆塞優婆夷來問我言云何如來説般若波羅蜜我當答言一切諸法無諍論相云何如來當説般若波羅蜜何以故不見有法可與諍論亦無衆生心識能知復次世尊我當更説究竟實際何以故一切法相同入實際阿羅漢無別勝法何以故阿羅漢法凡夫法不一不異故復次世尊如是説法無有衆生已得涅槃今得當得何以故無有決定衆生相故文殊師利言若人欲聞般若波羅蜜我當作如是説其有聽者不念不著無聞無得當如幻人無所分別如是説者是眞説法是故聽者莫作二相不捨諸見而修佛法

不取佛法不捨凡夫法何以故佛及凡夫二法相空無取捨故若人問我當作是說如是安慰如是建立善男子善女人應如是問作如是住心不退没當知法相隨順般若波羅蜜說爾時世尊讚歎文殊師利善哉善哉如汝所說若善男子善女人欲見諸佛應學如是般若波羅蜜欲親近諸佛如法供養應學如是般若波羅蜜若欲言如來是我世尊應學如是般若波羅蜜若言如來非我世尊亦應學如是般若波羅蜜若欲成阿耨多羅三藐三菩提亦應學如是般若波羅蜜若欲不成阿耨多羅三藐三菩提亦應學如是般若波羅蜜若欲成就一切三昧亦應學如是般若波羅蜜若欲不成就一切三昧亦應學如是般若波羅蜜何以故無作三昧無異相故一切法無生無出故若欲知一切法假名應學如是般若波羅蜜若欲知一切衆生修菩提道不求菩提相心不退没應學如是般若波羅蜜何以故一切法皆菩提相故若欲知一切衆生行非行相非行即菩提菩提即法界法界即實際心不退没應學如是般若波羅蜜若欲知一切如來神通變化無相無礙亦無方所應學如是般若波羅蜜佛告文殊師利若比丘比丘尼優婆塞優婆夷欲得不墮惡趣當學般若波羅蜜一四句偈受持讀誦爲他解說隨順實相如是善男子善女人當知決定得阿耨多羅三藐三菩提則住佛國若聞如是般若波羅蜜不驚不畏心生信解當知此輩佛所印可是佛所行大乘法印若善男子善女人學此法印超過惡趣不入

聲聞辟支佛道以超過故爾時帝釋三十三天以天妙花優鉢羅花拘物頭花分陀利花天曼陀羅華等天栴檀香及餘末香種種金寶作天妓樂爲供養般若波羅蜜并諸如來及文殊師利以散其上作是供養已願我常聞般若波羅蜜法印釋提桓因復作是願願閻浮提善男子善女人常使得聞是經決定佛法皆令信解受持讀誦爲人演說一切諸天爲作擁護爾時佛告釋提桓因言憍尸迦如是如是善男子善女人當得決定諸佛菩提文殊師利白佛言世尊如是受持善男子善女人得大利益功德無量爾時以佛神力一切大地六反震動佛時微笑放大光明遍照三千大千世界文殊師利白佛言世尊即是如來印般若波羅蜜相佛言文殊師利如是如是說般若波羅蜜已皆現此瑞爲印般若波羅蜜故使人受持令無讚毀何以故無相法印不可讚毀我今以是法印令諸天魔不能得便佛說是經已爾時諸大菩薩及四部衆聞說般若波羅蜜歡喜奉行

大寶積經卷第一百一十六

大寶積經卷第一百一十七

西晉三藏竺法護譯

寶髻菩薩會第四十七之一

聞如是一時佛在羅閱祇靈鷲山與大比丘衆四萬二千菩薩八萬四千俱各從十方諸佛世界而來集會皆已通達一生補處得無所著無所罣礙從勇猛伏三昧出生獲上蓮華三昧金剛道場三昧善堅住三昧淳淑修三昧幢英王三昧金剛三昧淨德事三昧分別權行皆得親近諸佛之法在佛樹下多所降伏度諸魔界而得建立諸佛之土逮成無盡所說總持得知衆生一切根原以妙辯才可悦諸心爲師子步猛無所畏若入衆會應順時宜宣文字句成就諸行則以威相而自嚴飾捨於世財棄諸外道功勳顯布聲徹十方諸佛咨嗟德不可量悉從布施持戒忍辱精進一心智慧而成從無數劫百千那術修治道業覩見一切衆生之疾應病與藥皆令瘳愈入於深妙明緣起法以捨斷滅有常之事其行清淨志無瑕穢心性鮮明開化羣生各各攝護令得其所曉了教誨意得自在勢力堅强不毀慈心信戒聞施慚愧智慧具足七財欲化衆生以善方便現處閑居所用修力善誓諸願聖德無量心如虚空其名曰光觀菩薩常明曜菩薩光世音菩薩大勢至菩薩師子意菩薩師子步菩薩師子雷音菩薩尊意菩薩金剛意菩薩金剛步菩薩金剛幢菩薩金剛志菩薩步不動迹菩薩獨步世菩薩善明菩薩蓮華目菩薩蓮華淨菩薩寶淨菩薩鈎瑑菩薩寶幢菩薩寶事菩薩寶印手

菩薩德曜王菩薩淨王菩薩執離意王菩薩
電光嚴菩薩虛空藏菩薩濡音菩薩雨音菩
薩不離音菩薩意淨菩薩雷音菩薩解縛菩
薩等十六正士溥首之等六十聖士衆香首
等三十有二清淨行士慈氏之等皆是賢劫
諸菩薩也降魔天子淨復淨天子善妙天子
賢護天子獲勝天子意勝天子寂化音天子
善恩天子等類二萬皆志大乘四天王天帝
釋忍迹梵天魔子導師濡美天子并餘諸天
龍神揵沓和阿須倫迦留羅眞陀羅摩睺勒
等及人非人不可稱計彼時世尊與無央數
百千之衆眷屬圍遶而爲說經坐大清淨師
子之牀勇猛無畏爲師子吼如日普照若月
盛明如火消冥其座暉赫威光巍巍超逾釋
梵佛身特顯猶須彌山現于大海所說經典
上中意語靡不妙善義美具足究竟清淨常
修梵行廣演恩慈宣菩薩行講菩薩法所當
遵修名曰淨行爾時東方去此佛國九百二
十萬佛土世界名善變其佛號淨住如來至
眞等正覺現在說法時佛左右有一菩薩名
羅陀鄰那朱與八千菩薩俱於其佛土忽然
不現至此忍界住于梵天以一寶蓋覆此三
千大千忍土普雨天花其色若干在於梵天
而說頌曰

諸天人民獲善利　心願見佛釋師子
爲消惱熱諸俗事　心願堅固志佛道
無數菩薩如江沙　以精進力行超越
降伏魔衆億百千　得成佛道離垢憂
吾從東方而發來　其世界名曰善變
在彼淨住佛左右　欲得稽首釋師子

假使有人欲聽法　若覩十方諸菩薩
設欲歸禮彼世尊　速疾來到靈鷲山
諸導師衆難得遇　經典之要甚難值
人身難得及閑暇　篤信禁戒誠亦難
假使今時造德本　則見衆生處邪冥
便能開心令滅度　速行俱詣於最勝
若欲解棄三惡趣　獲致安隱天人處
逮得無爲消生死　則當往詣無等倫
爲良醫王施甘露　尊猶導師示正路
彼爲法王執尊寶　降伏一切衆生趣

於時寶髻說斯頌已以此頌音告于三千大千世界賢者舍利弗聞說斯頌前白佛言唯然世尊此妙頌義爲從何出佛言東方去此九百二十萬佛土界名善變佛號淨住如來至眞等正覺現在說法其佛左右有菩薩名寶髻與八千菩薩俱到此忍界欲來見佛稽首問訊咨受經典并欲見十方諸會菩薩故住梵天說此頌耳斯頌之音普聞三千大千世界令無央數衆生之類殖衆德本俱來詣佛於是寶髻與八千菩薩及無央數諸天子衆周帀圍遶鼓百千妓雨諸妙花演大光明動三千界往詣佛所稽首足下各遶七帀正住佛前八千菩薩亦復如是諸天子衆悉皆侍從寶髻菩薩前白佛言唯然世尊淨住如來敬問無量所志康寧住於輕便勢力安乎蒙天中天鄙身詣此願垂恩慈爲諸菩薩大士之衆班宣道教所當應行菩薩住此得究竟成具足清淨而普被服一切德鎧積累衆善平等之行淨修其身皆見一切羣生所念觀其相行而隨開化則以智慧爲婬怒癡而

講說法令致妙行若有衆人住於邪法便爲演示平等之教爲諸如來所見覆蓋衆生之類皆得蒙賴一切諸魔不能得便逮覩諸佛無所罣礙敢可導修皆成如來清淨之行如此之義何因致乎佛告寶髻善哉善哉族姓子乃問如來如此之義諦聽諦聽善思念之吾當觧說諸菩薩等所行清淨寶髻菩薩與諸大衆受教而聽佛告族姓子菩薩有四事法所行清淨何謂爲四一曰行度無極二曰常當導修諸佛道品三曰具足神通四曰開化衆生是爲四行度無極所可勸助靡不周普入衆德本道品法者遊于大慈曉了應時慧之所入具神通者分別人民心念所行善惡之業化衆生者大哀堅固明識志性之所歸趣佛告族姓子何謂菩薩施度無極所行清淨謂所可習慳貪之心皆棄捐之習布施心已能放捨壞於貪懿瑕穢之事興勸布施一切所有惠而不悋彼行施已而於四事不造若干何謂爲四一曰衆生之類無有若干二曰一切經法不各各異三曰所可勸助亦無差別四曰志性所施亦無若干彼何謂於諸衆生無有若干不興此念吾當施某不施於甲施某福多施甲福少厚施於某薄施於甲好供施某趣施於甲常當施某時一施甲親自斟酌授與於某不自勞身授與於甲盡用施某粗施於甲此人奉戒斯人毀禁此人衆祐斯人寡祐此人能畢衆祐之德斯人不能此人修正斯人行邪此人奉行平等之業斯人墮落反邪之業佛言如是族姓子菩薩布施皆當棄捐如是輩心修平等志不懷若

干常念衆生等心應之而以開化平意識戒慈悲喜護無所遺忘所謂等者猶如虚空觀無增減是謂衆生無有若干佛告寳髻何謂諸法不各各異假使説法而宣平等亦不念信奉修法者吾當與經不能順法則不授也若使普備一切法者吾當與之不能具法吾不與也欲興道教行法施者施於凡夫不謂損耗於聖賢不謂長益又計法本悉清淨等無差特以是之故所施當等是於諸法不各各異彼所施與供養之具有所勸助亦無若干若布施時不作此念吾當獲福望於帝釋梵天人位不願國主豪尊長者亦不慕求色聲香味細滑之法不望饒財珍寶重貨眷屬侍從亦不貪羡五趣生死所周旋處不求聲聞縁覺之乘敢可所施則用志求無上正眞之道是謂勸助而不差别諸可放捨志性在道無差特心合會别離初無增減不望相報唯欲開度諸不及者越于彼岸其心質朴而無諛諂懷抱篤信内性淳淑未曾悔變施所珍愛其心歡喜若有來求意能惠與益用悦豫是族姓子志性所施亦不别異斯謂菩薩施度無極無有若干佛言復有八事棄捐邪徑行布施業何謂爲八不見吾我不見有人不見有壽不見斷滅不覩有常不住三處不見無處若布施者則當嚴淨施是八事菩薩布施棄四住業何謂爲四一曰捨於非法則以經典開化凡夫二曰捨聲聞意志于大道三曰捨縁覺法修於平等四曰遠於止處諸所倚著是爲四當復離於四事思想何謂爲四一曰常想二曰安想三曰淨想四曰我想

復有四事爲淨施何謂爲四一曰身淨二曰言淨三曰心淨四曰性淨是爲四復有三事施越諸罣礙何謂爲三一曰捨於希望二曰棄捐懷恨三曰離於小乘是爲三復有三事捨於應施離諸恐懼何謂爲三一曰貢高二曰輕慢三曰魔業是爲三復有四施以法見印何謂爲四一曰內空二曰外空三曰人空四曰道空是爲四復有四施專惟精進何謂爲四一曰飽滿衆生二曰具足諸佛之法三曰備悉成就相好嚴容四曰淨治佛土是爲四事復有四施心常不捨何謂爲四一曰意常念道二曰常欲見佛三曰修于大慈四曰滅除衆生塵勞之穢是爲四復有三施嚴淨道場何謂爲三一曰淨我二曰淨人三曰至道場淨是爲三復有四施所與清淨何謂爲四一曰以慧布施二曰則能可悅衆生之心三曰曉了勸助四曰明解觀察經典是爲四佛告族姓子是爲菩薩所可修法施度無極致清淨行佛告族姓子菩薩行戒度無極有一事致于清淨何謂爲一解菩薩心而無等倫其心超過一切世間最尊無比越諸聲聞緣覺之意心能降伏一切諸魔入於衆生所至名德爲無量寶諸導習法普有所護心未曾忘是爲一復有二事戒度無極爲清淨行何謂爲二一曰常懷慈愍無害衆生二曰心志於道調柔性行是爲二復有三事戒無極淨何謂爲三一曰身清淨身三事戒無闕漏究竟備悉二曰言淨一切所說無有諛諂三曰意淨蠲除諸穢貪欲危害是爲三復有四事戒無極淨何謂爲四一曰具戒清淨二曰

奉禁不毀三曰以此戒法教化衆生四曰見持戒人敬之如佛是爲四復有五事戒無極淨何謂爲五一曰不歎己身二曰不毀他人三曰捨聲聞志四曰離緣覺意五曰無所貪著是爲五復有六事戒無極淨何謂爲六一曰常念於佛不毀禁戒二曰常念經法順修其行三曰常念聖衆不違佛教四曰常念於施普捨塵欲五曰常念禁戒不復貪慕一切五趣六曰常念諸天宣衆德本是爲六復有七事戒無極淨何謂爲七一曰篤信樂諸佛法二曰常自念慚爲衆重任三曰念愧思道品法而不自大四曰仁和不惱彼我五曰無害畏於後世殃罪之患六曰不煩擾人止心憂慼七曰見諸衆生在苦惱者而愍哀之是爲七復有八事戒無極淨何謂爲八一曰無有諛諂二曰無希冀心三曰不貪利養四曰捨於慳懿無所依倚五曰己身所有而知止足六曰行賢聖禪具足憺怕七曰處於閑居不惜身命八曰樂於獨處遠離衆會好於道法畏懼三界不取無爲是爲八復有九事戒無極淨何謂爲九一曰無所趣律教化衆生而令得度二曰稍漸習定修治其原三曰令心究竟不懷惱熱四曰求於靜寞止心所念五曰習行威儀禮節之正六曰超度禁戒不見己身七曰未曾欺惑愍哀羣生具足大乘八曰究竟成就戒法之業使不缺漏九曰心常懷念勸助德本是爲九復有十事戒無極淨何謂爲十一曰淨身三事二曰淨口四事三曰淨意三事四曰念棄諛諂志性質直而不細碎五曰心性普入靡不蒙度六曰一切

所覺而知節限慜哀爲本悉解諸結七曰心無剛鞕教化衆生悉調和業八曰常修已身見諸等類恂恂恭敬九曰於諸衆祐勸示法事十曰奉以衣食使離世業是爲十復有二事戒無極淨何謂爲二一曰有毀辱者寧失身命終不毀戒不興想念不慕財業二曰無所周旋亦不貪求一切諸法戒空無像復有二事何謂爲二一曰内淨除諸衰入二曰外淨捨諸境界是爲二復有二事一曰淨其道心解自然相故二曰戒品清淨無諸相故佛告族姓子是爲菩薩戒度無極清淨之行佛告族姓子何謂菩薩忍度無極所行清淨若罵詈者嘿而不報是口清淨若撾捶者受而不校是身清淨若瞋恚者哀而不慍是心清淨若毀辱者而不懷恨是性清淨又若聞人發麤獷辭以護衆生不興忿恨設有刀杖加身瓦石打擲護於後世而不懷害節節解身不以憂慼將順道故人見求乞不起瞋恚濟四恩故發于慈心不忿恚者親佛道故造悲哀心具足願故功勳流布莫不奉命多所慜故仁心德稱所可布施爲道法行棄魔天故又念佛道而行忍辱成佛身故若念覺意而行忍辱具十力故若念於慧而行忍辱欲備三達無罣礙故設念慜傷而行忍辱成大慈故念度虚妄而行忍辱究大哀故念如師子無恐懼者而行忍辱無所畏故念無見頂而行忍辱處於衆生不自大故念具相好而行忍辱普欲救濟一切世故具諸佛法而行忍辱成通慧故佛告族姓子有二事法淨忍辱刀一曰精修道業二曰合集義力彼所可言

若能忍辱身心無猗是集義力於一切法而無所著行忍辱者是修道義有淨忍者能忍衆生了知無人堪忍諸法悉爲憺怕是爲淨忍所以者何於彼亦無可忍及與非忍於一切法無所逮得乃名曰忍計於忍者亦不可獲於一切法無所著者乃名曰忍其無所猗忍無處所不受諸法是曰爲忍不以所取爲忍辱也其有不計我人壽命之法是曰忍辱不著身命察如墻壁瓦石之數乃曰爲忍也佛告族姓子菩薩有二忍一曰曉了身分散事二曰明識諸法皆悉本無乃成忍辱是爲菩薩忍度無極行清淨也佛告族姓子何謂菩薩進度無極爲清淨行不捨道心所可興業未曾怯弱常遵勤修而不睡寐不離德本積集功德不以退還於度無極若造行者方便求法堪任爲人講說經典護于正法多所度脫不猒大慧開化衆生嚴淨佛土度于小乘具足本願究竟聖慧未曾違失施戒博聞親近權慧已至福家當以何意勉濟羣生令無憍慢是謂精進彼何謂淨若曉了身猶如影響所言柔輭識不以惓其慧究竟而心淨寂明於所行求不可盡分別諸滅以慧消化而成一心慧無所起彼以三事離於精進一曰猗著因緣二曰行顛倒事三曰望想之滅若於三界無所猗著是爲精進復有三事何謂爲三眼無所著不猗於色不貪於識耳聲識鼻香識舌味識身輭識意法識亦復如是悉無所著彼無所受亦無所習故曰精進無施不慳無戒不犯無忍不諍無進不怠無禪不亂無智不愚不造德本亦無不善不求佛

道不得聲聞緣覺之地其無所行亦無不行則便逮成二精進淨何謂二一曰內無所住與諸因緣二曰捨於外見衆想諸識是爲二精進復有二淨何謂二淨一曰於內寂定二曰不遊於外亦無放逸是爲二淨其根精進於諸所行而無所行亦不輕戲是爲菩薩進度無極清淨之行佛告族姓子何謂菩薩受度無極清淨之行殷勤合集一心之事觀所應察而以正受彼若一心 禪不著色棄捐痛痒思想生死識彼若禪者不著眼耳鼻舌身意識彼若禪者不貪色聲香味細輭法彼若禪者不著地水火風空不著帝釋日月梵天尊豪之位不著欲色無色之界不猗今世及與後世不住於身亦無所處不猗言辭心不疲懈悉無所住無卒無暴不住邊際得無所念彼若禪者不計有身不與諸見不貪我人壽命不見微妙可不可事不見斷滅不覩無常不見生滅有處無處彼若禪者亦不永盡衆漏之原不著諸佛不入寂滅果證之跡亦不長處於無所行若行禪者一心解空不以空爲證求於無相無願不以無相無願爲證被大德鎧行無極慈住於大哀一切具足奉行空事何謂具足行空不想布施持戒忍辱精進一心智慧不想善權諸所開化不想慈悲喜護亦不希望入於聖慧不想道心有所觀察不想志性意有所應不想四恩惠施仁愛利人等利一切救濟不想其意安詳而有所存不想意止意斷神足根力覺意及八由行不想寂默而觀察法不想調定柔輭之行不想慚愧有所羞恥常住佛道未曾斷絕隨

法眼教執於炬曜從聖衆戒常修鮮潔立觀衆生成就佛身以德莊嚴而從世雄聞具足音奉佛三昧獲於正覺神足之辯受十種力住無所畏逮於微妙十八不共諸佛之法不與聲聞緣覺合同拔去止處諸欲塵穢不離神通開導衆生四分別辯精進明了現世度世之法教化衆生與衆超異質直出家度於駛水而過泛流斷諸所有所可住處自然靜寞法教憺怕觀於身法無所貪愛志於佛法了自然想越諸住行默口言辭有所說者常宣佛語以此至誠消滅常然開化衆生是曰具足行空佛告族姓子譬若三千大千世界所有人民悉爲畫師各有所習巧能不同所善不等或工畫屋宅不工畫體或便摸者不能慱櫟或工於手足巧於耳目或頭首不端身形姝好或有不能所習各異或能可人或不可人所知殊別容貌不同王盡召畫師應時皆至王令畫作三界諸形而告之曰各自畫像以持示吾皆合衆師聚於一處各各畫形一師最上悉得其體族姓子所憶云何爲能普備諸所能不荅曰唯能佛言借引爲喻當解斯義如一畫師悉圖諸形各各得體不失其旨學此法亦復如是殷勤精進淨修梵行逮成佛法以一正行悉具衆事由此之故具足空行靡所不達便得成就一切佛道皆除塵欲顛倒衆想貢高自大不樂放逸雖處衆穢不與合同是謂菩薩具足空行說是語時八千菩薩普備空行逮得法忍是爲菩薩寂度無極清淨之行佛告族姓子何謂菩薩智度無極清淨之行有十二事爲清淨行何

等十二見於過去慧無罣礙見於當來慧無罣礙見於現在慧無罣礙有爲無爲皆能曉了一切世間所有術藝當可造業明解度世分別說於眞諦之義知其所習宣其本末一切衆生諸根所趣柔劣明達中容之人去來之慧無所罣礙其聖巍巍超踰世智悉見衆生志性所行形色變異難解難逮深奧之義消化諸見離於衆邪諸所住處罣礙之事入于聖慧普周衆生入於法慧明解聖藏義之所歸了眞所入其明所照無所錯亂亦無所礙觀察時節所樂無量所見諸事咸皆了了無所違失覺識誠諦實不減盡彼所觀察一切無拒以用一行而無所行皆見衆生之所奉行威儀禮節世間人民心志所趣菩薩悉見不離於世而習超度諸世境界尚未成就佛之土地皆越一切所作因緣開化衆生過於諸行而普究竟衆德之行廣度一切因緣心行皆見衆生心之所念護世間法莫不周遍不捨世俗所行信入衆生之念計其智慧無有卒暴不犯嶮險諸根寂定未曾疲懈不以爲亂永觀聖慧常與德合詣於佛樹而坐道場降伏衆魔捨於外道行有所受聖曜普徹亦無所取大聖所建得諸佛住可悅衆生悉見定慧普入衆義一切諸法皆爲同味執權方便智度無極越於彼岸不可限量此乃名曰智度無極皆能曉了一切因緣所興衆想瑞應恠變心行所念令得過度是則名曰度於彼岸又計此慧有二清淨一曰無礙慧想清淨之行二曰嚴淨莫能有人當其慧相復有二淨一曰淨除顚倒二曰淨去諸見又

彼菩薩所行智慧靡不普入聖明備悉曉了衆生達識經典其菩薩者以此智慧解無所有皆入塵勞親化愛欲在諸所生處于諸界建立智慧遊諸境土皆了境界誠諦智慧不度彼此不處中間其慧普入見於十方無所罣礙用無蔭蔽致無邊際見誠諦慧明曉一切諸法本末部黨時節已能識別眞諦智慧義之所歸無應不應無合無別無懈無退不雙不隻計於諸法亦無應合又族姓子菩薩若行智慧事者以慧爲舍則成福堂篤信名德道法之至住於總持分別智辯一切備悉具足慧事是族姓子菩薩奉修智度無極清淨之行說此語已彼時會中二萬二千人皆發無上正眞道意八千菩薩逮得無所從生法忍五千比丘漏盡意解一萬天子遠塵離垢諸法眼淨時諸天子舉聲歎曰若有衆生逮得聞是諸度無極清淨之行道法門者則爲諸佛所見授記何況有聞能奉受持諷讀誦行如上教乎佛告寶髻何謂菩薩佛道品法清淨之行自觀其身知本無身是爲意止則以二事而立其志何謂爲二一曰察於荒穢二曰觀清淨行何謂荒穢此身無常積滿不淨是身薄力劣而無勢是身化立如傾危屋何謂觀淨吾當以此不淨之身精勤解空得如來身法身法身巍巍德身無限爲諸衆生示現色像悅可一切是族姓子觀身二事以立其意又族姓子菩薩觀身了無身已得淨二法何謂爲二一見無常二察有常是身無常不得久立老病俱合會當歸死已達此義不用身故而造邪業以不貪身則修堅要

行三聖法一曰身要二曰命要三曰財要此身無常一切衆生以爲貴重何所益乎當行愍傷何謂身要身不犯惡謙卑恭順稽首博智何謂命要歸命三寶奉修十德六度四等何謂財要捐已布施給諸貧乏身非我有口之所言皆多有失從致諛諂麤辭不正用是之故悉棄此行不復爲非已見無身不保壽命假使被害不犯惡事曉身非常爲分離法不犯非宜一切所有施無所貪已解無身所獲善德功勳顯著不可稱限何謂有常設使觀身了無身者以時攝取心所了慧觀一切智不違佛教不失法言不壞聖衆勸化群黎執御人民是謂有常所以言常不可盡故所言無盡謂無爲也與道合同無終無始玄妙永存此謂無爲其無爲者乃爲常耳菩薩在彼以諸德本觀諸通慧至於無爲是謂有常所以言常以空無相無願之故修菩薩道常奉空行觀於無相不著無願普具一切精進之行是謂有常所言常者謂如虛空菩薩等心如空無異無有思想如是行者乃爲菩薩是謂有常無上正眞佛告族姓子菩薩觀身了本無身則曰意止一切人身皆悉本空以解身空意無所著觀衆生身立在佛身當作是觀若如來身無有諸漏吾身亦然察於諸法奉行道義不失佛教得無漏身而觀衆生分別諸相以無漏身無漏清淨本際亦淨如其德本興立諸行勸助德本亦無諸漏以能逮成無漏法者能住諸漏何謂諸漏一曰欲漏二曰有漏三曰見漏彼斷欲漏設生欲界開化衆生若斷有漏遊在生死於諸所受教

授人民又見漏者則是無明癡冥之漏菩薩於彼精進不懈究竟精進拔其根原彼若觀身奉修意止超度往古諸不應行離於衆穢而遵憺怕乃爲觀身便無所度亦無所生則無所爲乃爲觀身假使觀已不見有身亦無所察捨於貪身不計吾我已無吾我則無所貪已無所貪則無所諍已無所諍則無殃舋已無殃舋逮得法忍已得法忍則無所歸已無所歸則無卒暴已無卒暴不住自大則住於法已住法者不行非法順法行者常與法俱修道法者則逮法慈已受法慈則聞法音已行法音不聞界音已寂界音便逮三昧而已正受則觀審諦已觀審諦則無所想已無所想則無所作已無所作則無非作已於諸作無作非作致正真法便等諸法已等諸法便逮通慧一切之智是族姓子菩薩觀身了本無身意止行淨佛告族姓子何謂菩薩痛痒意止謂觀痛痒本無痛痒乃爲意止覩諸苦痛皆見衆生諸在患難爲之雨淚逮成大哀作是惟念衆人在惱若得安者乃無痛痒則爲斷除一切危害乃致觀痛知本無痛意止所行已滅痛痒爲諸羣生被大德鎧先自消身非法之行亦不想念滅已痛痒若有遭痛普爲一切執御大哀爲示永安長消衆患爲貪欲人興發大哀先除已貪不爲欲縛設身遇苦不以爲難爲瞋恚人興發大哀斷已恚結彼則觀見不苦不樂之痛痒也爲愚行人興發大哀滅已癡縛彼觀痛樂則無所著消壞諸結而自由安若得苦痛不以憂慼捨諸有爲則能導修令無苦樂以壞愚癡若遇

樂痛無所積聚若遭衆患了身非常觀苦痛痒察痛無我彼觀樂痛修行安隱其觀苦痛則爲瘡病以是之故名曰不樂不苦設使觀見所有安樂皆歸無常其有衆苦計於苦者不苦不樂則亦無我菩薩若見諸安樂事明識一切本則無安是觀痛痒知痛無本適起尋滅曉了諸法不得久存察於萬物焰生忽没視一切法所生如影從何所來而尋散滅觀諸法本如瞻手掌從何所來去至何所即便了之無所從來去無所至以觀諸法不以爲患普見一切篤信休息因此成道以成於道亦無所得不復退還所以者何以能逮見一切衆人根本所興則求滅盡不爲己身而求滅也是族姓子菩薩大士善權方便執御大哀觀於痛痒了本無痛意止之行消諸所見明識於此不以過於三界諸痛滅取證際也彼於衆痛觀佛歎本曉了諸痛寂默恬憺本無所有亦無遭患永無遭患諸法皆空離於吾我徒見合會依於因緣悉無有主亦無吾我捨諸所見無所長育彼觀如是則眞諦見因緣所合皆不可得已不可得便作是察如因緣空從是與立諸法亦空已逹空義乃爲觀痛本無痛痒爲意止也所謂寂寞身憺怕故選擇諸義道聖慧是族姓子菩薩觀身痛痒了本無痛意止淨行佛告族姓子菩薩觀心了本無心爲意止行立於道心以得立心以己意慧求其心本不見内心不見外心不住内外察其心本不見五陰無諸種無諸入其心寂定求其持處從何所起則更思惟心起緣起尋復思惟其心爲異因緣異乎即

復自了設因緣異其心異者則有二心設使因緣是心心是因緣以是之故心不見心計於心者非不見心猶如虛僞無實諸塵住於虛空利刀傷指本時爲瘡指瘡已差無所患苦如是族姓子心亦如是由是之故心不見心心所見者則無所見應觀如是心所住處亦不起罪不見斷滅不念常存亦無有身身如墻壁因緣不亂不離惱傷亦不有是亦不有異是爲心也持心如是心動爲法心無所住亦無所行心不可見心相自然作是曉了所見若茲不離所見其心寂然明識無本是爲菩薩觀心無心爲意止也又族姓子設心不起而不可見則無有想無應不應亦無輕慢則不放逸是爲觀心知本無心爲意止也又如心無色其因緣合及與辯才亦復如是德本無色如心無爲德亦無色所觀道心亦復無色設使道心及與勸助無有形色道亦如是悉無所有是故言曰如其心者行亦如之計若勸助道心亦如如其道心人心本淨亦復如道道心本淨一切諸法亦復如斯如此心者曉了普入是爲菩薩觀心無心爲意止也衆患所惱未曾停住猶如獮猴及河駛水亦若油燈光曜所出忽然遠遊無有身形而易退轉貪慾諸界六情之患以爲屋宅須臾變異各隨所應心無有處而獨遊行無有堅要亦無不要寂然獨觀是謂觀心無心意止清淨心所入慧心之法界慧心所住其明本淨鮮潔無穢知心眞諦心了現在目之所見心法平等慧亦如心心等三世已能平等便知眞正心慧自然無能護持觀不可見是

謂觀心無心爲意止也計其本淨則爲自然心亦本淨了衆生心以心淨故開化人民爲其說法以能解知已心自然一切衆生亦復自然若能分別心如是者見其心相而爲說法如心相自然衆生心相自然如此若能達斯相者爲其說法已心則空衆生之心亦復爲空已解此空爲其說法等御已心若能等御而爲說法已身則等已等已心則等衆生已等衆生則等諸法已等諸法則等諸佛曉此眞諦不令其心離於貪欲不處於欲心已止者則入法界趣於自然心無所住於法無動是謂菩薩觀心無心意止清淨佛告族姓子菩薩觀法知本無法爲意止行即自念言法起則起法滅則滅計於本末亦無我身人壽有命人與非人生老病死終沒所趣於此諸法諸法合會因其合會而爲習俗設無緣合則無有此從其習樂因成緣會則與善本及與惡本以歸無常無有緣會不從無習而起諸法彼觀如是曉了諸法見所歸趣亦無所有空無相無願所作功德及無功德彼諸所行如幻無常當奉精進設興因緣有十尊行極上無蓋除去因緣志于大法何謂爲十身淨無穢諸相種好無能見頂超度一切諸所侵枉志性清淨具足十事其心清淨具足正行六十億音口之所說可悅衆生其心淨者常懷慈仁愍念一切無所加害其意常定未曾有亂辯才清淨有所講說應于法義辯不可盡大慈清淨勸化衆生一切令樂泥洹之界大哀清淨無央數劫不猒生死淨十種力曉了衆生根原所念各各不同清淨無畏

分别執御無央數法衆生積聚欲具諸佛不共之法去來今慧三世無㝵諸佛法淨用能自在歸聖慧故是爲十彼已逮此尊妙極上無蓋大法十事之行稱量思惟不以猒惓積累功勳而不毁惰無德之行殷勤精進何謂諸法根原所來今無處所度於所住諸宿塵勞已曉萬物一切無常便能與成無常三昧得是定者無堅要想不亂三昧從其本願示所向生來有所入而復出生則以班宣功德之行開化衆生是族姓子菩薩大士善權方便普説經典觀於諸法達本無法爲意止也其有致道導修經典若能曉了道品之法不作衆善不見有常亦無所著不除惡法道心所見所在無斷亦不計常不墮斷滅若有菩薩棄捐見常斷滅之事執心平等而無所住

處於中間何謂中間不應念行無明衆冥悉除去此是謂中間無有教令無可誨授無言無説是謂中間取要言之無明行識名色六入觸痛愛取有生老病死憂慼之患惱無可會皆已除盡是謂中間其所教者無有智慧亦無處所是謂中間其中間者無有驛使亦無遣者如是宿處計彼所有無有教令無訓誨者計是本末不可決了未有所處不可捉持則無所著寂寞憺怕忽然已滅是謂中間譬族姓子呼響所出無有處所其趣親近音生於對治若見諦者墮於眞僞是爲中間無言無説彼則無見亦無所處如是族姓子所因興發識色之事及所教令所因合成從二縁對其中間者無教無説是謂中間因縁合成不用義理其義理者則不可得其不可得

則不重來其不重來是謂中間又計我者則了無我滅寂於此於我不我自然清淨是處中間計人壽命於人壽命而無所見清淨自然是謂中間於想無想而無想樂是謂中間所與顛倒所得之事而無所有是爲中間虚妄愚癡至誠之教悉不可得是謂中間此岸彼際消化已身無令所著有爲無爲不行諸習是謂中間蠲除生死而去泥洹悉無言教是處中間佛告族姓子其觀於法了法本無爲意止者不壞法界其意自然而得意止彼導法界曉了諸法計其法界及與人界於彼法界亦無所壞不毀人界人界法界此二事者等如空界彼以一界普見諸法以慧眼見則用法界觀佛所行假使有人不選擇法彼則無見以是之故諸法若干見無本法不觀若干若以觀法見本無者不肉眼見不天眼見不慧眼見所以者何計使眼者不受於想不肉眼見彼眼不墮生死之行若以天眼無所見者不用彼眼行於放逸若以慧眼無所見者彼爲觀法了法本無普見諸法無有處所法無所住已見諸法無所住者則行法意便不違失往古所誓是爲菩薩隨諸佛教而自立意敢可觀察深妙之法不捨道心諸通慧矣是爲族姓子菩薩大士觀本無法意止淨行佛告族姓子是四意止行四精進何謂爲四觀身無身棄捐計實不淨爲淨顛倒之想觀痛無痛棄苦爲樂顛倒之想觀心無心蠲除無常計有常想觀法無法捨遠無我爲我想者於四顛倒而修平等則無所著菩薩若能行平等者則能清淨一切諸行菩薩奉

此平等清淨微妙行者便逮法忍名四意斷亦得法忍何謂意斷清淨行者講說道法以此因緣善本法行自然隨順不從惡本不發瑕穢諸不善本萌芽未生不令興起爲奉精進諸惡言起非法之事尋便滅之爲修精進諸善法事未興起者勸令發生已興善法益加精進令其具足不使忘失爲行精進又復菩薩本行淨業能自制護不失善法得自在住漸稍長育顯揚善法善法已興不復忘失彼族姓子如是行淨此四意斷其菩薩行心得自在不亂精進其淨垢濁不與俱合清淨無垢不違佛慧則從道教行于大哀心心相見覩其所念不失精進已行平等曰得意斷所以者何從等安詳不用反邪以因安詳不從反邪便逮意斷平等三昧已得三昧名曰

平等四意斷也佛告族姓子若能修行此四意斷則能奉行具四神足斷除貪欲奉行精進則令道心靜然無穢所思薄尠已去非法則逮輕便致成大哀精進輕舉獲權方便已誠輕舉因是之故成四神足昇于道堂得四自在何謂爲四於壽自在已得長命由已無限在短命中具無量壽勸化衆生在長命中聽省說法或有猒倦現於短命使渴仰法殷勤求義在在所生天上人間各得自在於其壽命是爲第一逮得自在又族姓子身口自在其人身口逮致由已心不猗身逮意現形隨其容貌而示色像因其衆生威儀禮節體之好醜長短善惡思惟正定以何律義而可開化菩薩則從變其形貌坐起進止發意之頃化一切人蚑行喘息人物之士身形顔色

皆爲一類而爲說法是爲第二而得自在又復於法而得自在於三界執御度世之正典不行俗法則隨習俗普現變化亦不捨遠度世之慧亦無所失至無礙慧深奧之道十二縁起因縁之法而見迷惑若生天上及與世間隨其語言令無數人皆隨律教從其所好上中下願各得其所所得自在巍巍如斯是爲第三而得自在又有菩薩建立其心使得由已其自在者攝三千大千世界諸有大海合入一海而建立之亦無往來而現變化三千世界諸須彌山立爲一山使四天王及忉利天不知合散去來所趣因而現變三千世界而爲建立諸有民人計皆知數樹木花實令虛空中滿其水火或化衆寶從其所變而建立之已能建立發意之頃靡不常度忽然如故是爲第四而得自在又族姓子菩薩以是四神足行而自修立與十方佛共俱言談坐起經行不離左右與諸釋梵及四天王天龍鬼神揵沓惒阿須倫迦留羅眞陀羅摩休勒人與非人一切衆生俱共相隨談言說事坐起行步所以者何菩薩神足微妙巍巍卓然有異往古修行善法之義無有缺漏因獲致此何謂神足往古修行善法之義輕便其身恭敬尊長奉事衆祐趨走給使不以爲難謙卑下意不懷自大口說善言悅可衆人莫不敬愛自歸稽首禮節備悉言行相應其心輕便不懷慢恣無危害意彼修謙恭自伏其意聽受尊言順教跪拜執心柔輭而制其志精進修行未曾捨離其人具足戒之禮節身所造行與衆殊特心不懈慢亦不放逸從其

貪欲而起瑕穢瞋恚愚癡心蠲除此已無有貪疾饕餮自除志性不起則病瘳愈度於衆事所負重擔由因羸劣而致此患陰蓋衆事爲去其擔五事所受施以恩惠依橋道度以大船度四瀆具度一切衆生之類越於泛流有所開化超然有異亂者正之逸者定之癖者立之毀者笑之不礙迴波決諸狐疑所説殊異安諸動摇救念諸界覺諸不寤所愛重物每以惠施後無所悔將濟衆生勸助道意若見他人積累德本代其歡喜未曾歎已爲身獲安見他人安歡悦善之易養知足不望他利愛樂出家勸人出學修大強慈常懷道心等怨親友樂如虚空見疲極者設以車乘則以無畏加於衆生見學問者敬之如佛其未學者不以輕慢其貧匱者施以財業若疾病者救以醫藥令得濟命見救護者爲行恩報而以孝順行禁戒者能自修慎供養事之不失其意無恭恪者勸救濟之度於世法所經遊行不犯諸惡於諸世事而無所著奉行諸德是族姓子修諸神足微妙巍巍持行如是不失神足常與其俱至成佛道是爲菩薩神足淨行

大寶積經卷第一百一十七

音釋

淳淑　淳殊倫切醇厚也淑神六切善也

瘳愈　瘳音抽疾病愈也愈勇主切病瘉同

濡　汝朱切濡音菩薩名也

揵沓惒　梵語也亦名乾闥婆此云香陰揵巨言切沓達合切惒音和

羅陀鄰那朱　梵語也此云寶髻

憺怕　憺杜覽切怕白各切憺怕恬靜無爲貌

恂恂　須倫切恂恂溫恭貌

駛爽士切疾也巇險巇虛宜切山險也罅隙也巇險謂深陷不可測也殃疊殃於良切咎也禍也疊許月切隙罅也尟息淺切少也蚑去繼切虫行貌喘尺兖切息疾也饕餮饕音叨貪財曰饕餮音鐵貪食曰餮躃正作躃必益切足病也

大寶積經卷第一百一十八

西晉三藏竺法護譯

寶髻菩薩會第四十七之二

佛告族姓子何謂菩薩五根淨行不受諸法而修道義是爲信根願度彼岸不須仰人爲精進根不捨道意爲一切故是爲念根執御大哀欲濟危厄是爲定根若能奉受一切諸法而修寂寞是智慧根又族姓子篤信一切諸佛之法順從道跡是爲信根奉諸佛法未曾懈倦是精進根念諸佛法聖義存心未曾忘捨是爲念根修習佛定初不懈廢是爲定根能除一切衆生疑結無所志願是爲慧根又慕佛道不懷猶豫是爲信根其性調柔順修精進無有退還是精進根勸助德本長而無損是爲念根等演光明照於衆生救脱憒亂是爲定根分別一切人之原本而爲說法是爲慧根超越一切諸所罣礙而無所著是爲信根解衆生結令無諸縛是精進根志所奉行而無所著獨步三界卓然有異是爲念根知諸罣礙因緣所由是爲定根了諸著猗智靡不達是爲慧根又使所遵而無所惑是爲信根化人不惑捨於非時常懷悦豫是精進根所從法教常行清澄微妙之法不迷衆穢不忘道義日日增修是爲意根其心清淨奉行平等而以正受聖慧均平而得度矣是爲定根若於法界了無所礙去諸非時住解明法是智慧根滅除一切諸非善本修行衆德是爲信根導諸善本順從經典是精進根積累衆善不違失法是爲意根定意歡悦不貪樂安分別衆生諸德之本是爲定根奉行

衆善從其方便等修道法是爲慧根又信勤修捨諸懈廢意無所求無所忘失將護定意令不迷惑奉行智慧開化愚癡又行信者棄捐邪法行精進者放捨吾我其心專一度於貪身以能行定裂壞諸網六十二見其智慧者蠲除一切猗著恩愛是族姓子菩薩所修五根淨行佛告族姓子何謂菩薩行五力淨若計於此能立五根奉行不捨降棄四魔不從聲聞緣覺之乘從於大乘未曾退還消衆愛欲塵勞之穢其願堅固心得自在志存勇猛其身康寧強而有勢諸根憺怕不壞篤信是族姓子名曰信力所不當作而不爲之制御其性而令均調是精進力所當修者而皆行之其意勢強是爲意力所造道業未曾忘失以度一切是爲定力不爲色聲香味細滑衆念所危超度一切猶豫衆結意之所住是爲慧力又信力者不從他教而有所受精進力者所當執持而不忘捨其意力者逮得總持不失道意其定力者說法平等不從偏黨其慧力者決諸狐疑解散衆生結網之縛又信力者則能具足誠信之勢精進力者解脫堅強度未度者其意力者具足解慧度知見力其定力者具足究竟志性之力其慧力者具足一切衆行之原又信力者能制慳貪垢穢之難精進力者皆能放捨一切所有其意力者所顯德本勸助道心其定力者等心遵行捨諸所求其慧力者諸可修行未曾望報又信力者釋除一切毀戒之聚精進力者殷勤修禁未曾違失其意力者具足道心令不闕漏其定力者輙得歸趣仁和之地其慧力

者於諸所行皆斷生死又信力者離於諍訟瞋恚之本精進力者正念所行遵修忍辱其意力者具足道行亦不毀法其定力者先自制心令不放逸擁護一切衆生之類其慧力者不計吾我亦無人想又信力者棄捐懈怠衆穢塵垢精進力者皆得超度一切因緣不爲惡事之所見迷其意力者修行於道而令具足其定力者身得休息能諧降魔其慧力者於諸所作無作不作又信力者消化諸垢衆邪之行精進力者合會衆生而開化之其意力者常一其志而勸助之其定力者常行靜寂未曾憒亂其慧力者曉了諸人所行之法又信力者棄於諸見所識衆垢精進力者常勤修行求於愽聞其意力者嚴淨思念所行如應其定力者心無所生乃能逮得其慧力者精學堪任令致成就又信力者常得至誠七財之貨精進力者曉了分別致七覺意其意力者心常整齊未曾憒亂其定力者則致超度七識之住其慧力者過於八邪而無著也無能破壞心常清淨是爲信力奉行清淨而不退還無淨不淨無應不應是精進力清淨其意合集群類道品之法無意無念是爲意力其心精進修於寂寞乃爲正受是爲定力若能清淨不爲諸見之所迷惑奉諸德本是爲慧力是族姓子菩薩所行五力清淨

佛告族姓子何謂菩薩七覺品淨彼以發顯念覺品者而得自在不失道慧法覺品者觀察所行則隨應時而無所著精進覺品所勤修行至無罣礙歡悅覺品者心成無所樂信覺品者身意休息得至究竟定覺品者離於

志味而得達至觀覺品者所可造業而悉成辦又求道心亦無所得亦無所失是意覺品若將護法精進日新是法覺品開化衆生不以猒倦是精進覺品設樂法樂殷勤思議是悅覺品若化人民滅除塵勞建立於道是信覺品若住等意心不壞亂是定覺品若能察行聖賢之慧建立衆人是觀覺品無憂不念若如師子過於聲聞緣覺之乘是意覺品一切諸法皆悉清淨曉了此者是法覺品其行清淨護身口意而無所犯是精進覺品淨無所著離於危害是悅覺品嚴修所行所當爲者而悉成辦是信覺品未曾順從世之同塵平等色像是定覺品未曾住於二法之行離於漂流常見將護救於衆生是觀覺品佛告族姓子所以名曰覺品者何了了曉諸法靡所不達分別稱量識知所趣解其威儀禮節所歸開化衆生彼所住處已身勤修廣行道義除去結縛諸所拘綴是意覺品斯則爲是賢聖之行非是愚夫所修說其聖行非魔所行非是貢高自大所行聖賢行者此則非是外道異學之所及逮賢聖所行不行色聲香味細滑之法賢聖行者則無衆相因緣之著賢聖行者便無選擇處所方面有所忘失賢聖行者無心意識念言之行賢聖行者離於見聞念知識法賢聖行者無有泥洹造念思想於一切法無所行者是賢聖行修於經典一切無有應與不應念與不念亦無他想是賢聖行於一切法悉無所住不慕尊處所是賢聖行於一切法而不錯亂順行正義各令得所是賢聖行於一切法未曾諍訟和同止

住是賢聖行奉行諸法無諸法想不失道意是賢聖行此族姓子修七覺品聖賢清淨之行佛告族姓子何謂菩薩修八道法清淨之行所謂八道行者一曰正見何謂正見若能奉行一切諸法於我不我不住空觀所以者何察身吾我等無差特亦復不住觀身人空所以者何身人及空亦復等耳亦復不住觀人壽命與空別也所以者何人壽命空觀心平等亦復不觀所有生死離於終始空想之義所以者何所有生死及終始患所見空者悉亦等耳不住觀空斷滅常見有吾有我所以者何斷滅常見悉亦等矣亦不計身及所觀空亦不住此所以者何身吾我空悉亦等耳亦復不住見佛法衆觀空之行所以者何見佛法衆及所觀空悉亦等矣是族姓子有

彼此見觀至滅度是爲正見見佛法衆其邪見者不離顛倒也若於諸見無所想命上妙中間是謂正見所以者何如彼等觀則亦無耶以何爲見其所見者當觀平等見凡夫法以爲卑賤所學法者以爲尊高如是觀者則爲邪見見凡夫法穢行未消菩薩法者無有塵勞如是觀者則爲邪見見凡夫法以爲是漏無所學法以爲無漏如是觀者則爲邪見見凡夫法有求衣食緣覺之法不望供養如是觀者則爲邪見見有小意有所希望菩薩之意無所希望如是觀者則爲邪見見凡夫法以爲放逸菩薩之法以爲無欲如是觀者則爲邪見見凡夫法悉有爲事佛之正法是無爲道如是觀者則爲邪見佛告族姓子有能察凡夫法一切法皆本淨其學法亦本淨

觀諸法悉自然乃爲正見也凡夫法所學法亦空了學法空乃爲正見凡夫法者等於因緣曉了如此緣覺之法因緣亦等乃爲正見凡夫法者則爲靜默菩薩之法亦爲憺怕乃爲正見凡夫之法無所成就諸佛之法亦無究竟乃爲正見其正見者心不入二不見一者人亦無二不見吾我則爲正見無若干見不以若干爲異見者爲平等觀則不想念一切諸法有上中下於一切法無所想見乃爲正見其正見者無若干見亦無所見無所見者乃爲正見所可察者無有形色以見諸法無形色者乃爲正見是族姓子觀一切法曉如是者斯乃名曰頒宣法律說是語時五百比丘漏盡意解佛告寶髻菩薩所謂正念蠲除諸念與不念俱合集寂然而觀智德至憺怕法曉了所觀見於諸法所念信者何謂爲法何謂非法解知諸法各各別異不相親近以曉了是不念平等況于信邪未之有也於一切念無念不念無所復思無應不應是謂正念佛告族姓子所謂正言其所說者不自見身不見他人不著彼我不危已身亦不危他是謂正言又正言者等解諸法知一切法至於滅盡知一切法歸賢聖法及與解脫是謂正言奉行慈心重加愍哀親仇無別正言亦空等演諸法無相不願悉無所作不生不起諸法言等一切諸法無常苦空非身之教其正言者一切諸法無人壽命等說諸法從意緣起如其所種各得其實菩薩等示衆生宣其經法令行佛道其正言淨則爲一切十方諸佛之所擁護是爲正言佛告族姓子所

謂正業消化一切諸所造業未曾復作諸所原基所修業者滅衆苦惱諸可常業悉令立虛不興邪業離於塵勞無有穢濁是謂正業若有菩薩曉了此業及與諸法於諸善本而無所造以修德行是謂無作則爲造行爲虛無要空虛之宅是謂菩薩行上遵道爲正業也佛告族姓子所謂正命不計有我不計有人是謂正命其正命者亦不積聚一切塵勞菩薩正命則能淨修衆生志性已淨志性不自計身亦無壽命等爲彼我及與法故行清淨義是謂正命佛告族姓子所謂正便於此不爲非法之事心不捨德所作方便安無怯弱修於正行淳淑近之是謂正便其正便者不爲邪便所作方便如其所言不計諸法等異不等無作不作如諸法住順其所行而設方便計如此法諸佛之法亦復如是如其寂然因爲方便諸法平等無有差特所行亦等爲諸衆生除其邪便則以勸助於諸通慧是爲菩薩所行正便佛告族姓子所謂正意謂憶佛道念施持戒忍辱精進一心智慧慈悲喜護是謂正意念於殷勤不聽一切塵勞之穢不從魔便其所念者在所向生不墮邪見工御其意制其所念如監門者知閑開時除去一切諸不善念無所思想不聽邪念是謂正意菩薩已處於此正意不於此中寂滅道性而取果證是爲菩薩正意淨行佛告族姓子所謂菩薩正定隨賢聖行知於苦諦斷集諦種證盡諦種奉道諦種是爲正定彼若正受等於已身亦等諸法已身清淨諸法亦淨已身則空諸法亦空定意正受能如是者則

入平等不墮滅盡是爲菩薩正定淨行發心之頃所行平等具足智慧一切聖福覺了諸法是爲菩薩正定淨行佛說是正定覺時千六百天與人弟子行者好樂小乘已入其法故發無上正眞道意佛告族姓子何謂菩薩護覺意將養其心令不起生除婬怒癡去於色著痛想行識在於三處而無所著獨步三界過三脫門至三達智觀去來今無所罣礙開度衆生除諸穢垢猶如日明無所不矅善權智慧隨時示現遊於三世如水蓮華開化一切使發道意是爲菩薩護覺道意清淨之行佛告寶髻何謂菩薩成就神通爲清淨行又以五事具備徹視何謂爲五逮得光明名曰天眼普照十方消盡窈冥靡不覩耀見一切佛所可開化多所度脫故曰天眼遥觀衆生終始所趣莊嚴其志名曰天眼皆見十方一切形色像貌種類好醜長短其天眼者無所罣礙意念寂滅其相無爲過諸天龍神及揵沓惒聲聞緣覺見其本末靡所不達是族姓子如是比類致五神通逮此天眼爲菩薩眼是爲菩薩天眼之淨佛告族姓子復以五事成其徹聽靡所不聞何謂爲五聞於人聲亦復徹聞非人之聲亦聞地獄餓鬼畜生辛苦之音一切十方諸佛說法悉亦聞之一切十方諸有言語音辭不同各各别異億萬種音皆能聽了是爲五事菩薩神通徹聽清淨佛告族姓子復以五事知人心念何謂爲五悉能逮知諸天人民地獄餓鬼畜生之類本末所因心念善惡方當來世若見受身知去來今心念所趣決定來處歸於邪業衆生心

念善惡所行皆了知之察其心意或懷貪婬瞋恚愚癡隨其本行如應説法是爲菩薩知諸心念清淨之行佛告族姓子何謂菩薩知過去神通清淨謂以五事了知古世其有受於婬怒癡者悉自然受不熟思惟致此事耳復解已身無央數世便更專惟布施持戒忍辱精進一心智慧慈悲喜護緣其定意而逮得此亦從已致其受吾我念心因緣諸相之觀其相因緣亦從已爲而自然受思惟其心自觀其志其入凝門亦自然受念識此已隨其色像眷屬勢力名稱豪貴貧賤苦樂亦已身爲皆自然行而受此患是菩薩知往心念清淨神通佛告族姓子何謂菩薩具備神足則以五事而逮神足何謂爲五示現色身神通自在神識音響神足悉達心意所行神足普周一切衆生心所娛樂神足皆別親近所見神足咸至坐見十方無數國土周遍一切諸佛境界隨其習俗現其形體身遍一切十方衆生爲其説法令得開解發大道意是族姓子菩薩所行神足清淨佛告族姓子菩薩慧眼具天眼淨其天眼者住於神識亦無所著則致天耳本末清淨住無罣礙尋即知衆生心念靡不通達悉知過去當來處所悉能證明住無所行皆盡諸漏生死之行便淨神足諸通明徹所謂神通則諸漏盡聖慧之門菩薩於彼以此五通而自娛樂其心不住盡諸漏慧佛告族姓子譬如去於居邑百千踰旬玄迥之路有大國城其路艱險衆難難計岨遼曲隘寇賊抄掠師子虎狼還相食噉若出此路能到彼國入大城者悉脱衆患安隱

無量時有一人聞彼國城恩德功勳快樂遠著其人生年唯有一子甚愛重念視之無猒聞彼國名捨子而往盡力勤行忍諸艱苦衆難之患晝夜不懈得値陰涼六藝備體執持五兵便得越度到其城門住門閫上稍復進前至第二門開其城門而獨住立即便憶念所生一子獨不得來以子恩情不入大城尋更還反將其子來共至樂國佛告族姓子菩薩如是被無極鎧以大精進堅固志性精誠所致顯發大道淨治心業淳淑之行諸漏得盡與大哀心開化衆生爲其說法慧斷生死得至無漏究竟成就哀愍衆生欲救護故則復來還現凡夫地佛告族姓子其城者喻聖慧巍巍諸漏已盡涉難遠行百千逾旬玄逈路者謂遊無量生死諸難救脫衆生不以爲拘盜賊虎狼者謂衆魔邪見非法之難相食噉者謂三界中陰衰之患値陰涼者謂平等行六藝五兵謂六度無極五神通也其人者菩薩也到其城住門閫上從外門稍復進至中門住不前者謂菩薩而從有爲至於無爲諸漏已盡其心明徹不捨本願欲度十方如念一子也不入城還反者菩薩愍傷一切衆生中心念之如一子父滅除生死諸漏之難超住法頂雖出生死不盡諸漏尋復來還在於五趣開化衆生是爲菩薩善權方便大哀之行爾時寶髻菩薩前白佛言至未曾有天中天菩薩大士心懷大哀不樂解脫欲度衆生如觀已掌友還生死而不惡猒復問佛言菩薩遵修何法不猒生死佛告族姓子菩薩有二十事不猒生死何謂二十事奉行德本

至無極慈執持大慈以攝大危懷抱大哀攝不弘慇開化衆生度脫一切常以精進攝諸怯劣以和調性攝諸懷結以權方便攝不知節則以智慧攝諸愚冥而以一心攝諸放逸能以神通攝諸不暢能以聖明攝諸闇塞能以隨時攝諸無義其意專惟攝諸煩憒遵奉道心攝諸不學而行四恩攝諸無護以布施攝貧窮以敬戒攝無禮以慱聞攝少智以總持攝喜忘以辯才攝頑訥以上德攝少福由是之故乃成大慧是族姓子菩薩所行二十事不猒生死也寶髻菩薩復問佛言何謂菩薩宜於生死爲無數人而有加益佛告族姓子若使菩薩以德莊嚴宜於生死以福潤澤窮乏危厄慱聞莊嚴宜於生死則以辯才多所饒益能執其意而不忽忘逮得總持宜於生死令一切人各各聞慧逮得寶掌以好布施而自莊嚴財不耗減用此財寶多所饒益又不放逸宜於生死講法不倦多所饒益於一切人又等集諸相宜於生死修慧莊嚴於諸衆生言行相應宜於生死所爲應時不失其節多所饒益於諸衆生一切所有施而不悋宜於生死隨時開化各得其所施度無極多所饒益於諸衆生奉清淨戒宜於生死莊嚴持戒多所饒益於諸衆生忍辱精進一心智慧宜於生死六度無極多所饒益於諸衆生佛告族姓子乃去往古無央數劫長遠無量爾時有佛名普壞世如來至眞等正覺明行成爲善逝世間解無上士道法御天人師號佛世尊世界名曰天觀劫名欣預何故其劫名曰欣預於彼劫中六萬佛興時淨居天

聞無數音須宣佛德於是劫中有六萬佛時天世人皆共歌頌此咨嗟聲其有聞之靡不歡喜善心生焉以是之故劫名欣預佛告族姓子其佛世界安隱快樂其德巍巍諸天人民觀之無猒以故世界名曰天觀其土微妙至誠莊嚴以雜種香而成其地堪任執本於千世界又其佛土所出香熏則能周遍十方無量無數之國栴檀烟陰於其土地自然生起無極蓮花名光明耀其蓮花光常以大暉照彼世界人民大小皆有神足宿德所居香爲樓觀講堂精舍軒戸窻牖牀榻茵蓐微妙綩綖其佛之土亦無國邑郡縣村落又彼人民悉得神通經行虛空樓閣講堂亦處于空坐斯樓堂專精念道諷誦講論彼無女人亦無胞胎人皆化生不聞女名亦無三塗惡趣之名又無衆惱勤苦之患一切衆人禪定歡悅以爲飲食篤信微妙志求大乘彼無異乘聲聞縁覺之名也其土人民皆著冠幘衣服顏色猶如天人假使出學塵勞愛欲尋皆捨離無有憂累又彼如來亦不勑告諸菩薩等便被法服所以者何其人不生穢濁心而彼如來形體威顏現如梵天諸菩薩衆威儀禮節靡不備悉坐起安詳講說經道設使十方諸佛之土有無極變神通菩薩詣天觀世界者通過諸國來覲如來稽首歸命聽說經典見彼佛土無有倫匹其德超殊巍巍無量怪未曾有舉聲嗟歎爾乃捨去佛告族姓子若彼如來爲諸菩薩須宣道化踊昇虛空去地六十六丈坐於微妙清淨莊嚴師子之座爲諸菩薩論上法教粗舉其要不廣分別屢申

中義如吾於此多說殷勤所以者何斯諸正士悉入聖慧以一章句輙能解入百千之義是故如來約宣經教不以多言其佛爲說四清淨行度無極淨道品法淨神通行淨化衆生淨是爲四也佛告寶髻時彼佛土有一菩薩名曰珍寶即自啓問壞世如來何謂菩薩宜在生死多所饒益於諸衆生於時如來便爲菩薩廣分別說此兩句義於斯大慧道莫能當菩薩所行恒在生死逮得慧曜多所潤益佛適說是六萬菩薩得柔順忍佛告寶髻珍寶菩薩復問何謂菩薩嚴淨道場坐於佛樹壞世如來告珍寶曰以無放逸嚴淨道場坐於佛樹於彼何謂無放逸者其佛告曰奉行經典又問何謂奉行經典告曰言行相應是無放逸又無放逸不自馳騁修於無量大

德之鎧不與陰合越於五陰布施無量不可盡故持戒無量爲未學故忍辱無量堪衆苦故精進無量正士業故禪定無量無退落故智慧無量無罣礙故慈心無量開化衆生不可限故悲哀無量愍傷衆生濟匱乏故行喜無量以法勸悅衆生之故行護無量救濟將養群生之故生死無量長育一切佛道法故化無量人安彼我故正法無量將順隨時堅精進故德慧無量執權方便等應時故奉無量佛具足慧故求無量聞智卓然故心入無量覩見衆生志性行故節德無量志存閑靜有限之故閑居無量將順心故寂嘿無量所察廣普速疾具諸通慧故佛告珍寶是無放逸所當遵法菩薩行此無放逸者嚴淨道場坐於佛樹則其義也又族姓子其無放逸諸

道品法所立之本致無放逸聖慧之原逮堅要法以無放逸積累德本能不放逸未曾忘失往古久遠所聽聞法普能執懷一切經典消化塵勞無量陰蓋於諸道義無所罣礙無放逸者則能燒盡曠野積聚愚癡之冥悉能將護一切經法滅除衆相抑制諸根無放逸者退捨邪逕奉行衆善力勢超殊具足十力力如虛空而無等雙無放逸者得無所畏具足成就一切佛法歸其原頂無放逸者便能獲致佛諸通慧佛告族姓子彼佛說此無放逸時萬二千菩薩逮得無所從生法忍於族姓子所憶云何時珍寶菩薩豈異人乎莫作是觀所以者何則汝身是由斯緣故當作此觀若使菩薩無放逸者乃為應宜嚴淨道場坐佛樹下入如來道不可限量佛復告寶髻菩薩所謂菩薩開化衆生若菩薩行清淨者見衆生行心懷善惡便能開化無量難限不可思議衆生之類各使奉行無極之法其菩薩者志性調柔入於審詳自在開化幾何人民彼族姓子人根不同所見各異是故菩薩隨時示現而誘進之或能有人堅正禁戒乃成開化或從毀戒因得受教或以衣物往來交接緣受道化或以柔輭或以麤獷或懷毒心或以恐怖或以苦惱或以安隱而受開化或在言語或從得勝或從因生或從志性或從逼惱或從順意或從所有或從無所有或從興盛或從所受或無所受或從財業治生或從靜然無所易取或從貪慕求妙顔容或從惡色或從色聲香味細滑之法而致開化或瞋罵臭氣惡味麤堅穢法而得開解或從

共居宿止受化或從往來數數相見或從聞佛法聖衆或從歡喜或從憂慼或從無我或從寂音或從布施持戒忍辱精進一心智慧之音而受開化或從衆生有爲之惱或從聽聞天上世間所遭安隱而受開化或聽聲聞所說乘教或緣覺乘或聞大乘而受開化或從常喜不以憂惱或從憂慼不因欣預或從貨利或從踊躍不見愛敬或從得利或因衰耗或復有人而從四恩因而開化或從内業或從外業或從眼耳鼻舌身體手足而受開化或以娛樂歌戲或以花香而受開化或從其身專遭苦患或從常樂而受開化或從其心得靜方便或從化作比丘形像或復變現比丘尼優婆塞優婆夷像而受開化或復現作佛像容貌而開化之或如釋梵轉輪聖王像貌而開化之佛告族姓子若使不現若干種變觀其性行從其心念而開化者不能度之當曉了知衆生性行應病與藥所度乃廣設令菩薩行度無極則能奉受佛道品法亦能明了神通之慧然後寂然開化衆生菩薩有四事法開化衆生何謂爲四一曰不猒終始之患導示未及二曰不貪安已願安一切三曰常以時宜宣示道教四曰分別衆類心性所行是爲四復有四一曰所說柔和言辭可敬二曰奉戒清淨猶如日明三曰顏色常恱未曾懷恨四曰常懷慈心復有四一曰心不懷害二曰志於大哀三曰意多愍傷四曰常調其心復有四一曰性行清淨二曰無有諛諂三曰精進堅强四曰忍於苦樂善惡是爲菩薩四法開化衆生當作此觀乃能堪任

救濟一切佛告族姓子往昔過去無央數劫長遠無量不可思議爾時有佛名離垢光如來至眞等正覺明行成爲善逝世間解無上士道法御天人師號佛世尊世界曰寂然劫名愛敬寂然世界豐樂安隱五穀平賤快樂難量天人孳盛離垢光佛其聲聞衆九十六億菩薩八萬四千其佛壽三十三萬六千歲時有梵志爲大國王王有太子名曰業首端正姝好見者無猒厭年十六惑於顏貌迷於豪貴荒亂自大不肯往詣離垢光佛不修恭敬稽首爲禮佛心念言太子業首云何忽失無上正眞道意勸助德本不識本宿而計吾我荒迷容色財業豪貴及懷自大不數詣佛旣來至此不肯歸命違失禮節設爲殷勤宣其本行者必識宿命數詣如來稽首受教於時離垢光如來皆悉請會八萬四千菩薩使行法籌誰能堪任詣太子業首所八萬四千歲教化說法者而不患猒一切苦惱所見逼迫雖往教彼不見接待坐席言談但得罵詈毀辱誹謗耳佛告族姓子時雖行此籌八萬四千諸菩薩中無一菩薩肯受法籌時彼會中有一菩薩名極妙精進即從坐起偏露右肩長跪叉手前白佛言我能堪任八萬四千歲往來太子業首數數相見捨一切安皆忍衆苦雖遭諸厄不以爲患極妙精進適發此言三千大千世界應時六反震動百千天人住於虛空舉聲歎曰善哉善哉無極精進被弘誓鎧於時極妙精進菩薩往詣業首太子門前而住太子方見罵詈毀辱瞋恚誹謗言語衝口無有其限撮土坋之瓦石打之刀杖

加之於時菩薩被辱如是不懷瞋恚不以為恨亦不悔還遂堅其心被精進鎧智力益增興發大哀而愍傷之如是千歲乃得自前入第一門從所苦困輕毀之難不以患猒至于萬歲轉復進至王宮第一之庭又二萬歲至第二庭如是之比八萬四千歲至第七庭七日七夜太子業首時復見之尋便質問比丘何來詣此所求菩薩答曰故來相詣相稱名勳於時太子心自念言怪未曾有今此比丘戒德難量無能逮者被諸毀辱未曾懈恥極妙精進歡悅業首尋說頌曰

太子吾今無所求　不用飲食及衣服
宜當顯發無怖心　吾以法來故至此
人中尊號離垢光　大聖現世多所益
講說經法除苦患　若有人聞逮甘露
諸佛興出甚難值　無數千劫難可遇
執御衆人令受法　則為世間之炬曜
反以欲得而放逸　貪於財色自娛樂
迷荒豪貴及王位　不肯往詣見法王
財業無常命難保　佛說人壽如朝露
太子自察亦常然　云何聞佛復放逸
仁者以曾志佛道　召請衆生欲度脫
於今何因為欲使　放逸安可度衆生
吾且欲還詣最勝　當降伏心滅塵欲
仁與精進愍一切　將無後恨懷憂惱
時國王子聞斯頌　即自下意發恭敬
禮極精進稽首足　吾今自悔辱仁罪
我當棄捐一切事　不慕豪貴貪國土
吾當往至安住所　棄捐瑕穢求見益
即與一億八萬人　各執衆花擎諸香

俱往詣於最勝所　見離垢光人中上
已皆悉到安住所　前稽首足而供養
退在一面住佛邊　於時太子說此言
極妙精進是我師　心不恚猒和顏勸
此之恩德無以加　如是供養不足報
歸悔首過救護世　違失法王之教命
我今都悉自歸誠　願佛納受所首情
於是發意悉求佛　用一切故與愍傷
不復造邪爲放逸　令我立德成佛道
爾時太子棄榮位　與人一億八萬四
於最勝所作沙門　發意志欲求佛道
時佛知其所志願　爲說最上佛道業
諸聞淨法逮柔順　諸高士住無我法
佛告寶髻菩薩欲知爾時極妙精進我身是
太子業首彌勒是族姓子過去菩薩開化衆
生不以懈倦威德巍巍無量如此所學日深
精進無侶是故菩薩欲度衆生當念修學如
彼往世極妙精進菩薩之德佛告族姓子菩
薩有四業而得自在以此四業攝取諸佛道
法何謂爲四一曰超越諸魔靡不歸伏二曰
念淨佛土令修淨教三曰嚴身口意順開士
本四曰合集一切諸佛道品是爲四法自在
之業復有四事爲菩薩業何謂爲四一曰其
慧曉了所入志性二曰普見衆生根原所歸
三曰分別一切諸趣所由應病與藥四曰明
識一切徑路所行令得寂寞不懷瞋恚是爲
四事菩薩所行自在道業於是寶髻菩薩從
無數劫殖於難限百千德本髻中明月珠其
價當此三千佛土以奉如來口宣此言以頂
上寶貢獻如來因是德本致無能覩其頂相

者逮成諸佛不可思議聖慧之頂佛即時笑五色光明從其口出照無央數諸佛國土尋即來還遶佛三帀忽没頂上於是會中有菩薩名曰捷辯從坐而起偏露右肩長跪叉手讃歎世尊以頌問曰

最尊無等倫　超世俗之上　無垢以離穢
三界稱其德　其慈無疇匹　超越須彌山
今者何欣笑　願慧爲我說　眞諦戒調定
執性人敬言　令我志趣安　善修快寂然
天人尊在此　其志甚堅妙　爲以何感應
哀愍而今笑　十方總勢強　光明福曜威
勇師子壞冥　遊衆無所畏　三界無有侶
何能有殊者　法宅爲解說　何故而欣笑
離垢性遊安　顔色常和悅　名德通虚空
馳逸不可限　消除諸窈冥　光明靡不照
安住唯爲解　何故而欣笑　修德心清淨
願如金寶山　常訓誨不及　世人普供養
則爲最良田　衆祐聖超世　釋師子現要
所演如虚空　諸天及人民　無與妙等者
等心甚堅強　慚愧祥豐盛　巍巍德百千
相如花茂盛　最勝能仁笑　願爲發遣之
其慧無罣礙　流布於三世　處若干身意
其心無所著　一時悉曉了　如應當行化
仁師子屬笑　其義爲何義　諸天住空中
意内懷悅豫　地上諸人民　叉手而自歸
能仁勝唯說　殊特甘露味　諸天神人聞
消滅塵勞冥

佛告捷辯菩薩汝爲豈見寶髻不乎以此寶髻珠奉上如來志願無上正眞道意則爲供養佛之原慧對曰唯然已見世尊佛言是族

姓子寶髻菩薩於恒河沙劫供養恒沙如來至眞常修梵行開化無數衆生之類立於三乘過十阿僧祇劫當得作佛號曰寶成如來至眞等正覺明行成爲善逝世間解無上士道法御天人師號佛世尊世界名離垢光劫曰無垢其離垢世界七寶合成咸出光明照於十方無量佛土其光紫金假使衆生值此光者一切塵勞悉蒙消滅其土豐樂皆諸菩薩悉無所著無有異學相發起者普修道寶以故如來名曰寶成此諸菩薩皆得神通咸有辯才其土諸天人民悉當淳淑遵平等覺無有不及無智之名其土亦無君主唯以世尊爲無上法王諸天人民自然化生無有女人無愛欲名其土人民皆殖德本無無福者諸根悉具皆以相好莊嚴其身爾時如來諸菩薩衆不可稱數佛壽十四劫初無異談所說唯宣菩薩之慧諸度無極辯才大哀淳一品教是諸菩薩皆曾被訓諸根明達能以一句普入一切諸佛之道如來爲說總持言教慈心如地何謂總持言教以一絶句普入諸章何謂一句謂妙聖句不可究盡道品之法何謂無盡句謂於佛道不可窮盡何謂無盡論於無者謂無盡句已能入無普入文字是爲一句一切文字而不可盡復有二字本所未聞亦未行也而宣說言出於一字其一字者不與二字而同勢也是以一字而宣訓誨設使宣布斯訓誨者無念不念無應不應此句無念亦無不念以無念句而成開化是爲族姓子爲入總持教寶成如來爲諸菩薩說總持言句於彼學入此一句者便得普入一

切佛意我於一劫若復過劫分別咨嗟離垢光世界功德之稱不能究盡得其邊際寶成如來講說經道德稱之慧不可思議亦不可賜其佛大德國土清淨巍巍超絕上不可及寶髻菩薩聞佛授決歡喜踊躍以頌讚佛

普知悉能見　度諸法無極　如來皆超越
一切諸瑕穢　大慧未曾有　皆知我往古
供養諸佛數　佛悉具說之　去來今現在
本末爲如是　復知鄙末世　及與一切人
爲佛所授決　不復懷狐疑　開化度世間
諸根之本末　於是一切地　日月尚可墮
佛口所可宣　終不有改變　佛出至誠言
所演無有虛　授以邊覺道　成佛人中上
如我志所願　嚴淨於佛土　所言亦如是
悉知我心念　彼聞此教已　悅顏無猶豫
所修行爲尊　欲度衆生故　如我之所行
當復增無量　嚴治其本際　我身奉淨行
興發行得佛　不從懈怠致　勤力無怯弱
由從精進至　堪任所布施　受我以道意
未曾捨精進　至大哀如來　爲以諸衆生
本末爲如是　吾當悉開化　得佛度異學

寶髻菩薩說此偈時七萬二千人皆發無上正眞道意悉願生彼離垢光世界同時發聲俱說是言寶成如來得佛時普令吾等生彼佛土佛皆記說當生其國爾時世尊告賢者阿難受是經典持諷誦說廣爲衆人宣傳其旨殷勤助是經典要天上世間之所歸伏而共供養所以者何其聞此經我悉授決其不信者本宿德薄其受是經德本非凡趣聞此經世世值佛何況聞持而奉行說功勲無限

族姓子族姓女若以七寶滿此三千大千世界隨時布施如是比類於百千歲其聞此經歡喜信持功德踰彼阿難白佛此經名何云何奉持佛言名曰菩薩淨行寶髻所問當奉持之佛說如是寶髻及十方諸會菩薩賢者阿難天龍鬼神揵沓惒阿須倫世人聞佛所說莫不歡喜

大寶積經卷第一百一十八

音釋

岨邃（岨壯所切阻岨也邃雖遂切深遠也）抄掠（抄楚教切强取也掠力灼切劫奪也）幘（側革切覆髻之巾謂之幘）孳（津之切生息也）坋（蒲悶切塵坋也）

大寶積經卷第一百一十九

唐三藏法師菩提流志奉　詔譯

勝鬘夫人會第四十八

如是我聞一時佛在舍衛國祇樹給孤獨園時憍薩羅波斯匿王及末利夫人初證法已共相謂言我女勝鬘慈晤聰慜多聞智慧若見如來於甚深法速能解了無諸疑惑我今應當令善諭者發其誠信作是議已王及夫人即便作書稱揚如來真實功德時遣一使名真提羅奉持王書詣無鬪城授勝鬘夫人時勝鬘夫人發書尋繹頂受欣慶生希有心向真提羅而說偈言

我聞如來聲　世間頗難遇　斯言若真實
當賜汝衣服　若彼佛世尊　爲利世間現
必應見哀愍　令我覩真相　言念須臾頃
佛於虛空中　現不思議身　普放大光明
勝鬘及眷屬　皆悉來集會　合掌瞻仰禮
稱讚大導師　如來妙色身　世間無與等
無比不思議　是故今敬禮　如來色無盡
智慧亦復然　一切法常住　是故我歸依
善調心過惡　及與身四種　到不思議地
故我今敬禮　知諸爾炎法　智身無罣礙
於法無忘失　故我今敬禮　稽首過稱量
稽首無倫等　稽首法自在　稽首超思惟
哀愍覆護我　令法種增長　逮及最後身
常在如來前　我所修福業　此世及餘生
由斯善根力　願佛恒攝受

時勝鬘夫人說此偈已及諸眷屬一切大衆頂禮佛足爾時世尊即爲勝鬘而說偈言

我昔爲菩提　曾已開示汝　今復值遇我

及來世亦然
說此偈已即於會中授勝鬘夫人阿耨多羅三藐三菩提記汝今稱歎如來殊勝功德以此善根當於無量阿僧祇劫天人之中爲自在王諸所受用皆悉具足所生之處常得遇我現前稱歎如今無異復當供養無量無數諸佛世尊過二萬阿僧祇劫當得作佛號曰普光如來應正等覺彼佛國土無諸惡趣衰老病苦亦無不善惡業道名其中衆生形色端嚴具天妙境純受快樂蔽於他化自在諸天彼諸衆生皆趣大乘諸有如是學大乘者悉來生彼時勝鬘夫人得授記已無量天人心懷踴躍咸願往生彼佛世界是時世尊皆與授記當生彼國時勝鬘夫人聞佛記已於如來前合掌而立發十弘誓作如是言世尊我從今日乃至菩提於所受戒不起犯心世尊我從今日乃至菩提於諸師長不起慢心世尊我從今日乃至菩提於諸衆生不起恚心世尊我從今日乃至菩提於諸勝已及諸勝事不起妬心世尊我從今日乃至菩提雖有少食不起慳心世尊我從今日乃至菩提不自爲已受畜財物凡有所受爲濟貧苦有情之類世尊我從今日乃至菩提不求恩報行四攝事無貪利心無猒足心無限礙心攝受衆生世尊我從今日乃至菩提見諸衆生無有依怙幽縶疾惱種種危厄終不捨離必願安隱以善饒益令免衆苦世尊我從今日乃至菩提若見一切諸惡律儀毀犯如來清淨禁戒凡我所攝城邑聚落應調伏者而調伏之應攝受者而攝受之何以故以調伏攝

受故則正法久住正法久住故天人充滿惡道減少能令如來法輪常轉世尊我從今日乃至菩提攝受正法終不忘失何以故忘失正法則忘大乘忘失大乘則忘波羅蜜忘波羅蜜者則捨大乘若諸菩薩有於大乘不決定者攝受正法則不堅固便不堪任超凡夫境則爲大失世尊現在未來攝受正法諸菩薩等具足無邊廣大利益發斯弘誓聖主世尊雖復證知而諸有情善根微薄或起疑網以十弘誓難成就故彼或長夜習不善法受諸苦惱爲欲利益如斯衆生今於佛前發誠實誓世尊我今發此十弘誓願若實不虛於大衆上當雨天花出天妙音勝鬘夫人於如來前作斯言已時虛空中即雨天花出天妙音歎言善哉勝鬘夫人如汝所說眞實無異爾時衆會旣覩斯瑞無諸疑惑生大歡喜同聲唱言願與勝鬘夫人所生之處同其願行時佛世尊悉記大衆如其所願爾時勝鬘夫人復於佛前發三弘願以兹願力利益無邊諸有情類第一願者以我善根於一切生得正法智第二願者若我所生得正智已爲諸衆生演說無倦第三願者我爲攝受護持正法於所生身不惜軀命爾時世尊聞斯願已告勝鬘言如一切色悉入空界如是菩薩恒沙諸願悉入兹願此三願者眞實廣大爾時勝鬘夫人復白佛言世尊今當承佛威神辯才之力欲說大願幸垂聽許佛言勝鬘恣汝所說勝鬘夫人言菩薩所有恒沙諸願一切皆入一大願中一大願者所謂攝受如來正法如是攝受正法眞實廣大佛言善哉勝鬘

汝久修習智慧方便甚深微妙有能解了汝所說義彼於長夜植諸善本如汝所說攝受正法皆是過去未來現在諸佛已說今說當說我得無上正等菩提亦復常以種種相說攝受正法如是稱揚攝受正法所有功德無有邊際如來智慧亦無邊際何以故是攝受正法有大功德有大利益時勝鬘夫人復白佛言世尊我當承佛威神之力更復演說攝受正法廣大之義佛言聽汝所說勝鬘夫人言攝受正法廣大義者為得無量一切佛法乃至能攝八萬行藴譬如劫初興諸色雲雨衆寶雨如是攝受正法善根之雲能雨無量福報之雨世尊又如劫初大水之中能生三千大千界藏及四百億種種類洲如是攝受正法出生大乘無量界藏并諸菩薩神通之力種種法門一切世間及出世間安樂具足一切天人所未曾有又如大地荷四重擔何等為四一者大海二者諸山三者草木四者衆生如是攝受正法諸善男子及善女人堪能荷負四種重任逾彼大地何等為四謂離善友無聞非法諸有情類以人天善根而成熟之求聲聞者授聲聞乘求獨覺者授獨覺乘求大乘者授以大乘是名攝受正法諸善男子及善女人堪能荷負四種重任逾彼大地世尊如是攝受正法善男子善女人等建立大地堪能荷負四種重任普為衆生作不請友大悲利益哀愍有情為世法母又如大地是四種寶所生之處何等為四一者無價二者上價三者中價四者下價如是攝受正法善男子善女人建立大地有情遇已獲四

大寶一切寶中最爲殊勝何等爲四謂諸有情遇斯善友或有獲得人天善根有證聲聞及辟支佛或無上乘善根功德是名攝受正法善男子善女人建立大地有情遇巳便能獲得四種大寶世尊出大寶者名爲眞實攝受正法世尊言攝受正法者謂無異正法無異攝受正法正法即是攝受正法世尊無異波羅蜜無異攝受正法攝受正法即是波羅蜜何以故攝受正法善男子善女人應以施成熟者以施成熟乃至捨身隨順彼意而成熟之令彼有情安住正法是名施波羅蜜應以戒成熟者守護六根淨身語意乃至威儀隨順彼意而成熟之令彼有情安住正法是名戒波羅蜜應以忍成熟者若彼有情罵詈毀辱誹謗擾亂以無恚心及利益心最上忍力乃至顏色亦不變異隨順彼意而成熟之令彼有情安住正法是名忍波羅蜜應以精進而成熟者於彼有情不起懈怠下劣之心起大樂欲最上精進於四威儀隨順彼意而成熟之令彼有情安住正法是名精進波羅蜜應以靜慮而成熟者於彼有情以無散亂成熟正念曾所作事終不忘失隨順彼意而成熟之令彼有情安住正法是名靜慮波羅蜜應以智慧而成熟者彼諸有情爲利益故問諸法義以無倦心而爲演說一切諸論一切明處乃至種種工巧之處令得究竟隨順彼意而成熟之令彼有情安住正法是名智慧波羅蜜是故世尊無異波羅蜜無異攝受正法攝受正法即是波羅蜜時勝鬘夫人復白佛言世尊我今承佛威神辯才之力復說

大義佛言云何大義世尊攝受正法者無異攝受正法無異攝受正法者攝受正法善男子善女人則是攝受正法何以故若攝受正法善男子善女人爲正法故捨身命財如是人等以捨身故證生死後際遠離老病得不壞常無有變易究竟寂靜不可思議如來法身以捨命故證生死後際永離於死得無邊常成就不可思議諸善功德安住一切佛法神變以捨財故證生死後際超過有情無盡無減果報圓滿具不思議功德莊嚴爲諸有情尊重供養世尊捨身命財攝受正法善男子善女人等爲諸如來之所授記世尊若善男子善女人正法欲滅有諸比丘比丘尼優婆塞優婆夷互相朋黨起諸諍訟以不諂曲不欺誑心愛樂正法攝受正法入善朋中入善朋者必爲諸佛之所授記世尊我見攝受正法有斯大力如來以此爲眼爲法根本爲引導法爲通達法爾時世尊聞勝鬘夫人所說攝受正法有大威力歎言如是如是善哉勝鬘如汝所說攝受正法大威德力如大力士微觸末摩生大苦痛更增重病如是勝鬘假令少分攝受正法令魔波旬痛切愁惱悲號歎息亦復如是勝鬘我常不見餘一善法令魔愁惱猶如少分攝受正法勝鬘譬如牛王形色端正身量殊特蔽於諸牛如是勝鬘修大乘者設令少分攝受正法即能蔽於聲聞獨覺一切善法勝鬘又如須彌山王高廣嚴麗蔽於衆山如是勝鬘初趣大乘以饒益心不顧身命攝受正法便能超過顧其身命久住大乘一切善根是故勝鬘當以攝受正

法開示教化一切有情如是勝鬘攝受正法獲大福利及大果報勝鬘我於無數阿僧祇劫稱讚如是攝受正法所有功德不得邊際是故攝受正法成就如是無量功德佛告勝鬘汝今復應演我所說攝受正法一切諸佛共所愛樂勝鬘白言善哉世尊攝受正法者則名大乘何以故大乘者出生一切聲聞獨覺世出世間所有善法如阿耨達池出四大河如是大乘出生一切聲聞獨覺世出世間所有善法世尊又如一切種子草木叢林皆依大地而得生長如是一切聲聞獨覺世出世間所有善法皆依大乘而得生長是故世尊住於大乘攝受大乘即住攝受聲聞獨覺世出世間所有善法如佛世尊所說六處謂正法住正法滅別解脱毗柰耶正出家受具足爲大乘故說此六處所以者何正法住者爲大乘說大乘住者即正法住正法滅者爲大乘說大乘滅者即正法滅別解脱毗柰耶此之二法義一名異毗柰耶者即大乘學所以者何爲佛出家而受具足是故大乘戒蘊是毗柰耶是正出家是受具足世尊阿羅漢者無有出家及受具足何以故阿羅漢不爲如來出家受具足故阿羅漢有怖畏想歸依如來何以故阿羅漢於一切行住怖畏想如人執劒欲來害已是故阿羅漢不證出離究竟安樂世尊依不求依如諸衆生無有歸依彼彼恐怖爲安隱故求於歸依世尊如是阿羅漢有恐怖故歸依如來是故阿羅漢及辟支佛生法有餘梵行未立所作未辦當有所斷未究竟故去涅槃遠何以故唯有如來應

正等覺證得涅槃成就無量不可思議一切功德所應斷者皆悉已斷究竟清淨為諸有情之所瞻仰超過二乘菩薩境界阿羅漢等則不如是言得涅槃佛之方便是故阿羅漢等去涅槃遠世尊說阿羅漢及辟支佛觀察解脫四智究竟得蘇息者皆是如來隨他意語不了義說何以故有二種死何等為二一者分段二者變易分段死者謂相續有情變易死者謂阿羅漢及辟支佛自在菩薩隨意生身乃至菩提二種死中以分段死說阿羅漢及辟支佛生於我生已盡之智由能證得有餘果故生於梵行已立之智一切愚夫所不能作七種學人未能成辦相續煩惱究竟斷故生於所作已辦之智世尊說生不受後有智者謂阿羅漢及辟支佛不能斷於一切煩惱不了一切受生之智何以故是阿羅漢及辟支佛有餘煩惱不斷盡故不能了知一切受生煩惱有二謂住地煩惱及起煩惱住地有四何等為四謂見一處住地欲愛住地色愛住地有愛住地世尊此四住地能生一切遍起煩惱起煩惱者刹那刹那與心相應世尊無明住地無始時來心不相應世尊四住地力能作遍起煩惱所依比無明地算數譬喻所不能及世尊如是無明住地於有愛住地其力最大譬如魔王色力威德及眾眷屬蔽於他化自在諸天如是無明住地蔽四住地過恒沙數煩惱所依亦令四種煩惱久住聲聞獨覺智不能斷唯有如來智所能斷世尊如是如是無明住地其力最大世尊如取為緣有漏業因而生三有如是無明住地

爲緣無漏業因能生阿羅漢及辟支佛大力菩薩隨意生身此之三地隨意生身及無漏業皆以無明住地爲所依處彼雖有緣亦能爲緣世尊是故三種隨意生身及無漏業皆以無明住地爲緣同於有愛世尊有愛住地不與無明住地業同無明住地異四住地異四住地唯佛能斷何以故阿羅漢辟支佛斷四住地於漏盡力不得自在不能現證何以故世尊言漏盡之增語是故阿羅漢辟支佛及最後有諸菩薩等爲無明地所覆蔽故於彼彼法不知不見以不知見於彼彼法應斷不斷應盡不盡於彼彼法不斷不盡故得有餘解脱非一切解脱得有餘清淨非一切清淨得有餘功德非一切功德世尊以得有餘解脱非一切解脱乃至有餘功德非一切功德故知有餘苦斷有餘集證有餘滅修有餘道爾時勝鬘夫人復白佛言世尊若復知有餘苦斷有餘集證有餘滅修有餘道是名少分滅度證少分涅槃向涅槃界若知一切苦斷一切集證一切滅修一切道彼於無常敗壞世間得證常寂清涼涅槃世尊彼於無護無依世間爲護爲依何以故於諸法中見高下者不證涅槃智平等者解脱等者清淨等者乃證涅槃是故涅槃名等一味云何一味謂解脱味世尊若無明地不斷不盡不得涅槃一味等味何以故無明住地不斷不盡故過恒沙等一切過法應斷不斷應盡不盡過恒沙等一切過法不斷不盡故過恒沙等諸功德法不了不證是故無明住地與於一切所應斷法諸隨煩惱爲生處故從於彼生障

心煩惱障止煩惱障觀煩惱障靜慮煩惱如是乃至障三摩鉢底加行智果證力無畏所有過恒沙等一切煩惱如來菩提佛金剛智之所能斷諸起煩惱一切皆依無明住地無明住地爲因緣故世尊此起煩惱刹那刹那與心相應世尊無明住地從無始來心不相應世尊若復過恒河沙如來菩提佛金剛智所應斷法一切皆是無明住地依持建立譬如一切種子叢林皆依大地之所生長若地壞者彼亦隨壞如是過恒沙等如來菩提佛金剛智所應斷法一切皆依無明住地之所生長若彼無明住地斷者過恒沙等如來菩提佛金剛智所應斷法皆亦隨斷如是過恒沙等所應斷法一切煩惱及起煩惱皆已斷故便能證得過恒沙等不可思議諸佛之法於一切法而能證得無礙神通得諸智見離一切過得諸功德爲大法王於法自在證一切法自在之地正師子吼我生已盡梵行已立所作已辦不受後有是故世尊以師子吼依於了義一向記說世尊不受後有智有二種何謂爲二一者謂諸如來以調御力摧伏四魔超諸世間一切有情之所瞻仰證不思議清淨法身於所知地得法自在最勝無上更無所作不見更有所證之地具足十力登於最勝無畏之地於一切法無礙觀察正師子吼不受後有二者謂阿羅漢及辟支佛得度無量生死怖畏受解脫樂作如是念我今已離生死怖畏不受諸苦世尊阿羅漢辟支佛如是觀察謂不受後有不證第一蘇息涅槃彼等於未證地不遇法故能自解了我今

證得有餘依地決定當證阿耨多羅三藐三菩提何以故聲聞獨覺皆入大乘而大乘者即是佛乘是故三乘即是一乘證一乘者得阿耨多羅三藐三菩提阿耨多羅三藐三菩提者即是涅槃言涅槃者即是如來清淨法身證法身者即是一乘無異如來無異法身言如來者即是法身證究竟法身者即究竟一乘究竟一乘者即離相續何以故世尊如來住時無有限量等於後際如來能以無限大悲無限誓願利益世間作是說者是名善說若復說言如來是常是無盡法一切世間究竟依者亦名善說是故能於無護世間無依世間與等後際作無盡歸依常住歸依究竟歸依者謂如來應正等覺法者是一乘道僧者是三乘衆此二歸依非究竟依名少分依何以故說一乘道證究竟法身於後更無說一乘道三乘衆者有恐怖故歸依如來求出修學有所作故向阿耨多羅三藐三菩提故二依非究竟依是有限依若諸有情如來調伏歸依如來得法津潤由信樂心歸依於法及比丘僧是二歸依由法津潤信入歸依如來者非法津潤信入歸依言如來者是眞實依此二歸依以眞實義即名究竟歸依如來何以故如來不異此二歸依是故如來即三歸依何以故說一乘道如來最勝具四無畏正師子吼若諸如來隨彼所欲而以方便說於二乘即是大乘以第一義無有二乘二乘者同入一乘一乘者即勝義乘世尊聲聞獨覺初證聖諦非以一智斷諸住地亦非一智證四遍知諸功德等亦非以法能善了知

此四法義世尊於出世智無有四智漸至漸緣世尊出世間智無漸至法如金剛喻世尊聲聞獨覺以於種種聖諦之智斷諸住地無有出世第一義智唯有如來應正遍知非諸聲聞獨覺境界以不思議空性之智能破一切諸煩惱鷇世尊破煩惱鷇究竟之智是名出世第一義智初聖諦智非究竟智是於趣向阿耨多羅三藐三菩提智世尊眞聖義者即非二乘何以故聲聞獨覺唯能成就少分功德名之爲聖世尊言聖諦者非諸聲聞獨覺之諦及彼功德而此諦者唯有如來應正等覺初始了知然後爲彼無明鷇藏世間衆生開示演說故名聖諦世尊此聖諦者甚深微妙難見難了不可分別非思量境一切世間所不能信唯有如來應正等覺之所能知

何以故此說甚深如來之藏如來藏者是佛境界非諸聲聞獨覺所行於如來藏說聖諦義此如來藏甚深微妙所說聖諦亦復深妙難見難了不可分別非思量境一切世間所不能信唯有如來應正等覺之所能知若於無量煩惱所纏如來之藏不疑惑者於出一切煩惱之藏如來法身亦無疑惑世尊若有於此如來之藏及佛法身不可思議佛秘密境心得究竟於彼所說二聖諦義能信能了能生勝解何等名爲二聖諦義所謂有作及以無作作聖諦者是不圓滿四聖諦義何以故由他護故而不能得知一切苦斷一切集證一切滅修一切道是故不知有爲無爲及於涅槃世尊無作諦者是說圓滿四聖諦義何以故能自護故知一切苦斷一切集證一

切滅修一切道如是所說入聖諦義如來但以四聖諦說於此無作四聖諦義唯有如來應正等覺作事究竟非阿羅漢及辟支佛力所能及何以故非諸勝劣下中上法能證涅槃云何如來於無作諦得事究竟謂諸如來應正等覺遍知諸苦斷諸煩惱及起煩惱所攝苦集能證一切意生身蘊所有苦滅及修一切苦滅之道世尊非壞法故名爲苦滅何以故言苦滅者無始無作無起無盡常住不動本性清淨出煩惱鷇世尊如來成就過於恒沙具解脱智不思議法說名法身世尊如是法身不離煩惱名如來藏世尊如來藏者即是如來空性之智如來藏者一切聲聞獨覺所未曾見亦未曾得唯佛了知及能作證世尊此如來藏空性之智復有二種何等爲二謂空如來藏所謂離於不解脱智一切煩惱世尊不空如來藏具過恒沙佛解脱智不思議法世尊此二空智諸大聲聞由信能入世尊如是一切聲聞獨覺空性之智於四倒境攀緣而轉是故一切聲聞獨覺所未曾見亦未曾證一切苦滅唯佛現證壞諸煩惱修苦滅道世尊此四諦中三諦無常一諦是常何以故如是三諦入有爲相有爲相者則是無常言無常者是破壞法破壞法者非諦非常非歸依處是故三諦以第一義非諦非常非歸依處世尊一苦滅諦離有爲相離有爲相則性常住性常住者非破壞法非破壞者是諦是常是歸依處世尊是故苦滅聖諦以勝義故是諦是常是歸依處世尊此苦滅諦是不思議過諸有情心識境界亦非一切聲

聞獨覺智所能及譬如生盲不見衆色七日嬰兒不見日輪苦滅諦者亦復如是非諸凡夫心識所緣亦非一切聲聞獨覺智之境界凡夫識者謂二邊見一切聲聞獨覺智者名爲淨智言邊見者於五取蘊執著爲我生異分別邊見有二何者爲二所謂常見及以斷見世尊若復有見生死無常涅槃是常非斷常見是名正見何以故諸計度者見身諸根受者思者現法滅壞於有相續不能了知盲無慧目起於斷見於心相續剎那滅壞愚闇不了意識境界起於常見世尊然彼彼義過諸分別及下劣見由諸愚夫妄生異想顛倒執著謂斷謂常世尊顛倒有情於五取蘊無常常想苦爲樂想無我我想不淨淨想聲聞獨覺所有淨智於如來境及佛法身所未曾見或有衆生信如來故於如來所起於常想樂想我想及於淨想非顛倒見即是正見何以故如來法身是常波羅蜜樂波羅蜜我波羅蜜淨波羅蜜若諸有情作如是見是名正見若正見者名眞佛子從佛口生從正法生從法化生得佛法分世尊言淨智者則是一切聲聞獨覺智波羅蜜此之淨智於苦滅諦尚非境界況苦滅諦是四入流智之所行何以故三乘初業不愚法者能於彼義當證當了世尊爲何義故說四入流世尊此四入流是世間法世尊唯一入流於諸入流爲最爲上以第一義是爲入流是爲歸依是苦滅諦世尊生死者依如來藏以如來藏故說前際不可了知世尊有如來藏故得有生死是名善說世尊生死者諸受根滅無間相續未受

根起名爲生死世尊生死二法是如來藏於世俗法名爲生死世尊死者諸受根滅生者諸受根起如來藏者則不生不死不昇不墜離有爲相世尊如來藏者常恒不壞是故世尊如來藏者與不離解脱智藏是依是持是爲建立亦與外離不解脱智諸有爲法依持建立世尊若無如來藏者應無猒苦樂求涅槃何以故於此六識及以所知如是七法刹那不住不受衆苦不堪猒離願求涅槃如來藏者無有前際無生無滅法受諸苦彼爲猒苦願求涅槃世尊如來藏者非有我人衆生壽者如來藏者身見有情顛倒有情空見有情非所行境世尊如來藏者是法界藏是法身藏出世間藏性清淨藏此本性淨如來藏者如我所解縱爲客塵煩惱所染猶是不可

思議如來境界何以故世尊刹那刹那善不善心客塵煩惱所不能染何以故煩惱不觸心心不觸煩惱云何不觸法而能得染心世尊由有煩惱有隨染心隨煩惱染難解難了唯佛世尊爲眼爲智爲法根本爲尊爲導爲正法依如實知見爾時世尊歎勝鬘夫人言善哉善哉如汝所説性清淨心隨煩惱染難可了知復次勝鬘有二種法難可了知何等爲二謂性清淨心難可了知彼心爲煩惱染亦難了知如此二法汝及成就大法菩薩乃能聽受諸餘聲聞由信能解勝鬘若我弟子增上信者隨順法智於此法中而得究竟順法智者觀根識境觀察業報觀羅漢眠觀心自在愛樂禪樂觀聲聞獨覺聖神變通由成就此五善巧觀現在未來聲聞弟子因增上

信隨順法智善能解了性清淨心煩惱所染而得究竟勝鬘是究竟者爲大乘因汝今當知信如來者於甚深法不生誹謗爾時勝鬘夫人白佛言世尊復有餘義能多利益我當承佛威神之力演說斯事佛言善哉今恣汝說勝鬘夫人言有三種善男子善女人於甚深法離自毀傷生多功德入大乘道何等爲三若善男子善女人等能自成就甚深法智或有成就隨順法智或有於此甚深法中不能解了仰推如來唯佛所知非我境界除此三種善男子善女人已諸餘有情於甚深法隨已所取執著妄說違背正法習諸外道腐敗種子設在餘方應往除滅彼腐敗者一切天人應共摧伏勝鬘夫人說是語已與諸眷屬頂禮佛足時佛世尊讚言善哉勝鬘於甚深法方便守護降伏怨敵善能通達汝已親近百千俱胝諸佛如來能說此義爾時世尊放勝光明普照大衆身昇虛空高七多羅量以神通力足步虛空還舍衛城時勝鬘夫人與諸眷屬瞻仰世尊目不暫捨過眼境已歡喜踊躍遞共稱歎如來功德一心念佛還無鬪城勸友稱王建立大乘城中女人七歲已上化以大乘友稱大王亦以大乘化諸男子七歲已上舉國人民無不學者爾時世尊入逝多林告尊者阿難及念天帝時天帝釋與諸眷屬應念而至住於佛前爾時世尊告帝釋言憍尸迦汝當受持此經演說開示爲三十三天得安樂故復告阿難汝亦受持爲諸四衆分別演說時天帝釋白佛言世尊當何名斯經云何奉持佛告天帝此經成就無邊

功德一切聲聞獨覺力不能及況餘有情憍尸迦當知此經甚深微妙大功德聚今當為汝略說其名諦聽諦聽善思念之時天帝釋及尊者阿難白言善哉世尊唯然受教佛言此經讚歎如來眞實功德應如是持說不思議十種弘誓應如是持以一大願攝一切願應如是持說不思議攝受正法應如是持說入一乘應如是持說無邊諦應如是持說如來藏應如是持說佛法身應如是持說空性義隱覆眞實應如是持說一諦義應如是持說常住不動寂靜一依應如是持說顛倒眞實應如是持說自性清淨心煩惱隱覆應如是持說如來眞子應如是持說勝鬘夫人正師子吼應如是持復次憍尸迦此經所說斷一切疑決定了義入一乘道憍尸迦今以所說勝鬘夫人師子吼經付囑於汝乃至法住於十方界開示演說天帝釋言善哉世尊唯然受教時天帝釋尊者阿難及諸大會天人阿脩羅揵闥婆等聞佛所說皆大歡喜信受奉行

大寶積經卷第一百一十九

音釋

晤（五故切明也） 繹（夷益切紬繹也又尋究之也） 雨衆寶雨（上雨王遇切下如字） 觳（克角切） 遞（大計切更迭也）

大寶積經卷第一百二十

唐三藏法師菩提流志奉　詔譯

廣博仙人會第四十九

如是我聞一時佛在無鬪戰城恒河岸上時有無量諸比丘衆尊者阿難摩訶迦葉舍利弗薄拘羅離婆多阿若憍陳如等所作已辦離諸塵染諸漏已盡不復退轉禪誦經行無蹔懈息或如羣鹿遊止寂靜或在林間常處禪定安住如來光明教門調伏諸根得無所畏時娑羅雞林枝葉繁茂香花布地拘枳羅鳥迦陵伽鳥鵝王羣蜂棲集和鳴能令衆生離諸惛墮爾時如來告諸比丘汝等應當勤作所作以於戒儀而自蔭覆是時西方忽然輝耀如日輪光尊者阿難未離欲故白言世尊今此光明是何之相佛言阿難是五通仙最勝上者黒香之子名曰廣博節食羸瘦身無光潤與其同行五百人俱所謂不白仙人天人仙人苫波野那仙人丹荼野那仙人迦摩野那仙人迷佉那斯仙人疑味仙人度羅仙人等前後圍遶當來詣我爾時廣博仙人遥覩世尊身意寂靜處在林藪爲諸比丘之所侍衛即自思惟奇哉尊貴一切智處色相具足捨去羣臣轉輪王位六萬婇女如棄毒食苦行山林離諸欲樂名稱普聞誠不虚也時彼衆中有一仙人字那剌陀遥瞻如來心生歡喜即說頌曰

瞻彼青華樹林下　猶紫金聚者何人
彌樓妙寶流焰光　亦如秋月無氛翳

爾時諸仙皆懷悦豫合掌恭敬漸詣佛所於時世尊告諸比丘汝等觀彼閻浮洲中諸仙

人等蓬髮上靡棲止林莽塗灰㕁粒或月半月節食羸瘦鹿皮樹皮以充衣服不剪髮爪蹲處露地或如烟炭黒蜂之色呪術祭火以爲吉祥空地樹下隨處而居或墜高巖或投深水炎火赫日炙身苦體恃其種姓離無上智比丘當知此諸仙人見不清淨躭著諸有輪迴生死不能出離時諸比丘聞佛世尊作是説已同聲白言我等今者由依如來勤修梵行於諸有中永當出離爾時廣博仙人與其同類漸至佛所覩諸羅漢威德尊嚴内懷傾悚曲躬低視各結散髮身佩白繩顏容黒闇兩目黄緑頭髮枯燥執三距木身形卑陋或行虚空或談俗典至如來前白言世尊今此衆會願佛知時佛言廣博我已了知諸有受生及於自性時阿難陀白言世尊此何仙人衆所圍遶詞慧通敏頂髮上靡佛言阿難此是廣博作圍陀典奉持習行賒羯羅教造諸種種世俗文字爾時諸羅漢等共相謂言而此仙人有何所得苦行如是於生死中而不解脱復自思惟此仙人衆今來佛所當何所問爲因縁耶爲無我耶爾時廣博仙人合掌向佛白言世尊佛出現難衆會亦難我於今者有少疑問願垂哀愍佛言大仙恣汝所問當爲解説廣博仙言云何爲施何者施義云何施主施主何義云何施者不名施主云何施主不名施者云何行施於受施者而獲福報云何施已若現在世若命終後施福隨行爲積爲聚世尊如來滅後供養塔廟誰爲受者獲於福報佛言大仙汝今所問甚爲希有爲欲覺悟新發意者時舍利弗在於衆中

髮白面皺以其右手擡眉顴視久而言曰我昔曾聞廣愽仙人世所稱讃云何今者不知言問如小童子云何不問因緣無我深妙之義而乃問於施之果報尊者阿難前禮佛足白言世尊彼之仙人於施貪著我願爲彼解說施義佛言阿難若問如來聲聞荅者非如來教時舍利弗復白佛言今此仙人有彼彼疑我願解說佛言不爾汝於聲聞最爲上首若於我前有所解說令諸衆生墮於惡趣謗云如來非決定智或云如來覺性了已猶有我慢爾時諸比丘聞佛世尊作是說已生淨信心白言世尊廣愽仙人有所疑問願爲除斷爾時佛告廣愽仙言汝今諦聽施之果報及業差别若諸受者能令施主生於果報是爲施義若有衆生發清淨心以已財寶令執事人隨所施者其財寶主名爲施主其執事人名爲施者若復有人自持已物淨心施者得爲施主亦名施者復次大仙三十二種不淨之施汝今諦聽若復有人倒見施者不名淨施因報恩者不名淨施不哀愍者不名淨施爲色欲者不名淨施若施火中不名淨施擲水中者不名淨施恐怖施者不名淨施施五家者不名淨施以毒施者不名淨施施刀仗者不名淨施殺害施者不名淨施爲攝他故不名淨施爲稱譽者不名淨施爲娼妓者不名淨施因占相者不名淨施求飾好者不名淨施結朋友者不名淨施於莊宅中鳥獸來𣢾不歡欣者不名淨施學工巧者不名淨施因病施醫不名淨施先因打罵後施財物不名淨施若懷疑惑言我今施爲有報耶爲

無報耶如此施者不名淨施若捨施已内懷熱惱慳戀悔恨不名淨施若言受者後當爲我作牛畜者不名淨施若言福報我自受者不名淨施若人少壯無淨信心後遭病苦或臨死路楚毒在身肢節分解閻羅使者調弄於前親屬平生悲泣相視如此之時方始施者不名淨施或有念言令餘城邑知我施者不名淨施若懷嫉妬增上施者不名淨施慕他豪族爲求婚姻持諸金銀繒綵之服而施與者不名淨施若求男女及餘雜縁而施與者不名淨施共有念言我於今施來世受報不名淨施見貧窮者不生哀愍翻持錢財施富貴人不名淨施或貪花果而施與者不名淨施善男子此三十二愛染之施猶如有人携持種子於荒穢田隨所種植然彼種子依大地界遇天雨潤決定生芽至於花實少得收穫爾時廣博仙人復白佛言如何施與持戒毀戒而不滅壞佛言大仙若復有人淨信因果發歡喜心爲諸衆生無有悔恡亦不分別持戒破戒復次善男子有五種施名爲大施何者爲五一者時施二者道行之者三者病人及看病者四者説正法人五者詣他國者復有五種一者法施二者食施三者居住四者燈明五者香花廣博復言何等清淨佛言若發信心爲諸衆生内懷哀愍回向菩提遍淨解脱得爲清淨復有五種無上之施何者爲五一者施於如來其施無上二者施於衆僧其施無上三者施説法者其施無上四者施父其施無上五者施母其施無上復有施者名爲大施所謂失位國王名爲大施若

爲縣官之所逼迫無所依怙及爲疾病之所痛惱施如此人名爲大施若爲王者所棄臨刑之時及餘命難捨己之命救於彼命名爲大施或於疾病之人施與醫藥亦名大施或於具戒衆僧以時而施亦名大施或施求智慧者亦名大施或於傍生之儔蝦蟆蛭烏及餘鳥獸而施與者亦名大施或於乏劣之者施令充足亦名大施若復有人勸他淨施及能隨喜亦名大施復次大仙汝先所問於我滅後云何種植獲福報者善男子諸如來者皆是法身非是色身若復在世或復滅後所有供養福無有異如轉輪王於其大地唱如是言我之國界不應有人殺害衆生及於妄語其國之人雖未見王兼親侍衛但聞教勑即便遵奉王於是人必生歡喜是人由王不殺害故獲生天報其有違者墮於惡趣如是大仙雖有衆生見我色身不護其戒何所得耶如提婆達多雖遇於我猶墮地獄若復有人於來世中勤修我教則爲希有如見我身無有異也復次大仙如汝所問福德因緣爲積聚者如荻葦中因燒出焰而此光焰不可得言爲積爲聚如是施主積集資粮猶影隨形而無見者亦如蒲萄甘蔗未壓之時汁不可見彼於一節二節之中求汁積聚了無見者然於彼汁不從外得福德果報亦復如是不在施主手中心中及於身中亦不相離亦如尼拘陀子未成熟時牙不可見譬於商人持少財物往詣大城有所貿易廣獲財利福報亦爾如蜂採花不損其色雲涵雨潤誰見積聚於其出生必自成辦爾時廣博仙人白

言世尊施之差別我已了知云何此識住於身中有所愛著佛言大仙猶如國王住於城中懼他軍來預作濠塹積聚糧貯教養戰士建諸旛旗調習醉象嚴誡兵衆唱言警備著於衣甲專情鬬戰執利刀仗露刃而住王福盡故他軍强盛遂即滅壞如是識王住於身城見於六處無常侵害穿信濠塹被正念甲御醉法象調習意馬告六處云今有無常威力軍來宜應速疾被於衣甲持於智刃辦懃愧弩安戒隄防時彼六處爲無常軍漸相逼迫爾時彼識如福盡王棄城而走別住城國廣博仙人復白佛言云何了知是福德城非福德城我當捨之佛言大仙猶如有人乘大舟船欲渡大海時遇風濤鼓湧飄蕩黿鼉鯨鯢互爲嶮害是人因船遂達彼岸旣得無畏遶船三帀恭敬祭祀唱言善哉我由此船得渡大海如是大仙有福衆生命終之後作是思惟我今此身善趣天上所得人身爲不空過乘此身船度惡趣海善哉前生甚可恭敬若復有人墮惡趣者猶如渡海乘朽爛船於大海中或沉或浮搖颺傾覆是人殘命雖至岸上復遇師子虎狼充滿罵言咄哉此朽故船倒行大海令我怖畏見如此苦墮惡趣識亦復如是毀罵其身我徒養育遭此惡報我久於世擔負穢革如蠶作繭徒自纏縛如何令我沉溺若此爾時彼識於第二身適住母胎纔七日中能作是念我從彼滅而來此生由善業者其心歡喜能令彼母有三種相所謂母面熙怡顏容端妙無諸皯黵右脚壓地倍重常時復以其手數摩右脇被白色衣增

加姝麗造惡業識亦七日中作是憶念我從其城曾作其罪作是念已便生悲惱能令其毋現諸惡相所謂身體臭穢羸瘦萎黃常懷悲愁數數變吐禍横盈門災難逼迫饒諸疾病將產之時或損毋命或復自死爾時廣博仙人復白佛言世尊彼識初入胎時得何念慧佛言而此之識初入胎已見閻浮洲園苑樹林宮殿池沼遍滿莊飾親族聚會情極慕樂復以天慧光明隨念憶知無量百千彼彼生處彼是我毋曾五百世生育於我作是念已生猒離心唱言咄哉於此世間生死足矣劬勞諸有永願休息時廣博仙人復白佛言世尊彼識既能如是猒離豈不出離生死中耶佛言不也大仙彼識無出離之相能得解脫無有是處而彼識界於生死中雖爾猒離能出離者不應受生若不爾者或有修福及於造罪一切皆應趣向涅槃如汝所言識思惟者是識增上非智增上所以者何識能分別智能了知識智和合乃如汝說爾時世尊欲重宣此義而說偈言

能防諸怨賊　積集煩惱者　了智與無智
及慧共愚癡　見慢并無明　如是等一切
無有少離智　由識能了知　識智不相離
和合我常說　一輪不爲車　二輪亦不成
亦不由於餘　要假人與牛　并具於輻轄
二輞相資備　輮軝兼絡繩　爾乃得名車
身車亦如是　諸界和合生　諸根悉備具
由識能牽挽　肢節相綴連　筋脉恒遍滿
髑髏皮髮覆　腸肺并心脾　肝膶衆和合
建立假爲身　識王處其中　非身爲調御

了知諸體性　是名智識俱

復次大仙此識微細不可色見無有諸根亦不相離若諸丈夫有所怯弱或生恐怖或起尋思皆識增上非智作用爾時廣博仙人復白佛言世尊云何觀察一切衆生從地獄趣而來生者乃至天趣而來生者何業差別生於天人傍生餓鬼及於地獄佛言大仙衆生本性没此生彼是佛境界非五通仙之所能知亦非天人魔梵色究竟等并餘聲聞之所覺了大仙若於我法獲離三垢得初果時所有境界尚非帝釋那羅延天汝諸仙等之所能知爾時如來作是說已廣博仙人便自思惟此輪迴中聖智境界未曾會遇禮佛雙足白言世尊我於今者衰朽失念不能獲果無任負荷住持菩提歸依佛法及離垢僧我從今日與諸弟子及於眷屬歸佛法僧惟願世尊示教利喜以聖智日常住世間除煩惱翳善哉世尊願爲演說一切衆生從天墜者佛言諦聽今正是時若有衆生堅固成就施香花鬘此人必當生持鬘天臨終之時身發妙香及感鮮花而復自見種種色花來散其上或有見於樓閣宮殿懸諸鈴鐸雜花嚴飾百千天女而處其中命終之後見持鬘天父母和合如贍部人便爲愛風飄入胎藏時彼天母懷妊七日於右脅下遂誕其子彼適生已於其胸前天悦意花自然爲鬘具七種色所謂白黑黄赤天紺紅蓮及如火銅光明炫耀香氣因風遍一由旬故號彼天謂爲持鬘宫中有樹其汁香美猶如甘露園苑果實有八上味大如頻螺彼天所食皆是甘果非餘摶

食凡有饑想果自現樹所履之地無諸荆棘鮮花柔草周布清淨或有宮殿如白花聚或以黃金爲屋鵄吻彼之天女光容藻飾眺望軒檻相與娛樂其所壽命天二百年將終歿時有二種相所居之樹其葉彫頳枝條垂下其花香氣自然隱沒所著花鬘忽然萎黃清涼之風變爲毒熱最勝天城棄捨而去時諸天女見此衰相圍遶悲號歎言咄哉何彼無常無少慈悲令於我等愛重之者制不由已將捨我等在於須臾時彼天子漸爲熱病之所逼迫遍體火現炎焰雖加而無熱惱心猶快樂從彼而沒人間受生在於胎中能令其母愛香花鬘及諸果實又於夢中常見城邑塲肆嚴飾遍垂花纓亦既生已形容光潤白服花鬘常所眷愛好遊親屬耽著欲樂情戀女人往來輕躁名衣上服及諸園林靡不貪樂見富貴者倍生喜悅復次大仙四天王天趣向之者若有衆生以憐愍心見貧窮者施於衣食及諸病人隨與醫藥或造井泉或施池沼其人將終形不羸瘦容色無變身無垢汗聲不嗄破亦不遺瀝大小便利六塵充足諸根無損能見自身在天衆中命既終已色如紅蓮口出妙香復有清風吹妙花香拂其屍上於是彼識見四天界父母歡遊耽醉情欲時彼天父以其右手摩天母背即於母脇而得受胎經七日已遂即誕生天飾具足大仙當知四天王天所居之地縱廣八萬四千由旬黃金白銀雌黃雄黃間錯莊飾百千天女充滿其中百千花果如人形像於彼園苑天摩尼光常所明照樹林枝莖垂劫波衣及

妙繒綵其樹滑潤見者欣悦於其龕室常懸樂具簫笛之儔自然發聲彼天童子摶食爲力香美秔稻色如紅蓮味逾甘露其所食器具於二種一者金器二者銀器隨意所樂色香美味皆於中現復有天漿名爲花酒香泠殊特設有嗅者亦自然醉彼之天人各有寢殿名曰初秋遍垂花條金銀雜寶婆蘭雜樹數有百千合覆其上復有種種坐卧敷具六萬天女顔容殊妙被服光鮮其聲寥亮韻合天樂爲諸欲神之所造化歌舞倡妓言笑往來能令見者增其染愛其宫殿前樹以刹柱金銀間錯繒綵莊嚴懸諸寶旛隨風摇颺有四天王一曰持國二曰增長三曰廣目四曰多聞此四天王於彼天界吟嘯歌𠆙讌會嬉遊具足安樂時彼衆中諸天童子力藝殊勝見天妙身垂臂往來猶如醉象身香郁烈遍一由旬其所壽命天五百年無中夭者園苑林樹榮色光潔迦潭婆花而以莊嚴咸悉芬馥無諸臭穢四面階道雜寶所成百千天女常爲歌妓諸寶器中出妙音聲善男子彼等天人壽欲盡時有三種相一者身光隱没二者花無香氣三者不聞天女奏諸妓樂常所歡遊園林宫苑鳥聲和雅是喜好處皆不愛樂花鬘萎顇天女悲號衣生垢穢瞻視昔來欣翫之具復增悶絶身上汗流眼變枯燥如取水魚置夏日中熱惱所逼宛轉于地時諸女等見彼天男愁苦如此皆來圍遶同聲號哭唱言苦哉苦哉我所愛者奈何如是所好喜事翻爲愁苦今之云何捨我等輩及遊讌處時天女等以偈歎曰

種種妙莊嚴　仁者所遊讌　最上福德城
四面具樓閣　天女恒充滿　園林鎮榮茂
云何捨歡愛　苦哉此無常

爾時諸天女等說此偈已相視哽咽各以右手取諸雜花遥散其上復作是言仁者汝具福故當生人間彼是福地應以信心植諸善種爾時彼天見諸女等皆已背捨重增熱惱身心熾然如以蘇滴置炎鐵上歘自銷滅餘微灰燼復爲業風之所吹散如隣虛塵爲千億分更不可見於是彼識從天降下見受生處父母和合心懷喜悅便入胎藏纔處胎時母即相現飲食增多不噉血肉樂著緋衣愛聚會處於諸親屬倍加眷念雖懷其子曾無痛惱口無流涎身不沉重亦既生已人相端嚴其眼紺色如天青寶衆所樂見聞於上界四天王事自然欣悅常樂捨施愛妙香衣性好數食常喜歌舞園林女色靡不留戀復次大仙若有衆生以淨信心遠離殺害及於偷盜持諸飲食上妙資具衣服財寶而行捨施勤誠散花禮拜佛塔壽命盡時身無疾苦垢膩臭穢念所習業曾不忘失面如金色鼻不陷曲心不驚惱喉不閉塞亦無喘息不爲風刀之所解截聲不嘶破寢膳安寧大仙當知如斯之人毒不能害飲食消化折傷夭枉皆所遠離其人命終以天識故見三十三天百千樓閣金摩竭魚莊飾門柱地勝栴檀香水塗灑其地柔潔白逾霜雪淨如頸珠黄檀香樹天寶燈燭雜錯行列天諸男女遊戲園林耽染狂醉既覩斯已遂生歡樂猶如貫珠爲人將取入天母手以爲胎藏時母手掌因即

生花持示天父共相慶悅復以兩手摩捼其花子即誕孕時彼天母告天父曰我於今者誕一童子增長勝種便會親族以爲歡賀生滿七日天相具足憶念前生從某處滅今來生此某是我父某是我母曾修某善作是念時聳然歡欣便於諸欲而生癡愛於天界中宮苑園林自然了見貪喜愛著爾時童子垂臂臃長猶如象鼻其胸峻實如師子臆腰腹圓細無有垂皺背脊端平無高下骨兩髀圓相如芭蕉莖肌肉光潔無諸黶皯無有耏毛及雜臭穢上妙香氣從身流出花鬘瓔珞天衣輕密不假外求自然被體時宮殿中所有天女無天男者見此童子共來圍遶咸作是言善來仁者此之宮殿皆是汝有我等諸女先無依怙願相侍從其中或云此輩盛年乳如金瓶面猶紅蓮此園苑中如是天樹拘毗羅林垂覆縈好六萬天女前後周遍善哉仁者可與我等來以娛樂如雲中電不常而有或有宮殿簫鼓琵琶諸雜天樂自然發聲上妙敷具及師子座嚴飾珠纓垂以繒綵而諸繒綵非是蠶繭之所作者時彼童子覩斯珍飾如灌頂王昇座而坐既昇座已諸所珍玩咸出聲言此善業人從閻浮洲修天福故而來生此諸人應當來此承事歌舞娛樂令此福人歡喜無猒出此聲已園林宮殿六萬婇女捧持天花被服光耀身所發香如蒲萄酒蜜酒花酒聞其香者令人昏醉同聲唱言汝積天福願時充奉於是童子與群天女遊歡喜林及雜花林黃毯石林極光嚴林日宮園林苑泉聲園苑音樂園苑叢花園苑遊如是

等上妙林苑悅樂清涼無諸惡風花香芬馥青摩尼寶以爲燈明諸蜂鳥王出微妙音其鳥毛羽猶如雜寶天吠瑠璃以爲其觜飛翔群嬉遍滿林樹復次大仙彼界有池隨月增減具八功德悅意無垢清冷澄澈百葉香花開敷其內岸樹行列雜花充遍而彼池中衆多天女遊戲娛樂諸寶器等隨意而現色香妙食名天甘露如拘摩花白逾珂雪甘香具足亦易消化無諸苦澁雜惡等味復次大仙有諸天人報不純者雖同器食或感赤色或感蒼色乃至黃黑諸雜等色天容無別唯食有異大仙當知彼諸衆生先雖捨施後復悔恨由斯報故獲果如是復有園苑名曰合婚枝條花葉雜糅莊飾百千叢林清淨柔輭猶如水精華果常茂其林樹間諸寂靜身離欲

牟尼是所棲集天之男女常所入者皆不爲於貪愛欲樂大仙當知我之弟子最上聲聞驕梵鉢提是婆羅門清淨族子住於禪定慈悲之心以彼等持開敷慈眼入三摩地每經七日方乃一度現出入息彼入定時有隨意風應念而至假使劫火燒於大地成一炎焰於彼禪身無能損害如芥子分而彼支體如彌樓山常所鎭壓難陀龍王及跋難陀有大力勢鼓氣猛烈彌樓山王爲之搖動鼓作呼喻四大海水變爲鹹味驕梵鉢提入定之時彼二龍王盡其威力無能嬈亂我此弟子在合婚林而諸天女雖耽欲愛覩斯尊者發清淨心以曼陀華及諸蓮華而散其上合掌恭敬三十三天諸童子等亦來圍遶持天甘露資給供養而此尊者常爲諸天於合婚林說

修多羅及未曾有無問自說本事本生因緣方廣諷誦論議重頌授記譬喻等經時諸天人聞斯法要莫不殷勤恭敬尊重復次大仙三十三天有聚會堂其堂有柱八萬四千皆以金銀跋闍羅寶碼碯美玉并栴檀心結搆所成懸鈴垂鐸出微妙聲列諸天衣建諸旛幢簫笛琵琶箜篌琴瑟鞞鐃螺鼓妙聲振發天之男女互相愛敬和顏慈悅恒所聚會於彼堂中以摩尼寶而嚴飾之綠潤瑠璃淨滑如鏡塗香末香雜花周遍亦無飄風及諸炎熱毒蛇蚊虻皆所遠離其所居者無有惛睡懈怠之想微風清和遍入林觀其諸樓閣幰網垂覆懸妙寶纓散諸花香百千天女雖則愛染而無嫉妬及於鬪諍面貌端正猶如滿月花鬘寶珠嚴飾身首妙歌清淨往來不輟

復次大仙彼天會堂周迴方整長廊寬廣高樹周密猶如陰雲其堂四面復有園苑皆百由旬間錯種種金蓮雜花出妙歌聲聞者欣悅拘迦那陀樹波梨野多樹拘毗陀羅樹以爲叢林大仙善法會堂資玩之具皆是金銀諸寶等積聚瑠璃以爲臺榭珍奇寶物充滿庫藏宮殿百千莊飾園苑隣接遠近常聞安樂無諸疾苦及餘禍患彼之天人於諸園林遊戲既已還集此堂受於娛樂復次大仙三十三天復有別殿名曰善見皎如白日淨猶明鏡四面周帀皆以花絲懸布莊嚴有千天女藻綴雜花輝耀珠鐸金翠網旒以爲冠飾象馬車乘践踏往來飛颺金塵處處黃色而於彼殿有六萬柱櫨栱重疊迊相輝映間錯奇珍繪以丹彩栴檀沉水及蘇合香氛氳郁

烈用塗其地釋提桓因持金剛杵與百千女前後圍遶來昇寶殿娛翫歡樂大仙當知三十三天中有天王名因陀羅其力勇健敵九千象垂臂纖好如天象鼻體如淨金筋肉堅密骨脉不露臆如師子肚不凸垂其腰束細金線貫纓以爲頭飾珠璫晃耀天服脩委天之聲明久已通達撰造書論飲食甘露徃來常乘伊跋羅象復次大仙彼之天帝然其色身非諸骨肉純花所成喉聲清美身香殊特假令狂象聞其香氣皆自調善形貌端嚴猶如佛身其所輝艷映諸金聚奪其精光皆令黒闇廣博仙言如來今者讚美天帝甚爲希有爾時世尊告廣博曰彼天帝者是無常身下劣之身如脆草器如假剪花亦如畫師圖飾彩繪亦如工人刻木形像又如結花不久散滅何足稱歎復次大仙我之弟子有神通者名阿那律但以父母所生之身節節支體一分之力猶過帝釋時阿那律在於座中聞於如來說如是言便作是念今者世尊覺悟於我即入三昧身光赫奕如天新金戴殊勝冠珠光輝映其面潤澤過於醍醐其眼紺青如吠瑠璃摩尼碼碯及日光珠以爲臂飾身光香熏普遍輝耀時廣博仙既覩斯相心大驚愕即從座起合掌瞻仰生希有心高聲唱言竒哉善哉我得人身爲不唐捐今遇世尊發揮聚會昔所未覩今乃得見爾時世尊告廣博言彼帝釋身與阿那律誰爲勝劣廣博仙言彼帝釋身比阿那律假使百分不及其一乃至千分亦不及一佛言大仙於如是身不足希有獲福德者隨其所願身相成就爾

時衆會生歡喜心咸白佛言惟願世尊更爲
我等說於天趣佛言三十三天彼之天帝最
大夫人名曰舍支住歡喜園天之綵女百千
圍遶容色姝妙猶花開敷頰如紅蓮面如金
色著諸鮮明細輭衣服嬉遊園苑天妙寶花
以爲首飾珠纓環珮動出妙聲頟廣平正垂
金旒鎖其眼纖長如花將開堅誠傾注在於
天帝曾無瞋恚鬪諍嚬妬亦復離諸懷胎之
患大仙當知彼之夫人耽愛垢重倍餘天女
恚意驕倨猶於彌樓及漫陀山幽邃難仰不
肥不瘦不長不短體質香潔無諸穢惡風送
妙花結而成蓋而此夫人常能發揮如來種
性復次大仙三十三天無雜患累而恒遊戲
樓閣宮殿其所壽命天一千歲壽將終時有
五惡相一者清冷池沼淨如頗胝有所觸者
令人欣悅微風輕揺雜花暉映如此池中將
欲洗沐變成脂膩時彼天人見此相已心生
怖懼從水跳出奔走林中時諸天女見彼惶
遽亦疾隨從止一樹下心生憂惱喉中哽噎
同聲告言仁者如何速捨我等孤居若此時
彼天男聲漸哀切作如是言我從昔來未曾
有此垢膩現身作是言已其兩腋下忽然流
汗彼諸天女見此衰相皆即遠離於是彼天
見諸女去憂惱喘息內增熱毒頭上花鬘颯
便萎頓所著天衣忽復垢膩天之肽敷雜玩
等物皆不愛樂彼諸天女覩如是相知必定
死惡聞穢氣但遥相視發聲戀泣哽噎酸楚
歎言苦哉此細輭身昔與我等遊行譙樂於
天池中猶如鴛鴦於善法堂猶如鵝王歡喜
園中如迦蘭鳥遊漫陀河同於香象在波耶

園及拘羅園猶如蜂王處雜樹林如天花冠今者云何爲五衰相之所加害捨離我等將何處去時彼天人聞是悲歎復增恚惱生大怖畏便爲熱病之所纏攝舉身枯悴眼目憧惶猶如商人失其徒侶猶如涉海舟船破壞亦如有人失如意珠又如危峯朽壞之樹爲彼猛風摇動吹擊復如龍子爲金翅鳥之所銜啄迴遑戰懼合掌告彼諸姝女言汝等進來願能以手摩觸於我令少蘇息雖作是語而諸女等但遥悲泣無有進者各執樹枝遥擲心上作如是言汝天福盡當速生彼閻浮提中於是彼天聞是言已知被棄捨發聲怨唱奇哉奈何我於此中種種資具園苑宮殿與諸女等眷愛纏縛今時命終將行死路乃何遥立但謂我言當於閻浮而受生耶爾時彼天作是語已復覩常時所遊之處念念思惟掉舉哀歎發大聲言嗚呼善法堂嗚呼歡喜園嗚呼雜樹園嗚呼黄毯石園嗚呼波露沙園嗚呼波梨耶園嗚呼光勝園等嗚呼縵陀大河及諸宫殿堂室樓閣我於今時制不由已奄相捨離從此墜落憂歎未終復見諸女驚惶去來以手拭淚歔欷咨嗟容顔怖懼復傷怨言嗚呼愛者嗚呼親者如何見我將行死路曾不與語我今臨兹生死長路不垂執别我與汝曹不復見矣嗚呼我今福業盡故見此住居謂如黒闇颯然空曠嗚呼天樂爲不奏耶如何我今寂無所聞嗚呼天中最爲悦樂一切諸天及乾闥婆所侍衛處妙色堅固持金剛者嗚呼我今豈復得見千眼之相在衆中耶嗚呼波利耶花拘毗羅花在我

頭上何故萎顇時諸天衆覩斯天人悲惱如是悉皆憂歎爾時妙耳璫者釋提桓因與諸天衆百千圍遶并舍支夫人諸餘婇女及乾闥婆等奏美音樂隨從遊行見於彼天爲五衰相之所逼害將趣死路皆生哀憐同聲歎言嗚呼奇哉彼之無常無少悲愍暴惡毒害釋提桓因以梵音聲告彼天言止止天子我等皆當同歸斯路勿生戀著墮於惡趣時諸天衆亦同告言仁者應當具作諸善往生人間一切衆生修福業地於是彼天聞如是言便自思惟我於今時決定墜落合掌向彼諸來天言汝諸人住天中者與我歡喜而我於今墜落時至作是言已長歎瞻視復現二相一者眼如赤蓮花二者身莊嚴具忽皆隱沒其餘諸天見此之相各持天花而散其上及奏天樂時臨死者見餘天衆鼓樂旛花以爲贈送并相勸往即便樂生閻浮提中涕淚哀感自此而絕

大寶積經卷第一百二十

音釋

穫胡郭切刈穀也　蝦蟆蝦音遐蟆音麻蛙也　蛭職日切水蛭也又馬蟥也　濠塹濠乎刀切城下池也塹七豔切遶城水也　隄防隄都黎切亦防也防符方切隄防備禦也　鯨鯢鯨渠京切鯢研奚切大魚也似鮎四足雄曰鯨雌曰鯢　皯⿰黑黽皯古罕切面上黑氣也⿰黑黽以證切面上黑子也　萎於危切蔫也　轅軛轅音袁車前曲木也軛音厄轅端橫木也　胃于貴切穀府也　鴟吻鴟尺脂切正作螭似蛟無角吻武粉切口吻也螭吻即屋上之獸頭也　⿱髟斯音斯瓦器破聲也　讌伊甸切合飲也又喜也　顇秦醉切顦顇也　捼奴禾切兩手相切靡也　⿰月庸丑恭切均也圓直也　黧黑郎低切黑黃色也　耏人之切頰旁毛也　毯他敢切　合棔棔音昏合棔木名朝舒夕斂　糅忍九切雜

亂也 **呼噏** 噏迄及切呼噏出息爲呼入息爲噏 **幰** 許偃切張繒曰幰 **繰** 丁果切 **櫨栱** 櫨音盧枅也栱音拱栱料也 **凸** 徒結切高起也 **脃** 此芮切脃弱易斷也 **歔欷** 歔休居切欷香依切歔欷謂悲泣氣咽而抽息也

大方廣三戒經

北涼天竺三藏曇無讖譯

清刻龍藏佛說法變相圖

大方廣三戒經卷上

北涼天竺三藏曇無讖譯

如是我聞一時佛住王舍城祇闍崛山而是山王高峻廣博持衆雜穀猶如大地生雜種華緊那羅乾闥婆衆常所遊止有種種諸衆天龍夜叉羅刹毗舍遮止住其中多種雜類所謂師子虎豹象馬麒麟熊羆獐鹿青牛水牛羖羝獼猴是等衆獸止住其中有無量衆鳥所謂孔雀鸚鵡鸜鵒命命鵃鳲梟鴈鴛鴦鵝鴨黒鴈山鷄鶡鷄烏雉鳩鴿鵰鷲雀遮沙如是衆鳥依止而住是諸衆生以佛力故不爲貪欲瞋癡所惱不相茹食共相親愛如毋如子是時山王中稠林鬱茂枝條無折多衆雜樹天木樹畢利叉樹馬耳樹畢鉢羅樹緊柷加樹訶梨勒樹呵摩勒樹毗醯勒樹多羅

樹迦尼迦樹菴婆羅樹閻浮樹木瓜蒲萄桃
杏梨柰婆陁伽樹胡桃安石榴鎮頭迦樹尼
駒羅樹松栢豫樟波者樹熏陸旃檀沉水蘇
合是等諸樹無不備有是山王中水陸衆華
悉皆具足謂阿提目多華瞻婆華波咤羅華
婆師華須曼華修乾陀華由提迦華迦膩迦
華牛棘百葉曼殊沙華是等衆華遍布其地
光飾山王又有水華青黄赤白雜色蓮華皆
悉具足是山王中常於夜半興起大雲天龍
微雲降於八味細微香雨一聲牛頃此雨普
潤祇闍崛山後夜清明無諸雲翳微風清涼
悅適身心是山王中所住衆生及諸草木充
潤光澤猶如華鬘以水灑之光色鮮淨遂倍
增勝祇闍崛山生柔軟草色香味具青縹右
旋衆雜妙色如孔雀項其香猶如婆師羅華
其觸猶如迦陵迦衣其地柔軟下足之時足
陷四指舉足還復是山王中多諸池流清冷
水滿生諸蓮華青黄赤白紅紫等色大如車
輪若取華時香氣普熏滿一由旬是山王頂
出生大妙蓮華之座無降伏寶青瑠璃爲莖
閻浮檀金爲葉堅黒旃檀爲臺碼碯寶王以
爲其鬚縱廣如海百億阿修羅王常所執持
百億雜色寶王網以覆其上百億龍王雨妙
香雨百億金翅鳥王口銜繒綵百億緊那羅
王歡喜瞻察百億摩睺羅王而觀視之百億
乾闥婆王歌詠讚歎百億天王雨末香衣服
雨香華鬘幢旛蓋雨百億梵王在上空中合
掌而侍百億淨居天衆合掌禮敬百億轉輪
人王七寶侍從來至其所百億海王從大海
出而敬禮之百億火珠寶王以爲照明百億

淨福摩尼寶王以闇錯之百億遍悅寶王爲華子寶百億光明德寶王以爲照明百億雜色摩尼寶王以爲照明百億閻浮幢寶王爲善安持百億金剛師子寶王不壞莊嚴百億日藏寶王以雜莊嚴百億雜色不可思議寶王出雜種色百億如意寶王出無盡莊嚴是大蓮華從於如來出世善根之所出生菩薩志意之所護持遍現諸方從如幻法出善法業生從無諍法眼之所莊嚴夜如夢法生從無行起從無礙道來充遍滿於十方法界是佛境界功德所致若於無量阿僧祇劫歎其功德不可窮盡爾時世尊於是華上結跏趺坐與大比丘衆八千人俱其名曰阿若憍陳如大德舄尸波闍大德婆賓大德摩訶男大德優陀耶大德耶奢大德富那大德無垢大德憍梵鉢提大德善臂大德優樓頻螺迦葉伽耶迦葉那提迦葉摩訶迦葉大德迦旃延大德舍利弗大德大目乾連大德阿那律須菩提離波多富妻那彌多羅尼子優波離羅睺羅難陀大德阿難等如是上首八千人俱悉皆諦了如實之性觀察實際度於法性度諸有海行於如來虛空之行結縛永斷無巢窟礙行空寂靜永斷疑網信佛智海度到彼岸益利世間作不請友欲護一切所有衆生慈心不捨一切衆生善能演出一切佛行守護佛法誓護佛法善趣佛種向一切智復有菩薩摩訶薩八千人俱普賢菩薩文殊師利等而爲上首無上智菩薩無上寶智菩薩無岸智菩薩華上智菩薩日上智菩薩月上智菩薩無垢上智菩薩金剛智菩薩遠塵智菩

薩遍說智菩薩光幢菩薩山幢菩薩寶幢菩
薩無礙幢菩薩華幢菩薩淨幢菩薩日幢菩
薩欲樂幢菩薩離垢幢菩薩遍悅幢菩薩地
威德菩薩寶威德菩薩大威德菩薩金剛智
威德菩薩無垢威德菩薩日威德菩薩月威
德菩薩山威德菩薩智照威德菩薩遍威德
菩薩地藏菩薩虛空藏菩薩蓮華藏菩薩寶
藏菩薩日藏菩薩淨德藏菩薩法海藏菩薩
遍悅藏菩薩船藏菩薩蓮華德藏菩薩日眼
菩薩淨眼菩薩無垢眼菩薩無礙眼菩薩遍
見眼菩薩善利智眼菩薩金剛眼菩薩寶眼
菩薩虛空眼菩薩普眼菩薩天冠菩薩照法
界志冠菩薩道場珠冠菩薩悅諸方冠菩薩
一切佛現在藏冠菩薩超一切世間冠菩薩
遍悅一切冠菩薩無毀冠菩薩覆一切如來
師子座冠菩薩照一切法界虛空冠菩薩龍
主髻菩薩梵主髻菩薩離一切佛法慢髻菩
薩道場髻菩薩出一切願海音珠髻菩薩放
一切如來光場珠髻菩薩一切虛空無壞語
寶髻菩薩諸佛神通遍照幢寶珠網覆髻菩
薩出一切如來法論聲髻菩薩出一切三世
名聲髻菩薩大光菩薩淨光菩薩寶光菩薩
離垢光菩薩月光菩薩法光菩薩寂光菩薩
日光菩薩神通光菩薩天光菩薩德相菩薩
智相菩薩法相菩薩無壞相菩薩光相菩薩
華相菩薩珠相菩薩佛相菩薩梵相菩薩遍
超相菩薩梵音菩薩海音菩薩地音菩薩世
音菩薩石山音菩薩遍法界音菩薩出一切
法海雷音菩薩摧一切魔場音菩薩出大悲
道雷音菩薩滅一切世苦惱音菩薩法勇菩

薩增勇菩薩智勇菩薩德山勇菩薩德增勇菩薩名稱勇菩薩普照勇菩薩大慈勇菩薩智照勇菩薩如來種性勇菩薩光德菩薩勝德菩薩法勇德菩薩遍悅德菩薩法德菩薩月德菩薩虛空德菩薩寶德菩薩相德菩薩智德菩薩婆羅王德菩薩法主王菩薩世主王菩薩梵主王菩薩石山主王菩薩衆主王菩薩天主王菩薩寂主王菩薩不動主王菩薩化主王菩薩菩提勝主王菩薩寂聲菩薩無礙聲菩薩地聲菩薩大海聲菩薩雷聲菩薩照法聲菩薩虛空聲菩薩一切聲菩薩善根雷聲菩薩發本願聲菩薩滅一切魔場覺菩薩智山覺菩薩虛空覺菩薩無礙覺菩薩寤音覺菩薩照三世覺菩薩寶覺菩薩無畏覺菩薩遍照覺菩薩法界眼照覺菩薩如是等菩薩摩訶薩八千人俱悉皆具足普賢願行所行無礙遍諸佛刹現無量身悉能往至一切佛所眼界清淨所見無量悉能現佛一切神通所緣無量一切如來有成佛處悉往其所無有疲倦智光普照一切法海無量億劫歎德叵盡樂說清淨量同虛空智行清淨無所依倚隨衆所樂而爲現形無有障礙解無衆生無我等界慧如虛空如智光網普照一切所有法界其心畢竟寂靜無亂一切陀羅尼智種境界三昧無畏所作無礙住於法界百億眼目行一切法得無所畏觀無量智海禪波羅蜜到於彼岸得般若波羅蜜神通波羅蜜過諸世間三昧波羅蜜善得自在復有五百比丘尼其名曰摩訶波闍波提比丘尼安隱比丘尼蓮華比丘尼極苦瞿曇彌比

丘尼羅睺羅毋耶輸陀羅比丘尼是等上首五百比丘尼俱復有五百優婆塞其名曰善威德優婆塞天威德優婆塞慧光優婆塞名稱威德優婆塞過名稱威德優婆塞善志優婆塞月德優婆塞月歡喜優婆塞大歡喜優婆塞羅睺跋陀優婆塞大賢優婆塞如是上首五百優婆塞復有五百優婆斯大光優婆斯善光優婆斯善身優婆斯可樂身優婆斯賢優婆斯賢德優婆斯月光優婆斯相光優婆斯德光優婆斯善眼優婆斯是等上首五百優婆斯及餘天龍夜叉乾闥婆阿脩羅迦樓羅緊那羅摩睺羅伽等恭敬圍繞於佛世尊爾時世尊而演說法名曰三戒廣分別說一切諸佛如來境界菩薩所行能悉普照一切法界明照一切諸法界場入淨莊嚴一切法界摧滅一切諸外道等降諸魔怨普悦一切諸衆生界能知一切諸衆生等迷惑之心隨衆生心而爲演說善能照了轉衆生根而爲顯示是時大德摩訶迦葉從座而起整衣服偏袒右肩右膝著地合掌向佛白佛言世尊若諸衆生求於佛法力無所畏如是等人當集何法當以何法護是衆生當以何法令不退轉無上正道如是請已佛告迦葉善哉善哉迦葉汝今所問多所安樂安隱世間利益天人乃能問佛如是之事迦葉汝今諦聽善思念之吾當爲汝分別解說大德迦葉及諸大衆受教而聽佛告迦葉若有衆生求佛智慧佛力無畏迦葉是等衆生於一切法應無所得無所依倚生諸善根迦葉若有菩薩求於無上正眞道時若有相著或於佛法起

有爲想或於佛法起無爲想或於佛法而起盲想自作是想我知佛法於是想中堅執不捨當說是人不名爲向於無上道何以故希欲佛法則爲著我當作是修若數執我則不能斷若不能斷則有希望所希望處乃希望法便爲所害若爲所害便起馳騁若起馳騁則有流轉若已流轉則有貫穿若已貫穿則有妄想若已妄想則有分別若已分別增益妄想若增妄想則有思覺若已思覺則有堅著若已堅著則有隨逐若有隨逐則有迷惑若已迷惑則便爲失云何爲失謂失安隱云何安隱謂無分別若起分別則便有常若已有常則有對礙若有對礙則便有任若已有住則有相續若已相續則有相違若已相違則重相違若重相違則有虛錯若已虛錯則有狂亂若已狂亂則有虛誑若已虛誑則有憂惱若已憂惱則有悔恨若已悔恨則有所害善不善法隨所愛著然實無有定法可著但以想轉爲想所縛是名想縛貪無定處瞋無定處癡無定處起於妄想分別之心不能度得無上正道迦葉是名愛處何故名之爲愛處無有定法名之爲愛無可愛法無可愛處但堅著愛唯空堅著謂堅著我堅著衆生堅著淨不淨迦葉一切法空妄想爲物若無物物想則以菩提爲物若以菩提爲物則是我想若有我想是則不名爲菩薩也何故名之爲我想也雖有所想想無所得想無所得名爲我想是故不眞實句名爲我想若衆生實則菩提實云何爲菩提謂見諸法皆悉如幻云何如幻謂不說我想命想衆生想若有

無想在於心者是人則著想及非想若著想非想是則狂醉若已狂醉則爲一切衆苦所追若爲一切衆苦所追如來說名爲住狂諂何以爲諂住於狂亂有妄思惟若妄思惟則有我我所若有我我所則有言說若有言說如來說名爲無言說彼爲言說言說所持是故說言一切諸法從思惟有悉是我實迦葉猶如空中有雲聚起而是雲聚不從東西南北四維上下而來如來實說不從十方方所而來解知是已如實而說隨義演說相應實說而是雲聚則非是聚說名雲聚何故說名爲雲聚也起衆雜色種種雜色從虛妄起是中無定名爲雲霧見雲霧起雖見雲霧無有定想是中畢竟無雲霧實迦葉猶如有人語餘人言相與共往至陰處坐智慧之人作如是言我今不往是人答言不說有我但說有陰智者有言汝若說陰則爲非陰迦葉汝觀是人於少言說尚不繫著如是迦葉若解如來法性道者於大衆中正師子吼迦葉如來尚欲於不善法行於善法若世衆生有我想者於如來所是第一義何以故如來解如是我想者則爲非想餘小凡夫不知如來隨宜所說與如來諍是故我說世間與我諍我不與世間諍云何世間世間者名曰衆生云何名爲衆生世間如來了知世間如如是故名曰衆生世間諸凡夫等自生是知是生是滅互相殘害是彼言說欲得出世何以故此等大闇住著世故若住著世則便有貪若貪則瞋若瞋則癡若癡則有諍若諍則相違與誰相違謂與如來及聲聞僧若相違則貪若其

有貪則重相違若重相違便取於有若取於有則便求有若已求有便不知足若不知足則便多作若已多作便有多欲若有多欲則住欲界色無色界若住三界則便執著若已執著則無逆流若無逆流則常受死若常受死不至涅槃若不至涅槃至叵至處至叵至處謂至地獄如是迦葉修行不吉名爲不修若不正修則有瞋恚若有瞋恚則無推求若不推求則不識我想若不識我想則同一聚同爲一物謂我我所云何名我執著不實作種種妄想造作諸業若作種種妄想造作諸業則著於我云何我所無有智故名爲我所又是身者諸物和合名之爲身名戒聚果以瞋恚心輕於他人以瞋恚故生於我慢如聚生穀攝受守護是名我所若有我所則有狂惑若有狂惑則便有癡若已有癡便有誹謗若有誹謗則便有瞋若已有瞋便有貪聚則爲所燒爲所燒者爲想所燒所謂男想女想命想此是我許是名我所有我所者彼罵我所罵我所者謂是凡夫是凡夫道之所依止是名我所迦葉若不聞此法知於菩提知菩薩行此知於行迦葉是菩薩行都無有行名菩薩行又迦葉菩薩行滿決定清淨極爲清淨無有是處若有精進斯説大法此以諸法如虛空聚不取法聚是人所説大法相應非不相應斯有功德不住惡處是有德行非是德行是能持法如是受持不著持法何以故如來所説最爲第一應供中最衆生問道我應當以勝法而答云何勝法所謂一切諸法無想迦葉如是菩薩名淨持戒心不起惡不

作障礙不謗比丘比丘尼不親近白衣不殺不盜不邪婬不妄語不兩舌不惡口不綺語不貪瞋不邪見不自惱不惱他不親近欲不貪於欲不毀呰不調戲不自作不教他作不至婬舍不至寡婦不至童女不近捕鳥網魚獵師不近魁膾旃陀羅人不近他妻飲酒之人乃至不以手執其手而共諍競如避惡狗遠此亦爾捨遠此時乃至不生一念惡心住於慈悲心捨二十事向等二十捨離女人終不共戲與其麤語不共論議起於鬪諍離不恭敬供養父母離不恭敬佛法僧若女減少無二十衆不爲說法除有男子若比丘尼聚會說法不往其所終不問訊於比丘尼不與女人書亦不爲作親族别請不受其請終不欲心住女人前乃至不宜共同道行若有比丘尼而戲弄之後不還報一切時中終不受著比丘尼衣除在四衆演說法時有施衣者生心如地然後受之不面前受一切時中若有比丘尼勸導施衣終不受取一切時中設令病苦若尼勸食終不食之況復無病一切時中寡婦請食若僧數不滿終不受之一切時中終不入於比丘尼寺一切時中亦不請喚於比丘尼請喚拱手仰頭棄捨背去若說法時有比丘尼來禮其足至心合掌目不與視不動其足非爲身健名大丈夫若心勇健正念一處名曰丈夫於一切物不生愛心於一切時終不生瞋常當專心於一切智聞是法已應當修學而增長之迦葉向菩薩乘善男子善女人聞法已不能修學是終不得無上正道何以故迦葉由修學故得無上道非

不修學得無上道迦葉若不修學得無上道兎馬猫狸亦當得成於無上道何以故不正行者無菩提故迦葉若以音聲得阿耨多羅三藐三菩提作如是言我當作佛我當作佛而成佛者無邊衆生亦當作佛迦葉但是衆生具是行難乃至一日一夜尚不能專況復一劫乃至千劫是故如來出世甚難迦葉三千大千世界之中一切衆生若一劫若十劫若百劫若千劫若百千劫若萬億劫皆共同聲唱一切衆生汝當作佛汝當作佛是諸人等如是不懈常作是言汝當作佛汝當作佛口業不息不能令其起菩提心若得作佛無有是處迦葉我滅度後末世之時及與汝等般涅槃後諸天不護爾時雖有聞我所說發菩提心有諸比丘發菩提心當住二十法何等二十謂當親近於比丘尼食不淨食著摶食受尼勸食迦葉猶如今時多聞比丘空閑靜處若在衆會勤修習法如是迦葉當乎爾時諸比丘等若在聚落若閑靜處與比丘尼而共和集勤問於法當重生於婬欲之心不生法心是比丘尼多生欲心少生法心迦葉汝觀是人得菩提名當墮大惡可畏道中迦葉汝觀爾時詐以爲法共相親近若相見時欲火所燒出不淨言相親近時用爲弟子初以師法和南禮敬自是之後當漸遣使若遣使時勝達名字既達名巳私竊爲妻共道入出後聞他問是誰所有云何族親呼爲姊妹數數相見故則墮非處互生欲心漸現欲相以言說之遂爲不淨行習閻羅王法失於菩提生天涅槃捨於如來及捨遠法亦無僧利

住於一處生欲覺瞋覺惱覺害覺菩薩行業四淨梵行是人無有如餘菩薩勤四梵行是人勤行欲瞋等覺亦復如是迦葉當乎爾時是惡人住有是賊住有鬬諍住迦葉爾時禁制悉皆毀壞聞是等經便生輕毀本所持戒本行檀施生於歡喜發菩提心後聞是經而毀謗之迦葉當乎爾時有是印相聞如是經而生誹謗若有淨戒持法比丘應如是知如經句來應當捨離如是之人以其無有愛法心故復次迦葉當乎爾時是諸人等自唱是言我行菩薩道生於狂逸以狂逸故自稱我是大阿羅漢我是緣覺彼不可治不可復住向於惡趣復次迦葉爾時無有作善業者令多衆生毀呰菩提迦葉當乎爾時粗有形相復次迦葉當爾之時有一人行相似波羅蜜是爲後世粗有形相復次迦葉當乎爾時如是等經說真實者當被謗毀當見捨棄云何邪見說迦葉時癡人不知此經禁制破戒迦葉當乎爾時悉爲惡賊自不見法無惱菩提愚默靜思謗無菩提復次迦葉當乎是時無和合僧粗有形相復次迦葉當乎是時多不知恩勇健爲惡作何等惡數數言說稱佛名號以致供養復次迦葉當乎是時訶解脫戒不護口業不護口業故不護威儀住不淨處住不淨處而演說法我法是時漸當薄賤

大方廣三戒經卷上

音釋

麒麟　麒渠之切麟離珍切麒麟仁獸也牡曰麒牝曰麟　熊羆　熊胡弓切羆班糜切並獸也　獐　諸良切獸也　羖羝　羖公戶切羝都奚切羖羝牡羊也　鸜鵒　鸜其俱切鵒余蜀切鸜鵒鳥名　鴝鳲　鴝具愚切鳲書之切鴝鳲

鳥名

鶡胡葛切鳥名

鳷直几切與雉同

柷昌六切

樟之楊切木名

咤陟嫁切

犛古候切牛羊乳也

翳於計切蔽也

翅式利切翼也

衘胡讒切口含物也

切佞言也

叵普火切不可也

馳騁馳直離切騁丑郢切馳騁奔走也

摶度官切捉聚也

粗坐五切略也

謟丑琰

大方廣三戒經卷中

北涼天竺三藏曇無讖譯

如是漸漸多有女人棄捨其夫遊諸僧坊入僧坊已爲一女人而獨說法示解脫法迦葉我見爾時純是非法五百非法門五百煩惱門不修行人當乎爾時悉是無戒在家無異迦葉當乎是時戒法極惡若希望利益求菩提者不應親近於比丘尼不住是處離不親近更勿親近捨世利養依乞食行捨愛衣服受糞掃衣捨離臺觀牀卧敷具依止山林坑澗窟舍捨離一切甘美病藥依陳棄藥於諸衆生生親友想修行慈心當忍一切毀罵撾打捨離一切知識親族修業自活不應同彼在家之人說解脫戒當隨順行迦葉若違解說戒便違如來力無所畏等則違過去未來現在諸佛菩提如是罪報若三千大千世界所有一切衆生悉墮地獄是等衆生所受苦痛比是苦痛百分不及一千分百千分百千億乃至筭數譬喻所不能及若欲得離如是等苦應當捨離是癡惡人百千由旬若聞其聲猶應當離況復見聞而不離之應親近一法云何一法一切諸法悉無所有若忍諸法悉無所有應當遠離如是惡人而不親近又復應當親近二法何等二法一切諸法悉無所有求集諸法不着集心云何爲集如所集者都不可得不可得中而不生心如離邪見捨離三有亦復如是行菩薩行離諸相心行菩薩行行菩薩行時捨離如上所說捨離是已值彌勒佛離諸怖畏作如是言快哉安樂快哉得離於魔伴侶快哉得遠離於惡道迦

葉若聞是經已不怖不驚自見已身生能持心如來悉知是人能持於我法藏迦葉猶如長者多財封禄是長者子所見諸物起父財想初始見時此是我物後持此物隨所至處處處藏舉如是迦葉爾時比丘聞是等經作是念言此是如來輭妙梵音之所演說復有比丘聞是法已而起誹謗是持法比丘作如是言此是佛說最爲眞實少於伴侶是人劣弱居處否惡處處藏舉迦葉我後末世護法城者甚爲極少我持是等委付彌勒爲其伴侶是等當修行於大捨若有善男子聞是法已如教而作是當在於彌勒初會修行梵行正見衆生當護法城迦葉我不見有乃至一人不值於我後五百歲法欲滅時聞是法已而不誹謗能受持讀誦無有是處若已見我親近恭敬於後末世五百歲時聞如是經能受能持能讀能誦如是人等不待我讀斯自當有一切智心念於我已生於歡喜作如是言奇哉奇哉釋迦牟尼世尊能授我法守護於我是故迦葉當學此法學此法者隨所欲樂必成無難爾時摩訶迦葉白言世尊如我今者永無希望失於無上正眞之道世尊若令我具一切智者甚用歡喜若我得無上道者得希有色身佛告迦葉我不導汝我因汝故說於是等令少疑惑速成無上正眞之道復次迦葉若有衆生渴法成就修習成就是等漸漸成無上道普斷一切所有蓋纏而爲說法迦葉菩薩應當成就四法何等四菩薩應當發大精進云何精進精進者謂不求色受想行識集無漏法云何無漏法若無地大

不說地大無水火風大不說水火風大一切言說皆是不實是菩薩取言說彼岸迦葉白言世尊設有人問如來亦以言語說法可不實耶世尊如是之人當云何荅我令欲從如來應供正徧覺聞佛告迦葉未來當有諸惡比丘不修身不修戒不修心不修慧瞋恚勇盛口業勇健不受不持不讀不誦如是等經何以故是生起色受想行識如是等經言說之法於爾時世當有比丘生起於色受想行識彼時比丘當如是住猶如在家終不推求於第一義迦葉如生盲人著金華鬘是不自知迦葉將來比丘亦復如是聞是等經不能持文況能推求解第一義迦葉如有男女爲他丈夫之所呵詰而是男女更於異時若復聞說是丈夫名驚恐怖畏如是迦葉後末世時諸比丘等聞是經說如實過惡貪於衣服知已有過驚恐怖畏迦葉猶如獼猴爲枷鎖繫而是獼猴目不欲見如是枷鎖如是迦葉後比丘等亦復如是聞是等經目不喜見背而捨去迦葉猶如有狗馳逐野干而是野干走趣塜間孔穴深坑如是迦葉未來比丘聞是經已如野干走野干馳走謂犯禁戒聞是等經而生誹謗迦葉如野干走趣於塜間如是迦葉未來比丘聞是法已馳趣還家馳趣色欲馳趣女人趣於鬬諍趣於醫術趣於斷事住是諸處設犯禁戒我說是等喻趣塜間迦葉如野干走趣於孔穴如是迦葉爾時比丘身壞命終趣於地獄我說是等名趣孔穴迦葉如野干走趣於深坑未來比丘亦復如是身壞命終生剌地獄迦葉我說是等名趣

深坑迦葉同如野干諸比丘等不能推求如是等經解其義趣但能如是毀謗揚惡身壞命終墮在惡道迦葉若有比丘作如是言汝說之法悉是不實如來言說爲是真實爲不真實智比丘言大德今者爲執何事爲執於空爲執言說荅言我執言說問曰汝即是佛何以故汝今亦以言說說故荅言我執於空問曰此當分別何以故不可分別名之爲空汝之空者即是言說又汝空者爲是我空爲我所空爲衆生空故空又復問言比丘汝意云何汝喜一切法空不也荅曰我都不喜一切法空又問大德又失沙門釋子之法何以故是佛世尊說一切法空不說有我衆生壽命不說有人荅曰我今喜樂一切法空問曰大德尚喜一切法空況復如來應正徧覺大德於意云何眼是如來不耳鼻舌身意是如來不荅曰眼是如來耳鼻舌身意是如來問曰此當分別若其爾者大德便爲亦是如來荅曰眼是言說非是如來耳鼻舌身意是言說非是如來問曰此當分別若眼非是如來耳鼻舌身意非是如來大德先說如來即是言說今者何故說言非也荅言眼非如來非離眼是如來乃至意非如來不離意是如來問曰如來說十二入是衆生此當分別大德眼色是如來不乃至意法是如來不荅曰眼色是如來乃至意法是如來問曰如汝言者一切衆生即是如來一切諸地一切諸山樹林草木悉是如來荅曰眼非如來乃至意非如來問曰若其爾者則說如來是法非法荅曰色非如來乃至法非如來問曰大德法非

如來也荅曰法非如來問曰若其爾者有諸衆生說無父母無沙門婆羅門不淨種性殺盜邪婬妄言兩舌惡口綺語貪瞋邪見如汝所言皆是如來荅曰非是不善名爲如來問曰若其爾者如汝所說法非如來非法非如來若非法非非法則無言說如大德言無有言說名爲如來迦葉應當如是數數折伏是諸惡人迦葉我不見世間人天魔梵能與如是如法說者而共語論唯除瞋癡不堪忍者無因緣者毀呰空法棄捨而去是故迦葉汝等當持如是此經迦葉未來世有持是法者當有三名何等三謂說斷滅謂說無物謂說無陰聚無有恭敬迦葉當爾之時如是等經當被誹謗迦葉汝觀爾時不恭敬佛不恭敬法不恭敬僧若不恭敬佛法僧已何曾名住

但依言說依於名字雖唱佛名於衆顯說而不能見何者是佛雖口說法而不能知如來世尊云何說法雖作是言四向四得是佛世尊聲聞之僧但知於名而不能知依名實德爲於衣服飲食卧具病藥緣故毀謗於法菩薩是中應勤精進於是等經生希欲樂應當受持而讀誦之何以故是人來世當護法城何以故九十一劫不聞演說是空法故迦葉我今惟念過世千劫爾時有佛出現於世號曰寂滅壽命八萬四千歲守護菩薩利益世間復有如來號曰離垢壽命二十一劫行菩薩道然後乃成於無上道迦葉汝觀如來作幾難行攝諸衆生迦葉劫濁盡時不應呵是何以故迦葉劫濁盡時若有一人能信此法甚爲希有當乎爾時持是法者不被刀杖毛

石所害甚爲希有何以故迦葉此法是大善丈夫法謂說一切行是非行若著我見衆生見命見人見有見者等所不能解及依見者謂依戒見佛見法見僧見涅槃見若有起於涅槃見者如來悉知是爲邪見何以故迦葉如來不有涅槃不得涅槃迦葉若有涅槃得涅槃者如來悉說名爲邪見若邪見者說名無智若爲無智之所害者是愚凡夫若愚凡夫生天尚難況佛菩提迦葉未來世中當有比丘年十二十三十四十五十六十七十八十九十乃至百歲老耄無智莊嚴衣服剃髮毀形癡老之人無有威德起於邪業是臨終時復更造惡作毀戒法斯以三事作於姦詐何等三示現威儀示現持戒行善人相舉指現相以如此法用顯已德是墮大慢以癡悔心而取命終身壞命終墮於地獄是故迦葉我今唱令我爲汝等眞是知識我教汝等欲利汝等憐愍汝等不令於後受大熱惱迦葉我終不聽著見衆生而得出家著我見者衆生見者命見者著人見者而得出家我實不聽强在我法而便出家食重信施無有眞實持戒功德迦葉人寧六日斷於飲食非著我見衆生見命見人見乃至涅槃見受食信施菩薩是中應勤精進不著我見至涅槃見迦葉我是等經付囑如是諸善丈夫何以故是等所行如我行故如是之人即是我侶即是我伴爾時世尊而說偈言

諸苦惱衆生　都無有救護　惟除世導師
無有戲論者　諸苦惱衆生　依止下道者
漸增長諸欲　由是墮惡道　無導無利益

住在嶮曠處　趣向不正路　終無有安隱
猶如持財寶　求利行曠野　彼有群賊起
一切悉劫奪　失財已還歸　失利增苦惱
從他所貸財　以此倍增苦　是等亦如是
造業已未還　本所造白業　還來食此財
依止劫奪者　凡夫墮見者　執著於我見
命見及人見　說空法比丘　依我人見者
於是生謗心　速疾墮惡道　生起造瞋恚
更互相輕毀　誹謗說不實　於此慚愧者
身惡及口惡　意業極姦諂　堅執著諸見
斯趣極惡處　作於惡業已　速疾至惡道
多受衆苦惱　無有救護者　未來世當有
瞋恚勇盛人　苦切逼比丘　趣向菩提者
於如是等經　無慈者當毀　而不生信敬
於釋師子法　更互生諍訟　速起大忿諍
更互相謗毀　揚惡徧諸方　造種種誹謗
加彼慚愧者　惡友得勢力　柔輭者弱劣
知正法劣弱　惡法增勢力　是比丘當去
我之所愛子　當去至何方　得於安隱處
衆惡者除放　於此無悲心　我如是等經
常當思念之　導師如是說　以是自娛樂
我當至此處　佛所稱譽者　今法毀壞時
柔和者難得　或有作是言　當速離是處
當至大仙人　得無上道處　復有作是言
善哉說是語　導師如是說　當遊禮諸塔
寧當至是處　可樂菩提樹　非彼嫉妬者
瞋恚忿諍處　是比丘便去　我所說應行
見是餘住處　謂佛所住處　經行及坐處
若石及空處　集趣是處已　數相對啼泣
此是大仙處　經行受用處　佛本在是處

見處不見佛　此無上仙人　所說無上法
我等今不見　有爲悉無常　人及諸非人
天龍悉等來　善說令歡喜　我等今不見
至是所住處　謂菩提樹下　既集至此已
正念善思惟　爾時世導師　得無上菩提
驚怖魔王衆　猶如小野干　此本道場地
如來所坐處　過去未來佛　悉在是坐處
此是勇健者　億天所恭敬　跏趺坐七日
觀視此樹王　是人供養已　復詣說法處
是處轉法輪　聲聞于梵世　是比丘住彼
數數而啼泣　勇健者來此　調伏是五人
五人見佛已　即生起憂惱　而共計議惡
皆悉勿爲起　是大悲世尊　於衆起悲心
爲五比丘說　轉甘露法句　禮法輪處已
復數數啼泣　復至涅槃處　見佛最後處
爾時世導師　利益多衆生　碎末破已身
佛此入滅度　咄哉佛世尊　釋師子能仁
今惟聞其名　而不覩於形　是無上仙人
善賢最在後　大智知是已　此是我最後
或遊行命終　或住處命終　遊行竟命終
悉往生善處　於後末世時　是廣大佛法
斯當得涅槃　諸住淨戒者　若毀戒比丘
普亦得供養　服食重供已　速往至惡道
觀此諸比丘　有如是差降　智者於後終
速疾得生天　是等照世燈　憐愍世間者
大智慧菩薩　慈心利衆生　當住營事人
踊躍歡喜心　我當得作佛　亦得值彌勒
當供彼世尊　在一切衆前　一切智記我
如我之所念　是有大勢者　我說如是義
雖不見於佛　當知如面對　我當安慰此

亦復當如是　修行菩提分　悉禮一切佛
若有諸女人　向無上菩提　我亦安慰是
及無量如來　捨是女身已　速成男子身
得見於彌勒　是當供養之　一切所求索
悉皆如其意　隨學是智者　生殷重堅欲
有於堅欲已　持戒廣多聞　斯爲彌勒佛
得受於記莂　是故聞是利　生起賢善信
堅信而趣向　攝一切衆生　誰有求是處
而有不得者　有慧及精進　菩提不難得
不作諂曲心　修習行慈心　常住閑靜處
此名菩提行　捨棄如是處　但說菩薩處
此是大貪賊　一切諸遠離　若爲於飲食
及諸利養事　詐現執正法　更互共演說
斯不淨活命　以癡用自活　爲衆惡所害
惡道所侵逼　是一味法門　但假比丘名
毀謗如此法　及與解脫戒　若有持戒者
我說禁戒法　像比丘當謗　彼不至賢處
一切天世間　悉皆棄捨離　一切智世尊
亦倍離是人　若身無惡業　口業亦無惡
意業悉清淨　速疾至涅槃

迦葉如來滅後後末世時有諸比丘於先佛所種善根者悉般涅槃純善衆生命終去盡後五百歲時當有比丘貪求無猒瞋恚別離麤澁毒惡瞋面頻蹙住於三法何等三專修醫道住於販賣親近女人住是三法當失四法何等四失於戒聚失於善道失得果證失如實見法是人有於此四法已復增熾四法何等四法嫉妬熾盛瞋恚熾盛貪他家熾盛貪著利養貯聚熾盛貪愛衣服造作箱篋以此爲業空無所有無沙門法聞是法已當墮

四法何等四墮在謗法不知時言獨爲女人而演說法漸毀犯戒聞是等法已墮在災禍迦葉猶如惡狗打觸其鼻迦葉於意云何是狗爲當倍增惡不白言如是當倍增惡佛言迦葉是等惡人如彼惡狗如毗舍遮若淨意比丘持是等法說是等法眞實少欲歎說少欲是等聞已驚恠不信沉沒怯弱生於惱熱復增瞋恚當住何業是時未至我今預說彼聞此經當生誹謗如被鉾刺生大瞋怒作如是言此非佛說毀少欲者作如是言當名是人爲多欲者非是少欲迦葉我常種種歎少欲者歎知足者善布薩者易共住者行頭陀者阿練若處者淨活命者汝等莫共是雜惡行者而共是同何以故此是在家法莫以是法侵欺於人是在家法汝等不應起大瞋忿汝等莫大多集財物當捨財賄汝等慎勿顯現異相歎譽已德汝等應當無所繫戀勿多貯積汝等勿畜駝馬牛驢汝等不應懈怠懶惰當勤精進斷不善法修習善法迦葉我常種種因緣讚歎阿練若處清淨寂靜離親近家後末世時違我此法違我法已欲造衆患毀謗正法迦葉猶如有人熱時服酥服已患渴語餘人言汝與我水是人答言善大丈夫汝勿求水以服酥故汝莫因此而便致死是人瞋忿毀罵此人不順他故飲已命終如是迦葉未來比丘著有見者住於諸惡恃是比丘作如是言此事應住此不應住反生瞋恚毀謗罵詈謗是等經如來教法是故迦葉如是等人反與如來而共諍競迦葉汝且觀是賢護比丘如來制戒諸比丘僧一坐而食聞

已瞋恚於三月中不至我所迦葉爾時梵行清淨完具尚能如是況滅度後貪著飲食貪著衣鉢卧具病藥爲睡眠所覆瞋恚勇盛聞是等經尚不恭敬於佛如來況餘比丘如法行者迦葉若是等法已隱滅者極爲不善甚爲不善迦葉若善男子欲求善利信我是法後末世時濁惡災變我法末時末世滓穢瞋恚盛時善人難得時若有聞信是等深經當信是人作於相應非不相應當言信受非不信受迦葉我今亦說名爲相應非不相應非是不信迦葉猶如惡馬與善調馬而共同駕若安靜無聲尚不調順況當吹貝椎鍾鳴鼓能堪忍之無有是處如是迦葉破戒比丘若能堪忍善丈夫法無有是處迦葉猶如惡馬以鞭一策是馬驚畏如是迦葉若聞一說無我空法著我相者驚畏怖恐而起諍訟況復廣說迦葉應當發起大精進根發大莊嚴降伏百千萬億諸魔令其畢竟不起諍訟云何起精進根無欲是精進根頭陀功德是精進根無貪是精進根無瞋無癡是精進根無嫉是精進根離欲是精進根獨無伴侶是精進根離於睡眠是精進根於一切時不起一切諸惡之心是精進根於一切時不起欲心是精進根不起疑心起大精進離一切疑離一切疑大莊嚴已發菩提心無所依倚況復當起於我想也是終不應起於我想衆生之想命想人想男想女想不起地大水大火大風大之想不起欲界想色無色界想不起戒想犯戒之想不起空想悉不應起一切諸想至涅槃想亦不應起云何名爲不起諸想如是

諸想是中叵得迦葉若貪欲不實知滅欲者亦復不實迦葉欲無定處但虛妄說是故如來如實而說此欲非我如是之法是寂滅法云何寂滅法若執無著是則著想如須彌山若著人想當知是人敗失聖法彼不能起於沙門法不住沙門法是則名爲癡人癡者永不能起沙門法何以故是著想者無量劫中爲無間獄之所攝故迦葉汝觀拘迦離比丘提婆達多比丘碎財比丘黑互舍比丘海與比丘迦葉馬師比丘滿宿比丘善星比丘是我給侍面聞我說見我經行見我端坐見我神通經行虛空見我降伏百千外道如是等人尚於我所不生好心以足下蟲與我相違自致惡道若有實說如來功德應掮檀末如須彌山以散其上作大寶蓋如三千界於是人上虛空中時何以故迦葉能有信心稱佛名號實信者少況有信已從佛出家遠離欲穢修無著禪甚爲希有迦葉若是衆生能持於我所說禁戒信解如是甘露之法倍爲希有迦葉猶如大衆聚集祠處作一華箱形容極妙彩畫衆色盛以糞穢若復有人以上衣裹持行示人中有見知其不實者背而捨之如是迦葉若有比丘見於如來功德法祠中有比丘於我所想迦葉若有我相則起於欲若有他相則起於欲迦葉無我相者聞是等經不生瞋恚何以故毀呰他者此爲不善以是事故聞此法已得於好心若有染著於我相者是爲邪見若邪見者聞於是等眞實教誨則生瞋恚何以故迦葉有我相者則起瞋恚迦葉若比丘比丘尼優婆塞優婆夷聞是

等法若起瞋恚誹謗之者是人但有沙門形名我非彼師彼非我弟子何以故其妄語者非我弟子我亦非是妄語者師何以故迦葉如來世尊是實語者如來説言一切法空迦葉如來世尊壞一切我是故是人與如來諍若有與佛如來諍者説名爲魔如來不聽魔黨出家受具足戒迦葉若説小馬從龍象生迦葉於意云何是人語者爲可信不迦葉白言不也世尊迦葉是語相應不不也世尊迦葉若有衆生著我相衆生相命相人相乃至涅槃相稱我爲師倍不相應迦葉若有人來作如是言金翅鳥王從鳥而生迦葉汝意云何如是之言爲可信不不也世尊迦葉如是言語爲是相應爲不相應迦葉白佛言是不相應迦葉若有著我乃至有著於涅槃者名

我爲師倍不相應迦葉若使有人作如是言有螢火蟲負須彌去迦葉汝意云何如是之語爲可信不不也世尊迦葉是相應不不也世尊迦葉諸惡人等著於我見衆生見至涅槃見名我爲師倍不相應迦葉猶如大王有給使人更有餘人人不識者假依此使虚傳王命至大富家王作是令王語某甲作如是事時諸大臣及諸富人見是異人乘自在處答是人言我當作是時諸富人往至王所爲活命故如是迦葉如來福力具足自在如王安樂無有怨敵王居大地飲食具足如來僧衆亦復如是無有怨敵住佛國界法食豐足有一異人無有請者來入衆中自説我見至涅槃見作如是言如來説是如來説是此應作此不應作諸如來所有信心者不違佛教

聞是説已自割衣食及妻子分上妙好者而給與之信恭敬與信敬而與至未識時如是之人如彼異人是食供已樂喜衆閙論説王事賊事論説飲食論説婬女論説醫事作如是言月蝕日蝕諸王來去論説王家復作是言是處得食是處不得作如是等種種論説以是盡日夜還住處三宿三宿乃至六宿隨所宿處論説諸事種種嫉慢種種戲笑言語雜合涎唾流出亂想睡眠隨所想處卧則夢見夢見自身往至彼處承迎恭敬既睡寤已互相説夢大德我夜夢汝往於是處得如是物彼作是言此夢吉祥宜應速往是便往詣城邑人間眼目視瞻摇動眉目心多所期逼惱生熱心不專一威儀輕躁諸根不諦心亂掉動至他家已毁犯禁戒與一女人共獨説法因緣戲笑漸現欲相以其利養得利養已愛樂貪染躭重惑著常居止住若違本意啼泣而去趣於二處濃厚之處及讚歎處若不濃厚罵是施主復相聚集互相問言誰施於汝終何所得為得幾許汝食幾許迦葉有如是等不相應行乃至於死迦葉是等復有不相應行謂謗正法迦葉當知應當於是惡比丘所生於悲心何以故是等當獲大苦報故

爾時世尊欲重宣此義而説頌曰

凡夫王給使　為欲活命故　遊歷於諸家
王作如是令　彼聞勑令已　莫瞋謫罰我
愚凡以此勢　常用自活命　何況佛最勝
於百千億劫　布施於手足　多造衆苦行
此非我法王　令住是謫罰　亦無有問者
為當作不作　在家施比丘　上妙美飲食

衣服中妙者　一切恭敬與　自己不服食
又不與子息　聚集上妙已　以施持戒者
不相應行者　食已速捨去　共集於一處
相問樂食不　說王及賊事　又說鬬邏事
亦說飲食事　云何佛聚集　或說日月蝕
問王去來事　彼當得於勝　亦說當盡滅
是不相應語　數數恒演說　速往於彼家
是多富有處　是家極慳悋　不得上美食
生如是覺想　百種思慮已　惡行不知者
猶驢負重擔　是於夜夢中　見本所憶事
寤已相向說　種種而解釋　無憂大喜笑
汝當得安樂　速往成此事　勿遲後致悔
往詣村城邑　如是不正行　邪視動眉目
猶若如獮猴　是入城邑已　爲女人說法
棄捨於佛經　及與解脫戒　既至是處已
云所設麤惡　毀罵是施主　及所知識者
復共相聚集　更互共相問　汝得何等食
所得食妙不　略說如是事　經於百千歲
如是所思覺　以是爲自活　是起於諍訟
聚酒及香華　當以此爲樂　則便少病痛
佛當柰是何　縱令有百佛　是捨所修行
習近在家法　我見及常見　起見已愛著
彼當修是行　以致至惡道　斯當受此苦
諸謗正法者　凡夫少覺知　修集在家行
諸是釋師子　實行諸聲聞　不以活命故
而毀犯禁戒　智者不貪食　起於重擔想
於食修不淨　定坐報施恩　斷諸欲漏結
修習於諸想　彼修行方便　從佛法出家
知於無諍法　諸所說空法　數數而修習
中不得堅實　勇健智慧人　知於空道者

魔及衆怖畏　是報信施恩　此終無有愛
亦不毀敗空　是勇健佛子　二足中福田
正法不久住　多有惡人故　柔輭比丘僧
不放逸利者　智者作是慮　不久速至死
我夜當云何　晝亦如是盡　世更無救護
唯除二足尊　諸學及無學　皆悉當滅度
此不知如是　隨宜所說法　欺不恭敬佛
及無上正法　正法欲毀滅　應當勤精進
未久當得聞　乃至於少許

大方廣三戒經卷中

音釋

撾陟瓜切擊也　莿七賜切　耄莫報切人年八十九十曰耄　貸他代切借也　嫉妬嫉昨悉切害賢曰嫉妬都故切害色曰妬　咄當沒切嗟咨語也　澁所立切不滑也　頻蹙頻與顰同蹙七六切頻蹙謂頻眉蹙頞也　貯展呂切積也　篋苦協切箱屬　鉾刺鉾莫浮切鉤兵也刺七賜切直傷也

賄呼罪切布帛曰賄　滓側氏切澱也　涎夕連切口液也　躁則到切不安靜也　蝕乘力切日月侵虧曰蝕　謫陟革切責也　邏郎賀切巡也

大方廣三戒經卷下

北涼天竺三藏曇無讖譯

爾時大德迦葉白佛言奇哉世尊聞是等經乃能不生愛惜之心佛告迦葉衆生成就四法聞是等經不生愛惜心何等四多諸放逸不信業報不信大地獄不信我當死迦葉是名四法不生愛惜心迦葉衆生復有四法不生愛惜心自怙强壯自怙有力深著五欲躭荒嗜酒不起善心是名四法不生愛惜心迦葉比丘成就四法謗佛菩提何等四本造衆惡毀亂正法現造惡業謗比丘尼彼有和上阿闍梨多人所敬然謗菩提是亦隨學謗於菩提少於聞見以嫉妬故謗佛菩提迦葉是名四法謗佛菩提迦葉又有一法沙門婆羅門之所應作何等一法於一切法心無所住是爲一法沙門婆羅門之所應作迦葉猶如有人墮高山頂其心迷悶無所覺知不識地處不識樹處悉作空想出入氣息斷絶不續如是迦葉彼執一切法執著眼想執著眼相作非沙門法非婆羅門法如是執著耳鼻舌身意想執著耳鼻舌身意相作非沙門法非婆羅門法執著色受想行識想執著色受想行識相作非沙門法非婆羅門法執著淨持戒執著持戒相求於菩提執著多聞執著多聞相求於菩提執著慙愧執著去來作非沙門法非婆羅門法若有執著則爲所害云何爲害爲貪所害瞋癡所害執著眼想是執著相爲眼所害受不受色如是執著耳鼻舌身意以執著故爲意所害謂可意法不可意法若爲所害則爲所欺所謂地獄餓鬼畜生及

與人天諸所害者皆由著故爲其所害是中云何名爲想著謂著想我想著我所想著地大水火風大想著骨想壞想青想蟲想血塗想胞想解脫想而是解脫當有何想而猶執著謂執於此當得解脫執著過去無量生處執著我當憶念是處執著未來及著現在起如是想我是過去我是現在隨在在處皆起想著乃至涅槃亦起想著作是念言我當得涅槃起是想著迦葉略說乃至隨所憶想皆名爲著乃至空想皆名想著如是皆悉非沙門法非婆羅門法非沙門行非婆羅門行沙門婆羅門法如來所說迦葉猶如虛空及與大地不作是念我是虛空我是大地如是迦葉沙門婆羅門不作是念我是沙門我是婆羅門所作之法以何緣故名沙門我是婆羅門迦葉若無憶念是名沙門婆羅門所作之法以何緣故名沙門婆羅門所作之法沙門婆羅門不作是念我當作是我不作是沙門婆羅門終不作於如是之念迦葉猶如有人於夜闇中以其兩手捫摸虛空搖動口目作如是言我弄世間我弄世間迦葉於意云何爲弄於誰迦葉白佛言世尊是人自弄何以故是黑闇中無人見故無可弄故佛言如是迦葉若有比丘至阿練若處或至樹下若至露處空處作是想念眼是無常耳鼻舌身意悉是無常作是思惟思惟色是無常聲香味觸法悉是無常作是想念我趣涅槃則爲自誑非沙門行何以故先著於眼後修無常後行無常作是惡執先執著耳鼻舌身意後修無常後行無常而是三處俱不可得執著三

處隨所想著當於何處而得一心迦葉諸佛菩提極爲甚深難得難到生死難過迦葉云何名一心推求法時不見一法不得眼實不得耳鼻舌身意實雖言一切諸法不實亦復不得何以故本性如是本性若爾終不生心言一切法不實戹得不得是心若過去世未來現在無念無行是名無行云何名無行無新無故故名無行是中無過去心解脱無未來心無現在心解脱若不得心是名一心是名說一心迦葉未來當有自名比丘比丘尼優婆塞優婆夷是等當作破壞言說彼有陰想如來所說五陰如夢是等爾時說陰是實此夢是有有夢言說夢若無者我等何由於是生想有此說故我等於中而生夢想定有此陰是故說言陰猶如夢若無有陰則不應說陰猶如夢是諸癡人復於此夢而生實想聞是等經而生誹謗有比丘尼往施主家唱如是言其是羅漢其是羅漢是比丘等依止淺智比丘尼住妨廢善事造不善業是中優婆塞優婆夷聞於少戒乃至少偈聞已便去迦葉當爾之時諸比丘等有二十臘至三十臘住阿練若處有優婆塞初信一日所解佛經等無差別迦葉當爾時世互唱空名此空此淨此空此淨時有比丘聞是法已共相聚集聞已不畏作如是言此經不與出家相應非在家相應共捨棄之非導師說何以故此非我同又不汝同若有聞說甚深大法在家出家悉當誹謗何以故迦葉今者梵行極爲純淨信者尚少況復爾時如是智者漸已滅度好者轉少好者轉少迦葉當于是時千比

丘中求一比丘正入正解猶尚難得設有一人輕笑不學乃至三千比丘衆欲索一人正入正解亦當難得迦葉當爾之時在家出家互相誹謗迦葉未來若有諸比丘等勤行精進爲斷一切諸不善法成就善法初夜後夜離於睡眠是諸惡人當奪其命輕賤呵毀捨而棄之迦葉當爾之時佛法毀壞比丘毀壞是中智者信甚深者無染著者應好恭敬應好愛念共相聚集住空閑處爾時世尊而説偈言

我此所説法　爲明第一義　説陰無堅實
觀之猶如夢　爾時諸比丘　更互共鬬諍
彼此無有異　是得於有相　比丘作是説
彼報言如是　如此之法眼　當無有差別
比丘語在家　汝甚爲希有　能解此菩提
汝逮得初果　彼自謂見法　來親是比丘
持最上供養　數數而奉施　如此比丘説
眞實無有異　與我所知同　見法而語我
施主及比丘　不住於正法　破壞佛菩提
是出時未久　勿親彼近我　我是説道者
汝當速疾得　如我之速得　此是第一句
更互説寂靜　和合爲一侶　毀壞於我法
猶如大惡賊　殺害諸聚落　令聚落空荒
及與諸城邑　比丘當如是　無智闇鈍者
無慧毀禁戒　依著我命人　我所説應離
而反依於眼　自説是羅漢　實是增上慢
自和合聚集　我是最上僧　有名無有智
一人尚難得　若復有比丘　有惡住如實
當説其惡名　云非佛聲聞　毀謗於菩提
法王之所有　諸天極憂苦　數數而啼泣

悶絶墜於地　有信諸天等　云此釋師子
勝法今毀壞　奇哉佛世尊　奇哉離染法
奇哉福田僧　佛之所愛子　我更不復聞
法王之所說　當有大癡闇　能仁法毀壞
發起大音聲　地天及中間　唱令告諸天
法炬今欲滅　莫有諸天龍　而致大悔恨
仁自聞佛法　今當更不聞　是佛無數劫
若自及與他　堪忍是衆苦　何時當成佛
是佛世導師　爲一切衆生　所演說正法
今當滅永盡　今法壞亂起　極造大暴惡
魔使極惡魔　少欲者劣弱　詐僞無智慧
幻僞小凡夫　熾盛生瞋恚　謗毀善逝法
聞地天聲已　上天生驚怪　四大天王等
聞已生愁悶　夜叉衆來集　聚在曠野城
悉皆同愁淚　發大號哭聲　大音甚悲切
諸天悉來集　更互共相語　心中所念者
諸莊嚴城邑　衆寶之所成　一切無光色
猶若如土聚　是城無威德　無須臾可樂
是城無威德　如本可愛樂　我本所生處
諸天衆來至　見已悶躃地　當作如是報
諸天下至地　往至可畏處　如此眞實法
今者悉毀壞　下至閻浮提　見大毀壞事
佛子見逼惱　逃突至異處　勝城七日中
無諸威德色　是諸天七日　數數而悲泣
咄哉勇健佛　我等面覩見　今者永不見
佛法復滅盡　舍衞所住處　來至已恭敬
於是住地處　數數而啼泣　此是佛所坐
人尊所坐處　演說四聖諦　我等面自聞
世間還黑暗　互不相恭敬　作惡已當往
墮於惡道中　多有諸天宮　皆悉當復空

衆生無救護　閻浮提如是　此是經行處
空荒悉毀壞　世間不可樂　法王滅度後
帝釋自在主　三十三天中　憂愁受苦惱
發起大音聲　諸三十三天　舉手而號哭
如所聞諸國　在中而馳走　當有諸天等
數數論說佛　導師捨離我　能多說法者
諸天更不食　無諸歌笑聲　帝釋天六月
心中甚憂惱　阿修羅等鬭　佛法無光明
我等今當往　至三十三天　閻浮提諸王
當壞佛塔寺　天阿修羅集　爾時當有是
有諸比丘等　當墮在惡道　有諸比丘尼
亦墮於惡道　在家毀戒者　住家優婆塞
發大惡聲已　當趣於惡道　有諸惡女人
是亦至惡處　世界悉動搖　爾時有是事
有逃至聚落　有走至山林　衆生悉馳騁
少有存活者　多有諸賊盜　及與諸饑饉
種五穀不獲　蟥蟲作災患　時穀米湧貴
人有命終者　死已墮餓鬼　於是受衆苦
諸有塔寺處　四方招提僧　爾時諸比丘
當共分取之　如是等衆苦　於我滅度後
宜當速疾作　莫觀見是時　諸凡夫無智
諸凡夫無慧　造凡夫行已　速疾墮惡道
應當勤讀誦　從慧者來處　以慧教衆生
速至於善道　以慧光明照　應當學如我
捨一切煩惱　速疾至涅槃　至法不久住
應堅勤精進　我如是誡勑　應當正修行
於我滅度後　六十小劫中　有聞佛名號
誰當有愛者　互共來集會　爲飢所逼切
食毋食子肉　互展轉爲是　諸有生小兒
不令至餘家　兒自在於室　猶生大恐畏

有見聞此者　生死苦如是　誰生於貪欲
欲想是女人　生無智慧根　欲本是女人
生起衆苦根　是故應捨苦　若有癡衆生
親近欲女人　若有智慧人　速至於涅槃
不正造業苦　果報來應現　此果是有漏
是故墮惡道　若有無漏法　空僞無所有
不堅寂靜者　速應修行道

迦葉是名比丘成就初法若有欲樂無漏法心應不住於一切諸法說一切法復次迦葉菩薩應當堅作堅住云何堅作云何堅住應堅其心應堅精進是中云何名曰堅心名曰堅進迦葉堅心者菩薩應生如是之心供養恒河沙等諸佛然後乃發於一念心如是恒河沙等劫中無一佛出如是復起恒河沙等心得一人身得於恒河沙等身聞一句法增長此慧至無上道是菩薩生如是之心是菩薩念我今應當修行如是難行苦行精進勤修於佛智慧我今應當如是推求迦葉菩薩應當如是堅心迦葉我引是喻諸有智者以喻取解迦葉若如是苦行得於菩提恒河沙劫不應懈怠勤學不懈勤學不息恒沙等劫學於菩提菩薩念我今應生堅執堅欲我終不捨無上正道迦葉菩薩如是應堅其心迦葉若有菩薩如是堅心爲取何等謂不取處不取非處云何不取處不取非處若處非處悉無所有不障礙於阿耨多羅三藐三菩提速疾得成迦葉若使三千大千世界滿中七寶持用布施若於如來今所演說如是等經趣向菩提正眼之處推求索之依附依住是人福聚倍多勝彼迦葉菩薩應當如是堅心

亦復不得於是堅心然不休息云何初業多植初業云何多植不謂一心能知多業何以故是法不可以言說故恒於是中多種初業所謂堅心爾時世尊而說頌曰

非心作心想　常有大怖畏　我當成不成
是事當云何　是常起疑覺　住在於一切
修造作方便　云何得菩提　彼是懈怠想
非是菩提想　斯有一切疑　若佛及聲聞
希望而不行　善賢諸佛法　不以音聲故
能得值安樂　斯有信欲樂　能集極勝妙
非但小思惟　能獲得勝道　於一切法中
當住於一法　覺知增益已　修行爲得道

迦葉說是法時若有菩薩成就此行不值於佛而自記言我當作佛如來應供正遍覺迦葉在家菩薩應如是作云何修行能得菩提迦葉在家菩薩有三種業求於菩提何等三生極欲心於一切智不著本作應持五戒具是三分趣於六法何等六得於聖法諸根完具不盲聾瘂不麤惡色速得信心不畏深法聞已速解疾得不退應當具足如是六法五障法應當善知何等五知於兩舌終不妄語菩薩之人應具足是慳是菩薩障應當不慳若著於欲是菩薩障終不作欲如是五法能作障礙又復應當作於三法何等三當恒有於欲出家心於淨持戒沙門婆羅門所殷重恭敬從受教誨諸有著相演說法者應常遠離何以故是菩薩所不應學故菩薩不應擔不實草何以故是非菩提故若擔不實是學障礙不學集法復次迦葉菩薩應當學於三法何等三心常專念趣向作佛應當精勤修

習讀誦當於衆生修行慈心應當修集如是三法又復應當親近三法何等三離搏捶打不說他人云是卑賤怖畏衆生而爲作救應當親近如是三法而說偈言

不親近下人　見不正直者　是已當遠離
猶遠惡毒蛇　不應學於彼　亦不禮敬是
應當極遠離　猶如見惡狗　是人墮惡道
諸有著相者　若修是學者　此亦同彼去
不疑於空法　聞於佛法已　及樂空比丘
此所生恭敬　是中增多聞　亦生利智慧
得近菩提道　爲一切所禮　速疾受齋戒
速受已讀誦　斯增益智慧　猶水青蓮華
速疾受齋戒　多聽受於法　斯增益智慧
以斷諸漏結　大智大精進　大威德無畏
作利以益已　及利益於他　終不打搏他
應當樂如是　進助菩提分　是人法無減
是人少病患　有最上妙色　爲衆生所愛
愛利益已法　修行於慈心　住在家菩薩
捨一切惡道　速疾得生天　是得天名已
五欲自娛樂　從天命終已　終不生惡道
生在人道中　種族豪貴家　形色極姝妙
無有能欺者　無能所守護　是人修行法
得見於勝處　一切衆生愛　善得安隱眠
寤已歡喜樂　終不生怖畏　是亦天所護
猶如糞穢法　彼有是觀相　居家亦如是
廣及餘亦爾　常爲諸善人　所稱譽讚歎
怖者施無畏　諸在家菩薩　更不事餘天
亦不見餘天　此道極正直　諸慧者所集
是以此善根　捨一切惡道　一切智三明
善學三戒故　如所作功德　如其所禮事

斯亦當見禮　諸衆生獨敬　如所作功德
如其所禮事　當爲衆生上　如佛見禮敬
住於在家地　起作菩提心　此所稱讚法
及餘法令聽

迦葉在家菩薩應成三法何等三應當遠離希望吉祥是菩薩應修治舍宅除諸妨礙勤修多聞菩薩當具足三法復起三法何等三不應斷絕說法師辯應勸請於說法者應當常然燈燭衆明應當修行如是三法復次迦葉在家菩薩應當終竟不造三法作女人行何等三不留難毋令不聽法不留難毋不往比丘所不遮固妻至比丘所欲聽法者不作障礙於女人所不捨正道而犯非道如是三法一切不作若造此業便墮女人而說頌曰

應當然燈明　數數以信心　得無塵垢眼
及獲得佛眼　導師以此眼　能知於一切
若知如此智　則知於實智　知過去世法
現在亦如是　不憶想未來　不造作三相
若有是三相　三亦應當捨　悉同爲一義
相即爲非相　佛所說諸根　然法無有根
以彼不分別　菩提最爲上　淨修佛眼已
悉皆現了知　是句即菩提　如上之所說
如是所說法　亦不毀壞法　一切法是空
是故名爲說　諸外道邪見　爲在家說法
如作於燈明　有眼者能知　不斷他說法
於釋師子法　莫速至惡道　疾作生盲者
數數而勸請　演說善逝法　以此之善根
轉無上法輪　不應作留難　若毋欲聽法
作極惡女人　盲僂極醜惡　不見覩衆色
亦不聞妙聲　在於黑闇處　猶若如蚖住

作於障礙已　貪嫉爲妻故　速疾命終已
作弊惡女人　黄頭而青眼　黑惡難可看
瘂惡脚繚戾　聾騃無所知　於如是等處
無慈者速受　爲嫉妬男子　數數造欲因
復次迦葉在家菩薩不應作三法何等三不請女人爲欲因緣施酥醍醐及諸惡施若欲出家不作留難未出家者勸令出家造如來塔作營事人勸助示導不應侵奪取於是物如是三法在家菩薩所不應作而説頌曰
不施他女人　不造作非法　無婚過難來
故一切不施　有言者往彼　合掌而作禮
與已復當與　以善勸喜心　若彼僧中少
爲僧給使人　若有請取是　應佐少人者
勿觸水令濁　若有依此者　於斯無嫌害
生心起瞋惡　若有欲出家　自子及親屬
菩薩於是中　終不作留難　令諸衆生樂
得證於滅度　此是我本欲　説於無上法
知是諸過已　自不造諸垢　莫長夜常憂
爲煩惱所染
迦葉在家菩薩復有三法不應修集何等三不買男子不買女人不施毒藥若有作者亦勿親近而説頌曰
離買男子業　亦離買女人　不施與毒藥
若與者遠離　天亦呵是法　衆生得苦惱
隨趣諸方面　憂惱箭所害　此長夜憂惱
多獲衆苦惱　亦絶便命終　是故不應作
是故及餘過　我知是所作　今説其少分
爲於菩提故
迦葉在家菩薩不應造三法何等三不至婬女家若男若女不犯非道若屠牛處不在邊

住如是三法在家菩薩所不應作而說頌曰
不至婬女家　穢惡爲欲者　速致不恭敬
由近下欲故　師見去至此　爲彼之所輕
速疾致病患　以是致命終　若男女非道
二俱不親近　是女所不喜　云何當犯是
若有屠牛處　一切不往彼　此非我所宜
菩薩法如是　如是諸過患　佛悉皆知之
是故不正行　不爲如實說　佛如是少說
我聲聞能知　斯於佛面前　云何所後處
衆生住聖者　欲疾至涅槃　爲是故我說
不爲難教者
復次迦葉在家菩薩應成就三法何等三居住家中猶如客使不起我想若已施者起集聚想其未施者遠離於我千由旬想不爲子息作於藏舉寶藏之想迦葉在家菩薩應當成就如是三想而說頌曰
當修習死想　我不久命終　是故諸所藏
此財應修堅　爲別男女事　終不爲利是
速疾求堅法　身命及財物　殷重欲菩提
所作不輕躁　爲求法利故　一切時摧伏
猶如小女戲　亦如光漸現　不樂著於味
欲法者如是　讀誦不休息　善好法莊嚴
甚難可修集　於種種諸衆　如是相似法
迦葉我已說　其有聰利者　我悉知是人
彼知已解了　自矜慜於已　是人於彼時
數數與我對
復次迦葉在家菩薩成就三法不退阿耨多羅三藐三菩提何等三父母不信化令住信父母毀戒勸令住戒父母慳貪勸令住捨歎無上道在大衆中而演說法是名初法在家

菩薩不退無上正眞之道復次迦葉在家菩薩應當善知可供養者及不可供若知是已諸可供者而設供食不可供者而不設供於是人所應修慈心迦葉是名第二法在家菩薩不退無上正眞之道復次迦葉在家菩薩所有財物勤苦集聚是不應失不令盡失不施於他堅藏牢舉施住淨戒沙門婆羅門平等封邑財封無繫一切淨行迦葉是名第三法在家菩薩不退無上正眞之道而說頌曰

若在家菩薩　集無上菩提　生起三種慧
以學無上道　若父及與母　惡慧無有信
勸之令生信　令趣向勝法　慳犯住戒捨
無慧者信慧　向無上菩提　勸令至是處
若去至四方　求善說法者　應行於法施
以增益智慧　犯戒教住戒　無信者教信
無慧者教慧　是人終不退　若見慧比丘
持戒多聞者　恭敬親近之　數數而諮問
所以近比丘　數數爲諮問　速疾受其法
是故不退轉　彼覺知增益　聞處及智者
覺知增益已　捨已肉供養　是有信解相
如我之所說　不以不信心　能趣向菩提
漸漸見增益　速疾得增長　於是諸增益
彼得不爲難　知是增益已　若自及與他
心喜而趣向　是人增益智　隨所有財封
本所聚集者　諸有持戒人　一切以置前
是無有異語　終不說異言　勇健進堅施
是能成如來　柔和易共住　勇健者得慈
歡喜而堅捨　如先後亦然　勇健上施主
不從他所求　衆施中最健　一切無不捨
若金銀及錢　本生亦曾施　希望於上法

甚深最上句　一切天及世　相應專供養
若求於法者　悉應供是人　勇健者集法
以法而活命　有智慧勝法　當爲救世者

復次迦葉在家菩薩有三法發阿耨多羅三藐三菩提已疾墮聲聞而般涅槃何等三若暫一發菩提心已怖畏地獄餓鬼畜生於是菩提道起衆擔想求諸善根不專思念不好善求是人爲於心意所害生起苦想迦葉是名初法在家菩薩退無上道疾墮聲聞而般涅槃復次迦葉在家菩薩若暫一發菩提心已若行施時瞋恚而與與已生悔是人不能至於佛智迦葉是爲二法在家菩薩退菩提心疾墮聲聞而般涅槃復次迦葉在家菩薩若暫一發菩提心已不勤精進集於多聞是人以是少許善根速入涅槃迦葉是名三法在家菩薩退菩提心而說頌曰

發菩提心已　而不修正行　毀壞於佛乘
墮在聲聞乘　菩提非不信　及懈怠者得
慳貪無智慧　是等作障礙　知恩住淨戒
心常樂行捨　捨是心歡喜　菩提不難得
心造作諸惡　心亦能行施　是衆生心堅
當作世間塔　若不捨是法　心趣向菩提
當作佛出世　爲世作福田

迦葉在家菩薩有三法退菩提心墮緣覺涅槃而般涅槃何等三是在家菩薩一發心已悋惜祕法迦葉是名在家菩薩初法退菩提心墮緣覺涅槃而般涅槃復次迦葉在家菩薩一發心已希望良時求覓吉日迦葉是名在家菩薩二法退菩提心墮緣覺涅槃而般涅槃復次迦葉在家菩薩懈怠懶惰不勤求

助菩提之法迦葉是名在家菩薩三法退菩提心墮緣覺涅槃而般涅槃而說頌曰

慳悋惜祕法　不教誨化人　當墮緣覺地
是退失菩提　是退墮於三　失利有苦來
去已而現在　是疑於菩提　思惟大乘已
速希望吉祥　此非信解相　物不親近是
若有極專心　堅求菩提道　此不禮事餘
惟除世間塔　若有是信心　不得其餘天
是成就最上　名爲天中天　生菩提心已
是不禮事餘　是有最上色　在在所生處

迦葉在家菩薩有三法得身極黑何等三取佛塔中所然燈明他有鬪諍生瞋恚心不預已事代他諍訟見黑色人而形呰之迦葉是名在家菩薩三法其身極黑而說頌曰

塔中然燈明　斷取是光明　其身極甚黑
猶如黑漆槃　見黑人形呰　我白汝極黑
是輕毀他已　受身黑如炭　善守護口業
作業終不失　隨如所作業　當有如是器

迦葉在家菩薩有三法生工巧家何等三迦葉在家菩薩自受五戒若有知識從遠而來與酒令飲或請餘人飲之以酒迦葉是名在家菩薩初法生工巧家復次迦葉在家菩薩自持淨行和合他人令行欲穢以此業故生工巧家迦葉是名在家菩薩二法生工巧家復次迦葉在家菩薩若見他人營造法事勤讀誦者然是人者欲造天舍而是菩薩語此人言汝捨讀誦營辦所作作已還讀以是業故生工巧家而說頌曰

以酒請他人　及與已知識　以酒爲上供
是業墮工巧　不能作刀針　及諸工巧事

惟能坐地已　手執捉韝囊　自已捨女人
向他讚婬欲　以是業報故　生墮工巧家
不能作刀針　不知鼓韝囊　教令執捉鎚
以鍛於打鐵　以此障礙法　令他捨法故
墮在工巧家　此人生是處　彼不見韝囊
亦不見鎚鉗　悉破壞衆器　其業報如是
迦葉護口業　亦護慎心業　一切不善法
不向他人說　生死受衆苦　生已增長愛
是故勤行法　捨諸不善法

迦葉在家菩薩成就三法生在王家顏色殊特端正可愛鮮淨紅白而不懶惰聰黠明了何等三迦葉在家菩薩都未曾見沙門婆羅門若其見已生信敬心此是福田此應供養此應禮敬此是福田生信敬已請與衣服飲食卧具及諸病藥迦葉是名初法在家菩薩生在王家復次迦葉在家菩薩堅住本誓住本誓時如說而住終不妄語迦葉是名二法在家菩薩生在王家復次迦葉在家菩薩於住淨戒沙門婆羅門所親近諮受修於堅法迦葉是名在家菩薩三法生大王家而說頌曰

慧者見已知　淨戒多聞者　是起如是心
往彼請命之　彼既請命已　如實而施作
是不爲涅槃　所施無所害　是取於堅法
如所親近者　種種智增益　速疾獲難得
如斯之信心　趣向菩提者　得菩提不難
如智者行處　最上活命已　捨最上財封
集聚上妙法　證於最上滅　是人生上族
是有上妙色　服上妙衣服　獲最上涅槃
知於如是法　有智聰慧人　修行無怯弱

如佛之所説　志趣向勝乘　是人到勝乘
滅一切結使　如彼最上果　如所造作業
果報亦如是　終始不敗亡　經百千億劫

迦葉在家菩薩住在家地成就三法種是善根終不受於五欲之樂乃至得於無上正道迦葉是在家菩薩受持五戒不向他人讚五欲樂不誘引女人勸修自業起如是心我今不當親近女人此終不欲五欲之樂乃至得成無上正道迦葉是名在家菩薩初法終不受於五欲之樂乃至得成無上正道復次迦葉在家菩薩若聞是等甚深經典淨信修習迦葉若是深經至於非器彼應勸進迦葉若善男子能令他人捨離疑心而是菩薩以此善根得無礙辯得不繫辯生及命終速得見佛既命終已得生天上不久當得阿耨多羅三藐三菩提迦葉是名在家菩薩二法乃至得成無上正道不受五欲復次迦葉在家菩薩所有善根皆悉迴向無上正道不樂色聲香味觸法不樂財封不樂自在不樂眷屬無漏之心無漏果報速成阿耨多羅三藐三菩提不受五欲樂迦葉是名在家菩薩三法不貪受於五欲之樂乃至得成無上正道而説頌曰

在家持五戒　護持善守護　離親近女人
輕毀斯下處　如是相似法　修習無漏足
若有疑惑者　教令速解了　一切諸善法
悉迴向菩提　以此諸善根　速捨五欲樂
常有於多聞　爲衆生説法　生起大悲心
求於菩提道　是故聞是已　生賢善妙欲
終不親近欲　速疾轉法輪

爾時大迦葉白佛言世尊今此經法以何名之我等當共而奉持之佛告迦葉是經名曰演說三戒亦名曰說菩薩禁戒亦名曰集一切佛法佛說此經已大德摩訶迦葉及諸大衆天人阿修羅乾闥婆聞佛所說皆大歡喜

大方廣三戒經卷下

音釋

捫摸 捫莫奔切捫撫也摸末各切摸㨶也 躃地 躃必益切躃地謂足不能行而仆手地也 蟥 胡光切馬蟥也 搏捶 搏補各切以手擊捶之累切以杖擊也 僂 力主切傴也 疽 七余切癰疽也 繚戾 繚力條切戾力計切 騃 五駭切癡也 矜慜 矜居陵切憐也慜美隕切恤也 韛囊 韛蒲拜切韛囊吹火器也 鎚 直追切 鍛 丁貫切冶金曰鍛 黠 胡八切慧也

佛說無量清淨平等覺經

後漢月支三藏支婁迦讖譯

清刻龍藏佛說法變相圖

佛說無量清淨平等覺經卷上

後漢月支三藏支婁迦讖譯

佛在王舍國靈鳥山中與大弟子衆千二百五十人菩薩七十二那術比丘尼五百人清信士七千人清信女五百人欲天子八十萬色天子七十萬徧淨天子六十那術梵天一億皆隨佛住神通飛化弟子名曰知本際賢者馬師賢者大力賢者安詳賢者能贊賢者滿願臂賢者無塵賢者氏聚迦葉賢者牛呞賢者上時迦葉賢者治恒迦葉賢者金杇坦迦葉賢者舍利弗賢者大目揵連賢者大迦葉賢者大迦旃延賢者多睡賢者大賈師賢者大瘦短賢者盈辯子賢者不爭有無賢者知宿命賢者了深定賢者善來賢者離越賢者癡王賢者氏戒聚賢者類親賢者氏梵經

賢者多欲賢者王宮生賢者吉來賢者氏黒山賢者經剎利賢者博聞賢者仁吉賢者其女弟子名曰大欽性比丘尼幻者比丘尼蓮香色比丘尼生地動比丘尼生地檐比丘尼生則侍者頭痛比丘尼安豐殖比丘尼體柔輭比丘尼勇生行比丘尼自淨比丘尼清信士名曰給飯孤獨長者安念衆長者快臂長者火英長者善容長者具足寶長者名遠聞長者香辟疫長者安吉長者施寶盈長者欣贊長者胎施般長者供異道長者勇降怨長者寶珥長者寶結長者清信女名曰生僂名曰黒晳名曰信法名曰輭善名曰樂涼名曰忍苦樂名曰樂愛優婆夷如此之人皆一種類消盡諸垢勇淨者也無數之衆悉共大會於時佛坐思念正道面有九色光數千百變光甚大明賢者阿難即從座起更正衣服稽首佛足長跪叉手前白佛言今佛面目光色何以時時更變明乃爾乎今佛面目光精數百千色上下明徹好乃如是我侍佛以來未曾見佛身體光曜巍巍重明乃爾我未曾見至真等正覺光明威神有如今日明好不妄會當念諸過去當來若他方佛國今現在佛佛告阿難有諸天來教汝諸佛教汝令問我耶若自從智出乎阿難白佛言亦無諸天無諸佛教我今問佛者自從意出來白佛耳每佛坐起若行出入有所至到所當作爲所當教勑我輒知佛意今佛獨當展轉相思故使面色光明乃如此耳佛言善哉阿難若所問者甚深快善多所度脱若問佛者勝於供養一天下阿羅漢辟支佛布施諸天人民及蜎

飛蠉動之類累劫百千萬億倍矣佛言阿難今諸天帝王人民及蜎飛蠉動之類汝皆度脫之佛言佛威神甚重難當若所問者大深汝乃慈心於佛所哀諸天人民若比丘比丘尼優婆塞優婆夷大善當爾時皆過度之佛語阿難如世間有優曇鉢樹但有實無有華天下有佛乃有華出耳世間有佛甚難得值今我作佛出於天下若有大德聰明善心豫知佛意若不妄在佛邊侍佛也若今所問善聽諦聽佛語阿難前巳過去劫大衆多不可計無邊幅不可議乃爾時有過去佛名錠光如來復次有佛名曰曜光復次有佛名日月香復次有佛名安明山復次有佛名日月面復次有佛名無塵垢復次有佛名無沾汙復次有佛名曰如龍無所不伏復次有佛名曰日光復次有佛名大音王復次有佛名寶潔明復次有佛名曰金藏復次有佛名餤寶光復次有佛名曰有舉地復次有佛名曰瑠璃光復次有佛名曰月光復次有佛名曰日音聲復次有佛名光明華復次有佛名神通遊持意如海復次有佛名嗟歎光復次有佛名具足寶潔復次有佛名曰光開化復次有佛名曰大香聞復次有佛名曰降棄恚嫉復次有佛名妙瑠璃紫磨金餤復次有佛名心持道華無能過者復次有佛名曰積衆華復次有佛名水月光復次有佛名曰除衆冥復次有佛名曰光蓋復次有佛名曰温和如來復次有佛名曰法意復次有佛名曰師子威象王步復次有佛名曰世豪復次有佛名曰淨音復次有佛名曰不可勝復次有佛名四樓

夷亘羅在中教授四十二劫皆已過去乃爾劫時作佛天上天下人中之雄經道法中勇猛之將佛爲諸天及世人民説經講道莫能過者世饒王聞經道歡喜開解便棄國位行作比丘名曇摩迦留發菩薩意爲人高才智慧勇猛無能踰者與世絶異到世饒王佛所稽首爲禮長跪叉手稱讚佛言

無量之光曜　威神無有極　如是之談明
無能與等者　若以日摩尼　火月水之形
其景不可及　其色亦難比　顔色難稱量
一切世之最　如是大音聲　徧諸無數剎
成以三昧定　精進及智慧　威德無有輩
殊勝亦希有　深微諦善念　從是得佛法
持覺若如海　其限無有底　瞋恚及愚癡
世尊之所無　嗟歎佛世雄　終始無猒足
佛如好華樹　莫不愛樂者　處處人民見
一切皆歡喜　令我作佛時　願使如法王
過度於生死　無不解脱者　檀施調伏意
戒忍及精進　如是三昧定　智慧爲上最
吾誓得佛者　普逮得此事　一切諸恐懼
我爲獲大安　假令有百千　億萬那術佛
如是佛之數　使如恒水沙　計以沙等佛
一切皆供養　不如求正覺　堅勇而不怯
譬如恒水中　流沙之世界　復倍不可計
無數之剎土　光焰一切照　徧此諸數國
如是精進力　威神難可量　令我爲世雄
國土最第一　其衆殊妙好　道場踰諸剎
國如泥洹界　而無有等雙　我當常愍哀
度脱一切人　十方往生者　其心悅清淨
已來到我國　快樂喜安隱　幸佛見信明

是我第一證　發願在於彼　精進力所欲
十方諸世尊　皆有無礙慧　常念此尊雄
知我心所行　令我身止住　於諸苦毒中
我行精進力　忍之終不悔
法寶藏比丘説此唱讚世饒王如來至眞等正覺已發意欲求無上正眞道最正覺我立是願如多陀竭佛所有者願悉得之拔人勤苦生死根本悉令如佛惟爲説經所可施行令疾得決我作佛時令無及者願佛爲我説諸佛國功德我當奉持當那中住取願作佛國亦如是佛語阿難其世饒王佛知其高明所願快善即爲法寶藏菩薩説經言譬如大海水一人斗量之一劫不止尚可枯盡令海空竭得其底泥人至心求道何而當不可得乎求索精進進不休止者會得心中所欲願耳法寶藏菩薩聞世饒王佛説經如是則大歡喜踊躍其佛則爲選擇二百一十億佛國中諸天人民善惡國土之好醜爲選心中所願用與之世饒王佛説經竟法寶藏菩薩便一其心則得天眼徹視悉自見二百一十億諸佛國中諸天人民之善惡國土之好醜則選心所欲願便結得是二十四願經則奉行之精進勇猛勤苦求索如是無央數劫所師事供養諸已過去佛亦無央數其法寶藏菩薩至期然後自致得作佛名無量清淨覺最尊智慧勇猛光明無比今現在所居國甚快善在他方異佛國教授八方上下無央數諸天人民及蜎飛蠕動之類莫不得過度解脱憂苦者無量清淨佛爲菩薩時常奉行是二十四願珍寶愛重保持恭順精進禪行之與

衆超絶卓然有異皆無有能及者佛言何等爲二十四願者一我作佛時令我國中無有地獄禽獸餓鬼蜎飛蝡動之類得是願乃作佛不得從是願終不作佛二我作佛時令我國中人民有來生我國者從我國去不復更地獄餓鬼禽獸蝡動有生其中者我不作佛三我作佛時人民有來生我國者不一色類金色者我不作佛四我作佛時人民有來生我國者天人世間人有異者我不作佛五我作佛時人民有來生我國者皆自推所從來生本末所從來十億劫宿命不悉知念所從來生我不作佛六我作佛時人民有來生我國者不悉徹視我不作佛七我作佛時人民有來生我國者不悉知他人心中所念者我不作佛八我作佛時我國中人民不悉飛者我不作佛九我作佛時我國中人民不悉徹聽者我不作佛十我作佛時我國中人民有愛欲者我不作佛十一我作佛時我國中人民住止盡般泥洹不爾者我不作佛十二我作佛時我國諸弟子令八方上下各千億佛國中諸天人民蝡動之類作緣一覺大弟子皆禪一心共數我國中諸弟子住至百億劫無能數者不爾者我不作佛十三我作佛時令我光明勝於日月諸佛之明百億萬倍照無數天下窈冥之處皆常大明諸天人民蝡動之類見我光明莫不慈心作善來生我國不爾者我不作佛十四我作佛時令八方上下無數佛國諸天人民蝡動之類令得緣一覺果證弟子坐禪一心欲共計知我年壽幾千萬億劫令無能知壽崖底者不爾者我不

作佛十五我作佛時人民有來生我國者除我國中人民所願餘人民壽命無有能計者不爾者我不作佛十六我作佛時國中人民皆使莫有惡心不爾者我不作佛十七我作佛時令我名聞八方上下無數佛國諸佛各於弟子衆中歎我功德國土之善諸天人民蜎動之類聞我名字皆悉踊躍來生我國不爾者我不作佛十八我作佛時諸佛國人民有作菩薩道者常念我淨潔心壽終時我與不可計比丘衆飛行迎之共在前立即還生我國作阿惟越致不爾者我不作佛十九我作佛時他方佛國人民前世爲惡聞我名字及正爲道欲來生我國壽終皆令不復更三惡道則生我國在心所願不爾者我不作佛二十我作佛時我國諸菩薩不一生等置是餘願功德不爾者我不作佛二十一我作佛時我國諸菩薩不悉三十二相者我不作佛二十二我作佛時我國諸菩薩欲共供養八方上下無數諸佛皆令飛行欲得萬種自然之物則皆在前持用供養諸佛悉徧已後日未中則還我國不爾者我不作佛二十三我作佛時我國諸菩薩欲飯時則七寶盋中生自然百味飯食在前食已盋皆自然去不爾者我不作佛二十四我作佛時我國諸菩薩說經行道不如佛者我不作佛佛告阿難無量清淨佛爲菩薩時常奉行是二十四願分檀布施不犯道禁忍辱精進一心智慧志願常勇猛不毀經法求索不懈每獨棄國捐王絕去財色精明求願無所適莫積功累德無央數劫自致作佛悉皆得之不亡其功也佛

言無量清淨佛光明最尊第一無比諸佛光明皆所不及也八方上下無央數諸佛中有佛頂中光明照七丈中有佛頂中光照一里中有佛頂中光明照五里中有佛頂中光照二十里中有佛頂中光明照四十里中有佛頂中光明照八十里中有佛頂中光明照百六十里中有佛頂中光明照三百二十里中有佛頂中光明照六百四十里中有佛頂中光明照千三百里中有佛頂中光明照二千六百里中有佛頂中光明照五千二百里中有佛頂中光明照萬四百里中有佛頂中光明照二萬一千里中有佛頂中光明照四萬二千里中有佛頂中光明照八萬四千里中有佛頂中光明照十七萬里中有佛頂中光明照三十五萬里中有佛頂中光明照七十萬里中有佛頂中光明照百五十萬里中有佛頂中光明照三百萬里中有佛頂中光明照六百萬里中有佛頂中光明照千二百萬里中有佛頂中光明照一佛國中有佛頂中光明照兩佛國中有佛頂中光明照四佛國中有佛頂中光明照八佛國中有佛頂中光明照十五佛國中有佛頂中光明照三十佛國中有佛頂中光明照六十佛國中有佛頂中光明照百二十佛國中有佛頂中光明照五百佛國中有佛頂中光明照千佛國中有佛頂中光明照二千佛國中有佛頂中光明照四千佛國中有佛頂中光明照八千佛國中有佛頂中光明照萬六千佛國中有佛頂中光明照三萬二千佛國中有佛頂中光明照六萬四千佛國中有佛頂中光明照十三

萬佛國中有佛頂中光明照二十六萬佛國中有佛頂中光明照五十萬佛國中有佛頂中光明照百萬佛國中有佛頂中光明照二百萬佛國佛言八方上下無央數諸佛其頂中光明所照皆如是也無量清淨佛頂中光明焰照千萬佛國所以諸佛光明所照有遠近者何本前世宿命求道爲菩薩時所願功德各自有大小至期然後作佛時悉各自得之是故令光明轉不同等諸佛威神同等耳自在意所欲作爲不豫計無量清淨佛光明所照最大諸佛光明皆所不能及也佛稱譽無量清淨佛光明無量清淨佛光明極善善中明好甚快無比絶殊無極也無量清淨佛光明殊好勝於日月之明百億萬倍也無量清淨佛光明諸佛光明中之極明也無量清淨佛光明諸佛光明中之極好也無量清淨佛光明諸佛光明中之極雄傑也無量清淨佛光明諸佛光明中之快善也無量清淨佛光明諸佛光明中之王也無量清淨佛光明諸佛光明中之最極尊也無量清淨佛光明諸佛光明中之壽明無極無量清淨佛光明焰照諸無央數天下幽冥之處皆常明諸有人民蜎飛蠕動之類莫不見無量清淨佛光明見無量清淨佛光明莫不慈心歡喜者世間諸有婬泆瞋怒愚癡見無量清淨佛光明莫不作善也諸泥犂禽獸薜荔拷掠勤苦之處見無量清淨佛光明至皆休止不得復治死後莫不得解脱憂苦者也無量清淨佛光明名聞八方上下無窮無極無央數佛國諸天人民莫不聞知聞知者莫不得過度者佛

言我不獨稱譽無量清淨佛光明也八方上下無央數諸佛辟支佛菩薩阿羅漢所稱譽皆如是佛言其有人民善男子善女人聞無量清淨佛聲稱譽光明如是朝暮常稱譽其光明明好至心不斷絶在心所欲願往生無量清淨佛國可得爲諸菩薩阿羅漢所尊敬智慧勇猛若其然後作佛者亦當復爲八方上下無央數辟支佛菩薩阿羅漢所稱譽光明亦當復如是則衆比丘僧諸菩薩阿羅漢諸天帝王人民聞之皆歡喜踊躍莫不讃歎者佛言我道無量清淨佛光明姝好巍巍稱譽快善晝夜一劫尚未竟也我但爲若曹小説之耳佛説無量清淨佛爲菩薩求索得是二十四願時阿闍世王太子與五百大長者迦羅越子各持一金華蓋前上佛已悉却坐

一面聽經阿闍世王太子及五百長者子聞無量清淨佛二十四願皆大歡喜踊躍心中俱願言令我等後作佛時皆如無量清淨佛佛則知之告諸比丘僧是阿闍世王太子及五百長者子却後無央數劫皆當作佛如無量清淨佛佛言是阿闍世王太子五百長者子作菩薩道以來無央數劫皆各供養四百億佛已今復來供養我是阿闍世王太子及五百人等皆前世迦葉佛時爲我作弟子今皆復會是共相值也則諸比丘僧聞佛言皆心踊躍莫不歡喜者佛告阿難無量清淨佛作佛以來凡十小劫所居國名須摩提正在西方去是閻浮利地界千億萬須彌山佛國其國地皆自然七寶其一寶者名白銀二寶者名黄金三寶者水精四寶者瑠璃五寶者

珊瑚六寶者琥珀七寶者硨磲是七寶皆以自共爲地曠蕩甚大無極皆自相參轉相入中各自焜煌參光極明自然輭甚姝好無比如其七寶地諸八方上下衆寶中精都自然之合會共化生耳其寶比如第六天上之七寶也其國中無有須彌山其日月星辰第一四天王第二忉利天皆在虛空中其國土無有大海水亦無小海水無江河恒水也亦無山林溪谷無有幽冥之處其國七寶地皆平正無有泥犂禽獸餓鬼蜎飛蠕動之類也無阿須倫諸龍鬼神也終無有大雨時亦無春夏秋冬也亦無有大寒亦不大熱常和調中適甚快善無比皆有萬種自然之物百味飲食意欲有所得則自然在前意不用者則自然化去比如第六天上自然之物恣若自然則皆隨意其國中悉諸菩薩阿羅漢無有婦女壽命極壽壽亦無央數劫女人往生者則化生皆作男子但有菩薩阿羅漢無央數悉皆洞視徹聽悉遥相見遥相瞻望遥相聞語聲悉皆求道善者同一種類無有異人也其諸菩薩阿羅漢面目皆端正清潔絶好悉同一色無有偏醜惡者諸菩薩阿羅漢皆才猛黠慧其所衣服皆衣自然之衣都心中所念常念道德其所欲語言便皆豫相知意其所念言道常説正事其國中諸菩薩阿羅漢自共相與語言輒説經道終不説他餘之惡其語言音響如三百鍾聲皆相敬愛無有相憎者皆自以長幼上下先後言之都共往會以義而禮轉相敬事如兄如弟以仁履義不妄動作言語而誠轉相教令不相違戾轉相承

受皆心潔淨無所貪慕終無有婬泆瞋怒之心愚癡之態也無有邪心念婦女意也悉智慧勇猛和心歡樂好喜經道皆自知其前世所從來生億萬劫世時宿命善惡存亡現在却知無極無量清淨佛所可教授講堂精舍皆復自然七寶金銀水精瑠璃白玉琥珀硨磲自共轉相成也甚殊明好絶姝無比亦無有作者亦不知所從來亦無有持來者亦無所從去無量清淨佛所願德重其人作善故論經語義説經行道講會其中自然化生耳其講堂精舍皆復有七寶樓觀欄楯復以金銀水精瑠璃白玉琥珀硨磲爲瓔珞復以白珠明月珠摩尼珠爲交絡覆蓋其上皆自作五音聲其聲甚妙無比無量清淨佛國諸菩薩阿羅漢所居舍宅皆復以七寶金銀水精

瑠璃珊瑚琥珀硨磲碼碯化生轉共相成也其舍宅皆悉各有七寶樓觀欄楯復以金銀水精瑠璃白玉琥珀硨磲爲瓔珞復以白珠明月珠摩尼珠爲交絡覆蓋其上皆各復自作五音聲無量清淨佛講堂精舍及諸菩薩阿羅漢所居七寶舍宅中外内處處皆復自然流泉水浴池其浴池者皆復以自然七寶七寶俱生金銀水精瑠璃珊瑚琥珀硨磲轉共相成也水底沙皆復以七寶金銀水精瑠璃珊瑚琥珀硨磲也有純白銀池者其底沙皆黃金也中有純黃金池者其水底沙皆白銀也中有純水精池者其水底沙皆瑠璃也中有純瑠璃池者其水底沙皆水精也中有純珊瑚池者其水底沙皆琥珀也中有純琥珀池者其水底沙皆珊瑚也中有純硨磲池

者其水底沙皆碼碯也中有純碼碯池者其水底沙者皆硨磲也中有純白玉池者其水底沙者皆紫磨金也中有純紫磨金池者其水底沙者皆白玉也中復有二寶共作一池者其水底沙者皆金銀也中復有三寶共作一池者其水底沙者皆金銀水精也中復有四寶共作一池者其水底沙金銀水精瑠璃也中復有五寶共作一池者其水底沙皆金銀水精瑠璃珊瑚琥珀也中復有六寶共作一池者其水底沙皆金銀水精瑠璃珊瑚琥珀硨磲也中復有七寶共作一池者其水底沙皆金銀水精瑠璃珊瑚琥珀硨磲碼碯也其浴池中有長四十里者中有池長八十里者中有池長百六十里者中有池長三百二十里者中有池長六百四十里者中有池長千二百八十里者中有浴池長二千五百六十里者中有浴池長五千一百二十里者中有浴池長萬二百四十里者中有浴池長二萬四百八十里者其縱廣各適等是浴池者皆諸菩薩阿羅漢常所可浴池佛言無量清淨佛浴池長四萬八千里廣亦四萬八千里其浴池皆七寶轉自共相成其池水底沙皆復以七寶白珠明月珠摩尼珠也無量清淨佛及諸菩薩阿羅漢浴池中水皆清淨香潔中皆有香華悉自然生百種華種種異色異香華皆千葉諸華甚香無比香不可言也其華香者亦復非世間之華復勝天上之華是華香者八方上下衆華香中精自然生耳池中水流行轉相灌注池中水流亦不遲亦不駛皆復自作五音聲佛言八方上下無央數

佛國諸天人民及蜎飛蠕動之類諸生無量清淨佛國者都皆於是七寶水池蓮華中化生便則自然長大亦無乳養之者皆食自然之飲食其身體者亦非世間人之身體也亦非天上人之身體也皆積衆善之德悉受自然虛無之身體甚姝好無比佛語阿難如世間貧窮乞丐人令在帝王邊住者其人面目形貌何等類乎寧類帝王面目形貌顏色不阿難言假令使子在帝王邊住者其面目形狀甚醜惡不好不如帝王面目形類姝好百千億萬倍也所以者何見乞人貧窮困極飲食未曾有美食時也既惡食不能得飽食食纔支命骨節相撑拄無所用自給常乏無有儲積飢餓寒凍怔忪愁苦但坐其前世宿命爲人時愚癡無智富益慳貪有財不肯慈哀仁賢爲善博愛施與但欲唐得貪惜飲食獨食嗜美不信施貸後得償報也復不信作善後世得其福蒙蘢頑很益作衆惡如是壽終財物盡索素無恩德無所恃怙入惡道中坐之適苦然後得出解脫今生爲人作於下賤貧家作子强像人形狀貌甚醜衣被弊壞單空獨立不蔽形體乞丐生活耳飢寒困苦面目羸劣不類人色坐其前世身之所作受其殃罰示衆見之莫誰哀者棄捐市道暴露瘠瘦黑醜惡極不及人耳所以帝王人中獨尊最好者何皆其前世宿命爲人時作善信愛樂經道布施恩德博愛順義慈仁喜與不貪飲食與衆共之無所遺惜都無違諍得其福德壽終德隨不更惡道今生爲人得生王家自然尊貴獨王典主攬制人民爲人雄傑面

自潔白和顏好色身體端正衆共敬事美食好衣隨心恣意在樂所欲自然在前都無違諍於人中殊好無憂快樂面色光澤故乃爾耳佛告阿難若言是也如帝王雖於人中獲好無比當令在遮迦越王邊住者其面目形貌甚醜惡其狀不好比而乞人在帝王邊住耳帝王面醜尚復不如遮迦越王面色殊好百千億萬倍也如遮迦越王於天下絶好無比當令在第二忉利天帝釋邊住者其面甚醜不好尚復不如天帝釋面貌端正殊好百千億萬倍也如天帝釋令在第六天王邊住者其面貌甚醜不好尚復不如第六天王面貌端正殊好百千億萬倍也如第六天王令在無量清淨佛國中諸菩薩阿羅漢邊住者其面甚醜尚復不如無量清淨佛國中諸菩薩阿羅漢面貌端正殊好百千億萬倍也佛言無量清淨佛諸菩薩阿羅漢面貌悉皆端正絶好無比次於泥洹之道也佛告阿難無量清淨佛及諸菩薩阿羅漢講堂精舍所居處舍宅中外浴池上皆有七寶樹中有純銀樹中有純金樹中有純水精樹中有純瑠璃樹中有純白玉樹中有純珊瑚樹中有純琥珀樹中有純硨磲樹種種各自異行中復有兩寶共作一樹者銀樹銀根金莖銀枝金葉銀華金實金樹者金根銀莖金枝銀葉金華銀實是兩寶樹轉共相成各自異行中復有三寶共作一樹者銀樹銀根金莖水精枝銀葉金華水精實金樹者金根銀莖水精枝金葉銀華水精實水精樹者水精根銀莖金枝水精葉銀華金實是三寶樹轉共相成各自

異行中復有四寶共作一樹者銀樹銀根金莖水精枝瑠璃葉銀華金實金樹者金根銀莖水精枝瑠璃葉金華銀實水精樹者水精根瑠璃莖銀枝金葉水精華瑠璃實瑠璃樹者瑠璃根水精莖金枝銀葉瑠璃華水精實是四寶樹轉共相成各自異行中復有五寶共作一樹者銀樹銀根金莖水精枝瑠璃葉珊瑚華銀實金樹者金根銀莖水精枝瑠璃葉珊瑚華銀實水精樹者水精根瑠璃莖珊瑚枝金葉銀華瑠璃實瑠璃樹者瑠璃根珊瑚莖水精枝金葉銀華珊瑚實珊瑚樹者珊瑚根瑠璃莖水精枝金葉銀華瑠璃實是五寶樹轉共相成各自異行中復有六寶共作一樹者銀樹銀根金莖水精枝瑠璃葉珊瑚華琥珀實金樹者金根銀莖水精枝瑠璃葉琥珀華珊瑚實水精樹者水精根瑠璃莖珊瑚枝銀葉琥珀華金實瑠璃樹者瑠璃根珊瑚莖琥珀枝水精葉金華銀實珊瑚樹者珊瑚根琥珀莖銀枝金葉水精華瑠璃實琥珀樹者琥珀根珊瑚莖金枝銀葉瑠璃華水精實是六寶樹轉共相成各自異行中復有七寶共作一樹者銀樹銀根金莖水精節瑠璃枝珊瑚葉琥珀華硨磲實金樹者金根水精莖瑠璃節珊瑚枝琥珀葉硨磲華銀實水精樹者水精根瑠璃莖珊瑚節琥珀枝硨磲葉白玉華金實瑠璃樹者瑠璃根珊瑚莖琥珀節白玉枝硨磲葉水精華銀實珊瑚樹者珊瑚根琥珀莖白玉節銀枝明月珠葉金華水精實琥珀樹者琥珀根白玉莖珊瑚節瑠璃枝硨磲葉水精華金實白玉樹者白玉根硨

磲莖瑠璃節珊瑚枝琥珀葉金華摩尼珠實是七寶樹轉共相成種種各自異行行行自相值莖莖自相准枝枝自相值葉葉自相向華華自相望極自輭好實實自相當佛言無量清淨佛講堂精舍中外內七寶浴池繞邊上諸七寶樹及諸菩薩阿羅漢七寶舍宅中外七寶池繞池邊七寶樹數千百重行皆各各如是行行自作五音聲甚好無比佛語阿難如世間帝王萬種妓樂音聲不如遮迦越王諸妓樂一音聲好百千億萬倍也如遮迦越王萬種妓樂音聲尚復不如第二忉利天上諸妓樂一音聲好百千億萬倍也如忉利天上萬種妓樂之聲尚復不如第六天上諸妓樂一音聲好百千萬倍也如第六天上萬種音樂之聲尚復不如無量清淨佛國中七寶樹一音聲好百千億萬倍也無量清淨佛國亦有萬種自然之妓樂無極也無量清淨佛及諸菩薩阿羅漢欲浴時便各自入其七寶池中浴諸菩薩阿羅漢意欲令水沒足水則沒足意欲令水至膝水則至膝意欲令水至腰水則至腰意欲令水至腋水則至腋意欲令水至頸水則至頸意欲令水自灌身上水則灌身上意欲令水轉復還如故水則轉還復如故恣若隨意所欲好喜佛言無量清淨佛及諸菩薩阿羅漢皆浴已悉自於一蓮華上坐則四方自然亂風起其亂風者亦非世間之風也亦復非天上之風也是亂風者都爲八方上下衆風中之自然都相合會共化生耳其亂風亦不大寒亦不大温常和調中適其涼好無比亂風徐起亦不遲亦不疾

適得中宜吹國中七寶樹七寶樹皆復自作五音聲亂風吹華悉覆蓋其國中華皆自散無量清淨佛及諸菩薩阿羅漢上華適墮地華皆厚四寸極自輭好無比華小萎則自然亂風吹萎華悉自然去則復四方復自然亂風起吹七寶樹七寶樹皆復自作五音聲亂風吹華悉復自然散無量清淨佛及諸菩薩阿羅漢上華墮地則自然亂風復吹萎華悉自然去則復四方自然亂風起吹七寶樹華如是者四及諸菩薩阿羅漢中有但欲聞經者中有但欲聞音樂聲者中有但欲聞華香者中有不欲聞經者中有不欲聞五音者中有不欲聞華香者其所欲聞者輒則獨聞之其所不欲聞者了獨不聞也則皆自然隨意在所欲喜樂不違其心中所欲願也無量清淨佛及諸菩薩阿羅漢皆浴訖已各自去其諸菩薩阿羅漢各自行道中有在地講經者中有在地誦經者中有在地說經者中有在地口受經者中有在地聽經者中有在地念經者中有在地思道者中有在地坐禪一心者中有在地經行者中有在虛空中講經者中有在虛空中誦經者中有在虛空中說經者中有在虛空中口受經者中有在虛空中聽經者中有在虛空中念經者中有在虛空中思念道者中有在虛空中坐禪一心者中有在虛空中經行者中有未得須陀洹道者則得須陀洹道中有未得斯陀含道者則得斯陀含道中有未得阿那含道者則得阿那含道中有未得阿羅漢道者則得阿羅漢道中有未得阿惟越致菩薩者則得阿惟越致

菩薩菩薩阿羅漢各自説經行道皆悉得道莫不歡喜踊躍者諸菩薩中有意欲供養八方上下無央數諸佛即皆俱前爲無量清淨佛作禮却長跪乂手白佛辭行欲供養八方上下諸無央數佛無量清淨佛則然可之則使其行供養諸菩薩等皆大歡喜數千億萬人無央數不可復計皆智慧勇猛各自翻飛等輩相追俱共散飛則行即到八方上下無央數諸佛所皆前爲佛作禮便則供養諸佛其諸菩薩意欲得萬種自然之物在前則自然百種雜色華百種自然雜繒幡綵百種物自然劫波育衣自然七寶自然燈火自然萬種妓樂悉皆在前其華香萬種自然之物者亦非世間之物也亦復非天上之物也是萬種之物都爲八方上下衆物自然共合會化

生耳意欲得者則自然化生在前意不用者便則自化去諸菩薩便共持供養諸佛及諸菩薩阿羅漢上邊傍前後迴遶周帀自在意所欲得則輒皆至當爾之時快樂不可言也諸菩薩意各欲得四十里華則自然四十里華在前諸菩薩皆於虛空中共持華則散諸佛及諸菩薩阿羅漢上華皆在虛空中下向華甚香好華適小萎便自墮地則自然亂風吹萎華悉自然去諸菩薩意各復欲得八十里華則自然八十里華在前諸菩薩皆復於虛空中共持華散諸菩薩阿羅漢上華皆復在虛空中下向華小萎便自墮地則自然亂風吹萎華去諸菩薩意各復欲得百六十里華則自然百六十里華在前諸菩薩皆復於虛空中共持華則散諸佛及諸菩薩阿羅漢

上華皆復於虛空中下向華適小萎便自墮地則自然亂風吹華悉自然去諸菩薩意各復欲得三百二十里華則自然三百二十里華在前諸菩薩皆復於虛空中共持華則散諸佛及諸菩薩阿羅漢上華皆復在虛空中下向華適小萎便自墮地則自然亂風吹華悉自然去諸菩薩意各復欲得六百四十里華則自然六百四十里華在前諸菩薩皆復於虛空中共持華散諸佛及諸菩薩阿羅漢上華皆復在虛空中下向華適小萎便自墮地則自然亂風吹華悉自然去諸菩薩意各復欲得千二百八十里華則自然千二百八十里華在前諸菩薩皆復於虛空中共持華散諸佛及諸菩薩阿羅漢上華皆復在虛空中下向華適小萎便自墮地則自然亂風吹華悉自然去諸菩薩意各復欲得二千五百六十里華則自然二千五百六十里華在前諸菩薩皆復於虛空中共持華散諸佛及諸菩薩阿羅漢上華皆復在虛空中下向華適小萎便自墮地則自然亂風吹華悉自然去諸菩薩意各復欲得五千一百二十里華則自然五千一百二十里華在前諸菩薩皆復於虛空中共持華則散諸佛及諸菩薩阿羅漢上華皆復在虛空中下向華適小萎便自墮地則自然亂風吹華悉自然去諸菩薩意各復欲得萬二百四十里華則自然萬二百四十里華在前諸菩薩皆復於虛空中共持華散諸佛及諸菩薩阿羅漢上華皆復在虛空中下向華適小萎便自墮地則自然亂風吹華則自然去諸菩薩意各復欲得二萬四

百八十里華則自然二萬四百八十里華在前諸菩薩皆復於虛空中持華散諸佛及諸菩薩阿羅漢上華皆復在虛空中下向華適小萎便自墮地自然亂風吹華悉自然去諸菩薩意各復欲得五萬里華則自然五萬里華在前諸菩薩皆復於虛空中共持華散諸佛及諸菩薩阿羅漢上華皆在虛空中下向華適小萎便自墮地則自然亂風吹華悉自然去諸菩薩意各復欲得十萬里華則自然十萬里華在前諸菩薩皆復於虛空中共持華則散諸佛及諸菩薩阿羅漢上華皆在虛空中下向華適小萎便自墮地則自然亂風吹華悉自然去諸菩薩意各復欲得二十萬里華則自然二十萬里華在前諸菩薩皆復於虛空中共持華則散諸佛及諸菩薩阿羅

漢上華皆在虛空中下向華適小萎便自墮地則自然亂風吹華悉自然去諸菩薩意各復欲得四十萬里華則自然四十萬里華在前諸菩薩皆復於虛空中共持華則散諸佛及諸菩薩阿羅漢上華皆在虛空中下向華適小萎便自墮地則自然亂風吹華悉自然去諸菩薩意各復欲得八十萬里華則自然八十萬里華在前諸菩薩皆復於虛空中共持華則散諸佛及諸菩薩阿羅漢上華皆在虛空中下向華適小萎便自墮地則自然亂風吹華則自然去諸菩薩意各復欲得百六十萬里華則自然百六十萬里華在前諸菩薩皆復於虛空中共持華則散諸佛及諸菩薩阿羅漢上華皆在虛空中下向華適小萎便自墮地則自然亂風吹華悉自然去諸菩

薩意各復欲得三百萬里華則自然三百萬里華在前諸菩薩皆復於虚空中共持華則散諸佛及諸菩薩阿羅漢上華皆在虚空中下向華適小萎便自墮地則自然亂風吹華悉自然去諸菩薩意各復欲得四百萬里華則自然四百萬里華在前諸菩薩心意俱大歡喜踊躍皆在虚空中共持華則散諸佛及諸菩薩阿羅漢上華都自然合爲一華華正團圓周帀各適等華轉倍前極自輭好轉勝於前華好數百千色色異香甚香不可言諸菩薩大歡喜俱於虚空中大共作衆音自然妓樂樂佛及諸菩薩阿羅漢當是之時快樂不可言諸菩薩皆悉却坐聽經聽經竟則悉皆諷誦通利重知經道益明智慧其諸華香小萎便自墮地則自然亂風吹華悉皆自然去則諸佛國中從第一四天王上至三十六天上諸菩薩阿羅漢天人皆復於虚空中大共作衆音妓樂諸天人前來者轉去避後來者後來者轉復供養如前更相開避諸天人歡喜聽經皆大共作音樂當是之時快樂無極諸菩薩供養聽經訖竟便皆起爲諸佛作禮而去則復飛到八方上下無央數諸佛所則復供養聽經皆各如前時悉徧以後日未中時諸菩薩則皆飛而去則還其國悉爲前無量清淨佛作禮皆却坐一面聽經聽經竟皆大歡喜

佛說無量清淨平等覺經卷上

音釋

牛呞 呞書之切牛呞也 憍梵鉢提名也
珥 忍止切
蜎 隳緣切與翾同小飛
蠕 乳兖切蟲動貌
錠 徒徑切
窈冥 窈伊鳥切冥忙經切窈冥深遠

凶也

盋 比末切與鉢同

適莫 適丁歷切意所必從曰適莫末各切不可也

薜荔 梵語也具云薜荔多此云餓鬼薜蒲計切荔力計切

拷掠 拷苦浩切打也掠離灼切笞也

駛 踈士切疾也

撐拄 撐抽庚切拄腫庚切

怔忪 怔諸盈切忪職容切怔忪心動懼貌

頑很 頑魚鰥切愚也很下懇切不聽從也

痟 相腰切渴病也

攬制 攬虜敢切持也制征利切御也

頸 居郢切頭莖也

佛說無量清淨平等覺經卷中

後漢月支三藏支婁迦讖譯

佛言無量清淨佛及諸菩薩阿羅漢欲食時則自然七寶几自然劫波育自然罽氎以爲座無量清淨佛及諸菩薩阿羅漢皆坐已前悉有自然七寶鉢中皆有自然百味飲食飲食者亦不類世間飲食之味也亦復非天上飲食之味也此百味飲食者都爲八方上下衆自然之飲食中精味甚香美無有比都自然化生耳其飲食自在所欲得味甜酢鉢自在所欲得諸菩薩阿羅漢中有欲得銀鉢者中有欲得金鉢者中有欲得水精鉢者中有欲得瑠璃鉢者中有欲得珊瑚鉢者中有欲得琥珀鉢者中有欲得白玉鉢者中有欲得硨磲鉢者中有欲得碼碯鉢者中有欲得明月珠鉢者中有欲得摩尼珠鉢者中有欲得紫磨金鉢者滿其中百味飲食自恣若隨意則至亦無所從來亦無有供作者自然化生耳諸菩薩阿羅漢皆食食亦不多亦不少悉自然平等諸菩薩阿羅漢食亦不言美惡亦不以美故喜食已諸飯具鉢几座皆自然化去欲食時乃復化生耳諸菩薩阿羅漢皆心清潔不慕飯食但用作氣力耳皆自然消散靡盡化去佛告阿難阿彌陀佛爲諸菩薩阿羅漢說法時都悉大會講堂上其國諸菩薩阿羅漢及諸天人民無央數都不可復計皆飛到無量清淨佛所悉前爲無量清淨佛作禮却坐聽經無量清淨佛便則爲諸比丘僧諸菩薩阿羅漢諸天人民廣說道智大經皆悉聞知經道莫不歡喜踊躍心開解者則四

方自然亂風起吹國中七寶樹七寶樹皆復作五音聲亂風吹七寶華覆蓋其國皆在虛空中下向華甚香極自輭好香徧國中華皆自散無量清淨佛及諸菩薩阿羅漢上華墮地皆厚四寸華適小萎則自然亂風吹萎華自然去則四方俱復自然亂風起吹七寶樹七寶樹皆復自然作五音聲亂風吹七寶樹華華復如前皆自然散無量清淨佛及諸菩薩阿羅漢上華墮地復厚四寸華小萎則自然亂風吹萎華悉自然去亂風吹華如是四反則第一四天王諸天人第二忉利天上諸天人第三天上諸天人第四天上諸天人第五天上諸天人第六天上諸天人第七梵天上諸天人上至第十六天上諸天人上至三十六天上諸天人皆持天上萬種自然之物

百種雜色華百種雜香百種雜繒綵百種波育氎衣萬種妓樂轉倍好相勝各持來下爲無量清淨佛作禮則供養無量清淨佛及諸菩薩阿羅漢諸天人皆復大作妓樂樂無量清淨佛及諸菩薩阿羅漢當是之時快樂不可言也諸天人前來者轉去避後來者後來者轉復供養如前更相開避則東方無央數佛國不可復計如恒水邊流沙一沙一佛其數如是諸佛各遣諸菩薩無央數不可復計皆飛到無量清淨佛所則爲無量清淨佛作禮以頭面著佛足悉却坐一面聽經聽經竟諸菩薩皆大歡喜悉起爲無量清淨佛作禮而去則西方無央數諸佛國復如恒水邊流沙一沙一佛其數如是諸佛各復遣諸菩薩無央數都不可復計皆飛到無量清淨佛所

則前爲無量清淨佛作禮以頭面著佛足悉
却坐一面聽經聽經竟諸菩薩皆大歡喜起
爲無量清淨佛作禮而去則北方無央數諸
佛國復如恒水邊流沙一沙一佛其數如是
諸佛各復遣諸菩薩無央數都不可復計皆
飛到無量清淨佛所則前爲無量清淨佛作
禮以頭面著佛足悉却坐一面聽經聽經竟
諸菩薩皆大歡喜起爲無量清淨佛作禮而
去則南方無央數諸佛國復如恒水邊流沙
一沙一佛其數如是諸佛各復遣諸菩薩無
央數都不可復計皆飛到無量清淨佛所則
前爲無量清淨佛作禮以頭面著佛足悉却
坐一面聽經聽經竟諸菩薩皆大歡喜起爲
無量清淨佛作禮而去則復四角無央數諸
佛國各復如恒水邊流沙一沙一佛其數各

如是諸佛各復遣諸菩薩無央數都不可復
計皆飛到無量清淨佛所前爲無量清淨佛
作禮已頭面著佛足悉却坐一面聽經聽經
竟諸菩薩皆大歡喜起爲無量清淨佛作禮
而去佛言八方上下諸無央數佛更遣諸菩
薩飛到無量清淨佛所聽經供養轉更相開
避如是則下面諸八方無央數佛國一方者
各復如恒水邊流沙一沙一佛其數復如是
諸佛各遣諸菩薩無央數都不可復計皆飛
到無量清淨佛所前爲阿彌陀佛作禮以頭
面著佛足悉却坐聽經聽經竟諸菩薩皆大
歡喜起爲無量清淨佛作禮而去上方諸佛
更遣諸菩薩飛到無量清淨佛所聽經供養
更相開避前來者則去避後來者後來者供
養亦復如是終無休絶極時

譬若如恒沙剎　東方佛國如是
各各遣諸菩薩　稽首禮無量覺
西南北面皆爾　如是恒沙數土
是諸佛遣菩薩　稽首禮無量覺
此十方菩薩飛　皆以衣祴諸華
天拘蠶種種具　徃供養無量覺
諸菩薩皆大集　稽首禮無際光
遶三帀叉手住　歎國尊無量覺
皆持華散佛上　心清淨稱無量
於佛前住自説　願使我剎如此
所散華止虛空　合成蓋百由旬
其柄妙嚴飾好　悉徧覆衆會上
諸菩薩都徃至　諸尊剎難得值
如是人聞佛名　快安隱得大利
吾等類得是德　諸此剎獲所好

計本國若如夢　無數劫淨此土
見菩薩遶世尊　威神猛壽無極
國學衆其清淨　無數劫難思議
時無量世尊笑　三十六億那術
此數光從口出　徧照諸無數剎
則迴光還遶佛　三帀已從頂入
色霍然不復現　天亦人皆歡喜
盧樓亘從座起　正衣服稽首問
白佛言何緣笑　惟世尊説是意
願授我本空莂　慈護成百福相
聞是語音聲者　一切人踊躍喜
梵之音及雷霆　八種音深重聲
佛授盧樓亘決　今吾説仁諦聽
衆世界諸菩薩　到須阿提禮佛
聞歡喜廣奉行　疾得至清淨處

已到此嚴淨國　便速得神足俱
眼洞視耳徹聽　亦還得知宿命
無量覺授其決　我前世有本願
一切人聞說法　皆疾來生我國
吾所願皆具足　從衆國來生者
皆悉來到此間　一生得不退轉
若菩薩更興願　欲使國如我剎
亦念度一切人　令名願達十方
速疾超便可到　安樂國之世界
至無量光明土　供養於無數佛
其奉事億萬佛　飛變化徧諸國
恭敬已歡喜去　便還於須摩提
非有是功德人　不得聞是經名
惟有清淨戒者　乃逮聞此正法
曾更見世尊雄　則得信於是事
謙恭敬聞奉行　便踊躍大歡喜
惡憍慢弊懈怠　難以信於此法
宿世時見佛者　樂聽聞世尊教
譬從生盲冥者　欲得行開導人
聲聞悉或大乘　何況於俗凡諸
天中天相知意　聲聞不了佛行
辟支佛亦如是　獨正覺乃知此
使一切悉作佛　其淨慧智本空
復過此億萬劫　計佛智無能及
講議說無數劫　盡壽命猶不知
佛之慧無邊幅　如是行清淨致
奉我教乃信是　惟此人能解了
佛所說皆能受　是則爲第一證
人之命希可得　佛在世甚難值
有信慧不可致　若聞見精進求

聞是法而不忘　便見敬得大慶
則我之善親厚　以是故發道意
設令滿世界火　過此中得聞法
會當作世尊將　度一切生老死

佛語阿難無量清淨佛爲菩薩阿羅漢說經竟諸天人民中有未得須陀洹道者則得須陀洹道中有未得斯陀含道者則得斯陀含道中有未得阿那含道者則得阿那含道中有未得阿羅漢道者則得阿羅漢道中有未得阿惟越致菩薩者則得阿惟越致菩薩阿彌陀佛輒隨其本宿命求道時心所喜願大小隨意爲說經輒授之令其疾開解得道皆悉明慧各自好喜所願經道莫不喜樂誦習者則各自諷誦經道通利無猒無極也諸菩薩阿羅漢中有誦經者其音如雷聲中有說經者如疾風暴雨時諸菩薩阿羅漢說經行道皆各如是盡一刧竟終無懈倦時也皆悉智慧勇猛身體皆輕便終無有痛癢極時行步坐起皆悉身健勇猛如師子中王在深林中當有所趣向時無有敢當者無量清淨佛國諸菩薩阿羅漢說經行道皆勇猛無有疑難之意則在心所作爲不豫計百千億萬倍是猛師子中王也如是猛師子中王百千億萬倍尚復不如我第二弟子摩訶目揵連勇猛百千億萬倍也無量清淨國諸菩薩阿羅漢皆不勝我第二弟子摩訶目揵連也佛言如摩訶目揵連勇猛於諸佛國諸阿羅漢中最爲無比如摩訶目揵連飛行進止智慧勇猛洞視徹聽知八方上下去來現在之事百千億萬倍都合爲一智慧勇猛當在無量清

淨佛國諸阿羅漢中者其德尚復不如無量清淨佛國一阿羅漢智慧勇猛者千億萬倍也是時座中有一菩薩字阿逸菩薩阿逸菩薩則起前長跪叉手問佛言阿彌陀佛國中諸阿羅漢寧頗有般泥洹去者不願欲聞之佛告阿逸菩薩若欲知者如是四天下星若見之不阿逸菩薩言唯然皆見之佛言而我第二第子摩訶目揵連飛行四天下一日一夜徧數星知有幾枚也如是四天下星甚衆多不可得計尚爲百千億萬倍是四天下星也佛言如天下大海水減去一渧水寧能令海水爲減不阿逸菩薩言減大海水百千億萬斗石水尚復不能令海減少也佛言阿彌陀佛國諸阿羅漢中雖有般泥洹去者如是大海減一小水耳不能令諸在阿羅漢爲減知少也佛言減大海水一谿水寧能減海水不阿逸菩薩言減大海百千萬億谿水尚復不能減海水令知減少也佛言阿彌陀佛國諸阿羅漢中有般泥洹去者如是大海減一谿水耳不能減諸在阿羅漢爲減知少也佛言而大海減一恒水寧能減海水不阿逸菩薩言減大海水百千萬億恒水尚復不能減大海水令減知少也佛言阿彌陀佛國諸阿羅漢般泥洹去者無央數其在者新得阿羅漢者亦無央數都不爲增減也佛言令天下諸水都流行入大海中寧能令海水爲增多不阿逸菩薩言不能令海水增多也所以者何是大海爲天下諸水衆善中王也故能爾耳佛言無量清淨佛國亦如是悉令八方上下無央數佛國無央數諸天人民蜎飛蠕動

之類都往生無量清淨佛國者其輩甚大衆多不可復計無量清淨佛國諸菩薩阿羅漢衆比丘僧都如常一法不異爲增多也所以者何無量清淨佛國爲最快八方上下無央數諸佛國中衆菩薩中王也無量清淨佛國爲諸無央數佛國中之雄國也無量清淨佛國爲諸無央數佛國中之珍寶也無量清淨佛國爲諸無央數佛國中之極長久也無量清淨佛國爲諸無央數佛國之衆傑也無量清淨佛國爲諸無央數佛國中之廣大也無量清淨佛國爲諸無央數佛國中都自然之無爲也無量清淨佛國爲最快明好甚樂之無極也無量清淨佛國獨勝者何本爲菩薩求道時所願勇猛精進不懈累德所致故乃爾耳阿逸菩薩則大歡喜長跪叉手言佛説無量清淨佛國諸阿羅漢般泥洹去者甚衆多無央數國土快善之極明好最殊無比乃獨爾乎佛言無量清淨佛國諸菩薩阿羅漢所居七寶舍宅中有在虛空中居者中有在地居者中有意欲令舍宅最高者舍宅則高中有意欲令舍宅最大者舍宅則大中有意欲令舍宅在虛空中者舍宅則在虛空中皆自然隨意在所作爲中有殊不能令其舍宅隨意所作爲者所以者何中有能者皆是前世宿命求道時慈心精進益作諸善德重所能致也中有不能致者皆是前世宿命求道時不慈心精進作善少德小患各自然得之所衣被服飲食俱自然平等耳是故不同德有大小別知勇猛令衆見耳佛告阿逸菩薩若見是第六天上天王所居處不耶阿逸菩

薩言唯然皆見之佛言無量清淨佛國土講堂舍宅倍復勝第六天王所居處百千億萬倍也無量清淨佛國其諸菩薩阿羅漢悉皆洞視徹聽悉復見知八方上下去來現在之事復知諸無央數天上天下人民及蜎飛蠕動之類皆悉知心意所念善惡口所欲言皆知當何歲何劫中得度脱得人道當往生無量清淨佛國知當作菩薩道得阿羅漢道皆豫知之無量清淨佛國諸菩薩阿羅漢其頂中光明皆悉自有光明所照大小其諸菩薩中有最尊兩菩薩常在無量清淨佛左右坐邊坐侍政論無量清淨佛常與是兩菩薩共對坐議八方上下去來現在之事無量清淨佛若欲使令是兩菩薩到八方上下無央數諸佛所是兩菩薩便飛行則到八方上下無央數諸佛所隨心所欲至到何方佛所是兩菩薩則俱飛行則到飛行駛疾如佛勇猛無比其一菩薩名盧樓亘其一菩薩名摩訶那鉢光明智慧最第一其兩菩薩頂中光明各焰照他方千須彌山佛國常大明其諸菩薩頂中光明各照千億萬里諸阿羅漢頂中光明各照七丈佛言其世間人民善男子善女人若有急恐怖遭縣官事者但自歸命是盧樓亘菩薩無所不得解脱者也佛告阿逸菩薩無量清淨佛頂中光明極大明其日月星辰皆在虚空中住止亦不復迴轉運行亦無有精光其明皆蔽不復現無量清淨佛光明照國中及焰照他方佛國常大明終無有當冥時也其國中無有一日二日也無有十五日一月也無有五月十月也無有五歲十歲

也無有百歲千歲也無有萬歲億歲億萬歲十億萬歲也無有百千億萬歲也無有千億億萬歲也無有一劫十劫也無有百劫千劫也無有萬劫十萬劫也無有千萬劫也無有百千億萬劫也佛言無量清淨佛光明光明無極無量清淨佛光明劫後無數劫無數劫重復無數劫無數劫不可復計劫劫無央數終無有當冥時也無量清淨國土及諸天終無有壞敗時也所以者何無量清淨佛壽命極長國土甚好故能爾耳佛言無量清淨佛尊壽劫後無數劫常未央無般泥洹時也無量清淨佛於世間教授意欲過度八方上下諸無央數佛國諸天人民及蜎飛蠕動之類皆欲使往生其國悉令得泥洹之道其諸有作菩薩者皆欲令悉作佛作佛已悉令轉復

教授八方上下諸天人民及蜎飛蠕動之類皆復欲令悉得作佛得作佛時復教授無央數諸天人民蠕動之類皆令得泥洹道去諸所可教授弟子者展轉復相教授轉相度脫至令得須陀洹斯陀含阿那含阿羅漢辟支佛道轉相度脫皆得泥洹之道悉如是無量清淨佛常未欲般泥洹日也無量清淨佛所度脫展轉如是復住無數劫無數劫不可復計劫終無有般泥洹時也八方上下無央數諸天人民蜎飛蠕動之類其生無量清淨佛國者不可復勝數諸作阿羅漢得泥洹之道者亦無央數都不可復計也無量清淨佛恩德諸所布施八方上下無窮無極甚深大無量快善不可言也無量清淨佛智慧教授所出經道布告八方上下諸無央數天上天下

甚多不原其經卷數甚大衆不可復計都無極也佛告阿逸菩薩若欲知無量清淨佛壽命無極時不也阿逸菩薩言願皆欲聞知之佛言明聽悉令八方上下諸無央數佛國中諸天人民蜎飛蠕動之類皆使得人道悉令作辟支佛阿羅漢共坐禪一心都合其智慧爲一勇猛共欲計知無量清淨佛壽命知壽幾千億萬劫歲數皆無有能計知極無量清淨佛壽者也佛言復令他方面各千須彌山佛國中諸天人民及蜎飛蠕動之類皆復得人道悉令作辟支佛阿羅漢皆令坐禪一心共合其智慧都爲一勇猛共欲數無量清淨佛國中諸菩薩阿羅漢計千億萬人皆無有能數者也佛言無量清淨佛年壽甚長久皓皓浩浩照明善甚深無極無底誰當能信知其者乎獨佛自知耳阿逸菩薩聞佛言則大歡喜長跪叉手言佛說無量清淨壽命甚長威神大智慧光明巍巍快善乃獨如是乎佛言無量清淨佛至其然後般泥洹者其盧樓亘菩薩便當作佛總領道智典主教授世間八方上下所過度諸天人民蜎飛蠕動之類皆令得佛泥洹之道其善福德當得復如大師無量清淨佛住止無央數劫無央數劫不可復計劫不可復計劫惟法大師爾乃般泥洹其次摩訶那鉢菩薩當復作佛典主智慧都總教授所過度福德當復如大師無量清淨佛止住無央數劫當復不般泥洹展轉相承受經道甚明國土極善其法如是終無有斷絶不可極也阿難長跪叉手問佛言佛說無量清淨佛國中無有須彌山者其第一四

天王第二忉利天皆依因何等住止乎願欲聞之佛告阿難若有疑意於佛所耶八方上下無窮無極無有邊幅其諸天下大海水一人斗量之尚可枯盡得其底佛智亦如是八方上下無窮無極無有邊幅佛言我智慧所知見諸已過去佛如我名字釋迦文佛者復如恒水邊流沙一沙一佛甫始諸來欲求作佛者如我名字釋迦文佛者復如恒水邊流沙一沙一佛佛正坐直南向視見南方今現在佛如我名字釋迦文佛者復如恒水邊流沙一沙一佛八方上下去來現在諸佛如我名字釋迦文佛者各如十恒水邊流沙一沙一佛其數如是佛皆悉豫見知之佛言往昔過去無央數劫已來一劫十劫百劫千劫萬劫億劫萬億劫億萬劫劫中有佛諸已過去佛一佛十佛百佛千佛萬佛億佛億萬佛中有佛佛各各自有名字名字不相同類無有如我名字者甫始當來劫諸當來佛一劫十劫百劫千劫萬劫億劫萬億劫億萬劫劫中有一佛十佛百佛千佛萬佛萬億佛億萬佛中有佛佛各自有名字名字各異不同諸佛名字時乃有一佛如我名字釋迦文佛耳諸八方上下無央數佛國今現在佛次他方異佛國一佛國十佛國百佛國千佛國萬佛國億佛國萬億佛國億萬佛國佛國中有佛各各自有名字名字各異多多復不可同無有如我名字者八方上下無央數諸佛中時時乃有如我名字釋迦文佛耳八方上下去來現在其中間曠絶甚遠悠悠無窮無極佛智亘然甚明探古知今前知無窮却覩未然豫

知無極都不可復計甚無央數佛威神尊明皆悉知之佛智慧道德合明都無有能問佛經道窮極者佛智慧終不可斗量盡也阿難聞佛言則大恐怖衣毛皆起阿難白佛言我不敢有疑意於佛所也所以問佛者他方佛國皆有須彌山其第一四天王天第二忉利天皆依因之住止我恐佛般泥洹後儻有諸天人民若比丘比丘尼優婆塞優婆夷來問我無量清淨佛國何以獨無須彌山其第一四天王第二忉利天皆依因何等住止乎我當應荅之今我不問佛者佛去後我當將何等語報荅之乎獨佛自知之耳其餘人無有能爲解之者以是故問佛耳佛言阿難若言是也第三焰天第四兜率天上至第七梵天皆依因何等住止乎阿難言是諸天皆自然在虛空中住止無所依因也佛言無量清淨佛國無有須彌山者亦如是第一四王天第二忉利天皆自然在虛空中住止無所依因也佛言佛威神甚重自在所欲作爲意欲有所作不豫計也是諸天皆常自然在虛空中住止何況佛威神尊重自在所欲作爲乎阿難聞佛言則大歡喜長跪叉手言佛智慧知八方上下去來現在之事無窮無極無有邊幅甚高大妙絶快善極明好甚無比威神尊重不可當也佛告阿逸菩薩其世間人民若善男子善女人欲願往生無量清淨佛國者有三輩作功德有大小轉不能相及佛言何等爲三輩其最上第一輩者當去家捨妻子斷愛欲行作沙門就無爲道當作菩薩道奉行六波羅蜜經者作沙門不當虧失經戒慈

心精進不當瞋怒不當與女人交通齋戒清淨心無所貪慕至精願欲生無量清淨佛國當念至心不斷絶者其人便令世求道時則自於其卧睡中夢見無量清淨佛及諸菩薩阿羅漢其人壽命欲終時無量清淨佛則自與諸菩薩阿羅漢共翾飛行迎之則往生無量清淨佛國便於七寶水池蓮華中化生則自然受身長大則作阿惟越致菩薩便則與諸菩薩共翾輩飛行供養八方上下諸無央數佛則智慧勇猛樂聽經道其心歡樂所居七寶舍宅在虛空中恣隨其意在所欲作爲去無量清淨佛近佛言諸欲往生無量清淨佛國者精進持經戒奉行如是上法者往生無量清淨佛國者可得爲衆所尊敬是爲上第一輩佛言其中輩者其人願欲往生無量清淨佛國雖不能去家捨妻子斷愛欲行作沙門者當持經戒無得虧失益作分檀布施當信受佛語深當作至誠忠信飯食沙門而作佛寺起塔燒香散華然燈懸雜繒綵如是法者無所適貪不當瞋怒齋戒清淨慈心精進斷欲念欲往生無量清淨佛國一日一夜不斷絶者其人於今世亦復於卧睡夢中見無量清淨佛其人壽欲盡時無量清淨佛則化令其人自見無量清淨佛及國土往生無量清淨佛國者可得智慧勇猛佛言其人奉行施與如是者若其然後中復悔心中狐疑不信分檀布施作諸善後世得其福不信有無量清淨佛國不信往生其國中雖爾其人續念不絶暫信暫不信意志猶豫無所專據續結其善願爲本續得往生其人壽命病欲

終時無量清淨佛則自化作形像令其人目自見之口不能復言便心中歡喜踊躍意念言我悔不知益齋作善今當生無量清淨佛國其人則心中悔過悔過者過差少無所復及其人壽命終盡則生無量清淨佛國不能得前至無量清淨佛所便道見無量清淨佛國界邊自然七寶城心中便大歡喜道止其城中則於七寶水池蓮華中化生則受身自然長大在城中於是間五百歲其城廣縱各二千里城中亦有七寶舍宅舍宅中自然内皆有七寶浴池浴池中亦有自然華遶浴池上亦有七寶樹重行皆復作五音聲其飲食時前亦有自然食具百味食在所欲得其人於城中快樂其城中比如第二忉利天上自然之物其人於城中不能得出復不能得見無量清淨佛但見其光明心中自悔責踊躍喜耳亦復不能得聞經亦復不能得見諸比丘僧亦復不能得見知無量清淨佛國中諸菩薩阿羅漢狀貌何等類其人若如是比而小適耳佛亦不使爾身諸所作自然得之皆心自趣向道入其城中其人本宿命求道時心口各異言念無誠狐疑佛經復不信向之當自然入惡道中無量清淨佛哀愍威神引之去耳其人於城中五百歲乃得出往至無量清淨佛所聞經心不開解亦復不得在諸菩薩阿羅漢比丘僧中聽經以去所居處舍宅在地不能令舍宅隨意高大在虛空中復去無量清淨佛甚大遠不能得近附無量清淨佛其人智慧不明知經復少心不歡樂意不開解其人久久亦自當智慧開解知經明

健勇猛心當歡樂次當復如上第一輩所以者何其人但坐其前世宿命求道時不大持齋戒虧失經法心意狐疑不信佛語不信佛經深不信分檀布施作善後世當得其福復坐中悔不信往生無量清淨佛國作功德不至心用是故爲第二中輩佛言其三輩者其人願欲生無量清淨佛國若無所用分檀布施亦不能燒香散華然燈懸繒綵作佛寺起塔飲食沙門者當斷愛欲無所貪慕慈心精進不當瞋怒齋戒清淨如是清淨者當一心念欲生無量清淨佛國晝夜十日不斷絶者壽終則往生無量清淨佛國可復尊極智慧勇猛佛言其人作是以後若復中作悔心意用狐疑不信作善後世當得其福不信往生無量清淨佛國其人雖爾續得往生其人壽命病欲終時無量清淨佛則令其人於卧睡夢中見無量清淨佛國土其人心中歡喜意自念言我悔不知益作善今當生無量清淨佛國其人但心念是口不能復言則自悔過悔過者過差減少悔者無所復及其人命終則生無量清淨佛國不能得前至便道見二千里七寶城心中獨歡喜便止其中復於七寶水池蓮華中化生則自然長大其城亦復如前城法比如第二忉利天上自然之物其人亦復於城中五百歲五百歲竟乃得出至無量清淨佛所心中大歡喜其人聽聞經心不開解意不歡喜智慧不明知經復少所居舍宅在地不能令舍宅隨意高大在虛空中復去無量清淨佛亦復如前第二輩狐疑者其人久久亦當智慧開解知經勇猛心當歡

喜次如上第一輩也所以者何皆坐前世宿命求道時中悔狐疑暫信暫不信不信作善後得其福德皆自然得之耳隨其功德有鉉不鉉各自然趣向說經行道卓德萬殊超不相及佛言其欲求作菩薩道生無量清淨佛國者其然後皆當得阿惟越致菩薩阿惟越致菩薩者皆當有三十二相紫磨金色八十種好皆當作佛隨心所願在欲於何方佛國作佛終不更泥犁禽獸薜荔隨其精進求道早晚之事事同等耳求道不休會當得之不失其所欲願也佛告阿逸菩薩等諸天帝王人民我皆語若曹諸欲生無量清淨佛國雖不能大精進禪持經戒者大要當作善一者不得殺生二者不得盜竊三者不得婬泆犯愛他人婦女四者不得調欺五者不得飲酒六者不得兩舌七者不得惡口八者不得妄言九者不得嫉妬十者不得貪欲不得心有所慳惜不得瞋怒不得愚癡不得隨心嗜欲不得心中中悔不得狐疑當作孝順當作至誠忠信當作受佛經語深當信作善後世得其福奉持如是其法不虧失者在心所願可得往生無量清淨佛國至要當齋戒一心清淨晝夜常念欲往生無量清淨佛國十日十夜不斷絕我皆慈哀之悉令生無量清淨佛國佛言世間人欲以慕及賢明居家修善爲道者與妻子共居在恩好愛欲之中憂念若多家事忽務不暇大齋戒一心清淨雖不能得離家有空閑時自端正心意念諸善專精行道十日十夜殊使不能爾自思惟熟計欲度脫身者下當絕念去憂勿念家事莫與女

人同牀自端正身心斷愛欲一心齋戒清淨至意念生無量清淨佛國一日一夜不斷絶者壽終皆得徃生其國在七寶浴池蓮華中化生可得智慧勇猛所居七寶舍宅自在其意所欲作爲可次如上第一輩佛語阿逸菩薩言諸八方上下無央數諸天人民比丘僧比丘尼優婆塞優婆夷其徃生無量清淨佛國衆等大會皆共於七寶浴池中都共人人悉自於一大蓮華上坐皆自陳道德善人人名自說其前世宿命求道時持經戒所作善法所從來生本末其所好喜經道知經智慧所施行功德從上次下轉皆徧以知經有明不明有深淺大小德有優劣厚薄自然之道別知才能智慧猛健衆相觀照禮義和順皆自歡喜踴躍智慧有勇猛各不相屬逮佛言其人殊不豫益作德爲善輕戲不信之然後倚懈怠爲用可爾至時都集說經行道自然迫促應荅遲晚道智卓殊超絶才妙高猛獨於邊羸臨事乃悔悔者已出其後當復何益但心戾憹慕及等耳

佛說無量清淨平等覺經卷中

音釋

罽氈（罽居刈切氈徒協切罽氈毛布也）祴（古德切衣之前襟也）盦（烏合切）枚（莫杯切箇也）渧（丁歷切水點也）儻（他朗切或然也）鉉（胡犬切）泆（夷質切淫放也）憹（力讓切）

佛説無量清淨平等覺經卷下

後漢月支三藏支婁迦讖譯

佛言無量清淨佛國諸菩薩阿羅漢衆等大道聚會自都集拘心制意端身正行遊戲洞達俱相隨飛行翻輩出入供養無極歡心喜樂樂共觀經行道和好文習才猛智慧志若虚空精進求願心終不復中徊意終不復轉終無有懈極時雖求道外若遲緩内獨駛急疾容容虚空中適得其中中表相應自然嚴整檢斂端直身心淨潔無有愛欲無所適貪無有衆惡瑕穢其志願皆安定殊好無增缺減求道和正不信傾邪准望道法隨經約令不敢違失蹉跌若於繩墨遊於八方上下無有邊幅自在所欲至到無窮無極咸然爲道恢廓慕及曠蕩念道無他之念無有憂思自然無爲虚無空立淡安無欲作德善願盡心求索含哀慈愍精進中表禮義都合通洞無違和順副稱苞羅表裏過度解脱敢昇入於泥洹長與道德合明自然相保守快意之滋滋眞眞了潔白志願高無上清淨定安靜樂之無有極善好無有比巍巍之燿照照一旦開達明徹自然中自然相自然之有根本自然成五光至九色五光至九色參徊轉數百千更變最勝之自然自然成七寶橫攬成萬物光精參明俱出好甚殊無有極其國土甚殊好若此何不力爲善念道之自然著於無上下洞達無邊幅捐志虚空中何不各精進努力自求索可得超絶去往生無量清淨阿彌陀佛國橫截於五道惡道自閉塞昇道之無極易往無有人其國土不逆違自然之隨

牽何不棄世事行求道德可得極長生壽樂無有極何爲用世事譊共憂無有常世人薄俗共爭不急之事共於是處劇惡極苦之中勤身治生用相給活無尊無卑無當無貧無老無少無男無女皆當共憂錢財有無同然憂思適等屏營愁苦累念思慮爲之走使無有安時有田憂田有宅憂宅有牛憂牛有馬憂馬有六畜憂六畜有奴婢憂奴婢衣被錢財金銀寶物復共憂之重思累息憂念懷愁恐橫爲非常水火盜賊怨家債主所漂燒繫搪突没溺憂毒忪忪無有解時結憤心中惱氣恚怒病在匈腹憂苦不離心慳意固適無縱捨或坐摧藏終亡身命棄捐之去莫誰隨者尊貴豪富有此憂懼勤苦若此結衆寒熱與痛共居小家貧者窮困乏無無田亦憂欲有田無宅亦憂欲有宅無牛亦憂欲有牛無馬亦憂欲有馬無六畜亦憂欲有六畜無奴婢亦憂欲有奴婢無衣被錢財什物飯食之屬亦憂欲有之適有一少一有是少是思有齊等適小具有便復儩盡如是苦生當復求索思想無益不能時得身心俱勞坐起不安憂念相隨勤苦若此焦心不離恚恨獨怒亦結衆寒熱與痛共居或時坐之終身夭命亦不肯作善爲道壽命盡死皆當獨遠去有所趣向善惡之道莫能知者或時世人父子兄弟夫婦家室中外親屬居天地之間當相敬愛不當相憎有無當相給與不當有貪言色當和莫相違戾或儻心爭有所恚怒今世恨意微相嫉憎後世轉劇至成大怨所以者何今世之事更欲相患害雖不臨時應急相破

然之愁毒結憤精神自然剋識不得相離皆當對相生值更相報復人在世間愛欲之中獨來獨去死生當行至趣苦樂之處身自當之無有代者善惡變化殃咎異處宿豫嚴待當獨昇入遠到他處莫能見者去在何所善惡自然追逐往生窈窈冥冥别離久長道路不同會見無期甚難甚難復得相值何不棄衆事各勵强健時努力爲善精進求度世可得極長壽殊不肯求於道復欲何須待欲何樂乎如是世人不信作善得善不信爲道得道不信死後世復生不信施與得其福德都不信之亦以謂之不然言無有是但坐是故且自見之更相看視前後轉相承受父餘教令先人祖父素不作善本不爲道身愚神闇心塞意閉不見天道殊無有能見人生死有所趣向亦莫能知者適無有見善惡之道復無有語者爲用作善惡福德殃咎禍罰各自競作爲之用殊無有怪也至於生死之道轉相續顛倒上下無常根本皆當過去不可常得教語開導信道者少皆當生死無有休止如是曹人朦冥抵突不信經語各欲快意心不計慮愚癡於愛欲不解於道德迷惑於瞋怒貪狼於財色坐之不得道當更勤苦極在於惡處生終不得止休息痛之甚可傷或時家室中外父子兄弟夫婦至於生死之義更相哭淚轉相思慕憂念憤結恩愛繞續心意痛著對相顧戀晝夜無有解時教示道德心不開明恩愛情欲不離閉塞蒙蒙交錯覆蔽不得思計心自端正決斷世事專精行道便旋至竟年壽命盡不能得道無可奈何總猥

憒譊皆貪愛欲如是之法不解道者多得道
者少世間忽忽無可聊賴尊卑上下豪貴貧
富男女大小各自忽務勤苦躬身各懷殺毒
惡氣冥冥莫不惆悵爲妄作事惡逆天地不
從仁心道德非惡先隨與之恣聽所爲其壽
未至便頓奪之下入惡道累世勤苦展轉愁
毒數千萬億歲無有出期痛不可言甚可憐
愍佛告阿逸菩薩等諸天帝王人民我皆語
若曹世間之事人用是故坐不得道若曹熟
思惟之惡者當縱捨遠離之從其善者當堅
持之勿妄爲非益作諸善大小多少愛欲之
榮皆不可常得猶當別離無可樂者曼佛世
時其有信受佛經語深奉行道德皆是我弟
子也其有甫欲學佛經戒者皆是我弟子也
其有欲出身去家捨妻子絶去財色欲來作
沙門爲佛作比丘者皆是我子孫我世甚難
得值其有願欲生無量清淨佛國者可得智
慧勇猛爲衆所尊敬勿得隨心所欲虧負經
戒在人後儻有疑意不解經者復前問佛佛
當爲若解之阿逸菩薩長跪叉手言佛威神
尊重所說經快善我曹聽佛經語皆心貫思
之世人實爾如佛所語無有異今佛慈哀我
曹開示大道教語生路耳目聰明長得度脫
若得更生我曹聽佛經語莫不慈心歡喜踊
躍開解者我曹及諸天帝王人民蜎飛蠕動
之類皆蒙佛恩無不得解脫憂苦者佛諸教
戒甚深無極無底佛智慧所見知八方上下
去來現在之事無上無邊幅佛甚難得值經
道甚難得聞我曹皆慈心於佛所念我曹得
度脫者皆是佛前世求道時勤苦學問精進

所致恩德普覆所施行福德相禄巍巍光明徹照洞虛無極開入泥洹教授經典制威消化㦡動八方上下無窮無極佛爲師法尊絶群聖都無能及佛者佛爲八方上下諸天帝王人民作師隨其心所欲願大小皆令得道今我曹得與佛相見得聞無量清淨佛聲我曹甚喜莫不得黠慧開明者佛告阿逸菩薩若言是當爾若有慈心於佛所者大善實當念佛天下久久乃復有佛耳今我於苦世作佛所出經道教授洞達截斷狐疑端心正行拔諸愛欲絶衆惡根本遊步無拘典總智慧衆道表裏攬持維綱昭然分明開示道決正生死泥洹之道佛言若曹從無數劫已來不可復計劫若作菩薩道欲過度諸天人民及蜎飛蠕動之類已來甚久遠人從若得道度者無央數至得泥洹之道者亦無央數若曹及八方上下諸天帝王人民若比丘比丘尼優婆塞優婆夷若曹宿命從無數劫已來展轉五道中生死呼嗟更相哭淚轉相貪慕憂思愁毒痛苦不可言至今世生死不絶今日與佛相見共會乃聞無量清淨佛聲甚快善哉助若曹喜亦可自猒生死痛癢生時甚痛苦甚極至年長大亦痛亦苦亦極飢時亦痛亦苦亦極病時亦痛亦苦亦極死時亦痛亦苦亦極惡臭處不潔淨了無有可者佛故悉語若曹若曹亦可自決斷臭處惡露若曹亦可端心正身益作諸善於是當端中表內外潔淨身體洒除心垢自相約檢表裏相應言行忠信人能自度脫轉自相接扶拔諸愛欲精明至心求願不轉結其善道根本雖精

進苦一世須臾間耳今世爲善後世生無量清淨佛國快樂甚無極長與道德合明然善極相保長去離諸惡痛癢之臭處拔勤苦諸惡根本斷諸愛欲恩好長生無量清淨國亦無有諸痛癢亦無復諸惡臭處亦無復有勤苦亦無復有婬泆瞋怒愚癡亦無復有憂思愁毒生於無量清淨佛國欲壽一劫十劫百劫千劫萬劫億劫萬億劫自恣若意欲住上壽無央數劫不可復數劫恣若隨意皆可得之欲食不食恣若其意都悉自然皆可得之次於泥洹之道皆各自精明求索心所欲願勿得狐疑心中悔欲往生者無得坐其過失在無量清淨佛國界邊自然七寶城中適五百歲阿逸菩薩言受佛嚴明重教皆精進求索請奉行之不敢狐疑佛告阿逸菩薩等若曹於是世能自制心正意身不作惡者是爲大德善都爲八方上下最無有比所以者何八方上下無央數國界中諸天人民皆自然作善不大爲惡易教化今我於是世間爲佛於五惡五痛五燒之中作佛爲最劇教語人民令斷五惡令去五痛令去五燒降化其心令持五善得其福德度世長壽泥洹之道佛言何等爲五惡何等爲五痛何等爲五燒中者何等爲消化五惡令持五善者何等爲持五善得其福德長壽度世泥洹之道佛言其一惡者諸天人民下至禽獸蜎飛蠕動之類欲爲衆惡强者伏弱轉相剋賊自相殺傷更相食噉不知爲善惡逆不道受其殃罰道之自然當往趣向神明記識犯之不貫轉相承續故有貧窮下賤乞丐孤獨人有聾盲瘖瘂

愚癡弊惡下有尪羸不及逮之屬其有尊貴豪富高才明達智慧勇猛皆其前世宿命爲善慈孝布恩施德故有官事王法牢獄不肯畏慎作惡入法受其過謫重罰致劇求望解脱難得度出今世有是目前現在壽終尤劇入其窈冥受身更生譬若王法劇苦極刑故有自然泥犂禽獸薛荔蜎飛蝡動之屬轉貿身形改惡易道壽命短長魂神命精自然入趣受形寄胎當獨值向相從共生轉相報償當相還復殃惡謫罰衆事未盡終不得離展轉其中世世累劫無有出期難得解脱痛不可言天地之間自然有是雖不臨時卒暴至應時但取自然之道皆當善惡歸之是爲一大惡爲一痛爲一燒勤苦如是愁毒呼嗟比如劇火起燒人身人能自於其中一心制意端身正行獨作諸善不爲衆惡者身獨度脱得其福德可得長壽度世上天泥洹之道是爲一大善佛言其二惡者世間帝王長吏人民父子兄弟室家夫婦略無義理不從正令轉婬奢憍慢各欲快意恣心自在更相欺調殊不懼死心口各異言念無實佞諂不忠諛媚巧辭行不端正更相嫉憎轉相讒惡陷入怨枉主上不明心不察照任用臣下臣下存在踐度能行知其形勢在位不正爲其所調妄損忠良不當天心甚違道理臣欺其君子欺其父弟欺其兄婦欺其夫室家中外知識相殆各懷貪婬心獨恚怒朦朧愚癡殺盜無有尊卑上下無男無女無大無小心俱同然欲自厚已破家亡身不顧念前後家室親屬坐之破族或時家中内外知識朋友鄉黨市

塵愚民轉共從事更相利害爭錢財鬬忿怒成讎轉爭勝負慳富燋心不肯施與專專守惜愛寶貪重坐之思念心勞身苦如是至竟無所恃怙獨來獨去無一隨者善惡禍福殃咎謫罰追念所生或在樂處或入毒苦然後乃悔當復何及或時世人愚心少智見善誹謗恚之不肯慕及但欲爲惡妄作非法但欲盜竊常懷恚心欲得他人財物用自供給消散靡盡儩復求索邪心不正常獨恐怖畏人有色臨時不計事至乃悔今世現在長吏牢獄自然趣向受其殃咎世間貧窮乞丐孤獨但坐前世宿命不信道德不肯爲善今世爲惡天神別籍壽終入惡道故有自然泥犁禽獸薜荔蜎飛蠕動之類展轉其中世世累劫無有出期難得解脫痛不可言是爲二大惡

一痛二燒勤苦如是比如火起燒人身人能自於其中一心制意端身正行獨作諸善不爲衆惡者身獨度脫得其福德可得長壽度世上天泥洹之道是爲二大善佛言其三惡者世間人民寄生相假因共依居天地之間處年壽命無能幾歲至有豪貴長者賢明善人下有貧賤尫羸愚者中有不良之人但懷念毒惡身心不正常念婬泆煩滿胷中愛欲交錯坐起不安貪意慳惜但欲唐得眄睞細色惡態恣泆有婦猒憎私妄出入持家所有相結爲非聚會飲食自共作惡興兵作賊攻城格鬬劫殺截斷强奪不道取人財物偷竊趣得不肯治生所當求者不肯爲之惡心在外不能專作欲擊成事恐勢迫脅持歸給家共相生活恣心快意極身作樂婬亂他人婦

女或於其親屬不避尊卑長老衆共憎惡家室中外患而苦之亦復不畏縣官法令無所避錄如是之惡自然牢獄日月照識神明紀取諸神攝錄故有自然泥犂禽獸薜荔蜎飛蠉動之類展轉其中世世累劫無有出期難得解脱痛不可言是爲三大惡三痛三燒勤苦如是比如若火起燒人身人能自於其中一心制意端身正行獨作諸善不爲衆惡者身獨度脱得其福德可得長壽度世上天泥洹之道是爲三大善佛言其四惡者諸惡人不能作善自相壞敗轉相教令共作衆惡主爲傳言但欲兩舌惡口駡詈妄語相嫉更相鬬亂憎嫉善人敗壞賢善於傍快惡復不孝順供養父母輕易師父知識無信難得誠實自大尊貴有道横行威武加權力勢侵尅易人不能自知爲惡不自羞慙自用彊健令人承事敬畏復不敬畏天地神明日月亦不可教令作善不可降化自用偃蹇謂常當爾亦復無憂哀心亦不知恐懼恣意憍慢如是天神記識賴其前世宿命頗作福德小善扶接營護助之今世作惡福德盡暢諸善鬼神各去離之身獨空立無所復依受重殃謫壽命終身惡繞歸自然迫促當往追逐不得止息自然衆惡共趣頓乏有其名籍在神明所殃咎引牽當值相得當往趣向受過謫罰身心摧碎神形苦極不得離却但得前行入於火鑊當是時悔復何益當復何及天道自然不得蹉跌故有泥犂禽獸薜荔蜎飛蠉動之屬展轉其中世世累劫無有出期難得解脱痛不可言是爲四大惡四痛四燒勤苦如是比

如火起燒人身人能於其中一心制意端身正行獨作諸善不爲衆惡者身獨度脫得其福德可得長壽度世上天泥洹之道是爲四大善佛言其五惡者世人徙倚懈惰不肯作善不念治生妻子飢寒父毋俱然欲訶教其子其子惡心瞋目應怒言令不和違戾反逆劇於野人比若怨家不如無子妄遍假貸衆共患猒尤無返復無有報償之心窮貧困乏不能復得辜較諧聲放縱遊散串數唐得自用賑給不畏防禁飲食無極喫酒嗜美出入無有期度虜扈抵突不知人情睢盱强制見人有善憎嫉恚之無義無禮自用識當不可諫曉亦復不憂念父毋妻子有無又復不念酬報父毋之德亦復不念師父之恩心常念惡口常言惡日不成就不信道德不信有賢明先聖不信作善爲道可得度世不信世間有佛欲殺羅漢鬭比丘僧常欲殺人欲殺父毋兄弟妻子宗親朋友父毋兄弟妻子宗親朋友憎惡見之欲使之死不信佛經語不信人壽命終盡死後世復生不信作善得善不信作惡得惡如是曹人男子女人心意俱然違戾反逆愚癡蒙冥瞋怒嗜欲無所識知自用快善大爲智慧亦不知所從來生死所趣向不肯慈孝惡逆天地於其中間求望僥倖欲得長生躬得不死會當歸就生死勤苦善惡之道身所作惡殃咎衆趣不得度脫亦不可降化令作善慈心教語開導生死善惡所趣有是復不信之然苦心與語欲令度脫無益其人心中閉塞意不開解大命將至至時皆悔其後乃悔當復何及不豫計善臨窮何

益天地之間五道分明恢廓窈窈浩浩茫茫轉相承受善惡毒痛身自當之無有代者道之自然隨其所行追命所生不得縱捨善人行善從善慈孝從樂入樂從明入明惡人行惡從苦入苦從冥入冥誰能知者獨佛見知耳教語人民信用者少生死不休惡道不絶如是世人不可悉道故有自然泥犁禽獸薜荔蜎飛蠕動之類展轉其中世世累劫無有出期難得解脱痛不可言是爲五大惡五痛五燒勤苦如是比如火起燒人身人能自於其中一心制意端身正行言行相副所作至誠所語如語心口不轉獨作諸善不爲衆惡者身獨度脱得其福德可得長壽度世上天泥洹之道是爲五大善佛告阿逸菩薩等我皆語若曹是世五惡勤苦如是令起五痛令起五燒展轉相生世間人民不肯爲善欲作衆惡敢有犯此諸惡事者皆悉自然當具更歷入惡道中或其今世先被病殃死生不得示衆見之壽終趣入至極大苦愁痛酷毒自相焦然轉相燒滅至其後共作怨家更相傷殺從小微起至大困劇皆從貪婬財色不肯忍辱施與各欲自快無復有曲直欲得健名爲癡欲所迫隨心思想不能得也結憤胷中財色縛束無有解脱不知猒足厚已爭欲無所省録都無義理不隨正道富貴榮華當時快意不能忍辱不知施善威勢無幾隨惡名焦身坐勞苦久後大劇自然隨逐無有解已王法施張自然糺舉上下相應羅網綱紀煢煢忪忪當入其中古今有是痛哉可傷佛語阿逸菩薩等若世有是佛皆慈愍哀之威神

摧動衆惡諸事皆消化之令得去惡就善棄
捐所思奉持經戒莫不承受施行經法不敢
違失度世無爲泥洹之道快善極樂甚明無
極佛言若曹諸天帝王人民及後世人得佛
經語熟思惟之能自於其中端心正行其主
上爲善率化檢御其下教語人民轉相勑令
轉共爲善轉相度脫各自端守慈仁愍哀終
身不怠尊聖敬孝通洞博愛佛語教令無敢
虧負當憂度世泥洹之道當憂斷截生死痛
癢拔惡根本當憂斷絶泥犂禽獸薜荔蜎飛
蠕動之類惡苦之道當勵佛世堅持經道無
敢失也佛言若曹當作善者云何第一急當
自端身當自端心當自端目當自端耳當自
端鼻當自端口當自端手當自端足能自檢
斂莫妄動作身心淨潔俱善相應中外約束
勿隨嗜欲不犯諸惡言色當和身行當專行
步坐起不動作事所爲當先熟思慮計之揆
度才能視瞻圖規安定徐作爲之作事倉卒
不豫熟計爲之不諦亡其功夫敗悔在後唐
苦亡身至誠忠信得道絶去佛言若曹於是
益作諸善布恩施德能不犯道禁忍辱精進
一心智慧展轉復相教化作善爲德如是經
法慈心專一齋戒清淨一日一夜者勝於在
無量清淨佛國作善百歲所以者何無量清
淨佛國皆積德衆善無爲自然在所求索無
有諸惡大如毛髮佛言於是作善十日十夜
者其得福勝於他方佛國中人民作善千歲
所以者何他方佛國皆悉作善作善者多爲
惡者少皆有自然之物不行求作便自得之
是間爲惡者多作善者少不行求作不能得

也世人能自端制作善至心求道故能爾耳是間無有自然不能自給當行求索勤苦治生轉相欺詒調作好惡得其財物歸給妻子飲苦食毒勞心苦身如是至竟心意不專周旋不安人能自安靜為善精進作德故能爾耳佛言我皆哀若曹及諸天帝王人民皆教令作諸善不為衆惡隨其所能輒授與道教戒開導悉奉行之則君率化為善教令臣下父教其子兄教其弟夫教其婦家室內外親屬朋友轉相教語作善為道奉經持戒各自端守上下相檢無尊無卑無男無女齋戒清淨莫不歡喜和順義理歡樂慈孝自相約檢其有得佛經語悉持思之不當所作如犯為之則自悔過去惡就善棄邪為正朝聞夕改奉持經戒劇如貧人得寶佛所行處所在郡國輒授與經戒諸天日月星辰諸神國王傍臣長吏人民諸龍鬼神泥犂禽獸承奉行之則君改化為善齋戒精思淨自湔洒端心正行居位嚴慄教勑率衆為善奉行道禁令言令正臣事其君忠直受令不敢違負父子言令孝順承受兄弟夫婦宗親朋友上下相令順言和理尊卑大小轉相敬事以禮如義不相違負莫不改往修來洒心易行端正中表自然作善所願輒得感善降化自然之道求欲不死則可得長壽求欲度世則可得泥洹之道佛言佛威神尊重消惡化善莫不度脫令我出於天下在是惡中於苦世作佛慈愍哀傷教語開道諸天帝王傍臣左右長吏人民隨其心所欲願樂皆令得道佛諸所行處所更過歷郡國縣邑丘聚市里莫不豐熟天

下太平日月運照倍益明好風雨時節人民安寧強不陵弱各得其所無惡穢疾疫無病瘦者兵革不起國無盜賊無有怨枉無有拘閉者君臣人民莫不歡喜忠慈至誠各自端守皆自然守國雍和孝順莫不歡樂有無相與布恩施德心歡樂與皆相敬愛推財讓義謙讓於先前後以禮敬事如父如子如兄如弟莫不仁賢和順禮節都無違諍怏善無極佛言我哀子曹欲度脫之劇父母念子令八方上下諸天帝王人民及蜎飛蠕動之類得佛經戒奉行佛道皆得明慧心悉開解莫不得度過度脫憂苦者今我作佛在於五惡五痛五燒之中降化五惡消盡五痛絕滅五燒以善攻惡拔去毒苦令得五善明好燒惡不起我般泥洹去後經道稍稍斷絕人民諛諂淳爲衆惡不復作善五燒復起五痛劇苦復如前法自然還復久後轉劇不可悉說我但爲若曹小道之耳佛告阿逸菩薩等若曹各思持之展轉相教戒如佛經法無敢犯也阿逸菩薩長跪叉手言佛所說甚苦痛世人爲惡其劇如是如是佛皆慈哀悉度脫之皆言受佛重教請展轉相教不敢犯也佛告阿難我哀若曹悉令見無量清淨佛及諸菩薩阿羅漢所居國土若欲見之不阿難則大喜長跪叉手言願皆欲見之佛言若起更被袈裟西向拜當日沒處爲無量清淨佛作禮以頭面著地言南無無量清淨平等覺阿難言諾受教則起更被袈裟西向拜當日所沒處爲無量清淨佛作禮以頭腦著地言南無無量清淨平等覺阿難未起無量清淨佛便大放

光明威神則遍八方上下諸無央數佛國天地則皆爲大震動諸天無央數天地須彌山羅寶摩訶須彌大山羅寶諸天地大界小界其中諸有大泥犂小泥犂諸山林溪谷幽冥之處皆則大明悉皆大開闢則阿難諸菩薩阿羅漢等諸天帝王人民悉皆見無量清淨佛及諸菩薩阿羅漢國土七寶已心皆大歡喜踊躍悉起爲無量清淨佛作禮以頭腦著地皆言南無無量清淨三藐三佛陀無量清淨佛放大光威神已諸無央數天人民及蜎飛蠕動之類皆悉見無量清淨佛光明莫不慈心歡喜作善者諸有泥犂禽獸薜荔諸有考治勤苦之處則皆休止不復治莫不解脱憂苦者諸有盲者則皆得視諸跛躄蹇者則皆得走行諸病者則皆愈起諸尩者則皆強健愚癡者則皆更黠慧諸有婬泆者皆修梵行瞋怒者皆悉慈心作善諸有被毒者毒皆不行鍾鼓琴瑟箜篌樂器諸妓不鼓皆自作音聲婦女珠環皆自作聲百鳥畜獸皆自悲鳴當是之時莫不歡喜得過度者則時念曰諸佛國中諸天人莫不持天上華香來下於虚空中悉皆供養散諸佛及無量清淨佛上諸天各共大作萬種自然妓樂樂諸佛及諸菩薩阿羅漢當是之時甚快樂不可言佛告阿難阿逸菩薩等我説無量清淨佛及諸菩薩阿羅漢國土自然七寶當無有異乎阿難長跪叉手言佛説無量清淨佛國土快善如佛所説無有一異佛言我説無量清淨佛功德國土快善晝夜一劫尚復未竟我但爲若曹小説之耳阿逸菩薩則長跪叉手問佛言

今佛國從是間當有幾阿惟越致菩薩往生無量清淨佛國願聞之佛言若欲知者明聽著心中阿逸菩薩言受教佛言從我國當有七百二十億阿惟越致菩薩皆當往生無量清淨佛國一阿惟越致菩薩者前後供養無央數諸佛以次如彌勒皆當作佛及其餘諸小菩薩輩者無央數不可復計皆當往生無量清淨佛國佛告阿逸菩薩不但我國中諸菩薩當往生無量清淨佛國他方異國復有佛亦復如是第一佛名光遠照其國有百八十億菩薩皆當往生無量清淨佛國他方異國第二佛佛名寶積其國有九十億菩薩皆當往生無量清淨佛國他方異國第三佛名儒無垢有二百二十億菩薩皆當往生阿彌陀佛國他方異國第四佛名無極光明其國有二百五十億菩薩皆當往生無量清淨佛國他方異國第五佛名於世無上其國有六百億菩薩皆當往生無量清淨佛國他方異國第六佛名勇光其國有萬四千菩薩皆當往生無量清淨佛國他方異國第七佛名具足交絡其國有十四億菩薩皆當往生無量清淨佛國他方異國第八佛名雄慧王其國有八十億菩薩皆當往生無量清淨佛國他方異國第九佛名多力無過者其國有八百一十億菩薩皆當往生無量清淨佛國他方異國第十佛名吉良其國有萬億菩薩皆當往生無量清淨佛國他方異國第十一佛名慧辯其國有萬二千菩薩皆當往生無量清淨佛國他方異國第十二佛名佛其國有諸菩薩無央數不可復計皆阿惟越致皆智慧

勇猛各供養無央數諸佛已一時俱心願欲往皆當生無量清淨佛國他方異國第十三佛名樂大妙音其國有七百九十億菩薩皆當往生無量清淨佛國佛言是諸菩薩皆阿惟越致諸比丘僧中及小菩薩輩無央數皆當往生無量清淨佛國不獨是十四佛國中諸菩薩當往生也都八方上下無央數佛國諸菩薩輩各各如是皆當往生無量清淨佛國其無央數都共往會無量清淨佛國大衆多不可復計我但說八方上下無央數佛名字晝夜一劫尚未竟我但復說佛國諸比丘僧衆菩薩當往生無量清淨佛國人數說之一劫不休止尚未竟我但爲若曹總攬都小說之耳佛語阿難阿逸菩薩等其世間帝王人民善男子善女人前世宿命行善所致相祿乃當聞無量清淨佛聲慈心歡喜我代之喜佛言其有善男子善女人聞無量清淨佛聲慈心歡喜一時踊躍心意清淨衣毛爲起淚出者皆前世宿命作佛道若他方佛故菩薩非凡人其有人民男子女人聞無量清淨佛聲不信有佛者不信佛經語不信有比丘僧心中狐疑都無所信者皆故從惡道中來生愚癡不解宿命殃惡未盡未當得度脫故心中狐疑不信向耳佛言我語若曹若曹所當作善法皆當奉行信之無得以我般泥洹去後故若曹及後世人無得復言我不信有無量清淨佛國我故令若曹悉見無量清淨佛國土所當爲者若自求之我具爲汝曹道說經戒愼法若曹當如佛法持之無得毀失我持是經以累汝曹汝曹當堅持之無以爲

妄增減是經法我般泥洹去後經道留止千歲千歲後經道斷絕我皆慈哀特留是經法止住百歲百歲中竟乃休止絕在心所願皆可得道佛言師開導人耳目智慧明達度脫人令得善合泥洹之道常當慈孝於佛如父毋常念師恩當念不斷絕則得道疾佛言天下有佛者甚難得值人有信受師法經語深者亦難得值若有沙門若師爲人說佛經者甚難得值佛說是經時則萬二千億諸天人民皆得天眼徹視悉一心皆爲菩薩道則二百二十億諸天人民皆得阿那含道則八百沙門皆得阿羅漢道則四十億菩薩皆得阿惟越致佛說經已諸菩薩阿羅漢諸天帝王人民皆大歡喜前趣爲佛作禮繞佛三帀以頭面著佛足而去

佛說無量清淨平等覺經卷下

音釋

蹉跌 蹉千可切過也跌徒結切越也　苞 布交切裹也　譊 女交切爭也　劇 奇逆切甚也　搪揬 搪徒郎切揬陀骨切搪揬觸也　慉 許六切養也　儩 息利切盡也　猥憒 猥烏賄切雜也憒古對切心亂也　曼 微夫切與無同　貰 舒制切恕也　尪羸 尪烏光切弱也羸力追切瘦也　諛媚 諛羊朱切面從也媚明祕切悅也　讒 士咸切譖也　眄睞 眄彌典切睞落代切眄睞傍視也　串 古患切習也　賑 止忍切舉救也　虜扈 虜龍五切扈後五切虜扈縱橫行貌　睢盱 睢翾規切盱匈于切睢盱視貌又跋扈貌　僥倖 僥古堯切倖胡耿切　糾 吉酉切彈也　煢煢 渠營切憂也　揆 求癸切度也　倉卒 卒七骨切倉卒忽遽貌　詒 他代切欺也　湔洒 湔則先切

滌也洒山禮切與洗同慄力質切竦懼也

佛說阿彌陀經

吳月氏優婆塞支謙譯

清刻龍藏佛說法變相圖

佛說阿彌陀經卷上

吳月氏優婆塞支謙譯

佛在羅閱祇耆闍崛山中時有摩訶比丘僧等萬二千人皆淨潔一種類皆阿羅漢賢者拘隣賢者拔智致賢者摩訶那彌賢者舍戶賢者須滿日賢者維末坻賢者不乃賢者迦爲拔坻賢者憂爲迦葉賢者那履迦葉賢者那翼迦葉賢者舍利弗賢者摩訶目揵連賢者摩訶迦葉賢者摩訶迦旃延賢者摩訶揭質賢者摩訶拘私賢者摩訶梵提賢者邠提文陀弗賢者阿難律賢者難提賢者膩脾坻賢者須楓賢者螺越賢者摩訶羅倪賢者摩訶波羅延賢者波鳩螺賢者難待賢者滿楓螺賢者蔡揭賢者厲越如是諸比丘僧甚衆多數千億萬人悉諸菩薩阿羅漢無央數不

可復計都共大會坐皆賢者也時佛坐息思念正道面有九色光數千百變光色甚大明阿難即起更被袈裟前以頭面著佛足却長跪叉手問佛言今日佛面光色何以時時更變明乃爾乎今佛面光精數千百色上下明好乃如是我侍佛已來未曾見佛面有如今日色者我未曾見三耶三佛光明威神乃爾獨當有意願欲聞之佛言賢者阿難有諸天神教汝若諸佛教汝今問我者耶汝自從善意出問佛耶阿難白佛言無有諸天神教我亦無諸佛教我今問佛也我自從善心知佛意問佛耳每佛坐起行來出入所欲至到當所作爲諸所教勑者我輒知佛意今佛獨當念諸已過去佛諸當來佛若他方佛國今現在佛獨展轉相思念故佛面色光明乃爾耳

佛言善哉善哉賢者阿難汝所問者甚深大快多所度脫若問佛者勝於供養一天下阿羅漢辟支佛布施諸天人民及蜎飛蠕動之類累劫百千億萬倍也佛言阿難今諸天世間帝王人民及蜎飛蠕動之類汝皆度脫之佛言佛威神甚重難當也汝所問者甚深汝乃慈心於佛所哀諸天帝王人民若比丘僧比丘尼優婆塞優婆夷大善當爾皆過度之佛語阿難如世間有優曇樹但有實無有華也天下有佛乃有華出耳世間有佛甚難得值也今我出於天下作佛若有大德聖明善心豫知佛意若不妄在佛邊侍佛也佛告阿難前已過去事摩訶僧祇以來其劫無央數不可復計乃爾時有過去佛名提惒竭羅次復有佛名旃陀倚已過去次復有佛名須摩

扶劫波薩多已過去次復有佛名維末樓已過去次復有佛名阿難那利已過去次復有佛名那竭脾已過去次復有佛名耆梨倶遮波羅夜蔡已過去次復有佛名彌離倶樓已過去次復有佛名軷陀尼已過去次復有佛名朱蹄波已過去次復有佛名凡扶坻已過去次復有佛名墮樓勒耶已過去次復有佛名旃陀扈斯已過去次復有佛名須耶惟于沙已過去次復有佛名拘還彌鉢摩耆已過去次復有佛名尸利裙岐已過去次復有佛名摩訶那提已過去次復有佛名耆頭摩提已過去次復有佛名羅隣祇離已過去次復有佛名俞樓倶路蔡已過去次復有佛名滿呼群尼鉢賓頞已過去次復有佛名旃陁遬叟軷惒沙已過去次復有佛名旃陀蔡拘夲已過去次復有佛名潘波螺頻尼已過去次復有佛名軷波惒斯已過去次復有佛名阿術祇陀揭螺已過去次復有佛名勿署提已過去次復有佛名質夜蔡已過去次復有佛名曇摩惒提已過去次復有佛名篩耶維頞質已過去次復有佛名樓耶帶已過去次復有佛名僧迦羅彌樓迦帶已過去次復有佛名曇眛摩提阿維難提已過去佛告阿難次復有佛名樓夷亘羅在世間教授壽四十二劫乃爾時世有大國王王聞佛經道心即歡喜開解便棄國捐王行作沙門字曇摩迦作菩薩道爲人高才智慧勇猛與世人絶異往到樓夷亘羅佛所前爲佛作禮却住長跪叉手白佛言我欲求佛爲菩薩道令我後作佛時於八方上下諸無央數佛中最尊智慧勇

猛頭中光明如佛光明所焰照無極所居國土自然七寶極自軟好令我後作佛時教授名字皆聞八方上下無央數佛國莫不聞知我名字者諸無央數天人民及蜎飛蠕動之類諸來生我國者悉皆令作菩薩阿羅漢無央數都勝諸佛國如是者寧可得不佛語阿難其樓夷亘羅佛知其高明所願快善即爲曇摩迦菩薩說經言譬如天下大海水一人斗量之一劫不止尚可枯盡令空得其底泥人至心求道何如當不可得乎求索精進不休止會當得心中所欲願耳曇摩迦菩薩聞樓夷亘羅佛說經如是即大歡喜踊躍其佛即選擇二百一十億佛國土中諸天人民之善惡國土之好醜爲選擇心中所欲願樓夷亘羅佛說經竟曇摩迦便一其心即得天眼徹視悉自見二百一十億諸佛國中諸天人民之善惡國土之好醜即選擇心中所願便結得是二十四願經則奉行之精進勇猛勤苦求索如是無央數劫所師事供養諸已過去佛亦無央數其曇摩迦菩薩至其然後自致得作佛名阿彌陀佛最尊智慧勇猛光明無比今現在所居國土甚快善在他方異佛國教授八方上下諸無央數天人民及蜎飛蠕動之類莫不得過度解脫憂苦佛語阿難阿彌陀佛爲菩薩時常奉行是二十四願珍寶愛重保持恭慎精禪行之與衆超絕卓然有異皆無有能及者佛言何等爲二十四願第一願使其作佛時令我國中無有泥犁禽獸薛荔蜎飛蠕動之類得是願乃作佛不得是願終不作佛第二願使其作佛時令我國

中無有婦人女人欲來生我國中者即作男子諸無央數天人民蜎飛蝡動之類來生我國者皆於七寶水池蓮花中化生長大皆作菩薩阿羅漢都無央數得是願乃作佛不得是願終不作佛第三願使某作佛時令我國土自然七寶廣縱甚大曠蕩無極極自軟好所居舍宅被服飲食都皆自然比如第六天王所居處得是願乃作佛不得是願終不作佛第四願使某作佛時令我名字皆聞八方上下無央數佛國皆令諸佛各於比丘僧大座中說我功德國土之善諸天人民蜎飛蝡動之類聞我名字莫不慈心歡喜踊躍者皆令來生我國得是願乃作佛不得是願終不作佛第五願使某作佛時令八方上下諸無央數天人民及蜎飛蝡動之類若前世作惡

聞我名字欲來生我國者即便返正自悔過爲道作善便持經戒願欲生我國不斷絕壽終皆令不復泥犁禽獸薜荔即生我國在心所願得是願乃作佛不得是願終不作佛第六願使某作佛時令八方上下無央數佛國諸天人民若善男子善女人欲來生我國用我故益作善若分檀布施遶塔燒香散華然燈懸雜繒綵飯食沙門起塔作寺斷愛欲齋戒清淨一心念我晝夜一日不斷絕皆令來生我國作菩薩得是願乃作佛不得是願終不作佛第七願使某作佛時令八方上下無央數佛國諸天人民若善男子善女人有作菩薩道奉行六波羅蜜經若作沙門不毀經戒斷愛欲齋戒清淨一心念欲生我國晝夜不斷絕若其人壽欲終時我即與諸菩薩阿

羅漢共飛行迎之即來生我國則作阿惟越致菩薩智慧勇猛得是願乃作佛不得是願終不作佛第八願使其作佛時令我國中諸菩薩欲到他方佛國生者皆令不更泥犁禽獸薜荔皆令得佛道得是願乃作佛不得是願終不作佛第九願使其作佛時令我國中諸菩薩阿羅漢面目皆端正淨潔姝好悉同一色都一種類比如第六天人得是願乃作佛不得是願終不作佛第十願使其作佛時令我國中諸菩薩阿羅漢皆同一心所念所欲言者預相知意得是願乃作佛不得是願終不作佛第十一願使其作佛時令我國中諸菩薩阿羅漢皆無有婬泆之心終無念婦女意終無有瞋怒愚癡者得是願乃作佛不得是願終不作佛第十二願使其作佛時令我國中諸菩薩阿羅漢皆令心相敬愛終無相嫉憎者得是願乃作佛不得是願終不作佛第十三願使其作佛時令我國中諸菩薩欲共供養八方上下無央數諸佛皆令飛行即到欲得自然萬種之物即皆在前持用供養諸佛悉皆徧已後日未中時即飛行還我國得是願乃作佛不得是願終不作佛第十四願使其作佛時令我國中諸菩薩阿羅漢欲飯時即皆自然七寶鉢中有自然百味飯食在前食已自然去得是願乃作佛不得是願終不作佛第十五願使其作佛時令我國中諸菩薩身皆紫磨金色三十二相八十種好皆令如佛得是願乃作佛不得是願終不作佛第十六願使其作佛時令我國中諸菩薩阿羅漢語者如三百鐘聲說經行道皆如

佛得是願乃作佛不得是願終不作佛第十七願使其作佛時令我洞視徹聽飛行十倍勝於諸佛得是願乃作佛不得是願終不作佛第十八願使其作佛時令我智慧説經行道十倍勝於諸佛得是願乃作佛不得是願終不作佛第十九願使其作佛時令八方上下無央數佛國諸天人民蜎飛蝡動之類皆令得人道悉作辟支佛阿羅漢皆坐禪一心共欲計數知我年壽幾千億萬劫歲數皆令無有能極知壽者得是願乃作佛不得是願終不作佛第二十願使其作佛時令八方上下各千億佛國中諸天人民蜎飛蝡動之類皆令作辟支佛阿羅漢皆坐禪一心共欲計數我國中諸菩薩阿羅漢知有幾千億萬人皆令無有能知數者得是願乃作佛不得是願終不作佛第二十一願使其作佛時令我國中諸菩薩阿羅漢壽命無央數劫得是願乃作佛不得是願終不作佛第二十二願使其作佛時令我國中諸菩薩阿羅漢皆智慧勇猛自知前世億萬劫時宿命所作善惡却知無極皆洞視徹聽知十方去來現在之事得是願乃作佛不得是願終不作佛第二十三願使其作佛時令我國中諸菩薩阿羅漢皆智慧勇猛頂中皆有光明得是願乃作佛不得是願終不作佛第二十四願使其作佛時令我頂中光明絶好勝於日月之明百千億萬倍絶勝諸佛光明焰照諸無央數天下幽冥之處皆當大明諸天人民蜎飛蝡動之類見我光明莫不慈心作善者皆令來生我國得是願乃作佛不得是願終不作佛佛

告阿難阿彌陀爲菩薩時常奉行是二十四願分檀布施不犯道業忍辱精進一心智慧志願常勇猛不毀經法求索不懈每獨棄國捐王絶去財色精明求願無所適莫積功累德無央數劫今自致作佛悉皆得之不亡其功也佛言阿彌陀佛光明最尊第一無比諸佛光明皆所不及也八方上下無央數諸佛中有佛頂中光明照七丈有佛頂中光明照一里有佛頂中光明照二里有佛頂中光明照五里有佛頂中光明照十里有佛頂中光明照二十里有佛頂中光明照四十里有佛頂中光明照八十里有佛頂中光明照百六十里有佛頂中光明照三百二十里有佛頂中光明照六百四十里有佛頂中光明照千三百里有佛頂中光明照二千六百里有佛頂中光明照五千二百里有佛頂中光明照萬四百里有佛頂中光明照二萬一千里有佛頂中光明照四萬二千里有佛頂中光明照八萬四千里有佛頂中光明照十七萬里有佛頂中光明照三十五萬里有佛頂中光明照七十萬里有佛頂中光明照百五十萬里有佛頂中光明照三百萬里有佛頂中光明照六百萬里有佛頂中光明照一佛國有佛頂中光明照兩佛國有佛頂中光明照四佛國有佛頂中光明照八佛國有佛頂中光明照十五佛國有佛頂中光明照三十佛國有佛頂中光明照六十佛國有佛頂中光明照百二十佛國有佛頂中光明照二百四十佛國有佛頂中光明照五百佛國有佛頂中光明照千佛國有佛頂中光明照二千佛國

有佛頂中光明照四千佛國有佛頂中光明照八千佛國有佛頂中光明照萬六千佛國有佛頂中光明照三萬二千佛國有佛頂中光明照六萬四千佛國有佛頂中光明照十三萬佛國有佛頂中光明照二十六萬佛國有佛頂中光明照五十萬佛國有佛頂中光明照百萬佛國有佛頂中光明照二百萬佛國佛言諸八方上下無央數佛頂中光明所照皆如是也阿彌陀佛頂中光明所照千萬佛國所以諸佛光明所照有近遠者何本其前世宿命求道爲菩薩時所願功德各自有大小至其然後作佛時各自得之是故令光明轉不同等諸佛威神同等耳自在意所欲作爲不預計阿彌陀佛光明所照最大諸佛光明皆所不能及也佛稱譽阿彌陀佛光明極善阿彌陀佛光明極善善中明好甚快無比絕殊無極也阿彌陀佛光明清淨無瑕穢無缺減也阿彌陀佛光明姝好勝於日月之明百千億萬倍諸佛光明中之極明也光明中之極好也光明中之極雄傑也光明中之快善也諸佛中之王也光明中之極尊也光明中之最明無極也焰照諸無數天下幽冥之處皆常大明諸有人民蜎飛蠕動之類莫不見阿彌陀佛光明也見者莫不慈心歡喜者世間諸有婬泆瞋怒愚癡者見阿彌陀佛光明莫不作善也諸在泥犁禽獸薜荔拷掠勤苦之處見阿彌陀佛光明至皆休止不復治死後莫不得解脫憂苦者也阿彌陀佛光明名聞八方上下無窮無極無央數諸佛國諸天人民莫不聞知聞知者莫不度脫也佛

言不獨我稱譽阿彌陀佛光明也八方上下無央數佛辟支佛菩薩阿羅漢所稱譽皆如是佛言其有人民善男子善女人聞阿彌陀佛聲稱譽光明朝暮常稱譽其光明好至心不斷絶在心所願往生阿彌陀佛國可得爲衆菩薩阿羅漢所尊敬若其然後作佛者亦當復爲八方上下諸無央數佛辟支佛菩薩阿羅漢所稱譽光明如是也即衆比丘僧諸菩薩阿羅漢諸天帝王人民聞之皆歡喜踊躍莫不讃歎者佛言我道阿彌陀佛光明姝好巍巍稱譽快善晝夜一劫尚未竟也我但爲若曹小説之耳佛説阿彌陀佛爲菩薩求索得是二十四願時阿闍世王太子與五百長者迦羅越子各持一金華蓋俱到佛所前爲佛作禮以頭面著佛足皆持金華蓋前上佛已悉却坐一面聽經阿闍世王太子及五百長者子聞阿彌陀佛二十四願皆大歡喜踊躍心中俱願言令我等後作佛時皆如阿彌陀佛佛即知之告諸比丘僧是阿闍世王太子及五百長者子却後無數劫皆當作佛如阿彌陀佛佛言是阿闍世王太子及五百長者子住菩薩道以來無央數劫皆各供養四百億佛已今復來供養我阿闍世王太子及五百長者子等皆前世迦葉佛時爲我作弟子今皆復會是共相值也時諸比丘僧聞佛言皆踊躍莫不代之歡喜者佛告阿難阿彌陀作佛以來凡十小劫所居國土名須摩題正在西方去是閻浮提地界千億萬須彌山佛國其國地皆自然七寶其一寶者白銀二寶者黄金三寶者水精四寶者瑠璃五寶

者珊瑚六寶者琥珀七寶者硨磲是爲七寶皆以自共爲地曠蕩甚大無極皆自相參轉相入中各自焜煌參明極自軟好甚姝無比其七寶地諸八方上下衆寶中精味自然合會其化生耳其寶皆比第六天上之七寶也其國中無有須彌山其日月星辰第一四天王第二忉利天皆在虛空中其國土無有大海亦無有小海水亦無江河恒水也亦無有山林溪谷無有幽冥之處其國七寶地皆平正無有泥犂禽獸薜荔蜎飛蠕動之類無有阿須輪諸龍鬼神終無天雨時亦無有春夏秋冬亦無大寒亦無大熱常和調中適甚快善無比皆有自然萬種之物百味飯食意欲有所得即自然在前所不用者即自然去比如第六天上自然之物恣若自然即皆隨意

其國中悉諸菩薩阿羅漢無有婦女壽命無央數劫女人往生即化作男子但有諸菩薩阿羅漢無央數悉皆洞視徹聽悉遥相見遥相瞻望遥相聞語聲悉皆求道善者同一種類無有異人其諸菩薩阿羅漢面目皆端正淨潔絶好悉同一色無有偏醜惡者也諸菩薩阿羅漢皆才猛黠慧皆衣自然之衣心中所念道德其欲語言皆預相知意所念言常說正事所語輒說經道終不說他餘之惡其語言音響如三百鐘聲皆相敬愛無相嫉憎者皆以長幼上下先後言之以義如禮轉相敬事如兄如弟以仁履義不妄動作言語如誠轉相教令不相違戾轉相承受皆心淨潔無所貪慕終無有瞋怒婬泆之心愚癡之態無有邪心念婦女意悉皆智慧勇猛和心歡

樂好喜經道自知前世所從來生億萬劫時宿命善惡存亡現在却知無極阿彌陀佛所可教授講堂精舍皆復自然七寶金銀水精瑠璃白玉琥珀硨磲自共相成甚姝明好絶無比亦無作者不知所從來亦無持來者亦無所從去阿彌陀佛所願德重其人作善故論經語義説經行道論會其中自然化生耳其講堂精舍皆復有七寶樓觀欄楯復以金銀水精瑠璃白玉琥珀硨磲爲瓔珞復以白珠明月珠摩尼珠爲交露覆蓋其上皆自作五音聲甚好無比諸菩薩阿羅漢所居舍宅皆復以七寶金銀水精瑠璃珊瑚琥珀硨磲碼碯化生轉共相成其舍宅悉各有七寶樓觀欄楯復以金銀水精瑠璃白玉琥珀硨磲爲瓔珞復以白珠明月珠摩尼珠爲交露覆

蓋其上皆各復自作五音聲阿彌陀佛講堂精舍及諸菩薩阿羅漢所居舍宅中內外處處皆復有自然流泉浴池皆與自然七寶俱生金銀水精瑠璃琥珀硨磲轉共相成淳金池者其水底沙白銀也淳白銀池者其水底沙黄金也淳水精池者其水底沙瑠璃也淳瑠璃池者其水底沙水精也淳珊瑚池者其水底沙琥珀也淳琥珀池者其水底沙珊瑚也淳硨磲池者其水底沙碼碯也淳碼碯池者其水底沙硨磲也淳白玉池者其水底沙紫磨金也淳紫磨金池者其水底沙白玉也中復有兩寶共作一池者其水底沙金銀也中復有三寶共作一池者其水底沙金銀水精也中復有四寶共作一池者其水底沙金銀水精瑠璃也中有五寶共作一池者其水

底沙金銀水精瑠璃珊瑚也中有六寶共作一池者其水底沙金銀水精瑠璃珊瑚琥珀也中有七寶共作一池者其水底沙金銀水精瑠璃珊瑚琥珀硨磲也中有浴池長四十里者有長八十里者有長百六十里者有長三百二十里者有長六百四十里者有長千二百八十里者有長二千五百六十里者有長五千一百二十里者有長萬二百四十里者有長二萬四百八十里者其池縱廣適等是池者皆諸菩薩阿羅漢常所可浴池佛言阿彌陀佛浴池長四萬八千里廣亦四萬八千里其池皆以七寶轉共相成其水底沙白珠明月珠摩尼珠也阿彌陀佛及諸菩薩阿羅漢浴池中水皆清淨香潔池中皆有香華悉自然生百種華種種異色色異香華枝皆千華甚香無比也香不可言其華者亦非世間之華復非天上之華此華香都八方上下衆華香中精也自然化生耳其池中水流行轉相灌注其水流行亦不遲不駛皆復作五音聲佛言八方上下無央數佛國諸天人民及蜎飛蠕動之類諸生阿彌陀佛國者皆於七寶水池蓮華中化生便自然長大亦無乳養之者皆食自然之飲食其身體亦非世間人之身體亦非天上人之身體皆積聚衆善之德悉受自然虛無之身無極之體甚姝好無比佛語阿難如世間貧窮乞丐人令在帝王邊住者其面目形狀寧類帝王面目形狀顏色不阿難言假使子在帝王邊住者其面目形狀甚醜惡不好不如帝王百千億萬倍也所以者何乞人貧窮困極飲食常惡未嘗

有美食時既惡食不能得飽食食纔支命骨節相撐拄無以自給常乏無有儲飢餓寒凍怔忪愁苦但坐前世為人愚癡無智慳貪不肯慈哀為善博愛施與但欲唐得貪惜飲食獨食嗜美不信施貸後得報償復不信作善後世當得其福蒙憃牴很益作衆惡如是壽終財物盡索素無恩德無所恃怙入惡道中坐之適苦然後得出解脫今生為人作於下賤為貧家作子强像人形狀類甚醜衣被弊壞單空獨立不蔽形體乞丐生耳飢寒困苦面目羸劣不類人色坐其前世身之所作受其殃罰示衆見之莫垂哀者棄捐市道暴露痟瘦黒醜惡極不及人耳所以帝王人中獨尊最好者何皆其前世為人時作善信受經道布恩施德博愛順義慈仁喜與不貪飲食

與衆共之無所遺惜都無違諍得其善福壽終德隨不更惡道今生為人得生王家自然尊貴獨王典主攬制人民為其雄傑面目潔白和顔好色身體端正衆共敬事美食好衣隨心恣意若樂所欲自然在前都無違諍於人中姝好無憂快樂面目光澤故乃爾耳佛告阿難若言是也帝王雖於人中好無比者當今在遮迦越王邊住者其面形類甚醜惡不好比如乞人在帝王邊住耳其帝王面目尚復不如遮迦越王面色姝好百千萬倍如遮迦越王於天下絶好無比當今在第二天王邊住者其面甚醜不好尚復不如帝釋面類端正姝好百千億萬倍如天帝釋今在第六天王邊住者其面類甚醜不好尚復不如第六天王面類端正姝好百千億萬倍如第

六天王令在阿彌陀佛國中諸菩薩阿羅漢邊住者其面甚醜尚復不如阿彌陀佛國中菩薩阿羅漢面類端正姝好百千億萬倍佛言阿彌陀佛國諸菩薩阿羅漢面類悉皆端正絶好無比次於泥洹之道阿彌陀佛及諸菩薩阿羅漢講堂精舍所居處舍宅中內外浴池上皆有七寶樹中有淳金樹淳銀樹淳水精樹淳瑠璃樹淳白玉樹淳珊瑚樹淳琥珀樹淳硨磲樹種種各自異行中有兩寶共作一樹者銀樹銀根金莖銀枝金葉銀華金實金樹者金根銀莖金枝銀葉金華銀實水精樹者水精根瑠璃莖水精枝瑠璃葉水精華瑠璃實瑠璃樹者瑠璃根水精莖瑠璃枝水精葉瑠璃華水精實是二寶共作一樹中復有四寶共作一樹者水精樹水精根瑠璃

莖金枝銀葉水精華瑠璃實瑠璃樹者瑠璃根水精莖金枝銀葉水精華瑠璃實是四寶樹轉共相成各自異行中復有五寶共作一樹者銀樹銀根金莖水精枝瑠璃葉銀華金實金樹者金根銀莖水精枝瑠璃葉珊瑚華銀實水精樹者水精根瑠璃莖珊瑚枝銀葉金華瑠璃實瑠璃樹者瑠璃根珊瑚莖水精枝金葉銀華珊瑚實珊瑚樹者珊瑚根瑠璃莖水精枝金葉銀華瑠璃實是五寶共作一樹各自異行中復有六寶共作一樹者銀樹銀根金莖水精枝瑠璃葉珊瑚華琥珀實金樹者金根銀莖水精枝瑠璃葉琥珀華珊瑚實水精樹者水精根瑠璃莖珊瑚枝琥珀葉銀華金實瑠璃樹者瑠璃根珊瑚莖琥珀枝水精葉金華銀實是六寶樹轉共相成各自

異行中復有七寶共作一樹者銀樹銀根金莖水精枝瑠璃葉珊瑚華琥珀實金樹者金根水精莖瑠璃枝珊瑚葉琥珀華銀實水精樹者水精根瑠璃莖珊瑚枝琥珀葉硨磲華白玉實珊瑚樹者珊瑚根琥珀莖白玉枝瑠璃葉硨磲華明月珠實琥珀樹者琥珀根白玉莖珊瑚枝瑠璃葉水精華金實白玉樹者白玉根硨磲莖珊瑚枝琥珀葉金華摩尼珠實是七寶樹轉共相成種種各自異行行行相值莖莖自相准枝枝自相值葉葉自相向華華自相望實實自相當佛言阿彌陀佛當講堂精舍中內外七寶浴池繞邊上諸七寶樹及諸菩薩阿羅漢七寶舍宅中內外七寶浴池繞池邊諸七寶樹數千百重行皆各如是各自作五音聲音聲甚好無比佛告阿難如世間帝王有百種妓樂音聲不如遮迦越王諸妓樂音聲好百千億萬倍如遮迦越王萬種妓樂音聲尚復不如第二忉利天上諸妓樂一音聲百千億萬倍如忉利天上萬種妓樂之聲尚復不如第六天上一音聲好百千億萬倍如第六天上萬種音樂之聲尚復不如阿彌陀佛國中七寶樹一音聲好百千億萬倍阿彌陀佛國中亦有萬種自然妓樂甚樂無極阿彌陀佛及諸菩薩阿羅漢欲浴時便各自可入其七寶池中浴諸菩薩阿羅漢意欲令水沒足水即沒足意欲令水至膝水即至膝意欲令水至腰水即至腰意欲令水至腋水即至腋意欲令水至頸水即至頸意欲令水自灌身上水即自灌身上意欲令水還復如故水即還復如故恣若隨意所欲

好喜佛言阿彌陀及諸菩薩阿羅漢皆浴已悉自於一大蓮華上坐即四方自然亂風起其亂風者亦非世間之風亦非天上之風都八方上下衆風中精自然合會化生耳不寒不熱常和調中適甚清凉好無比也徐起不遲不駛適得中宜吹七寶樹皆作五音聲以七寶樹華悉覆其國中皆散佛及諸菩薩阿羅漢上華墮地皆厚四寸極自軟好無比即自然亂風吹萎華悉自然去即復四方自然亂風吹七寶樹樹皆復作五音聲樹華皆自然散佛及諸菩薩阿羅漢上華小萎墮地即自然去即復四方亂風起吹七寶樹如是四返諸菩薩阿羅漢中有但欲聞經者中有但欲聞音樂者中有但欲聞華香者有不欲聞經者有不欲聞音樂聲者有不欲聞華香者其所欲聞者輒即獨聞之不欲聞者則獨不聞隨意所欲喜樂不違其願也浴訖各自去行道中有在地講經者誦經者説經者口受經者聽經者念經者思道者坐禪者經行者中有在虛空中講經者誦經者説經者口受經者聽經者念經者思道者坐禪一心者經行者未得須陀洹道者即得須陀洹道未得斯陀含道者即得斯陀含道未得阿那含道者即得阿那含道未得阿羅漢道者即得阿羅漢道未得阿惟越致菩薩者即得阿惟越致各自説經行道悉皆得道莫不歡喜踊躍者也諸菩薩中有意欲供養八方上下無央數諸佛即皆俱前爲佛作禮白佛辭行供養八方上下無央數佛佛即然可之即使行諸菩薩皆大歡喜數千億萬人無央數不可

復計皆當智慧勇猛各自翻輩飛相追俱共散飛則到八方上下無央數諸佛所皆前爲諸佛作禮即便供養意欲得萬種自然之物在前即自然百種雜色華百種雜繒綵百種劫波育衣七寶燈火萬種妓樂悉皆在前其華香萬種自然之物亦非世間之物亦非天上之物也是萬種物都八方上下衆自然合會化生耳意欲得者即自然化生意不用者即化去諸菩薩便共持供養諸佛及諸菩薩阿羅漢邊傍前後迴遶周帀在意所欲即輒皆至當是之時快樂不可言也諸菩薩意各欲得四十里華即自然在前便於虚空中共持散諸佛及菩薩阿羅漢上皆在虚空中下向華甚香好小萎墮地即自然亂風吹萎華悉自然去諸菩薩意各復欲得八十里華即自然在前共持散諸佛及諸菩薩阿羅漢上華皆復在虚空中下向小萎墮地即自然亂風吹萎華悉自然去諸菩薩意各復欲得百六十里華即自然在前便於虚空中共持散諸佛及諸菩薩阿羅漢上華皆復於虚空中下向小萎墮地即自然亂風吹萎華悉自然去諸菩薩意各復欲得三百二十里華即自然在前復於虚空中持散諸佛及諸菩薩阿羅漢上華於虚空中下向小萎墮地即自然亂風吹萎華悉自然去諸菩薩意各復欲得六百四十里華即自然在前復以散諸佛及諸菩薩阿羅漢上皆在虚空中下向小萎墮地亂風自然吹萎華去諸菩薩意各復欲得千二百八十里華即自然在前復於虚空中共持散諸佛及諸菩薩阿羅漢上皆在虚空

中下向小萎墮地亂風自然吹萎華悉自然去諸菩薩意各復欲得二千五百六十里華即自然在前復於虚空中共持散諸佛及諸菩薩阿羅漢上皆在虚空中下向小萎墮地亂風吹萎華悉自然去諸菩薩意各復欲得五千一百二十里華即自然在前復於虚空中共持散諸佛及諸菩薩阿羅漢上皆在虚空中下向小萎墮地亂風吹萎華悉自然去諸菩薩意各復欲得萬二百四十里華即皆自然在前復於虚空中共持散諸佛及諸菩薩阿羅漢上小萎墮地亂風吹萎華悉自然去諸菩薩意各復欲得二萬四百八十里華即皆在前復於虚空中共持散諸佛及諸菩薩阿羅漢上皆在虚空中下向小萎墮地亂風吹萎華悉自然去諸菩薩意各復欲得五萬里華即皆在前復於虚空中共持散諸佛及諸菩薩阿羅漢上皆在虚空中下向小萎墮地亂風吹萎華悉自然去諸菩薩意各復欲得十萬里華即皆在前諸菩薩復於虚空中共持散諸佛及諸菩薩阿羅漢上皆在虚空中下向小萎墮地亂風吹萎華悉自然去諸菩薩意各復欲得二十萬里華即皆在前復於虚空中共持散諸佛及諸菩薩阿羅漢上小萎墮地亂風吹萎華悉自然去諸菩薩意各復欲得四十萬里華即皆在前復於虚空中共持散諸佛及諸菩薩阿羅漢上皆在虚空中下向小萎墮地亂風吹萎華悉自然去諸菩薩意各復欲得八十萬里華即皆在前復於虚空中共持散諸佛及諸菩薩阿羅漢上皆在虚空中下向小萎墮地亂風吹萎

華悉自然去諸菩薩意各欲得百六十萬里
華即皆在前共持散諸佛及諸菩薩阿羅漢
上小萎墮地亂風吹萎華悉自然去諸菩薩
意各欲得三百萬里華即皆在前共持散諸
佛及諸菩薩阿羅漢上小萎墮地亂風吹萎
華悉自然去諸菩薩意各欲得六百萬里華
即皆在前共持散諸佛及諸菩薩阿羅漢上
都自然合爲一華華正端圓周帀各適等華
轉倍前華極自輭好勝於前華數千百倍色
色異香香不可言諸菩薩皆大歡喜俱於虛
空中大共作衆音自然妓樂樂諸佛及諸菩
薩阿羅漢當此之時快樂不可言諸菩薩皆
悉却坐聽經聽經竟即悉諷誦通利知經道
益明智慧即諸佛國中從第一四天上至三
十三天上諸天人皆共持天上萬種自然之
物來下供養諸菩薩阿羅漢天人皆復於虛
空中大共作衆音妓樂諸天人前來者轉去
避後來者後來者轉復供養如前更相開避
諸天人歡喜聽經大共作音樂當是時快樂
無極諸菩薩供養聽經訖竟便皆起爲佛作
禮而去即復飛到八方上下無央數諸佛所
供養聽經皆各如前悉徧已後日未中時各
飛還其國爲阿彌陀佛作禮皆却坐聽經竟
大歡喜佛言阿彌陀佛及諸菩薩阿羅漢欲
食時即自然七寶几劫波育㲲氀以爲座佛
及菩薩皆坐前悉有自然七寶鉢鉢中有百
味飲食飲食者亦不類世間亦非天上此百
味飲食八方上下衆自然飲食中精味甚香
美無比自然化生耳欲得甜醋在所欲得諸
菩薩阿羅漢中有欲得金鉢者有欲得銀鉢

者有欲得水精鉢者有欲得珊瑚鉢者有欲得琥珀鉢者有欲得白玉鉢者有欲得硨磲鉢者有欲得碼碯鉢者有欲得明月珠鉢者有欲得摩尼珠鉢者有欲得紫磨金鉢者隨意即至亦無所從來亦無供養者自然化生耳諸菩薩阿羅漢皆食食亦不多亦不少悉平等亦不言美惡亦不以美故喜食訖諸飯具鉢几座自然化去欲食時乃復化生耳諸菩薩阿羅漢皆心淨潔所飲食但用作氣力耳皆自然消散摩盡化去佛告阿難阿彌陀佛爲諸菩薩阿羅漢說經時都悉大會講堂上諸菩薩阿羅漢及諸天人民無央數都不可復計皆飛到阿彌陀佛所爲佛作禮却坐聽經其佛廣說道智大經皆悉聞知莫不歡喜踊躍心開解者即四方自然亂風起吹七寶樹皆作五音聲七寶樹華覆蓋其國皆在虛空中下向其華之香徧一國中皆散阿彌陀佛及諸菩薩阿羅漢上華墮地皆厚四寸小萎即亂風吹萎華自然去四方亂風吹七寶樹華如是四返即第一四天王第二忉利天上至三十三天上諸天人皆持天上萬種自然之物百種雜色華百種雜香百種雜繒綵百種劫波育氎衣萬種妓樂轉倍好相勝各持來下爲阿彌陀佛作禮供養佛及諸菩薩阿羅漢諸天人皆復大作妓樂樂阿彌陀佛及諸菩薩阿羅漢當是時快樂不可言諸天更相開避後來者轉復供養如前即東方無央數佛國其數不可復計如恒水邊流沙一沙一佛其數如是諸佛各遣諸菩薩無央數不可復計皆飛到阿彌陀佛所作禮聽經

皆大歡喜悉起爲作禮而去西方北方南方四角諸佛其數各如恒水邊流沙各遣諸菩薩無央數飛到阿彌陀佛所作禮聽經亦復如是即下方上方諸佛其數各如恒水邊流沙皆遣諸菩薩都不可復計飛到阿彌陀佛所作禮聽經更相開避如是終無休絶時也佛言所以諸佛以恒水邊流沙爲數者八方上下無央數佛甚大衆多都各不復可計故以恒水邊流沙爲數耳佛語阿難阿彌陀佛爲諸菩薩阿羅漢説經竟諸天人民中有未得道者即得道未得須陀洹者即得須陀洹未得斯陀含者即得斯陀含未得阿那含者即得阿那含未得阿羅漢者即得阿羅漢未得阿惟越致菩薩者即得阿惟越致菩薩阿彌陀佛輒隨其宿命時求道心所喜願大小

隨意爲説經典授與之即令疾開解得皆悉明慧各自好喜所願經道莫不喜樂誦習之者自諷誦通利無猒無極諸菩薩阿羅漢中有誦經者其音如三百鐘聲中有説經者如疾風暴雨時如是盡一劫竟終無懈倦時皆悉智慧勇猛身體輕便終無痛癢極時行歩坐起悉皆才健勇猛如師子中王在深山中有所趣向時無有敢當者無有疑難之意在心所作爲不可預計百千億萬倍是猛師子中王百千億萬倍尚復不如我第二弟子摩訶目揵連勇猛百千億萬倍如摩訶目揵連於諸國菩薩阿羅漢中最爲無比飛行進止智慧勇猛洞視徹聽知八方上下去來現在之事百千億萬倍共合爲一智慧當令在阿彌陀佛國中諸羅漢邊其德尚復不及百千

億萬倍阿逸菩薩即起前長跪叉手問佛言阿彌陀佛國中諸阿羅漢寧頗有般泥洹去者無願欲聞之佛言若欲知者如是四天下星若見之不阿逸菩薩言唯然見之佛言如我第二弟子摩訶目揵連飛上天上一晝一夜徧數知星有幾枚此四天下星甚衆多不可得計尚復百千億萬倍是星也如天下大海水減去一滴寧能令海水爲減知少不耶對曰減去百千億萬斗石尚不能令減知少也佛言阿彌陀佛國諸阿羅漢中雖有般泥洹去者如大海減一滴水耳不能令在諸阿羅漢爲減知少也佛言大海減去一溪水寧令減少不對曰減去百千億萬溪水尚不能減知少也佛言減大海一恒水寧能令減知少不對曰減去百千億萬恒水不能令減知少也佛言阿彌陀佛國諸阿羅漢般泥洹去者無央數其在者新得道者亦無央數都不爲增減也佛言令天下諸水都流入大海水中寧能令海水增多不對曰不能令增多也所以者何是大海爲天下諸水中王故能爾耳佛言阿彌陀佛國亦如是悉令八方上下無央數佛國諸無央數天人民蜎飛蠕動之類都往生甚大衆多不可復計阿彌陀佛國諸菩薩阿羅漢衆比丘僧故如常一法不異爲增多所以者何阿彌陀佛國爲最快八方上下無央數諸佛國中衆善之王諸佛國中之雄諸佛國中之寶諸佛國中壽之極長久也諸佛國中之衆傑也諸佛國中之廣大也諸佛國中之都自然之無爲最快明好甚樂之無極所以者何阿彌陀佛本爲菩薩時所

顒勇猛精進不懈累德所致故能爾耳阿逸菩薩即大歡喜長跪叉手言佛說阿彌陀佛國土快善明好最姝無比乃獨爾乎佛言阿彌陀佛國諸菩薩阿羅漢所居七寶舍宅中有在虛空中者有在地者中有欲令舍宅最高者舍宅即高中有欲令舍宅最大者舍宅即大中有欲令舍宅在虛空中者舍宅即在虛空中皆自然隨意在所作爲中有殊不能令舍宅隨意者所以者何中有能令舍宅隨意者皆是前世宿命求道時慈心精進益作諸善德重所致中有殊不能者皆是前世宿命求道時不慈心精進益作諸善德薄所致其所衣被飲食俱自然平等德有大小別知其勇猛令衆見之耳佛言若見第六天王所居處不唯然見之佛言阿彌陀佛國講堂舍宅都復勝第六天王所居處百千億萬倍諸菩薩阿羅漢悉皆洞視徹聽見知八方上下去來現在之事復無數天上天下人民及蜎飛蠕動之類心意所念善惡口所欲言皆知當何歲何劫得度脫得人道往生阿彌陀佛國知當作菩薩阿羅漢皆預知之諸菩薩阿羅漢頂中皆自悉有光明所照有大小諸菩薩中有最尊兩菩薩常在佛左右坐侍正論佛常與是兩菩薩共對坐議八方上下去來現在之事若欲使是兩菩薩到八方上下無央數諸佛所即便飛行隨心所欲至到飛行駛疾如佛勇猛無比其一菩薩名盧樓亘其一菩薩名摩訶那鉢光明智慧最第一頂中光明各焰照他方千須彌山佛國中常大明其諸菩薩頂中光明各照千億萬里諸阿羅

漢頂中光明各照七丈佛言世間人民若善男子善女人若有急恐怖縣官事者但自歸命是盧樓亘菩薩摩訶那鉢菩薩所無不得解脱者佛告阿逸菩薩阿彌陀佛頂中光明極大明其日月星辰皆在虚空中住止不可復迴轉運行亦無有精光其明皆蔽不復見佛光明照國中及焰照他方佛國常大明終無有冥時其國無有一日二日亦無五日十日亦無十五日一月亦無五月十月五歲十歲亦無百歲千歲亦無萬歲億萬歲無百千億萬歲無有一劫十劫百劫千劫無萬劫百萬劫無千萬劫百億萬劫阿彌陀佛光明明無有極劫後無數劫無數劫重復無數劫無數劫無央數終無有當冥時國土及諸天終無壞敗時所以者何阿彌陀佛壽命極長國土甚好故能爾耳其佛尊壽却後無數劫重復無數劫尚未欲般泥洹也於世間教授意欲過度八方上下諸無央數佛國諸天人民及蜎飛蠕動之類皆欲使往生其國悉令得泥洹之道其作菩薩者皆欲令悉作佛作佛已轉復教授八方上下諸天人民及蜎飛蠕動之類皆復欲令作佛作佛已復教授諸無央數天人民蜎飛蠕動之類皆令得泥洹道去諸可教授弟子者展轉復相教授轉相度脱至令得須陀洹斯陀含阿那含阿羅漢辟支佛道轉相度脱皆得泥洹之道悉如是尚未欲般泥洹阿彌陀佛所度脱展轉如是復住止無數劫無數劫不可復計劫終無般泥洹時八方上下諸無央數天人民蜎飛蠕動之類其生阿彌陀佛國當作佛者不可復勝

數諸作阿羅漢得泥洹道者亦無央數都不可復計阿彌陀佛恩德諸所布施八方上下無窮無極甚深無量快善不可言其智慧教授所出經道布告八方上下諸無央數天上天下甚不原也其經卷數甚衆多不可復計都無有極佛告阿逸菩薩若欲知阿彌陀佛壽命無極時不對曰願皆欲聞知之佛言明聽悉令八方上下諸無央數佛國中諸天人民蜎飛蠕動之類皆使得人道悉令作辟支佛阿羅漢共坐禪一心都合其智慧爲一勇猛共欲計知阿彌陀佛壽命幾千億萬劫歲數皆無有能計知者復令他方面各千須彌山佛國中諸天人民蜎飛蠕動之類皆復使得人道悉令作辟支佛阿羅漢皆令坐禪一心合其智慧爲一勇猛共欲數阿彌陀佛國中諸菩薩阿羅漢知有幾千億萬人皆無有能知數者阿彌陀佛年壽甚長久浩浩皓皓昭昭明善甚深無極無底無有能知信其者獨佛自信知耳阿逸菩薩聞佛言大歡喜長跪叉手言佛說阿彌陀佛壽命甚長威神尊大智慧光明巍巍快善乃獨如是佛言阿彌陀佛至其然後般泥洹者其盧樓亘菩薩便當作佛總領道智典主教授世間及八方上下所過度諸天人民蜎飛蠕動之類皆令得佛泥洹之道其善福德當復如大師阿彌陀佛住止無央數劫無央數劫不可復計劫惟法大師爾乃般泥洹其次摩訶那鉢菩薩當復作佛典主智慧總領教授所過度福德當復如大師阿彌陀佛止住無央數劫尚復不般泥洹展轉相承受經道甚明國土極善其

法如是終無有斷絶不可極也阿難長跪叉手問佛言阿彌陀佛國中無有須彌山其第一四天第二忉利天皆依因何等住止願欲聞之佛告阿難若有疑意於佛所耶八方上下無窮無極無邊無幅諸天下大海水一人斗量之尚可枯盡得見底泥佛智亦如是佛言我所見知諸已過去佛如我名字釋迦文佛者復如恒水邊流沙一沙一佛諸當來佛如我名字亦如恒水邊流沙甫始欲求作佛者如我名字亦如恒水邊流沙佛正坐直南向視見南方今現在佛如我名字者復如恒水邊流沙八方上下去來現在諸佛如我名字者各如十恒水邊流沙一沙一佛其數如是佛皆悉預見知之佛言往昔過去無數劫已來一劫十劫百劫千劫萬劫億劫億萬億劫劫中有佛諸已過去佛一佛十佛百佛千佛萬佛億佛億萬億佛各各自有名字不同無有如我名字者甫始當來劫一劫十劫百劫千劫萬劫億劫億萬億劫劫中有佛一佛十佛百佛千佛萬佛億佛億萬億佛各各自有名字不同時時乃有一佛如我名字耳諸八方上下無央數佛國今現在佛次他方異佛國一佛國十佛國百佛國千佛國萬佛國億佛國億萬億佛國中有佛各各自有名字甚多復不同無如我名字者八方上下無央數諸佛中時時乃有如我名字耳八方上下去來現在其中間曠絶甚遠悠悠迢迢無窮無極佛智亘然甚明探古知今前知無窮却覩未然預知無極都不可復計甚無央數佛威神尊明皆悉知之佛智慧道德合明都無

能問佛經道窮極者佛智慧終不可稱量盡也阿難聞佛言即大恐怖衣毛皆起白佛言我不敢有疑意於佛所所以問佛者他方佛國中皆有須彌山第一四天第二忉利天皆依因之住止我恐佛般泥洹後儻有諸天人民若比丘僧比丘尼優婆塞優婆夷來問我阿彌陀佛國何以獨無有須彌山其第一四天王第二忉利天皆依因何等住止我當應答之今不問佛者佛去後當持何等語報答之獨佛自知之耳其餘人無有能爲我解者以是故問佛耳佛言阿難是第三焰天第四兜術天上至第七梵天皆依因何等住止乎阿難言是諸天皆自然在虛空中住在虛空中住止無所依因佛威神甚重自然所欲作爲意欲有所作爲不預計是諸天皆尚在虛空中住止何況佛威神尊重欲有所作爲耶阿難聞佛言即大歡喜長跪叉手言佛智慧知八方上下去來現在之事無窮無極無有邊幅甚高大妙絕快善極明好甚無比威神尊重不可當也

佛說阿彌陀經卷上

音釋

坻直尼切　邠卑民切　臏脾臏真堅二音脾頻彌切　恕戶戈切　軷蒲鉢切　禬敁禬胡𠍿切敁居委切　傾戶鉤切　遬桑谷切　署常恕切　瑕䅫瑕胡加切玷也䅫烏廢切汙也　姝昌朱切美好也　焜煌焜胡本切煌胡光切焜煌光也　牚丑庚切與撐同　儲直魚切積也　悾苦紅切愬也　牴很牴都禮切觸也很戶懇切不聽從也　暴露暴步木切驟示也露魯故切見也　般泥洹梵語也此云滅度般音撥

佛說阿彌陀經卷下

吳月氏優婆塞支謙譯

佛告阿逸菩薩其世間人民若善男子善女人願欲往生阿彌陀佛國者有三輩作德有大小轉不相及佛言何等為三輩最上第一輩者當去家捨妻子斷愛欲行作沙門就無為之道當作菩薩道奉行六波羅蜜經者作沙門不虧經戒慈心精進不當瞋怒不當與女人交通齋戒清淨心無所貪慕至誠願欲往生阿彌陀佛國常念至心不斷絕者其人便於今世求道時即自然於其臥止中夢見阿彌陀佛及諸菩薩阿羅漢其人壽命欲終時阿彌陀佛即自與諸菩薩阿羅漢共翻輩飛行迎之則往生阿彌陀佛國便於七寶水池蓮華中化生即自然受身長大則作阿惟越致菩薩便即與諸菩薩共翻輩飛行供養八方上下諸無央數佛即逮智慧勇猛樂聽經道其心歡樂所居七寶舍宅在虛空中恣隨其意在所欲作為去阿彌陀佛近佛言諸欲往生阿彌陀佛國者當精進持經戒奉行如是上法者則得往生阿彌陀佛國可得為衆所尊敬是為上第一輩佛言其中輩者其人願欲往生阿彌陀佛國雖不能去家捨妻子斷愛欲行作沙門者當持經戒無得虧失益作分檀布施常信受佛經語深當作至誠中信飯食諸沙門作佛寺起塔散華燒香然燈懸雜繒綵如是法者無所適莫不當瞋怒齋戒清淨慈心精進斷愛欲念欲往生阿彌陀佛國一日一夜不斷絕者其人便於今世亦復於臥止夢中見阿彌陀佛其人壽命欲

終時阿彌陀佛即化令其人目自見阿彌陀佛及其國土往至阿彌陀佛國者可得智慧勇猛佛言其人奉行施與如是者若其人然後復中悔心中狐疑不信分檀布施作諸善後世得其福不信有彌陀佛國不信有往生其國雖爾者其人續念不絶暫信暫不信意志猶豫無所專據續其善願爲本故得往生其人壽命病欲終時阿彌陀佛即自化作形像令其人目自見之口不能復言但心中歡喜踊躍意念言我悔不知益齋戒作善今當往生阿彌陀佛國其人即心自悔過悔過者小差少無所復及其人壽終命盡即往生阿彌陀佛國不能得前至阿彌陀佛所便道見阿彌陀佛國界邊自然七寶城中心便大歡喜便止其城中即於七寶水池蓮華中化生則受身自然長大在城中於是間五百歲其城廣縱各二千里城中亦有七寶舍宅中外內皆有七寶浴池浴池中亦有自然華香繞浴池上亦有七寶樹重行亦皆復作五音聲其欲飲食時前有自然食具百味飲食在所欲得應意皆至其人於城中亦快樂其城中比如第二忉利天上自然之物雖爾其人城中不能得出復不能得見阿彌陀佛但見其光明心自悔責踊躍喜耳亦復不能得聞經亦復不能得見諸比丘僧亦復不能得見知阿彌陀佛國中諸菩薩阿羅漢狀貌何等類其人愁苦如是比如小適耳佛亦不使爾身行所作自然得之皆心自趣向道入其城中其人本宿命求道時心口各異言念無誠信狐疑佛經復不信向之當自然入惡道中阿

彌陀佛哀愍威神引之去耳其人於城中五
百歲乃得出往至阿彌陀佛所聞經心不開
解亦復不得在諸菩薩阿羅漢比丘僧中聽
經以去所居處舍宅在地不能令舍宅隨意
高大在虛空中復去阿彌陀佛甚大遠不能
得近附阿彌陀佛其人智慧不明知經復少
心不歡喜意不開解其人久久亦自當智慧
開解知經明健勇猛心當歡喜次當復如上
第一輩所以者何其人但坐前世宿命求道
時不大持齋戒毀失經法意志狐疑不信佛
語不信佛經深不信分檀布施作善後世當
得其福復坐中悔不信往生阿彌陀佛國作
功德不至心用是故耳是爲第二中輩佛言
其三輩者其人願欲往生阿彌陀佛國若無
所用分檀布施亦不能燒香散華然燈懸雜
繒綵作佛寺起塔飲食諸沙門者當斷愛欲
無所貪慕得經疾慈心精進不當瞋怒齋戒
清淨如是法者當一心念欲往生阿彌陀佛
國晝夜十日不斷絶者壽命終即往生阿彌
陀佛國可得尊敬智慧勇猛佛言其人作是
以後若復中悔心意狐疑不信作善後世當
得其福不信往生阿彌陀佛國其人雖尒續
得往生其人壽命病欲終時阿彌陀佛即令
其人於卧止夢中見阿彌陀佛國土心中大
歡喜意自念言我悔不知益作諸善今當往
生阿彌陀佛國其人但念是口不能復言即
自悔過悔過者差減少悔無所復及其人命
終即生阿彌陀佛國不能得前至便道見二
千里七寶城中心獨歡喜便止其中亦復於
七寶浴池蓮華中化生即自然受身長大其

城亦復如前城法比如第二忉利天上自然之物其人亦復於城中五百歲竟乃得出至阿彌陀佛所心中大歡喜其人聽聞經心不開解意不歡樂智慧不明知經復少所居舍宅在地不能令舍宅隨意高大在虛空中復去阿彌陀佛大遠不能得近附阿彌陀佛亦復如是第二中輩狐疑者也其人久久亦當智慧開解知經勇猛心當歡樂次如上第一輩也所以者何皆坐前世宿命求道時中悔狐疑暫信暫不信不信作善得其福德皆自然得之耳隨其功德有所鉉不鉉各自然趣向說經行道百千億萬超絕不相及佛言其欲求作菩薩道生阿彌陀佛國者其人然後皆當得阿惟越致菩薩阿惟越致菩薩者皆當有三十二相紫磨金色八十種好皆當作佛隨所願在所求欲於他方佛國作佛終不復更泥犁禽獸薜荔隨其精進求道早晚之事同等耳求道不休會當得之不失其所欲願也佛告阿逸菩薩等諸天帝王人民我皆語汝曹諸欲往生阿彌陀佛國者雖不能大精進禪定持經戒者大要當作善一者不得殺生二者不得盜竊三者不得婬泆姦愛他人婦女四者不得調欺五者不得飲酒六者不得兩舌七者不得惡口八者不得妄言九者不得嫉妬十者不得貪餮不得心中有所慳惜不得瞋怒不得愚癡不得隨心嗜欲不得心中悔不得狐疑當作孝順當作至誠忠信當信受佛經語深當信作善後世得其福奉持如是其法不虧失者在心所願可得往生阿彌陀佛國至要當齋戒一心清淨晝夜

常念欲往生阿彌陀佛國十日十夜不斷絶我皆慈哀之悉令生阿彌陀佛國佛言世間人以欲慕及賢明居家修善爲道者與妻子共居在恩好愛欲之中憂念苦多家事忽務不暇大齋一心清淨雖不能得去家棄欲有空閑時自端心意念身作善專精行道十日十夜者殊使不能念自思惟熟校計欲度脱身者下當絶念去憂勿念家事莫與婦人同牀自端正身心斷於愛欲一心齋戒清淨至意念生阿彌陀佛國一日一夜不斷絶者壽終皆往生其國在七寶浴池蓮華中化生可得智慧勇猛所居七寶舍宅自在意所欲作爲可次如上第一輩佛語阿逸菩薩言諸八方上下無央數諸天人民比丘僧比丘尼優婆塞優婆夷往生阿彌陀佛國衆等大會皆

共於七寶浴池水中都共人人悉自於一大蓮華上坐皆悉自陳道德行善人人各自說其前世宿命求道時持戒所作善法所從來生本末其所好喜經道知經智慧所施行功德從上次下轉皆徧已知經有明不明智有深淺大小德有優劣厚薄自然之道别知才能智慧健猛衆相觀照禮義和順皆自歡喜踊躍智慧有勇猛各不相屬逮佛言其人殊不預作德爲善輕戲不信使然徙倚懈怠爲用可爾至時都集説經道自然迫促應荅遲晚道智卓殊超絶才能高猛獨於邊羸臨事乃悔悔者已出其後當復何益但心中恢廓慕及等耳佛言阿彌陀佛國諸菩薩阿羅漢衆等大聚會自然都集拘心制意端身正行遊戲洞達俱相隨飛行翩輩出入供養無極

歡心喜樂樂共觀經行道和好久習才猛智慧志若虛空精進求願心終不復中迴意終不復轉終無有懈極時雖求道外若遲緩內獨急疾容容虛空適得其中中表相應自然嚴整檢斂端直身心清潔無有愛欲無所適貪無有衆惡瑕穢其志願皆各安定殊好無增鈌減求道和正不誤傾邪准望道法隨經約令不敢蹉跌若於八方上下無有邊幅白在所欲至到無窮無極咸然爲道恢廓慕及曠蕩念道無他之念無有憂思自然無爲虛空無立淡安無欲作得善願盡心求索含哀慈愍精進中表禮義都合洞通無違和順副稱包羅表裏過度解脫能升入泥洹長與道德合明自然相保守快意之滋眞滋眞了潔白志願無上清淨之安定靜樂之無有極善好無有比巍巍之燿照照一旦開達明徹自然中自然相然之有根本自然成五光五光至九色九色參迴轉數百千更變欝單之自然自然成七寶橫攬成萬物光精參明俱出好甚姝無有極其國土甚若此何不力爲善念道之自然著於無上下洞達無邊幅捐志虛空中何不各精進努力自求索可得超絕去徃生阿彌陀佛國橫截於五惡惡道自然閉塞升道之無極易徃無有人其國土不逆違自然之隨牽何不棄世事勤行求道德可得極長生壽樂無有極何爲著世事譊譊共憂思無常世人薄俗共爭不急之事共於是處劇惡極苦之中勤身治生用相給活無尊無卑無富無貧無老無少無男無女皆當共憂錢財有無同然憂思適等屏營愁苦累念

思慮爲心使走無有安時有田憂田有宅憂宅有牛憂牛有馬憂馬有六畜憂六畜有奴婢憂奴婢有衣被錢財金銀寶物復共憂之重思累息憂念愁毒橫爲非常水火盜賊怨主債家所漂燒擊搪摸沒溺憂毒忪忪無有解時結憤胷中稸氣恚怒病在胷腹憂苦不離心堅固意適無縱捨或坐摧藏終身亡命棄捐之去莫誰隨者尊卑豪貴貧富有是憂懼勤苦如此結衆寒熱與痛共居少家貧者窮困苦乏無田亦憂欲有田無宅亦憂欲有宅無牛亦憂欲有牛無馬亦憂欲有馬無六畜亦憂欲有六畜無奴婢亦憂欲有奴婢無衣被錢財什物飲食之屬亦憂欲有之適有一復少一有是少是思有齊等適小具有便復儩盡如是苦生當復求索思想無益不能時得身心俱勞坐起不安憂意相隨勤苦如此燋心不離恚恨獨怒亦結衆寒熱與痛同居或時坐之終身夭命亦不肯作善爲道壽命終盡死皆當獨遠去有所趣向善惡之道莫能知之或時世人父子兄弟夫婦家室中外親屬居天地之間當相敬愛不當相憎有無當相給與不當有貪惜言色當和莫相違戾或儻心諍有所恚怒今世恨意微相嫉憎後世轉劇致成大怨所以者何如今之事更欲相害雖不臨時應急相破然之愁毒結憤精神自然剋識不得相離皆當對相生值更相報復人在世間愛欲之中獨往獨來獨死獨生當行至苦樂之處身自當之無有代者善惡變化殃咎異處宿預嚴待當獨升入遠到他處莫能見去在何所善惡自然追逐行

生窈冥冥別離久長道路不同會見無期甚難得復相值何不棄家事各勵強健時努力爲善力精進求度世可得極長壽殊不肯求於道復欲須待欲何樂乎如是世人不信作善得善不信爲道得道不信死後世復生不信施與得其福德都不信之爾以謂不然終無有是但坐是故且自見之更相代聞前後相續轉相承受父餘教令先人祖父素不作善本不爲道身愚神闇心塞意閉不見大道殊無有能見人死生有所趣向亦莫能知者適無有見善惡之道復無語者爲用作善惡福德殃咎禍罰各自競作爲之用殊無有恠也至於死生之道轉相續立或子哭父或父哭子或弟哭兄或兄哭弟或婦哭夫或夫哭婦顛倒上下無常根本皆當過去不可常

得教語開導信道者少皆當死生無有休止如是曹人朦冥抵揬不信經語各欲快意心不計慮愚癡於愛欲不解於道德迷惑於瞋怒貪狼於財色坐之不得道當更勤苦極在惡處生終不得止休息痛之甚可傷或時家室中外父子兄弟夫婦至於死生之義更相哭淚轉相思慕憂念憤結恩愛繞續心意著痛對相顧戀晝夜縛礙無有解時教視道德心不開明思想恩好情欲不離閉塞蒙蒙交錯覆蔽不能思計心自端正決斷世事專精行道便旋至竟壽終命盡不能得道無可奈何總猥憒譊皆貪愛欲如是之法不解道者多得道者少世間忽忽無可聊賴尊卑上下豪貴貧富男女大小各自忽務勤苦躬身懷怒殺毒惡氣窈冥莫不惆悵爲妄作事惡逆

天地不從人心道德非惡先隨與之恣聽所爲其壽未至便頓奪之下入惡道累世勤苦展轉愁毒數千萬億億歲無有止期痛不可言甚可憐愍佛告阿逸菩薩等諸天帝王人民我皆語汝曹世間之事人用是故坐不得道汝曹熟思惟之惡者當縱捨遠離之去從其善者當堅持勿妄爲非益作諸善大小多少愛欲之榮皆不可常得由當别離無可樂者曼佛世時其有信受佛經語深奉行道德皆是我小弟也其欲有甫學佛經戒者皆是我弟子其有欲出身去家捨妻子絶去財色欲作沙門爲佛作比丘者皆是我子孫我世甚難得值其有願欲生阿彌陀佛國者可得智慧勇猛爲衆所尊敬勿得隨心所欲虧負經戒在於人後儻有疑意不解經者復前問佛佛爲汝解之阿逸菩薩長跪叉手言佛威神尊重所説經快善我曹聽經語皆心貫之世人實爾如佛所語無有異今佛慈哀我曹開示大道教語生路耳目聰明長得度脱今若得更生我曹聽佛經語莫不慈心歡喜踊躍開解者及諸天帝王人民蜎飛蠕動之類皆悉蒙恩無不解脱憂苦者佛語教誡甚深甚善無極無底佛智慧所見知八方上下去來現在之事無上無下無邊無幅佛甚難得值我曹皆慈心於佛所令我曹得度脱者皆是佛前世求道時勤苦學問精明所致恩德普覆所施行福德相禄巍巍光明徹照洞虚無極貫入泥洹教授攬典制威消化愍動八方上下無窮無極佛爲師法尊絶群聖都無能及佛者佛爲八方上下諸天帝王人民作師

隨其心所欲願大小皆令得道令我曹得與佛相見得聞阿彌陀佛聲我曹甚喜莫不得黠慧開明者佛告阿逸菩薩若言是實當爾若有慈心於佛所者大善實當念佛天下久久乃復有佛耳今我於苦世作佛所出經道教授洞達截斷狐疑端心正行拔諸愛欲絕衆惡根本遊步無拘典總智慧衆道表裏攬持維綱昭然分明開示五道決正生死泥洹之道佛言若曹從無數劫已來不可復計劫若曹作菩薩道欲過度諸天人民及蜎飛蠕動之類已來甚久遠人從若得道度者無央數至得泥洹之道者亦無央數若曹及八方上下諸天帝王人民若比丘比丘尼優婆塞優婆夷若曹宿命從無數劫已來展轉是五道中死生呼嗟更相哭淚轉相貪慕憂思愁毒痛苦不可言至今世死生不絕乃今日與佛相見共會值是乃聞阿彌陀佛聲甚快善哉助汝曹喜亦可自猒死生痛癢生時甚痛甚苦甚極至年長大亦痛亦苦亦極飢時亦痛亦苦亦極病時亦痛亦苦亦極死時亦痛亦苦亦極甚惡臭處不淨潔了無有可者佛故悉語若曹若曹亦可自決斷臭處惡露若曹亦可端心正身益作諸善於是常端中外潔淨身體洒除心垢自相約檢表裏相應言行忠信人能自度脫轉相扶接拔諸愛欲精明至心求願不轉結其善道根本雖精苦一世須臾間耳今世爲善後世生阿彌陀佛國快樂甚無極長與道德合明然善相保守長去離惡道痛癢之憂惱拔勤苦諸惡根本斷諸愛欲恩好長生阿彌陀佛國亦無有諸痛

癢亦無復有諸惡臭處亦復無有勤苦亦無婬泆瞋怒愚癡亦無有憂思愁毒生於阿彌陀佛國欲壽一劫十劫百劫千劫萬劫億劫自恣意欲住上壽無央數劫不可復計數劫恣汝隨意皆可得之欲食不食恣若其意都悉自然皆可得之次於泥洹之道皆各自精明求索心所欲願勿得狐疑心中悔欲往生者無得坐其過失在阿彌陀佛國界邊自然七寶城中謫五百歲阿逸菩薩言受佛嚴明重教皆當精進一心求索請奉行之不敢疑怠佛告阿逸菩薩等若曹於是世能自制心正意身不作惡者是爲大德善都有一輩爲八方上下最無有比所以者何八方上下無央數佛國中諸天人民皆自然作善不大爲惡易教化今我於是世間作佛爲於五惡五痛五燒之中作佛爲最劇教語人民令縱捨五惡令去五痛令去五燒之中降化其心令持五善得其福德度世長壽泥洹之道佛言何等爲五惡何等爲五痛何等爲五燒中者何等爲消化五惡令得五善者何等爲持五善得其福德長壽度世泥洹之道佛言其一惡者諸天人民下至禽獸蜎飛蠕動之屬欲爲衆惡強者服弱轉相剋賊自相殺傷更相食噉不知作善惡逆不道受其殃罰道之自然當往趣向神明記識犯之不貰轉相承續故有貧窮下賤乞丐孤獨故有聾盲瘖瘂愚癡弊惡下有尫狂不及逮之屬故有尊卑豪貴髙才明達智慧勇猛皆其前世宿命爲善慈孝布施恩德故有官事王法牢獄不肯畏慎作惡入法受其過謫重罰致劇求望解脫

難得度出今世有是目前現在壽終尤劇入其窈冥受身更生比若王法劇苦極刑故有自然泥犂禽獸薜荔蜎飛蝡動之類轉貿身形改惡易道壽命短長魂神精識自然入趣受於形壽當獨值向相從共生轉相報償當相還復殃惡禍罰衆事未盡終不得離展轉其中世世累劫無有出期難得解脱痛不可言天地之間自然有是雖不臨時卒暴應時但取自然之道皆當善惡歸之是爲一大惡爲一痛爲一燒勤苦如是愁毒呼嗟比若劇火起燒人身人能自於其中一心制意端身正行獨作諸善不爲衆惡者身獨度脱得其福德可得長壽度世上天泥洹之道是爲一大善佛言其二惡者世間帝王長吏人民父子兄弟家室夫婦略無義理不從正令奢婬憍慢各欲快意恣心自在更相欺調殊不懼死心口各異言念無實佞諂不忠諛媚巧辭行不端緒更相憎嫉轉相讒惡陷人寃枉主上不明心不察照任用臣下臣下存在踐度能行知其形勢在位不正爲其所調妄損忠良賢善不當天心甚違道理臣欺其君子欺其父弟欺其兄婦欺其夫家室中外知識相訟各懷貪婬心毒瞋怒矇聾愚癡殺盜無有尊卑上下無男無女無大無小心俱同然欲自厚已破家亡身不顧念前後家室親屬坐之破族或時家中内外知識朋友鄉黨市里愚民野人轉更從事共相利害爭財鬬訟怒忿成仇轉爭勝負慳富燋心不肯施與祝祝守惜愛保貪重坐之思念心勞身苦如是至竟無所恃怙獨來獨去無一隨者善惡福德

殃禍謫罰追念所生或在樂處或入毒苦然後乃悔當復何及或時世人愚心少智見善誹謗恚之不肯慕及但欲爲惡妄作不道但欲盜竊常懷毒心欲得他人財物用自供給消散靡盡儩復求索邪心不正常獨恐怖畏人有色臨時不計事至乃悔今世現在長吏牢獄自然趣向受其殃咎世間貧窮乞丐孤獨但坐前世宿命不信道德不肯爲善今世爲惡天神別籍壽終入惡道故有自然泥犂禽獸薜荔蜎飛蠕動之屬展轉其中世世累劫無有出期難得解脫痛不可言是爲二大惡爲二痛爲二燒勤苦如是比若火起劇於燒人身人能自於其中一心制意端身正行獨作諸善不爲衆惡者身獨度脫得其福德可得長壽度世上天泥洹之道是爲二大善

佛言其三惡者諸世間人民寄生相因共依居天地之間處年壽命無能幾歲至有豪貴長者賢明善人下有貧賤尫羸愚者中有不良之人但懷念毒惡身心不正常念婬泆煩滿胷中愛欲交錯坐起不安貪意慳惜欲橫唐得眄睞細色惡態婬泆有婦猒憎私妄出入持家所有相給爲非聚會飲食專共作惡興兵作賊攻城格鬬劫殺截斷强奪不道取人財物偷竊趣得不肯治生所當求者不肯爲之惡心在外不能專作欲繫成事恐勢迫脅持歸給家共相生活恣心快意極行作樂婬亂他人婦女或於其親屬不避尊卑長老衆共憎惡家室中外患而恚之亦復不畏縣官法令無所避録如是之惡自然牢獄日月照識神明記取諸神攝録故有自然泥犂禽

獸薜荔蜎飛蝡動之屬展轉其中世世累劫無有出期難得解脫痛不可言是爲三大惡爲三痛爲三燒勤苦如是比若火起燒人身人能自於其中一心制意端身正行獨作諸善不爲衆惡者身獨度脫得其福德可得長壽度世上天泥洹之道是爲三大善佛言其四惡者諸人不能作善自相壞敗轉相教令共作衆惡主爲傳言但欲兩舌惡口罵詈妄語相嫉更相鬬亂憎嫉善人敗壞賢善於傍快之復不孝順供養父母輕易師友知識無信難得誠實自大尊貴横行威武加權力勢侵尅易人不能自知爲惡不自羞慚自用頗健欲令人承事畏敬之復不畏敬天地神明日月亦不可教令作善不可降化自用偃蹇常當爾亦復無憂畏心不知恐懼恣意憍慢

如是天神記之賴其前世宿命頗作福德小善扶接營護助之今世作惡盡傷諸善日去見惡追之身獨空立無所復依受重殃謫壽命終身衆惡繞歸自然迫促當往追逐不得止息自然衆惡共趣頓乏有其名籍在神明所殃咎引牽當值相得自然趣向受過謫罰身心摧碎神形苦極不得離却但得前行入其火鑊當是之時悔復何益當復何及天道自然不得蹉跌故有自然泥犂禽獸薜荔蜎飛蝡動之屬展轉其中世世累劫無有出期難得解脫痛不可言是爲四大惡爲四痛爲四燒勤苦如是比若火起燒人身人能自於其中一心制意端身正行獨作諸善不爲衆惡者身獨度脫得其福德可得長壽度世上天泥洹之道是爲四大善佛言其五惡者世

人徙倚懈惰不肯作善不念治生妻子飢寒父母俱然欲訶教其子其子惡心瞋目應怒言令不從違戾反逆劇於野人比若怨家不如無子妄徧假貸衆共患猒尤無復有報償之心窮貧困乏不能復得辜較諧聲放縱遊散串數唐得自用賑給不畏防禁飲食無極喫酒嗜美出入無有期度魯扈抵揬不知人情睢盱强制見人有善憎嫉惡之無義無禮自用識當不可諫曉亦復不憂念父母妻子有無又復不念卒報父母之德亦復不念師之恩好心常念惡口常言惡身常行惡日不成就不信道德不信有賢明先聖不信作善爲道可得度世不信世間有佛欲殺阿羅漢鬬比丘僧常欲殺人欲殺父母兄弟妻子宗親朋友父母兄弟妻子宗親朋友憎惡見之欲使之死不信佛經語不信人壽命終盡死後世復生不信作善得善不信作惡得惡如是曹人男子女人心意俱然違戾反逆愚癡蒙籠瞋怒嗜欲無所識知自用快善大爲智慧亦不知所從來生死所趣向不肯慈孝惡逆天地於其中間望求僥倖欲得長生躬得不死會當歸就生死勤苦善惡之道身所作惡殃咎衆趣不得度脱亦不可降化令作善慈心教語開道死生善惡所趣向有是復不信之然苦心與語欲令度脱無益其人心中閉塞意不開解大命將至至時皆悔其後乃悔當復何及不預計作善臨窮何益天地之間五道各明恢曠窈窈浩浩汗汗轉相承受善惡毒痛身自當之無有代者道之自然隨其所行追命所生不得縱捨善人行善慈孝

從樂入樂從明入明惡人行惡從苦入苦從冥入冥誰能知者獨佛見知耳教語人民信用者少死生不休惡道不絕如是世人不可悉道說故有自然泥犁禽獸薜荔蜎飛蠕動之屬展轉其中世世累劫無有出期難得解脫痛不可言是爲五大惡爲五痛爲五燒勤苦如是比若火起燒人身人能自於其中一心制意端身正行言行相副所作至誠所語如語心口不轉獨作諸善不爲衆惡者身獨度脫得其福德可得長壽度世上天泥洹之道是爲五大善佛告阿逸菩薩等我皆語若曹是世五惡勤苦如是令起五痛令起五燒展轉相生世間人民不肯爲善欲作衆惡敢有犯此諸惡事者皆悉自然當具更歷入惡道中或其今世先被病殃死生不得示衆見

之壽終趣入至極大苦愁憂酷毒自相燋然轉相燒滅至其然後共作怨家更相傷殺從小微起至大困劇皆從貪婬財色不肯忍辱施與各欲自快無復曲直欲得健名爲癡欲所迫隨心思想不能復得結憤胷中財色縛束無有解脫不知猒足厚已爭欲無所省録富貴榮華當時快意不能忍辱不知施善威勢無幾隨惡名燋身坐勞苦久後大劇自然隨逐無有解已王法施張自然糺舉上下相應羅網綱紀煢煢忪忪當入其中古今有是痛哉可傷都無義理不知正道佛告阿逸菩薩等若世有是佛皆慈愍哀之威神摧動衆惡諸事皆消化之令得去惡就善棄捐所思奉持經戒莫不承受施行經法不敢違失度世無爲泥洹之道快善極樂佛言若曹諸天

帝王人民及後世人得佛經語熟思惟之能自於其中端心正行其主上爲善率化檢御其下教衆轉相勑令轉共爲善轉相度脱各自端守慈仁愍哀終身不怠尊聖敬孝通洞博愛佛語教令無敢虧負當憂度世泥洹之道當憂斷截死生痛癢拔惡根本當憂斷絶泥犂禽獸薜荔蜎飛蠕動惡苦之道當遇佛世堅持經道無敢違失佛言若曹當信者云何第一急當自端身當自端心當自端目當自端耳當自端鼻當自端口當自端手當自端足能自檢斂莫妄動作身心淨潔俱善相應中外約束勿隨嗜欲不犯諸惡言色當和身行當專行步坐起所作當安作事所爲當先熟思慮計之揆度才能視瞻圖規安定徐作爲之作事倉卒不預計熟爲之不諦亡其功夫敗悔在後唐苦亡身至誠忠信得道絶去佛言若曹於是益作諸善布恩施德能不犯道禁忌忍辱精進一心智慧展轉復相教化作善爲德如是經法慈心專一齋戒清淨一日一夜者勝於在阿彌陀佛國作善者百歲所以者何阿彌陀佛國皆積德衆善無爲自然在所求索無有諸惡大如毛髮佛言於是作善十日十夜者其德勝於他方佛國中人民作善千歲所以者何他方佛國皆悉作善作善者多爲惡者少皆有自然之物不行求作便自得之是閒爲惡者多作善者少不求作不能令得世人能自端制作善至心求道故能爾耳是閒無有自然不能自給當行求索勤苦治生轉相欺紿調詐好惡得其財物歸給妻子勞心苦身如是至竟心意不

專惚恫不安人能自安靜爲善精進作德故能爾耳佛言我皆哀若曹及諸天帝王人民皆教令作諸善不爲衆惡隨其所能輒授與道教誡開導悉奉行之則君率化爲善教令臣下父教其子兄教其弟夫教其婦家室內外親屬朋友轉相教語作善爲道奉經持戒各自端守上下相檢無尊無卑無男無女齋戒清淨莫不歡喜和順義理歡樂慈孝自相約束其有得佛經語悉持思之不當所作而犯爲之即自悔過去惡就善棄邪爲正朝聞夕改奉持經戒劇貧得寶佛所行處所在郡國輒授與經戒諸天日月星辰諸國王傍臣長吏人民諸龍鬼神泥犂禽獸薜荔蜎飛蠕動之屬莫不慈心開解者皆悉敬事從佛稽受經道承奉行之即君改化爲善齋戒精思

淨自湔洒端心正行居位嚴慄教勑率衆爲善奉行道禁令言令正臣事其君忠直受令不敢違負父子言令孝順承受兄弟夫婦宗親朋友上下相令順言和理尊卑大小轉相敬事以禮如義不相違負莫不改往修來洒心易行端正中表自然作善所願輒得感善降化自然之道求欲不死則可得長壽求欲度世則可得泥洹之道佛言佛威神尊重消惡化善莫不度脫令我出於天下在是惡中於苦世作佛慈愍哀傷教語開導諸天帝王傍臣左右長吏人民隨其心所願樂皆令得道佛諸所行處所經過歷郡國縣邑丘聚市里莫不豐熟天下太平日月運照倍益明好風雨時節人民安寧強不臨弱各得其所無惡癘疾疫無病瘦者兵革不起國無盜賊無

有冤枉無有拘閉者君臣人民莫不喜踊忠慈至誠各自端守皆自守國雍和孝順莫不歡喜有無相與布恩施德心歡喜樂與得皆敬受推義讓謙遜前後以禮敬事如父如子如兄如弟莫不仁賢和順禮節都無違諍快善無極佛言我哀若曹子欲度脫之劇父母念子令八方上下諸天帝王人民及蜎飛蝡動之類得佛經戒奉行佛道皆得明慧心悉開解莫不得過度解脫憂苦者今我作佛在於五惡五痛五燒之中降化五惡消盡五痛絕滅五燒以善攻惡拔去毒苦令得五道令得五善明好燒惡不起我般泥洹去後經道稍斷絕人民諛諂稍復爲衆惡不復作善五燒復起五痛劇苦復如前法自然還復久後轉劇不可悉說我但爲若曹小道之耳佛告阿逸菩薩等若曹各思持之展轉相教誡如佛經法無敢違犯阿逸菩薩長跪叉手言佛道說甚苦痛世人爲惡甚劇如是佛皆慈哀悉度脫之皆言受佛重教請展轉相教不敢違犯佛告阿難我哀若曹令悉見阿彌陀佛及諸菩薩阿羅漢所居國土若欲見之不阿難即大歡喜長跪叉手言願皆欲見之佛言若起更被袈裟西向拜當日所沒處爲阿彌陀佛作禮以頭腦著地言南無阿彌陀三耶三佛檀阿難言諾受教即起更被袈裟西向拜當日所沒處爲彌陀佛作禮以頭腦著地言南無阿彌陀三耶三佛檀阿難未起阿彌陀佛便大放光明威神則徧八方上下諸無央數佛國諸無央數諸天地即皆爲大震動諸無央數天地須彌山羅寶摩訶須彌大山

羅寶諸天地大界小界其中諸大泥犁小泥犁諸山林溪谷幽冥之處即皆大明悉大開闢即時阿難諸菩薩阿羅漢等諸天帝王人民悉皆見阿彌陀佛及諸菩薩阿羅漢國土七寶已心大歡喜踊躍悉起爲阿彌陀佛作禮以頭腦著地皆言南無阿彌陀三耶三佛檀阿彌陀佛放大光明威神以無央數諸天人民及蜎飛蠕動之類皆悉見阿彌陀佛光明莫不慈心歡喜者諸有泥犁禽獸薜荔諸有拷治勤苦之處即皆休止不復拷治莫不解脫憂苦者也諸有盲者即皆得視諸有聾者即皆得聽諸有瘖瘂即皆能語諸有僂者即皆得伸諸跛躄蹇者即皆走行諸有病者即皆愈起諸尫者則皆强健愚者皆黠慧諸有婬者皆修梵行瞋怒者悉皆慈心作善諸有被毒者毒皆不行鍾磬琴瑟箜篌樂器諸伎不鼓皆自作五音聲婦女珠環皆自作聲百鳥畜獸皆自悲鳴當于是時莫不歡喜善樂得過度者即爾時諸佛國中諸天人民莫不持天上華香來下於虛空中悉皆供養散諸佛及阿彌陀佛上諸天各共大作萬種自然伎樂諸佛及諸菩薩阿羅漢當是之時甚快樂不可言佛告阿難阿逸菩薩等我說阿彌陀佛及諸菩薩阿羅漢國土自然七寶儻無有異乎阿難長跪叉手言佛說阿彌陀佛國土快善如佛所言無有一異佛言我說阿彌陀佛功德國土快善晝夜盡一劫尚後未竟我但爲若曹小說之耳阿逸菩薩即長跪叉手問佛言今佛國土從是間當有幾何阿惟越致菩薩往生阿彌陀佛國願欲聞之佛

言汝欲知者明聽著心中阿逸菩薩言受敎佛言從我國當有七百二十億阿惟越致菩薩皆當往生阿彌陀佛國一阿惟越致菩薩者前後供養無央數諸佛以次如彌勒皆當作佛及其餘諸小菩薩輩者無央數不可復計皆當往生阿彌陀佛國佛告阿逸菩薩不但我國中諸菩薩當往生阿彌陀佛國他方異國復有佛亦復如是第一佛名頭樓和斯其國有百八十億菩薩皆當往生阿彌陀佛國他方異國第二佛名羅隣那阿竭其國有九十億菩薩皆當往生阿彌陀佛國他方異國第三佛名朱蹄彼會蔡其國有二百二十億菩薩皆當往生阿彌陀佛國他方異國第四如來名阿容蔡羅薩其國有二百五十億菩薩皆當往生阿彌陀佛國他方異國第五

佛名樓波黎波蔡蹻其國有六百億菩薩皆當往生阿彌陀佛國他方異國第六佛名那惟于蔡其國有萬四千菩薩皆當往生阿彌陀佛國他方異國第七佛名維黎波羅潘蔡蹻其國有十五菩薩皆當往生阿彌陀佛國他方異國第八佛名和阿蔡其國有八菩薩皆當往生阿彌陀佛國他方異國第九佛名尸利群蔡其國有八百一十億菩薩皆當往生阿彌陀佛國他方異國第十佛名那他蔡其國有萬億菩薩皆當往生阿彌陀佛國他方異國第十一佛名和羅那惟于蔡蹻其國有萬二千菩薩皆當往生阿彌陀佛國他方異國第十二佛名沸覇圖耶蔡其國有諸菩薩無央數不可復計皆阿惟越致皆智慧勇猛各供養無央數諸佛已一時俱心願欲往

生皆當生阿彌陀佛國他方異國第十三佛名隨阿閦祇波多蔡其國有七百九十億菩薩皆當往生阿彌陀佛國佛言是諸菩薩皆阿惟越致諸比丘僧中及小菩薩輩無央數皆當往生阿彌陀佛國不獨是十四佛國中諸菩薩當往生也都八方上下無央數佛國諸菩薩輩各各在是皆當往生阿彌陀佛國其無央數都共往會阿彌陀佛國大衆多不可計我但説八方上下無央數諸佛名字晝夜一劫尚未竟我但復説諸佛國諸比丘僧衆菩薩當往生阿彌陀佛國人數説之一劫不休止尚未竟我但爲若曹總攬都小説之耳佛語阿難阿逸菩薩等其世間帝王人民善男子善女人前世宿命作善所致相祿巍巍乃當聞阿彌陀佛聲者甚快善我代之喜

佛言其有善男子善女人聞阿彌陀佛聲慈心歡喜一時踴躍心意淨潔衣毛爲起淚即出者皆前世宿命作佛道若他方佛故菩薩非凡人其有人民男子女人聞阿彌陀佛聲不信有者不信經佛語不信有比丘僧心中狐疑都無所信者皆故從惡道中來生愚癡不解宿命殃惡未盡尚未當度脱故心中狐疑不信向耳佛言我語若曹若曹所當作善法皆當奉行信之無得狐疑我般泥洹去後汝曹及後世人無得復言我不信有阿彌陀佛國我故令若曹悉見阿彌陀佛國土所當爲者各求之我具爲若曹道説經戒愼法若曹當如佛法持之無得毀失我持是經以累若曹若曹當堅持之無得爲妄增減是經法我般泥洹去後經道留止千歲千歲後經道

斷絶我皆慈哀特留是經法止住百歲百歲中竟乃休止斷絶在心所願皆可得道佛言師開道人耳目智慧明達度脫人令得善合泥洹之道常當孝慈於佛如父毋常當念師恩常念不絶即得道疾佛言天下有佛者甚難值若有沙門若師爲人說經者甚難值佛說是經時即萬二千億諸天人民皆得天眼徹視悉一心皆爲菩薩道即二百億諸天人民皆得阿那含道即八百沙門皆得阿羅漢道即四十億菩薩皆得阿惟越致佛說經已諸菩薩阿羅漢諸天帝王人民皆大歡喜起爲佛作禮遶三帀前以頭面著佛足而去

佛說阿彌陀經卷下

音釋

飻他結切貪食也　裒薄侯切聚也　燿弋照切炫燿也　稸敕六切積也　矇莫紅切　聾盧東切矇聾猶蒙籠也　頗普波切　蹸七曷切

佛說無量壽經

曹魏康僧鎧譯

清刻龍藏佛說法變相圖

佛說無量壽經卷上

曹魏康僧鎧譯

我聞如是一時佛住王舍城耆闍崛山中與大比丘衆萬二千人俱一切大聖神通已達其名曰尊者了本際尊者正願尊者正語尊者大號尊者仁賢尊者離垢尊者名聞尊者善實尊者具足尊者牛王尊者優樓頻螺迦葉尊者伽耶迦葉尊者那提迦葉尊者摩訶迦葉尊者舍利弗尊者大目揵連尊者劫賓那尊者大住尊者大淨志尊者摩訶周那尊者滿願子尊者離鄣尊者流灌尊者堅伏尊者面王尊者異乘尊者仁性尊者嘉樂尊者善來尊者羅云尊者阿難皆如斯等上首者也又與大乘衆菩薩俱普賢菩薩妙德菩薩慈氏菩薩等此賢劫中一切菩薩又賢護等

十六正士善思議菩薩信慧菩薩空無菩薩神通華菩薩光英菩薩慧上菩薩智幢菩薩寂根菩薩願慧菩薩香象菩薩寶英菩薩中住菩薩制行菩薩解脫菩薩皆導普賢大士之德具諸菩薩無量行願安住一切功德之法遊步十方行權方便入佛法藏究竟彼岸於無量世界現成等覺處兜術天弘宣正法捨彼天宮降神母胎從右脅生現行七步光明顯耀普照十方無量佛土六種震動舉聲自稱吾當於世爲無上尊釋梵奉侍天人歸仰示現筭計文藝射御博綜道術貫練群籍遊於後園講武試藝現處宮中色味之間見老病死悟世非常棄國財位入山學道服乘白馬寶冠瓔珞遣之令還捨珎妙衣而著法服剃除鬚髮端坐樹下勤苦六年行如所應現五濁剎隨順群生示有塵垢沐浴金流天案樹枝得攀出池靈禽翼從往詣道場吉祥感徵表章功祚哀受施草敷佛樹下跏趺而坐奮大光明使魔知之魔率官屬而來逼試制以智力皆令降伏得微妙法成最正覺釋梵祈勸請轉法輪以佛遊步佛吼而吼扣法鼓吹法螺執法劒建法幢震法雷曜法電澍法雨演法施常以法音覺諸世間光明普照無量佛土一切世界六種震動總攝魔界動魔宮殿衆魔慴怖莫不歸伏摑裂邪網消滅諸見散諸塵勞壞諸欲塹嚴護法城開闡法門洗濯垢汙顯明清白光融佛法宣流正化入國分衛獲諸豐饍貯功德示福田欲宣法現欣笑以諸法藥救療三苦顯現道意無量功德授菩薩記成等正覺示現滅度拯濟無

極消除諸漏植衆德本具足功德微妙難量遊諸佛國普現道教其所修行清淨無穢譬如幻師現衆異像爲男爲女無所不變本學明了在意所爲此諸菩薩亦復如是學一切法貫綜縷練所住安諦靡不感化無數佛土皆悉普現未曾慢恣愍傷衆生如是之法一切具足菩薩經典究暢要妙名稱普至道御十方無量諸佛咸共護念佛所住者皆已得住大聖所立而皆已立如來道化各能宣布爲諸菩薩而作大師以甚深禪慧開道衆生通諸法性達衆生相明了諸國供養諸佛化現其身猶如電光善學無畏之網曉了幻化之法壞裂魔網解諸纏縛超越聲聞緣覺之地得空無相無願三昧善立方便顯示三乘於此化終而現滅度亦無所作亦無所有不起不滅得平等法具足成就無量總持百千三昧諸根智慧廣普寂定深入菩薩法藏得佛華嚴三昧宣揚演說一切經典住深定門悉覩現在無量諸佛一念之頃無不周遍濟諸劇難諸閑不閑分別顯示真實之際得諸如來辯才之智入衆言音開化一切超過世間諸所有法心常諦住度世之道於一切萬物而隨意自在爲諸庶類作不請之友荷負群生爲之重擔受持如來甚深法藏護佛種性常使不絕興大悲愍衆生演慈辯授法眼杜三趣開善門以不請之法施諸黎庶如純孝之子愛敬父母於諸衆生視若自己一切善本皆度彼岸悉獲諸佛無量功德智慧聖明不可思議如是之等菩薩大士不可稱計一時來會尒時世尊諸根悅豫姿色清淨光

顏巍巍尊者阿難承佛聖旨即從座起偏袒右肩長跪合掌而白佛言今日世尊諸根悅豫姿色清淨光顏巍巍如明鏡淨影暢表裏威容顯耀超絶無量未嘗瞻覩殊妙如今唯然大聖我心念言今日世尊住奇特之法今日世雄住諸佛所住今日世眼住導師之行今日世英住最勝之道今日天尊行如來之德去來現在佛佛相念得無今佛念諸佛耶何故威神光光乃尒於是世尊告阿難曰云何阿難諸天教汝來問佛耶自以慧見問威顏乎阿難白佛無有諸天來教我者自以所見問斯義耳佛言善哉阿難所問甚快發深智慧真妙辯才愍念衆生問斯慧義如來以無盡大悲矜哀三界所以出興於世光闡道教欲拯濟群萌惠以真實之利無量億劫難值難見猶靈瑞華時時乃出今所問者多所饒益開化一切諸天人民阿難當知如來正覺其智難量多所導御慧見無礙無能遏絶以一餐之力能住壽命億百千劫無數無量復過於此諸根悅豫不以毀損姿色不變光顏無異所以者何如來定慧究暢無極於一切法而得自在阿難諦聽今爲汝說對曰唯然願樂欲聞佛告阿難乃往過去久遠無量不可思議無央數劫錠光如來興出於世教化度脫無量衆生皆令得道乃取滅度次有如來名曰光遠次名月光次名旃檀香次名善山王次名須彌天冠次名須彌等曜次名月色次名正念次名離垢次名無著次名龍天次名夜光次名安明頂次名不動地次名琉璃妙華次名琉璃金色次名金藏次名炎

光次名炎根次名地種次名月像次名日音次名解脱華次名莊嚴光明次名海覺神通次名水光次名大香次名離塵垢次名捨猒意次名寶炎次名妙頂次名勇立次名功德持慧次名蔽日月光次名日月琉璃光次名無上琉璃光次名最上首次名菩提華次名月明次名日光次名華色王次名水月光次名除癡冥次名度蓋行次名淨信次名善宿次名威神次名法慧次名鸞音次名師子音次名龍音次名處世如此諸佛皆悉已過爾時次有佛名世自在王如來應供等正覺明行足善逝世間解無上士調御丈夫天人師佛世尊時有國王聞佛説法心懷悅豫尋發無上正真道意棄國捐王行作沙門號曰法藏高才勇哲與世超異諸世自在王如來所

稽首佛足右遶三帀長跪合掌以頌讃曰

光顏巍巍 威神無極 如是炎明 無與等者
日月摩尼 珠光燄耀 皆悉隱蔽 猶如聚墨
如來顏容 超世無倫 正覺大音 響流十方
戒聞精進 三昧智慧 威德無侶 殊勝希有
深諦善念 諸佛法海 窮深盡奧 究其涯底
無明欲怒 世尊永無 人雄師子 神德無量
功勳廣大 智慧深妙 光明威相 震動大千
願我作佛 齊聖法王 過度生死 靡不解脱
布施調意 戒忍精進 如是三昧 智慧爲上
吾誓得佛 普行此願 一切恐懼 爲作大安
假令有佛 百千億萬 無量大聖 數如恒沙
供養一切 斯等諸佛 不如求道 堅正不却
譬如恒沙 諸佛世界 復不可計 無數刹土
光明悉照 遍此諸國 如是精進 威神難量

令我作佛 國土第一 其衆奇妙 道場超絶
國如泥洹 而無等雙 我當愍哀 度脫一切
十方來生 心悅清淨 已至我國 快樂安隱
幸佛明信 是我真證 發願於彼 力精所欲
十方世尊 智慧無礙 常令此尊 知我心行
假使身止 諸苦毒中 我行精進 忍終不悔

佛告阿難法藏比丘說此頌已而白佛言唯然世尊我發無上正覺之心願佛爲我廣宣經法我當修行攝取佛國清淨莊嚴無量妙土令我於世速成正覺拔諸生死勤苦之本佛告阿難時世自在王佛語法藏比丘如所修行莊嚴佛土汝自當知比丘白佛斯義弘深非我境界唯願世尊廣爲敷演諸佛如來淨土之行我聞此已當如說修行成滿所願爾時世自在王佛知其高明志願深廣即爲法藏比丘而說經言譬如大海一人斗量經歷劫數尚可窮底得其妙寶人有至心精進求道不止會當剋果何願不得於是世自在王佛即爲廣說二百一十億諸佛刹土天人之善惡國土之麤妙應其心願悉現與之時彼比丘聞佛所說嚴淨國土皆悉覩見起發無上殊勝之願其心寂靜志無所著一切世間無能及者具足五劫思惟攝取莊嚴佛國清淨之行阿難白佛彼佛國土壽量幾何佛言其佛壽命四十二劫時法藏比丘攝取二百一十億諸佛妙土清淨之行如是修已詣彼佛所稽首禮足遶佛三帀合掌而住白佛言世尊我已攝取莊嚴佛土清淨之行佛告比丘汝今可說宜知是時發起悅可一切大衆菩薩聞已修行此法緣致滿足無量大願

比丘白佛唯垂聽察如我所願當具説之設我得佛國有地獄餓鬼畜生者不取正覺設我得佛國中天人壽終之後復更三惡道者不取正覺設我得佛國中天人不悉眞金色者不取正覺設我得佛國中天人形色不同有好醜者不取正覺設我得佛國中天人不識宿命下至知百千億那由他諸劫事者不取正覺設我得佛國中天人不得天眼下至見百千億那由他諸佛國者不取正覺設我得佛國中天人不得天耳下至聞百千億那由他諸佛所説不悉受持者不取正覺設我得佛國中天人不得見他心智下至知百千億那由他諸佛國中衆生心念者不取正覺設我得佛國中天人不得神足於一念頃下至不能超過百千億那由他諸佛國者不取

正覺設我得佛國中天人若起想念貪計身者不取正覺設我得佛國中天人不住定聚必至滅度者不取正覺設我得佛光明有限量下至不照百千億那由他諸佛國者不取正覺設我得佛壽命有限量下至百千億那由他劫者不取正覺設我得佛國中聲聞有能計量乃至三千大千世界衆生悉成緣覺於百千劫悉共計校知其數者不取正覺設我得佛國中天人壽命無能限量除其本願脩短自在若不爾者不取正覺設我得佛國中天人乃至聞有不善名者不取正覺設我得佛十方世界無量諸佛不悉咨嗟稱我名者不取正覺設我得佛十方衆生至心信樂欲生我國乃至十念若不生者不取正覺唯除五逆誹謗正法設我得佛十方衆生發菩

提心修諸功德至心發願欲生我國臨壽終
時假令不與大衆圍遶現其人前者不取正
覺設我得佛十方衆生聞我名號繫念我國
植衆德本至心迴向欲生我國不果遂者不
取正覺設我得佛國中天人不悉成滿三十
二大人相者不取正覺設我得佛他方佛土
諸菩薩衆來生我國究竟必至一生補處除
其本願自在所化爲衆生故被弘誓鎧積累
德本度脱一切遊諸佛國修菩薩行供養十
方諸佛如來開化恒沙無量衆生使立無上
正真之道超出常倫諸地之行現前修習普
賢之德若不爾者不取正覺設我得佛國中
菩薩承佛神力供養諸佛一食之頃不能徧
至無數無量億那由他諸佛國者不取正覺
設我得佛國中菩薩在諸佛前現其德本諸
所求欲供養之具若不如意者不取正覺設
我得佛國中菩薩不能演説一切智者不取
正覺設我得佛國中菩薩不得金剛那羅延
身者不取正覺設我得佛國中天人一切萬
物嚴淨光麗形色殊特窮微極妙無能稱量
其諸衆生乃至逮得天眼有能明了辯其名
數者不取正覺設我得佛國中菩薩乃至少
功德者不能知見其道場樹無量光色高四
百萬里者不取正覺設我得佛國中菩薩若
受讀經法諷誦持説而不得佛才智慧者不
取正覺設我得佛國中菩薩智慧辯才若可
限量者不取正覺設我得佛國土清淨皆悉
照見十方一切無量無數不可思議諸佛世
界猶如明鏡覩其面像若不爾者不取正覺
設我得佛自地以上至于虛空宮殿樓觀池

流華樹國土所有一切萬物皆以無量雜寶百千種香而共合成嚴飾奇妙超諸天人其香普熏十方世界菩薩聞者皆修佛行若不如是不取正覺設我得佛十方無量不可思議諸佛世界衆生之類蒙我光明觸其身者身心柔輭超過天人若不爾者不取正覺設我得佛十方無量不可思議諸佛世界衆生之類聞我名字不得菩薩無生法忍諸深總持者不取正覺設我得佛十方無量不可思議諸佛世界其有女人聞我名字歡喜信樂發菩提心猒惡女身壽終之後復爲女像者不取正覺設我得佛十方無量不可思議諸佛世界諸菩薩衆聞我名字壽終之後常修梵行至成佛道若不尒者不取正覺設我得佛十方無量不可思議諸佛世界諸天人民聞我名字五體投地稽首作禮歡喜信樂修菩薩行諸天世人莫不致敬若不爾者不取正覺設我得佛國中天人欲得衣服隨念即至如佛所讚應法妙服自然在身有求裁縫擣染浣濯者不取正覺設我得佛國中天人所受快樂不如漏盡比丘者不取正覺設我得佛國中菩薩隨意欲見十方無量嚴淨佛土應時如願於寶樹中皆悉照見猶如明鏡覩見其面像若不爾者不取正覺設我得佛他方國土諸菩薩衆聞我名字至于得佛諸根缺陋不具足者不取正覺設我得佛他方國土諸菩薩衆聞我名字皆悉逮得清淨解脫三昧住是三昧一發意頃供養無量不可思議諸佛世尊而不失定意若不尒者不取正覺設我得佛他方國土諸菩薩衆聞我名

字壽終之後生尊貴家若不爾者不取正覺設我得佛他方國土諸菩薩衆聞我名字歡喜踊躍修菩薩行具足德本若不爾者不取正覺設我得佛他方國土諸菩薩衆聞我名字皆悉逮得普等三昧住是三昧至于成佛常見無量不可思議一切諸佛若不爾者不取正覺設我得佛國中菩薩隨其志願所欲聞法自然得聞若不爾者不取正覺設我得佛他方國土諸菩薩衆聞我名字不即得至不退轉者不取正覺設我得佛他方國土諸菩薩衆聞我名字不即得至第一忍第二第三法忍於諸佛法不能即得不退轉者不取正覺佛告阿難爾時法藏比丘說此願已以偈頌曰

我建超世願　必至無上道　斯願不滿足
誓不成等覺　我於無量劫　不爲大施主
普濟諸貧苦　誓不成等覺　我至成佛道
名聲超十方　究竟靡不聞　誓不成等覺
離欲深正念　淨慧修梵行　志求無上尊
爲諸天人師　神力演大光　普照無際土
消除三垢冥　明濟衆厄難　開彼智慧眼
滅此昏盲暗　閉塞諸惡道　通達善趣門
功祚成滿足　威曜朗十方　日月戢重暉
天光隱不現　爲衆開法藏　廣施功德寶
常於大衆中　說法師子吼　供養一切佛
具足衆德本　願慧悉成滿　得爲三界雄
如佛無礙智　通達靡不照　願我功德力
等此最勝尊　斯願若剋果　大千應感動
虛空諸天神　當雨珎妙華

佛語阿難法藏比丘說此頌已應時普地六

種震動天雨妙華以散其上自然音樂空中讚言決定必成無上正覺於是法藏比丘具足修滿如是大願誠諦不虛超出世間深樂寂滅阿難法藏比丘於其佛所諸天魔梵龍神八部大衆之中發斯弘誓建此願已一向專志莊嚴妙土所修佛國開廓廣大超勝獨妙建立常然無衰無變於不可思議兆載永劫積植菩薩無量德行不生欲覺瞋覺害覺不起欲想瞋想害想不著色聲香味觸法忍力成就不計衆苦少欲知足無染恚癡三昧常寂智慧無礙無有虛僞諂曲之心和顏愛語先意承問勇猛精進志願無倦專求清白之法以惠利群生恭敬三寶奉事師長以大莊嚴具足衆行令諸衆生功德成就住空無相無願之法無作無起觀法如化遠離麤言自害害彼彼此俱害修習善語自利利人人我兼利棄國捐王絶去財色自行六波羅蜜教人令行無央數劫積功累德隨其生處在意所欲無量寶藏自然發應教化安立無數衆生住於無上正眞之道或爲長者居士豪姓尊貴或爲刹利國君轉輪聖帝或爲六欲天主乃至梵王常以四事供養恭敬一切諸佛如是功德不可稱說口氣香潔如優鉢羅華身諸毛孔出旃檀香其香普熏無量世界容色端正相好殊妙其手常出無盡之寶衣服飲食珎妙華香繒蓋幢旛莊嚴之具如是等事超諸天人於一切法而得自在阿難白佛法藏菩薩爲已成佛而取滅度爲未成佛爲今現在佛告阿難法藏菩薩今已成佛現在西方去此十萬億刹其佛世界名曰安樂

阿難又問其佛成道已來爲經幾時佛言成佛已來凡歷十劫其佛國土自然七寶金銀瑠璃珊瑚琥珀硨磲碼碯合成爲地恢廓廣蕩不可限極悉相雜厠轉相間入光赫煜爍微妙奇麗清淨莊嚴超踰十方一切世界衆寶中精其寶猶如第六天寶又其國土無須彌山及金剛圍一切諸山亦無大海小海溪渠井谷佛神力故欲見則見亦無地獄餓鬼畜生諸難之趣亦無四時春秋冬夏不寒不熱常和調適爾時阿難白佛言世尊若彼國土無須彌山其四天王及忉利天依何而住佛語阿難第三炎天乃至色究竟天皆依何住阿難白佛行業果報不可思議佛語阿難行業果報不可思議諸佛世界亦不可思議其諸衆生功德善力住行業之地故能爾耳

阿難白佛我不疑此法但爲將來衆生欲除其疑惑故問斯義佛告阿難無量壽佛威神光明最尊第一諸佛光明所不能及或照百佛世界或千佛世界取要言之乃照東方恒沙佛刹南西北方四維上下亦復如是或有佛光照于七尺或一由旬二三四五由旬如是轉倍乃至照一佛刹是故無量壽佛號無量光佛無邊光佛無礙光佛無對光佛炎王光佛清淨光佛歡喜光佛智慧光佛不斷光佛難思光佛無稱光佛超日月光佛其有衆生遇斯光者三垢消滅身意柔軟歡喜踊躍善心生焉若在三塗極苦之處見此光明皆得休息無復苦惱壽終之後皆蒙解脫無量壽佛光明顯赫照曜十方諸佛國土莫不聞焉不但我今稱其光明一切諸佛聲聞緣覺

諸菩薩衆咸共歎譽亦復如是若有衆生聞其光明威神功德日夜稱説至心不斷隨意所願得生其國爲諸菩薩聲聞之衆所共歎譽稱其功德至其然後得佛道時普爲十方諸佛菩薩歎其光明亦如今也佛言我説無量壽佛光明威神巍巍殊妙晝夜一劫尚未能盡佛語阿難又無量壽佛壽命長久不可稱計汝寧知乎假使十方世界無量衆生皆得人身悉令成就聲聞緣覺都共集會禪思一心竭其智力於百千萬劫悉共推筭計其壽命長遠之數不能窮盡知其限極聲聞菩薩天人之衆壽命長短亦復如是非筭數譬喻所能知也又聲聞菩薩其數難量不可稱説神智洞達威力自在能於掌中持一切世界佛語阿難彼佛初會聲聞衆數不可稱計菩薩亦然如大目揵連百千萬億無量無數於阿僧祇那由他劫乃至滅度悉共計校不能究了多少之數譬如大海深廣無量假使有人析其一毛以爲百分以一分毛沾取一渧於意云何其所渧者於彼大海何所爲多阿難白佛彼所渧水比於大海多少之量非巧曆筭數言辭譬類所能知也佛語阿難如目連等於百千萬億那由他劫計彼初會聲聞菩薩所知數者猶如一渧其所不知如大海水又其國土七寶諸樹周滿世界金樹銀樹瑠璃樹玻瓈樹珊瑚樹碼碯樹硨磲之樹或有二寶三寶乃至七寶轉共合成或有金樹銀葉華果或有銀樹金葉華果或瑠璃樹玻瓈爲葉華果亦然或水精樹瑠璃爲葉華果亦然或珊瑚樹碼碯爲葉華果亦然或碼

瑙樹瑠璃爲葉華果亦然或硨磲樹衆寶爲葉華果亦然或有寶樹紫金爲本白銀爲莖瑠璃爲枝水精爲條珊瑚爲葉碼碯爲華硨磲爲實或有寶樹白銀爲本瑠璃爲莖水精爲枝珊瑚爲條碼瑙爲葉硨磲爲華紫金爲實或有寶樹瑠璃爲本水精爲莖珊瑚爲枝碼碯爲條硨磲爲葉紫金爲華白銀爲實或有寶樹水精爲本珊瑚爲莖碼碯爲枝硨磲爲條紫金爲葉白銀爲華瑠璃爲實或有寶樹珊瑚爲本碼碯爲莖硨磲爲枝紫金爲條白銀爲葉瑠璃爲華水精爲實或有寶樹碼碯爲本硨磲爲莖紫金爲枝白銀爲條瑠璃爲葉水精爲華珊瑚爲實或有寶樹硨磲爲本紫金爲莖白銀爲枝瑠璃爲條水精爲葉珊瑚爲華碼碯爲實行行相値莖莖相望枝枝相准葉葉相向華華相順實實相當榮色光曜不可勝視清風時發出五音聲微妙宮商自然相和又無量壽佛其道場樹高四百萬里其本周圍五千由旬枝葉四布二十萬里一切衆寶自然合成以月光摩尼持海輪寶衆寶之王而莊嚴之周帀條間垂寶瓔珞百千萬色種種異變無量光炎照曜無極珍妙寶網羅覆其上一切莊嚴隨應而現微風徐動吹諸寶樹演出無量妙法音聲其聲流布遍諸佛國聞其音者得深法忍住不退轉至成佛道耳根清徹不遭苦患目覩其色鼻知其香口甞其味身觸其光心以法緣皆得甚深法忍住不退轉至成佛道六根清徹無諸惱患阿難若彼國土天人見此樹者得三法忍一者音響忍二者柔順忍三者無生法

忍此皆無量壽佛威神力故本願力故滿足願故明了願故堅固願故究竟願故佛告阿難世間帝王有百千音樂自轉輪聖王乃至第六天上妓樂音聲展轉相勝千億萬倍第六天上萬種樂音不如無量壽國諸七寶樹一種音聲千億倍也亦有自然萬種妓樂又其樂聲無非法音清暢哀亮微妙和雅十方世界音聲之中最爲第一其講堂精舍宫殿樓觀皆七寶莊嚴自然化成復以眞珠明月摩尼衆寶以爲交絡覆蓋其上内外左右有諸浴池或十由旬或二十三十乃至百千由旬縱廣深淺皆各一等八功德水湛然盈滿清淨香潔味如甘露黄金池者底白銀沙白銀池者底黄金沙水精池者底瑠璃沙瑠璃池者底水精沙珊瑚池者底琥珀沙琥珀池者底珊瑚沙硨磲池者底碼碯沙碼碯池者底硨磲沙白玉池者底紫金沙紫金池者底白玉沙或有二寶三寶乃至七寶轉共合成其池岸上有旃檀樹華葉垂布香氣普熏天優鉢羅華鉢曇摩華拘牟頭華分陀利華雜色光茂彌覆水上彼諸菩薩及聲聞衆若入寶池意欲令水沒足水即沒足欲令至膝即至于膝欲令至腰水即至腰欲令至頸水即至頸欲令灌身自然灌身欲令還復水輒還復調和冷暖自然隨意開神悅體蕩除心垢清明澄潔淨若無形寶沙映徹無深不照微瀾迴流轉相灌注安詳徐逝不遲不疾波揚無量自然妙聲隨其所應莫不聞者或聞佛聲或聞法聲或聞僧聲或寂靜聲空無我聲大慈悲聲波羅蜜聲或十力無畏不共法聲

諸通慧聲無所作聲不起滅聲無生忍聲乃至甘露灌頂衆妙法聲如是等聲稱其所聞歡喜無量隨順清淨離欲寂滅眞實之義隨順三寶力無所畏不共之法隨順通慧菩薩聲聞所行之道無有三塗苦難之名但有自然快樂之音是故其國名曰安樂阿難彼佛國土諸往生者具足如是清淨色身諸妙音聲神通功德所處宮殿衣服飲食衆妙華香莊嚴之具猶第六天自然之物若欲食時七寶鉢器自然在前金銀瑠璃硨磲碼碯珊瑚琥珀明月眞珠如是諸鉢隨意而至百味飲食自然盈滿雖有此食實無食者但見色聞香意以爲食自然飽足身心柔輭無所味著事已化去時至復現彼佛國土清淨安隱微妙快樂次於無爲泥洹之道其諸聲聞菩薩天人智慧高明神通洞達咸同一類形無異狀但因順餘方故有天人之名顏貌端正超世希有容色微妙非天非人皆受自然虛無之身無極之體佛告阿難譬如世間貧窮乞人在帝王邊形貌容狀寧可類乎阿難白佛假令此人在帝王邊羸陋醜惡無以爲喻百千萬億不可計倍所以然者貧窮乞人底極斯下衣不蔽形食趣支命飢寒困苦人理殆盡皆坐前世不植德本積財不施富有益慳但欲唐得貪求無猒不信修善犯惡山積如是壽終財寶消散苦身聚積爲之憂惱於己無益徒爲他有無善可怙無德可恃是故死墮惡趣受此長苦罪畢得出生爲下賤愚鄙斯極示同人類所以世間帝王人中獨尊皆由宿世積德所致慈惠博施仁愛兼濟履信

修善無所違爭是以壽終福應得升善道上生天上享茲福樂積善餘慶今得爲人乃生王家自然尊貴儀容端正衆所敬事妙衣珍饍隨心服御宿福所追故能致此佛告阿難汝言是也計如帝王雖人中尊貴形色端正比之轉輪聖王甚爲鄙陋猶彼乞人在帝王邊也轉輪聖王威相殊妙天下第一比之忉利天王又復醜惡不得相喻萬億倍也假令天帝比第六天王百千億倍不相類也設第六天王比無量壽佛國菩薩聲聞光顏容色不相及逮百千萬億不可計倍佛告阿難無量壽國其諸天人衣服飲食華香瓔珞繒蓋幢旛微妙音聲所居舍宅宮殿樓閣稱其形色高下大小或一寶二寶乃至無量衆寶隨意所欲應念即至又以衆寶妙衣遍布其地

一切天人踐之而行無量寶網彌覆佛土皆以金縷真珠百千雜寶奇妙珍異莊嚴校飾周帀四面垂以寶鈴光色晃曜盡極嚴麗自然得風徐起微動其風調和不寒不暑溫涼柔輭不遲不疾吹諸羅網及衆寶樹演發無量微妙法音流布萬種溫雅德香其有聞者塵勞垢習自然不起風觸其身皆得快樂譬如比丘得滅盡三昧又風吹散華遍滿佛土隨色次第而不雜亂柔輭光澤馨香芬烈足履其上蹈下四寸隨舉足已還復如故華用已訖地輒開裂以次化沒清淨無遺隨其時節風吹散華如是六反又衆寶蓮華周滿世界一一寶華百千億葉其華光明無量種色青色青光白色白光玄黄朱紫光色赫然煒燁煥爛明曜日月一一華中出三十六百千

億光一一光中出三十六百千億佛身色紫金相好殊特一一諸佛又放百千光明普爲十方說微妙法如是諸佛各各安立無量衆生於佛正道

佛說無量壽經卷上

音釋

鄣之亮切 綜子宋切機縷也 慴之涉切怯也 摑古獲切擊也 塹七豔切坑也 擣都晧切舂也 祚昨誤切福也 戢則入切斂也 廁初吏切間也 煜爍煜余六切爍書藥切煜爍光貌 析先擊切分也 煒燁煒于鬼切燁域輒切煒燁光盛貌

佛說無量壽經卷下

曹魏康僧鎧譯

佛告阿難其有衆生生彼國者皆悉住於正定之聚所以者何彼佛國中無諸邪聚及不定聚十方恒沙諸佛如來皆共讚歎無量壽佛威神功德不可思議諸有衆生聞其名號信心歡喜乃至一念至心迴向願生彼國即得往生住不退轉唯除五逆誹謗正法佛告阿難十方世界諸天人民其有至心願生彼國凡有三輩其上輩者捨家棄欲而作沙門發菩提心一向專念無量壽佛修諸功德願生彼國此等衆生臨壽終時無量壽佛與諸大衆現其人前即隨彼佛往生其國便於七寶華中自然化生住不退轉智慧勇猛神通自在是故阿難其有衆生欲於今世見無量壽佛應發無上菩提之心修行功德願生彼國佛告阿難其中輩者十方世界諸天人民其有至心願生彼國雖不能行作沙門大修功德當發無上菩提之心一向專念無量壽佛多少修善奉持齋戒起立塔像飯食沙門懸繒然燈散華燒香以此迴向願生彼國其人臨終無量壽佛化現其身光明相好具如眞佛與諸大衆現其人前即隨化佛往生其國住不退轉功德智慧次如上輩者也佛告阿難其下輩者十方世界諸天人民其有至心欲生彼國假使不能作諸功德當發無上菩提之心一向專意乃至十念念無量壽佛願生其國若聞深法歡喜信樂不生疑惑乃至一念念於彼佛以至誠心願生其國此人臨終夢見彼佛亦得往生功德智慧次如中

輩者也佛告阿難無量壽佛威神無極十方世界無量無邊不可思議諸佛如來莫不稱歎於彼東方恒河沙佛國無量無數諸菩薩衆皆悉往詣無量壽佛所恭敬供養及諸菩薩聲聞之衆聽受經法宣布道化南西北方四維上下亦復如是爾時世尊而說頌曰

東方諸佛國　其數如恒沙　彼土菩薩衆
往覲無量覺　南西北四維　上下亦復然
彼土菩薩衆　往覲無量覺　一切諸菩薩
各賫天妙華　寶香無價衣　供養無量覺
咸然奏天樂　暢發和雅音　歌歎最勝尊
供養無量覺　究達神通慧　遊入深法門
具足功德藏　妙智無等倫　慧日朗世間
消除生死雲　恭敬遶三帀　稽首無上尊
見彼嚴淨土　微妙難思議　因發無量心
願我國亦然　應時無量尊　動容發欣笑
口出無數光　遍照十方國　迴光圍遶身
三帀從頂入　一切天人衆　踊躍皆歡喜
大士觀世音　整服稽首問　白佛何緣笑
唯然願說意　梵聲猶雷震　八音暢妙響
當授菩薩記　今說仁諦聽　十方來正士
吾悉知彼願　志求嚴淨土　受決當作佛
覺了一切法　猶如夢幻響　滿足諸妙願
必成如是剎　知法如電影　究竟菩薩道
具諸功德本　受決當作佛　通達諸法性
一切空無我　專求淨佛土　必成如是剎
諸佛告菩薩　令覲安養佛　聞法樂受行
疾得清淨處　至彼嚴淨國　便速得神通
必於無量尊　受記成等覺　其佛本願力
聞名欲往生　皆悉到彼國　自致不退轉

菩薩興至願　願已國無異　普念度一切
名顯滿十方　奉事億如來　飛化遍諸剎
恭敬歡喜去　還到安養國　若人無善心
不得聞此經　清淨有戒者　乃獲聞正法
曾更見世尊　則能信此事　謙敬聞奉行
踊躍大歡喜　憍慢弊懈怠　難以信此法
宿世見諸佛　樂聽如是教　聲聞或菩薩
莫能究聖心　譬如從生盲　欲行開導人
如來智慧海　深廣無涯底　二乘非所測
唯佛獨明了　假使一切人　具足皆得道
淨慧知本空　億劫思佛智　窮力極講說
盡壽猶不知　佛慧無邊際　如是致清淨
壽命甚難得　佛世亦難值　人有信慧難
若聞精進求　聞法能不忘　見敬得大慶
則我善親友　是故當發意　設滿世界火
必過要聞法　會當成佛道　廣度生死流

佛告阿難彼國菩薩皆當究竟一生補處除其本願爲衆生故以弘誓功德而自莊嚴普欲度脫一切衆生阿難彼佛國中諸聲聞衆身光一尋菩薩光明照百由旬有二菩薩最尊第一威神光明普照三千大千世界阿難白佛彼二菩薩其號云何佛言一名觀世音二名大勢至此二菩薩於是國土修菩薩行命終轉化生彼佛國阿難其有衆生生彼國者皆悉具足三十二相智慧成滿深入諸法究暢要妙神通無礙諸根明利其鈍根者成就二忍其利根者得不可計無生法忍又彼菩薩乃至成佛不受惡趣神通自在常識宿命除生他方五濁惡世示現同彼如我國也佛語阿難彼國菩薩承佛威神一食之頃往

詣十方無量世界恭敬供養諸佛世尊隨心所念華香妓樂衣蓋幢旛無數無量供養之具自然化生應念即至珍妙殊特非世所有輒以奉散諸佛及諸菩薩聲聞之衆在虛空中化成華蓋光色昱爍香氣普熏其華周圓四百里者如是轉倍乃覆三千大千世界隨其前後以次化沒其諸菩薩僉然欣悅於虛空中共奏天樂以微妙音歌歎佛德聽受經法歡喜無量供養佛已未食之前忽然輕舉還其本國佛語阿難無量壽佛爲諸聲聞菩薩天人頒宣法時都悉集會七寶講堂廣宣道教演暢妙法莫不歡喜心解得道即時四方自然風起吹七寶樹出五音聲無量妙華隨風四散自然供養如是不絶一切諸天皆齎天上百千華香萬種妓樂供養其佛及諸菩薩聲聞之衆普散華香奏諸音樂前後來往更相開避當斯之時熈怡快樂不可勝言

佛語阿難生彼佛國諸菩薩等所可講說常宣正法隨順智慧無違無失於其國土所有萬物無我所心無染著心去來進止情無所係隨意自在無所適莫無彼無我無競無訟於諸衆生得大慈悲饒益之心柔潤調伏無忿恨心離蓋清淨無猒怠心等心勝心深心定心愛法樂法喜法之心滅諸煩惱離惡趣心究竟一切菩薩所行具足成就無量功德得深禪定諸通明慧遊志七覺修心佛法肉眼清徹靡不分了天眼通達無量無限法眼觀察究竟諸道慧眼見眞能度彼岸佛眼具足覺了法性以無礙智爲人演說等觀三界空無所有志求佛法具諸辯才除滅衆生煩

惱之患從如來生解法如如善知集滅音聲方便不欣世語樂在正論修諸善本志崇佛道知一切法皆悉寂滅生身煩惱二餘俱盡聞甚深法心不疑懼常能修行其大悲者深遠微妙靡不覆載究竟一乘至于彼岸決斷疑網慧由心出於佛教法該羅無外智慧如大海三昧如山王慧光明淨超踰日月清白之法具足圓滿猶如雪山照諸功德等一淨故猶如大地淨穢好惡無異心故猶如淨水洗除塵勞諸垢染故猶如火王燒滅一切煩惱薪故猶如大風行諸世界無障礙故猶如虛空於一切有無所著故猶如蓮華於諸世間無染汙故猶如大乘運載群萌出生死故猶如重雲震大法雷覺未覺故猶如大雨雨甘露法潤衆生故如金剛山衆魔外道不能動故如梵天王於諸善法最上首故如尼拘類樹普覆一切故如優曇鉢華希有難遇故如金翅鳥威伏外道故如衆遊禽無所藏積故猶如牛王無能勝故猶如象王善調伏故如師子王無所畏故曠若虛空大慈等故摧滅嫉心不忌勝故專樂求法心無猒足常欲廣說志無疲倦擊法鼓建法幢曜慧日除癡闇修六和敬常行法施志勇精進心不退弱爲世燈明最勝福田常爲師導等無憎愛唯樂正道無餘欣慼拔諸欲刺以安群生功慧殊勝莫不尊敬滅三垢障遊諸神通因力緣力意力願力方便之力常力善力定力慧力多聞之力施戒忍辱精進禪定智慧之力正念止觀諸通明力如法調伏諸衆生力如是等力一切具足身色相好功德辯才具足莊

嚴無與等者恭敬供養無量諸佛常爲諸佛所共稱歎究竟菩薩諸波羅蜜修空無相無願三昧不生不滅諸三昧門遠離聲聞縁覺之地阿難彼諸菩薩成就如是無量功德我但爲汝畧言之耳若廣説者百千萬劫不能窮盡佛告彌勒菩薩諸天人等無量壽國聲聞菩薩功德智慧不可稱説又其國土微妙安樂清淨若此何不力爲善念道之自然著於無上下洞達無邊際宜各勤精進努力自求之必得超絶去往生安樂國横截五惡道惡道自然閉昇道無窮極易往而無人其國不逆違自然之所牽何不棄世事勤行求道德可得極長生壽樂無有極然世人薄俗共諍不急之事於此劇惡極苦之中勤身營務以自給濟無尊無卑無貧無富少長男女共憂錢財有無同然憂思適等屏營愁苦累念積慮爲心走使無有安時有田憂田有宅憂宅牛馬六畜奴婢錢財衣食什物復共憂之重思累息憂念愁怖横爲非常水火盜賊怨家債主焚漂劫奪消散磨滅憂毒忪忪無有解時結憤心中不離憂惱心堅意固適無縱捨或坐摧碎身亡命終棄捐之去莫誰隨者尊貴豪富亦有斯患憂懼萬端勤苦若此結衆寒熱與痛共居貧窮下劣困乏常無無田亦憂欲有田無宅亦憂欲有宅無牛馬六畜奴婢錢財衣食什物亦憂欲有之適有一復少一有是少是思有齊等適欲具有便復糜散如是憂苦當復求索不能時得思想無益身心俱勞坐起不安憂念相隨勤苦若此亦結衆寒熱與痛共居或時坐之終身夭命不

肯為善行道進德壽終身死當獨遠去有所趣向善惡之道莫能知者世間人民父子兄弟夫婦家室中外親屬當相敬愛無相憎嫉有無相通無得貪惜言色常和莫相違戾或時心諍有所恚怒今世恨意微相憎嫉後世轉劇至成大怨所以者何世間之事更相患害雖不即時應急想破然含毒畜怒結憤精神自然剋識不得相離皆當對生更相報復人在世間愛欲之中獨生獨死獨去獨來當行至趣苦樂之地身自當之無有代者善惡變化殃福異處宿豫嚴待當獨趣入遠到他所莫能見者善惡自然追行所生窈窈冥冥別離久長道路不同會見無期甚難甚難今得相值何不棄衆事各遇强健時努力勵修善精進願度世可得極長生如何不求道安所須待欲何樂乎如是世人不信作善得善為道得道不信人死更生惠施得福善惡之事都不信之謂之不然終無有是但坐此故且自見之更相瞻視先後同然轉相承受父餘教令先人祖父素不為善不識道德身愚神闇心塞意閉死生之趣善惡之道自不能見無有語者吉凶禍福競各作之無一怪也生死常道轉相嗣立或父哭子或子哭父兄弟夫婦更相哭泣顛倒上下無常根本皆當過去不可常保教語開導信之者少是以生死流轉無有休止如此之人蒙冥抵突不信經法心無遠慮各欲快意癡惑愛欲不達於道德迷沒於瞋怒貪狼於財色坐之不得道當更惡趣苦生死無窮已哀哉甚可傷或時室家父子兄弟夫婦一死一生更相哀愍恩

愛思慕憂念結縛心意痛著迭相顧戀窮日卒歲無有解已教語道德心不開明思想恩好不離情欲昏蒙闇塞愚惑所覆不能深思熟計心自端正專精行道決斷世事便旋至竟年壽終盡不能得道無可奈何總猥憒擾皆貪愛欲惑道者衆悟之者少世間忽忽無可聊賴尊卑上下貧富貴賤勤苦忽務各懷殺毒惡氣窈冥爲妄興事違逆天地不從人心自然非惡先隨與之恣聽所爲待其罪極其壽未終盡便頓奪之下入惡道累世勤苦展轉其中數千億劫無有出期痛不可言甚可哀愍佛告彌勒菩薩諸天人等我今語汝世間之事人用是故坐不得道當熟思計遠離衆惡擇其善者勤而行之愛欲榮華不可常保皆當別離無可樂者遇佛在世當勤精進其有至願生安樂國者可得智慧明達功德殊勝勿得隨心所欲虧負經戒在人後也儻有疑意不解經者可具問佛當爲說之彌勒菩薩長跪白言佛威神尊重所說快善聽佛經語貫心思之世人實爾如佛所言今佛慈愍顯示大道耳目開明長得度脫聞佛所說莫不歡喜諸天人民蠕動之類皆蒙慈恩解脫憂苦佛語教戒甚深甚善智慧明見八方上下去來今事莫不究暢今我衆等所以蒙得度脫皆佛前世求道之時謙苦所致恩德普覆福祿巍巍光明徹照達空無極開入泥洹教授典攬威制消化感動十方無窮無極佛爲法王尊超衆聖普爲一切天人之師隨心所願皆令得道今得值佛復聞無量壽聲靡不歡喜心得開明佛告彌勒汝言是也

若有慈敬於佛者實爲大善天下久久乃復有佛今我於此世作佛演說經法宣布道教斷諸疑網拔愛欲之本杜衆惡之源遊步三界無所罣礙典攬智慧衆道之要執持綱維昭然分明開示五趣度未度者決正生死泥洹之道彌勒當知汝從無數劫來修菩薩行欲度衆生其已久遠從汝得道至于泥洹不可稱數汝及十方諸天人民一切四衆永劫已來展轉五道憂畏勤苦不可具言乃至今世生死不絕與佛相值聽受經法又復得聞無量壽佛快哉甚善吾助爾喜汝今亦可自猒生死老病痛苦惡露不淨無可樂者宜自決斷端身正行益作諸善修已潔淨洗除心垢言行忠信表裏相應人能自度轉相拯濟精明求願積累善本雖一世勤苦須臾之間後生無量壽國快樂無極長與道德合明永拔生死根本無復貪恚愚癡苦惱之患欲壽一劫百劫千億萬劫自在隨意皆可得之無爲自然次於泥洹之道汝等宜各精進求心所願無得疑惑中悔自爲過咎生彼邊地七寶宮殿五百歲中受諸厄也彌勒白言受佛重誨專精修學如教奉行不敢有疑佛告彌勒汝等能於此世端心正意不作衆惡甚爲至德十方世界最無倫匹所以者何諸佛國土天人之類自然作善不大爲惡易可開化今我於此世間作佛處於五惡五痛五燒之中爲最劇苦教化群生令捨五惡令去五痛令離五燒降化其意令持五善獲其福德度世長壽泥洹之道佛言何等五惡何等五痛何等五燒何等消化五惡令持五善獲其福

德度世長壽泥洹之道其一惡者諸天人民蜎動之類欲爲衆惡莫不皆然强者伏弱轉相尅賊殘害殺戮迭相呑噬不知修善惡逆無道後受殃罰自然趣向神明記識犯者不赦故有貧窮下賤乞丐孤獨聾盲瘖瘂愚癡弊惡至有尫狂不逮之屬又有尊貴豪富高才明達皆由宿世慈孝修善積德所致世有常道王法牢獄不肯畏愼爲惡入罪受其殃罰求望解脫難得免出世間有此目前現事壽終後世尤深尤劇入其幽冥轉生受身譬如王法痛苦極刑故有自然三塗無量苦惱轉貿其身改形易道所受壽命或長或短寃神精識自然趣之當獨值向相從共生更相報復無有止已殃惡未盡不得相離展轉其中無有出期難得解脫痛不可言天地之間自然有是雖不即時卒暴應至善惡之道會當歸之是爲一大惡一痛一燒勤苦如是譬如大火焚燒人身人能於中一心制意端身正行獨作諸善不爲衆惡者身獨度脫獲其福德度世上天泥洹之道是爲一大善也佛言其二惡者世間人民父子兄弟室家夫婦都無義理不順法度奢婬憍縱各欲快意任心自恣更相欺惑心口各異言念無實佞諂不忠巧言諛媚嫉賢謗善陷入怨枉主上不明任用臣下臣下自在機僞多端踐度能行知其形勢在位不正爲其所欺妄損忠良不當天心臣欺其君子欺其父兄弟夫婦中外知識更相欺誑各懷貪欲瞋恚愚癡欲自厚已欲貪多有尊卑上下心俱同然破家亡身不顧前後親屬內外坐之滅族或時室家知

識鄉黨市里愚民野人轉共從事更相利害忿成怨結富有慳惜不肯施與愛保貪重心勞身苦如是至竟無所恃怙獨來獨去無一隨者善惡禍福追命所生或在樂處或入苦毒然後乃悔當復何及世間人民心愚少智見善憎謗不思慕及但欲爲惡妄作非法常懷盜心悕望他利消散磨盡而復求索邪心不正懼人有色不豫思計事至乃悔今世現有王法牢獄隨罪趣向受其殃罰因其前世不信道德不修善本今復爲惡天神剋識別其名籍壽終神逝下入惡道故有自然三塗無量苦惱展轉其中世世累劫無有出期難得解脫痛不可言是爲二大惡二痛二燒勤苦如是譬如大火焚燒人身人能於中一心制意端身正行獨作諸善不爲衆惡者身獨度脫獲其福德度世上天泥洹之道是爲二大善也佛言其三惡者世間人民相因寄生共居天地之間處年壽命無能幾何上有賢明長者尊貴豪富下有貧窮廝賤尫劣愚夫中有不善之人常懷邪惡但念婬泆煩滿胷中愛欲交亂坐起不安貪意守惜但欲唐得眄睞細色邪態外逸自妻猒憎私妄出入費損家財事爲非法交結聚會興師相伐攻劫殺戮强奪無道惡心在外不自修業盜竊趣得欲擊成事恐勢迫脅歸給妻子恣心快意極身作樂或於親屬不避尊卑家室中外患而苦之亦復不畏王法禁令如是之惡著於人鬼日月照見神明記識故有自然三塗無量苦惱展轉其中世世累劫無有出期難得解脫痛不可言是爲三大惡三痛三燒勤苦

如是譬如大火焚燒人身人能於中一心制意端身正行獨作諸善不爲衆惡者身獨度脱獲其福德度世上天泥洹之道是爲三大善也佛言其四惡者世間人民不念修善轉相教令共爲衆惡兩舌惡口妄言綺語讒賊鬭亂憎嫉善人敗壞賢明於傍快喜不孝二親輕慢師長朋友無信難得誠實尊貴自大謂已有道橫行威勢侵易於人不能自知爲惡無恥自以强健欲人敬難不畏天地神明日月不肯作善難可降化自用偃蹇謂可常爾無所憂懼常懷憍慢如是衆惡天神記識賴其前世頗作福德小善扶接營護助之今世爲惡福德盡滅諸善鬼神各去離之身獨空立無所復依壽命終盡諸惡所歸自然迫促共趣奪之又其名籍記在神明殃咎牽引當往趣向罪報自然無從捨離但得前行入於火鑊身心摧碎精神痛苦當斯之時悔復何及天道冏然不得蹉跌故有自然三塗無量苦惱展轉其中世世累劫無有出期難得解脱痛不可言是爲四大惡四痛四燒勤苦如是譬如大火焚燒人身人能於中一心制意端身正行獨作諸善不爲衆惡身獨度脱獲其福德度世上天泥洹之道是爲四大善也佛言其五惡者世間人民徙倚懈惰不肯作善治身修業家室眷屬飢寒困苦父母教誨瞋目怒應言令不和違戾反逆譬如怨家不如無子取與無節衆共患厭負恩違義無有報償之心貧窮困乏不能復得辜較縱奪放恣遊散串數唐得用自賑給躭酒嗜美飲食無度肆心蕩逸魯扈抵突不識人情强欲

抑制見人有善妬嫉惡之無義無禮無所顧難自用識當不可諫曉六親眷屬所資有無不能憂念不惟父母之恩不存師友之義心常念惡口常言惡身常行惡曾無一善不信先聖諸佛經法不信行道可得度世不信死後神明更生不信作善得善爲惡得惡欲殺眞人鬭亂衆僧欲害父母兄弟眷屬六親憎惡願令其死如是世人心意俱然愚癡蒙昧而自以智慧不知生所從來死所趣向不仁不順惡逆天地而於其中悕望僥倖欲求長生會當歸死慈心教誨令其念善開示生死善惡之趣自然有是而不肯信之苦心與語無益其人心中閉塞意不開解大命將終悔懼交至不豫修善臨窮方悔悔之於後將何及乎天地之間五道分明恢廓窈冥浩浩茫茫善惡報應禍福相承身自當之無誰代者數之自然應期所行殃咎追命無得縱捨善人行善從樂入樂從明入明惡人行惡從苦入苦從冥入冥誰能知者獨佛知耳教語開示信用者少生死不休惡道不絕如是世人難可具盡故有自然三塗無量苦惱展轉其中世世累劫無有出期難得解脫痛不可言是爲五大惡五痛五燒勤苦如是譬如大火焚燒人身人能於中一心制意端身正念言行相副所作至誠所語如語心口不轉獨作諸善不爲衆惡身獨度脫獲其福德度世上天泥洹之道是爲五大善也佛告彌勒吾語汝等是世五惡勤苦若此五痛五燒展轉相生但作衆惡不修善本皆悉自然入諸惡趣或其今世先被殃病求死不得求生不得罪

惡所招示衆見之身死隨行入三惡道苦毒無量自相燋然至其久後共作怨結從小微起遂成大惡皆由貪著財色不能施惠癡欲所迫隨心思想煩惱結縛無有解已厚己諍利無所省録富貴榮華當時快意不能忍辱不務修善威勢無幾隨以磨滅身坐勞苦久後大劇天道施張自然糺舉綱維羅網上下相應煢煢忪忪當入其中古今有是痛哉可傷佛語彌勒世間如是佛皆哀之以威神力摧滅衆惡悉令就善棄捐所思奉持經戒受行道法無所違失終得度世泥洹之道佛言汝今諸天人民及後世人得佛經語當熟思之能於其中端心正行主上爲善率化其下轉相勑令各自端守尊聖敬善仁慈慱愛佛語教誨無敢虧負當求度世拔斷生死衆惡之本當離三塗無量憂怖苦痛之道汝等於是廣植德本布恩施惠勿犯道禁忍辱精進一心智慧轉相教化爲德立善正心正意齋戒清淨一日一夜勝在無量壽國爲善百歲所以者何彼佛國土無爲自然皆積衆善無毛髮之惡於此修善十日十夜勝於他方諸佛國中爲善千歲所以者何他方佛國爲善者多爲惡者少福德自然無造惡之地唯此間多惡無有自然勤苦求欲轉相欺殆心勞形困飲苦食毒如是惡務未嘗寧息吾哀汝等天人之類苦心誨喻教令修善隨宜開導授與經法莫不承用在意所願皆令得道佛所遊履國邑丘聚靡不蒙化天下和順日月清明風雨以時災厲不起國豐民安兵戈無用崇德興仁務修禮讓佛言我哀愍汝等諸

天人民甚於父母念子今我於此世作佛降化五惡消除五痛絶滅五燒以善攻惡拔生死之苦令獲五德昇無爲之安吾去世後經道漸滅人民諂僞復爲衆惡五燒五痛還如前法久後轉劇不可悉說我但爲汝略言之耳佛語彌勒汝等各善思之轉相教誡如佛經法無得犯也於是彌勒菩薩合掌白言佛所說甚善世人實爾如來普慈哀愍悉令度脱受佛重誨不敢違失佛告阿難汝起更整衣服合掌恭敬禮無量壽佛十方國土諸佛如來常共稱揚讃歎彼佛無著無礙於是阿難起整衣服正身西面恭敬合掌五體投地禮無量壽佛白言世尊願見彼佛安樂國土及諸菩薩聲聞大衆說是語已即時無量壽佛放大光明普照一切諸佛世界金剛圍山須彌山王大小諸山一切所有皆同一色譬如劫水彌滿世界其中萬物沉沒不現滉瀁浩汗唯見大水彼佛光明亦復如是聲聞菩薩一切光明皆悉隱蔽唯見佛光明耀顯赫爾時阿難即見無量壽佛威德巍巍如須彌山王高出一切諸世界上相好光明靡不照耀此會四衆一時悉見彼見此土亦復如是爾時佛告阿難及慈氏菩薩汝見彼國從地已上至淨居天其中所有微妙嚴淨自然之物爲悉見不阿難對曰唯然已見汝寧復聞無量壽佛大音宣布一切世界化衆生不阿難對曰唯然已聞彼國人民乘百千由旬七寶宮殿無所障礙遍至十方供養諸佛汝復見不對曰已見彼國人民有胎生者汝復見不對曰已見其胎生者所處宮殿或百由旬

或五百由旬各於其中受諸快樂如忉利天上亦皆自然爾時慈氏菩薩白佛言世尊何因何緣彼國人民胎生化生佛告慈氏若有衆生以疑惑心修諸功德願生彼國不了佛智不思議智不可稱智大乘廣智無等無倫最上勝智於此諸智疑惑不信然猶信罪福修習善本願生其國此諸衆生生彼宫殿壽五百歲常不見佛不聞經法不見菩薩聲聞聖衆是故於彼國土謂之胎生若有衆生明信佛智乃至勝智作諸功德信心迴向此諸衆生於七寶華中自然化生跏趺而坐須臾之頃身相光明智慧功德如諸菩薩具足成就復次慈氏他方諸大菩薩發心欲見無量壽佛恭敬供養及諸菩薩聲聞聖衆彼菩薩等命終得生無量壽國於七寶華中自然化生彌勒當知彼化生者智慧勝故其胎生皆無智慧於五百歲中常不見佛不聞經法不見菩薩諸聲聞衆無由供養於佛不知菩薩法式不得修習功德當知此人宿世之時無有智慧疑惑所致佛告彌勒譬如轉輪聖王有七寶牢獄種種莊嚴張設牀帳懸諸繒蓋若有諸小王子得罪於王輒内彼獄中繫以金鎖供養飯食衣服牀蓐華香妓樂如轉輪王無所乏少於意云何此諸王子寧樂彼處不對曰不也但種種方便求諸大力欲自勉出佛告彌勒此諸衆生亦復如是以疑惑佛智故生彼七寶宫殿無有刑罰乃至一念惡事但於五百歲中不見三寶不得供養修諸善本以此爲苦雖有餘樂猶不樂彼處若此衆生識其本罪深自悔責求離彼處即得如

意往詣無量壽所恭敬供養亦得遍至無量無數諸餘佛所修諸功德彌勒當知其有菩薩生疑惑者為失大利是故應當明信諸佛無上智慧彌勒菩薩白佛言世尊於此世界有幾所不退菩薩生彼佛國佛告彌勒於此世界六十七億不退菩薩往生彼國一一菩薩已曾供養無數諸佛次如彌勒者也諸小行菩薩及修習少功德者不可稱計皆當往生佛告彌勒不但我刹諸菩薩等往生彼國他方佛土亦復如是其第一佛名曰遠照彼有百八十億菩薩皆當往生其第二佛名曰寶藏彼有九十億菩薩皆當往生其第三佛名曰無量音彼有二百二十億菩薩皆當往生其第四佛名曰甘露味彼有二百五十億菩薩皆當往生其第五佛名曰龍勝彼有十四億菩薩皆當往生其第六佛名曰勝力彼有萬四千菩薩皆當往生其第七佛名曰師子彼有五百菩薩皆當往生其第八佛名曰離垢光彼有八十億菩薩皆當往生其第九佛名曰德首彼有六十億菩薩皆當往生其第十佛名曰妙德山彼有六十億菩薩皆當往生其第十一佛名曰人王彼有十億菩薩皆當往生其第十二佛名曰無上華彼有無數不可稱計諸菩薩衆皆不退轉智慧勇猛已曾供養無量諸佛於七日中即能攝取百千億劫大士所修堅固之法斯等菩薩皆當往生其第十三佛名曰無畏彼有七百九十億大菩薩衆諸小菩薩及比丘等不可稱計皆當往生佛語彌勒不但此十四佛國中諸菩薩等當往生也十方世界無量佛國其往

生者亦復如是甚多無數我但説十方諸佛名號及菩薩比丘生彼國者晝夜一劫尚未能盡我今爲汝略説之耳佛告彌勒其有得聞彼佛名號歡喜踊躍乃至一念當知此人爲得大利則是具足無上功德是故彌勒設有大火充滿三千大千世界要當過此聞是經法歡喜信樂受持讀誦如説修行所以者何多有菩薩欲聞此經而不能得若有衆生聞此經者於無上道終不退轉是故應當專心信受持誦説行吾今爲諸衆生説此經法令見無量壽佛及其國土一切所有所當爲者皆可求之無得以我滅度之後復生疑惑當來之世經道滅盡我以慈悲哀愍特留此經止住百歲其有衆生值斯經者隨意所願皆可得度佛語彌勒如來興世難值難見諸佛經道難得難聞菩薩勝法諸波羅蜜得聞亦難遇善知識聞法能行此亦爲難若聞斯經信樂受持難中之難無過此難是故我法如是作如是説如是教應當信順如法修行爾時世尊説此經法無量衆生皆發無上正覺之心萬二千那由他人得清淨法眼二十二億諸天人民得阿那含果八十萬比丘漏盡意解四十億菩薩得不退轉以弘誓功德而自莊嚴於將來世當成正覺爾時三千大千世界六種震動大光普照十方國土百千音樂自然而作無量妙華芬芬而降佛説經已彌勒菩薩及十方來諸菩薩衆長老阿難諸大聲聞一切大衆靡不歡喜

佛説無量壽經卷下

音釋

僉七廉切皆也　熙怡熙許羈切怡弋之切熙怡和樂貌　態他代切姿態也　冏俱永切開明也　滉瀁滉胡廣切瀁餘兩切滉瀁水貌

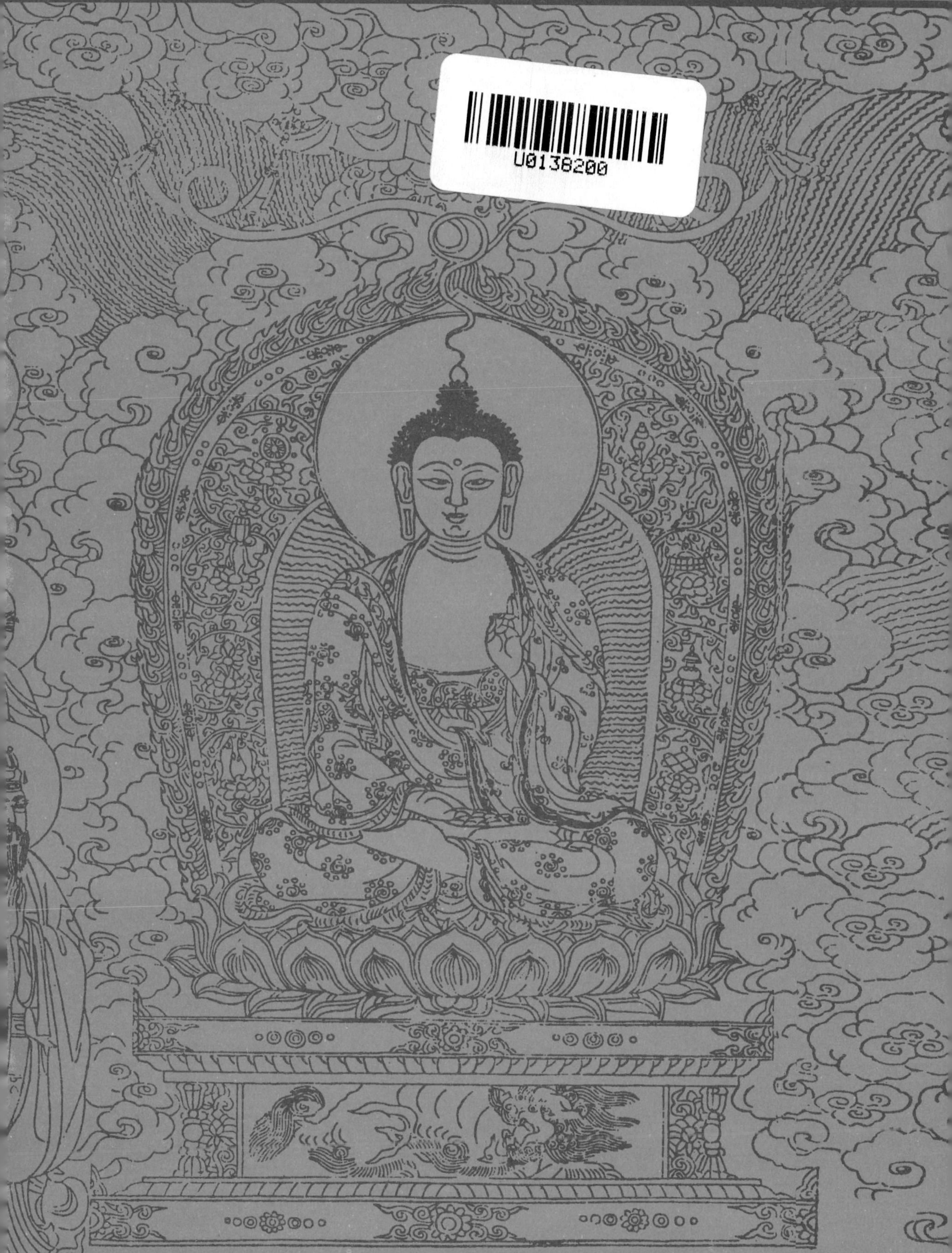